CIUDAD NEGRA

CIUDAD NEGRA

LA ÚLTIMA CIUDAD PERDIDA

FERNANDO GAMBOA

Contents

PRÓLOGO 1
notes 2
Z 3
1 6
2 11
3 22
4 26
5 31
6 35
7 39
8 43
9 51
10 54
11 58
12 63
13 68
14 73
15 77

16	81
17	85
18	89
19	94
20	99
21	102
22	105
23	109
24	113
25	117
26	120
27	126
28	130
29	134
30	138
31	145
32	152
33	157
34	162
35	166
36	170
37	175
38	180
39	186

40 194

41 200

42 206

43 211

44 214

45 219

46 224

47 231

48 236

49 242

50 248

51 254

52 258

53 263

54 267

55 272

56 276

57 279

58 283

59 287

60 293

61 298

62 304

63 310

64 319
65 327
66 335
67 342
68 349
69 354
70 361
71 364
72 369
73 373
74 380
75 384
76 391
77 396
78 399
79 411
80 415
81 421
82 427
83 435
84 439
85 447
86 452
87 461

88 465

89 469

90 473

91 477

92 481

93 485

94 489

95 493

96 496

97 500

98 507

99 513

100 519

101 524

102 530

103 535

104 538

LA ÚLTIMA REVELACIÓN 548

NOTA DEL AUTOR 549

Ciudad Negra desde el espacio 550

First Printing, 2022

PRÓLOGO

Esta novela que sostiene entre sus manos es, como imagino que ya sabrá, la continuación de otra titulada *La última cripta,* y que gracias a más de 500.000 lectores de todo el mundo se ha convertido ya en uno de los mayores best seller en lengua española, de esta nueva era del libro digital.

La narración de *Ciudad Negra* da comienzo varios meses después del regreso a casa de Ulises, Cassie y el profesor Castillo, de modo que se puede hilvanar fácilmente el final de una novela con la siguiente. Pero, aun así, *Ciudad Negra* es una historia totalmente independiente y con carácter propio, por lo que puede leerse perfectamente sin necesidad de conocer los antecedentes, ni haber leído previamente *La última cripta.*

Y ahora sí, sin más prolegómenos, que dé comienzo la aventura.

Hay algo oculto, ve y descúbrelo.
Ve y mira tras las montañas.
Algo perdido tras las montañas.
Perdido y esperándote.
¡Ve!

Ruyard Kipling

Z

6 de Enero de 1926

Cuenca del Xingú, Amazonas

—¡Corre, papá! ¡Corre!

—¡No te pares, Jack! —gritó efectuando dos disparos a la maleza, en dirección a los rugidos— ¡Sigue adelante y no mires atrás!

—¡No! —suplicó su hijo tirándole del brazo—. ¡No me iré de aquí sin ti!

Una estilizada sombra se movió velozmente y a muy poca distancia.

Se estaban acercando cada vez más, y de nuevo les alcanzó aquel hedor nauseabundo de carne en descomposición.

—¡Tengo que contenerlos! —replicó.

Jack Fawcett, que meses antes había emprendido con juvenil entusiasmo aquella aventura en la selva del amazonas acompañando a su padre, el coronel Percy Harrison Fawcett, era ahora una piltrafa humana; demacrado, herido, con la ropa hecha jirones y los ojos desorbitados por el miedo.

—¡Por Dios! —exclamó, horrorizado—. Pero... ¿Qué son esos engendros?

En respuesta, un espeluznante alarido estalló en la noche, erizándole los vellos de la nuca.

—¡Venid aquí y dad la cara, malditos demonios! —prorrumpió el coronel Fawcett con el rostro desencajado por la ira. Apuntó a la impenetrable jungla y disparó de nuevo con su viejo Springfield.

—¡Por favor, papá! ¡Vámonos de aquí! —imploró Jack una vez más—. ¡Nos van a alcanzar!

El coronel miró a su espalda y no vio a un aguerrido soldado, como aquellos junto a los que había luchado años antes en las trincheras del Frente Occidental durante la Gran Guerra, sino a un muchacho imberbe, su hijo, aterrado por la inminencia de una muerte espantosa.

—¡Maldición! —exclamó dándose cuenta de que aquella batalla no la podía ganar—. ¡Deja el equipo, Jack! ¡Déjalo todo! —Señaló en dirección opuesta, y bramó—: ¡Sígueme! ¡Hacia el río!

Abandonaron las alforjas con la comida y las municiones, y se lanzaron en una frenética carrera a través de la espesura. La piel se les desgarraba con la maraña de lianas y ramas espinosas que apartaban a manotazos, en una desesperada huida en la que Jack arrastraba su pierna herida, mientras su padre recargaba, corría el cerrojo y disparaba los últimos cartuchos sin ya siquiera molestarse en apuntar.

Dos días atrás habían descubierto el cadáver de Raleigh —o mejor dicho, lo que quedaba de él—, cubierto de moscas y gusanos. Le habían arrancado brutalmente las cuatro extremidades, mientras el vientre y la caja torácica estaban abiertos como una lata, dejando a la vista un sanguinolento hueco vacío del que habían extirpado los órganos internos.

La sospecha de que estaban siendo observados se había confirmado de la forma más espantosa, y desde ese instante no habían hecho otra cosa que huir para salvar sus vidas.

Jack se abría paso braceando entre la maleza, mordiendo, arrancando, aferrándose a sus pocas esperanzas de sobrevivir, empujado por los gritos de aliento de su padre, que le conminaba a no detenerse, a ir más deprisa, a vivir para regresar algún día a su amada Inglaterra.

Entonces, súbitamente, el río apareció tras un último telón de lianas, y comprendió, desolado, que sus esperanzas de supervivencia se acababan allí mismo.

Lo que tenía ante sí, iluminado por la fría luz de la luna llena, era un poderoso río de aguas turbias que estallaban contra las rocas y los árboles con tal violencia que ahogaba incluso los aullidos de sus perseguidores.

—Por todos los santos... —murmuró el joven. La otra orilla distaba más de cien metros, aunque para el caso, hubiera dado exactamente igual que fueran mil, o cien mil. Sobrevivir a aquella vorágine de agua y barro parecía tan improbable como remontar a nado las cataratas Victoria.

En ese instante, surgió de entre la maleza el coronel Fawcett con su pequeña mochila de cuero a la espalda y, tras disparar una última bala a las tinieblas, dejó caer el fusil y se encaró a su hijo.

—Pero ¿se puede saber a qué demonios estás esperando? —le increpó—. ¡Lánzate al agua!

—¡No conseguiremos cruzarlo! —alegó Jack señalando el río con las pupilas dilatadas por el pánico—. ¡Es un suicidio!

—Pues que Dios nos perdone —replicó el coronel—, pero no tenemos otro camino.

Y sin darle tiempo a reaccionar, empujó a Jack haciéndole caer en la corriente, e inmediatamente se lanzó tras él en aquel caos de espuma, roca y fango.

Arrollados por el incontenible ímpetu del río, padre e hijo trataban de mantenerse a flote y, con los pies por delante para protegerse, hacer lo posible para no acabar destrozados contra una roca, o ensartados por alguno de los troncos que surcaban el río como afilados proyectiles.

Con cada bocanada, el codiciado aire se mezclaba con el agua lodosa que entraba en sus pulmones. El simple hecho de respirar les suponía un titánico esfuerzo, que no podrían soportar por demasiado tiempo.

El coronel logró reunir fuerzas para llamar a gritos a su hijo, pero el estruendo de los rápidos ahogaba cualquier sonido que no fuera el de su propia furia, y al cabo de pocos segundos, la cabeza de Jack desapareció definitivamente en el hervor de la corriente.

Con su último aliento, gritó de desesperación mientras forcejeaba inútilmente contra aquel río asesino. Hasta que, finalmente, descubrió horrorizado lo que había sucedido en realidad.

Frente a él, el horizonte se terminaba como si hubiera llegado al mismo fin del mundo, y Percy Harrison Fawcett tardó sólo un instante en entender que, en cierto modo, así era.

Estaba a punto de caer por una gigantesca catarata.

Y en aquel último instante de vida, mientras experimentaba un breve lapso de ingravidez antes de precipitarse al vacío, rogó a Dios que algún día el mundo supiera del inconcebible secreto que les había sido revelado en aquella demoníaca selva.

Rogó para que sus muertes no fueran en vano, y él y los dos jóvenes que le habían acompañado hasta aquel trágico final, fueran reconocidos algún día como los autores del que, sin duda alguna, era el descubrimiento más extraordinario y trascendente en la historia del hombre sobre la faz de la Tierra.

1

Una mañana de noviembre, ochenta y cinco años más tarde.

Tenía las manos tan entumecidas por el frío bajo los gruesos guantes de neopreno, que apenas era capaz de mover los dedos.

Llevaba más de una hora sumergido a siete metros de profundidad, helado a pesar de los cinco milímetros de espesor del traje de buceo, y con una visibilidad tan mala a causa del lodo en suspensión, que no podría haber visto la quilla de un barco aunque ésta me golpeara en la cabeza. De hecho, tuve que pegar el manómetro al vidrio de la escafandra, para poder descubrir que la aguja ya estaba por debajo de la marca de las treinta atmósferas, en plena zona roja.

No me quedaba mucho tiempo.

Para variar.

Con la ayuda del potente magnetómetro Excalibur 1000 que llevaba atado a la muñeca, había encontrado ya una docena de objetos sin valor enterrados en el esponjoso légamo. Aquel lecho marino tenía la textura de papilla aguada, y sin poder contar con el sentido de la vista, resultaba difícil determinar dónde terminaba el agua y donde empezaba el fondo. Me veía obligado a, literalmente, hundirme en el fango para sacar los objetos que me señalaba el detector de metales e iba acumulando en la red atada al cinturón de lastre.

Calculé mentalmente que a aquella profundidad aún me quedaba aire suficiente para cinco o diez minutos más, así que, aunque estaba al borde de la hipotermia y el cuerpo me pedía a gritos salir del agua y buscar la estufa más cercana, decidí ajustar el detector a la máxima sensibilidad y hacer un último rastreo, aunque sabía que ello haría pitar aquel cacharro hasta por el núcleo de hierro del planeta.

Traté de regular el dial de potencia situado en el cuerpo del detector, pero entre la insensibilidad causada por el frío y el grosor del neopreno, era como enhebrar una aguja con los dedos de los pies.

«Gato con guantes —me dije— se come los mocos.»

Así que con cuidado para no perderlo me quité el guante derecho y, a tientas a través de aquella sopa marrón, alargué la mano y giré la pequeña ruedecita al máximo.

Inmediatamente, como había previsto, el aparato comenzó a transmitir señales histéricas de que había encontrado cualquier basura remotamente metálica que pudiera hallarse debajo de mí. Pero no podía perder tiempo con ello, de modo que decidí ignorar aquellos silbidos eléctricos a la espera de que el detector emitiera ese sonido tan peculiar, que revelaba la inequívoca presencia de un metal de alta densidad.

Sentía tenso el cordón que había atado alrededor de un peso muerto, que me servía como referencia y alrededor del cual iba girando en espiral, ampliando cada vez más el área de búsqueda. Al tiempo, aguzaba el oído tratando de escudriñar esa señal que esperaba, y cada poco me acercaba el manómetro a la cara, constatando que la aguja señalaba ya por debajo del veinte y me veía obligado a hacer un esfuerzo cada vez mayor para extraer el aire del regulador.

«Un minuto más y fuera», pensé.

Y justo en ese instante, creí oír un zumbido grave y lejano procedente del detector.

Sorprendido, giré sobre mí mismo para situarme encima de la señal.

Sonaba como una mosca de ochenta kilos, volando a cien metros de distancia.

Sin duda, ahí estaba de nuevo.

Dejé el magnetómetro colgando de mi muñeca, saqué un pequeño rastrillo del bolsillo del chaleco de flotabilidad y me impulsé de cabeza contra el fondo con las manos por delante, esperando que no estuviera demasiado hundido en el limo.

Me volví a sacar los guantes para tener más tacto y enterré las manos desnudas en el repugnante lodo; al hacerlo, levanté una nube de sedimentos que me envolvió por completo. Pero ya me daba igual, no había nada que ver allí abajo, sólo quería acabar de una maldita vez.

Saqué el aire restante del chaleco para hundirme todo lo posible, escarbando cada vez más profundamente en aquél consomé, sin llegar a tocar nada sólido con mis dedos congelados. El aire se resistía a salir de la boquilla, y ya empezaba a pensar que había sufrido una alucinación auditiva, cuando rocé algo duro con la yema de los dedos de la mano izquierda. Deseché el rastrillo y estiré la mano derecha para evitar que se me escurriera entre el fango.

Lo agarré con fuerza, como al más preciado tesoro, y al acercármelo a los ojos comprobé satisfecho que era aquello que llevaba toda la mañana buscando. En el interior de la dorada sortija, podía leerse claramente una fecha y el lema: «M. y J. Juntos para siempre».

Entumecido por el frío que me hacía tiritar debajo del traje, acabé de subir los últimos peldaños de la oxidada escalerilla de hierro que ascendía hasta el muelle de hormigón.

Al llegar arriba, tiré delante de mí las aletas y con un último esfuerzo, me puse en pie sobre el pantalán cargando aún a la espalda la pesada bombona de buceo, ya totalmente vacía. Seguidamente dejé el detector de metales en el suelo, y con gran alivio, me deshice de la máscara integral de inmersión, del chaleco, la botella y los plomos. Aliviado por respirar al fin aire fresco, cerré los ojos, levanté la cabeza, e inflé los pulmones todo lo que me permitía el ajustado neopreno.

Una fina lluvia caía con indolencia desde las plomizas nubes bajas que tapizaban el cielo, mientras una bandada de gaviotas graznaba sobre mi cabeza, imagino que como yo, protestando por un día tan horrible.

Pero estropeando aquel instante de calma, mientras me abría la cremallera de la espalda, hizo su aparición en el muelle un Mercedes cupé de color negro que vino a detenerse a pocos metros con un chirriar de frenos.

De él se apeó un tipo más o menos de mi edad. Treinta y muchos años, corbata fosforito, traje gris de marca y pelo engominado como si le hubiera lamido una vaca.

—¿Lo tiene? —preguntó al acercarse, sin siquiera saludar.

Levanté el brazo derecho, mostrándole el dorado anillo rodeando mi meñique enguantado.

—Ha tardado mucho —dijo dando un paso al frente, y tras quitármelo sin miramientos, se lo acercó a la cara para comprobar la inscripción.

—¿Es el que... se le cayó a su mujer? —pregunté sin disimular el sarcasmo.

El fulano se quitó las gafas de sol —absurdas en un día como aquel—, y se metió la mano en el bolsillo interior del traje.

—Eso parece —afirmó—. Aquí tiene lo suyo. —me lanzó un sobre sin mirar, de un modo que si no hubiera estado atento, habría ido a parar al agua.

Sin esperar a que pudiera comprobar su contenido, el fulano se dio la vuelta y abrió la puerta del coche. Pero antes de meterse dentro, me dirigió un último vistazo.

—Vigila de no constiparte —añadió tuteándome con una sonrisa burlona—. Parece que hoy hay mucha humedad.

Con el sobre en la mano me quedé mirando como arrancaba los trescientos caballos de su deportivo, y una única palabra acudió a mis labios.

—Gilipollas

Chorreando el agua que resbalaba por todo mi cuerpo, me acerqué al viejo Land Rover blanco que había comprado de segunda mano. Saqué la llave oculta debajo del parachoques, abrí la puerta trasera, tiré el sobre del dinero en el asiento del copiloto y comencé a desvestirme.

Desde luego, aquello no se parecía en nada a la vida bohemia que había llevado hasta hacía cosa de un año, dando clases de buceo a turistas en cualquier país en que el agua fuera cálida, las mujeres hermosas y la cerveza barata.

Bueno, en realidad sí seguía buceando, pero definitivamente no era lo mismo hacerlo en el Caribe o Tailandia, entre arrecifes de coral y peces de colores, que en un puerto de aguas aceitosas limpiando cascos de yates ajenos, o buscando anillos de oro de esposas cabreadas.

Llevaba cinco meses trabajando por cuenta propia como submarinista profesional, ofreciéndome para cualquier tipo de trabajo subacuático en que me pagaran lo suficiente para ir tirando, y ya estaba más que harto. Pero así estaban las cosas por entonces. Aunque echaba de menos las palmeras y las playas de arena blanca dorándose al atardecer de otras latitudes, desde que ella se fue, me encontraba en tal estado de apatía que hasta había perdido mi necesidad fisiológica de mudar de paisaje cada pocos meses.

De cualquier modo, seguía haciéndoseme muy raro terminar una inmersión y al salir a la superficie descubrir a lo lejos la estatua de Cristóbal Colón apuntándome con su dedo acusador. Con la inconfundible presencia de la montaña de Montjüic como telón de fondo de mi querida y, en días así, aborrecida Barcelona.

2

Aunque las pesadas botellas de aire y los plomos se habían quedado en el coche, caminar dos manzanas desde el lugar donde había aparcado hasta mi edificio con el resto del equipo a cuestas, consumió las pocas fuerzas que me quedaban.

Cuando al fin abrí la puerta de mi diminuto ático en la calle París —herencia de mi querida abuela—, dejé la pesada bolsa de lona junto a la entrada, me quité la ropa camino del baño y me metí bajo la ducha, tratando de librarme con el intenso chorro de agua caliente de aquel frío húmedo que me había calado hasta los tuétanos.

Tras un buen rato frotándome a conciencia con la esponja, concluí que ya me había quitado de encima toda la mugre de las aguas del puerto, así que cerré el grifo, y envolviéndome con la toalla me planté frente al espejo. En él un tipo moreno, ni guapo ni feo, en buena forma pero de aspecto cansado, con marcadas ojeras y una barba de varios días en la que asomaban algunas canas, me devolvía una mirada interrogativa que no quise contestar.

«Pero ¿se puede saber qué coño estás haciendo?», me preguntaban sus ojos castaños.

Ignorándolo como solía, me sequé y, con la toalla enrollada en la cintura, me derrumbé en la cama como si me hubieran pegado un tiro.

«Cinco minutos —me dije con la boca pegada a la almohada—. Cinco minutos de descanso y me levanto a preparar el almuerzo.»

Ni que decir tiene que no fue así.

Dos horas más tarde aún seguía en la misma postura, soñando con coloridos nudibranquios tropicales luciendo anillos de boda.

La voz de Jason Mraz cantando *I'm yours*, sonó durante un buen rato en el teléfono móvil antes de que me diera cuenta que no era parte del sueño.

De mala gana me levanté de la cama dando tumbos, y rebusqué entre la bolsa hermética de buceo que aún estaba tirada en el suelo. Comprobé la pantalla iluminada antes de contestar, y vi que en ella aparecía la palabra «Mamá».

Confieso que dudé por un momento en contestar a la llamada. No me sentía con fuerzas para sostener una de nuestras clásicas conversaciones madre-hijo. Pero enseguida comprendí que si no lo hacía, ella seguiría insistiendo hasta el fin de los tiempos, y si se me ocurría desconectar el teléfono, no dudaría en presentarse en casa entre aspavientos y gestos de preocupación. Así era ella.

—Hola, mamá —contesté finalmente apretando el símbolo verde de la pantalla y poniendo el manos libres.

—¿Dónde estás? —preguntó directamente con un atisbo de reproche.

—En casa, tratando de dormir un poco —repliqué sin disimular mi fastidio, caminando de vuelta hacia el dormitorio.

—¿A estas horas?

—He tenido un día muy duro, y necesitaba... en fin —dejé ahí la explicación mientras abandonaba el teléfono sobre la mesita de noche y volvía a tirarme en la cama—. ¿Qué quieres?

Ahora fue ella la que sonó contrariada.

—¿Cómo que, *qué quiero*? ¿Es que te molesta que te llame?

—No, mamá... —contesté masajeándome los párpados—. ¿Cómo iba a molestarme? Sólo te preguntaba por qué lo hacías, no seas tan susceptible.

Al otro lado de la línea pude oír un bufido.

—Está bien. Te llamaba para saber si vas a venir a cenar a casa algún día de esta semana.

—Pues...

—Me lo prometiste.

—¿Eso hice?

—El martes pasado.

—Lo había olvidado.

—Menuda sorpresa. —de nuevo, ahí asomaba el reproche.

—Está bien, vale. Te doy mi palabra de que iré esta semana.

—¿Cuándo?

—El viernes, ¿te parece bien?

—Mejor el sábado, a las ocho. Y ven arreglado. No como la última vez, que parecías un vagabundo.

—Pero ¿qué más te da cómo...? Un momento —me interrumpí—. ¿No será otra encerrona con la hija de una amiga tuya?

Un silencio inequívocamente culpable sustituyó a la respuesta.

—Joder, mamá.

—Ya es hora de que conozcas a más gente —protestó—. Llevas demasiado tiempo viviendo como un ermitaño, y Lara es una chica estupenda que está deseando conocerte. Incluso le gusta ir de viaje por ahí, como a ti.

—Mamá, me prometiste que no volverías a hacer de alcahueta. Estoy perfectamente, y no necesito conocer a ninguna otra mujer por muy estupenda que sea. Te lo he dicho ya muchas veces.

Esta vez, fue un sonoro suspiro lo que salió del pequeño altavoz del teléfono.

—Está bien... —se rindió con demasiada facilidad—. No invitaré a Lara, pero igualmente ven bien vestido y afeitado, que no me gustan las pintas que llevas últimamente.

Cerré los ojos, chasqueé la lengua y accedí, incapaz de proseguir con aquella conversación.

—Allí estaré. Hasta el sábado, mamá.

—No lo olvides —fue la última advertencia, justo antes de que presionara el botón de colgar y de nuevo el silencio se adueñara del apartamento.

Sabía perfectamente que mi madre, ignorándome olímpicamente invitaría a ¿Lara? ¿Laura? En fin, qué más daba. Escogería a conciencia la ropa más andrajosa de mi armario para acudir a la cena, y por supuesto, no me afeitaría un solo pelo de la cara. Como ya había ocurrido en los dos precedentes anteriores, la muchacha en cuestión aguantaría hasta los postres con la nariz fruncida, y se despediría con un «espero que volvamos a vernos» más falso que el juramento de un congresista.

Lo que no tenía nada de falso era el incipiente dolor de cabeza que sentía crecer justo detrás de los ojos, y trataba de hacer memoria sobre si quedaba algún ibuprofeno en el botiquín, cuando Jason Mraz volvió a puntear los pegadizos acordes de su guitarra en mi teléfono. Ya empezaba a caerme mal el tipo.

Estiré de nuevo el brazo hacia la mesilla de noche, con los ojos cerrados y mordiéndome los labios para no soltar un improperio al descolgar de nuevo el teléfono.

—Ya te he dicho que iré, mamá —gruñí—. Por favor, déjame dormir.

—Oh, disculpa —contestó una voz de hombre—. Mejor te llamo en otro momento.

—¿Profesor? —pregunté mudando inmediatamente el tono de voz y abriendo los ojos, al reconocer a Eduardo Castillo. El profesor retirado de Historia Medieval, que era tan buen amigo mío como anteriormente lo había sido de mi padre.

—No sabía que estabas durmiendo —se disculpó.

—Sí, bueno… no. Ya no. No importa. Dígame.

—¿Cómo va todo por ahí? —preguntó en cambio con tono lúgubre.

—Más o menos. Pero a usted sí que lo noto algo raro. ¿Ocurre algo?

Un prolongado silencio al otro lado de la línea me llevó a deducir que así era.

—¿Puedes venir a mi casa?

—Claro, profe. ¿Cuándo?

Otro largo silencio.

—¿Podrías venir a cenar, a eso de las nueve?

Aunque a sus cincuenta y muchos años presumía de una salud envidiable, por su actitud temí por un segundo que algo grave le sucediera.

—¿Seguro que se encuentra bien?

—Sí, tranquilo. ¿Puedes venir?

—Claro. Estaré ahí para la cena.

—Gracias —dijo, y colgó.

Esta vez me quedé mirando la pantalla del teléfono durante unos segundos. No tenía ni idea de lo que pasaba, pero creo que jamás le había oído hablar así.

Con el estómago protestando a coces y muy pocas ganas de ponerme a cocinar, bajé al restaurante chino que había junto a mi casa; esperaba que pudieran hacerme algo de comida a esa mala hora de la tarde.

Afortunadamente se apiadaron de mí, con lo que veinte minutos después ya había devorado una buena ración de tallarines tres delicias y jugueteaba con el tenedor sobre la superficie de porcelana del plato, pensando que, si aún no había tocado fondo con mi vida, me estaba hundiendo paulatinamente como si llevara un ancla atada a los pies.

Y andaba vagando entre la espesa niebla de mis divagaciones, cuando me di cuenta de que era el último cliente del restaurante, y las cinco camareras chinas me miraban con los brazos cruzados y gesto de impaciencia. Para no ganarme su antipatía y evitar que el próximo día me escupieran en el plato, pagué la cuenta, dejé una buena propina, y me dirigí directamente al Náufrago, un recóndito bar de apropiado nombre en el corazón del barrio gótico, donde hacer tiempo delante un tequila reposado antes de encontrarme con el profesor para la cena.

El pequeño bar del casco antiguo de Barcelona, ocupado por unas pocas mesas de madera vieja, fotos en sepia de la posguerra en las paredes, servilletas de papel arrugadas y serrín en las esquinas, seguía siendo propiedad de Antonio Román, un veterano contrabandista que ya debía de superar los noventa años y había dejado el exigente negocio de la restauración en manos de sus nietos.

Diego —seguramente el único de ellos que había aceptado hacerse cargo del negocio—, alto y desgarbado, con camisa blanca, perilla y coleta, secaba el vacío mostrador con indolencia, levantando una ceja al verme cruzar el umbral a modo de escueto saludo entre viejos conocidos.

—¿Cómo te va, Ulises? —preguntó en cuanto me senté en la barra, volviéndose antes de que le contestara hacia la botella de José Cuervo que tenía a su espalda.

—Podría ir mejor.

Mientras servía el chupito de tequila, afirmó sin levantar la vista:

—No has hecho caso de mi consejo, ¿a que no?

—¿Qué consejo?

—¿Cuál va a ser? Que la llames.

—No puedo.

—No quieres —sentenció meneando la cabeza, dejando la cosa ahí cuando otro cliente levantó la mano pidiendo una cerveza.

Y tenía razón, por supuesto.

Sin quererlo —pero sin tampoco hacer demasiado para evitarlo—, evoqué la imagen de Cassandra Brooks sentada frente a mí, en una de las mesas de aquel mismo bar. La recordé hablándome con aquel delicioso acento mexicano suyo, y sonriendo con esos ojos esmeralda que me tuvieron hechizado desde el día en que la conocí, hasta que se marchó para siempre con un vago «nos vemos», arrastrando su pequeña maleta roja por el pasillo de mi casa.

Desde entonces, me había quedado en un estado que sólo era capaz de definir como parálisis. Agarrotado de ánimo y voluntad, con el corazón seco y el entusiasmo justo para abrir los ojos por la mañana.

Aunque, la parte irónica del asunto, era que yo mismo había sido el causante de aquella separación.

Después de muchos años rodando por el mundo, sin una pareja estable ni nada que se le pareciera, me había acostumbrado tanto a aquella independencia absoluta en la que no debía decidir a medias ni dar explicaciones por nada, que cuando nos fuimos a vivir juntos llegó un momento, al cabo de pocos meses, en que una irresistible necesidad de libertad me empujó a marcharme una temporada bien lejos. A viajar a algún lugar tranquilo, donde poder replantearme el rumbo que estaba tomando mi vida sin encontrarme con Cassie a la hora de desayunar.

Para cuando regresé tres semanas más tarde de Vietnam, ella aún estaba en Barcelona, pero las cosas ya no volvieron a ser lo mismo. Yo seguía zozobrando en mis —incluso para mí— incomprensibles dudas, y poco más tarde llegamos a la inevitable conclusión de que debíamos seguir caminos separados. Por mucho que doliera.

Y dolió.

Lo peor de todo aquello, fue que Cassie se llevó una irreparable decepción ante el inexplicable fracaso de aquella relación por la que tanto había dado, y a partir de ese momento, decidió cortar por lo sano y no volver a verme jamás. Hasta eliminó mi número de su teléfono y mi nombre de sus redes sociales, dejando muy a las claras que no quería saber una palabra de mí.

Tiempo después, supe por amigos comunes que ella logró recuperar su vida anterior —al menos profesionalmente—, volcándose de nuevo en su especialidad como arqueóloga submarina, ocupando un puesto de responsabilidad en una excavación en la costa de Cádiz, al sur de España.

En cambio, yo me había quedado varado como un viejo marinero que ve partir el último barco del muelle, preguntándose qué diablos va a hacer a partir de ese momento. Allá donde mirara hacia el futuro, todo lo veía como esa gris y apática tarde barcelonesa.

Hasta hacía poco, mi vida adulta había consistido en vagabundear entre los trópicos de Cáncer y Capricornio, sin preocuparme lo más mínimo por mi futuro, ni de aquello que iba dejando atrás. En consecuencia, no había conservado prácticamente ningún amigo en mi ciudad natal, y todos ellos, sin excepción, seguían además tan casados y comprometidos con unas vidas que detestaban, como la última vez que los había visto.

A esas alturas, no tenía ni el humor ni la paciencia de escuchar la retahíla de tópicos habituales en los reencuentros: complicaciones matrimoniales, lo guapos que estaban sus hijos, o lo mal que les trataban sus jefes.

No es que me diera igual. Es que se trataba de aspectos tan ajenos a mi propia vida, que la mayoría de las veces no tenía la menor idea de lo que me estaban hablando, y para ser sincero, rara vez me importaba.

Además, tras oír de sus bocas repetidamente que yo tenía mucha suerte de hacer lo que hacía y vivir como vivía, o que ojalá ellos pudieran hacer lo mismo, en algunas ocasiones y preso de un arranque de ingenuidad, trataba de explicarles que por supuesto que podían, que era sólo cuestión de priorizar ciertos aspectos de la existencia y no dejarse llevar por la rutina o las expectativas ajenas. Elegir qué se desea hacer «realmente», y luego tratar de llevarlo a cabo. No como pasatiempo ni actividad de fin de semana, sino como una actitud permanente y en todos los ámbitos. Buscar el propio camino, en lugar de seguir a la multitud.

Dicho en plata, que aprovecharan sus vidas.

Lamentablemente, solía ser entonces —normalmente tras las frases «no tengas miedo de perseguir tus sueños» o «vive cada día como si fuera el último, porque es posible que lo sea»— cuando empezaban a mirarme como si fuera un Hare Krishna rapado y ataviado con túnica naranja, que tratara de convencerlos con un folleto y una bandeja de galletitas de que debían abandonarlo todo y seguir los preceptos del *Bhagavad-Gita*.

Así que, por ese lado, no había mucho donde rascar.

Lo irónico es que en los últimos meses yo tampoco había seguido mis propios consejos.

De hecho, ni siquiera la posibilidad de regresar a mi vida anterior como submarinista nómada, ejerciendo como instructor de buceo para turistas en parajes exóticos, me entusiasmaba en absoluto. Para bien o para mal, aquella ya era una etapa de mi vida que había dejado atrás, y ahora debía hallarme de nuevo a mí mismo y decidir qué podía hacer a partir de ese momento.

Pero lo cierto es que no tenía la más remota idea.

Si acaso, apurar aquel vaso de tequila y quién sabe si alguno que otro más.

Para mi desgracia, había comprendido demasiado tarde que, a pesar de no poder vivir con Cassandra, aún más difícil me resultaba vivir sin ella. Había perdido el norte, como se suele decir, y a pesar de los habituales pescozones de mi madre para que moviera el culo e incluso sus vanos intentos de organizarme citas a ciegas, no tenía el menor interés en buscar una sustituta a la mexicana, porque sabía que no la iba a encontrar.

—La echo de menos —murmuré mirando el vaso con la mirada perdida.

—No me digas... —ironizó Diego desde el otro lado del mostrador.

João Gilberto susurraba su canción *Desafinado* desde el pequeño altavoz en la esquina del local, como un malintencionado acupuntor clavándome agujas en el corazón a ritmo de *bossa nova.*

—Soy idiota —afirmé, y apuré el tequila de un trago.

—Todos los somos —coincidió el barman, filosófico.

El licor me abrasó la garganta, haciéndome inspirar hondo.

—Pero no la voy a llamar.

—Si tú lo dices.

Los dos nos quedamos callados.

—Lo pasado, pasado está —concluí terminando un segundo vaso.

Diego se encogió de hombros, como diciendo: «tú verás, chaval».

Dejé el dinero sobre la barra, y me despedí con un tamborileo sobre el mostrador.

Desde que había vuelto a vivir a Barcelona, era rara la semana que el profesor no me invitaba a comer a su casa para rememorar nuestras pasadas aventuras y exagerarlas debidamente con generosos tragos de vino blanco. Pero en aquella ocasión, mientras empujaba la pesada puerta de hierro de su edificio en el Eixample, y me adentraba en las tinieblas de la portería, un escalofrío me recorrió la espalda y tuve la corazonada de que algo malo había sucedido y que, de rebote, me iba a afectar a mí también.

Al llegar al quinto piso, el veterano ascensor de madera y enrejado se detuvo bruscamente y salí al oscuro rellano, donde una agonizante bombilla iluminaba una gastada placa en la que se podía leer: Profesor Eduardo Castillo Mérida.

Llamé al timbre e inmediatamente se abrió la puerta; la familiar figura de Eduardo apareció en el umbral, vestido con su irrenunciable chaleco, su pajarita y su camisa a cuadros. Esta vez, sin embargo, no exhibía la ancha sonrisa con la que solía recibirme, y tras las anticuadas gafas de carey, se podía leer claramente la preocupación en sus apagados ojos azules.

—Ulises —me saludó con un apretón de manos—. Gracias por venir, y discúlpame por la urgencia.

Me indicó que le siguiera hasta el salón y allí me senté frente a la mesa, fingiendo despreocupación.

Mientras se acercaba a la cocina en busca de un par de cafés recién hechos, dejé vagar la mirada recordando las aventuras comunes que estaban ligadas a aquel salón y a aquella mesa ovalada de madera oscura.

Como siempre, los libros seguían siendo los dueños absolutos de la casa. Ocupando no sólo las estanterías que llegaban hasta el techo, sino, además, desbordándose por sillas y pasillos. Apilados en un indescifrable orden, e impregnando la vivienda de ese inconfundible olor a historia y literatura que sólo se encuentra en los rincones perdidos de las librerías centenarias. A mi izquierda, un amplio ventanal dejaba entrar la rácana luz de aquella tarde otoñal, que iba a encontrarse con un hermoso mapamundi en tonos ocres que ocupaba prácticamente toda la pared que tenía enfrente.

—Con leche y tres de azúcar —dijo entonces el profesor saliendo de la cocina con una pequeña bandeja entre las manos.

Tomé mi taza y, en silencio, esperé a que él hablara.

Éste dio un par de sorbos distraídamente, y fue entonces que me di cuenta de sus marcadas ojeras y los ojos enrojecidos.

—¿Cómo te va todo, Ulises? —preguntó al fin.

—Pues bien. Creo —repuse extrañado por aquella pregunta tan vaga.

—Me alegro, me alegro... —contestó a los posos de su taza.

—Esto... profe —inquirí al ver que no decía nada más—. ¿Me va a explicar para que me ha llamado o voy a tener que adivinarlo?

El profesor levantó la vista y me miró como si acabara de darse cuenta de que estaba ahí.

—Sí, claro —dijo sonriendo una disculpa—. Pero ¿te importaría que esperáramos un momento? —Consultó su reloj de muñeca, y añadió—: Debe estar a punto de llegar.

—¿De llegar? ¿Quién?

Y como si lo hubiera tenido ensayado, justo en ese instante sonó el timbre de la portería y mi anfitrión se levantó a abrir.

Sin preocuparme demasiado en averiguar la naturaleza de aquella inesperada visita, tomé mi taza de café y me acerqué al amplio ventanal que daba a la calle. Las dos hileras de plataneros que flanqueaban la calzada, ya prácticamente desnudos de las hojas secas que alfombraban las aceras, pincelaban de marrones y amarillos los omnipresentes negros y grises, de viandantes y fachadas en aquella parte de la ciudad.

Parecía estar a punto de llover, y cavilaba sobre que debía haber traído un paraguas, cuando la puerta del piso se cerró a mi espalda y, al darme la vuelta para recibir a la visita, una voz inconfundible me llegó desde el fondo del pasillo.

—¿Ulises? —exclamó con incredulidad—. Pero ¿qué chingada estás haciendo *tú* aquí?

Con el corazón en un puño, me encontré súbitamente frente a un rostro que pensaba no iba a contemplar nunca más.

—Hola, Cassie —murmuré aturdido, tragando saliva con dificultad.

3

Cassandra estaba ahora sentada al otro lado de la mesa, tan guapa como la recordaba. Con su rizado pelo rubio recortado a la altura de los hombros, y la tez morena curtida por el sol, en la que destacaban poderosamente sus grandes ojos verdes. Unos ojos que en esta ocasión me miraban con dureza, al parecer esperando alguna explicación por mi parte.

—¿Puede saberse a qué viene esta encerrona? —me soltó sin preámbulos—. Espero no haber volado desde Cádiz, dejando mi trabajo en la excavación, sólo para tomarme un pinche café contigo.

—A mí no me mires —aduje levantando las manos—. Yo tampoco sabía que venías tú.

—Oh, sí. Por supuesto.

—¿Qué insinúas? ¿Crees que he organizado esto para volver a verte?

—Pues ya me dirás —replicó con cara de malas pulgas—. El profesor me pide que venga urgentemente a Barcelona en el primer avión sin darme explicaciones, y lo primero que me encuentro al llegar es a ti, esperándome en su salón.

—Cassie —insistí tratando de no alterarme—. Te juro por mi madre, que yo no...

Pero en ese instante llegó el profesor desde la cocina, con otro café para la mexicana.

—Esperad un momento —interrumpió en tono conciliador, alzando una mano—. Antes de que os matéis entre vosotros, dejadme que os aclare por qué estáis aquí.

—Soy toda oídos —rezongó la arqueóloga.

El profesor dejó la taza en la mesa y tomó asiento entre los dos con gesto abatido.

—Os he llamado —su voz sonó preocupada—, porque algo terrible ha sucedido y necesito vuestra ayuda.

Ni Cassie ni yo abrimos la boca, a la espera de que nuestro anfitrión nos sacara de la incertidumbre.

—¿Os he hablado alguna vez de la doctora Valeria Renner? —preguntó al cabo de un largo minuto, sin despegar la vista de la mesa.

Cassandra y yo intercambiamos una mirada fugaz, negando al unísono con la cabeza.

—Ya, claro... Sucedió hace muchos años y sólo tu padre —dijo mirándome de reojo—, con el que me unía una gran amistad, lo sabía.

—¿Saber qué? —pregunté, intrigado.

El profesor escarbaba ahora con la cucharilla en los posos del café.

—Pues que entre Valeria... —carraspeó un par de veces—. Entre la doctora Renner y yo, esto... existe un vínculo muy especial.

—Órale, profesor. —Cassandra sonrió—. Qué calladito se lo tenía.

—¿Cuándo? —inquirí, sorprendido—. ¿Cómo? Yo nunca le he visto con ninguna mujer.

—Sucedió hace ya tiempo, Ulises.

—Pero ¿por qué nunca nos habló de ella?

Eduardo Castillo se rascó la cabeza, visiblemente incómodo.

—Bueno, ya sabéis —dijo—. Soy muy celoso de mi intimidad, y no quería que nadie de la Universidad supiera nada. Además, nunca he tenido oportunidad de presentárosla.

Fruncí el ceño con escepticismo.

—¿En todos estos años no ha tenido oportunidad?

—Valeria es antropóloga —adujo—, y pasa mucho tiempo haciendo trabajo de campo. Pero la razón de que nunca os haya hablado de ella... es porque ella no tiene ningún interés por volver a verme.

—Vaya, lo siento —lamentó la mexicana.

—Ya entiendo... —dije dándole una palmada en la espalda—. Pero aquí nos tiene para ayudarle a salir de este mal trago. Ya sabe el dicho: «Hay más peces en el mar, que...».

Me interrumpí, al ver que el profesor me miraba con extrañeza.

—Pero ¿de qué diantres estás hablando? ¿A qué viene eso de los peces?

—Hombre, profe, yo sólo trataba de darle ánimos. Sé que después de terminar una relación, al principio todo se ve negro. Pero ya verá que con el tiempo encontrará a alguien, y entonces... —dejé la frase en el aire y le guiñé un ojo.

—Ulises —dijo poniéndose recto en la silla—, estás totalmente equivocado. Los dos lo estáis. —Nos miró a ambos y añadió—: No os he llamado para que me consolarais de mal de amores ni nada parecido.

—Oh, pues... usted dirá.

Entonces, como solía hacer cuando tenía algo importante que exponer, el profesor se puso en pie y comenzó a caminar por el salón, como si se encontrara de nuevo en su antigua aula.

—La doctora Renner —dijo mirando a través de la ventana—, es actualmente una de las antropólogas más reconocidas a nivel internacional. Tiene decenas de artículos que son referencia habitual en universidades de todo el mundo, y ha escrito un par de libros que están entre los más influyentes en la materia —alargó la mano y sacó de la estantería un tocho de casi mil páginas—, incluido el aclamado *Sociología y Antropología del pueblo Chamula.*

—¡Híjole! —exclamó Cassandra chasqueando los dedos—. Ya sabía yo que me sonaba ese nombre. Es un estudio sobre el pueblo tzotzil del sur de México. Lo leí en la facultad.

—Yo me esperaré a que hagan la película —apunté sin que nadie me preguntara.

El profesor devolvió el ejemplar a su sitio y siguió hablando.

—Resumiendo. Resulta que hace tres meses, financiada por la Universidad de Viena, partió con un pequeño grupo de científicos hacia una región poco explorada del Amazonas con el fin de estudiar a la tribu indígena de los menkragnoti. —Hizo una pausa para respirar hondo—. Valeria es una antropóloga experimentada que ha pasado largas temporadas en lugares remotos, y por eso saltaron todas las alarmas cuando ni ella ni nadie de su equipo realizó la llamada por teléfono satelital que tenía programada... ni ninguna otra más.

—¿Y no han podido, simplemente, haber perdido el teléfono o que se les haya estropeado? —aventuró la mexicana.

Eduardo Castillo se apoyó en el respaldo de una silla y nos miró con gravedad.

—Eso fue hace veintitrés días. Ya habrían encontrado otra manera de ponerse en contacto de algún modo. Valeria es una mujer de recursos.

—¿Quiere decir entonces que ha desaparecido?

—La última comunicación fue hace casi un mes, como ya os he dicho —confirmó, cabizbajo—. Nadie ha vuelto a saber de ellos desde entonces.

—¿Y la policía? —preguntó Cassandra—. ¿Qué ha dicho la policía brasileña? ¿Los han buscado?

—Dicen que es una región demasiado extensa y remota, y que no tienen ni personal ni presupuesto para emprender una operación de búsqueda.

—Pero habrá alguien allí a quien poder pedirle que investigue, ¿no? —insistí, extrañado—. No sé. A la embajada, a la Cruz Roja...

El profesor negó con la cabeza lentamente.

—Nadie. No hay nadie a quien acudir.

Se le veía realmente abatido, y si no fuera porque lo conocía, hubiera dicho que estaba a punto de soltar una lágrima de desesperación.

—Lo siento, profe —le dije, entristecido de verlo en ese estado—. De verdad que lo siento mucho —y buscando aprobación en los ojos de Cassie, añadí—: Si hay algo que podamos hacer...

Entonces levantó la cabeza y clavó en mí sus ojos azules, pero esta vez reflejando una firme determinación.

—Acompañadme.

—Claro —contesté—. ¿Adónde?

Sin dejar de mirarme, señaló al mapamundi que quedaba a su espalda.

—Al Amazonas, Ulises. A buscarla.

4

—Repita eso —dije tras unos segundos de estupor, convencido de que había oído mal.

Dio un paso hacia adelante y se apoyó con ambas manos en la mesa, mirándonos alternativamente a uno y otro.

—Voy a ir a la Amazonía a buscar a Valeria —reiteró subrayando cada palabra—. Y me gustaría... *necesito* que me acompañéis.

—Discúlpeme —intervino Cassandra alzando las manos—, pero me temo que no sabe realmente lo que está diciendo.

El profesor se sentó pesadamente.

—Si no voy yo, nadie va a ir en mi lugar. Y sé que tendré más oportunidades si venís conmigo.

—Daría igual que fuera con los pinches marines —arguyó la mexicana pacientemente—. El Amazonas es inmenso. Sería como recorrer España entera —escenificó estirando los brazos—, buscando una moneda que se le ha caído al suelo.

—Sé que no es fácil —admitió con calma—. Por eso necesito ayuda, y vosotros conocéis bien la selva.

—Un momento, profe —le corregí—. Es cierto que Cassie y yo hemos estado en unas cuantas, pero nunca en la Amazonía; y me consta que las junglas de Centroamérica o Asia son jardineras comparados con aquélla. Además, Cassie tiene razón —añadí—. Se trata de un territorio de casi cinco millones de kilómetros cuadrados de selva impenetrable. Allí podría perderse un país entero y jamás darían con él.

—Yo no he dicho que se haya perdido —me interrumpió el profesor—, sino que ha desaparecido.

—¿Y cuál es la diferencia?

—Pues la diferencia es que quizá ella sí sabe dónde está, y como nosotros sabemos el lugar donde estaba hace un mes, la zona de búsqueda se reduce considerablemente.

—Pero aun así…

—Mira, Ulises, sé que debe parecer una locura —hizo una pausa para inspirar—, incluso a mí me lo parece. Pero quiero… *debo* ir en su busca.

Los tres nos quedamos en silencio durante un minuto largo, embargados por una abrumadora sensación de irrealidad. Y al menos en mi caso, con la extraña impresión de que había algo que no acababa de encajar, de que todavía faltaba una pieza clave en aquel rompecabezas.

Finalmente, fue Cassandra quien tomó la palabra.

—Lo que no acabo de comprender —miró fijamente al profesor—, es su sentido de responsabilidad hacia esa mujer. Si un antiguo novio mío desapareciera y además no quisiera volver a verme, la verdad, no creo que cruzara medio mundo para ir a buscarlo.

—Es un alivio saberlo —contesté entre dientes.

Sin siquiera mirarme, la mexicana agradeció el comentario con una dolorosa patada en la espinilla.

—Es verdad —aclaró el profesor con la mirada perdida—, pero es que ella es la persona más importante para mí en este mundo. La doctora Renner y yo… en fin, ella…

—¿Qué? —pregunté, impaciente.

Levantó la vista y nos miró a ambos con timidez.

—Valeria es mi hija.

Cassandra y yo nos quedamos de piedra. No teníamos ni idea de que el profesor hubiera tenido jamás una relación seria; todos los que lo conocíamos dábamos por hecho que sólo había vivido para su trabajo, como profesor de Historia Medieval. Pero el que hubiera tenido una hija secreta de la que nadie había oído hablar… Eso, resultaba de todo punto increíble.

Varios minutos más tarde, yo aún tenía los ojos abiertos como platos y no era capaz de articular una frase coherente. Me sentía como si mi madre, un buen día, me hubiera confesado que en realidad era hijo del Espíritu Santo.

—Pe... pero ¿cómo es posible? —balbucí.

El profesor esbozó una mueca divertida ante nuestra evidente confusión.

—Bueno, ya sabes... —Se encogió de hombros—. ¿Nunca te explicaron lo de las abejas y las florecitas?

—No se haga el gracioso. ¿Por qué nunca nos habló de ella?

El aludido se rascó de nuevo la cabeza, aún más incómodo que antes.

—Conocí a Lorena Renner, su madre, cuando estudiaba en la facultad, a finales de los setenta. —Se quedó mirando al techo, rememorando algún momento treinta años atrás—. Era una auténtica belleza y sumamente inteligente, pero con un carácter de mil demonios, lo que hacía que los guaperas de la facultad la miraran con recelo y optaran por presas más fáciles. Pero un día, ella y yo coincidimos en una fiesta universitaria. Bebimos mucho, nos caímos bien, me ofrecí a acompañarla a casa... y bueno, nueve meses después, nació Valeria.

—El fruto de una noche de pasión —apuntó Cassandra.

El profesor bajó la vista de la lámpara y suspiró profundamente.

—Algo así —convino—. Aunque su madre y sus abuelos no lo vieron de la misma manera, y por más que insistí nunca me permitieron verla.

—¿No pudo conocer a su hija? —exclamó la arqueóloga con estupor.

—Hasta que cumplió los dieciocho años —musitó, entristecido—. Y para entonces, yo era sólo un extraño. Desde que Lorena se quedó embarazada le ofrecí matrimonio o reconocer la paternidad haciéndome responsable de los gastos que fueran necesarios. Pero siempre me rechazó alegando que un error no se corregía haciéndolo más grande... y simplemente, le puso su propio apellido a su hija, e hizo que nunca supiera nada de mí.

Mi viejo amigo tenía las manos extendidas sobre la mesa y la mirada perdida en el recuerdo.

—Lo siento profe, de verdad —le dije sentidamente, posándole la mano en el hombro—. ¿Y desde entonces no ha vuelto a verla?

—¿A Valeria? Sí, volví a verla hará un par de años... en el entierro de su madre.

Entonces metió los dedos en el bolsillo de su camisa y sacó una fotografía que le mostró a Cassandra.

—Nos la hicimos en el funeral —aclaró—. Es la única que tengo en la que aparecemos los dos juntos.

—Es muy guapa —comentó la mexicana asintiendo con la cabeza—, y tiene sus mismos ojos.

Lleno de curiosidad, estiré la mano y me hice con la fotografía. En ella aparecía el profesor con traje y corbata negra a la izquierda de la imagen, y a la derecha, también vestida de negro, una mujer de unos treinta años, casi diez centímetros más alta que mi viejo amigo y, como bien decía Cassie, tremendamente atractiva. De piel blanca y algo pecosa, una larga cabellera negra y lisa enmarcaba unas facciones firmes y decididas. Tenía una mandíbula ancha, unos pómulos marcados al final de una sonrisa triste, nariz respingona y, destacando poderosamente, unas deslumbrantes pupilas azul marino que miraban a la cámara con fijeza.

—Está claro que debió salir a su madre —afirmé devolviéndole la foto.

Cassandra se inclinó hacia él y le tomó la mano.

—Cuánto lo siento, profesor. Es una historia muy triste.

Con ojos enrojecidos, Eduardo nos miró a ambos.

—¿Comprendéis ahora por qué he de ir a buscarla?

Los tres nos perdimos durante un buen rato en un denso silencio. El profesor Castillo con la mente puesta en algún lugar del Amazonas, yo mirando al profesor sin saber muy bien qué pensar de todo aquello, y Cassie mirándome a mí, sabiendo antes que yo lo que iba a decir.

—Está bien, profe —resoplé, resignado—. Aquí no hay nada que me ate, así que si cree que le puedo ser de ayuda, le acompa...

—Yo voy —se apuntó Cassandra antes de que terminara la frase.

—Gracias —masculló el profesor mirándonos a ambos con orgullo y gratitud—. Gracias a los dos. Sabía que podía contar con vosotros

—Pero ¿y tu trabajo? —pregunté, sorprendido, girándome hacia la arqueóloga—. ¿No decías que estabas en mitad de una excavación en Cádiz?

—Mi trabajo es cosa mía —repuso con un gesto de desafío—. Y además, los próximos meses estarán dedicados a clasificar todo lo que hemos sacado del fondo marino, y eso lo pueden hacer otros.

El profesor se puso de nuevo en pie con expresión satisfecha.

—Entonces estamos de acuerdo —dijo juntando las manos, y sonriendo por primera vez con la esperanza brillando en sus ojos, agregó—: Nos vamos al Amazonas.

—Mañana deberíamos reunirnos para organizar la logística —sugerí, pensativo—, y creo que en cosa de una semana ya podríamos estar en marcha.

El profesor carraspeó exageradamente, y nos dirigió una mirada escrutadora por encima de sus gafas.

—En realidad —dijo en voz baja—, había pensado salir un poco antes.

—¿Antes? —pregunté, suspicaz—. ¿Cuánto antes?

Eduardo Castillo miró su reloj, y como si tal cosa, dijo:

—Nuestro vuelo sale mañana a las siete, así que calculo que nos quedan… unas nueve horas.

Cassie alzó las cejas con estupor.

—Pero ¿cómo? —nos miraba a uno y otro, desconcertada—. Si acabamos de decirle que…

El aludido le guiñó un ojo y sonrió con picardía.

—Ayer compré los billetes de avión. Estaba totalmente seguro de que los dos ibais a decir que sí.

5

Exactamente veintisiete horas después de estar tomando café en el piso del profesor, salíamos por la puerta de un Airbus de Varig, descendiendo por la escalerilla hacia la pista de aterrizaje.

Habíamos dejado Barcelona con frío y un cielo plomizo amenazando lluvia, y sin tener aún muy claro por qué, nos encontrábamos camino de un edificio bajo de color crema en el que, en grandes letras doradas, podía leerse *Aeroporto de Santarém.* Se respiraba un calor húmedo y denso, cargado de olores de selva, río y queroseno, mientras hacia el oeste el sol colgaba sobre la línea verde de los árboles como un gigantesco semáforo ámbar, que nos indicaba precaución sin que llegáramos a advertirlo.

Como quien lleva a un amigo a casa tras una borrachera, tratando de que se mantuviera todo lo perpendicular que fuera posible respecto al suelo, ayudaba al profesor a conservar la dignidad en el corto trayecto hasta la terminal.

Trastabillaba continuamente, aún adormilado por el efecto de la sobredosis de ansiolíticos a la que se sometía cada vez que se veía obligado a subir a un avión.

—Venga, profe, espabile —le reclamaba pasándole el brazo por debajo de los hombros—. No voy a llevarle así hasta el hotel.

—Pobre... —resopló Cassandra, que caminaba delante cargada con las tres bolsas de mano—. Todavía no se ha recuperado de las pastillas. Dale algo de tiempo.

—¿Más? Le he dado de beber cuatro Red Bull. Debería estar como una moto.

—¿Que has hecho qué? —Se detuvo frente a mí, atónita.

—¿Qué querías que hiciera? ¿Ingresarlo en una clínica de rehabilitación?

—¡Serás burro! Podrías haberle provocado un ataque al corazón con esa cantidad de cafeína.

—Venga ya, no exageres.

En ese preciso momento, el profesor levantó la cabeza y nos observó por encima de sus gafas.

—¿Ya hemos llegado? —preguntó con voz trémula y mirada desenfocada.

—Bienvenido a Brasil, profesor —dijo Cassandra acercándose a él, y dejando las bolsas en el suelo le preguntó—: ¿Cómo se encuentra?

Parpadeando con dificultad el profesor Castillo miró atrás, hacia el avión que acabábamos de abandonar, luego al cielo azul sobre nuestras cabezas y finalmente a sus propias manos, que abrió y cerró un par de veces como si acabara de descubrirlas.

—Creo que bien —articuló con dificultad—. Pero… ¿por qué estoy temblando?

El recorrido hasta el hotel atravesando el extrarradio de Santarém no fue precisamente un bonito paseo. Al otro lado de la ventanilla del taxi se extendía un enorme barrio de chabolas que, en la mayoría de los casos, eran poco más que cuatro paredes de conglomerado techadas de bolsas de plástico y trozos de lona.

Hasta donde se perdía la vista se extendían aquellas construcciones entre callejones de tierra, que en época de lluvias debían convertirse en barrizales y ríos de basura. De vez en cuando, sombras huidizas de rasgos indígenas se asomaban a la carretera por la que circulábamos: niños churretosos casi desnudos, madres cargadas de cestos y hombres ociosos sentados bajo un árbol acumulando latas vacías de cerveza.

En cosa de veinte minutos, ya en el exclusivo y encalado centro de la ciudad, nos detuvimos frente al Brasil Grande Hotel, y tras dejar el equipaje en nuestras respectivas habitaciones dispusimos encontrarnos para cenar una hora más tarde. Me encontré con que tenía una habitación doble para mí solo, con una inmensa cama junto a la ventana, y me abalancé sobre ella antes de que la puerta se cerrara a mi espalda.

Tras un breve descanso, tomé una buena ducha, me vestí con mi mejor camisa hawaiana, y a las siete de la tarde bajaba las escaleras para encontrarme con mis amigos en el comedor, tal como habíamos acordado.

Cuando llegué, ellos ya estaban allí, y como le impulsaba a hacer su marcado sentido de la cortesía, el profesor se levantó de la mesa que ocupaba para recibirme.

Yo, sin embargo, lo miré de arriba abajo conteniendo una sonrisa.

—Hola, profe —le saludé—. ¿Qué hace vestido de explorador africano? ¿Ha vuelto a perderse Livingston?

El hombre se miró a sí mismo y a sus ropas color caqui.

—Es ropa para los trópicos —adujo alisándose la camisa—. Lo mejor que tenían en la tienda.

—Pues con esa pinta, más bien parece que vaya a un safari por Kenia.

—Bueno, no todos tenemos tu buen gusto para vestir… —y señalándome, añadió con una sonrisa ladeada—: Por cierto, me han llamado de recepción. El de las maracas de la orquesta quiere que le devuelvas su camisa.

Tras el ritual intercambio de burlas, al que Cassandra asistía con divertida imparcialidad, tomamos asiento y al poco se acercó un estirado camarero a tomarnos nota. Mientras nos traía la cena, decidimos ponernos al corriente de todo lo que rodeaba aquel viaje y que aún no sabíamos.

La reunión en casa del profesor había terminado abruptamente, pues tuve que regresar a casa corriendo para preparar el equipaje, y durante el vuelo, mi viejo amigo había estado tan drogado que no habría sido capaz de explicarme ni su número de teléfono. Así que, prácticamente sólo conocíamos lo que nos había contado en el salón de su casa el día anterior, y sentado en el restaurante de aquel hotel a menos de tres manzanas del río Amazonas, alguna que otra pregunta me venía a la cabeza.

—Profe —dije sirviéndome un poco de agua en mi copa—. ¿Sabe usted cuántas personas acompañaban a su hija en la expedición?

—Creo recordar… —contestó rascándose la barbilla— que en total eran seis o siete. Un arqueólogo, un antropólogo, un médico, un guía y dos o tres ayudantes.

—Y supongo que de ellos tampoco se ha sabido nada.

—Supones bien

—Ya… ¿Y nadie se ha preocupado de ir a buscarlos? Aparte de nosotros, claro.

El profesor se removió en la silla, diría que incómodo con la pregunta.

—Sí —asintió—. En realidad, a través de la Universidad que les financió están organizando una expedición de rescate. Pero según me confesaron aún pueden tardar varias semanas en estar preparados, y no tenemos… Valeria quizá no tiene tanto tiempo.

—Claro —musitó Cassandra—. Pero tengo una duda. ¿No le parece que organizar una expedición a un lugar tan remoto, con sólo siete personas y un teléfono celular para contactar con el mundo exterior, fue un poco…? No sé cómo decirlo.

—Precipitado es la palabra —corroboró el profesor Castillo—. He averiguado que tuvieron que partir casi con lo puesto, sin poder planificar adecuadamente la logística ni la seguridad.

—¿Y por qué esas prisas? —inquirí.

Echándose hacia atrás en la silla, se pasó las manos por la cara en un gesto de cansancio.

—Por algo que no os he contado todavía —afirmó quitándose sus gafas de carey y dejándolas sobre la mesa—. La región a la que nos dirigimos, el territorio de los menkragnoti, va a desaparecer en unas pocas semanas.

6

La mexicana y yo nos habíamos quedado con la boca abierta ante aquella nueva revelación.

—¿Puede... repetir eso? —insistí creyendo no haber oído bien.

—He dicho —repitió inclinándose hacia adelante—, que en cuestión de semanas todas aquellas tierras van a desaparecer.

—No lo entiendo —dijo Cassandra, confundida—. ¿A qué se refiere? ¿Cómo demonios va a desaparecer una región?

A modo de explicación, el profesor abrió una carpeta amarilla que tenía a su lado, y haciendo un hueco en medio de la mesa, desplegó una sección de un mapa a escala 1:500.000 de la cuenca del Amazonas.

—Esto de aquí —dijo extendiendo la mano sobre una gran superficie—, es el territorio de los menkragnoti. A unos setecientos kilómetros al sur de Santarém, que es la ciudad más cercana, y a mil setecientos kilómetros al oeste de Salvador de Bahía y la costa del Atlántico. Una extensión de selva virgen que a escala amazónica parece pequeña, pero en la que cabría toda Austria. Completamente aislada, incomunicada y prácticamente inexplorada. Una vez allí —añadió levantando la mirada—, no podremos esperar apoyo ni ayuda exterior de ningún tipo en caso de dificultades. Estaremos sólo nosotros y los menkragnotis.

Esperó un instante para que nos hiciéramos cargo de las implicaciones de aquello, y seguidamente posó su índice sobre un irregular trazo azul que recorría el territorio de sur a norte.

—Y este es el río Xingú —prosiguió—. Uno de los mayores ríos del mundo, aunque sólo un afluente más del Amazonas. Como veis, el Xingú atraviesa la región indígena menkragnoti, algo que ha sido una bendición para ellos durante siglos, pero que al cabo se ha convertido en su némesis, su perdición.

—Explíquese —pidió Cassie inclinándose sobre el mapa con interés.

—Pues resulta —aclaró sin levantar el dedo del río—, que hace ya varios años, una poderosa constructora brasileña llamada AZS puso los ojos en esa inmensa cuenca fluvial, y con la connivencia del gobierno decidió sacarle provecho, construyendo una gran presa hidroeléctrica en el curso medio del río. Una presa que inundará miles de kilómetros cuadrados de selva, incluyendo la totalidad del territorio menkragnoti.

—Joder —exclamé—. ¿Y cuándo inaugurarán esa presa de la que habla?

—Ya está inaugurada —contestó con gesto preocupado—. Es sólo cuestión de tiempo que el nivel del agua comience a subir.

Cassandra fijó la vista en el profesor.

—¿Por eso la expedición de Valeria partió tan precipitadamente y sin la debida preparación?

—Exacto —asintió pesadamente—. Y por eso nosotros nos vemos obligados a hacer lo mismo. Valeria quería estudiar a los menkragnoti y salvar lo que pudiera de su ancestral cultura, antes de que fueran expulsados de sus tierras y su rastro se perdiera en el exilio. —Levantó la vista del mapa apretando la mandíbula—. Y ahora nosotros hemos de encontrarla a ella... antes de que toda la región acabe bajo decenas de metros de agua.

Tras la frugal cena, que apenas saboreamos por estar meditando sobre las muchas dificultades de nuestra empresa, despejamos la mesa de platos y cubiertos, y extendimos la totalidad del mapa sobre el mantel.

—Bien —dijo el profesor—, la última posición conocida de Valeria es justo aquí. —Señaló una cruz negra previamente dibujada en el mapa—. Un asentamiento menkragnoti a la orilla del Xingú.

Aquel lugar, una simple marca a lápiz en mitad de la nada, estaba a quinientos kilómetros de la carretera más cercana.

—Ya veo… —musité—. Pero ¿cómo diablos vamos a llegar hasta allí? No aparece indicado ningún camino.

—Eso es porque no lo hay —aseveró el profesor—. Ni caminos, ni pistas forestales ni nada por el estilo.

—¿Y qué hay del río? —aventuró Cassie—. Suele ser el método más práctico para viajar por estos lugares.

—Esa es nuestra única opción, aunque presenta un inconveniente.

—¿Cuál?

El profesor Castillo se inclinó sobre el mapa y señaló algo con su bolígrafo.

—¿Veis estos puntos azules marcados en el cauce del Xingú?

—¿Donde pone *cachoeiras*?

—Significa «cataratas» —aclaró—. Y hay diecisiete de ellas a lo largo del curso, algunas decenas de metros de altura y todas ellas infranqueables.

—Pero entonces, ¿cómo vamos a ir por el río si existen esas cataratas?

—Pues tal como lo hizo mi hija —afirmó tratando de aparentar seguridad—. Descendiendo en barco fluvial por el Amazonas hasta Belo Monte en el curso bajo del Xingú, luego remontando el río en lanchas ligeras hasta São Félix do Xingú, y de ahí en piragua hasta el poblado indio.

Cassie frunció el ceño en un gesto de incomprensión.

—Perdone, profesor. Pero creo que me he perdido la parte en que sorteábamos las cataratas.

Éste sonrió, haciendo el gesto de llevarse algo a la espalda.

—Habrá que llevarlas por tierra en esos tramos —aclaró, y al ver la expresión de Cassandra, añadió con una sonrisa—: Pero no te preocupes, que no iremos nosotros solos. Contrataremos porteadores para que nos ayuden a cargar con las piraguas y el equipo.

El plan sonaba excitante, he de admitirlo, pero no acababa de convencerme del todo.

—¿Y cuánto tiempo calcula que tardaremos en llegar por esos medios? —pregunté.

—Es difícil decir... —masculló mirando de nuevo el mapa—. Pero calculo que alrededor de quince o veinte días.

—Mucho —advertí meneando la cabeza.

—Sí, lo sé —admitió—. Pero no hay otro camino más rápido, ya os he comentado que es uno de los lugares más inaccesibles de...

—¿Y por aire? —le interrumpí—. ¿Por qué no vamos allí volando?

El profesor Castillo negó con la cabeza, señalando la vacía extensión de color verde.

—Imposible —negó tajantemente—. Como puedes ver tampoco existen pistas de aterrizaje en la región, y está demasiado alejado como para que llegue ningún helicóptero.

—Un helicóptero no, pero un avión sí tendría la suficiente autonomía.

—No me escuchas, Ulises. Te he dicho que no hay pistas, lo he comprobado. No podríamos aterrizar.

Entonces levanté la vista del mapa con una sonrisa maliciosa.

—¿Y quién ha dicho nada de aterrizar?

7

Al día siguiente, tras comprar en la ciudad el equipo y las provisiones necesarias, decidimos no perder más tiempo y embarcar en el primer barco que partiera río abajo. Eso nos llevó, veinticuatro horas después de aterrizar en Santarém, a encontrarnos en el puerto fluvial preparándonos para subir al *Bahía do Guajará*.

Aquella era la típica embarcación amazónica para el transporte de pasajeros, de unos treinta metros de eslora y apenas cinco de manga. Construida en madera, pintada de azul y blanco, y con tres cubiertas —dos de ellas totalmente techadas para proteger a los pasajeros del sol y la lluvia—, tenía más un aspecto de casa flotante que de barco. Aunque esa tarde, mientras nos movíamos entre una riada de pasajeros acarreando bultos, animales y niños, lo que verdaderamente me asombró fue la ingente cantidad de personas tumbadas en hamacas —unas encima de otras, colgadas desordenadamente en cualquier parte—, que abarrotaban la cubierta de la nave.

—¡Ten cuidado con eso! —me gritó el profesor desde la cubierta del barco, señalando el pequeño maletín negro que llevaba en la mano—. En su interior van el GPS y el teléfono satelital, nuestra única conexión con el resto del mundo.

—Descuide, profe —repuse subiendo por la estrecha pasarela que me llevaba del muelle al barco—. Lo trataré como a un hijo.

Cassie bufó a mi espalda.

—Espero que no... —cuchicheó—. Si tuvieras un hijo, cualquier día lo dejarías abandonado y te irías de viaje a Vietnam para «replantearte la vida».

Hice como que no la había escuchado, comprendiendo el resquemor que aún albergaba, y supe que aquella no sería la última de sus directas a la mandíbula en aquel viaje.

Una vez dejamos en cubierta nuestras mochilas, el equipo y las provisiones compradas esa misma mañana, tocaba llevarlo todo al camarote que habíamos reservado en aquel barco fluvial que nos llevaría desde Santarém hasta Belo Monte, en el curso bajo del río Xingú.

—Maldita sea... —dije mirando alrededor—. Esto está atestado.

—Es verdad —convino Cassie igual de impresionada—. Aquí hay al menos el doble de gente que debería. Menos mal que hemos reservado un camarote.

—Pues sí —dijo el profesor, y mirando la llave que le habían dado en la oficina, agregó—: Afortunadamente, tenemos la suite número 1.

Nuestro optimismo, sin embargo, decayó un poco cuando llegamos frente a una descascarillada puerta con un «1» pintado a bolígrafo, y seguidamente la abrimos.

—La madre que... —murmuró el profesor.

—Yo no pienso dormir aquí —aseguró Cassandra asomando la cabeza por el umbral.

La supuesta suite no era más que un asfixiante cuartucho con dos literas dobles, un mínimo ventanuco junto a la puerta, unos sucios colchones apilados en la pared, y una rácana bombilla colgando olvidada en el techo. El olor a humedad era casi mareante, y un par de envalentonadas cucarachas nos observaban desde el otro extremo de la habitación, como sorprendidas de que alguien tuviera la intención de meterse también allí dentro.

—Esto es indignante —añadí mirando por encima del hombro del profesor mientras los motores del barco se ponían en marcha—. ¿Tanto les costaba poner la chocolatina en la almohada?

Finalmente optamos por usar el camarote como almacén, y siguiendo el ejemplo del resto del pasaje buscamos un rincón donde colgar las hamacas que, previsoramente, habíamos comprado esa misma mañana en la ciudad, junto con las provisiones y parte del material de acampada.

Para cuando terminamos de instalarnos ya estaba atardeciendo, el cielo se había encapotado y la tripulación empezó a montar unas viejas mesas de plástico, que poco más tarde iban a convertir la «cubierta de paseo/dormitorio común», también en el comedor del barco.

—Ulises —me preguntó Cassandra en ese momento—. ¿Pudiste arreglar finalmente lo del vuelo?

—Oh, sí —dije dándome una palmada en la frente—. Se me había olvidado comentároslo. Para cuando lleguemos a Belo Monte pasado mañana, ya estarán allí esperándonos.

—Órale. Qué bueno.

—Fantástico… —rezongó el profesor, sin demasiado entusiasmo.

—Venga, profe —traté de animarle—. No ponga esa cara, que será muy divertido.

Cassandra sonrió, dándome un suave puñetazo en el hombro.

—La verdad es que creí que te habías vuelto loco del todo cuando dijiste eso de que no íbamos a aterrizar. Pensé que querías que nos lanzáramos en paracaídas o algo por el estilo.

—En realidad —dije encogiéndome de hombros inocentemente—, amerizar no es lo mismo que aterrizar… aunque no estoy seguro si hacerlo en un río tiene el mismo nombre. ¿Riorizar, quizá?

—Qué más da —desdeñó con un gesto—. Lo importante es que así nos ahorramos un montón de días en piragua, y el hidroavión nos dejará justo frente al poblado de los menkragnoti. A propósito, ¿te costó mucho convencer a los de la constructora para que nos lo alquilaran?

—Pues en un principio se negaron en redondo, aunque les dejé muy claro que la urgencia de la situación era en gran parte culpa de ellos y su embalse, y que seguramente sus pilotos eran los que mejor conocían la zona. De hecho, incluso llegaron a amenazarme, alegando que es territorio protegido y memeces por el estilo, e insistieron en que emprenderían acciones legales contra nosotros si persistíamos en ir allí.

—¿En serio? —inquirió, extrañada—. ¿Y cómo es que entonces han acabado alquilándonos el hidroavión de forma gratuita?

—Bueno… les dije que me la traía al pairo sus acciones legales, y que encontraría otro piloto que nos llevara. Además, insistí en que la opinión pública sabría de la actitud miserable de AZS en este rescate, y que lavar su imagen pública si algo nos sucedía, les iba a salir mucho más caro. Aun así, me dijeron que no. Pero dos horas más tarde, un alto ejecutivo de la empresa me llamó para pedirme disculpas por el «malentendido», y me ofrecieron un avión y un piloto, que nos dejará en las coordenadas que les he proporcionado, y que además, cuando le llamemos por el teléfono vía satélite, pasará a buscarnos —y levantando el pulgar, vaticiné—: Esto va a ser pan comido.

Y justo en ese instante, como un augurio, un relámpago estalló dramáticamente sobre nuestras cabezas, y las compuertas del cielo se abrieron, dejando caer un torrencial diluvio sobre el *Bahía do Guajará.*

8

El día amaneció completamente despejado, el sol deslumbraba incandescente frente a nuestra proa, y a ambos costados, más allá de varios kilómetros de una extensión de tranquilas aguas marrones, la selva se perfilaba en el horizonte como una delgada línea oscura. Una irregular cenefa verde entre el río y el cielo, puesta ahí artificialmente para que no se mezclen, para evitar que se conviertan en la misma cosa. El cielo arriba, el río abajo, y transitando entre ambos sin pertenecer verdaderamente a ninguno de esos espacios, un insignificante barco de madera que parecía navegar perezosamente hacia el infinito.

Sin esperar a mis dos amigos, que aún seguían durmiendo, me descolgué de mi hamaca —que colgaban, las tres, una encima de la otra—, y fui a dar un paseo por cubierta para desentumecer los músculos y despejarme un poco, pues la noche había sido muy larga. Hasta altas horas de la madrugada, una fraternidad de brasileños ebrios había decidido huir del calor con grandes dosis de *cachaça* con hielo, mientras repasaban los grandes éxitos de la música popular amazónica con tanto entusiasmo como desatino.

Disfrutando de un momentáneo paréntesis de silencio, únicamente roto por el sordo traqueteo del motor del barco, me asomé por la borda para deleitarme con el fantástico paisaje. El Amazonas bajaba salpicado de detritus vegetales y enormes árboles —en ocasiones mayores que el propio barco—, que debían haberse desprendido con las lluvias del día anterior. El río los arrastraba durante cientos o incluso miles de kilómetros, hasta desembocar en el océano y llegar, quién sabe, si hasta las mismas costas de África.

Andaba perdido en esos pensamientos, medio adormilado, cuando un par de bultos de color rosa rompieron la superficie del agua a pocos metros del barco, y volvieron a sumergirse levantando un pequeño chorro de agua justo antes de hacerlo.

Asombrado, me incliné hacia adelante sobre la barandilla tratando de adivinar qué era aquello que había visto.

—Aquí los llamamos *bõtos* —dijo una voz ronca a mi derecha.

Me giré, sorprendido, y descubrí que uno de los pasajeros que en la noche había estado berreando sin misericordia se había situado a mi lado sin que lo advirtiera, y con ojos turbios observaba el río atentamente.

—Ustedes los llaman delfines de río, ¿no? —preguntó sin girarse, con un marcado acento brasileño, pero en perfecto castellano.

—Sí —contesté volviendo la vista hacia el río—, nunca había visto uno. Resulta extraño que sean de color rosa.

El hombre miró un momento y me alcanzó una vaharada de alcohol de caña.

—Eso es porque son gringos —afirmó.

—¿Gringos?

—La leyenda del río dice —explicó muy serio—, que cuando anochece se convierten en gringos altos, rubios y guapos. Entonces, en las fiestas de los pueblos se acercan a la orilla, y con su apariencia de hombre seducen a las muchachas y las dejan embarazadas, y a algunas de ellas las convierten también en *bõtos* hembras, y ya no se las vuelve a ver.

—¿Y no será… —aventuré alzando una ceja— que cuando hay fiestas en esos pueblos, las muchachas se divierten con otros chicos, y si se quedan embarazadas le echan la culpa a los pobres delfines?

El desconocido me miró disgustado, diría que poco dispuesto a aceptar mi escandalosa teoría.

—¿Y cómo explica que algunas de ellas desaparezcan?

—¿No puede ser que en ocasiones simplemente se fuguen con sus novios?

El hombre me escudriñó durante un instante, descontento con mi escepticismo.

—¿De dónde es usted? —preguntó entrecerrando los ojos, como si mi origen pudiera explicar mi incredulidad.

—De España —le aclaré.

—Humm… español —masculló, y puso cara de que aquello aclaraba muchas cosas.

La verdad es que prefería estar solo, pero aun así le hice la pregunta de rigor para estos casos. Como cuando se habla del tiempo al compartir ascensor con un desconocido.

—¿Va usted también a São Félix?

—No, yo desembarco antes, en Porto de Moz. Sólo he ido a Santarém a por mercurio.

—¿Mercurio? —repetí creyendo haber entendido mal.

—Tengo una mina al sur. Sin mercurio no puedo separar el oro.

—¿Tiene una mina de oro? —pregunté, ahora sí bastante interesado—. ¿Es usted un *garimpeiro*?

El otro frunció el ceño y me miró como si le hubiera insultado.

—Yo no soy garimpeiro —replicó, airado—. Soy un empresario, un propietario. Nada que ver con los sucios garimpeiros.

—Le pido disculpas —me excusé—, habré confundido el término.

—Está bien —repuso aceptando a medias la excusa—. Mucha gente se equivoca.

—La verdad es que no pensaba que aún quedaran buscadores de oro en esta parte del mundo. Creía que ya lo habían extraído todo.

El hombre esbozó una sonrisa de incredulidad y meneó la cabeza.

—El Amazonas —explicó con orgullo de propietario—, es el lugar donde hay más oro de toda la Tierra. Una cuarta parte de las reservas de oro mundiales están bajo nuestros pies. Más que en Sudáfrica, Alaska o Canadá.

—¿En serio? —inquirí sinceramente sorprendido—. No tenía ni idea de que hubiera tanto.

—Miles y miles de toneladas… —cuchicheó como si se tratara de un secreto que sólo él conocía—. El problema es extraerlo aquí en la selva, y que el gobierno les está regalando las mejores tierras a los estúpidos indígenas, que no le sacan ningún provecho.

—Bueno… —argüí sabiendo que me metía en terreno cenagoso—. Al fin y al cabo, esas tierras que usted dice siempre han sido de los indígenas. Yo diría que les pertenecen.

—La tierra pertenece a quien la trabaja —repuso en el acto, de nuevo indignado con mi respuesta.

Ardía en deseos de comentarle la diferencia que existe entre trabajar la tierra y expoliarla, pero decidí callar, ya que hubiera sido una discusión estéril con un hombre que se dedicaba a extraer oro usando mercurio, algo que seguro él sabía tan bien como yo, que contaminaba los ríos y envenenaba la selva para siempre.

—¿Está de turismo en Brasil? —preguntó al cabo de un largo e incómodo silencio, cuando ya pensaba que se iba a marchar.

—Más o menos.

—¿Y adónde se dirige?

—Al alto Xingú —contesté—, a territorio menkragnoti.

Entonces, dando un paso atrás, el hombre abrió los ojos teatralmente y pareció pasársele la irritación de golpe. Luego apoyó su mano en mi hombro, y meneando la cabeza me miró con gesto sombrío.

—Aquellas tierras son muy peligrosas, lo sabe todo el mundo. Los indios no quieren que nadie entre en su territorio —afirmó abarcando con su gesto a todos los pasajeros del barco—. Si usted va allí…

Y dejando la frase en suspenso, torció los labios y con un inequívoco gesto se pasó el pulgar por el gaznate.

Mentiría si dijera que la breve conversación con aquel fulano no me había dejado algo inquieto, pues aunque el profesor estuviera seguro sobre la hospitalidad de los indígenas, yo no acababa de tenerlas todas conmigo. Y además, también estaba el tema de la fauna.

Procuraba no pensar mucho en ello, pero no llevábamos con nosotros ni una dosis de suero antiofídico, y antes de salir averigüé que existen más de una docena de especies de serpientes venenosas en la región, todas mortales: entre ellas la temida equis, la escurridiza hoja podrida, la gigantesca surucucú, o la agresiva y ágil taya, de la que se dice ataca a los humanos nada más verlos. Asimismo, en las aguas del Xingú medran los caimanes, las rayas venenosas, las anguilas eléctricas capaces de matar a un hombre con una descarga, o las omnipresentes pirañas que devoran cualquier cosa que caiga al río en cuestión de segundos.

Si bien, lo que más me preocupaba es que no habíamos tenido tiempo para iniciar siquiera el tratamiento para prevenir la malaria, así que una sola picadura de un mosquito infectado, podría llegar a matarnos si no conseguíamos una evacuación inmediata.

Había una larguísima lista de cosas que podían salir mal. Pero las que realmente me preocupaban, eran precisamente las que no estaban en esa lista. Las desconocidas.

Y en eso andaba preocupado cuando regresé a mi hamaca, y Cassandra, que ya se había levantado, me saludó con ojerosa indiferencia.

—Al no verte, creí que habías decidido bajarte del barco en marcha.

Cansado, me senté sobre su hamaca.

—Estaba teniendo una agradable conversación con un pasajero. Y bajarme, no sé... pero te aseguro que esta noche he pensado seriamente en tirar a más de uno por la borda.

—Pues yo mataría por una buena ducha de agua fría. —Se pasó la mano por el cuello—. Me siento como en una sauna.

—Lamentablemente —dijo entonces la voz del profesor—, me temo que va para largo, querida.

Y asomando la cabeza desde su hamaca como un topo, casi a ras de suelo, apareció frotándose los ojos y colocándose las gafas.

—Si como esperamos, el hidroavión está aguardando mañana en Belo Monte, partiremos de inmediato. Así que puede que pase algún tiempo antes de que volvamos a disfrutar de lujos tales como duchas o camas decentes.

El resto del día lo dedicamos a vagar por cubierta y contemplar el lejano e inacabable horizonte de la selva; cada uno de nosotros perdido en sus propios pensamientos, pero los tres intimidados ante la perspectiva de adentrarnos en las entrañas de un mundo desconocido en el que podríamos desaparecer sin dejar el menor rastro.

La monotonía del viaje se rompió al anochecer, cuando una avería en el motor del barco nos obligó a aproximarnos al margen derecho del río para hacer las reparaciones. Era la primera vez que eso sucedía desde nuestra partida de Santarém, y todos los pasajeros, sobrecogidos en un silencio expectante, nos acercamos a la borda de estribor. Hechizados, seguíamos con la mirada el potente foco del puente, barriendo una orilla que sólo nos devolvía las siluetas espectrales de un ejército de árboles cuyas raíces se hundían en el mismo lecho del río. No había allí playas ni tierra firme por ningún lado, sólo una vegetación densa que emanaba intensos y contradictorios olores a flores, humedad y a podredumbre.

Algunos pasajeros ayudamos a la cuadrilla de tripulantes a lanzar media docena de cabos por la aleta de estribor, tratando de asegurar el barco lo mejor posible a los árboles que teníamos a nuestro costado y que se cernían por encima de nuestras cabezas. Todo para evitar que la corriente, aunque más débil que en el centro del río, nos arrastrara mientras se completaban las reparaciones.

Y fue precisamente entonces, mientras terminaba de trincar un cabo en una cornamusa de cubierta, cuando empezó la diversión.

Lo primero que sucedió fue una serie de golpes secos como de granizo disperso, que rebotaron sobre el techo de madera del barco. Más de uno se asomó, extrañado, para descubrir que no había nubes y las estrellas lucían radiantes sobre nuestras cabezas.

Pero de pronto algo chocó contra mi hombro, algo duro que salió rebotado como una piedra negra redondeada y quedó en el suelo, a mis pies. Intrigado, me agaché para recogerla, y en el instante en que la tuve entre mis dedos, sorprendido por su ligereza, aquella piedra empezó a agitarse, dándome tal susto que instintivamente la lancé fuera del barco. Sólo entonces me di cuenta de que había gente gritando en cubierta presa del pánico, decenas de niños corrían dando saltos y riéndose, y mientras, la mayoría de pasajeros, simplemente se envolvían en sus capellinas de lluvia a modo de tienda de campaña en la más absoluta indiferencia.

No entendía nada.

En un primer momento, pensé que el pasaje se había vuelto majara al unísono. Pero nuevamente sentí que una de aquellas cosas me golpeaba, y luego otra vez, y otra, como pequeñas pelotas negras lanzadas por un gamberro desde la espesura. En pocos segundos la cubierta empezó a aparecer alfombrada por esos misteriosos objetos negros, que surgían de la nada para estrellarse cada vez en mayor número contra el barco.

Lo cierto es que aún tardé unos instantes en descubrir que aquellos objetos no eran tales, sino seres vivos. Grandes escarabajos voladores para ser exactos, y que por alguna razón se abalanzaban como kamikazes sobre la nave y morían al poco de caer al suelo.

El ensordecedor sonido que producían al estamparse contra el barco, era parecido al que ocurriría si nos estuvieran ametrallando, y mientras parte del pasaje trataba de protegerse del insensato ataque como podía, otros se limitaban a cubrirse y seguir como si tal cosa: jugando a las cartas o charlando animadamente, como si ser bombardeados por escarabajos suicidas fuera la cosa más normal del mundo.

Aunque casi tan increíble como la aparición de estos insectos, fue su súbita desaparición. En cuestión de un minuto el ataque cesó por completo y sólo la miríada de brillantes cuerpos negros estremeciéndose en el suelo, crujiendo bajo las chanclas de los pasajeros, impedía que uno pudiera pensar que aquello sólo había sido la pesadilla de una mala digestión.

Pero eso no fue todo.

De inmediato, la tripulación armada de escobas y palas se entregó a limpiar el barco, lanzando al agua aquellos pequeños polizones para deleite de una gran cantidad de peces que, aunque invisibles en el agua lodosa apenas iluminada por las luces del barco, hacían bullir el río alrededor del casco dándose un banquete con todos los escarabajos muertos que les estábamos regalando.

Y fue entonces, cuando pareció que la situación volvía a la normalidad, que comenzamos a darnos cuenta de que aquel no era el único insecto que había venido a recibirnos. El silencio de la selva y el arrullo del río fueron progresivamente invadidos por un zumbido tan familiar como inconcebible por su magnitud.

Los mosquitos estaban llegando.

Nadie que no haya estado nunca en una región selvática, puede hacerse la más remota idea de lo que significa ser engullido por una nube de millones de mosquitos. Como una plaga bíblica de élitros y aguijones, la imparable marea se abalanzó sobre el barco aprovechando que estábamos inmovilizados, atraídos por las luces y el olor a sangre fresca. Cuando me quise dar cuenta, tenía las manos y la ropa cubiertas de mosquitos y luchaba por evitar que se introdujeran por mis orificios nasales mientras me cubría las orejas y escupía los que trataban de colarse en mi boca.

Los pasajeros corrían de un lado a otro, dando voces y manotazos al aire sin sentido.

Apenas podía ver nada, los malditos bichos se enredaban incluso en las pestañas, y pensé tontamente en buscar las botellitas de repelente; aunque ante un ataque de tal dimensión tampoco habría servido de gran cosa, de modo que opté por buscar al profesor y a Cassandra.

Caminaba con los ojos apenas abiertos, con el brazo extendido como si deambulara por una casa a oscuras, llamando a mis amigos en voz alta en medio del alboroto, y tratando de adivinar dónde estaban nuestras hamacas.

De repente, una mano surgió de la nada y tiró de mí sin miramientos, haciéndome tropezar y caer al suelo de madera cuan largo era.

Alcé la vista buscando al responsable. Para mi sorpresa, bajo la amarillenta luz de una desnuda bombilla descubrí que me encontraba en el cuartucho donde habíamos guardado el equipaje. Una docena de pasajeros, entre los que se encontraban Cassandra y el profesor Castillo, me contemplaban divertidos.

—Órale, Ulises —dijo la mexicana con una sonrisa burlona—. Qué bueno que te hayas dejado caer por aquí.

9

Cuando a la mañana siguiente el sol despuntó sobre la selva, ya nos encontrábamos remontando las transparentes aguas tintadas de taninos del río Xingú.

El cauce de este afluente era mucho más estrecho que el del Amazonas, con lo que las orillas distaban sólo un centenar de metros de cada borda, y de vez en cuando podía atisbarse a un mono alimentándose en la rama de algún árbol, o a un afilado cormorán clavando un picado sobre las aguas color de té.

De todas maneras, la vida en el barco seguía siendo esencialmente aburrida. El único medio de combatir el tedio era acercarse a otros pasajeros y tratar de pegar hebra con ellos; aunque el cerrado acento brasileño de aquella parte de la amazonia, terminaba convirtiendo cada conversación en una sucesión de malentendidos y gestos, que resultaban no ser tan universales como uno imagina.

A media mañana, cuando aún faltaban según la tripulación cuatro o cinco horas para llegar a nuestro destino en Belo Monte, caminaba sin rumbo por cubierta cuando descubrí a Cassandra en la cubierta de popa, sentada a solas sobre unos sacos de arroz. Ensimismada, contemplaba la estela del barco, que se perdía en los meandros que dejábamos atrás.

Me acerqué sin decir nada, me senté a su lado y ella ni siquiera se giró.

—Una vista hermosa, ¿no? —dije al cabo de un rato.

La mexicana me miró de reojo pero no dijo nada.

—¿Sigues enfadada conmigo? —pregunté.

Se volvió hacia mí lentamente.

—¿Debería estarlo?

—No, bueno... yo creo que no. Pero como desde que nos separamos, apenas he vuelto a saber de ti...

Cassie fijó la vista en el horizonte y exhaló sonoramente.

—Esos meses que pasamos juntos —murmuró quedamente—. ¿Por qué salió tan mal? Creía sinceramente que tú y yo... —y dejó la frase en el aire.

—Yo también lo creía, de verdad. Pero las cosas salieron como salieron.

—Pero ¿por qué? ¿Cómo no fuimos capaces de solucionarlo?

Las pupilas de la arqueóloga titilaban bajo la luz del sol, y sus ojos de un verde brillante parecían formar parte de la selva que nos rodeaba.

Me fijé en que su ondulado pelo rubio estaba ligeramente más corto que la última vez que la vi, y ahora le llegaba poco más allá de los hombros. Exactamente como la recordaba la primera vez que nos encontramos, a bordo de otro barco y siendo parte de otra expedición en aguas del Caribe. Habían pasado muchos meses desde aquel momento, pero mirándola hubiera jurado que sólo habían transcurrido un puñado de minutos desde que me enamoré perdidamente de ella.

Entonces me dejé llevar, aproximándome lentamente; cerré los ojos y acerqué mis labios a los suyos.

Lo que no esperaba, era terminar besando el aire.

Abrí un ojo y allí estaba ella, inclinada hacia atrás, mirándome como si fuera un orangután que hubiera tratado de seducirla.

—Pero ¿qué haces? —inquirió con el ceño fruncido.

Obviamente, no tenía ni idea de qué contestar a eso.

—No... no lo sé —balbucí tontamente—. Creí que tú... que yo...

Cassandra echó la cabeza hacia atrás y tomó aire.

—¿Lo ves? A eso exactamente es a lo que me refiero. No escuchas lo que te digo. Te estoy hablando del pasado, de mis sentimientos, de lo que pasó entre nosotros... y a ti sólo se te ocurre echar un polvo.

—Bueno, en realidad me contentaba sólo con besarte.

—Mejor cállate, ¿quieres?

—No me entiendas mal, Cassie. De verdad, yo lo que quiero es que estemos bien, que volvamos a ser amigos.

—Sí, amigos desnudos.

—Ahora eres tú la que estás actuando como siempre —le recriminé meneando la cabeza—. Primero me confundes y luego, cuando hago lo que creo correcto, me tachas de zopenco e insensible.

—¿Que yo te confundo? —replicó, indignada—¿Hablar sobre lo que nos pasó es confundirte?

—Pues sí —dije sin pensar—. Bueno... no. Pero todo aquello fue muy complicado.

—Ya, y meterme tu lengua en la boca lo simplifica, ¿no?

—Dios mío —clamé al cielo poniéndome en pie—. Prefiero tirarme al agua que seguir discutiendo contigo.

—Pues adelante —dijo invitándome a hacerlo con un gesto—, no seré yo quien te lo impida.

Enojado con ella, conmigo y con las piruetas del destino, me di la vuelta y me encaminé a la proa del barco, lo más lejos posible de la mexicana y los retortijones emocionales que me provocaba.

Por lo visto, nada había cambiado desde que estuvimos viviendo juntos en Barcelona. A pesar de la atracción que sentíamos el uno por el otro, las diferencias —o quizá las excesivas similitudes— de nuestro carácter nos hacían chocar constantemente y discutir hasta por las cosas más nimias, haciendo que la vida en común resultase una agotadora montaña rusa de sexo y aventuras, con pronunciados baches de malhumor, fricciones y malentendidos.

Lo extraño es que, a pesar de que al separarnos sentí un enorme alivio, con el paso de los meses la siempre traicionera memoria decidió borrar por su cuenta los malos momentos, y últimamente había sido raro el día en que, en algún instante, no había llegado a echarla de menos.

Claro que, escenas como la que acabábamos de protagonizar, me ayudaban a recordar por qué ya no estábamos juntos.

10

A eso de las dos de la tarde y con el sol ecuatorial cayendo a plomo sobre nuestras cabezas, abandonábamos por fin el *Bahía do Guajará,* rodeados por una desordenada multitud que se agolpaba frente a la estrecha pasarela que llevaba a tierra. Cientos de pasajeros cargando abultadas maletas y sacos, cestos de mimbre con gallinas, cerdos atados por las patas, o niños pequeños llorando aferrados a la espalda de sus madres, asustados por aquel pintoresco simulacro del desembarco de Normandía.

Al mismo tiempo, otra muchedumbre de similares características se aglomeraba al otro extremo de la misma pasarela, ansiosos por hacerse con los mejores lugares donde colgar sus hamacas para el viaje de vuelta a Santarém. Y si a esto le sumamos los veinte o treinta vendedores de pescado seco, refrescos o baratijas, así como una marea de estibadores descamisados brindando sus servicios a gritos, ya tendríamos un bosquejo aproximado del caos imperante en el precario muelle fluvial de la pequeña población de Belo Monte. El último puerto de un río que, a partir de ahí, se adentraba dos mil kilómetros en la selva virgen.

La destartalada frontera de lo que de algún modo podríamos llamar civilización.

Al otro extremo del pantalán, el que era nuestro siguiente medio de transporte se mecía con la corriente, amarrado al muelle de madera. Se trataba de una reluciente avioneta Cessna Caravan anfibia, pintada de azul marino, y con el logo de la constructora AZS en grandes letras amarillas a ambos lados del fuselaje.

En cuanto nos encaminamos hacia el hidroavión con nuestras mochilas a la espalda, se abrió la portezuela de la misma y descendió, apoyándose en los flotadores hasta llegar al embarcadero, un tipo con tal aspecto que incluso me hizo replantearme la idea de remontar el río en piragua.

Todo lo opuesto que se pueda suponer a la imagen de un piloto, estaba concentrado en el escaso metro sesenta de aquel hombre moreno de aspecto descuidado y mostacho hirsuto. De reojo, vi como el profesor y Cassandra también lo estudiaban de arriba abajo sin disimular su aprensión.

Con sus viejas chanclas, su pantalón corto deshilachado y su camiseta estampada de lamparones de aceite, sólo le faltaba el sombrero charro y un par de pistolas para parecer un lugarteniente de Pancho Villa.

—*Boa tarde* —saludó con voz pedregosa.

—Boa tarde —contestamos a coro.

—¿Es usted el piloto del hidroavión? —le pregunté rezando para que dijera que no.

—*Eu sou* —afirmó estrechándome la mano y confirmando mis temores—. *Getúlio Oliveira, a sua disposição.*

Entonces debió darse cuenta de la cara con la que estábamos mirándolo, y señalándose a sí mismo con cierto desaire se limitó a informar:

—*É meu dia livre...*

Cargar el equipo en la avioneta y aclarar el punto exacto del río en el que queríamos amerizar nos llevó menos de veinte minutos. Así que antes de que me diera cuenta, ya me encontraba sentado en el puesto del copiloto y me entretenía en comparar la ruta que indicaba el GPS con la carta de navegación que sostenía sobre las rodillas, echando un vistazo de vez en cuando por la ventanilla al océano de vegetación que discurría a trescientos kilómetros por hora bajo nuestros pies.

Hasta donde se perdía la vista, todo era jungla. Sin un pueblo, sin una carretera, sin un solo claro donde la luz del sol llegara a tocar el suelo. Vista desde el aire la selva del Amazonas podría confundirse con cualquier otra: sólo árboles, árboles y más árboles repitiéndose hasta el infinito en una monotonía verde y abrumadora. Pero la experiencia me decía que esa impresión era errónea, y que bajo el techo de copas que oculta el suelo de la jungla, la vida bulle como en ningún otro lugar en la tierra y miles de especies de aves, mamíferos, reptiles e invertebrados —muchos de ellos aún no clasificados por los biólogos—, han hecho de aquel lugar su reino. Un reino al que no habíamos sido invitados, y en el que los humanos definitivamente no éramos bienvenidos.

Sólo esperaba que el desaseado piloto que se sentaba a mi izquierda y que manejaba los controles con displicencia, estuviera más preocupado por el estado del avión que por su apariencia personal, y no nos viéramos en el trance de realizar un aterrizaje de emergencia en mitad de aquella infinita extensión deshabitada.

A mi espalda, estirado entre dos asientos y de nuevo bajo los efectos de un cóctel de alcohol y Diazepam, el profesor Castillo roncaba profundamente. Había sido la única manera de que abordase el aparato, pues aunque se había resignado a volar en él y así ahorrarnos semanas de penosa travesía, justo en el momento de embarcar había sufrido un ataque de pánico al percatarse de la aparente fragilidad del pequeño hidroavión.

Rogándonos que le esperáramos un momento se tomó un par de ansiolíticos y, con la excusa de ir a por un refresco, se metió en la cantina del embarcadero donde, al ir a buscarlo en vista de que no regresaba, lo encontré derrumbado sobre la barra con tres vasos de caipiriña vacíos frente a él y barbullando algo sobre una barca con alas a la que no pensaba subirse ni muerto. Casi a rastras lo llevé de nuevo al muelle, y con la ayuda de Cassie y el piloto lo acomodamos en el hidroavión y lo dejamos acurrucado durmiendo la mona, a sabiendas de que era el único medio para hacer que volara con nosotros.

Mientras tanto, Cassandra se había acomodado en la última fila de asientos dándome a entender que no tenía muchas ganas de hablar conmigo. El piloto, también molesto por trabajar en el que al parecer era su día libre, se había limitado a contestar con monosílabos a las pocas preguntas que le había formulado. De modo que, narcotizado por la redundancia del paisaje y el arrullo del motor, las dos noches de insomnio pasadas en el barco me pasaron factura y, sin darme cuenta, con el mapa cartográfico de la cuenca del Xingú aún entre las manos me quedé dormido como un bendito.

Recuerdo que en mi sueño caminaba por una selva como ninguna en las que había estado antes: luminosa y sembrada de coloridas flores que crecían en los bordes de un sendero de piedrecitas, tal que en un cuidado jardín. Entonces, un hermoso papagayo de plumas azules, rojas y amarillas vino a posarse en una rama justo a mi lado, y sin venir a cuento profirió un estridente grito en aquel oasis de paz y armonía. Recuerdo también que me lo quedé mirando con interés, creyendo reconocer una voz familiar en el escandaloso pájaro, cuando el camino de piedrecitas pareció disolverse bajo mis pies y, como en una trampa, caí bruscamente hacia abajo para luego salir disparado hacia arriba violentamente, mientras el papagayo volvía a gritar algo con un inconfundible acento mexicano.

Entonces abrí los ojos, justo para ver como el morro de la avioneta se rociaba con una salva de espuma y gruesos goterones, y descubrí aterrado cómo la gran masa de agua oscura del río Xingú llenaba todo el parabrisas. Por lo visto, habíamos llegado.

Al chocar de nuevo con la superficie del agua, salí rebotado hacia el techo que me libré de golpear con la cabeza gracias al cinturón de seguridad. El golpetear de los patines contra el agua hacía temblar el aparato como si fuera a romperse en mil pedazos, y alguien volvió a gritar, pero esta vez sin acento mexicano, y aún más cerca.

Y aunque al principio me extrañó, acabé por reconocer al dueño de esa nueva voz que sonaba aterrada.

Era la mía.

11

El aparato chocó de nuevo contra el agua esquivando por cuestión de centímetros una gran roca que con sólo rozarla habría destrozado los patines del hidroavión.

El piloto trataba de amerizar ortodoxamente en contra del viento, pero el inconveniente era que eso nos ponía a favor de la fuerte corriente que empujaba al avión e impedía que éste se detuviera.

—¡La gran...! —exclamó Cassandra dos asientos por detrás de mí—. ¡¿Es que este cacharro no tiene frenos?!

En respuesta, el piloto bajó las revoluciones del motor y trató de hacerlo girar con el timón de cola. Pero la gran masa de agua del río nos empujaba en una sola dirección y lo único que logró fue que la aeronave se balancease peligrosamente, amenazando con volcar.

Afortunadamente los márgenes de la selva se extendían a más de cien metros a cada lado de la nave, lo que evitaba el riesgo de tropezar con un árbol, aunque el peligro más inmediato lo constituían los escollos que se ocultaban justo bajo la superficie, y apenas podían distinguirse hasta que ya estábamos encima.

—*¡Não posso determe!* —gritó Getúlio Oliveira por encima del ruido del motor—. *¡Tenho que desdobrar e tentar aterrissar a contracorrente!*

Totalmente de acuerdo con el hombre, asentí enérgicamente con la cabeza.

—¡Sí, sí! ¡Despegue de nuevo!

El piloto accionó los flaps y empujó la palanca de gases, multiplicando las revoluciones del motor así como las vibraciones que sacudían la frágil estructura de aluminio del aparato.

Entonces levanté la mirada hacia el horizonte, para asegurarme que teníamos el suficiente espacio para despegar, y lo que vi me dejó tan confuso que necesité un momento para comprender lo que había frente a nosotros.

O para ser exacto, lo que no había.

El río.

A unos doscientos metros de distancia, como si a alguien se le hubiera olvidado terminar un decorado, el horizonte desaparecía brusca e inexplicablemente. Después de cierto punto, el río, la selva y nuestro futuro en el mundo de los vivos, se esfumaban como si hubiéramos alcanzado el borde del mundo y no hubiera nada más allá.

Cassandra, que también lo había visto, me descubrió finalmente la verdad.

—Dios mío… —masculló con un hilo de voz—. Es una catarata.

Agarrado al pasamano del techo como si aquello me fuera a salvar, observaba sobrecogido cómo el borde del abismo se acercaba cada vez más rápido.

Ahora ya podía ver las nubes de agua pulverizada que emergían del otro lado del precipicio, al tiempo que el sudoroso semblante del piloto, que con la mirada fija en el fin del horizonte se inclinaba hacia delante sin decir palabra, no presagiaba nada bueno.

La aguja del indicador de velocidad señalaba ya los cuarenta nudos, pero el hecho de que no nos hubiéramos levantado un solo centímetro del agua me hacía suponer que aún no era velocidad suficiente para despegar.

La cascada estaba ya a menos de cien metros, y el motor rugía al máximo de revoluciones.

Setenta metros.

Tenía los nudillos blancos de tanto apretar.

Cincuenta metros.

Cuarenta y cinco nudos, seguíamos sin elevarnos.

Treinta metros.

Oí una voz a mi espalda que decía mi nombre.

Veinte metros.

Volví la cabeza, y Cassandra me miró a los ojos.

Diez metros.

Movió los labios queriendo decirme algo. Yo traté de sonreír.

Repentinamente desaparecieron las vibraciones y el golpeteo sobre el agua, y mientras nos mirábamos a los ojos, pareció que nos manteníamos suspendidos en el aire como por arte de magia.

Abrí la boca para contestarle, pero entonces el aire huyó de mis pulmones y el corazón decidió separarse de mi cuerpo en el instante en que la avioneta y los que en ella íbamos, caímos por la rompiente de la catarata, con el morro apuntando directamente hacia las rocas que nos esperaban envueltas en una nube de espuma.

Me vi empujado violentamente como un muñeco y cerré los ojos, previendo el brutal impacto, sin aliento para gritar ni tiempo para rezar, convencido de que aquello era el fin para todos nosotros.

Caímos al vacío.

Un segundo.

Dos segundos.

Tres segundos.

El rugido del motor aumentó.

Seguía vivo…

¿Cómo era posible?

Levanté la cabeza y vi al piloto tirando hacia sí de los mandos con todas sus fuerzas, con las venas del cuello a punto de explotar y la mirada fija en el parabrisas. Miré hacia adelante por encima del cuadro de mandos, y como si hubiera despertado de una mera pesadilla, el río y la selva aparecían de nuevo serenos bajo nosotros, mientras el hidroavión se nivelaba y lentamente volvía a ganar altura, impulsado por sus seiscientos caballos de potencia, el viento de proa y los suspiros de alivio de sus pasajeros.

Cinco minutos más tarde, cuando ya habíamos recuperado más o menos nuestras pulsaciones habituales, Getúlio Oliveira encaró de nuevo el mismo tramo del río en el que torpemente habíamos querido acuatizar, aunque esta vez en dirección contraria a la corriente. Esto supuso unos cuantos botes de más al tocar el agua, pero a cambio, una vez flotando resultó sencillo controlar el avión e impedir que lo arrastrara la corriente, dirigiéndolo hacia donde quisiéramos.

El problema es que no había dónde.

La orilla estaba enteramente ocupada por árboles de veinte o treinta metros de altura, y un espeso follaje que hacía impensable acercarse de ningún modo.

Ahora me daba cuenta de que era un obstáculo que no habíamos previsto, pues a ninguno se nos había ocurrido hacernos con un bote hinchable previendo tal eventualidad.

Consulté el GPS, y si las coordenadas del profesor eran correctas, el poblado menkragnoti debía hallarse poco más allá de la línea de árboles, a unos centenares de metros de la orilla.

—Este es el sitio —dije apuntando a mi derecha—. Tenemos que desembarcar aquí.

El piloto se giró hacia mí, encogiéndose de hombros.

—*Desculpa* —dijo—, *mas eu não posso chegar mais perto. Há muitas árvores e se estraga na aeronave, se a companhia de seguros que disparou* —y señalando una estrecha franja amarillenta frente a nosotros, añadió—: *Tudo o que posso fazer, é deixá-los no banco de areia logo à frente.*

Me volví hacia Cassandra preguntándole con la mirada.

—¿Tú qué opinas? Creo que dice que no se arriesga a acercarse a la orilla por los árboles. Que todo lo que puede hacer es dejarnos en ese banco de arena.

—Que quieres que te diga… No es muy sensato quedarnos en mitad de un río desconocido, un par de horas antes de que anochezca.

—En eso estoy de acuerdo.

—Pero también parece —agregó con un gesto de resignación—, que no tenemos otra alternativa.

—Y en eso también —coincidí, y me giré de nuevo hacia el piloto y le dije que por favor nos llevara al banco de arena frente a nosotros, ya que desembarcaríamos ahí.

12

Una vez asegurado el hidroavión con piquetas y cuerdas, tardamos pocos minutos en desembarcar nuestro equipaje y el equipo de acampada en el pequeño islote de apenas cien metros cuadrados. La fina arena era de un amarillo ocre sembrada de huellas de caimán, y el piloto nos explicó que aquel debía ser uno de los lugares donde, para regular su temperatura, se tendían a tomar el sol por las mañanas. Tan sólo debíamos preocuparnos de no estar ahí cuando eso sucediera al día siguiente.

Al profesor, aún adormilado, lo acomodamos sobre las mochilas confiando en que no tardara mucho en despejarse, y con un simple apretón de manos deseándonos suerte nos despedimos del piloto, acordando que volvería a recogernos a ese mismo punto cuando lo llamásemos con el teléfono vía satélite.

Hecho esto, el aviador disfrazado de revolucionario zapatista subió a su hidroavión, lo puso en marcha, y tras recuperar los amarres dio la vuelta al aparato acelerando en dirección a la catarata. De inmediato y empujada por la corriente, la avioneta se elevó majestuosamente alejándose en dirección norte hasta convertirse en un pequeño punto sobre el horizonte.

Un punto que me quedé mirando hasta que desapareció completamente, intuyendo que aquel pequeño aparato no era en realidad un medio de transporte, sino una máquina del tiempo. Una máquina del tiempo que nos había recogido en el siglo xxi y nos había depositado en un lugar tan remoto e inhóspito como lo era quinientos años atrás.

Cuando bajé la vista el profesor Castillo empezaba a despertarse, parpadeando aturdido mientras hacía visera con la mano.

—¿Dónde... dónde estamos?

—Muy cerca de las coordenadas que nos dio, en el río Xingú —aclaró Cassie, que se hallaba sentada a su lado—. Justo en medio, para ser precisos.

—Oh, vaya —dijo incorporándose un poco y descubriéndose rodeado de agua por todas partes—. Y ¿cómo ha ido el vuelo?

—Muy tranquilo, profe —contesté mirando de reojo a Cassandra—. Ha sido un paseo.

—Sí, un aburrido paseo —repitió la mexicana con sorna, sacudiéndose la arena del pantalón—. Aunque ahora se me ocurre una pregunta tonta... —Se volvió hacia la lejana orilla, y sin dejar de mirarla, preguntó—: ¿Cómo diablos vamos a salir de aquí?

Tras hablarlo un rato entre nosotros, decidimos esperar. Concluimos que si el poblado menkragnoti estaba tan cerca como suponíamos, seguramente alguien habría visto u oído aterrizar el hidroavión, se acercaría a investigar, nos vería y le pediríamos ayuda para que nos viniesen a buscar con sus canoas.

Ese era el plan. Un plan bastante pobre, todo hay que decirlo, pero en aquellas circunstancias no podíamos hacer otra cosa. Las turbulentas aguas oscuras del río no invitaban precisamente al baño, y la infinidad de huellas de caimán del banco de arena delataban una nutrida población de estos reptiles, que seguro no debían andar muy lejos.

—Y ¿qué haremos si no aparece nadie? —preguntó Cassandra, jugando con una ramita en la arena, sentada sobre su mochila.

—Aparecerán —afirmé aparentando una seguridad que no sentía ni de lejos—. No creo que vengan muchas avionetas por aquí, y estoy seguro de que les picará la curiosidad.

El profesor, algo más repuesto de su particular viaje, se pasó un pañuelo por la frente enjugándose el sudor.

—Pues parece que se lo toman con calma. Hace un buen rato que llegamos y aún no ha aparecido nadie.

Estiré el brazo hacia el sol y coloqué la mano debajo del mismo, contando que cabían cuatro dedos entre éste y el horizonte.

—Calculo que nos queda una hora de luz —dije multiplicando cada dedo por quince minutos—. Suficiente aún para que nos descubran y vengan a rescatarnos antes de que anochezca.

—Eso espero... —apuntó entonces la mexicana señalando un grupo de troncos flotando en el margen del río— porque creo que hay otros que sí empiezan a sentir curiosidad hacia nosotros.

Me fijé en el lugar al que miraba, y con un escalofrío comprobé que aquellas formas alargadas que se dejaban mecer por la corriente no eran precisamente troncos.

Y justo en ese preciso instante de alarmada comprensión, repentinamente, el profesor gritó a mi espalda.

—Pero ¿qué narices...? —me giré hacia él con el corazón en un puño.

El viejo amigo de mi padre parecía haber perdido la cordura y daba saltos sobre la arena con el brazo en alto.

—¡Híjole! —exclamó seguidamente Cassandra—. ¡Ahí está!

Entonces yo también lo vi.

En la orilla a la que debíamos llegar, de pie y totalmente desnudo a excepción de un mínimo taparrabos, sujetando un desproporcionado arco en la mano derecha y con la piel cubierta de intrincadas pinturas, un indígena nos estudiaba hieráticamente en la distancia sin responder a los aspavientos y gritos del profesor Castillo, como si la cosa no fuera con él.

Inmediatamente Cassandra y yo le hicimos coro al profesor, y al momento estábamos los tres saltando y dando voces a pleno pulmón, como los náufragos que en realidad éramos.

—¡Eh! —lo llamaba Cassie agitando la mano—. ¡Hola!

—¡Aquí! —exclamaba yo.

—¡Amigo, necesitamos que vaya a buscar ayuda y nos recojan enseguida, antes de que se haga de noche! —le explicó Eduardo haciendo bocina con las manos

La mexicana y yo nos lo quedamos mirando con una sonrisa.

—Pero ¿qué hace, profe? Si ni siquiera hablará nuestro idioma.

—Bueno, yo…

—¡Eh, mirad! —nos interrumpió Cassie señalando al indígena—. ¡Se marcha!

Sin dar señal alguna de reconocimiento ni hacer un simple gesto de despedida, el desconocido se dio la vuelta y se internó en la selva tranquilamente, siguiendo en apariencia con su paseo vespertino.

—No puede ser —mascullé, contrariado.

—¿Nos habrá visto? —preguntó el profesor pasándose la mano por el cuello con preocupación.

—¿Cómo no iba a vernos? —replicó Cassandra—. Tendría que haber estado ciego y sordo.

—¿Entonces?

—Seguramente habrá ido a buscar ayuda al poblado —sugerí.

Cassandra se dejó caer sobre su mochila.

—O quizá —opinó, pesimista—, puede que las visitas no sean tan bien recibidas como esperábamos.

Cuando ya sólo mis dedos índice y anular separaban la anaranjada esfera del sol de la copa de los árboles, y la espesura que colmaba las orillas se tornaba más oscura y amenazadora, decidí que teníamos que hacer algo.

—Tenemos que salir de aquí —propuse poniéndome en pie

Cassie se encogió de hombros, volviendo las palmas de las manos hacia arriba.

—Eso ya lo sabemos. La pregunta es cómo.

—Como sea —repliqué—. Si tenemos que nadar, nadaremos.

—Y ¿qué pasa con los caimanes? —preguntó el profesor—. ¿No es más seguro esperar aquí?

—No lo creo. Que yo sepa los caimanes prefieren cazar de noche, y si nos quedamos en esta ridícula isla acabaremos siendo su cena.

La mexicana meneó la cabeza.

—Pues no creo que en el agua tengamos más posibilidades —y señalando alrededor, añadió—: Esos cabrones están justo ahí, cortándonos el paso. En cuanto nos metamos en el agua, vendrán a por nosotros.

—Puede, pero tengo una idea para distraerlos y ganar algo de tiempo.

—¿Piensas cantarles? —apuntó el profesor—. Con suerte podrías asustarlos.

—Hablo en serio, se me ha ocurrido algo que quizá funcione —dije tratando de convencerles—. Pero tendréis que ayudarme, sólo nos quedan unos minutos de luz.

13

Mientras el profesor y Cassandra montaban la estructura de la tienda de campaña que habíamos comprado en Santarém, yo desplegaba en el suelo una de las mosquiteras, abriéndola en toda su extensión.

—Ya está —dijo Cassie a mi espalda—. ¿Y ahora qué?

—Traedla —les indiqué—. Pongámosla sobre la mosquitera.

Así lo hicieron, y rápidamente até la fina red a las varillas de plástico reforzado, hasta que quedó firmemente sujeta a la misma con un puñado de bridas.

—Sigo sin entenderlo —dijo el profesor Castillo, desconcertado—. ¿Para qué quieres una tienda de campaña cubierta de una mosquitera? ¿Crees que eso va a detener a los caimanes?

—No es un refugio para que nos metamos dentro, profe —y dándole la vuelta, poniendo el techo hacia abajo, aclaré—: Lo que acabamos de hacer es una red de pesca.

Cassie me miró, preocupada.

—¿Estamos rodeados de caimanes… y quieres ponerte a pescar?

—Exacto —afirmé—. Pero no es lo que tú te piensas.

—Explícate —apremió el profesor.

Tomé la improvisada red, y tras acercarme a la orilla la introduje en el río.

—La idea —expuse metiéndome en el agua hasta las rodillas y sujetando la red por una esquina—, es que capturemos unos pocos peces y los usemos como cebo de distracción para los caimanes. Si conseguimos atraerlos hacia un lado del islote, podríamos salir nadando por el otro.

—¿Hablas en serio? ¡Lo que vas a hacer es atraer a todos los caimanes en un kilómetro a la redonda! —repuso Cassandra.

—A mí también me parece una idea terriblemente mala —coincidió el profesor con la arqueóloga—. Se me antojan mil cosas que podrían salir mal.

—¡Y a mí también! —repliqué—. Pero mientras a ninguno se le ocurra nada mejor, es el único plan que tenemos. Es esto, o quedarnos sentados a ver qué pasa ¿Qué decidís?

Mis dos amigos se miraron entre sí con la duda pintada en el rostro. Pero aunque chasquearon la lengua, miraron al cielo y menearon la cabeza desaprobadoramente, finalmente accedieron y se metieron en el agua conmigo, atentos a que ningún animal más grande que una trucha se acercara demasiado.

—Hemos de sujetarla procurando no moverla —les decía por encima del ruido de la corriente—. La corriente empuja los peces hacia nosotros. Sólo hay que estar alerta y levantar la red en cuanto notemos que ha caído uno.

—¿Y si no pican? —preguntó el profesor, que no dejaba de mirar alrededor nerviosamente.

—Picarán, no se preocupe. Tan sólo vigile que no nos den un susto por la espalda.

—Descuida, por la cuenta que me trae…

El agua traslúcida y oscura como un té bien cargado, nos corría entre las piernas con notable fuerza y, aunque tan sólo nos llegaba a las pantorrillas, había que tener cuidado de no resbalar en el jabonoso lodo del fondo. Sin nada a lo que sujetarnos, podríamos acabar siendo arrastrados río abajo hasta la catarata, a menos de quinientos metros de donde nos encontrábamos.

Tres minutos más tarde, Cassie empezó a impacientarse.

—Esto es una auténtica pendejada —gruñó—. Los peces han de estar riéndose de nosotros.

—Un poco de paciencia…

—Deberíamos pensar en otra cosa.

—Paciencia… picarán.

—Pero ¿tú te crees que los pescados son idio…?

Y la frase se quedó a medias, pues en ese instante la red sufrió un fuerte tirón que nos tomó a los tres por sorpresa.

—¡Hay uno dentro! —aclamó el profesor, entusiasmado—. ¡Ha caído uno!

—¡Tirad! —les grité—. ¡Tirad fuerte!

El profesor también vino a sujetar la estructura por uno de sus lados, y entre todos levantamos la red fuera del agua con gran esfuerzo.

—Híjole, ¡cómo pesa! —exclamó Cassandra.

Y no era de extrañar, porque del fondo de la red colgaba un enorme siluro que debía pesar al menos quince kilos.

El animal se retorcía espasmódicamente amenazando con romper la frágil mosquitera, así que mientras empezamos a caminar de vuelta al banco de arena entre gritos de alegría, hundimos parcialmente la estructura en el agua para aliviar el peso que soportaba.

—¡Qué suerte hemos tenido! —se felicitaba el profesor.

—¡Ya tenemos nuestro cebo! —reí, eufórico.

Pero apenas dicho esto, por el rabillo del ojo intuí una sombra un par de metros a mi derecha, y mientras me giraba con extrañeza aún con la sonrisa en los labios, una explosión de agua y espuma estalló exactamente en el centro de la malla que llevábamos colgando.

De entre la confusión, y mientras los tres seguíamos sujetando la improvisada trampa de pesca sin saber lo que acababa de ocurrir, una descomunal y repulsiva cabeza apareció de la nada. Abriendo una monstruosa mandíbula de afilados dientes amarillentos, se abalanzó sobre el siluro, y sin darnos tiempo ni a parpadear arrancó la red de nuestras manos con una fuerza brutal y se la llevó corriente abajo, dando un poderoso coletazo final y hundiéndose con ella.

Ni qué decir tiene que dos segundos más tarde los tres estábamos de regreso en el banco de arena, resoplando con el corazón en la boca mientras nos reponíamos del tremendo sobresalto.

—Que hijo de perra… —maldijo el profesor recuperando el resuello—. Ni siquiera… ni siquiera lo he visto llegar.

Cassandra, derrumbada en la arena y respirando a bocanadas, levantó la cabeza para mirarme.

—Ya te dije que era una mala idea... de las peores que has tenido.

—Mirad el lado bueno —contesté con las manos apoyadas en las rodillas—. Quizá le hemos quitado el hambre a ese caimán, y ahora habrá uno menos por el que preocuparse.

Quince minutos más tarde, de pie en el centro de la minúscula isla, contemplaba impotente como el sol acababa de ocultarse por encima de la selva y las sombras se adueñaban del río.

—Si al menos tuviéramos madera —lamenté en voz alta mirando las copas de los árboles—, podríamos hacer una hoguera para mantener alejados a los caimanes.

—Podríamos quemar la ropa y parte del equipo —sugirió el profesor, dando una palmada a la bolsa sobre la que estaba sentado—. Muchas de nuestras cosas arderían bien.

—Demasiado bien —objetó Cassie—. En poco rato ya lo habríamos quemado todo y estaríamos en las mismas.

Mientras hablaban, abrí la caja metálica donde guardábamos todo el equipo susceptible de estropearse con la humedad, saqué tres luces frontales y le entregué una a cada uno.

—Ahora que está claro que meternos en el agua es un suicidio —insistió el profesor—, no nos queda otra que resistir aquí, así que sea como sea hemos de hacer un fuego.

—Estoy de acuerdo —apunté colocándome el frontal en la frente—. Pero en lugar de hacer una fogata de campamento con nuestras ropas, podríamos construir unas antorchas y encender una detrás de la otra, así durarían más. ¿Qué os parece?

—Me parece que no hay para dónde... —asintió Cassandra de mala gana, y abriendo su mochila extrajo una de las varillas de aluminio que le daban rigidez, enrolló en el extremo una de sus camisetas de algodón, y la roció con un chorro de alcohol del botiquín.

El profesor y yo la imitamos paso por paso, y al cabo de un momento ya estábamos los tres con las rudimentarias antorchas en la mano, esperando el momento adecuado para encenderlas.

La noche se hizo entonces casi absoluta, pues unas repentinas nubes cubrieron la reconfortante luz de una luna en cuarto menguante, que apenas había tenido oportunidad de hacer acto de presencia.

—La gran chucha —susurró Cassie, estremecida—. Que oscuro se ha puesto de repente.

De un momento para otro, toda la luz que teníamos era sólo la que nos proporcionaban nuestros frontales, los cuales manteníamos al mínimo para conservar batería y no deslumbrarnos entre nosotros. Pero entonces, inquieto por no ver más allá de un par de metros, ajusté el foco al máximo para hacer un barrido alrededor del banco de arena.

Apunté con la luz al río, y mi primera reacción fue de extrañeza al no descifrar lo que estaba viendo.

Una miríada de brillantes esferas ambarinas parecía flotar a ras de agua a todo nuestro alrededor.

Agucé la vista fijándome en las más cercanas, tratando de adivinar su origen, pero no entendí de qué se trataba hasta que un par de ellas se apagaron por un instante y volvieron a encenderse.

Un parpadeo.

Aquella multitud de pequeños globos amarillos no eran otra cosa que ojos.

Decenas de ojos en el agua. Observándonos, estudiándonos, acercándose sigilosamente al amparo de la noche.

14

—¡Rápido! —grité—. ¡Encended las antorchas!

Cassandra y el profesor Castillo, que habían visto lo mismo que yo, aún tardaron un instante en reaccionar.

—¡Son los caimanes! —advirtió entonces el profesor, aterrado—. ¡Están ahí mismo!

—¡Nos rodean! —La mexicana señalaba la oscuridad con una mezcla de horror y sorpresa—. ¡Esos cabrones nos están rodeando!

Mientras tanto yo ya había sacado el mechero del bolsillo y lo trataba de encender bajo la pelota de camisetas de mi antorcha.

Rápidamente el alcohol prendió, y una tímida llama azul brotó en el extremo de la varilla de aluminio, alumbrando para mi decepción poco más de lo que lo haría una simple vela.

—Mierda —mascullé.

Pretender ahuyentar con aquel ridículo fuego a unos caimanes hambrientos, era como enfrentarse a una manada de leones blandiendo una chincheta.

—Esto no va a funcionar —susurró Cassandra, desolada, mirando su propia antorcha con la misma frustración en la cara.

—Hay que intentarlo —les espoleé—, tenemos que aguantar como sea.

Y repentinamente, un enorme caimán apareció de la nada abalanzándose sobre la arena, a sólo un par de metros de donde estábamos.

Proferí una maldición y salté hacia atrás tropezando con Cassandra, que estaba a mi espalda, e inmediatamente otro caimán y luego otro más salieron del agua avanzando hacia nosotros con sus terroríficas fauces abiertas.

Desesperados, agitamos las antorchas frente a los enormes reptiles, mientras les gritábamos insultos y obscenidades con los que parecían no darse por aludidos.

Entonces Cassie, dando un temerario paso al frente, acercó su antorcha a pocos centímetros del ojo del caimán más cercano y, para sorpresa de todos —e incluso de ella misma—, el animal se dio la vuelta con un brusco movimiento y retornó a la seguridad del agua tan rápido como había aparecido.

—¡Eso es! —exclamó la arqueóloga girándose hacia nosotros—. ¡A los ojos! ¡Acercadles la llama a los ojos!

Sin dudarlo, el profesor y yo la imitamos, y hostigando a los otros dos caimanes conseguimos hacerles recular.

—¡Lo hemos logrado! —aulló el profesor, entusiasmado por su hazaña—. ¡Los hemos ahuyentado!

Estábamos exultantes, incrédulos por haber recuperado nuestra pequeña patria dando gritos de alegría.

—¡Humanos, uno! —exclamó el profesor levantando el índice—. ¡Reptiles, cero!

—¡Ándele! ¡Venid ahora, cabrones! —se encaró a las tinieblas la mexicana, amenazando envalentonada con el puño—. ¿Qué pasó, lagartijas? ¿Es que le tenéis miedo al fuego?

Y en ese preciso instante, como justo castigo de la madre naturaleza por nuestra bravuconería, un relámpago restalló en la oscuridad seguido al momento por unos gruesos goterones que, en cuestión de segundos, se transformaron en un intenso aguacero tropical.

—Oh, venga ya —protesté, desolado, observando como el fuego de mi antorcha se extinguía bajo la lluvia—. Tiene que ser una broma.

En un santiamén nos vimos de nuevo sumidos en una profunda oscuridad, pero esta vez acrecentada por la cortina de lluvia, que nos devolvía el reflejo de nuestras linternas frontales en forma de fugaces reflejos en las gotas de agua. Ahora no podíamos vislumbrar más allá de cuatro o cinco metros a la redonda —más o menos los límites de nuestro islote—, aunque sabíamos que los caimanes seguían allí, y que sólo era cuestión de tiempo que volvieran a la carga.

Empapados, desarmados y casi a ciegas, nuestra situación comenzaba a ser bastante preocupante.

—Si alguien tiene alguna sugerencia —propuse escudriñando entre las sombras con la tea apagada aún en la mano—, este sería un buen momento para compartirla.

—¡Ahí están! —me interrumpió Cassandra gritando—. ¡Ya vuelven!

Me giré con el corazón en la boca hacia donde miraba la mexicana, y efectivamente, de las tinieblas surgía una enorme bestia arrastrándose sobre la arena, seguida de otras más que emergían de las oscuras aguas como una legión de hambrientos monstruos del averno.

El mayor de ellos, un leviatán de más de cinco metros que avanzaba en cabeza, se acercaba lentamente observándonos con sus amarillentos ojos sin vida, sin ninguna prisa, sabiendo que no teníamos escapatoria.

Los tres empezamos a retroceder en aterrorizado silencio, apiñándonos en el centro del islote mientras éramos rodeados lenta pero implacablemente.

—Ulises, yo... —susurró Cassandra a mi espalda con voz temblorosa.

Me volví hacia ella y vi, o quise ver, algo en sus ojos que no veía desde hacía mucho tiempo.

—Lo sé —respondí simplemente.

Entonces, el caimán más cercano se encaramó sobre una de las mochilas que estaban en el suelo y abrió sus enormes fauces, dispuesto a lanzarse sobre mí.

Preso de la desesperación, recordé algo que había visto en el cine y me quité el cinturón y volví a introducirlo en la hebilla, improvisando algo parecido a un nudo corredizo.

—Pero ¿qué haces? —me preguntó el profesor, perplejo.

—Si le soy sincero —contesté sin volverme—, no estoy muy seguro.

Seguidamente, desenvainé un pequeño cuchillo de submarinismo que siempre llevo amarrado al tobillo, y armado con el mismo y el lazo del cinturón en la otra mano, esperé a que el caimán atacara con la absurda esperanza de esquivarlo y, tras inmovilizarle las mandíbulas con el cinturón, tratar de herirlo en los ojos; la única parte de su anatomía que no parecía estar acorazada. Visto con la perspectiva del tiempo y la distancia, una tontería como un piano.

El gigantesco reptil avanzó pesadamente, hasta el punto de haberlo podido tocar si hubiera estirado la mano. Se incorporó sobre sus patas delanteras y elevó la cabeza, dispuesto a lanzar su ataque definitivo.

Con la copiosa lluvia resbalándome por el rostro, flexioné las piernas y me preparé para saltar.

El caimán levantó aún más su cabeza girándola al instante para no perderme de vista, y con una rapidez inesperada para un ser de su tamaño, se lanzó hacia adelante impulsado por casi una tonelada de puro músculo.

Yo salté haciéndome a un lado, esquivándolo por milímetros.

Y entonces oí un siseo.

El caimán pareció quedar suspendido en el aire por un instante, congelado, para caer luego a mis pies como un gigante derribado.

Aprovechando el momento me dispuse a lanzarme sobre su ahora expuesta cabeza, agarrando con fuerza el cuchillo, pero entonces algo extraño llamó mi atención.

Una larga y delgada vara de madera con plumas blancas en su extremo, sobresalía del duro cráneo del caimán que había quedado inerte en el fango.

Miraba al reptil sin entender aún por qué yo estaba vivo y él parecía estar definitivamente muerto, cuando un nuevo siseo rasgó el aire y otro caimán, que había aparecido encaramándose sobre el primero, cayó igualmente fulminado con una larguísima flecha que le entró por la nuca y le salió por la quijada.

—Han venido… —musitó una incrédula Cassandra contemplando unas siluetas que, de pie y armadas con grandes arcos, se aproximaban a nosotros deslizándose sobre las aguas—. Son los menkragnoti…

15

Eran tres estrechas piraguas, en las que seis hombres remaban a favor de la corriente a proa y popa mientras en cada una de ellas, un arquero, de pie en el centro de la misma y usando un arco de casi dos metros, disparaba rápidamente y con una puntería infalible a todos los caimanes que asomaban la cabeza fuera del agua. Así, en cuestión de pocos instantes, alrededor de una docena de aquellos gigantescos reptiles pasaron a estar muertos sobre la arena, con sus duros cráneos limpiamente atravesados por flechas indígenas.

Aún no nos habíamos repuesto de la sorpresa inicial cuando las tres piraguas tocaron tierra. Mientras los arqueros se colocaban a nuestro alrededor creando un perímetro defensivo sin dejar de apuntar a los caimanes, ya en franca retirada, otros soltaron sus remos, nos agarraron del brazo y sin mediar palabra nos llevaron a empellones a sus canoas, separándonos y ubicándonos a cada uno en una de ellas.

—¡Un momento! —protestó el profesor—. ¡Dejadme coger aunque sea el maletín del teléfono!

Los indígenas, haciendo caso omiso de unas quejas que de cualquier modo tampoco parecían entender, le obligaron a sentarse en la canoa y a estarse quietecito.

—No se preocupe —le tranquilicé en voz alta mientras era empujado hacia otra de las piraguas—. Ya vendremos a buscar el equipo más adelante, de momento los caimanes se encargarán de que nadie venga a llevárselo.

A pocos metros, vi que Cassandra era embarcada en otra canoa y rápidamente se perdía en la oscuridad, seguida muy de cerca por el cayuco en el que iba el profesor Castillo.

Por mi parte, apenas me había acomodado en el fondo de una de las piraguas —de unos diez metros de largo y hecha a partir de un solo tronco—, cuando el arquero subió de un salto y tras señalarme con gestos que apagara mi linterna, sin perder un momento encaramos la corriente y nos sumergimos en la noche, impulsados por la fuerza de los remeros.

Navegábamos envueltos en el rumor de la lluvia que repiqueteaba la superficie del río, acompasado por el cadencioso golpeo de los remos contra el agua.

Aunque nos rodeaba la más espesa oscuridad, los indígenas parecían saber exactamente el lugar al que se dirigían, bogando con fuerza y dejando atrás el ensangrentado banco de arena, camino de una orilla que de momento me resultaba imposible adivinar dónde se encontraba.

Con las manos todavía temblando me sujetaba a los bordes de la canoa que, a causa de la lluvia, acumulaba ya sus buenos tres dedos de agua. Pero después de salvar la vida por los pelos, y aún haciéndome cruces por la milagrosa aparición de los menkragnoti, la verdad, mojarme el trasero me importaba más bien poco.

Lo cierto es que no me podía creer la suerte que habíamos tenido, y aunque por un instante estuve a punto de reprocharles que no hubieran venido un poco antes y así ahorrarnos el mal trago, no me sentía con ánimo más que para darles las gracias y un abrazo a cada uno en cuanto tocáramos tierra.

Intuía que avanzábamos río arriba por los pantocazos que de vez en cuando daba la canoa, y por ello, en el momento en que la navegación pasó a ser suave y los remeros aflojaron el ritmo, supuse que habíamos salido del cauce principal del Xingú y nos habíamos internado por algún canal lateral a resguardo de la corriente. Al mismo tiempo, la lluvia también bajó su intensidad como si hubiéramos llegado a algún lugar a cubierto, o como descubrí al cabo de un momento, nos encontráramos bajo un espeso dosel vegetal que hacía las veces de paraguas.

Finalmente la piragua pareció encallar en un fondo de arena, y de inmediato el arquero que se sentaba frente a mí saltó al agua, y ayudado por sus compañeros, que hicieron lo propio, sacaron la canoa del riachuelo arrastrándola hasta una pequeña ensenada conmigo aún sentado en su interior y sin saber muy bien qué hacer.

Fue entonces cuando la silueta de uno de los indígenas se acercó hasta mí y me tomó del brazo, invitándome a bajar a tierra.

—Gracias —dije efusivamente a la oscuridad, confiando en no estar hablando con un arbusto—. Muchas gracias, amigos. Nos habéis salvado la vida. *Moito obrigado.*

Los indígenas no parecieron darse por enterados o no entendieron una palabra, o ambas cosas a la vez, porque no dijeron ni pio.

Quienes sí lo hicieron fueron el profesor y Cassie, que ya estaban allí cuando yo llegué.

—No te molestes —dijo la voz de Eduardo a poca distancia—, nuestros amigos no son muy parlanchines.

—He ido a abrazar a uno —indicó a su vez la voz de Cassie—, y el muy grosero me ha apartado de un empujón.

Yo miraba en derredor, sin ver más que unas sombras que parecían estar sacando las canoas del agua. Entonces alguien me apremió por la espalda, y comprendí que querían que nos pusiéramos en marcha.

Caminábamos en fila india bajo la dispersa lluvia a través de un estrecho sendero, en el que espinas y ramas invisibles me arañaban constantemente la cara y los brazos. Mis dos amigos marchaban justo detrás de mí, despotricando por la temeridad de andar de noche por la jungla y sin linternas, mientras yo no dejaba de preguntarme cómo era posible que los menkragnoti que avanzaban en cabeza, vieran siquiera dónde ponían sus pies descalzos, o se orientaran sin tener estrellas en el cielo ni marcas en el suelo que utilizar como referencia. Lo único que se me ocurría, es que estuvieran dotados de una visión nocturna más desarrollada que la nuestra, pero aun así... no sé, incluso a un gato le habría costado avanzar con esa innata desenvoltura.

Durante la caminata, que me pareció eterna pese a que no debió durar más de veinte minutos, traté de encender un par de veces mi frontal, pero rápidamente nuestros escoltas me obligaron a apagarlo indicándome por señas que les deslumbraba. Afortunadamente, mis pupilas se fueron habituando a aquella oscuridad total y acabé por intuir, más que ver, el rastro de una senda a mis pies y alguna que otra rama que logré esquivar a tiempo.

De igual modo, el oído también fue adaptándose gradualmente al silencio de la selva. Un silencio que en realidad no lo era en absoluto, pues en cuanto fui capaz de discriminar el ruido de mis propios pasos y la lluvia arremetiendo contra el techo de la jungla, el mundo se llenó de extraños sonidos que iban desde lo sublime a lo escalofriante.

Las ranas arbóreas emitían sus extravagantes cloqueos por encima de nuestras cabezas, alternándose con una decena de cantos de pájaros diferentes; desde los agudos berrinches de los papagayos a los arrullos de aves nocturnas en busca de pareja, a su vez quebrados por el chillido de un mono o el rugido lejano de algún felino delimitando su territorio.

Y tan absorto estaba en apreciar todos los sonidos que me rodeaban, que la repentina exclamación de Cassandra me tomó por sorpresa.

—¡Ahí delante veo un resplandor! —anunció, entusiasmada—. ¡Nos llevan a su poblado!

16

Sin transición alguna surgimos de la espesa maleza para desembocar en una gran explanada circular, iluminada por una miríada de hogueras y una tímida luna que de cuando en cuando comenzaba a asomarse entre las nubes cada vez más dispersas. Una plaza de tierra del tamaño de dos o tres campos de fútbol, cuyo perímetro estaba delimitado por unas cabañas techadas con hojas de palma, encaradas hacia el centro de la misma, donde se levantaba una estructura que destacaba poderosamente, situada justo en medio de aquel gran espacio diáfano.

Una imponente construcción que ocupaba exactamente el centro de la plaza de tierra; una copia sobredimensionada de las cabañas que la rodeaban, con una forma idéntica, pero un tamaño que se me antojó absurdo para un edificio tan rudimentario, pues debía medir al menos cuarenta metros de largo y veinte de ancho, y con un techo piramidal que arrancaba del nivel de suelo y se elevaba más allá de los quince metros de altura. Me hizo pensar en una gigantesca tienda de campaña canadiense, erigida a base de simples troncos y hojas de palma.

En cuanto entramos en la plaza, un numeroso grupo de niños seguidos de sus madres, así como decenas de curiosos, se aproximaron a nosotros entre expresiones de asombro. Muy al contrario que nuestros salvadores, que de momento no habían dicho esta boca es mía.

Los hombres vestían tan sólo un taparrabos por toda indumentaria, pero en cambio, se adornaban de penachos de plumas de diferentes colores amarrados a la nuca, coloridas pulseras, collares colgados de brazos y cuello, pendientes redondos hechos con algún hueso animal, e iban totalmente pintados con dibujos de intrincados diseños que los cubrían de pies a cabeza. Curiosamente, en contraposición las mujeres únicamente lucían —aparte del taparrabos—, un par de discretos colgantes y casi nada de plumas o pinturas corporales. Aunque aún vestían menos los niños y niñas de aquel poblado, que por llevar, sólo llevaban puesto encima el pelo de la cabeza.

Sin embargo había un elemento común a todos ellos, sin excepción: una franja de pintura roja les cruzaba la frente de oreja a oreja. No costaba mucho imaginar que debía de ser la marca distintiva de aquella tribu para diferenciarse de sus vecinos.

Siguiendo a nuestra escolta, nos adentrábamos en la explanada camino de la gran cabaña central —comúnmente llamada *maloka*, según nos apuntó el profesor— cuando un niño pequeño se acercó a la mexicana con la intención de tocar la punta de su pelo rubio, y para nuestra sorpresa, uno de los guerreros se acercó y sin mediar palabra le largó una bofetada que lo tiró al suelo.

—*¡Kú alawe manín!* —gritó entonces al público que nos rodeaba en tono de advertencia—. *¡Kú alawe!*

En respuesta todo el mundo dio un paso atrás, las mujeres tomaron a sus hijos en brazos, y bajo la ondulante luz de las hogueras vimos cómo las miradas se tornaron de interesadas a inexplicablemente recelosas.

Las docenas de fogatas diseminadas de la plaza bailaban en la noche fantasmagóricamente, como si todo fuera parte de un exótico sueño que desaparecería con la claridad del amanecer, mientras el poblado asistía a nuestro improvisado desfile formando un pasillo de cuchicheos y miradas cautas, pero ya a una distancia mayor, impuesta por las serias advertencias y empujones de los guerreros.

Al llegar frente a la entrada de la maloka, custodiada por dos guerreros emplumados portando una lanza en una mano y una antorcha en la otra, un murmullo expectante recorrió a la multitud de curiosos, y los guardias cruzaron las lanzas impidiéndonos la entrada.

De repente, el guirigay que nos había acompañado desde que entramos en el poblado cesó por completo, y fue sustituido por un pesado silencio sólo roto por el crepitar de las antorchas. Me volví discretamente hacia el profesor y Cassie, con una mirada interrogante, y ambos se encogieron de hombros en una clara muestra de que tampoco tenían idea de lo que estaba pasando.

De hecho, los indígenas no sólo se habían callado, sino que todos se habían quedado completamente quietos, y hasta un pequeño perro que momentos antes andaba dando saltos y ladridos, parecía que lo habían disecado. Mentalmente me estaba dando un minuto más antes de empezar a pedir explicaciones, cuando desde la negrura de la entrada, como si se tratara de una descomunal garganta, brotó una voz agrietada murmurando palabras incomprensibles.

Como obedeciendo una orden, los guardias se echaron a un lado y los guerreros nos empujaron al interior sin demasiados miramientos, llevándonos hasta el extremo opuesto de la maloka, hasta que la misma voz volvió a hablar en tono grave y nos instaron a detenernos.

En el interior de aquella gran estructura no había ni una pequeña llama que alumbrara el lugar, así que estaba aún más oscuro que el exterior.

—¿Hola? —saludé al vacío—. ¿Hay alguien ahí?

—Ulises... —me reprendió Cassandra desde las sombras—. Ten paciencia.

—Tengo mucha paciencia, Cassie. Pero ya empieza a cansarme tanto silencio y tanta ceremonia misteriosa.

Y ya estaba echando mano al frontal para encenderlo, cuando una pequeña chispa resplandeció a pocos metros. En cuestión de segundos la chispa se convirtió en llama, la llama en hoguera, y tras la hoguera apareció la figura de un anciano sembrado de arrugas, que aparentaba tener cien años y que sentado en el suelo nos miraba con severidad.

—*We aleké la ba maloka...* —dijo señalándonos con un dedo huesudo y aquella voz ajada que habíamos oído antes—. *Anú la mere cala, mi aroa kané já... ¡Vaná!*

Por supuesto no entendí una palabra de todo aquello, y por el mutismo de mis compañeros estaba claro que ellos tampoco.

Pero entonces, inesperadamente, un nuevo personaje entró en escena en ese instante. Se trataba de un hombre joven, algo más alto y de piel más clara que el resto de los indígenas, aunque lo que más llamaba la atención en él eran unos inusuales ojos azules que destacaban extraordinariamente en su rostro cobrizo. Vestía un viejo pantalón corto de deporte en lugar de taparrabos, y a excepción de la inevitable franja roja en la frente, no llevaba el cuerpo decorado ni portaba plumas en la cabeza como el resto de hombres del poblado.

—Yo llamar Iak, y él ser nosso chamán; gran jefe Mengké de los menkragnotis —dijo el recién llegado en un español entrecortado—. Nosotros darles bienvenida.

—Gracias —se apresuró a corresponder el profesor—. Nosotros también estamos...

El traductor le interrumpió con un gesto, no había acabado de hablar.

—Pero no poder estar aquí —y apuntando con la mano al exterior, añadió—: Mengké decir que marchar de nossa aldea. Ahora.

17

He de confesar que eso no me lo esperaba.

Tampoco el profesor, o Cassie, que tras la sorpresa inicial fue la primera en reaccionar.

—¿Irnos? ¿Por qué? —preguntó, desconcertada.

El intérprete se inclinó hacia el anciano con reverencia y le transmitió la pregunta.

Éste respondió una retahíla de palabras incomprensibles, acompañadas de unos reveladores gestos. Nos señaló uno por uno, luego se señaló a sí mismo, se puso la mano en el pecho, y sacando la lengua inclinó la cabeza a un lado.

—Vocês malditos —aclaró Iak—. Si hombre branco quedarse en aldea, nosotros morir.

Perplejo, me volví hacia mis compañeros.

—¿Ha dicho lo que creo que acaba de decir?

—Según el anciano —confirmó el profesor, tan incrédulo como yo—, estamos malditos... y si nos quedamos en la aldea, los mataremos a todos.

—¡Menuda tontería! —repliqué mirando al traductor—. Dígale al chamán que no estamos malditos, y que no vamos a matar a nadie, y que...

—*¡Anú aroa mañá!* —me interrumpió el anciano con impaciencia—. *¡Ta uaré me ilae la aleké anú!*

—Mengké decir que todos brancos traer enfermidade. Si quedarse, nosotros también enfermar y morir.

—Ya lo entiendo —apuntó Cassandra—. Lo que quieren decir, y no les falta razón, es que todos los blancos somos portadores de enfermedades que para ellos pueden resultar mortales, y que si nos quedamos aquí corren el riesgo de contagiarse.

—Un momento —objetó el profesor—. ¿Está hablando de las enfermedades de la época de la conquista? ¡Pero de eso hace ya siglos!

—No sé qué decirle, profesor. Todas estas tribus que viven apartadas del hombre blanco aún no están inmunizadas contra algunas de las epidemias que campan por el mundo. Un simple virus —sentenció—, podría acabar con la mitad de la población de esta aldea.

—¿Y si prometemos no estornudar encima de nadie? —mascullé medio en broma, medio en serio.

Eduardo Castillo, mientras tanto, había dado un paso adelante y se dirigía al chamán con solemnidad.

—Les estamos sinceramente agradecidos por habernos salvado en el río, y le aseguro que no deseamos causarles ningún daño. —Esperó a que se tradujeran sus palabras para proseguir—. Pero aunque queramos, no podemos irnos.

El anciano escuchó sus palabras y respondió a través del traductor.

—Mengké decir que no preocupar. Esta noche poder dormir aquí, y mañana nuestros guerreros llevar en canoa río abajo, hasta siguiente poblado.

—*Moito obrigado* —agradeció el profesor con una inclinación de cabeza—. Pero hemos venido por una razón muy importante y no podemos marcharnos todavía.

Sacó la fotografía de su cartera y se la mostró al anciano.

—Esta es mi hija Valeria —dijo aproximándose, hasta que el traductor tomó la instantánea y se la pasó al chamán—. Sabemos que estuvo aquí hace unas semanas, pero luego desapareció, y hemos venido a buscarla.

El anciano estudió la imagen durante unos segundos, y sin mostrar la menor señal de reconocimiento, negando con la cabeza, se la devolvió a Iak y éste a su vez al profesor.

—Mengké dice que nunca haber visto a esta mujer —dijo al tiempo que le devolvía la foto.

Durante un momento, el profesor se quedó mirando la fotografía sin comprender, como temiendo que no les hubiera mostrado la correcta.

—Pero... tienen que haberla conocido —barbulló, desconcertado—. Ella estuvo aquí, eso es seguro.

El indígena del pantalón de deporte pareció vacilar por un instante, miró al chamán —que negó imperceptiblemente con la cabeza—, y se dirigió de nuevo al profesor.

—Você se equivoca —repuso con un tono que no invitaba a la discusión—. Ninguna mujer branca estar en esta aldea. Jamás.

—Pero...

—*¡Kaualé!* —exclamó concluyente el chamán, poniéndose en pie con la ayuda de su bastón.

—Jamás —repitió el traductor.

Acto seguido, un par de guerreros se interpusieron entre el brujo y nosotros, y sin rastro de amabilidad nos señalaron la salida.

—Tranquilo, profe —susurré a mi viejo amigo tratando de consolarlo—. A estos no les vamos a sacar nada más, y no creo que nos convenga cabrearlos.

—Pero no es posible —insistía el profesor de historia, con la foto aún en la mano—. Las coordenadas sin duda son las correctas.

—Quizá haya habido algún malentendido. —Cassandra lo tomó del otro brazo con dulzura—. Lo mejor será que les hagamos caso y nos vayamos a dormir. Mañana será otro día.

—Pero es que...

—Cassie tiene razón —argüí tirándole del brazo—. Por la mañana veremos las cosas de otra manera, y volveremos a intentarlo. Ahora hemos de irnos.

—Valeria estuvo aquí —se repitió a sí mismo mientras los guerreros nos acompañaban fuera de la maloka—. *Tuvo* que estar aquí.

Salimos de nuevo al exterior. La pequeña multitud aún permanecía expectante, aunque guardando las distancias en un incómodo silencio.

—No le dé más vueltas —dije viendo cómo nos escoltaban en dirección a una pequeña palapa algo apartada del resto—. No le quepa duda, que ha de haber alguna explicación lógica a todo esto, ya verá que sí.

—Claro —matizó Cassie consolando al profesor, que rápidamente estaba pasando de la confusión al abatimiento—. Seguro que nos hemos pasado algo por alto, porque lo que parece evidente —se volvió hacia la gran cabaña donde el chamán se había asomado a la entrada y nos observaba mientras nos alejábamos—, es que esta gente no tendría motivos para engañarnos, ¿no os parece?

18

El lugar donde nos llevaron a dormir no era más que una cabaña sin paredes, lo que en Sudamérica se conoce como palapa, donde habían colgado tres viejas hamacas de los postes que sostenían el techo de palma sobre nuestras cabezas. Ningún objeto de uso cotidiano indicaba que allí viviera nadie, y supusimos que se trataba de una especie de casa de invitados. Un espacio donde las visitas inesperadas podían tender sus hamacas y pasar la noche.

Exceptuando el tenue resplandor de una luna velada por nubes altas y las hogueras del poblado, la oscuridad era casi absoluta, pero aun así, podíamos ver la silueta de dos guerreros que se habían apostado en el exterior haciendo guardia.

—¿Estarán protegiéndonos o vigilándonos? —preguntó Cassandra señalándolos con la cabeza.

La actitud de los guardianes, sentados en un par de troncos y hablando entre sí despreocupadamente, distaba mucho de ser marcial, pero intuía que no se les escapaba nada de lo que sucedía a su alrededor.

—Puedes estar segura de lo segundo —sugerí mirando al profesor, que ya se había tumbado en una hamaca sin decir palabra, y así seguía.

—Pues yo no se lo reprocho —opinó la mexicana, de la que sólo adivinaba el pálido reflejo de la pequeña fogata que habíamos hecho, en su melena rubia—. Lo increíble es que se hayan jugado la vida para rescatarnos de los caimanes, aun sabiendo que somos un riesgo para ellos. Ha sido algo muy noble.

—Sí, muy noble... pero luego no han dudado en darnos la patada.

—¿La patada?

—Por si no te has dado cuenta, nos han echado del pueblo.

—No seas injusto —me recriminó—. Nuestra mera presencia es un peligro para la aldea, y si la hija del profesor no ha estado aquí, es lógico que no acepten nuestra presencia.

—Ya… claro.

—¿Qué insinúas?

—Pues que tengo la desagradable impresión de que lo único que les preocupa es quitarnos de en medio lo más rápidamente posible… y yo no estoy tan seguro de que nos estén diciendo toda la verdad.

Cassandra bufó en la oscuridad.

—No mames, Ulises. No te empeñes en complicarlo imaginándote cosas.

—¿Eso crees? ¿Qué imagino cosas?

—Creo que ha sido un día muy largo y que estás… que estamos demasiado cansados para pensar con claridad. Verás como mañana por la mañana todo te parece diferente, y te darás cuenta de lo equivocado que estás.

—En realidad —intervino el profesor desde su hamaca, meditabundo—. Puede que todo se deba a un error, y que al fin y al cabo, mi hija nunca haya estado aquí.

—¿Ah, sí? —inquirí, escéptico—.Y ¿cómo es eso?

—Veréis… —Se levantó, tomó un palito del suelo y dibujó una línea serpenteante sobre la tierra rojiza—. Como recordareis, os dije que Valeria no había llegado aquí como nosotros, sino que lo había hecho remontando en piragua por el Xingú. —Hizo una marca en un extremo de la línea serpenteante.

—Sí, algo de eso dijo —corroboró la mexicana.

—Eso significa —prosiguió, agachándose—, que debió navegar durante días o semanas, encontrándose sin duda con otras tribus, puede que tanto o más interesantes que ésta.

—¿Adónde quiere ir a parar? —le pregunté sin paliativos.

El profesor Castillo se incorporó, y su voz transmitía algo muy parecido a la esperanza.

—Simplemente, a que quizá Valeria no llegó a pisar esta aldea.

Cassandra miró al profesor con escepticismo, al tiempo que se rascaba la cabeza.

—¿Usted cree que decidió quedarse con alguna otra tribu? ¿En otro poblado?

—Exacto.

—¿No está pasando algo por alto? —pregunté—. ¿Qué me dice de las coordenadas que envió antes de desaparecer? Señalan exactamente este sitio, y no otro.

—Eso también podría tener una explicación —Se quitó las gafas y se puso a limpiar los cristales con una punta de su camisa—. Quizá las coordenadas de este poblado no indiquen el punto en que estaba, sino al que se dirigía. Así que un simple error al transmitir o transcribir el mensaje, puede haber supuesto que estemos en el lugar equivocado.

La arqueóloga sacudió la cabeza, como aclarándose las ideas.

—Un momento —dijo arqueando las cejas—. ¿Está insinuando que alguien confundió «estoy» con «estaré», y que eso ha supuesto que estemos en el culo del mundo con unos indígenas que no nos quieren ni ver, y nos hayamos salvado de milagro de ser devorados por los caimanes?

El profesor asintió con timidez, mirándonos por encima de sus gafas de carey.

—Más o menos... sí, esa es la idea. Lo explicaría todo.

—La gran chucha que me... —blasfemó Cassandra dándose la vuelta para que no la escucháramos.

—No me lo puedo creer... —resoplé dejándome caer de espaldas sobre la hamaca, sin saber si reír o llorar—. No me lo puedo creer....

A medianoche, cuando ya estábamos todos dormidos de puro agotamiento y los dos guardianes ya habían abandonado su puesto, convencidos de que no íbamos a ir a ninguna parte, una silueta se deslizó con sigilo en nuestra palapa. Al notar cómo alguien me sacudía levemente el hombro, abrí los ojos para encontrarme frente a unas pupilas azules que me miraban con fijeza.

Era el indígena que nos había hecho de traductor unas horas antes, y alumbrado por los rescoldos de la hoguera, pude ver cómo se llevaba el índice a los labios, y me pedía por señas que despertara a Cassie y al profesor.

—¿Qué quieres, Iak? —le espeté, huraño, con la boca pastosa—. ¿Has venido a meternos prisa para que nos vayamos?

El indio bajó la cabeza con turbación.

—Yo traerles algo —dijo en voz baja

—¿Un regalo de despedida? —pregunté sin disimular mi mal humor.

—No, no... —repuso ajeno a la puya—. Ser un... un... —pareció buscar la palabra adecuada por un momento, y al no encontrarla, puso sobre su regazo una bolsa tejida con hojas que llevaba del hombro.

Entonces introdujo la mano en la bolsa y sacó de su interior un herrumbroso estuche de latón del tamaño de una caja de zapatos, en cuya tapa se adivinaba el relieve de lo que parecía ser un repujado escudo.

Iak me acercó el estuche con gran reverencia sin dejar de mirar alrededor, al parecer preocupado porque alguien pudiera verlo.

—Esto pertenecer a mi padre —dijo solemnemente—. Y antes pertenecer al padre de mi padre, y por él, dar nombre Iak a mí.

Desencajó la tapa de la caja con dificultad, por lo que me figuré que no debía abrirla muy a menudo.

—Yo ser culpable de que hombres brancos ir a tierra de morcegos —musitó—. Ancianos prohibirme, pero yo querer saber de mi abuelo. —Iak me miró con desconsuelo, diría que buscando comprensión o incluso redención—. Yo no obedecer, y mostrar esto a mujer de fotografía... Dos días después, ella marchar.

—Repite eso —le insté acercando mucho mi cara a la suya—. ¿Me estás diciendo que ese viejo nos ha mentido? ¿Qué la mujer blanca, realmente sí que estuvo aquí?

El indígena asintió con gesto contrito.

—Mengké decir mentira para bien de todos —le excusó, sin embargo—. Él no gustar mentira.

Seguidamente rebuscó en el interior, y a la luz de mi linterna pude entrever en aquella caja unos cuantos objetos como sacados de un anticuario: entre ellos un reloj de bolsillo, viejas fotos en sepia casi desvanecidas, una sencilla brújula engarzada a una fina cadena de plata y lo que parecían los restos de un sextante oxidado. Pero lo que Iak sacó de su interior, sin embargo, fue un libro que debía haber estado originalmente empastado en piel, pero que ahora aparecía cuarteado y mohoso con el quebradizo aspecto de un pastel de hojaldre.

Entonces alargó la mano y se ofreció a que lo examinara.

Mudo de sorpresa, me quedé mirando a Iak con un centenar de dudas que plantearle. Bajé la vista hacia el libro que ahora sostenía entre mis manos y lo abrí, y a pesar de lo amarilleado del papel y los hongos de humedad que lo ennegrecían, pude leer el encabezamiento de la primera página.

Al hacerlo, el corazón me dio un vuelco, intuyendo que allí podían estar las respuestas a muchas de nuestras preguntas, e incluso a las que aún no habíamos formulado.

—Cassie. Profesor —les llamé en susurros, haciendo un esfuerzo por dominar la excitación—. Tenéis que venir a ver esto.

19

Haciendo corrillo, nuestras tres cabezas se inclinaban sobre el libro que ahora sostenía Cassandra sobre las rodillas, y que a la postre, tampoco había resultado ser un libro.

La escritura, abigarrada sobre unas hojas que un día fueron blancas con el trazo firme de una pluma, delataba que aquello era en realidad un diario. Un diario escrito en inglés, y cuyo encabezamiento —el mismo que había leído yo hacía un minuto— tradujo Cassie a la vez que lo leía.

—«Este es el diario de Jack Fawcett, y de la fatídica expedición que nos llevó a mi padre, el coronel Percy Harrison Fawcett, a mi fiel amigo Raleigh Rimell (descansen ambos en paz) y a mí mismo, a descubrir la Ciudad Perdida de Z.»

La mexicana alzó la vista como un resorte, encontrándonos al profesor y a mí con la boca abierta y sin poder levantar la vista de aquella primera página apolillada de melancolía.

—¿Qué es la Ciudad Perdida de Z? —inquirió, desconcertada.

—No lo sé —masculló el profesor—. Nunca había oído hablar de ella.

—Quizá más adelante lo explique —sugerí.

—¿Y dices que perteneció a tu abuelo? —quiso saber el profesor dirigiéndose a Iak, que sentado frente a nosotros nos observaba con atención.

El indígena asintió.

—Ningún menkragnoti entender símbolos de hombre branco, pero mi abuelo entregar a mi padre, y mi padre entregar a mí, para cuidar y dar, antes de yo morir, a mi propio hijo.

—¡Claro! —irrumpió Cassandra dándose una palmada en la frente—. De ahí su nombre. En realidad no es Iak, sino Jack. Como su abuelo Jack Fawcett, el autor del diario.

—Eso explicaría también sus ojos azules —apuntó el profesor Castillo.

—¿Usted también cree que es auténtico? —le pregunté.

Mi viejo amigo estaba tan concentrado en sus pensamientos, que mi pregunta le tomó por sorpresa.

—¿Auténtico, dices? —contestó mirándome por encima de sus gafas—. Por supuesto que creo que es auténtico. Pero lo realmente importante —dijo poniendo el índice sobre la cubierta—, es que aquí dentro está la clave para saber qué ha sido de mi hija. Si damos crédito a lo que afirma Iak, Valeria estuvo en este mismo pueblo, leyó éste mismo diario y se marchó dos días más tarde. Ergo, si averiguamos lo mismo que ella averiguó en estas páginas —concluyó con creciente entusiasmo—, quizá podremos deducir adónde se dirigía, por qué lo hizo, y luego seguir sus pasos hasta encontrarla.

La primera parte del diario —al menos la parte legible—, versaba sobre la infancia y adolescencia del propio Jack, y daba algunos apuntes de la trayectoria de su padre.

Al parecer, el coronel Percy Harrison Fawcett había sido un auténtico aventurero, un explorador con todas las letras, quizá el último del siglo xx. Miembro fundador de la Royal Geographic Society y amigo de personajes como Sir Arthur Conan Doyle —quién según Jack, había tomado experiencias de su padre para el argumento de su famosa novela *El mundo perdido*—, este inglés nacido en Devon en 1867 realizó nada menos que siete expediciones a la selva amazónica entre 1906 y 1924, financiado por los gobiernos de Perú, Bolivia y Brasil para establecer unos límites claros en las fronteras selváticas de estos tres países, llevándole a explorar buena parte de la Amazonia y adentrarse en lugares a los que nadie había llegado antes y —según palabras textuales de Jack—, difícilmente nadie volvería a llegar.

En el transcurso de estas expediciones, *Padre* —como le llamaba Jack en su diario— había entablado contacto con decenas de tribus indias que jamás habían visto u oído hablar del hombre blanco. La mayoría de estas tribus desconocidas habían resultado ser amistosas, hospitalarias y socialmente avanzadas, aunque otras no parecían haber superado aún la edad de piedra, y degeneradas por prácticas como la antropofagia a duras penas se podía calificar a sus miembros como seres humanos.

Pero lo que verdaderamente marcó la vida de Percy Fawcett, y en consecuencia la de su hijo Jack y su amigo Raleigh, fueron las leyendas que circulaban en el Amazonas sobre una fabulosa ciudad perdida, que el coronel había decidido bautizar con el enigmático nombre de «Z».

A cada viaje, Percy Fawcett acumulaba más y más relatos que trataban sobre la historia y el destino de aquel quimérico enclave, y, proporcionalmente, crecía su obsesión por encontrar la prueba que confirmase su existencia. Una prueba que encontró finalmente en la Biblioteca Nacional de Río de Janeiro, al leer un manuscrito firmado por el canónigo J. de la C. Barbosa, en el que relata el increíble viaje de un tal Francisco Raposo al Mato Grosso. En el manuscrito se detalla que Francisco Raposo, guiando un grupo de dieciocho colonos a través de la selva en busca de tierras fértiles en las que establecerse, cruzó montañas, pantanos y ríos hasta llegar a las orillas del Xingú, y una vez allí, huyendo de indios hostiles, tropezaron con los vestigios de una gran ciudad abandonada muchos siglos atrás.

Esto era todo lo que Percy Fawcett necesitaba para convencerse —si no lo estaba ya—, así que siguiendo las vagas pistas del manuscrito decidió partir de inmediato en busca de Z, llevando a Raleigh y a su hijo Jack —jóvenes, fuertes y rebosantes de entusiasmo— como única compañía. Vendió la exclusiva de su futuro descubrimiento a una editorial norteamericana, y con ese dinero y algo más que logró recaudar de algunas sociedades geográficas, organizó la expedición rápidamente, y a principios de 1925 abandonaban la brasileña ciudad de Cuiabá, cerca de la frontera boliviana, acompañados de seis porteadores, ocho mulas y dos perros llamados Pastor y Chulim.

A partir de ese punto, las páginas que detallaban las primeras semanas de viaje se encontraban tan deterioradas que resultaba imposible descifrarlas, de modo que la primera entrada al diario legible estaba fechada el 29 de mayo de 1925, y decía así:

Hoy dejamos atrás el campamento que Padre llama Caballo Muerto, porque en una expedición anterior perdió aquí un caballo al ser mordido por una serpiente venenosa. Los dos días de descanso nos han sentado maravillosamente, pues la marcha desde Cuiabá ha sido larga y penosa —¡quién en la domeñada Inglaterra, podría imaginar que recorrer poco más de doscientas millas a través de la jungla, puede llevar casi dos meses!—. Raleigh se encuentra algo mejor de su pierna, aunque las picaduras de garrapata siguen infectadas y aún cojea, pero es fuerte y no me cabe duda de que sanará. Padre, sin embargo, parece sano como un roble, y aunque tiene más del doble de mi edad y ha adelgazado ostensiblemente desde que partimos, no ha rebajado un ápice el ritmo de la marcha y puedo ver cómo la llama de la obstinación brilla permanentemente en sus ojos.

Hemos despedido a los porteadores con cartas para la familia, quedándonos con seis mulas y los perros, pues Padre no desea que nadie más sepa adónde nos dirigimos. (fragmento ilegible) *... jefe del poblado Kayapo nos ha advertido reiteradamente sobre los morcegos, una tribu misteriosa que afirma que mora en el lugar al que nos dirigimos, y a la que todos los demás pueblos de la región temen como al mismísimo diablo. Padre, sin embargo, insiste en que se trata sólo de un mito, el equivalente al «hombre del saco» occidental, y que en sus veinte años de experiencia recorriendo esta parte del mundo, jamás se ha encontrado con ninguna tribu con la que, con respeto y humildad, no se pudiera tratar amistosamente por muy belicosa que fuera en principio. Lo cierto es que los relatos sobre la inhumana maldad de los morcegos parecen a todas luces exagerados, fruto de leyendas y cuentos para no dormir, así que sin duda Padre tiene razón, y el encuentro con esa desconocida tribu no ha de ser más problemático que con los temidos jíbaros, o los esquivos yanomamis.*

Sea como sea, pronto pisaremos donde ningún hombre blanco ha hollado jamás, y descubriremos lugares ignotos para el resto de la humanidad. A partir de este momento, comienza el verdadero viaje.

Que Dios nos asista.

Pero justo entonces, cuando nos encontrábamos embelesados ante aquel increíble relato que Cassandra traducía para todos en voz alta a la luz de la hoguera, surgiendo de la oscuridad como un espectro, apareció el anciano hechicero Mengké apoyado en su bastón, acompañado de seis ceñudos guerreros armados con lanzas.

Apuntando con su cayado al indígena de ojos azules, el chamán le increpó en su indescifrable lengua y arrancó el diario de las manos de Cassie, ojeándolo malhumorado mientras meneaba la cabeza.

Por último nos miró largamente a los tres, y con un gesto que no admitía discusión nos ordenó que lo siguiéramos.

20

Custodiado a ambos lados por los guerreros menkragnotis, tuve un mal presentimiento. Imagino que muy similar al que tienen las ovejas camino de las reuniones de pastores.

—Me parece que no le ha hecho mucha gracia —susurré mientras caminaba—, que Iak nos enseñe el diario de su abuelo.

Me volví hacia el profesor y, para mi sorpresa, en lugar de mostrar preocupación por lo delicado del momento o lo afilado de las lanzas, lo que se leía en su rostro era un cabreo soberano.

—Este malnacido nos han engañado desde el principio… —barruntó entre dientes.

—Tranquilo, profesor —dijo Cassandra tomándole del brazo para tranquilizarle—. Si nos ha mentido será por algo, y será mejor ir de buenas si queremos averiguar lo que en realidad ha pasado con su hija.

El profesor respiró hondo mientras seguía, como nosotros, los pasos del chamán de nuevo en dirección a la maloka, haciendo un esfuerzo por controlar su creciente enfado.

En cuanto entramos por segunda vez esa noche en la gran cabaña comunal, nos dimos cuenta de que algo había cambiado. A pesar de la actitud intimidatoria de los guerreros, a la luz de la hoguera que ardía en el centro de la gran estancia, creí distinguir en los ojos del anciano hechicero el rastro de algo que bien podría interpretarse como disculpa, o incluso culpabilidad.

Con un gesto nos invitó a sentarnos sobre unas esteras de palma, y seguidamente soltó un breve discurso en voz muy baja.

—Nosotros sentir mucho —tradujo Iak al cabo, casi en el mismo tono—. Pero no tener otro remedio, que no decir verdad.

—Está bien, está bien... —le interrumpió con impaciencia el profesor—. Lo que quiero saber es qué ha pasado con mi hija, y por qué nos han mentido.

El traductor remitió las palabras de mi amigo al anciano, que parecía haber perdido algo de su altivez.

—Hombre branco maldito para menkragnoti —sentenció en boca de Iak, como si se tratara de algo tan obvio que no requiriera mayor explicación—. Si nosotros decir verdad, ustedes desaparecer como mujer que buscan. Luego venir más hombres brancos a buscar ustedes, y luego más... hasta fin de los menkragnoti.

—Eso no tiene sentido —le espetó el profesor—. Y además, no entiendo... ¿Dice que nosotros vamos a desaparecer igual que mi hija? ¿Por qué? —inquirió con ansiedad—. ¿Dónde está ella?

De nuevo hubo un intercambio de palabras entre los indígenas, y como respuesta Iak simplemente se encogió de hombros.

—No sabemos.

—¡Cómo que no lo saben! —estalló el profesor perdiendo la calma—. ¿Es que me toma por tonto? ¡Dígame dónde está mi hija!

—Decir verdad —afirmó el intérprete, contrito—. Ella estar con nosotros, pero luego marchar junto con otros que acompañaban.

—Eso ya lo sabemos —replicó con impaciencia—. Pero ¿adónde se marchó?

Iak tradujo al profesor, y el chamán nos miró con la desolación pintada en el rostro. Señalando algún lugar más allá de las paredes de la maloka, dijo, temeroso:

—*Menka tamú taj...*

Iak se quedó contemplando al anciano Mengké, y tras vacilar por unos instantes se giró hacia nosotros con el rostro demudado, reacio a repetir aquellas palabras.

Los tres mirábamos al traductor, esperando la respuesta con preocupación.

Con la cabeza gacha, el indígena parecía de nuevo rebuscar la palabra adecuada en su limitado vocabulario.

—A Infierno —dijo al fin, con un hilo de voz—. Mujer branca no escuchar advertencias de Mengké... y ahora ella estar en Infierno.

21

Un pesado silencio cayó como una losa, sobre todos los que estábamos bajo el techo de la maloka. Pero quien realmente me preocupaba era el profesor, que se había quedado lívido al oír aquello.

—¿Dicen… —preguntó luchando para conseguir que el sonido saliera de su boca— que mi hija, está…?

Iak lo miró sin comprender.

—Ella ir a Infierno —repitió subrayando las palabras.

A pesar de la dramática afirmación, yo no estaba seguro de interpretarla correctamente y tenía la corazonada de estar perdiéndome algo en la traducción.

—Pero… ¿cómo? —le interrogué, temeroso de escuchar la respuesta—. ¿Quiere decir que murió?

Me interrumpí al notar una mano posándose en mi hombro. Era Cassie, que me señalaba al profesor con la cabeza. Éste se había cubierto la cara con las manos y parecía sollozar en silencio.

—Ulises… —susurró la mexicana.

Con voz afligida, Mengké dijo unas pocas palabras a Iak, que tradujo quedamente.

—Mengké dice que sentir mucho, pero aunque advertir a mujer branca, ella querer ir a Infierno.

—¿Perdón? —pregunté sintiéndome cada vez más confuso con todo aquello.

—Mengké decir a mujer branca que no ir a Infierno —repitió el traductor—. Pero ella escapar de noche con los otros, y ahora no saber si estar viva.

Sacudí la cabeza, intuyendo el origen del error.

—Un momento… —dije alzando la mano—. ¿Infierno es… un lugar?

El traductor me miró como si le hubiera preguntado de dónde vienen los niños.

—Nosotros llamar *Menka tamú,* pero no conocer palabra igual en su idioma —repuso, y señalando en la misma dirección en que lo había hecho el chamán sutilmente cuando se refería a ello, añadió—: Nosotros llamar así a lugar donde nadie ir y nadie volver. Donde sólo vivir demonios.

El profesor Castillo había recuperado el color en la cara, y aunque aún tenía los ojos rojos y el rostro desencajado, parecía recuperado del golpe que le había supuesto creer por un momento que había perdido a Valeria para siempre.

De algún modo, a partir de ese instante la relación con los menkragnoti dio un nuevo giro, y pasamos de ser visitantes incómodos, a algo así como parientes en la desgracia. Mengké incluso nos invitó a sentarnos en un banco reservado para los miembros del consejo, y los guerreros salieron de la maloka a una orden del chamán, con lo que ya no sentíamos su inquietante presencia en el cogote.

—¿Por qué llaman Infierno a ese lugar? —preguntó Cassandra.

Iak pasó la pregunta al chamán, y seguidamente nos tradujo su respuesta.

—Yo aprender esa palabra en su lengua. Hombre branco llamar Infierno a lugar de dolor y muerte, ¿no? *Menka tamú* ser lugar de sufrimiento donde nada vivir, sólo demonios morcegos.

—Demonios morcegos —repitió Cassie, pensativa—. ¿No es esa la tribu que menciona Jack Fawcett en su diario?

—Antes quizá ser tribu, pero ya no ser —traducía Iak la respuesta de la boca del chamán—. Antes quizá ser hombres, pero ahora...

—¿Los morcegos son enemigos de los menkragnoti? —aventuré imaginando que iban por ahí los tiros.

Iak meneó la cabeza.

—Los morcegos ser enemigos de todos los hombres —puntualizó—. Enemigos de los espíritus del bosque, de los dioses y de la luz del sol. Ser malditos por comer carne impura. Ser la muerte —concluyó, sombrío—, y *Menka tamú* ser su hogar.

—¿Carne impura?

—¿En su tribu, la carne de hombre no ser impura? —replicó Iak mirándome extrañado.

—¿Quiere decir que son… caníbales? —inquirió Cassandra con aprensión.

El profesor Castillo empezó a sudar, apretándose una mano contra la otra sin poder ocultar su creciente inquietud.

—¿Y dicen ustedes —dijo ronco de ansiedad— que mi hija ha ido a ese… *Menka tamú*?

—Nosotros no poder evitar —lamentó Iak, cabizbajo—. Ella no decir.

—Pero… ¿por qué? —preguntó lamentándose—. ¿Por qué querría mi hija ir a ese lugar?

—Recuerde que es antropóloga —apuntó Cassandra leyéndome el pensamiento—. La posibilidad de descubrir a una tribu desconocida aún no contactada, y mencionada además en el diario de Fawcett, debió de ser una tentación demasiado fuerte para ella.

—Sí, pero Valeria había venido a estudiar a los menkragnoti —objetó el profesor—. No se cambia el objetivo de una expedición así como así.

—Pues yo diría —alegué mirándolo de reojo—, que eso fue exactamente lo que hizo.

22

Los gritos de los animales nocturnos, al otro lado de la fina pared de hojas que nos separaba de la selva, sumados a la penumbra que nos rodeaba apenas diluida por la luz de la tímida hoguera, multiplicaban la sensación de irrealidad que estábamos viviendo.

—En el diario de tu abuelo —intervino inesperadamente Cassie con voz pensativa, dirigiéndose a Iak—, se menciona también una ciudad perdida en ruinas, a la que él llamaba «Z». ¿Saben ustedes algo de eso?

El aludido tradujo directamente a Mengké, como si la pregunta no hubiera sido formulada a él, y esperó a la respuesta del anciano para contestar.

—No conocemos —afirmó, y prosiguió traduciendo las palabras que salían de la boca del chamán—. Pero leyendas hablar de lugar donde vivir hombres antiguos, antes que menkragnotis llegar a estas tierras, aunque nadie saber dónde estar exactamente. Leyenda decir que ser gran ciudad de piedra negra como noche más oscura, y por esos nosotros llamar Ciudad Negra. Pero nadie haber visto jamás —añadió señalándose los ojos con el índice y el anular—, porque sólo ser leyenda.

Las últimas palabras de Iak habían quedado flotando en el aire como una nube de humo que, sólo por referirnos a ella, pudiera desaparecer.

—¿Esa leyenda de la Ciudad Negra... —preguntó el profesor lentamente al indígena de ojos azules— se la explicaron también a mi hija?

—Como yo contar a ustedes.

—Entonces —intervino Cassie tratando de desenredar aquel embrollo mientras dirigía su mirada al techo de hojas de palma—, si lo he entendido bien, le contaron esta leyenda a Valeria... a la mujer blanca

—aclaró bajando la vista hacia Iak—, y tras mostrarle el diario, ella se fue con todo su equipo a buscar las ruinas de esa ciudad perdida, que según el diario está en algún lugar del territorio morcego.

—Encontrando la Ciudad Negra —resumió el profesor—, encontraría la ciudad de Z de Fawcett…

—Y encontrando Z... —puntualicé— creyó que encontraría a los morcegos.

El enigma de la desaparición de Valeria comenzaba a cobrar sentido, una vez que juntando las piezas de la antigua leyenda menkragnoti y el diario de Percy Fawcett, ambos parecían referirse a un mismo lugar con diferente nombre. El lugar donde la audaz antropóloga pensaba encontrar a la misteriosa tribu de los morcegos.

Sólo había un importante detalle, cuya ausencia impedía completar el cuadro.

—¿Dónde está la Ciudad Negra? —espeté sin preámbulos.

Iak miró por un segundo al chamán antes de contestar.

—No saber… —replicó oscilando la cabeza de lado a lado—. Nosotros contar leyenda de los hombres antiguos, aunque advertir de no ir allí. Y luego mostrar a mujer branca libro de mis antepasados, pero no decir cómo llegar a Ciudad Negra... —objetó encogiéndose de hombros— porque nadie saber dónde estar.

A pesar de la aparente sinceridad de Iak, en aquella madeja siempre acababa quedando un cabo suelto.

—Un momento —insistí, confuso—. Ustedes han afirmado hace un momento, que esa ciudad de los hombres antiguos se encuentra en territorio morcego, ¿no?

Iak me miró como a un niño que persistiera con una pregunta tonta.

—Territorio morcego ser muy grande. Sin saber adónde ir, poder estar años caminando por selva sin encontrar nada, ser inútil buscar Ciudad Negra o tribu de morcegos sin saber. Y además —puntualizó con expresión preocupada—, si ellos encontrar a hombres brancos en sus tierras… —dejó la frase en el aire para que nosotros mismos imagináramos las consecuencias.

Entonces, el profesor retirado de Historia Medieval y padre de Valeria, se quitó las gafas, enjugándose la frente con la sucia manga de su camisa.

—De modo que mi hija —concluyó volviéndose a colocar las gafas con mano temblorosa—, ha ido a buscar a esa tribu de caníbales morcegos a la que todos temen. Sin saber exactamente dónde se encuentra, y adentrándose en un territorio inexplorado que ustedes, que viven en la selva, conocen como el Infierno. —Respiró profundamente, exhalando el aire con infinito cansancio—. Les quiero hacer una pregunta, y les ruego por Dios que sean sinceros en su respuesta. ¿Creen que volveré… a ver a mi hija con vida?

Iak tradujo la pregunta a Mengké en un apenado susurro. Luego el chamán bajó la mirada, y apretando los labios negó pesadamente.

De vuelta en nuestra palapa Cassie y yo nos sentamos en los mismos tocones en que lo habíamos hecho menos de dos horas antes. Pero nosotros en cambio, ya no éramos los mismos.

El profesor permanecía sumido en un mortificado silencio, algo apartado de nosotros en la oscuridad, con la cabeza gacha y la vista clavada en la punta de sus botas, como si ahí se encontrara la respuesta a su desesperanza.

Cassandra, también en silencio pero sentada a mi lado, jugaba pensativa con la esfera de su reloj sumergible con la mirada perdida. Mientras, yo no dejaba de darle vueltas a lo que acababan de explicarnos en la maloka, y no podía quitarme de la cabeza la idea de que aún faltaba una última pieza en aquel inaudito rompecabezas.

—¿No te parece que todo esto —consideré casi hablando conmigo mismo—, es demasiado… inverosímil?

Cassandra se volvió hacia mí, arqueando una ceja.

—Ulises… —resopló señalando a su alrededor—. Estamos con una tribu en la selva del Amazonas, buscando a una hija desconocida del profesor, que a su vez, ha ido a buscar una tribu misteriosa que parece vivir en una ciudad perdida, de la que yo, que soy arqueóloga, nunca en mi vida he oído hablar. Y eso sin contar —añadió con una sonrisa torcida—, con que hace unas horas, nos salvamos por los pelos de morir devorados por una jauría de caimanes, poco después de precipitarnos por una catarata en un hidroavión. ¿Qué parte de esta pinche historia —preguntó alzando las cejas— es la que te parece inverosímil?

—Sí, ya lo sé —admití obviando el sarcasmo—. Pero es que no me parece creíble que, basándose sólo en conjeturas y coincidencias, un grupo de científicos se adentre en la selva por las buenas, sin saber muy bien adónde ir. No sé... —chasqueé la lengua— me parece que esas cosas sólo suceden en las películas.

—No entiendo adónde quieres ir a parar.

—Yo tampoco estoy seguro. Es sólo que, diría que todavía hay cosas que no nos han contado.

—¿Como qué?

—Ni idea —admití, observando cómo la silueta de Iak atravesaba la plaza de vuelta a su cabaña—. Pero de un modo u otro, tenemos que averiguarlo.

El profesor Castillo, mientras tanto, había levantado por fin la vista del suelo para volverse hacia Cassandra, a quien estudiaba con repentino interés.

—Perdona, querida —dijo acercándose con una forzada calma en la voz—. Pero ¿te importaría aclararme esa parte, en que nos hemos precipitado por una catarata en un hidroavión?

23

A primera hora de la mañana siguiente decidimos ir a recuperar todo el equipo que habíamos dejado en el islote del río. Tras convencer a Mengké de que ese era el medio más rápido para que nos fuéramos por donde habíamos venido —y mentirle como bellacos, asegurándole que intimidados por su relato no teníamos intención alguna de ir tras los pasos de Valeria—, el jefe de los menkragnoti nos dio todas las facilidades para hacerlo, asignándonos una docena de hombres que nos acompañarían y ayudarían, primero a alcanzar el banco de arena con sus canoas, y luego a transportarlo todo hasta el poblado.

Recorríamos el mismo sendero por el que habíamos caminado esa misma noche, guiados de nuevo por unos guerreros menkragnotis que, en el más absoluto silencio, parecían levitar a unos centímetros sobre la tierra en lugar de caminar sobre ella. Mientras nosotros no hacíamos más que pisar ramas y tropezar con todo lo tropezable, ellos no hacían el menor ruido y se deslizaban tan grácilmente entre la vegetación como lo haría un pez por el agua.

Comprendí entonces, al verlos moverse de ese modo, que aquellos hombres estaban tan adaptados a ese entorno como pudieran estarlo los jaguares, los pájaros o los monos que constantemente saltaban de árbol en árbol sobre nuestras cabezas. O mejor dicho, no se trataba de adaptación, sino de integración. Quizá aquellos indígenas eran la única representación de la especie humana que se había convertido en parte del hábitat en que vivían en lugar de pretender cambiarlo y adaptarlo a sus necesidades, como hemos hecho el resto de civilizaciones durante miles de años.

A nuestros ojos occidentales podían parecer ignorantes y primitivos, pero habían logrado una armonía con la Tierra que nosotros jamás podríamos alcanzar, por muchas flores que nos pusiéramos en el pelo y mucho eslogan ecologista que nos empeñásemos en repetir.

Caminando a la cola de la sigilosa fila de los menkragnotis, marchaba el profesor Castillo concentrado en no pisar nada que reptara. Lo seguía Cassandra, quien con el paso ágil de alguien habituado al trabajo de campo, parecía estar disfrutando de la caminata. Y en último lugar iba yo, con la mirada perdida en el vaivén de la pequeña coleta de la mexicana que, como el reloj de un hipnotizador, me hizo retroceder en el tiempo hasta llevarme al desierto de Mali. En aquel lejano rincón del Sahara, no hacía tanto tiempo, había nacido una hermosa historia de amor que, sin saber cómo, había empezado a descomponerse desde el momento en que decidimos vivir juntos en Barcelona, y enfrentarnos a una rutina para la que ninguno de los dos estábamos...

—¿Qué onda? —dijo un voz frente a mí.

Parpadeé un par de veces, confuso al encontrarme de vuelta en el mundo real. Las pupilas de Cassie me escudriñaban con curiosidad.

—¿Todo bien? —preguntó la arqueóloga, que se había girado pero seguía andando de espaldas—. Llevas todo el camino sin abrir la boca. ¿Pasa algo?

—No, en absoluto —contesté meneando la cabeza—. Sólo estaba distraído, pensando en mis cosas.

—En tus cosas —repitió, y entrecerrando los ojos se dio la vuelta y siguió caminando, volviéndose una vez para repetir de nuevo con una indescifrable sonrisa de Gioconda—: En tus cosas...

Pocos minutos más tarde el espeso bosque comenzó a clarear, y supuse que por fin estábamos acercándonos al río.

El rugido del agua se fue haciendo cada vez más ensordecedor, mucho más de lo que lo recordaba la noche anterior, aunque también resultaba lógico —pensé— después de habituarme las últimas doce horas a la relativa quietud de la selva.

Para cuando me aproximé a la orilla los menkragnotis habían llegado ya y, extrañado, advertí cómo se asomaban al río, señalando el cauce y dando voces.

Entonces vi cómo el profesor, apoyado en un tronco, meneaba la cabeza con gesto desolado, y Cassie se llevaba las manos a la frente con incredulidad.

—No, no, no... —repetía la mexicana—. Nos llevó la chingada...

Desconcertado, llegué junto a ellos en dos zancadas, para comprobar que, por desgracia, sus reacciones no eran en absoluto exageradas.

Los caimanes, se diría que tras un arrebato de justa venganza por sus congéneres caídos, se habían tomado la revancha de la noche anterior.

Como una horda de Atilas acorazados, habían decidido cobrarse la sangre fría derramada de sus hermanos, tomándola con nuestras bolsas y equipo.

No sólo lo habían destrozado todo metódica y sistemáticamente, sino además habían esparcido su contenido por el banco de arena —aunque ahí ya no quedaba gran cosa—, las márgenes del río y las rocas que sobresalían del agua en medio del cauce. Incluso algunas prendas habían terminado de algún modo enganchadas en los propios caimanes que ocupaban ahora su pequeño islote, y que al lanzarse contra nuestro equipaje debían haberse enredado en ellas. Así, mientras un ejemplar pequeño llevaba alrededor del cuello una de mis camisetas con la cara de Sabina y su bombín, otro, que era al que señalaban los menkragnotis con más insistencia matándose de la risa, lucía en la cabeza cual estrambótico sombrero, un sujetador deportivo blanco de la talla 95.

No sé qué nos sentó peor, si la pérdida de todo el equipo o el cachondeo que se traían los menkragnotis con el tema. Que mucho rictus impasible y mucho aire circunspecto, pero a la hora de mofarse de la desgracia ajena perdían del todo la compostura.

—No veo el maletín —dijo entonces Cassandra con preocupación, mirando a un lado y otro, abstrayéndose del alboroto.

—¿El maletín negro? —pregunté, sobresaltado.

—Ya no está. Ha desaparecido —confirmó volviéndose hacia mí con el ceño fruncido.

Haciendo visera con la mano me asomé todo lo que pude a la orilla, y aguzando la vista constaté que tenía razón. Sobre la amarillenta arena del pequeño islote, una decena de caimanes se calentaban al sol con las mandíbulas abiertas rodeados por los despojos de nuestro equipaje... pero no había ni rastro de la caja de aluminio donde protegíamos el equipo más delicado y, lo que era peor, mucho peor, también había desaparecido el pequeño maletín de plástico negro donde habíamos traído el GPS y el teléfono satelital.

Los dos únicos instrumentos que nos habrían permitido seguir buscando a Valeria, debían de estar a esas alturas flotando río abajo camino del Atlántico.

—Esto se ha acabado... —musitó el profesor, derrumbándose con la voz rota—. Se ha acabado. Ahora ya no tenemos ni una sola oportunidad.

Abatidos, y sin siquiera ánimos para llegar hasta el banco de arena para recuperar alguna prenda que no hubieran destrozado los caimanes, nos limitamos a recorrer parte de la orilla y recoger lo poco que la corriente había dejado enganchado en ramas y raíces.

Ayudados por los menkragnotis —que aun sin entender del todo la razón de nuestra profunda decepción, habían dejado de reírse al ver nuestras caras—, en cosa de una hora recuperamos un par de pantalones, varias camisas, algunas piezas de ropa interior y una pequeña mochila roja. Y con ese patético bagaje emprendimos el regreso a la aldea en silencio, con la cabeza gacha y el convencimiento de que nuestra improvisada operación de rescate había llegado a su fin.

En realidad, incluso nosotros mismos encontraríamos graves problemas para regresar a la civilización. Ya no teníamos manera de contactar con el hidroavión de AZS para que viniera a buscarnos, y la cabina de teléfono más cercana, estaba a varios cientos de kilómetros y siete cataratas de distancia río abajo.

24

De regreso al poblado Iak vino corriendo a decirnos que, tras mucho rogar, Mengké había accedido a devolverle el diario de su abuelo. De modo que, tratando de no pensar en la fatalidad que parecía empeñada en perseguirnos, y con la esperanza de averiguar algo más de lo poco que sabíamos, rápidamente nos dispusimos a leer el resto de páginas que aún resultaban legibles.

Para cuando terminamos de hacerlo, aquellos fragmentos —que por desgracia no representaban más que un mínimo del total del diario— habían arrojado suficiente luz como para hacernos una idea de lo que había supuesto aquella fabulosa expedición de hacía casi un siglo. Aunque por desgracia la segunda mitad del diario había sido devorada por la humedad y los hongos, y nada pudimos averiguar sobre los últimos días de Percy y Jack Fawcett, o las circunstancias que llevaron a este último a terminar en aquella remota aldea a la orilla del río Xingú.

—Lo único que sabemos con certeza —murmuraba Cassie levantando la vista del texto tras pasar varias horas estudiándolo—, es que el diario es autentico y que Jack Fawcett es el abuelo de Iak. Todo lo demás —chasqueó la lengua—, yo lo pondría en cuarentena.

—¿Y eso por qué? —preguntó el profesor señalando el libro que ella aún mantenía sobre las rodillas—. A mí me parece bastante convincente.

—Lo es. Pero lo que cuenta es tan... —tardó unos segundos en encontrar el adjetivo adecuado— descabellado, que me cuesta aceptarlo como cierto.

—¿Te refieres a lo de la Ciudad Negra?

—Escuche esto —dijo volviendo la vista al diario—: «... el sendero de piedra desembocó en una calzada mucho más amplia, y, al poco, los restos de una arcada de dimensiones ciclópeas nos dieron la bienvenida a lo que en su tiempo debió ser una gran plaza rodeada de magníficos edificios de piedra y mampostería. Padre dejó su mochila en el suelo, e hincándose de rodillas con los brazos abiertos rió a carcajadas, de pura felicidad. Raleigh, olvidándose de su maltrecha pierna empezó a saltar de alegría como un volatinero, y yo elevé al cielo una plegaria de agradecimiento por habernos concedido la gracia de sobrevivir hasta este día de Navidad de 1925, en el que hemos encontrado al fin la Ciudad Perdida de Z, tal como la bautizó mi padre hace ya una década, cuando no era más que una remota suposición, que...»

La mexicana levantó la vista y se volvió hacia el profesor, encogiéndose de hombros.

—Y hasta aquí puedo leer. Las siguientes páginas se las ha comido el moho.

—Bueno, no sé —me encogí de hombros—. Admito que es un poco raro, pero...

—¿Raro? —replicó con una mueca—. Raro sería verte a ti lavando los platos. Esto es... —Meneó la cabeza sin llegar a decir nada—. Profesor —dijo volviéndose de nuevo hacia él—, jamás se ha encontrado nada más grande que una aldea de adobe a este lado de la cordillera de los Andes, y usted lo sabe; así que una ciudad como la que describe Jack Fawcett en este diario, oculta en mitad de la Amazonía, resulta... caramba ¡Resulta imposible!

—Yo diría que *imposible*, es una palabra demasiado categórica, señorita Brooks.

—Llámelo como quiera, pero el hecho es que no puede ser —insistió—. Aunque la arqueología no es su campo, usted es profesor de Historia y sabe tan bien como yo que las civilizaciones no son islas, sino consecuencias de su entorno. Las ciudades no surgen de la nada como por arte de magia; ha de existir una base cultural, económica y social sobre la que fundamentar su crecimiento. En el Amazonas, de momento, no se ha descubierto ninguna, así que no parece probable que exista una sola, perdida en medio de la jungla.

—Quizá esta sea la excepción que confirma la regla.

Cassie lo miró con una mezcla de impaciencia y compasión.

—Entiendo que usted quiera creer que ese lugar exista, pero me temo que su hija ha ido en busca de una alucinación. Valeria puede ser una reputada antropóloga, pero yo soy arqueóloga... y créame cuando le digo que no es posible.

—Pero bueno —intervine tras haber escuchado la discusión en silencio—. ¿Y eso qué más da? A nosotros no nos importa que la ciudad sea o no una fantasía del abuelo de Iak, lo importante es que Valeria sí lo creyó y fue a buscarla, convencida que es allí donde vive esa tribu de los morcegos. Nosotros hemos de hacer lo mismo, siguiendo sus pasos.

—Pero Ulises... —dijo Cassandra cerrando el libro como una profesora ante la enésima pregunta de su alumno más lento—. Si la Ciudad de Z no existe, Valeria y su equipo pueden estar dando vueltas perdidos por la selva hasta el fin de los tiempos. Nos llevan semanas de ventaja, y sólo Dios sabe dónde pueden andar ahora. Y además, recuerda que hemos perdido los mapas y el GPS.

—¿Y si realmente sí que existe esa tal Z? —insistió el profesor—. ¡Allí podría estar mi hija!

—Profesor, ya le he dicho que eso es...

—De cualquier modo, iré —afirmó desoyendo las palabras de la arqueóloga—. Si hay una posibilidad de encontrar a Valeria, por pequeña que sea, he de intentarlo.

—Yo también voy —me apunté sin pensarlo—. No voy a dejar que se divierta usted solo.

Cassandra nos miraba a ambos con incredulidad.

—Pero ¿es que nadie me está escuchando? —preguntó, exasperada—. Os digo que no es posible que ese lugar exista, y yendo a ciegas no vais a encontrar nada. Ni a Valeria, ni a los morcegos, ni esa pinche ciudad.

—Ya te hemos oído, Cassie —la interrumpí posándole distraídamente la mano en la rodilla—. Pero aunque tengas razón, el profesor va a ir tras su hija, y yo no voy a dejarlo solo. Tú mientras tanto, si quieres, podrías quedarte aquí y tratar de contactar con alguien para que...

Me interrumpí a media frase, al ver como progresivamente se le iba frunciendo el ceño a la mexicana.

—¿Estás sugiriendo, Ulises Vidal... —empezó a decir poniéndose en pie y citando mi nombre y apellido, sin duda la peor combinación posible— que mientras *tú* te internas en la selva con el profesor buscando una ciudad perdida, *yo* me quede esperando en casita... preparando el almuerzo, quizá, patroncito?

—Bueno, yo... —balbucí, amedrentado—. Tú misma has dicho que era imposible que...

—¡Y qué más da lo que haya dicho! No he llegado hasta aquí para nada... y qué diablos. ¡Yo soy la maldita arqueóloga! Tendría mucho más sentido que te quedaras tú aquí, y yo fuera con el profesor.

El aludido alzó las manos pidiendo calma.

—Está bien, está bien... no os vayáis a pelear por eso ahora, iremos los tres. Usaremos lo que podamos del diario para seguir los pasos de Valeria, la encontraremos, y regresaremos con ella sanos y salvos. Ya veréis como juntos lo conseguimos —concluyó pasándonos el brazo por los hombros en una especie de abrazo—. Ya lo veréis.

Y a la vez que decía esto, yo pensaba en que mi viejo amigo tenía una larga y fundada fama de no acertar jamás en sus predicciones.

25

Mientras el profesor Castillo releía ensimismado el maltrecho diario, y estudiaba los otros objetos guardados en la caja en busca de detalles que se nos hubieran pasado por alto, Cassie y yo, sentados como él frente a la choza de Iak, sobre una gastada estera de palma, le relatábamos al menkragnoti lo que habíamos averiguado sobre su abuelo, y la razón que le había llevado a aquellas tierras.

—Era un gran hombre —afirmó Cassandra al terminar de explicarle lo que sabíamos—. Deberías estar muy orgulloso.

El indígena rió quedamente, sin ganas.

—¿Orgulloso? —repitió con tristeza—. ¿Cómo poder estar orgulloso? Yo ser sangre impura y no auténtico menkragnoti, y a ellos no gustar mi presencia —y señalando alrededor, añadió—: por eso vivir aquí solo. Menkragnotis, encontrar abuelo perdido en selva, herido y cerca de morir de hambre, y ellos decidir quedárselo como... —miró al cielo buscando allí la palabra propicia— mascota —dijo al fin, torciendo el gesto—. Y aunque con los años ganar esposa, él ser prisionero de la tribu hasta día de su muerte, poco antes de nacer mi padre, que también llevar sangre impura. Iak nunca podrá pertenecer a consejo de ancianos, y si mujer desear darme hijos algún día, será por lástima, pues hijos míos serán también hijos de hombres brancos de sangre impura.

—Pero eso es muy injusto —denunció Cassandra—. Tú no eres responsable de los pecados de los hombres blancos.

—Ser ley menkragnoti —afirmó con estoicismo.

—Pero entonces... ¿por qué sigues aquí —se me ocurrió preguntarle— si tanto te desprecian?

—¿Y adónde ir? Para menkragnoti ser un sangre impura, pero para hombre branco... para ellos, ser menos que animal. Yo pasar años trabajando con hombres brancos en mina cerca de Marabá, y ser peores años de mi vida. Ser sangre impura entre menkragnoti ser malo —concluyó lánguidamente—, pero ser indio entre brancos, ser mucho peor.

La profunda amargura que se desprendía de las palabras de Iak, hacía imposible cualquier palabra de consuelo o consejo que ofrecerle. Así eran las cosas por desgracia, y no quedaba otra que guardar un comprensivo silencio por su infortunio.

—¿Fue entonces cuando aprendiste a hablar español? —le preguntó Cassie tratando de cambiar de tema.

—Sí. Ser lo único que aprender en tres años, de otros trabajadores que venir de tribu llamada Bolivia. Aunque yo querer también aprender a leer, pero... —Se encogió de hombros—. De todas formas, allí darme cuenta que jamás poder vivir como hombre branco, y que mejor era regresar y vivir con mi tribu... aunque ellos no querer a mí.

—Bueno —apunté, conciliador—, al menos no parece que tus jefes se hayan enfadado mucho contigo por mostrarnos el cuaderno de tu abuelo.

El nieto del Jack Fawcett se giró a medias y me dedicó una mirada de disgusto.

—Ellos expulsarme de aldea durante una luna completa.

—¿Qué te han expulsado de la aldea? —se escandalizó Cassandra llevándose la mano al pecho, ofendida—. Pero eso es absurdo. ¡Tú no has hecho nada!

—Yo desobedecer al consejo enseñando caja de mi abuelo, como hacer con mujer branca, y ese ser precio a pagar.

—No lo entiendo —insistió—. Pero ¿qué hay de malo en que nos ayudes?

—Ellos decir que si ir en busca de la mujer vosotros también desaparecer, y luego venir más hombres a buscaros. Y luego más, y luego más...

—Pero precisamente, si nos ayudas —rebatió la mexicana—, será más fácil que demos con esa Ciudad Negra, y allí encontremos a la hija del profesor y al resto de su equipo.

Iak meneó la cabeza con aire funesto.

—Eso ser lo que más temer consejo y chamán, que encontrar Ciudad Negra. Ellos decir que entonces, sin duda, vosotros nunca regresar.

Frente tan tajante afirmación, los tres nos sumimos en un incómodo silencio.

—Bueno —dije al cabo, encogiéndome de hombros—, de cualquier modo veo difícil que podamos encontrar esa Ciudad Negra, ciudad perdida de Z o como la quieran llamar. Sólo tenemos una remota idea de hacia dónde dirigirnos, hemos perdido nuestro equipo, y el diario de Fawcett tampoco ha sido de gran ayuda. Así que por desgracia —concluí cruzándome de brazos—, estamos casi igual que al principio.

Entonces un sonoro carraspeo me hizo volverme hacia el profesor, sentado y con la caja de latón de Jack Fawcett abierta sobre el regazo.

—En realidad —dijo mirándonos ladinamente por encima de sus gafas de carey—, eso no es del todo exacto, querido amigo —ensanchó una sonrisa triunfal—, porque creo que ya sé dónde está esa misteriosa ciudad de Z.

26

Cassandra y yo nos habíamos quedado mudos al oír al profesor decir aquello. En lo que a mí respectaba, estaba convencido de que el pobre hombre había sufrido una fuerte insolación.

—¿Qué quiere decir con que sabe dónde está? —inquirí, escéptico—. Los tres hemos leído el diario, y no hemos encontrado nada de utilidad en él.

—Eso es verdad —contestó—, pero yo no he dicho nada del diario.

—¿Entonces? —preguntó Cassie.

En lugar de responder, el profesor Castillo abrió la mano mostrando una fina cadena de plata ennegrecida por el tiempo de cuyo extremo colgaba un viejo reloj de bolsillo. El mismo que había visto cuando Iak sacó el diario de su abuelo y al que no había prestado la más mínima atención.

Le dio la vuelta, raspó con la uña la fina capa de óxido verde que cubría el reverso de cobre y nos lo acercó a la cara, mostrándonos unas mayúsculas elegantemente grabadas en el metal: «P.H.F.».

—«P.H.F.» son las iniciales de Percy Harrison Fawcett —advirtió Cassandra señalando el reloj—. Es el reloj del bisabuelo de Iak.

—Efectivamente —afirmó el profesor, encantado de haberse conocido.

—Eso está muy bien —dije yo—. Pero no veo qué tiene que ver con la situación de Z.

—Espera y verás.

Como un mago abriendo la tapa de la caja misteriosa, hizo lo propio con la del anticuado reloj, dejando a la vista la esfera de cristal resquebrajada y unas agujas clavadas en las doce y veinte, de algún día del siglo pasado. Y tras unos segundos perdidos tratando de desentrañar una clave encerrada en aquella hora señalada, mi vista fue a parar a la cara interior de la tapa, donde parecían haber garabateado unos símbolos con la punta de un cuchillo.

—¿Qué es eso de ahí? —preguntó Cassie, como casi siempre más rápida que yo.

El profesor sonrió, y pasando un dedo por la superficie anunció:

—Son números, querida —repuso, ufano—. Y teniendo en cuenta que el último símbolo es una clarísima «Z», mucho me equivocaría si no se trata de las coordenadas geográficas del lugar que estamos buscando.

En la penumbra de la pequeña cabaña de Iak, y con el menkragnoti haciendo funciones de contraespionaje en el exterior, desgranábamos las inscripciones del reloj mientras el profesor las escribía en el reverso del diario, con una estilográfica que había salvado del naufragio.

—Muy bien —dije al terminar la transcripción—. Si no nos hemos equivocado al leerlo hay dos series de números, una encima de la otra, a saber: 75838 y 524834. Que traducido a grados y minutos, quedaría como: 7º 58' 38" Sur con 52º 48' 34" Oeste.

—Un momento... ¿cómo has hecho eso? —preguntó Cassandra, intrigada.

—Muy simple. Las dos últimas cifras siempre son los segundos de grado, las dos siguientes los minutos de grado, y los números que sobran, son los grados de latitud o longitud. Teniendo en cuenta que estamos al sur del ecuador y en el hemisferio oeste —sonreí, satisfecho—, la conclusión es obvia.

—¿Y ya está? ¿Así de fácil? —parpadeó, incrédula—. ¿Esas son las coordenadas de Z?

—Pues yo diría que sí.

—¡Magnífico! —prorrumpió el profesor con entusiasmo—. ¡Ahora ya no queda más que ir allí! ¡Tenemos que partir enseguida!

—Un momento —terció Cassandra—. No quisiera ser aguafiestas, pero... ¿no se olvida de algo? Todos nuestros mapas se los merendaron los caimanes, y el Sistema de Posicionamiento Global sólo Dios sabe dónde andará a estas horas. Y sin mapa ni GPS —dijo mostrando las manos vacías—, no nos sirven de nada estas coordenadas.

—¿Qué quieres decir? —preguntó el profesor, contrariado—. El señor Fawcett registró esas coordenadas hace casi un siglo, cuando no había GPS ni mapas de la región.

—Pero recuerde que él era un experimentado cartógrafo, y llevaba consigo los instrumentos necesarios para tomar la posición. Así que, a menos que uno de los dos se haya traído un sextante de casa…

—¡Maldita sea! —blasfemó el profesor dando una patada al suelo con rabia—. Creí que ya lo teníamos.

—Un momento, profe… —musité, pensativo, mirando el techo—. No se desespere todavía, que a lo mejor aún podemos hacer algo al respecto.

Estaba tratando de hacer memoria de mis olvidadas clases de náutica, y recordaba que había un método para hallar rumbos, conocidas las coordenadas de partida y de llegada. El problema es que el día en que se impartió esa clase coincidió con la final de la Champions League, y bueno…

—Vamos a ver —dije al cabo de un rato—. ¿Se acuerda usted por casualidad de las últimas coordenadas enviadas por Valeria, que más o menos deben corresponderse con las que nosotros ocupamos ahora?

—Sí, claro. De tanto mirarlas terminé por memorizarlas. Son 8º 26' 34" Sur y 52º 39' 09" Oeste.

—Estupendo. ¿Me presta su bolígrafo un momento?

Apunté las nuevas coordenadas junto a las primeras, y tras unas sencillas restas deduje que estábamos unos veintinueve minutos de grado más al sur, y nueve minutos y medio de grado más al este que las coordenadas inscritas en el reloj. Sabía que un minuto de arco de latitud —o lo que es lo mismo, la sesenteava parte de un grado— equivale exactamente a una milla náutica, más o menos unos mil ochocientos metros, y como estábamos a muy poca distancia del ecuador, a los grados de longitud —que son más pequeños a medida que nos alejamos hacia los polos— se les podía aplicar la misma medida sin equivocarme demasiado. Por lo tanto ya tenía dos lados de un triángulo rectángulo;

uno de veintinueve millas hacia el norte, y otro de nueve millas y media hacia el oeste, con lo cual ya sólo me quedaba aplicar el teorema de Pitágoras, con el cual si sumaba el cuadrado de un lado al cuadrado del otro, resultaba el cuadrado del tercero.

Tenía el suelo de la cabaña garabateado con números y operaciones trazados con un palo, y al levantar la vista un momento me encontré con la mirada de Cassie, que me observaba como si me hubiera salido un tercer ojo en la frente.

—Pero ¿desde cuándo sabes tú algo de números? —preguntó, intrigada—. Si ni siquiera te acordabas de tu pin del cajero.

—Cuando te fuiste... quiero decir, cuando nos separamos, me saqué el título de patrón de barco, y no me quedó más remedio que aprender cuatro cosas sobre rumbos y coordenadas.

—Qué bueno. Me alegro de que no perdieras el tiempo —dijo como un halago, pero con un tono que me sonó a velado reproche.

—Ve al grano, Ulises —me instó entonces el profesor—. ¿Has sacado alguna conclusión de todo este barullo de números?

—Paciencia, profe.

Volví a tomar el pequeño palo y realicé unas cuantas operaciones más. Por último hice una raíz cuadrada que me costó Dios y ayuda, y sobre la arena quedó escrito un número: el 30,51.

—Ahí lo tiene —señalé al suelo, orgulloso—. Esa es la distancia que, según Fawcett, nos separa de la Ciudad Negra.

—¿Sólo treinta kilómetros?

—En realidad son millas. En kilómetros, son unos cincuenta y seis o cincuenta y siete, prácticamente al norte de nuestra posición.

—¡Da igual! ¡Es cerquísima!

—Bueno, profesor —le recordó Cassandra—. Tenga en cuenta que las distancias no son las mismas en campo abierto que en la selva, donde puede tardarse un día entero en hacer quinientos metros.

—Pero tenemos el río, ¿no? Y más o menos, fluye de sur a norte.

—Eso es verdad —admití—. Si tenemos suerte, podríamos adelantar mucho yendo en piragua.

—Eso está muy bien —admitió Cassandra con un puntito de sorna—, pero todavía no sabemos en qué pinche dirección exacta debemos recorrer esos cincuenta y tantos kilómetros.

—Tampoco es problema —aseguré muy crecido tras mi reciente éxito con la trigonometría—. Profesor, ¿me presta su estilográfica otra vez, por favor?

—Claro, claro —dijo alargándomela con lo que era casi una reverencia.

Aunque se le congeló la sonrisa en la cara cuando vio que empezaba a desmontarla y a sacar las pequeñas piezas del mecanismo mientras las dejaba despreocupadamente en el suelo.

—Pero ¿qué narices…?

—Un momento, profe —dije guiñándole un ojo—. Tenga un poco de fe.

—Eso mismo me dijo a mí hace cosa de un año… —masculló la mexicana entre dientes, pero lo suficientemente alto como para que pudiera escucharla.

Traté de ignorar el comentario, y seguí en mi tarea hasta que saqué la pieza que estaba buscando: el pequeño muelle que hacía de resorte. Lo estiré hasta que perdió su forma y seguidamente me acerqué a Cassandra y tomé un mechón de su cabello.

—Pero ¿qué chingadas estás haciendo, güey? —Se revolvió—. ¿Qué quieres hacer con mi pelo?

—Por favor, Cassie. Necesito que te estés quieta y callada durante un momento, es algo que tengo que hacer.

—Pero… —empezó a protestar de nuevo.

—Es importante.

A regañadientes, la acapulqueña se quedó quieta y yo aproveché para frotar el alambre contra su pelo rubio, que a pesar de los días que llevábamos sin darnos una ducha decente me parecía igual de suave que siempre.

—Ya está —dije al cabo de un minuto—. Me parece que ya está listo.

Cassandra se volvió hacia mí, algo extrañada.

—Creo entender lo de frotar el alambre con el pelo, para magnetizarlo con electricidad estática —dijo entrecerrando los ojos—. Pero ¿qué tenía que ver eso con que estuviera callada?

—Oh, nada en realidad —repuse dándome la vuelta.

Consciente de la mirada asesina de la mexicana clavada en mi espalda, tomé uno de los cuencos con agua que nos habían dejado, y posándolo sobre una pequeña hoja para que flotara dejé que el alambre se moviera libremente hasta que quedó totalmente quieto.

—Yo sigo sin comprender —masculló el profesor.

—Pues es muy fácil —expliqué—. Al frotar el alambre con el pelo lo he cargado eléctricamente y ahora es sensible al campo magnético, así que la dirección que en este momento nos está señalando es aproximadamente el norte, lo que significa que la Ciudad Negra está… —cerré un ojo como para hacer puntería y apunté con el dedo hacia un lugar en el horizonte un poco a la izquierda de donde marcaba el alambre— más o menos en aquella dirección.

El profesor y Cassandra se quedaron mirándome, entre asombrados y escépticos.

—¿Estás seguro? —inquirió la mexicana.

—Bueno, todo lo seguro que se puede estar con un trozo de alambre y un cuenco de agua.

—¿Y no hubiera sido mejor utilizar una brújula para hacer esto —preguntó el profesor entrelazando los dedos—, en lugar de destrozar mi bonita estilográfica y usar a la señorita Brooks como un imán?

—¿Una brújula? Claro, pero que yo sepa no…

Y antes de que terminara la frase, el profesor extraía un pequeño compás magnético, engarzado en una cadena para el cuello de la caja de Jack Fawcett, y manteniéndolo en su mano lo balanceaba ante mí.

—También estaba entre las pertenencias del abuelo de Iak —dijo alzando una ceja—. Podrías haber preguntado antes.

27

No nos costó demasiado convencer a Mengké y al consejo de ancianos —que no veían el momento de que nos largáramos de su aldea—, para que nos proporcionaran dos viejas piraguas con las que descender por el Xingú en dirección a Sao Félix, a unos trescientos kilómetros río abajo, hacia el norte. Evidentemente, no les dijimos que nuestra velada intención era quedarnos a medio camino para buscar la Ciudad Negra; en ese caso, quizá no nos habrían ofrecido los ocho hombres que ahora portaban las piraguas sobre los hombros delante de nosotros, para depositarlas en el río más allá de la *Cachoeira do Ubá*, la enorme catarata por la que precisamente habíamos estado a punto de despeñarnos con el hidroavión.

Más difícil había resultado persuadir a Iak —a quien pasar cerca de territorio morcego no le hacía maldita la gracia— para que nos acompañara. Aunque a regañadientes, tomó sus escasos bártulos y aceptó emplear su temporal destierro, para convertirse en nuestro guía en la parte del trayecto que haríamos por el río. Quizá una forma de agradecimiento hacia nosotros, o de expiar su responsabilidad por haber mostrado el diario de su abuelo a Valeria.

Poco después de abandonar el poblado ante la distante expectación —y por qué no decirlo, alivio—, de Mengké y el resto de consejeros de la tribu, ya marchábamos por un sendero rodeados de gigantescos árboles con raíces como contrafuertes de iglesias. Árboles cuyas copas se perdían en una maraña verde tan densa, que apenas dejaban pasar una décima parte de la luz del día.

Los doce avanzábamos a paso lento entre la espesura. Delante los guerreros, ataviados con sus plumas amarillas en la cabeza, acarreando las pesadas canoas; después nuestro amigo Iak, con su descolorido pantalón de deporte, una bolsa de tela a la espalda y un arco con una docena de largas flechas en la mano derecha; y por último el profesor Castillo, Cassandra y yo mismo cerrando el grupo. A mi espalda, cargaba la mochila roja con las pocas pertenencias que habíamos salvado de la furia de los caimanes, el viejo reloj de Fawcett con las coordenadas de Z y las tres hamacas en que habíamos dormido y que los menkragnotis nos habían regalado generosamente, aunque todo hacía pensar que, ante el miedo a contagiarse de alguna enfermedad las hubieran quemado de todos modos.

Por suerte, los tres habíamos llevado puesta desde el principio la ropa de *trekking* y las botas de agua —el calzado más adecuado para la selva—. Si ya los mosquitos eran una pesadilla revoloteando ante nuestra cara sin ningún recato, y siempre teníamos unas cuantas decenas posados en nuestras camisas de manga larga tratando de acribillarnos a través del tejido —aunque a los menkragnotis, incomprensiblemente, parecían ignorarles—, no quiero ni imaginar lo que habría sido de nosotros de haber desembarcado del hidroavión ataviados con pantalones cortos y sandalias de playa.

—Estaba pensando… —cavilé en voz alta.

—¿Pensando? —Cassandra se volvió repentinamente—. ¿Te encuentras bien? ¿Quieres sentarte un rato para recuperarte?

Hice oídos sordos y seguí a lo mío.

—Decía —proseguí sabiendo ya que a excepción de Iak ninguno de los indígenas que nos precedían entendían una palabra de castellano—, que teniendo en cuenta la posición en la que suponemos se encuentra Z, quizá la sobrevolamos cuando veníamos para acá, ¿no os parece?

—Es cierto —contestó el profesor girándose a medias—. ¿Ninguno de vosotros vio nada?

—Yo también me quedé dormido, como usted —confesé.

—Pues yo iba despierta y mirando por la ventanilla —afirmó Cassandra—, y os aseguro que no vi nada que me llamara la atención.

—Qué raro, ¿no? Algo debería haberse visto desde el aire.

—No te equivoques, Ulises. Si es que existe esa tal Z, probablemente estemos hablando de un pequeño centro religioso, con unas pocas construcciones en piedra derruidas e invadidas por la vegetación. Una jungla como ésta —añadió haciendo un círculo en el aire con el dedo índice—, podría tragarse una ciudad como Nueva York en sólo quince o veinte años.

—¿No estás exagerando un poco? —inquirió el profesor.

—¿Exagerar? En el sur de México y norte de Guatemala, un territorio infinitamente más pequeño que la Amazonia, no pasa un año que no se descubra una nueva ciudad maya oculta entre la vegetación. Sin ir más lejos, la ciudad de Machu Picchu, que hoy en día es uno de los sitios arqueológicos más famosos del mundo, no fue descubierta hasta hace sólo cien años, a pesar de encontrarse en mitad del Perú, y en una provincia no especialmente selvática o inaccesible —y echándose el pelo hacia atrás, remató—: Así que imagínese lo que podría esconderse aquí, en una región prácticamente inexplorada, bajo árboles del tamaño de edificios.

Llevábamos más de una hora caminando cuando el sendero desembocó en la orilla del río y los porteadores bajaron las canoas, depositándolas sobre una delgada franja de arena amarilla justo al lado del agua, donde ésta lamía con suavidad la pequeña playa a la que habíamos ido a parar.

Frente a nosotros el Xingú fluía ancho, tranquilo y sin remolinos, con la línea de árboles de la otra orilla perfectamente visible a menos de doscientos metros.

Aunque mucho más cerca, a nuestra derecha, nubes de agua pulverizada velaban casi la mitad de los veinte metros de altura de la *Cachoeira do Ubá*, que iba a estrellarse contra las rocas de su base produciendo un atronador rugido comparable al motor de un avión a reacción. Por fortuna, la dirección que debíamos de tomar era la opuesta. Un apacible curso de agua, según Iak, libre de rápidos y cascadas traicioneras durante los siguientes cien kilómetros.

El único inconveniente era que los cursos de agua apacibles eran el hábitat favorito de los caimanes y las pirañas. Pero nuestro amigo menkragnoti nos aseguró que los primeros no solían atacar a las piraguas y jamás antes del mediodía, y las segundas sólo lo hacían si olían sangre. O si estaban hambrientas. O si se sentían amenazadas. O si te caías al agua. O si les daba la gana.

—Pero más peligrosos ser puraqués, que ustedes llamar anguila eléctrica —nos advirtió con semblante serio—. Poder matar hombre a varios metros aunque sólo tener un dedo en el agua, y algunas seguir atacando hasta que presa dejar de moverse. Muy peligrosas —insistió gravemente—. Muy peligrosas.

Nos miramos entre nosotros, pensando los tres si aquel descenso en piragua era tan buena idea como nos había parecido a la tranquila sombra de la palapa. Pero antes de que tuviéramos tiempo de replantearnos nada, los ocho menkragnotis se dieron la vuelta sin despedirse y nos dejaron en compañía del exiliado mestizo de ojos azules, a la orilla de uno de los ríos más inexplorados del mundo, con un par de ajadas canoas, cuatro remos y un nudo en el estómago para cada uno.

28

Mientras remaba pausadamente, dejándome llevar por la suave corriente en la piragua que compartía con el profesor Castillo —quien sentado a proa, clavaba el remo en el agua con cierto recelo, temiendo que en cualquier momento unas fauces dentadas aparecieran para atraparle—, podía sentir mi corazón latiendo con fuerza, enajenado ante la omnipresencia de aquella lujuriosa selva que rebosaba como caótica espuma verde los límites de la tierra firme, desbordándose sobre las orillas del río.

El susurrante silencio de la jungla, tan sólo era roto por el rítmico golpeo de nuestros remos contra el agua y el ocasional graznido de algún ave echándose a volar sobresaltada por nuestra presencia. En aquel momento, recreándome en cómo una solitaria nube cruzaba el cielo azul cobalto para reflejarse fielmente en el agua tintada de taninos del Xingú, pensé que aquello era lo más cerca que iba a estar nunca del verdadero paraíso.

El hombre blanco no había puesto aún sus manos sobre aquellos bosques henchidos de vida, y los jaguares, las serpientes, los peces y las aves, vivían aún en el mismo hábitat en que lo habían hecho desde hacía mil, diez mil o cien mil años. Todo allí era puro, virgen, real... Las preocupaciones y miserias sobre las que edificamos nuestras vidas carecen de todo sentido cuando se está rodeado de la naturaleza en su expresión más cierta, y si somos afortunados, un breve rastro de lucidez puede hacernos levantar la vista de nuestro propio ombligo, y descubrir que el planeta Tierra en el que nacemos y morimos pero tan mal vivimos, es exactamente así. Tal como fue, y tal como seguirá siendo mucho después de que nosotros nos hayamos extinguido.

—Es increíblemente hermoso... —musitó Cassandra desde la otra piragua.

Me giré hacia ella y la vi igualmente hermosa, con su pelo dorado reflejando la luz del sol y los ojos muy abiertos, observándolo todo a su alrededor, embelesada.

—Tienes mucha razón, querida —contestó el profesor—. La verdad es que es una lástima.

—¿Una lástima? —pregunté.

Girándose a medias en la canoa, me miró extrañado.

—¿Es que ya no te acuerdas de la presa que han construido río abajo?

—Es verdad. Lo había olvidado por completo.

—Pues tenlo muy presente, porque en poco tiempo toda esta región quedará inundada bajo el agua.

—La gran chingada —se lamentó la mexicana con amargura—. Cuando eso pase, toda esta selva desaparecerá. Con sus árboles, sus animales, sus...

Y entonces se dio cuenta de que Iak se había dado la vuelta y la miraba fijamente.

—¿De qué estar hablando ustedes? —preguntó, extrañado.

No nos lo acabábamos de creer, pero descansando en un recodo del río abarloando ambas canoas, Iak nos aseguraba una y otra vez que nadie en su aldea tenía conocimiento de la existencia de la presa, ni de que la mayoría de su territorio sería convertido en breve en un pantano.

—Venir hace tiempo hombres de ciudad —nos explicaba—, que ofrecer regalos a cambio de que menkragnotis marchar de nuestras tierras. Pero nadie aceptar, ¿para qué querer nosotros lavadoras o televisores?

—¿Y qué pasó? —le pregunté desde mi piragua.

—Nada. Ellos enfadarse y marcharse, y no volver más.

—Serían los de la constructora... —aventuró el profesor.

—Pero no puede ser que a los muy cabrones —protestó Cassandra realmente enfadada—, no sólo les traiga sin cuidado dejar a los indios sin tierra, sino que ni siquiera les avisen para evacuar. ¡Son unos verdaderos hijos de puta!

La mexicana estaba roja de indignación.

—¿Cuánto tiempo cree que les queda, profesor? —pregunté mordiéndome los labios de rabia.

—Es difícil decirlo... —Dejó el remo sobre el regazo, se ajustó las gafas y meditó un momento—. Pero aunque un embalse tan gigantesco no es como una bañera y tarda mucho tiempo en llenarse, teniendo en cuenta que la aldea menkragnoti está a muy poca altura sobre el Xingú podría ser cosa de un mes, y si llueve mucho en la cabecera del río quizá semanas, o incluso menos... Pero ya os digo, es difícil decirlo.

—Semanas... —repitió Iak, que volvió la vista al cielo como comprobando las posibilidades de que se pusiera a llover en ese mismo momento. Entonces miró atrás, hacia el horizonte que dejábamos a nuestra espalda, y paleando para dar la vuelta a la piragua, dijo—: Yo tener que regresar.

—¡No! —exclamó el profesor estirando la mano para agarrar la borda de la otra canoa—. ¡Nos tienes que ayudar a seguir río abajo!

El indígena meneó la cabeza con rotundidad.

—Yo sentir mucho. Pero tener que regresar a aldea y avisar a mi gente. Ellos no gustar Iak, pero yo ser un menkragnoti y luchar por mi pueblo.

Nuestra modesta expedición de rescate estaba a punto de finalizar apenas dado el primer paso.

—Te equivocas, Iak —argumenté improvisando sobre la marcha—. Si das ahora la vuelta, tú y los tuyos lo perderéis todo. La única forma de salvar a tu pueblo es que vengas con nosotros y nos guíes.

Iak se detuvo, sin comprender lo que quería decirle. Bueno, a decir verdad ni Iak ni nadie, pues los tres me miraban ciertamente intrigados.

—Me parece bien, pero... —cuchicheó Cassie en voz baja mirando de reojo al profesor—. ¿En qué le va ayudar a su pueblo que encontremos a Valeria?

—¿Es que no lo veis? —pregunté abriendo los brazos—. Nada podrán hacer los menkragnotis contra el poder de una constructora y los intereses políticos que habrá detrás. ¿Qué van a hacer? ¿Lanzarle flechas a la presa? En realidad sólo tienen una posibilidad, y es que nosotros cuatro encontremos las ruinas de esa ciudad misteriosa.

—No comprendo —confesó el profesor.

—A ver, ¿qué cree que sucedería si en mitad del Amazonas encontráramos los restos de una civilización desconocida?

El profesor necesitó sólo un momento para elaborar la respuesta.

—Pues que probablemente esto se llenaría de arqueólogos de todo el mundo, se iniciarían multitud de investigaciones y nos harían un buen reportaje en el *National Geographic*.

—Lo que significaría —dedujo Cassandra con entusiasmo—, que lo declararían patrimonio de la humanidad... ¡Y se verían obligados a detener la inundación!

—Exacto.

—¡Híjole! ¡Tienes razón! —exclamó la mexicana a punto de abalanzarse sobre mí para darme un abrazo, pero deteniéndose en el último momento, no sé si por temor a caerse de su canoa o alguna otra razón menos prosaica.

Iak, sin embargo, permanecía impertérrito aún con la piragua girada en la dirección contraria a la que queríamos avanzar.

—¿Decir tú que si encontrar ciudad de los hombres antiguos... yo salvar a mi pueblo?

—Puedes estar seguro —afirmé convenciéndolo a él y convenciéndome a mí mismo—. No sólo los salvarás, sino que, si son justos, puede que incluso te conviertan en miembro del consejo de los menkragnoti.

Cassandra y el profesor Castillo apoyaron mis palabras asintiendo ostensiblemente.

Como respuesta, el indígena de ojos azules dio la vuelta de nuevo a la canoa y comenzó a remar a grandes paladas río abajo. En una carrera contra el tiempo, su pasado y su oscuro destino.

29

Siguiendo el fuerte ritmo que había impuesto Iak y empujados por la corriente, en unas horas recorrimos lo que calculé habrían sido cuarenta y cinco o cincuenta kilómetros, hasta que llegamos a un punto donde el indígena nos indicó que nos dirigiéramos a la margen izquierda del río, a uno de los escasos arenales que lo jalonaban de vez en cuando.

La mala noticia era que acabábamos de caer en la cuenta de que, con la excitación de la partida, nos habíamos olvidado las linternas frontales en el poblado menkragnoti. Aunque nos consolamos pensando que sin pilas de recambio, tan sólo nos habrían durado unas cuantas horas más.

Encallamos las canoas en la arena a una señal de Iak, y una vez estuvimos todos en tierra señaló unos cientos de metros hacia adelante, donde el agua dejaba de ser el remanso de suave corriente que había sido hasta ese momento, y se convertía en una superficie hirviente de espuma con rompientes de más de un metro.

—*Corredeira Tareraimbú* empezar ahí —dijo con un elocuente gesto, haciendo olas con la mano—, y ser muy peligrosa. Tener que cargar canoas por sendero hasta después de corredeira. Luego continuar otra vez por río.

Un breve vistazo a los rápidos que Iak nos señalaba, fue suficiente para ponernos a todos de acuerdo.

—Ahora que le estaba cogiendo el gusto a eso de remar... —se lamentó el profesor.

—Tranquilo, profe —le consolé pasándole un brazo sobre los hombros—. Cuando regresemos a Barcelona, prometo llevarle al parque para que reme un ratito mientras le echa de comer a los patos.

—Tu madre —replicó quitándose mi brazo de encima.

—Bueno —reí—. Si quiere la llamo, pero no sé si ella querrá apuntarse.

El profesor cambió la expresión abruptamente, pasando de la sonrisa a un semblante algo más serio.

—Y ya que hablamos de tu madre... —dijo no muy seguro de abordar el tema—. ¿Sigue odiándome por... lo de tu padre?

Para ser sincero la pregunta me sorprendió un poco, pues no pensaba que ese fuera un asunto que aún preocupara al viejo profesor.

Muchos años atrás, sucedió una tragedia de la que el profesor había sido indirectamente responsable. Ocurrió que un día, cuando aún ejercía como profesor de Historia en la Universidad Autónoma de Barcelona, le pidió a su mejor amigo y colaborador, que por aquel entonces era precisamente mi padre, que por favor fuera en su lugar a una pequeña iglesia en el Pirineo a estudiar y tomar fotografías de un retablo del siglo xiv.

Desgraciadamente, aquella carretera de montaña había sufrido una nevada pocos días antes, y aquella noche el asfalto se encontraba cubierto por una fina capa de nieve congelada extremadamente resbaladiza. En una curva, en el camino de vuelta, mi padre perdió el control de su coche y se precipitó por un acantilado; no sobrevivió a la caída.

En mi caso, lo asumí como una fatalidad del destino y poco a poco el profesor se convirtió en una especie de padrino adoptivo. Pero mi madre, buscando desesperadamente alguien a quién culpar por la muerte de su esposo, dirigió su ira hacia el que ahora era mi mejor amigo, y aún no había sido capaz de perdonarle.

—Pues la verdad, no lo sé —admití volviendo a la realidad—. Todavía sigue responsabilizándolo por lo que pasó aquel día. —Rasqué mi incipiente barba, incómodo por hablar de aquello—. Pero yo diría que con los años ha ido entrando en razón, y aquel odio inicial se ha quedado en simple resentimiento.

—Resentimiento... —repitió.

—Sí, y puede darse por contento —argüí dándole una amistosa palmada en la espalda—. Conmigo todavía está cabreada por una vez que recorté monigotes en las cortinas cuando tenía cuatro años.

Una vez dejamos las piraguas encalladas sobre la arena y Iak pescó unas pirañas para almorzar —que a mí me tocó descabezar, destripar y cocinar—, nos pusimos de nuevo en marcha con fuerzas renovadas.

Al cabo de varios kilómetros de cargar con las piraguas por un sendero que rodeaba los rápidos, justo en el lugar donde terminaban y entre dos estilizados bloques de piedra granítica redondeados por la erosión, Iak indicó que nos detuviéramos, señalando el estrecho espacio que quedaba entre los mismos.

—Leyenda que Mengké contar de hombres antiguos, decir que camino a *Menka tamú*, comenzaba entre Colmillos de Tareraimbú. —Apuntó a los dos bloques verticales de granito y afirmó sin preámbulos—: Estos ser Colmillos de Tareraimbú.

—¿En serio? —preguntó el profesor—. No mencionó nada al respecto cuando nos habló de la Ciudad Negra.

—Mengké no querer que tú saber eso —apuntó Iak—. Él no contar todo.

—Pero ¿estás seguro? —insistió dudando de la veracidad del relato en ese punto—. ¿No podría ser algo que Mengké añadiera a la leyenda por su cuenta?

Iak se cruzó de brazos, frunció los labios y se encogió de hombros. No contestó a la pregunta, pero su respuesta estaba clara.

—A mí me vale —opinó Cassie, tras pensarlo por un momento—. Estoy harta de cargar con la pinche piragua, y además, estas dos rocas con forma de colmillos bien parecen la entrada a algún sitio.

—Eso es cierto —admitió el profesor, tras estudiarlas de arriba abajo—. Pero también podrían no significar absolutamente nada.

—Bueno —intervine—. Por si os sirve de algo la información, calculo que ya hemos recorrido unos cincuenta kilómetros en dirección norte, y creo que ahora deberíamos ir hacia el oeste. Así que... —concluí, inclinando la cabeza hacia las dos rocas.

—Está bien, este podría ser un camino tan bueno como cualquier otro —resopló al fin el profesor—. Puestos a perdernos, hagámoslo con criterio.

Y con paso decidido, sin darnos —y sin darse— tiempo a pensarlo, se internó por el angosto hueco entre los Colmillos de Tareraimbú, seguido de cerca por Iak.

Cassie y yo intercambiamos una breve mirada, sabedores de que al internarnos en la jungla dejábamos atrás el río, nuestro único medio de salir de allí. Pero para eso habíamos venido a fin de cuentas, así que sin necesidad de decirnos nada, respiramos hondo y seguimos los pasos de Iak, que ya había desaparecido entre las rocas.

30

El inicio de la marcha, siguiendo la dirección que nos indicaba la brújula de Jack Fawcett que yo llevaba colgada del cuello, resultó extremadamente difícil en comparación con el sendero seguido hasta ese momento en paralelo al río, que aunque enfangado y sembrado de obstáculos, era un sendero al fin y al cabo.

Ahora marchábamos infinitamente más despacio, con Iak a la cabeza apartando y cortando lianas con el machete, braceando entre arbustos tan espesos como setos, y vigilando constantemente dónde poníamos pies y manos. Entre tal maraña vegetal, el riesgo de tropezarnos con una serpiente venenosa a la que no hiciera gracia nuestra presencia, se convertía estadísticamente sólo en una cuestión de tiempo.

Avanzábamos ligeros de equipaje, pero aun así empapados en sudor, y el penoso ritmo al que nos movíamos penetrando a través de la espesura empezaba a afectar a nuestro ánimo. Tras sólo un par de horas de marcha, el entusiasmo inicial había sido sustituido primero por un espeso silencio, y finalmente por un concierto de bufidos y resuellos que, por propia experiencia, sabía eran sólo la antesala de las primeras quejas y reniegos.

—Creo que deberíamos descansar un momento —dije tocándole el hombro a Iak, que marchaba justo delante empapado en sudor.

Éste miró a mi espalda, y al ver la expresión sofocada del profesor asintió con la mirada. Enseguida desbrozamos un pequeño espacio a nuestro alrededor del tamaño de un pequeño iglú, donde nos acurrucamos los cuatro en el suelo, más cansados de lo que ninguno quería admitir.

Rodeados por un espeso muro de vegetación que la luz del sol apenas lograba atravesar, habitábamos una deprimente penumbra en la que apenas lográbamos vernos las caras los unos a los otros. Entonces Iak sacó de su morral unas tiras de carne ahumada y nos entregó una porción a cada uno; estaba correosa como suela de zapato y despedía un ligero olor a podredumbre, pero sin preguntar por su procedencia me limité a comerla con un hambre que hasta ese momento no me había dado cuenta que tenía.

—¿Cuánto decías que había hasta las coordenadas de Z? —preguntó el profesor mientras trataba de arrancar con los dientes un trozo que poder masticar.

—Se trata sólo de un cálculo aproximado —contesté tratando de esquivar la pregunta—. No creo que debiéramos tomárnoslo muy...

—¿Cuánto? —insistió.

—Desde el río, unos ocho o nueve kilómetros... puede que diez.

—Y en dos agotadoras horas de marcha —dijo mirando hacia el mínimo sendero que habíamos dejado atrás—, habremos caminado menos de quinientos metros.

—Yo más bien diría unos trescientos —apuntó Cassie con desánimo.

—Bueno, tampoco va a ser todo el camino así —repliqué, preocupado por el cariz que estaba tomando la conversación.

—Eso no lo sabes —objetó el profesor.

—No, no lo sé. Pero regodearnos en la dificultad no nos sirve de nada —dije señalando la espesura—, así que si ese es el único camino, lo seguimos y punto. Quejarnos de ello no va a hacerlo más fácil, y si tenemos que fabricar nuestro propio sendero, lo haremos.

El profesor Castillo miró en derredor, como constatando una vez más dónde nos habíamos metido.

—Ya... pero eso es precisamente lo que me preocupa. Es evidente que nadie ha pasado por aquí desde hace mucho, lo que significa que Valeria tampoco lo ha hecho.

—No, profe —le contradije—. La expedición de su hija ha podido ir por otra ruta. De hecho, si aún conservaban su GPS podrían... no, mejor dicho, deberían haber ido en línea recta hacia su objetivo y no dando un rodeo como nosotros.

El hombre pareció masticar mis palabras, aunque haciendo un visible esfuerzo por digerirlas.

—Profesor —le dije mirándolo con dureza—. Su hija Valeria está en aquella dirección —señalé hacia el oeste—, y vamos a encontrarla aunque tengamos que atravesar a machetazos toda la jodida selva amazónica, así que deje de preocuparse y buscar peros, porque si no ponemos todos lo mejor de nuestra parte, créame que no lo vamos a conseguir.

Detrás del sucio cristal de sus gafas, los ojos azules de mi viejo amigo refulgieron en las sombras.

—Tienes razón —dijo asintiendo para sí y poniéndose en pie de un salto—, me estoy comportando como un idiota.

Entonces tomó el machete de Iak, y sin mediar palabra empezó a largar mandobles contra la maleza, como si aquella fuera la culpable de sus desgracias.

Los demás, aún sentados en el suelo, contemplábamos estupefactos su inesperado cambio de actitud con las tiras de carne todavía colgando de la boca.

—¡Vamos! —nos apremió con impaciencia—. ¿A qué estáis esperando? ¡A mi hija se va por aquí!

Unas horas más tarde, sustituyendo a Cassie al frente, quien a su vez había dado descanso al profesor Castillo, arremetía con saña contra unos arbustos erizados de larguísimas espinas leñosas, que explicó Iak, solían usarse como dardos de cerbatana en sus cacerías. Según decía, eran capaces de perforar la gruesa capa de grasa que cubre a los cerdos salvajes y, como pude comprobar en mis propias carnes, también la tela de algodón y la epidermis, hasta horadar el músculo que había debajo.

Por suerte, ya habíamos dejado atrás la impenetrable y claustrofóbica vegetación que rodeaba los márgenes del río y nos había obligado a caminar casi a oscuras en pleno día, aunque el escenario en ese momento, para ser justos, tampoco era para tirar cohetes. A pesar de que avanzábamos a un ritmo mayor, la inacabable maraña de lianas de todos los grosores que colgaban de los altísimos árboles, me hacían sentir como una mosca en una descomunal telaraña, impidiéndome incluso mover el machete con libertad para abrirme camino.

Fue entonces cuando un espejismo surgido de la nada, apareció justo frente a mí en forma de pequeño árbol —para los estándares amazónicos, claro— de corteza grisácea y pequeñas flores rojas, aislado de los demás y libre de vegetación en dos o tres metros a la redonda. Una invitación al descanso, como lo hubiera sido un sofá y una cerveza fría.

Sin pensármelo dos veces me acerqué al mismo, solté el machete y, tras asegurarme que el suelo aparecía libre de serpientes, escorpiones y demás, me dejé caer sobre la mullida hojarasca a la espera de los compañeros que venían detrás.

El primero que lo hizo fue el menkragnoti, al que recibí con una enorme sonrisa mostrándole feliz mi descubrimiento.

—Mira lo que he encontrado —dije apoyándome en el tronco y palmeando el suelo a mi lado—. Ven a descansar, enseguida viene el camarero a tomarnos nota.

El indígena de ojos azules, sin embargo, abrió los ojos como platos y gritando algo en su lengua se abalanzó sobre mí, agarrándome del brazo y apartándome del árbol antes de que me diera cuenta de lo que estaba pasando.

—Pero ¿qué coño haces? —le increpé incorporándome—. ¿Es que te has vuelto loco? ¡Ahí no hay serpientes ni nada, ya lo he comprobado!

—No serpientes, no arañas, no nada.

—¡Sí, eso es lo que he dicho!

—Ese palosanto —señaló al árbol—, todo muerto alrededor. Si tú sentar junto árbol, tú también morir.

—Pero ¿de qué estás hablando? —pregunté a punto de echarme a reír—. ¿El árbol me va a matar?

Iak chasqueó la lengua con impaciencia, y con el machete en la mano, se acercó a un arbolillo cercano y lo cercenó de un tajo cerca de su base, haciendo de él una larga lanza. Seguidamente lo agarró por un extremo y lo aproximó con precaución al palosanto, hasta rozar la corteza con suavidad un par de veces.

El profesor Castillo y Cassie llegaron justo en ese instante y me dirigieron una mirada interrogativa al ver a aquel hombre hecho y derecho acercarse a un árbol como si lo hiciera a un tigre de bengala.

Yo me estaba encogiendo de hombros como respuesta cuando la mexicana alzó las cejas con incredulidad.

—¿Qué carajo…?

Como un súbito aguacero, miles de pequeñas hormigas amarillentas se dejaron caer desde las ramas superiores del árbol, lloviendo literalmente sobre el espacio vacío de vegetación y extendiéndose como una bullente marabunta ambarina a los pies del palosanto.

Entonces Iak se volvió hacia mí, tremendamente enfadado.

—Si tu sentar junto palosanto —repitió regañándome como una madre a un hijo travieso—, hormigas tangarana caer sobre ti, luego morder con su veneno, y entonces tú… —torció la cabeza y sacó la lengua.

Y dándose la vuelta lo dejó ahí, sin necesidad de terminar la frase para hacerse entender.

A excepción de una indolente anaconda de casi ocho metros, que cruzó ante nuestros ojos tranquilamente, como dando un paseo; o de cómo Iak nos mostró el modo de obtener agua de las lianas y los troncos de bambú —golpeando cada segmento hasta descubrir uno que no sonara a hueco—, nada reseñable ocurrió hasta la caída de la tarde.

Ante la inevitable aparición de los mosquitos, Iak —a quien en realidad parecía no afectarle—, nos sugirió embadurnarnos de lodo todas las partes de piel expuestas, aunque yo propuse también cubrir de barro camisas y pantalones, pues esos malditos bichos ya me habían logrado picar esa misma mañana atravesando el tejido. De modo que todos acabamos cubiertos de barro de la cabeza a los pies, dejando sólo un par de ranuras para los ojos y otra para la boca —imprescindible para maldecir a las miríadas de insectos que nos atormentaban—, con la ropa desgarrada por los arbustos espinosos, y los andares propios de quienes llevan todo el día luchando contra la jungla a brazo partido. Cualquiera que nos hubiera visto de tal guisa, juraría haberse cruzado con una pandilla de zombis mugrientos después de una noche de juerga.

Cuando empezó a oscurecer, limpiamos una zona para acampar, barrimos con palos el suelo para asustar a cualquier serpiente que anduviera por allí y, mientras el resto colgábamos nuestras hamacas, como hiciera horas antes junto al río el indígena de ojos azules sacó del zurrón una especie de arco en miniatura, junto con un palo de poco más de un palmo con una afilada y chamuscada punta. A continuación, reunió algo de madera seca que había sacado del interior de un árbol caído, enredó la cuerda del arco alrededor del palo y comenzó a deslizarlo a un lado y otro con rapidez, haciendo que éste girara como una taladradora hasta que un hilo de humo blanco nació de la madera. En pocos segundos, el humo dio paso a una brasa roja y brillante y, ante la felicidad de todos, tras un par de fuertes soplidos, en una refulgente hoguera que nos iluminó no sólo las caras, sino el ánimo del que a esas horas andábamos bastante escasos.

Por mi parte, quedé tan fascinado ante el proceso de hacer fuego del mismo modo en que llevaba haciéndose durante miles de años, que olvidé que en un bolsillo lateral de mi pantalón, llevaba un sencillo pero práctico encendedor.

Seguíamos sin tener carne fresca, pues a Iak le había resultado imposible cazar nada en aquella anarquía forestal, pero entre la fruta que habíamos ido recogiendo del suelo —guayabas, mangos y una especie de uva pero que en absoluto sabía a uva, con una enorme semilla en el medio— y los restos de su carne ahumada, tuvimos para una cena medio decente alrededor de la fogata.

Era como una acampada de *boy scouts* recién llegados de las trincheras de Verdún.

A nuestras espaldas, más allá del exiguo círculo de luz de la hoguera, los arbustos y las ramas no dejaban de moverse. Las ranas arbóreas croaban como si les fuera la vida en ello, y miles de pájaros, primates, insectos y reptiles gritaban, chasqueaban o rugían desde más allá de la oscuridad, recordándonos a cada momento que nos habíamos adentrado sin invitación en sus dominios.

—Si no estuviera tan cansada... —dijo Cassie devorando un mango que sujetaba entre ambas manos— quizá hasta tendría algo de miedo al oír como hay alguna cosa reptando cerca de mi espalda.

—Tú, mujer valiente —afirmó Iak con solemnidad, señalándola.

—De eso no te quepa duda... —ratificó el profesor con una sonrisa fatigada.

La mexicana, sin embargo, no los miraba a ellos, sino a mí, que permanecía sentado en silencio al otro lado de la hoguera. Sentía sus pupilas clavadas en mis pupilas, como queriendo decirme algo con la mirada que sus labios no se decidían a expresar.

Finalmente, fui yo el que me dirigí a ella.

—¿En qué piensas? —le pregunté en voz baja.

La arqueóloga dio un nuevo mordisco a la fruta antes de contestar.

—Pensaba... —susurró— en lo increíble que me parece lo que estoy viendo.

—A mí también me parece increíble —contesté—. Que nos encontremos otra vez en la selva, tu y yo, rodeados de todo el...

—No, Ulises —me interrumpió con cara de niña traviesa—. Lo que me parece increíble, es que no te hayas dado cuenta de que tienes una tarántula del tamaño de un mono subiéndote por el brazo.

31

Quizá fuera el cansancio acumulado, o el sedante olor a humo del termitero que habíamos arrojado al fuego para ahuyentar los mosquitos, pero a pesar del susto de la tarántula —que Iak apartó de un simple manotazo—, el hecho es que esa noche dormí como un tronco.

Apenas abrí los ojos me incorporé en la hamaca, y viendo que los demás aún no se habían despertado me dejé caer al suelo de un salto, restregándome los ojos y con la idea de buscar algo de fruta en los alrededores para el desayuno. Fue al apartarme las manos de la cara, que me llevé un susto de muerte al descubrir que no estábamos solos en el campamento.

A menos de un metro de mis pies descalzos, una descomunal serpiente se enroscaba sobre las extintas brasas de la noche anterior. A juzgar por su tamaño y el diámetro de su cuerpo, ancho como mi pierna, lo primero que pensé es que se trataba de una anaconda, pero un inhabitual color amarillento y los triángulos negros de su lomo me hicieron sospechar que no era eso lo que tenía delante.

El reptil alzó la cabeza al percatarse de mi presencia, y fue entonces cuando me fijé en sus pupilas: unas pupilas ahusadas, como de gato. La señal inconfundible de que me hallaba frente a una serpiente venenosa.

Mejor dicho: una gigantesca serpiente venenosa.

Inoportunamente, al otro lado del campamento a Cassandra también le dio por levantarse de la hamaca justo en ese instante, desperezándose ruidosamente con los ojos entrecerrados. Aun así, tardó menos de dos segundos en darse cuenta de que algo sucedía, y rápidamente siguió mi mirada hasta descubrir al ofidio semienterrado entre la ceniza, con su amenazadora cabeza triangular erguida apuntando hacia mí.

Lo malo es que ese fue el mismo espacio de tiempo que la serpiente necesitó para ver a Cassie, y volviéndose hacia ella, hizo lo que suelen hacer todas las serpientes cuando se creen acorraladas.

Atacar.

Como un resorte, desenroscó sus tres metros de músculo lanzándose con las mandíbulas abiertas contra la mexicana, que sólo tuvo tiempo de emitir un ahogado grito de sorpresa dando un paso atrás.

Sin detenerme a pensarlo hice lo único que se me ocurrió en ese momento, abalanzarme sobre las brasas y agarrar a la serpiente por la cola. Una acción muy poco sensata pero que dio resultado, pues de inmediato el animal se revolvió sobre sí mismo, olvidándose de Cassandra para enfrentarse con su amenaza más inmediata. Es decir, un servidor.

Sin soltarlo aún, logré tirar del ofidio hacia atrás pensando que era la mejor manera de tenerlo controlado, pero con tan mala fortuna que al tirar tropecé con mi propia mochila y caí boca arriba, dejando escapar a la serpiente, ahora sí realmente cabreada conmigo.

El agresivo animal zigzagueó rápidamente y, horrorizado, contemplé como se acercaba hasta situarse entre mis piernas, elevando su horrible cabeza a más de un metro de altura y estirando su escamoso cuerpo mientras me miraba con sus maléficos ojillos.

Entonces, tomándose su tiempo al ver que yo no tenía escapatoria, abrió las fauces exhibiendo sus afilados colmillos rezumantes de veneno, y echó la cabeza hacia atrás tomando impulso para lanzarse contra mi cara.

No tenía escapatoria.

Instintivamente crucé los brazos frente a mí para protegerme y apreté los dientes, esperando el inevitable mordisco que allí mismo me iba a dejar listo de papeles.

Pero para mi sorpresa, en lugar de unos colmillos clavándose, lo que sentí fue un peso muerto cayendo sobre mi entrepierna.

Entonces aparté los brazos de la cara, para descubrir cómo se convulsionaba, manando sangre a chorros, el cuerpo cercenado de la serpiente, al que le había desaparecido la cabeza.

Aturdido e incapaz aún de entender lo que había sucedido, miré a mi derecha y allí estaba Cassie, de pie, con una inquietante sonrisa en los labios y el machete en su mano chorreando sangre por la hoja.

—Llevaba mucho tiempo —dijo apartándose el pelo revuelto de la cara—, queriendo hacer algo así.

Esa mañana, por supuesto, desayunamos serpiente a la parrilla sucurucú apagafuegos, según nos indicó Iak. Una de las serpientes venenosas más temidas del Amazonas, por su agresividad y la fea costumbre de dormir oculta entre las brasas. Pero tal era el tamaño de la condenada, que sobró más de la mitad, así que tras una malintencionada sugerencia de la mexicana, al ponernos de nuevo en marcha, terminé cargando con más de un metro de serpiente sobre los hombros, como si se tratara de una pesada y estrambótica bufanda. Nuestra provisión de carne fresca.

La selva parecía ser menos impenetrable que el día anterior, y así el ritmo resultó más vivo. Quizá por ello, porque algo de luz nos alcanzaba desde el techo de la jungla, o simplemente porque teníamos el estómago lleno, los cuatro nos sentíamos más animados, y a momentos el profesor nos regalaba disertaciones de cualquiera de los muy aburridos temas sobre los que le encantaba conferenciar.

Más tarde Cassandra nos puso al tanto de los inesperados descubrimientos realizados en las excavaciones arqueológicas que estaba llevando a cabo frente a las costas de Barbate, en el estrecho de Gibraltar, y finalmente Iak nos mostró algunas plantas desconocidas para nosotros y sus increíbles efectos medicinales; como la jaracá, imprescindible para las picaduras de serpiente; la inmortal de pantano para las hemorragias; o la pequeña parapara, una flor blanca de aspecto inocente, pero que seca y molida, al simple contacto con la piel, según el menkragnoti producía un desagradable hormigueo, seguido de una parálisis temporal en todo el cuerpo.

En lo que a mí respecta, traté de animar el paseo entonando una canción de Jorge Drexler, pero a mitad de la segunda estrofa un trueno restalló sobre nuestras cabezas y, con buen criterio, me obligaron a callar de inmediato.

Con el fin sobre todo de distraerme, cada poco echaba un vistazo a la brújula, para comprobar que seguíamos el rumbo correcto hacia el oeste. Iak, por su parte, trataba de cazar sin mucho éxito —con un curioso método que consistía en tumbarse en el suelo, tensando el enorme arco con piernas y brazos para darle la mayor potencia posible—, alguno de los monos que, cada vez más escasos, saltaban de árbol en árbol sobre nosotros. El bisnieto de Percy Fawcett meneaba la cabeza con decepción y sonreía incómodo cada vez que erraba el tiro. Al parecer, cazar no era lo suyo.

En un momento de aburrimiento, me acordé de algo que había sucedido un par de días atrás.

—Cassie —le dije adelantando al profesor en la marcha y colocándome tras ella—. ¿Qué ibas a decirme el otro día?

Ella se giró a medias arqueando una ceja.

—¿El otro día? ¿Puedes ser más explícito?

—Sí, mujer. Cuando estábamos rodeados por los caimanes en el río, creyendo que íbamos a morir y todo eso… —Sonreí levemente—. Parecía importante.

La mexicana estiró la mandíbula y miró hacia arriba, como haciendo memoria.

—Pues no, güey. —Negó con la cabeza—. No tengo idea de lo que me hablas.

—Ya… y supongo que tampoco te acuerdas de lo que querías decirme cuando nos íbamos a estrellar en la avioneta, ¿no?

—Tampoco.

—Claro, claro… ¿Sabes que mientes de pena?

En lugar de contestarme, la mexicana se limitó a voltearse esbozando una enigmática sonrisa.

Pocos pasos después, oí cómo el profesor Castillo rezongaba detrás de mí, y al girarme lo vi rascarse la espalda con saña maldiciendo a la fauna local.

—No sé qué demonios me ha picado —gruñó—, pero tengo un bulto que me escuece a rabiar.

—Vamos, profe —le dije quitándole importancia—. No se preocupe y deje de rascarse. Seguro que no es nada.

—Pues para no ser nada te juro que me está volviendo loco, y hasta diría que algo se mueve ahí dentro.

—Venga ya, no sea paranoico.

—¿Paranoico? —exclamó, indignado—. ¡Mira!

Tras acercarse, se dio la vuelta levantándose la camisa por detrás.

Ciertamente, le había salido un extraño bulto bajo el omóplato derecho del tamaño de una canica grande, enrojecido y con una pequeña mancha de sangre justo en medio.

Aunque lo que realmente hizo que se me revolvieran las tripas, fue ver como en realidad, sí que había algo retorciéndose en su interior.

Con el profesor sentado en un tronco desnudo de cintura para arriba, yo paseaba la hoja de mi cuchillo de buceo sobre una pequeña hoguera para desinfectarlo, mientras la mexicana y Iak se sentaban uno a cada lado del profesor, tanto para darle ánimos, como para sujetarlo fuerte cuando llegara el momento de hacer la incisión.

Cuando decidí que la afilada hoja del cuchillo ya estaba libre de gérmenes, me acerqué a mi viejo amigo por la espalda y le puse la mano en el hombro.

Giró la cabeza hacia mí, con todo menos confianza en los ojos.

—Pero ¿tú has hecho alguna vez esto? —preguntó con ansiedad.

—¿De verdad quiere que le conteste?

—Maldita sea, Ulises... —protestó—. Este es uno de esos momentos en los que hay que mentir descaradamente.

—No se preocupe —le dije por décima vez en diez minutos—. Todo va salir bien, sé lo que me hago.

Cassandra me miró en silencio, interrogándome con los ojos.

Yo le contesté de la misma manera, también en silencio, pero con una mueca de incertidumbre y desmintiéndome a mí mismo, encogiéndome de hombros.

El profesor, ajeno a mi muda confesión de incompetencia, mordió un palo que le pasó el menkragnoti y se preparó para la pequeña operación, para la que por supuesto no teníamos ningún tipo de anestésicos, ni siquiera la típica botella de whisky de las películas con la que emborrachar al paciente.

—Está bien, profe —dije tratando de parecer calmado—. Allá vamos. Contaré hasta tres y luego haré el corte, ¿de acuerdo?

Eduardo Castillo, con el palo en la boca, asintió de mala gana.

—¿Preparado? Uno…

Y le hice el tajo por sorpresa, haciendo que escupiera el palo y soltara un grito que debió oírse en muchos kilómetros a la redonda.

Si no fuera porque Iak y Cassie lo tenían fuertemente sujeto, se habría dado la vuelta para soltarme a la cara la retahíla de improperios irreproducibles que empezó a dedicarme, rojo de ira y dolor.

—Ya está, profe —le dije, limpiando la herida con agua—. Así era mejor.

—¡Y una mierda mejor! —protestó, furibundo—. ¡Eso no se hace, me cago en…!

Ignorándolo, acerqué la vista al corte de unos cinco centímetros de longitud aunque no demasiado profundo, y de repente surgió del mismo algo que jamás imaginé que existiera más que en las películas de ciencia ficción.

Una especie de larva de medio centímetro de ancho, con una picuda boca negra y unas minúsculas patas como garfios, asomó por la herida como un pequeño y repulsivo «alien», desafiándome por haberlo sacado a la luz.

—Dios santo, pero ¿qué es eso? —preguntó Cassandra a mi lado, horrorizada.

—¿Qué? ¿Qué pasa? —se alarmó el profesor, olvidándose del dolor por un momento y tratando de girarse.

La respuesta vino desde mi derecha, en boca de Iak.

—Es un sotuto —dijo tranquilamente—. Mosca debió picar hace días y dejar larva, y larva crecer mucho.

—¿Y cómo la sacamos? —pregunté viendo cómo el asqueroso gusano se retraía hacia dentro—. Habrá que hacer un corte más profundo.

—¡De eso ni hablar! —exclamó el profesor espantado ante la perspectiva.

—No hacer falta —aclaró el indígena con una sonrisa de suficiencia—. A sotutos gustar música.

Pensé que Iak hablaba en broma, pero comprendí que no era así cuando tomó un palito del suelo, con mi cuchillo le sacó punta hasta dejarlo afilado como una aguja, y luego se acercó al profesor, quien se esforzaba inútilmente por ver lo que sucedía a su espalda.

Entonces, el descendiente de Percy Fawcett hizo lo último que hubiéramos esperado. Se puso a silbar.

Cassandra y yo nos miramos con escepticismo, viendo cómo el indígena le silbaba al gusano de la espalda del profesor, como un cuidador lo haría a su jilguero.

Pero ambos nos quedamos de piedra, al ser testigos de algo completamente insólito.

La horrible larva asomó la cabeza por la herida y sacó el cuerpo de la misma como una serpiente hipnotizada por la flauta de un faquir. No podía creer lo que estaba viendo, aquella era la típica anécdota que nadie iba a creer por mucho que lo jurara, pero estaba pasando.

Y en ese preciso instante, cuando casi medio cuerpo del animal estaba asomándose fuera, Iak efectuó un rápido movimiento con la mano derecha y ensartó la larva limpiamente, extrayéndola de un tirón y provocando un nuevo grito de dolor en el profesor, y un suspiro de alivio en el resto.

Seguidamente, el indígena hizo un emplasto con fibra de una liana a la que llamaba escalera de mono, y el néctar rojo de un árbol al que llamó savia de dragón. Lo apelmazó a conciencia, le escupió un par de veces, lo cubrió de barro y lo pegó en la herida del profesor prometiéndole que le calmaría el dolor y evitaría la infección. Y claro, tras lo que acabábamos de presenciar no tuvimos otra opción que creerle.

32

Ese día caminamos durante horas, atravesando unas veces zonas de vegetación tan sólida como paredes de ladrillos, y en otras ocasiones terrenos tan despejados de arbustos, lianas o palmas, que creía estar paseando por algún cuidado jardín, en el que sólo los gigantescos árboles de sesenta metros de altura me recordaban dónde estábamos en realidad.

—Es como la bóveda de una catedral... —declamó el profesor señalando al cielo, a quien el extracto de una liana que Iak le había dado de beber para calmar el dolor parecía haberle desatado la imaginación y la lengua—. Una catedral infinita...

—Sí —replicó Cassandra mientras se espantaba una nube de jejenes delante de la cara—. Una catedral con un serio problema de mosquitos.

—Los mosquitos son también hijos de Dios —nos recordó con una sonrisa idiota—. Esta es también su casa.

La arqueóloga puso los ojos en blanco y yo me volví hacia Iak, que ahora caminaba a la cola de nuestro pequeño grupo.

—Pero ¿se puede saber qué le has dado?

—Sólo medicina para dolor, parecida a ayahuasca —contestó como si se tratara de lo más normal del mundo.

—No me lo puedo creer. ¿Le has dado un alucinógeno?

—Pero muy poco, como para niño —alegó encogiéndose de hombros—. No pasar nada malo.

—Malo, no —intervino Cassie mirando cómo alzaba las manos al cielo—. Pero al parecer, ha despertado en él un fervor religioso que desconocíamos.

Y como para corroborar sus palabras, el ex profesor de Historia Medieval por la U.A.B., iconoclasta y ateo practicante, se arrodilló en el suelo y, poniendo los brazos en cruz, comenzó a rezar dando gracias al Señor por las maravillas de la creación entre una nube de mosquitos que rodeaba su cabeza como un halo de santidad.

Con la llegada del anochecer instalamos de nuevo nuestro precario campamento. Despejamos el húmedo suelo, colgamos las hamacas, Iak hizo fuego a su manera, y asamos la mitad sobrante de la sucurucú apagafuegos, pues tal como no había dejado de señalarnos el menkragnoti durante todo el camino, la caza había pasado de escasear, a desaparecer absolutamente.

Sentados alrededor de la hoguera, tan cansados que ninguno tenía fuerzas para hablar, se hizo evidente la menor presencia de fauna en aquella parte de la selva. Esta vez, apenas se escuchaba el lejano alboroto de unos monos saltando de rama en rama, o cómo una solitaria pareja de loros parloteaba como tertulianos en aquella noche dominada por un creciente silencio que, cuanto más evidente era, más siniestro nos parecía.

También Iak, a medida que nos adentrábamos en aquel bosque, se había ido poniendo más nervioso, y en ese momento de la noche bajo la oscilante luz de la fogata, sus ojos transmitían algo muy parecido al miedo.

Lo que no me atreví a preguntarle era miedo a quién, o a qué.

—¿Cuánto creéis que habremos andado ya? —se interesó Cassandra en voz baja, rompiendo el pesado silencio.

—Puede que entre ocho y doce kilómetros —aventuré con escasa convicción, sin levantar la vista del fuego.

—¿Sólo? —protestó el profesor, que ya parecía repuesto de sus alucinaciones—. ¡Pero si me siento como si hubiera hecho un maratón!

Levanté la vista para dedicarle una cansada sonrisa.

—Es normal... tenga en cuenta que usted ha hecho su propio vía crucis.

A Cassie se le escapó una risita, y el profesor me miró con extrañeza.

—¿Vía crucis? —inquirió mirándonos a uno y otro, sin comprender el chiste—. ¿De qué hablas?

—Nada, profe. Cosas mías... —dije quitándole importancia con un gesto—. ¿Por qué preguntabas lo de la distancia, Cassie?

La mexicana me miró por un momento guardando silencio, como si dudara en exponer lo que le rondaba la cabeza.

—¿No calculaste —preguntó al fin, al ver que aquello no iba a pasar—, que desde el río tendríamos que andar nueve kilómetros para llegar a las coordenadas de Z?

—Aproximadamente —puntualicé levantando el índice.

—De acuerdo, aproximadamente... Pero el hecho es que de momento no hemos visto nada que apunte a que nos hallemos cerca de una ciudad perdida o nada parecido. No hay caminos, ni mojones ni señales de ningún tipo.

—Caramba, Cassie. Tú eres la arqueóloga, y sabes perfectamente que podríamos estar ahora mismo sentados sobre un yacimiento arqueológico y no darnos cuenta. Eso hasta yo lo sé.

—Cierto. Pero no tropezarnos con nada en absoluto, me tiene preocupada.

—¿Qué quieres decir? —preguntó el profesor Castillo con interés.

Meditabunda, Cassandra paseó la mirada sobre ambos.

—¿Y si nos hemos equivocado?

—¿En la distancia? Ya te he dicho que...

—No, Ulises —me cortó—. En la dirección.

—¿Te refieres a...? —inquirió el profesor dejando la pregunta a medias.

La arqueóloga submarina se frotó la nuca, incómoda.

—Nos estamos basando únicamente en suposiciones y cálculos orientativos —señaló con inquietud—. No tenemos ninguna garantía de que la historia que contó Mengké sea cierta... y mucho menos de que sea la ruta que lleve a Z. Quizá las misteriosas ruinas que describe Jack Fawcett en su diario, sean sólo la fantasía de un explorador de principios de siglo después de tomarse una botella de whisky, o puede que...

Cassandra calló al notar cómo le ponía la mano en la rodilla y le señalaba al profesor con la cabeza.

El rostro de éste, a pesar de la escasa luz y la capa de barro que le cubría la cara, se contrajo visiblemente tensando los músculos de la mandíbula.

—Tienes razón —farfulló, abatido—. Tienes toda la razón. Todo esto es absurdo... Esta expedición improvisada, convenceros para acompañarme, arriesgar vuestras vidas, buscar una tribu que quizá ni siquiera exista en mitad de la Amazonia... —masculló hundiendo la cabeza entre las manos—. Me he vuelto loco, y os he arrastrado en mi locura. —Levantó la vista con los ojos humedecidos—. Os ruego me perdonéis, no sabéis cuánto lo siento.

—¡Deje de decir tonterías! —le increpé poniéndome en pie—. Aquí nadie tiene que pedir perdón a nadie. Cassandra y yo hemos venido por voluntad propia, y además, estoy convencido de que estamos en el camino correcto para encontrar esa jodida Ciudad Negra. Y si encontramos la ciudad, estoy seguro de que encontraremos a su hija. No le quepa la menor duda de ello.

El profesor se quitó las gafas y se secó las lágrimas con la manga de su maltrecha camisa.

—Gracias por los ánimos, Ulises —dijo al volver a ponerse las gafas—. Pero aún conservo la suficiente cordura como para darme cuenta de que esto ha sido una terrible equivocación. Además, hemos perdido no sólo nuestro equipo, sino también el GPS, y eso por no hablar del teléfono Iridium, nuestro único medio de contactar con el resto del mundo. —Levantó la vista y trató de imprimir convicción a sus palabras—. Así que lo más sensato es que mañana demos la vuelta y regresemos por donde hemos venido. Buscaremos la manera de volver a la civilización y esperaremos a que la otra expedición de rescate parta lo antes posible, y entonces...

—¿Bromea? —le interrumpí bruscamente sin poder creer lo que estaba escuchando—. ¿Después de llegar hasta aquí quiere dar la vuelta? ¿Así, sin más?

El profesor me miró sin contestarme.

—No me lo puedo creer... —dije llevándome las manos a la cabeza—. Ahora que estamos tan cerca, no podemos abandonar.

—¿Más cerca de dónde, Ulises? —repuso abriendo los brazos—. Si ni siquiera sabemos dónde estamos.

—Nosotros quizá no, pero él sí —y señalé al menkragnoti, que aún no había abierto la boca.

El indígena me miró con extrañeza por la alusión, parpadeando de sorpresa.

—Yo no saber —confesó, aturdido, al cabo de un momento—. Yo sólo seguir dirección que ustedes decirme... Iak nunca estar aquí antes.

—Pero estamos cerca del territorio morcego, ¿no? —le interpelé—. Donde se supone que está la ciudad de los hombres antiguos.

Sin decir nada, el nieto de Jack Fawcett escarbó entre las cenizas de la hoguera con un palo y desvió la vista hacia la oscuridad que nos rodeaba. El único sonido era entonces el crepitar de las ramas en el fuego, y el lejano rugido de un mono aullador reverberando en la noche.

El creciente silencio en una jungla que se suponía superpoblada de miles de animales, resultaba algo más que inquietante.

No era un silencio en absoluto natural. Era un silencio contenido, tenso, expectante.

Sí, esa era la palabra justa. Expectante.

Como si hasta el último ser de aquella selva inmensa y oscura, supiera de algún modo que algo terrible estaba a punto de sucedernos.

Algo que nosotros desconocíamos.

Algo que quizá ya habían visto otras veces.

—Sólo *Menka tamú* ser tan silencioso —sentenció entonces Iak mirando en derredor, trasluciendo en el tono de voz un miedo hondo y primitivo—. Sólo gran miedo callar así a la selva.

33

La siguiente mañana resultó mucho menos sobresaltada que la anterior, a pesar de que, cuando Cassie iba a ponerse los calcetines nada más levantarse de su hamaca, reparó en un par de diminutas marcas en su tobillo izquierdo.

—Pinches mosquitos —gruñó, y se rascó las pequeñas costras, de las que, ante su sorpresa, brotaron dos delgados hilos de sangre—. La gran...

Nuestro amigo menkragnoti se acercó a la mexicana, y tras estudiar la herida por un momento, concluyó con certeza:

—No mosquito. Esta noche tú dar de comer a vampiro.

Todos reímos la ocurrencia del indígena.

—Qué curioso —apuntó el profesor, divertido—. Y yo que creía que el tipo con capa y colmillos que vi anoche era un funcionario de hacienda.

Iak se le quedó mirando, sin comprender la broma.

—¿Tú reír porque vampiro beber sangre de mujer?

A Cassie se le congeló la sonrisa cuando comprobó el semblante serio con que hablaba el menkragnoti.

—Pero... ¿lo dices en serio? —inquirió, incrédula.

—Vampiros venir de noche cuando tú dormida —escenificó imitando un murciélago con la mano—. Primero morder y luego beber tu sangre con lengua. Tú no dar cuenta, pero ellos alimentarse de ti.

El moreno de la piel de la arqueóloga, palideció como por ensalmo.

—Dios mío —masculló dejándose caer pesadamente en el borde de la hamaca—. Qué asco. Solo de pensar que un maldito bicho se ha estado alimentando de mí…

—Tú no preocupar —dijo Iak dándole una palmada en la rodilla para tranquilizarla—. Pero dormir siempre con botas, y yo darte hierbas para que ellos no acercar más, porque si no volver cada noche, y al final ellos beber toda tu sangre.

Una de las inesperadas ventajas de que en aquella parte de la selva aparentemente hubiera menos vida animal, es que los árboles de mango, guayaba, maracuyá y chirimoya que nos encontrábamos por el camino, estaban prácticamente intactos y cargados de fruta, tal que esperando a que alguien pasara por allí para recolectarlos. Cosa que hacíamos siempre que había oportunidad.

Otra de las circunstancias que nos llamó la atención de aquel territorio que ahora atravesábamos, era el progresivo cambio del terreno, que pasó de ser completamente llano, a una sucesión de colinas y pequeños cerros de diversos tamaños que, en cualquier caso, en ninguna ocasión nos vimos obligados a escalar, pues siempre encontrábamos una manera de rodearlos fácilmente.

Además, por alguna razón el suelo del bosque era cada vez más amigable, libre de arbustos y matojos, y poblado de grandes ceibas y árboles del caucho —de los que Iak nos mostró como curiosidad, cómo se extraía su savia blanca y sus propiedades adhesivas—, que nos permitía caminar por fin sin tener que ir abriendo paso a machetazos.

Marchábamos pues, de forma más despreocupada y tan sólo atentos a no pisar ninguna serpiente oculta en la hojarasca. Al frente lo hacía el profesor junto a Iak, a quién bombardeaba a preguntas sobre los días que Valeria pasó en el poblado, y detrás Cassie y yo, paseando y sin decir gran cosa —por experiencia, el mejor remedio para no terminar discutiendo.

—¿Y si Eduardo tiene razón? —preguntó entonces la mexicana de buenas a primeras.

—¿Respecto a qué?

—Ya sabes —contestó sin dejar de mirar el suelo que pisaba—. Aquello de que estamos cometiendo una equivocación, internándonos en la selva sin siquiera saber adónde vamos.

—Vamos a Z —repuse de inmediato—. A la Ciudad Negra de los hombres antiguos, o como narices la quieran llamar... Vamos buscando a la hija del profe.

—Por favor, Ulises... —replicó alzando la vista y clavándome sus ojos verdes—. Sabes perfectamente que es casi imposible que encontremos esa pinche ciudad, que seguramente es un simple mito como El Dorado o Shangri-La. —Hizo una pausa y chasqueó la lengua—. Pero es que, aunque finalmente exista, tampoco sabemos con certeza si Valeria y su gente están allí. Quizá al final, sea a nosotros a los que tengan que venir a rescatar.

Por supuesto, sabía perfectamente que la rubia arqueóloga estaba en lo cierto. Pero si algo había aprendido en una vida encadenada de casualidades y certezas incumplidas, es que, como suele decirse, hasta el rabo todo es toro. En otras palabras, si ahora dábamos media vuelta, no podría dejar de pensar en que, quizá, la respuesta se habría encontrado sólo unos metros más allá.

—Puede que tengas razón —contesté—. Pero creo que aun así, deberíamos ir algo más lejos. Ya sabes... por si acaso.

Nos habíamos detenido en un claro para almorzar parte de la fruta que habíamos recogido por el camino, cuando un cercano trueno hizo temblar el suelo y, en cuestión de segundos, comenzó a diluviar como si el todopoderoso hubiera decidido inundar la Tierra de nuevo.

El rugido del aguacero estrellándose contra las copas de los árboles resultaba ensordecedor, y al poco, la violenta lluvia atravesó la cobertura vegetal, dejándonos en un momento como si nos hubiéramos duchado con la ropa puesta. Así que sin tiempo para construir un refugio ni tener donde guarecernos, decidimos dirigirnos a toda prisa hacia la colina más cercana, donde la selva era más tupida y tendríamos algo más de protección.

Iak corría delante abriendo camino, y detrás lo hacíamos los demás, cubriéndonos la cabeza con unas grandes hojas de banano que en realidad no servían de gran cosa. Comenzamos a subir por la falda de la colina agarrándonos a lo que podíamos para no resbalar, y cuando estábamos ya a media altura de la misma, bajo el relativo resguardo de una palmera, descubrimos a unos doce metros por encima de nuestras cabezas lo que parecía ser la entrada de una cueva. Por desgracia, una pared de piedra vertical cubierta de enredaderas, nos impedía llegar a ella.

—¡Usemos las lianas para subir! —grité por encima del estruendo de la lluvia.

El profesor me miró, como si le hubiera propuesto bailar en calzoncillos.

—¿Prefiere quedarse aquí mojándose? —le insté.

—¡Busquemos otro lugar! —replicó.

Sabía del miedo de mi amigo a las alturas, pero no estaba de humor para discutir.

—De acuerdo —le dije poniéndole la mano en el hombro—. Usted espere aquí, yo voy a pedirle un taxi.

Sin darle tiempo a responder, me encaramé a una liana que se perdía en las alturas y, afianzando los pies en la pared, comencé a trepar sabedor de que tanto el profesor Castillo como Cassie, tenían sobrada fuerza y destreza como para seguirme. Sobre Iak no tuve ni que preguntármelo, pues el indígena inmediatamente se agarró a un grueso bejuco y comenzó a trepar a mi lado, adelantándome rápidamente y llegando a la altura de la gruta antes que nadie.

Para cuando alcancé la cueva —de casi dos metros de diámetro y que parecía perderse en el interior de la loma—, descubrí que justo frente a la misma, una suerte de terraza servía como atalaya y privilegiado punto de observación de los alrededores. Claro que, con la que estaba cayendo decidí dejar la contemplación del paisaje para otro momento, y tras ayudar al profesor a subir el último metro —ofrecí igualmente mi mano a Cassie, pero ésta la apartó de un ofendido manotazo—, los tres nos refugiamos al resguardo de la amplia caverna.

Y digo los tres, porque Iak se había internado en la misma, supuse que comprobando que no hubiera animales peligrosos que hubieran tenido la misma idea que nosotros.

—¡Iak! —le llamó el profesor, extrañado al pasar los minutos sin que el menkragnoti regresara—. ¿Dónde estás?

Desde la penumbra de la entrada, justo en el límite donde llegaba la difusa luz del sol pero no la lluvia, mirábamos hacia el interior de la cueva como al fondo de un pozo, esperando ver aparecer la silueta de Iak en cualquier momento.

Pero el indígena no aparecía, ni contestaba a nuestros reclamos. Aunque el fragor de la lluvia a nuestra espalda no garantizaba que nuestros gritos llegasen mucho más allá de nuestras bocas.

—¿Le habrá pasado algo? —dijo al fin Cassandra.

—No os preocupéis —repuse—. Debe estar asegurándose de que no hay serpientes. —Dándole un pequeño codazo a Cassie, añadí—: O vampiros.

—No mames —replicó la mexicana—. Le puede haber pasado algo.

—¿Y si se ha tropezado con un jaguar? —sugirió el profesor con preocupación.

—Los jaguares no viven en cuevas, profe —resoplé con impaciencia—. Esos son los osos, y aquí no hay de eso.

—O puede que con esos morcegos, a los que tanto miedo parecen tener los menkragnoti —insinuó Cassandra, no menos preocupada.

—Ya basta. No nos volvamos locos —atajé—. Parecéis unos excursionistas en una película de miedo. Nos sentaremos a esperar tranquilamente a que vuelva, seguro que no le ha pasado nada. ¿O es que acaso creéis —dije forzando una sonrisa—, que de repente va a surgir un monstruo de la cueva y se nos va a comer a todos?

Y no había acabado de hacer la pregunta, que unos pasos apresurados acompañados de una respiración jadeante, resonaron desde la oscuridad, acercándose rápidamente hacia nosotros.

34

Los tres nos pusimos en pie de un salto, y de improviso surgió Iak desde las sombras corriendo y llevando en alto una tela amarillo chillón, que no pude identificar hasta verla de cerca. Sorprendentemente, se trataba de un moderno —y caro— chubasquero de nanofibra ultratranspirable, una prenda que sólo se puede conseguir en tiendas especializadas de equipamiento técnico para *trekking* o escalada.

Nos miramos entre nosotros con la misma idea en la cabeza, sin salir de nuestro estupor y atando cabos mentalmente sobre lo que aquel descubrimiento significaba. Ya esbozaba el profesor una sonrisa, presto a poner en palabras la definitiva pista que aquella prenda nos acababa de proporcionar, cuando Cassandra vio algo que le llamó la atención y, alargando la mano se hizo con el chubasquero, estirando luego ambos brazos y extendiéndolo ante sí.

—Híjole —masculló abriendo los ojos desmesuradamente.

—Pero ¿qué diantres…? —balbució el profesor.

La prenda que Cassie sostenía, aparecía limpiamente desgarrada por la espalda en unas líneas paralelas que la cruzaban de arriba abajo. Unos cortes perfectos, como hechos con una afilada cuchilla.

Solo que eran cuatro.

—¿Qué animal ha podido hacer esto? —pregunté a Iak con un estremecimiento.

—No saber —repuso con inquietud—. Yo nunca ver antes nada igual.

—Debe ser de jaguar —aventuró Cassie—. Aquí no hay otro animal que tenga garras como para dar un zarpazo como ése.

El indígena extendió los dedos sobre los cortes, que juntos eran más anchos que su propia mano.

—Mano de jaguar no tan grande.

—Ni modo —reiteró la mexicana—, pues será un jaguar enorme. Lo que está claro, es que esto no lo ha hecho un guacamayo.

—Lo cierto —apunté pasando el dedo por los bordes—, es que los cortes son demasiado limpios para ser de garras.

—No mames, güey —bufó Cassie—. ¿Desde cuándo eres experto en animales salvajes?

—Estuvimos casi un año viviendo juntos, ¿recuerdas?

Por la cara que puso la aludida supe que el comentario no le había hecho la menor gracia. De algún modo me lo iba a cobrar, menos tarde que temprano. Y con intereses.

La fuerza del aguacero, que minutos antes arreciaba en el exterior de la cueva estrellándose furiosamente contra la selva como un bombardeo, parecía estar disminuyendo por momentos, e incluso un tímido rayo de sol emergió por un breve instante entre las nubes, anunciando el fin de la tormenta.

—Lo importante —dije volviéndome hacia el profesor, y evitando de paso la mirada de Cassandra—, es que, a menos que se trate de una improbable coincidencia, este impermeable es la confirmación de que la expedición de su hija ha pasado por aquí.

El rostro del profesor Castillo reflejaba sin embargo una sombra de preocupación.

—Sí, es verdad —murmuró, sin dejar de mirar los cuatro desgarrones paralelos del chubasquero—. Pero... ¿qué les habrá pasado?

—Venga, profesor, no le dé más vueltas —terció Cassie—. Puede haber sucedido cualquier cosa, y además —añadió acercándole el impermeable—, si se fija verá que no hay manchas de sangre por ningún lado, de modo que seguramente nadie lo llevaba puesto cuando fue desgarrado.

—Es cierto —observó con patente alivio, y mirando a Iak, le preguntó—: ¿Dónde lo encontraste, amigo? ¿Había algo más allí aparte del impermeable?

El menkragnoti meneó la cabeza.

—Yo no ver nada. Yo encontrar eso ahí mismo —aclaró señalando la densa oscuridad en el interior de la gruta—, pero no ver nada más.

Para asegurarnos, nos adentramos en la cueva alumbrados por la mínima luz de mi mechero, en busca de indicios sobre quién —o cuándo— había estado allí. Pero al cabo de diez minutos de rebuscar en la penumbra sin hallar ningún otro rastro, llegamos a la conclusión de que aquella prenda debía haber sido llevada hasta ahí por algún animal. Posiblemente, concluimos, algún mono que se la hubiera encontrado en otro lugar.

—Lo extraño —dijo el profesor, pensativo, mientras nos dirigíamos de vuelta a la boca de la cueva—, es que por aquí no parece haber monos.

—Tiene razón —convine—. Cuanto más avanzamos, menos animales nos encontramos. —Me volví hacia Iak, que de nuevo sostenía el chubasquero entre sus manos—. ¿A qué crees que se debe? —le pregunté—. Es un poco raro, ¿no? Sobre todo, teniendo en cuenta que hay comida de sobra.

El menkragnoti, con la mirada fija en el impermeable amarillo, sólo alzó la vista al cabo de un buen rato, con el semblante nublado.

—Está ser tierra de muerte... —contestó en voz baja—. Tierra de morcegos, y por eso animales esconderse de ellos.

—¿Tierra de muerte, dices? Pues a mí no me lo parece —mentí flagrantemente señalando al exterior—. Esto más bien parece el paraíso de lo tranquilo que está.

—Un momento —se interesó el profesor acercándose—. ¿Dices que esto ya es tierra de morcegos? Entonces, eso significaría que no estamos lejos de la Ciudad Negra, ¿no?

El indígena de ojos azules se limitó a encogerse de hombros.

—Iak sólo saber que ciudad de los hombres antiguos estar en tierra de morcegos, y tierra de morcegos ser tierra de muerte.

—Estoy pensado que... —añadí rascándome la barba de una semana, enfrascado en mis propios pensamientos, ajeno al discurso del menkragnoti— aunque el impermeable lo haya traído un mono, no puede haberlo encontrado muy lejos de aquí. Lo que significa que, si la expedición de Valeria tomó otro camino siguiendo las coordenadas del diario, y ha pasado cerca de esta misma cueva...

—¡Es que hemos de estar cerca de las coordenadas de Z! —concluyó el profesor, entusiasmado.

En ese preciso instante, del exterior de la gruta nos llegó la voz de Cassie.

—Quizá tenga usted razón —dijo sin volverse, con la vista clavada en el horizonte—. Quizá tenga usted razón...

Intrigados, más por la extraña entonación de la voz que por las palabras de la arqueóloga, nos acercamos a la cornisa que desde el borde de la gruta dominaba los alrededores.

La lluvia ya había cesado casi totalmente y esporádicos rayos de sol atravesaban las nubes iluminando pequeñas porciones de selva, haciendo brillar como lentejuelas las infinitas gotas de agua que acumulaban en sus copas los árboles más altos. Desde nuestra privilegiada atalaya, algo por encima del techo de la jungla, podíamos ver cómo el paisaje se encontraba salpicado de pequeñas colinas o promontorios de diferentes formas y tamaños, totalmente cubiertos de árboles y esparcidos desordenadamente hasta donde se perdía la vista.

Entonces Cassie estiró el brazo y, señalando un punto a unos quinientos metros de la base del acantilado al que nos asomábamos, lo fue alzando hasta un lugar cercano al horizonte.

—Ahí hay algo —susurró.

Siguiendo con la vista la punta de su índice, alcancé a distinguir una franja de árboles algo diferente, como si allí la vegetación fuera menos densa que en el resto de la jungla. Dicha franja, que en principio supuse era el lecho de un río, transcurría entre aquellos promontorios como lo haría cualquier curso de agua. Pero había algo extraño en tal curso... algo incoherente, pero que aún tardé unos instantes en identificar lleno de asombro.

La llamativa línea de árboles señalada por Cassie, y que terminaba abruptamente dos o tres kilómetros más allá, era absoluta, inconfundible e inexplicablemente rectilínea.

35

Olvidándonos de comer, descansar o cualquier otra trivialidad parecida, descendimos el pequeño acantilado aprovechando las mismas lianas y enredaderas que habíamos usado para ascender, y una vez alcanzamos todos suelo firme, bajamos la colina, resbalando continuamente en el jabonoso barro reciente hasta llegar al pie de la misma.

En cuanto el terreno recuperó su horizontalidad, iniciamos a paso ligero el camino en dirección a lo que habíamos visto desde la boca de la cueva, moviéndonos de nuevo en fila india y siguiendo el rumbo que previamente había tomado con la brújula de Jack Fawcett. Una vez dentro de la selva se pierde la orientación con una facilidad pasmosa, y sin una vieja y fiable brújula de la que valerse —los modernos GPS no funcionan bajo la espesura de la jungla—, lo normal es acabar haciendo círculos o incluso caminando en dirección contraria a la que se pretende.

Por la corteza de los troncos más anchos todavía manaban pequeños regueros de agua, como de grifos a medio cerrar, y un intermitente chaparrón caía sobre el suelo encharcado, cada vez que una ráfaga de aire sacudía las copas de los árboles a decenas de metros por encima de nuestras cabezas.

—Por fin una ducha decente —bromeé mirando hacia arriba y abriendo los brazos—. Ya tenía ganas de quitarme todo este barro de encima.

—Pues que quieres que te diga —replicó Cassie a mi espalda—. Prefiero el barro a los mosquitos.

Al girarme para contestar, vi que se había quedado con los restos del impermeable y ahora lo usaba echado sobre los hombros con la capucha puesta. Solo le faltaba el cesto de comida para la abuelita.

—Como haya por aquí un lobo feroz daltónico, vas a tener problemas.

La mexicana me devolvió una sonrisa torcida.

—Caperucita era un poco pendeja.

—Y miope —añadí—. ¿Cómo puedes confundir a un lobo con tu abuela?

—Y la madre una irresponsable. Mira que mandar al bosque a su hija con un pinche cesto.

—Vamos, dejad de jugar y estad atentos —dijo el profesor aún más atrás—. Sea lo que sea que estemos buscando, debe de andar por aquí. No vayamos a pasarlo de largo.

Unos pocos pasos más adelante, Iak se agachó para palpar el terreno, apartando primero con un palo y luego con la mano, una delgada capa de humus y tierra. Sin necesidad de ponernos de acuerdo, los tres nos arrodillamos a su lado, apartando el barro con las manos.

Para nuestra decepción, lo único que conseguimos fue dejar al descubierto una gran laja de piedra sin inscripción alguna. Eso y ponernos otra vez de fango hasta las orejas.

—Pues nada —suspiró el profesor incorporándose—, habrá que seguir buscando.

—Lo que no sé —dijo Cassie observando el dosel de vegetación sobre nuestras cabezas, con desaliento—, es cómo vamos a darnos cuenta de que hemos llegado a la franja que hemos visto desde el acantilado. Desde allí se veía muy nítida, pero aquí abajo todo está demasiado sombrío y tupido como para distinguir nada.

Yo sin embargo, seguía con la vista clavada en aquella roca sospechosamente plana, y preso de una súbita inspiración me dispuse a despejar una mayor sección de suelo, apartando el lodo con los antebrazos a grandes paladas. Algo me decía que allí había algo más de lo que parecía a primera vista.

—Si tienes pensado limpiar toda la selva —apuntó Cassandra observándome con los brazos cruzados—, te advierto que te va a llevar un buen rato.

—Tú ser pecarí buscando comida —se mofó incluso el menkragnoti.

No me digné a contestarles, porque cuanta más superficie dejaba al aire, más clara se iba formando una imagen en mi cabeza.

—¿Me vais a ayudar —pregunté al fin levantando la vista—, o vais a quedaros ahí mirando?

—Pero que te ayudemos ¿a qué? —inquirió el profesor—. No tenemos idea de lo que estás haciendo.

—¡Pues tratar de despejar esto, caramba!

—Eso ya lo vemos —replicó—. Pero ¿para qué?

—Vosotros ayudadme, y ya lo veréis.

Mis amigos intercambiaron miradas de extrañeza, pero finalmente el profesor tras encogerse de hombros, se agachó de nuevo, siendo imitado al poco por Cassie y Iak, que aunque sin excesivo entusiasmo, volvieron a arrodillarse para echarme una mano. Gracias a ello, siguiendo mis indicaciones al cabo de un rato ya habíamos aclarado un área de casi cincuenta metros cuadrados, y dándome por contento les pedí que se pusieran de nuevo en pie, dando unos pasos atrás para contemplar el resultado con perspectiva.

—¿Qué os parece? —dije, exultante—. Alucinante, ¿no?

Cassandra dejó de sacudirse por un momento los pegotes de barro de la ropa, para levantar la vista.

—¿Alucinante? Yo ahí no veo nada.

—Yo tampoco —secundó el profesor—. Sólo un lecho de roca y piedras sueltas aquí y allá. No veo la parte alucinante por ningún sitio.

—Fijaos bien —insistí.

Iak aguzó la vista entrecerrando los ojos, e inclinando la cabeza hacia adelante acabó por decir.

—Parecer… un camino.

Entonces, la arqueóloga y el ex profesor repararon con nuevos ojos en la explanada salpicada de pequeños árboles que se abría ante ellos.

—Que me lleve el diablo si no tiene razón —musitó el profesor con sincera sorpresa.

—Es verdad —coincidió Cassie de inmediato—. Parece tener unos márgenes definidos... y una orientación clara —añadió acercándose de nuevo al terreno para estudiarlo más de cerca—. Y este lecho de roca... tiempo atrás debieron ser como grandes adoquines, encajados unos con otros.

Con los ojos como platos, la arqueóloga se giró hacia mí con un inusual brillo en la mirada.

—¿Cómo te has dado cuenta?

—Lo cierto es que tampoco tiene demasiado mérito —aclaré—. Simplemente me acordé de algunas calzadas romanas que conozco en España, que aún se usan como senderos de excursionistas después de dos mil años. El resto ha sido una asociación de ideas, que por suerte ha terminado siendo correcta.

—Sea como sea —dijo el profesor—, yo no habría caído en la cuenta de haber venido solo —y dándome un afectuoso codazo, añadió—: Al final, va a resultar que no eres tan tonto como pareces.

—Vaya, pues muchas gracias —repliqué no muy seguro de que aquello fuera un halago.

—Entonces, si hay un camino —apuntó Cassie, meditabunda—, significa que...

—Nadie construye una calzada así, para no ir a ningún sitio —afirmé con énfasis—. Esta es quizá la primera prueba real de que la Ciudad Negra no es sólo un mito, y que las afirmaciones de Jack Fawcett sobre Z en su diario no fueron desvaríos, y que...

—... y que mi hija está por allí —susurró el profesor conteniendo la emoción, con los pies sobre el camino de piedra y la mirada dirigida hacia el oeste.

36

Intimidados por el opresivo mutismo de aquella selva sin vida, avanzábamos siguiendo el difuso rastro del camino de piedra. En ocasiones, éste emergía de entre el barro mostrándose como una ancha calzada de varios metros de amplitud, pero por lo general no era más que una vaga sombra, una franja borrosa en la que los árboles parecían no decidirse a arraigar.

Otra curiosidad notable era que, contrastando con el trazo recto y prácticamente plano de la calzada de piedra, el terreno a ambos lados era cada vez más extraño. Un reguero de cúmulos y montículos de formas vagamente regulares, que salpicaban los márgenes a izquierda y derecha como una vieja escolta vencida por el tiempo.

A medida que avanzamos no sólo descubrimos que aquellos túmulos se hacían más frecuentes, sino que justo frente a nosotros, lo que habíamos tomado por una suerte de baja meseta desde la distancia, se revelaba gradualmente como un sólido entramado de arbustos espinosos, una suerte de seto ciclópeo, muy parecido al que habíamos atravesado tan arduamente al dejar el río. Bajo ninguna circunstancia íbamos a enfrentarnos de nuevo a algo así, y a ninguno de los presentes se le ocurrió siquiera insinuarlo.

Cuando finalmente alcanzamos el extremo de la calzada, que terminaba abrupta e inexplicablemente frente a aquel infranqueable muro vegetal, los cuatro nos detuvimos frente al mismo escudriñando los alrededores concienzudamente, para asegurarnos de que el camino no se desviaba a partir de ese punto.

—Esto es un callejón sin salida —juzgué con los brazos en jarras, desconcertado al no encontrar nada—. ¿Para qué construiría nadie un camino que no lleva a ningún sitio?

—Quizá... —sugirió el profesor— nos hemos pasado de largo.

—¿Qué quiere decir?

—Pues que, a lo mejor —reflexionó mirando hacia atrás, por donde habíamos venido—, nos hemos saltado alguna especie de desvío que no estuviera a la vista. Un desvío que llevara a las verdaderas ruinas de Z. Hemos dado por hecho que ésta era una vía principal y a lo mejor estamos equivocados. Quizá se trate del final de un camino secundario.

Cassandra carraspeó sonoramente en señal de desacuerdo.

—¿Usted imagina lo que debió suponerles construir una calzada de piedra así, en mitad de la selva? —arguyó señalando el suelo—. Eso que usted dice sobre un camino secundario, si me permite decírselo, es una soberana tontería.

—¿Ah, sí? —replicó algo molesto—. ¿Acaso se le ocurre una teoría mejor, señorita Brooks?

—Pues en efecto —afirmó, segura de sí misma—, se me ocurre otra explicación, y además mucho más sencilla. ¿Y si al fin y al cabo... ya hemos estado en Z?

El profesor Castillo entrecerró los ojos, como aparentando haber oído mal.

—¿Perdón?

—Pensadlo —nos instó la mexicana apuntando al camino por el que habíamos venido—. Llevamos varios kilómetros caminando por una calzada de piedra totalmente recta, rodeada de túmulos y montículos, que bien podrían ser todos ellos las ruinas de estatuas o de pequeños edificios. En mi opinión, creo que hemos estado paseando a través de la Ciudad Negra sin siquiera darnos cuenta.

—Pero... —se resistía el profesor—. ¿No están esos montículos demasiado desperdigados para ser los restos de una ciudad? A mí me parecía más bien un parque algo descuidado sembrado de montones de tierra, no he visto la concentración de restos que cabría esperar en un caso así.

—¿En un caso así? —inquirió la arqueóloga con ironía—. ¿Habla en serio? ¡Tan sólo lo que esta calzada representa ya es algo excepcional! No tenemos ni idea sobre quiénes vivieron aquí —prosiguió apenas tomando tiempo para respirar y señalando a nuestro alrededor—, o por qué construyeron lo que sea que construyeron en mitad de esta selva. A lo mejor no les gustaba hacer edificios, no tenían templos o, a excepción de las estatuas, lo construían todo con madera y adobe, y por eso ya no queda nada más. En realidad no sabemos nada de nada, profesor, así que suponer que lo que hemos visto ahí atrás no son los restos de una ciudad, porque no se parecen a las ruinas del Partenón, sería extremadamente arrogante por nuestra parte... por no decir otra cosa.

Cassie quedó exhausta tras su perorata, y el profesor Castillo guardó un cauto silencio, poco inclinado a despertar de nuevo la indignación de la apasionada mexicana.

—¿Y tú qué dices, Iak? —se me ocurrió preguntarle a nuestro guía, con curiosidad por saber su opinión—. ¿Crees que el lugar por donde hemos venido, es la Ciudad Negra de la leyenda?

El indio de ojos azules dejó escapar un bufido.

—Yo no saber —dijo al cabo de un momento—. Pero leyenda hablar de gran ciudad, como nunca nadie construir antes. Hablar de reyes de todos los pueblos que venir a ver grandes templos, y adorar a sus dioses durante mucho tiempo.

—Siendo así —dijo el profesor mirando de reojo a Cassandra—, eso descartaría una ciudad construida de madera y adobe.

—Yo no me daría tanta prisa en afirmarlo —repuso Cassie, renuente a abandonar su hipótesis—. De lo que él habla, es de una simple leyenda indígena.

—Bueno —sonreí pensando en el lado humorístico de todo aquello—. Al fin y al cabo, es por esa simple leyenda indígena por lo que hemos acabado todos aquí, ¿no?

Un buen rato más tarde, el profesor y Cassie seguían enrocados en sus conjeturas, enzarzados ahora en un bizantino debate sobre la arquitectura en las edificaciones mesoamericanas. Mientras, Iak se mantenía en cuclillas al borde de la calzada con la mirada perdida en el infinito, y yo centraba mi atención en el muro vegetal que teníamos enfrente, así como en el sendero de piedra que se perdía al pie del mismo.

Fue entonces cuando se me pasó por la cabeza una idea absurda que decidí poner a prueba. Sin decir palabra, tomé el machete de las manos de Iak, me aproximé a la pared de arbustos, bejucos y enredaderas y descargué un golpe seco sobre la liana más cercana, que se partió en dos limpiamente dejando escapar un fino hilo de agua.

De pronto, mis amigos dejaron de discutir y me miraron con extrañeza.

—Pero ¿qué haces? —me interpeló el profesor al verme enfrentar la intimidante espesura como Don Quijote a los molinos.

—¿Es que has perdido la cabeza? —se burló la mexicana, por su parte—. Las lianas no tienen culpa de nada.

Ni me molesté en contestar. Si me equivocaba, ya habría tiempo para que se mofaran de mí más adelante.

El afilado machete cercenaba la impenetrable vegetación como un cuchillo un pastel de cumpleaños, aunque a cada golpe rezaba para no toparme con alguna serpiente venenosa, a las que les encanta esconderse en lugares así. Por ello, permanecía atento tanto a las lianas que pendían sobre mí como en dónde ponía los pies, no fuera a acabar metiendo la bota donde no debía.

Entonces, tras abrirme paso varios metros a través de la maleza, me percaté de que estaba pisando la calzada de piedra.

Justo lo que había imaginado.

El camino aún estaba ahí.

Me giré inmediatamente para comunicarles el descubrimiento a mis amigos, y me encontré con que, en silencio, el profesor, Iak y Cassandra me observaban asombrados desde la entrada del angosto pasadizo.

Gateando a cuatro patas porque no había espacio para más, como un minero me abría paso por el ceñido túnel que arduamente iba excavando, con unos machetazos que cada vez eran menos contundentes. Al cabo de veinte minutos de forcejear con la madre naturaleza, ya sentía el brazo derecho agarrotado por el esfuerzo.

—Cada vez está más oscuro aquí dentro... —murmuró Cassie a mi espalda.

—Yo no veo por donde voy —protestó a su vez el profesor, también en voz baja—. Como haya una serpiente por aquí, seguro que acabo pisándola.

—Tranquilo, profe —dije apoyándome en el machete y tomándome unos instantes para respirar—. Si me tropiezo con alguna, se lo haré saber con un buen grito de agonía. Y por cierto, me parece ver un rastro de luz justo delante.

—¿Ves luz? —preguntó Cassandra—. Entonces, ¿a qué estás esperando? ¡Vamos, no te pares!

—Dame un momento para que reponga fuerzas, casi no siento el brazo.

—Ni hablar, güey, ya descansarás luego —me apremió alzando la voz—. Tienes que sacarnos de aquí rápidamente.

Después de convivir con la rubia arqueóloga, sabía que más me valía hacerle caso antes que cabrearla. Así que, apretando los dientes, comencé a machetear de nuevo con todas mis energías, abriendo camino hacia un mínimo rayo de sol que aparecía y desaparecía entre el follaje.

Por fin, ya a punto de rendirme, la vegetación comenzó a clarear y, tras unos últimos tajos en los que tuve que usar ambas manos para golpear con la fuerza suficiente, conseguí abrir un pequeño hueco.

Como si acabara de alcanzar la superficie después de una larga inmersión, saqué la cabeza por el agujero para respirar aire fresco, cegado por la luz del sol tras casi media hora sumido en la completa oscuridad.

Entonces, paulatinamente empecé a recuperar la vista.

Primero sombras y luces.

Luego, formas difusas y colores.

Pero cuando finalmente logré ver con claridad lo que tenía justo delante de mis narices, me negué a creer lo que mis ojos me estaban diciendo.

Era al mismo tiempo, algo demasiado real y demasiado fantástico como para poder aceptarlo.

37

Atropelladamente, el resto del cuarteto irrumpió ansiosamente por la estrecha gruta vegetal justo tras de mí.

La reacción de todos ellos, no fue otra que la incredulidad.

Absoluta y categórica incredulidad.

Ni en la más desbocada de sus fantasías sobre cómo podrían ser las ruinas de Z, habrían alcanzado a imaginar un lugar como aquel.

No se parecía a nada que yo hubiera visto antes, y por la expresión de sus caras, dudé que Cassie o el profesor Castillo hubieran contemplado jamás algo ni remotamente parecido.

Desde donde estábamos, insinuándose entre la espesa jungla e incluso asomando por encima de la misma, se adivinaban media docena de construcciones de piedra que, aunque derruidas, terriblemente erosionadas y cubiertas por el manto por la selva, no me cupo duda de que se trataba de los restos de edificios de alguna clase.

El más cercano incluso tenía una planta innegablemente cuadrada, y de sus escombros emergían columnas cercenadas por las que trepaban las enredaderas.

Pero esa era solamente la que teníamos más próxima.

Otras estructuras que se alcanzaba a entrever, mostraban una apariencia aún más definida e inexplicable. Una de ellas, por ejemplo, parecía la peana de un gran obelisco de reminiscencias egipcias, cuyos restos descuartizados se extendían a sus pies envueltos en un sudario de hiedra.

Aunque sin duda alguna, lo que definitivamente nos dejó boquiabiertos, fueron dos empinadas montañas de formas regulares situadas a izquierda y derecha, cubiertas por una densa trama vegetal, pero en las que se presagiaba la estructura subyacente de dos pirámides escalonadas, que se elevaban majestuosas más allá de la copa de los árboles.

La más cercana de ambas pirámides, la que se encontraba a nuestra izquierda, se apoyaba sobre una amplia base de cincuenta o sesenta metros de ancho, elevándose escalón a escalón en un ángulo de casi cuarenta y cinco grados hasta que, en la última terraza, parcialmente oculto, un gran cubo de piedra negra asomaba escrutador sobre el techo de la selva.

Abrumada por lo que tenía ante sí Cassandra, literalmente, se cayó de espaldas de la impresión. La mexicana se quedó allí tal cual, sentada en el suelo, completamente superada por las circunstancias.

El profesor Castillo, aunque conservando a duras penas la verticalidad, balbuceaba frases inconexas señalando a diestro y siniestro con ojos desorbitados y mano temblorosa.

Mientras tanto, nuestro amigo menkragnoti se puso de cara al sol y empezó a recitar una letanía de plegarias en su intrincado idioma, pasándose las manos por la cara repetidamente y elevándolas al cielo, quién sabe si dando gracias o pidiendo disculpas por estar ahí.

—Pues si esto no es la Ciudad Negra… —murmuré entonces, saliendo a duras penas de mi propio estupor— debe parecérsele mucho.

Así estuvimos Dios sabe cuánto tiempo, fascinados, hipnotizados por el inconcebible espectáculo que se desplegaba ante nosotros.

Si no hubiera sido por Iak, que nos hizo notar que el sol comenzaba a ponerse sobre el horizonte y necesitábamos encontrar un lugar donde pasar la noche, ahí nos habríamos quedado embobados durante horas, sin movernos del sitio.

Finalmente proseguimos nuestro avance por la calzada de piedra con pasos cautelosos y en completo silencio, intimidados por las estructuras que se levantaban a nuestro alrededor; advirtiendo quizá, que aquella ciudad en ruinas era un lugar sagrado que transgredíamos con nuestra presencia. Como un Olimpo, en el que hubiéramos irrumpido sin llamar a la puerta.

—¿Lo oís? —susurré volviéndome hacia mis amigos y llevándome la mano a la oreja.

Los tres se detuvieron un instante para prestar atención, y al cabo de unos segundos menearon la cabeza casi a la vez.

—Yo no oigo nada —comentó Cassandra en voz baja.

—Exacto. Absolutamente nada, como un cementerio.

—Bueno —alegó el profesor—. Eso hace ya días que pasa, ¿no?

—No tan exageradamente —insistí—. Aquí ya no se oye nada de nada, ni tan siquiera a los insectos. El silencio es absoluto.

El profesor volvió a prestar atención de nuevo y enseguida asintió.

—Es cierto —confirmó con inquietud—. No se oye ni el viento.

—Tierra de morcegos, tierra de muerte... —canturreó Iak visiblemente nervioso, y sin dejar de mirar a todos lados—. Tierra de morcegos, tierra de muerte...

—Me está empezando a poner nerviosa el cuate, con la cancioncita de los morcegos —renegó la mexicana.

—Ya somos dos —confesó el profesor.

—Venga ya —les increpé amistosamente—. Estoy seguro de que lo de los morcegos es sólo una leyenda para mantener alejados de este lugar a los extraños.

—¿Una leyenda... como la existencia de esta ciudad? —replicó Cassie.

—A ver, pensadlo. ¿Habéis visto algún campo sembrado desde que salimos del río? ¿Trazas de senderos? ¿Marcas territoriales? —argumenté—. La presencia humana siempre deja rastros, aunque sean mínimos ¿Qué tribu podría vivir en un territorio tan apartado, sin disponer de caza ni mantener cultivos?

Era una pregunta retórica, pero el menkragnoti se apresuró a contestar.

—Morcegos no ser tribu.

Los tres nos volvimos hacia él.

—Morcegos ser... —tomó aire, y con voz grave, concluyó—: morcegos —y se quedó tan ancho.

Poco después, cuando ya los últimos rastros del ocaso se difuminaban sobre nuestras cabezas, nos encaminamos a la pirámide más cercana a pesar de las reticencias de Iak. Decidimos que sería un buen lugar para pasar la noche, si lográbamos alcanzar su base antes de que la oscuridad se adueñara de la jungla.

Con unas gruesas ramas verdes a modo de empuñadura, que abrimos en cuatro partes por uno de sus extremos, encajamos en cada una de ellas un puñado de ramas secas y, añadiendo algo de resina para que prendieran con facilidad, fabricamos unas precarias antorchas. De ese modo tan simple, como una expedición de modernos trogloditas, llegamos al pie de la pirámide y comenzamos a subir por su costado, agarrándonos de las lianas y los árboles que la cubrían.

Por fin, más de media hora después y ya bajo el manto de la noche cerrada, alcanzamos la cima y nos sentamos todos en su borde, extenuados y empapados en sudor, apenas iluminados por la luz amarillenta de nuestras consumidas antorchas.

—No me puedo creer… —resopló Cassie dejando entrever la emoción que le embargaba— que esté sobre la cima de una pirámide… ¡En la selva del Amazonas!

—Pues yo no me puedo creer —bufé— que no se les ocurriera poner una escalera.

—Deberíamos echar un vistazo dentro —dijo el profesor incorporándose con gran esfuerzo—, antes de que se apaguen las antorchas.

Imitándolo nos pusimos en pie, encarándonos a la enigmática estructura de piedra que coronaba la pirámide.

Se trataba de una especie de cubo de granito de unos nueve metros de lado, erosionado por los elementos hasta el punto de haber redondeado sus esquinas y borrado cualquier relieve que hubiera en su pared exterior. Una pared que, como señalaron Cassie y el profesor con emoción mal contenida, al parecer había sido levantada usando grandes bloques de piedra de diversos tamaños y formas, pero que encajaban a la perfección unos con otros sin necesidad de ningún tipo de cemento o masilla.

El historiador y la arqueóloga no hacían más que repetir una y otra vez, mientras pasaban la mano por aquella piedra oscura, que aquél tipo de arquitectura era exclusivo de las culturas andinas, y que podían encontrarse estructuras idénticas en Cuzco o Sacsahuamán, en Perú.

En mi caso, me hizo pensar en un descomunal Tetris de piedra negra, en el que cada pieza pesaba mil toneladas.

Era en definitiva una estructura sobria, severa, atemporal, carente de cualquier tipo de adorno superfluo. Como si su sola existencia fuera suficientemente aclaratoria y no necesitara de justificación alguna para ser admirada. Un cubo casi perfecto, excepto por un extravagante pórtico de forma pentagonal con la altura de un hombre, tétrico e intimidante, que de ningún modo invitaba a adentrarse en su interior.

Pero allí estábamos los tres plantados —con el receloso Iak a nuestra espalda—, intercambiando miradas de duda y excitación, sin decidirnos a entrar en aquel extravagante cubo de granito negro.

Hasta que finalmente Cassandra se adelantó, murmurando entre dientes:

—Este es un pequeño paso para el hombre… —parafraseó—. Pero un gran paso para esta mujer.

Y sin pensárselo dos veces, se adentró en las tinieblas con sólo las brasas de su exhausta antorcha alumbrándole el camino.

38

Siguiendo los pasos de la mexicana, el profesor y yo nos encontramos con ella en el centro de la estancia que, por lo poco que alcanzábamos a ver, se trataba de una cámara completamente vacía, en la que sólo unas pocas plantas enredaderas habían logrado adentrarse.

—Aquí no parece haber nada —susurró Cassandra mirando decepcionada a su alrededor.

El profesor avanzó cautelosamente unos pasos, como para comprobar las palabras de Cassie.

—Quizá era un aposento real —aventuró—. Si fuera un templo aquí debería haber algún tipo de altar, ya sea para hacer ofrendas o sacrificios.

—Puede ser —concedió la arqueóloga acercándose al profesor—, pero tenga en cuenta que aún no sabemos nada sobre los constructores de este lugar. Vaya usted a saber, quizá no tenían ni dioses.

Aun con tan poca luz, pude ver claramente cómo mi viejo amigo se volvía hacia Cassandra con una sonrisa socarrona.

—¿Hablas en serio? ¿Cuántas civilizaciones conoces que no hayan adorado o adoren a algún tipo de deidad?

—Venga, dejaos de adivinanzas —les reclamé—. Primero asegurémonos de que no hay bichos aquí dentro, no vayamos a llevarnos un susto a medianoche.

Atendiendo a mi sugerencia, dejaron el debate sobre religiones para más tarde, y moviéndose precavidamente por la tenebrosa estancia con las agonizantes antorchas a ras de suelo, trazaron arcos delante de ellos.

Mientras tanto Iak seguía sin atreverse a cruzar el umbral de la cámara, y aunque le insté a que lo hiciera asegurándole que nada había que temer allí dentro, negó con la cabeza en cada ocasión sin dar explicaciones. Al cabo de un par de intentos, encogiéndome de hombros acepté los recelos del indígena y me dirigí a la pared del fondo.

Al igual que mis dos amigos, barría el suelo de piedra y tierra suelta con la pequeña llama de la antorcha, aunque estaba seguro de que, por alguna razón que se me escapaba, ningún animal de cualquier tipo habría hecho de aquel cubo su morada. Al llegar a la pared del fondo sin ver nada arrastrándose por el suelo confirmé mis sospechas, así que con un crujir de espalda me enderecé, levanté la antorcha y alcé la vista en dirección al techo.

Casi me muero del susto.

—¡Profe! ¡Cassie! —grité amplificándose mi voz exageradamente entre aquellas cuatro paredes.

—¿Qué pasó? —inquirió alarmada la mexicana, al otro lado de la estancia.

—¿Una serpiente? —preguntó el profesor, sobresaltado—. ¿Hay una serpiente?

—No, no es ninguna serpiente —contesté tratando de bajar el volumen—. Tenéis que ver esto.

—¡La gran púchica, Ulises! —me reprochó molesta Cassandra, llevándose la mano al corazón—. ¡Menudo susto me has dado!

—¿Qué es lo que quieres que veamos? —quiso saber el profesor acercándose a mi espalda y soltando un juramento, al ver lo mismo que yo estaba viendo.

A cosa de un metro por encima de mi cabeza, cincelados en la piedra y enmarcados en un rostro deformado en una expresión maléfica, un par de ojos enormes me contemplaban irradiando ira. Bajo una nariz ancha y achatada, donde debería haber estado la boca, algo parecido a las pronunciadas mandíbulas de un simio sobresalían del cráneo, exhibiendo con las fauces abiertas unos afilados colmillos propios de un depredador. Todo ello, por lo demás, encajado en una cabeza que no se me ocurriría definir de otra manera que grotesca, pues a partir de las anchas mandíbulas todo el cráneo parecía estrecharse hacia arriba, alargándose exageradamente para terminar rematado en una protuberancia sobre la coronilla.

Sin embargo, para mi sorpresa no fue el grabado de aquel monstruo de película de serie B lo que llamó la atención de Cassie y Eduardo, sino unas curiosas marcas en forma de rayas y puntos, que a modo de cenefa rodeaban la imagen como el marco de una foto familiar.

El profesor Castillo, con mano temblorosa, pasó la yema de los dedos por encima de las mismas, como haría un ciego leyendo braille.

—Sé que no es... posible —balbució, incrédulo—. Pero esto parece...

—Sí que lo parece —apuntó Cassandra con la voz también quebrada por la emoción—. Sin duda lo parece.

—Pero ¿cómo puede ser? —objetó el profesor negando con la cabeza y dando un paso atrás—. Nunca... Nadie... Pero ¿cuándo... por todos los santos? ¿Cuándo?

—Quién sabe —arguyó la mexicana, apenas conteniendo su turbación—. Pero el caso es que lo tenemos justo delante, y eso no se puede negar.

—Esto... —les interrumpí alzando el dedo—. ¿Os importaría explicarme de qué estáis hablando?

Los dos se giraron hacia mí, estudiándome con algo más que extrañeza. Si los ojos hablaran, aquellos dos pares me habrían puesto de zoquete para arriba.

—¿Es que no lo ves? —preguntó el profesor señalando las marcas de cenefas.

—Veo palitos y puntos.

—Esos palitos y puntos... —explicó mi viejo amigo—, son un tipo de escritura.

—¿Escritura? —inquirí, extrañado, acercando la vista un poco más—. ¿Cómo sabe que no son simplemente puntos y rayas sin sentido?

—Por los patrones, güey —contestó en su lugar la arqueóloga, señalando los símbolos—. ¿No te das cuenta de que se repiten y varían su estructura, como en un texto las letras de un alfabeto?

—¿Un alfabeto?

—Un alfabeto similar al cuneiforme, para ser precisos —aclaró el profesor cada vez más excitado.

—De acuerdo —admití tras fijarme en la pared durante unos instantes—. Hemos encontrado un alfabeto parecido al cuni...

—Cuneiforme —corrigió Cassandra.

—Eso, cuneiforme. Pero, a riesgo de que me insultéis... ¿Y qué? Los mayas tenían su escritura basada en glifos y los incas también la suya con los quipus ¿Qué tiene de extraordinario que estos escribieran con puntos y rayas?

Cassandra puso los ojos en blanco, mientras el profesor miraba al cielo pidiendo paciencia.

—No hay ninguna civilización conocida en América —dijo este último suspirando—, que haya tenido un tipo de escritura como ésta. Se trata de algo único en todo el continente, un hecho excepcional ¡Más que excepcional! —se enmendó a sí mismo—. ¡Es sencillamente imposible!

—Ya, bueno... si usted lo dice. Pero de alguna manera tendrían que escribir, digo yo, ¿no?

—Sí, sí, claro. Pero ¡lo inaudito es que lo hicieran con algo tan semejante al alfabeto cuneiforme!

Por más que lo intentaba no acababa de ver la parte increíble del asunto, y supongo que debía reflejarse en mi expresión, porque Cassandra me miró con fijeza y preguntó con inesperada dulzura:

—No tienes ni idea de lo que es el alfabeto cuneiforme, ¿verdad?

—Ni la más remota.

La arqueóloga intercambió una mirada con el profesor, y éste carraspeó un par de veces antes de hablar.

—A ver por donde empiezo... —dijo rascándose la barba—. Verás, resulta que esta escritura es la evolución de los pictogramas prehistóricos en que se dibujaban hombres, animales u objetos para describir algo. Poco a poco se fueron esquematizando, hasta que quedó en lo que ves aquí: rayas verticales y horizontales, y algo parecido a puntos pero que, si te fijas bien, son como pequeños triángulos. ¿Me sigues?

—Claro que le sigo. Que no sepa de arqueología no significa que sea tonto.

—Está bien. Pues la escritura cuneiforme es conocida desde el siglo xvii, pero no fue perfectamente traducida hasta 1913, cuando Aaron Bartonin en su libro...

—Perdone que le interrumpa, profe. Acaba de decirme que nunca se ha encontrado esta escritura anteriormente.

—En América, Ulises —subrayó—. Nunca se ha encontrado *en América.*

—¿Me quiere decir… que esta escritura proviene de otro lugar?

El antiguo profesor de historia medieval ensanchó una sonrisa exultante.

—Exactamente, amigo mío. La escritura cuneiforme es la más antigua que se ha descubierto, y hasta el día de hoy, sólo había sido encontrada en los yacimientos arqueológicos de la antigua Sumeria.

Me costaba creer lo que estaba oyendo. Aunque la historia antigua no era exactamente mi fuerte, recordaba que la civilización sumeria había surgido y desaparecido hacía ya mucho tiempo a orillas del Tigris y el Éufrates. Justo donde hoy día se encuentra Irak.

—¿Se está refiriendo —pregunté, atónito— a la Sumeria de Mesopotamia, en Oriente Medio?

—Que yo sepa no hubo otra.

—Pero eso fue hace mucho tiempo, ¿no?

Entonces el profesor miró a la arqueóloga, y la invitó con un gesto a que me contestara.

—Las fechas son aproximadas —dijo ésta—. Pero los textos cuneiformes más antiguos encontrados hasta el momento, se calcula que fueron escritos hace más de cinco mil años. Una época muy anterior —añadió, con las pupilas dilatadas de pura excitación—, a la de cualquier civilización americana de la que tengamos conocimiento.

—Aunque el *cuándo,* amigo mío —apuntó el profesor apoyando la mano en mi hombro—, no es la pregunta más importante.

De inmediato, supe a qué se refería.

—La pregunta es el *cómo.*

—Exacto. —Sonrió, satisfecho como un maestro ante la certera respuesta de su alumno—. ¿Cómo pudo llegar hasta este lugar, un tipo de escritura utilizada en el otro extremo del mundo, miles de años antes de que Cristóbal Colón pusiera un pie en este continente? —Respiró profundamente y dirigió de nuevo la mirada hacia aquellos incomprensibles símbolos—. *Esa,* es la pregunta.

39

La llama de las antorchas no duró mucho más esa noche. De modo que sin luz, ni lugares de donde colgar las hamacas, terminamos los tres durmiendo en el duro suelo. Iak, aún intimidado por el lugar, siguió negándose a entrar en la lóbrega estancia y prefirió dormir al raso, frente a la entrada.

Fue una larga e incómoda noche. A pesar del bochorno reinante, el suelo de piedra aparte de duro, resultó ser bastante frío, y en el relente de la madrugada acabé estornudando varias veces, rezando para que llegara pronto el nuevo día y así volver a calentarme.

Aunque a la postre, no fue la luz de la mañana lo que me despertó de madrugada, sino una salmodia que provenía del exterior de la cámara, iluminada en ese momento por una fantasmal luz anaranjada que anunciaba el amanecer.

Frotándome los ojos, me incorporé dolorido por lo granítico del colchón y di unos pasos vacilantes hacia la entrada, intrigado por aquella extraña letanía.

Al llegar al umbral, cegado por la esfera incandescente del sol despuntando por el este, me volví a frotar los ojos de nuevo, apretando los párpados con fuerza, en un intento por desembarazarme de la niebla del sueño.

Estiré los brazos, curvé la espalda hacia atrás, bostecé sonoramente… y me quedé petrificado. Así, tal como estaba, cual Cristo boquiabierto.

A mi derecha, en una esquina de la terraza sobre la que se levantaba la gran cámara de piedra, Iak se arrodillaba cara al sol naciente alzando y bajando las manos en señal de alabanza, entonando fervorosamente el cántico que me había despertado.

Pero no era eso ni mucho menos, lo que me había dejado atónito.

Desde mi privilegiado mirador, y por encima del mar de selva que se extendía en todas direcciones hasta el horizonte, pude contemplar por primera vez lo que, aún sin saber una palabra del tema, comprendí que se trataba de algo extraordinario.

A mis pies se extendían multitud de ruinas de edificios, velados por el manto de la selva pero aún reconocibles, de lo que debió ser una fastuosa metrópoli repleta de templos, monumentos y palacios, quizá comparable en magnificencia con Babilonia o Angkor Wat.

Lo que la tarde anterior habíamos entrevisto a nivel del suelo, no era más que una mínima parte del total de construcciones que se intuían y a veces asomaban, entre los árboles de la jungla. El gris oscuro de la piedra de algunos edificios, podía vislumbrarse en las áreas donde la vegetación era más escasa, y contabilizando simplemente los que se insinuaban en las cercanías de la pirámide, era fácil presumir que habría decenas de ellos repartidos por los alrededores.

No pocos obeliscos como el que habíamos visto al llegar, se alzaban aquí y allá. Algunos más grandes que otros, otros más sólidos que algunos, e incluso una pequeña parte de ellos aún permanecían erguidos, demostrando haber resistido orgullosos el paso del tiempo.

Aunque lo más llamativo de aquella ciudad en ruinas eran, sin duda, sus fabulosas pirámides.

Desde donde estaba podía ver hasta diez de ellas. Alguna de forma triangular y amplia base, pero levantada en un ángulo obtuso; otra escalonada, muy parecida a la que ocupábamos en ese momento, y unas pocas consistentes en tres o cuatro inmensas moles cuadradas, cada una menor que la inferior, colocadas una encima de otra.

Entonces, y mientras seguía absorto en aquella fantástica visión, oí unos pies arrastrándose cansados que se vinieron a detener a mi lado.

—¡Oh, Dios mío! —exclamó súbitamente la voz del profesor.

Pocos minutos más tarde —mientras el menkragnoti proseguía con sus plegarias—, ya nos habíamos reunido los tres frente al increíble paisaje que se desplegaba ante nosotros. El profesor Castillo y Cassie, apenas repuestos de la impresión inicial, señalaban a diestro y siniestro adjudicando orígenes y estilos arquitectónicos a todo lo que veían; que si tal torreón era similar al de los mayas del Yucatán, que si las pirámides de tres pisos eran más bien Zigurat mesopotámicos, que si los obeliscos eran como los del Imperio Antiguo egipcio...

Tuve claro que, si no zanjaba el asunto, entre ellos dos debatiendo sobre diseño arquitectónico y el otro saludando al sol de la mañana, allí nos iban a dar las uvas.

—Tengo hambre —les interrumpí, sin que me hicieran el menor caso.

Suspiré ruidosamente, pero tampoco se dignaron a mirarme.

En cambio, la mexicana me tomó del brazo y señaló al lugar por donde habíamos accedido a la ciudad.

—¡Es un muro! —exclamó.

—¿Qué?

—Un muro, Ulises —insistió—. Lo que atravesamos ayer para entrar en la ciudad, no era otra cosa que la entrada de una muralla oculta por la maleza. Fíjate bien.

De mala gana seguí la dirección que señalaba su dedo, y efectivamente, algo que parecía un elevado y sólido muro, no sólo se alzaba perpendicular a la calzada que se internaba en la ciudad, sino que siguiéndolo con la mirada era evidente que la rodeaba en su totalidad, como una muralla china oculta bajo el lujurioso verdor de la Amazonia.

—De acuerdo, me parece muy interesante todo lo que estáis diciendo —admití, impaciente—. Pero me temo que estáis pasando por alto lo más importante.

El profesor y Cassie intercambiaron una mirada dubitativa.

—¿A qué te refieres? —preguntó entonces el profesor oteando el horizonte por encima de sus gafas, como si en la lejanía se hallara la respuesta—. ¿Es que hay algo que aún no he visto?

—No me lo puedo creer... ¡Su hija! —exclamé señalando hacia la selva que nos esperaba abajo—. ¡Hemos venido a buscar a su hija!

Acarreando nuestro escaso equipaje, consistente en los restos de un chubasquero amarillo, los aperos de caza de Iak, y una pequeña mochila roja con cuatro prendas dentro, iniciamos el descenso de la pirámide descolgándonos de los escalones como bebés bajándonos de una silla.

Al llegar de nuevo al nivel suelo, empapados en sudor por el esfuerzo, y tras un aterrizaje final poco decoroso del profesor —que le supuso unas pocas magulladuras y risas mal disimuladas por mi parte—, enseguida me di cuenta de que algo había cambiado.

—Humm... qué raro —murmuré apoyando el pie en el suelo y levantándolo varias veces.

Cassandra, justo a mi lado, me observó con extrañeza.

—Se llama huella —apuntó con sorna—. Pero a menos que hagas una en la luna creo que no tiene demasiado valor.

—Gracias por tu valiosa aportación —contesté con una falsa sonrisa—, pero fíjate en esto.

—Lo veo. Es la marca de tu bota en el barro —repitió con un punto de hastío.

—¿Es que no lo ves? Mira lo que pasa. —Entonces hundí la mano en el fango con todo mi peso, y la retiré—. ¡Se llena de agua!

La mexicana me miró como si me estuviera atribuyendo el descubrimiento de la sopa de ajo.

—Híjole, Ulises. ¿Es que ya no te acuerdas del aguacero de ayer? Es normal que el suelo esté empapado.

—Sería normal si ayer a última hora hubiera estado así, pero no es el caso. Tras el chaparrón, la tierra estaba húmeda —afirmé señalando alrededor—. Pero hoy sin embargo, está encharcada.

—¿Y?

En ese momento se acercó el profesor, para saber por qué estábamos discutiendo. Le expliqué mi descubrimiento y, al contrario que Cassie, su reacción fue todo menos despreocupada.

—Maldita sea... —masculló pasándose la mano por su escaso pelo—. Está sucediendo.

—¿Qué es lo que está sucediendo? —inquirió la arqueóloga, ya con la mosca detrás de la oreja—. ¿Me podéis explicar de qué diablos va todo esto?

—¿Es que ya te has olvidado de la presa que han levantado río abajo? —le espeté—. ¡La selva está empezando a inundarse!

Cassandra abrió los ojos desmesuradamente, comprendiendo al fin.

—Pero eso no sucederá hasta dentro de semanas —replicó volviéndose hacia el profesor—. ¡Usted lo dijo!

—Un momento —adujo levantando las manos—. Dije que podrían trascurrir semanas hasta que sucediera, pero sólo era una suposición. Si en la cabeza del cauce, a cientos de kilómetros de aquí, ha estado lloviendo más de lo normal... todo podría ocurrir mucho más rápido.

—¿Cuánto más rápido?

Sin contestar a la pregunta, el profesor Castillo se volvió hacia el camino de piedra que nos había traído allí, respiró hondo y comenzó a andar a paso ligero sin mirar atrás.

—Muy rápido —le oí murmurar mientras se alejaba—. Demasiado rápido...

Al cabo de muy poco, volvimos a ser conscientes de la opresiva quietud que envolvía el lugar. Sólo el ocasional zumbido de algún pequeño insecto se mezclaba con el rumor de nuestros pasos sobre la hojarasca, que cubría como una alfombra la calzada por la que caminábamos con pasos vacilantes, como de astronautas hollando un nuevo mundo. Mientras, a ambos lados del camino se veían unas veces, y otras tan sólo se intuían a causa de la fronda que los envolvía, los restos derruidos de los edificios que habíamos visto momentos antes desde la cima de la pirámide.

Por lo general eran sólo restos amontonados, de lo que quizá alguna vez fueron orgullosas construcciones, como piezas de un Lego gigante destrozado a manotazos por un niño. Pero en ocasiones, parte de estructuras aún en pie asomaban entre los escasos resquicios del follaje, dejando a la vista sólidas columnas redondeadas o dinteles labrados con aquella abigarrada escritura cuneiforme, que me sorprendía alguien hubiera sido capaz de descifrar alguna vez.

Era una ciudad fantasma por la que deambulábamos sobrecogidos como niños perdidos, tratando de imaginar cómo debió ser el lugar cuando sus calles bullían de ajetreo, y los edificios construidos con descomunales bloques de granito pulido reflejaban la luz del sol ecuatorial.

—Es lo más impresionante que he visto en mi vida —susurré profundamente conmovido.

Cassandra caminaba justo delante de mí, mirando a todas partes con ojos alucinados.

—La palabra impresionante se queda muy corta para esto —dijo en voz baja, sin siquiera volverse.

—Estoy de acuerdo —murmuró el profesor contemplando absorto la grandiosidad que le rodeaba—. Aunque hay una cosa que no me explico.

—¿Sólo una? —pregunté, divertido.

—No, claro… —sonrió tímidamente—. Me refiero, a por qué ningún satélite o avión ha sido capaz de ver todo esto desde las alturas. Usando el Google Maps, puedo ver mi coche aparcado en la calle en la pantalla del ordenador, pero en cambio nadie parece haber reparado en este inmenso yacimiento arqueológico de varios kilómetros cuadrados. Resulta incomprensible.

—No tanto —discrepó la mexicana—. Piense que la resolución que aplican los satélites para ver una calle de Barcelona, no es la misma que utilizan para fotografiar un área de selva como otra cualquiera, en la que nadie espera encontrar nada especial.

—Además —añadí señalando al edificio más cercano—, desde el punto de vista de un satélite, este lugar es virtualmente invisible por culpa del follaje.

—¿Y los aviones? —insistió el profesor—. ¿Tampoco se vería nada desde un avión?

—Lo mismo. Desde el aire sería muy difícil verlo, aunque se estuviera buscando a conciencia y se volara a muy baja altura. Hasta las pirámides más altas apenas sobresalen por encima de los árboles, y al estar cubiertas totalmente de vegetación, no la verían aunque se estrellaran contra una.

—Ya, comprendo —asintió, aunque alzando la mirada sobre los restos de aquella ciudad perdida masculló entre dientes—: Pero aun así…

Unos doscientos metros más allá, junto al margen derecho de la calzada, se erigían solemnes los restos de unas poderosas columnas envueltas en enredaderas sosteniendo un techo que ya no existía, como si sobre ellas recayera el peso del cielo entero.

—Este debió ser un gran templo —dijo el profesor con aire soñador, pasando la mano sobre la piedra.

Entre los imponentes pilares de más de tres metros de diámetro, apenas quedaba espacio para pasar debido a la maraña de bejucos y hiedras que las abrazaban, pero aun así Cassandra abrió un estrecho pasillo a machetazos, para descubrir que, tras los primeros, un bosque de aquellos colosos de piedra se extendía mucho más allá de la vista. Abigarrados en compacta formación, muchos de ellos intactos en sus cuatro o cinco metros de altura.

—Qué barbaridad —dije acompañándome de un silbido—. Apuesto a que esos hombres antiguos la tenían muy pequeña.

—Un tanto megalómanos sí que eran... —coincidió la arqueóloga.

—No juzguéis, y no seréis juzgados —apuntó el profesor desde más atrás.

—¿Otra vez se nos va a poner bíblico? —Sonreí.

—Ahórrate la sorna. Lo que quiero decir es que no podemos juzgar a una civilización que puede llevar siglos extinguida, con unos valores del siglo xxi.

—En eso tengo que darle la razón —admitió la arqueóloga.

—Bueno, vale —convine igualmente—. Pero mirad a vuestro alrededor. Bajo cualquier perspectiva, toda esta ciudad fue levantada a una escala desmesurada, como si no hubiera sido hecha para que los hombres vivieran en ella, sino exclusivamente para glorificar a sus reyes, dioses o a lo que fuera.

—En realidad —añadió el profesor—, es de lo más normal que los hombres levanten templos para pedir el favor de los poderosos. Ya sean de humo o de carne y hueso.

—O... —carraspeó Cassandra— para suplicar su perdón.

Me volvía hacia la mexicana, intrigado por su comentario, cuando un lejano grito de Iak rompió el silencio de la selva.

Salimos del bosque de columnas a toda prisa, chapoteando con nuestras botas de goma, y corrimos en la dirección en que habíamos oído al menkragnoti.

Sentía el corazón palpitando salvajemente en el pecho, y temiéndome alguna desgracia me interné en la espesura como un poseso, imaginando a un Iak moribundo, víctima del ataque de una víbora.

—¡Iak! —gritó Cassie corriendo justo detrás de mí—. ¡Iak! ¿Dónde estás?

No recibimos respuesta alguna, pero un segundo más tarde llegamos a un pequeño claro donde el indígena se encontraba acuclillado, dándonos la espalda, pero aparentemente tranquilo y muy lejos de agonizar envenenado.

—¡Joder! —exclamé, resoplando—. Qué susto nos has dado ¡Pensaba que te estabas muriendo!

—¿Qué pasa, Iak? —preguntó Cassandra también entre jadeos—. Nos has alarmado.

El aludido se volvió a medias, con cara de no haber roto nunca un plato.

—Yo no querer preocupar —dijo en tono de disculpa—, pero ustedes ver aquí —y señaló al suelo justo frente a él.

Cassie y yo nos acercábamos con curiosidad, en el momento en que el profesor Castillo nos daba alcance y se plantaba a la entrada del claro, apoyando las manos en las rodillas y boqueando como un pez fuera del agua.

—¿Qué...? —fue lo único que alcanzó a decir, tratando de recuperar el aliento perdido—. ¿Qué ha pasado?

Yo, que ya me encontraba junto a Iak mirando lo que él miraba, me incorporé indicándole a mi viejo amigo que se acercara con un gesto de la mano.

—Creo que le interesará ver esto, profesor.

40

Claramente grabada en el suelo, sobre un pequeño montículo de tierra, una huella de bota se hundía en el barro rodeada de hojarasca.

—¡Es una pisada! —exclamó el profesor, entusiasmado—. ¡Una pisada reciente!

—Eso parece. —Me giré hacia Iak y le pregunté—: ¿De cuándo crees que es?

El indígena se frotó la barbilla, pensativo.

—Estar todo mojado y llover mucho —y como un mal detective de teleserie, concluyó—: Yo no saber. Puede un día, o una semana.

—Tienen que ser ellos —afirmó el profesor, eufórico—. ¿Hacia dónde crees que han ido, Iak?

El menkragnoti se incorporó, dio unos pasos al frente, y tras apartar unas pocas hojas con la punta del pie, señaló hacia adelante, en dirección contraria a la que habíamos llegado.

Sin pensarlo un momento, el profesor me arrebató el machete de las manos y se dirigió hacia donde apuntaba el dedo de nuestro guía, dio un par de golpes a una liana que le molestaba, y decidido se internó en la maleza sin mirar atrás.

Cassie y yo intercambiábamos una mirada, asombrados por la súbita energía del historiador, cuando la cabeza del mismo volvió a emerger de entre los matorrales, alzando las cejas con impaciencia.

—¡Pero bueno! —prorrumpió—. ¿Se puede saber a qué estáis esperando?

Siguiendo los pasos de Iak, que marchaba en cabeza escrutando el suelo en busca de más pisadas por las que guiarnos, el resto íbamos tras su estela en silencio y casi de puntillas, como si cualquier ruido pudiera borrar pistas o distraer a nuestro rastreador. Al profesor, se le veía claramente inquieto caminando a menos de medio metro del menkragnoti, y cada vez que éste se acercaba a observar algo con detenimiento, enseguida asomaba por encima de su hombro para comprobar lo que había encontrado.

El indígena avanzaba con aparente seguridad, guiándose por señales invisibles para nosotros, pues el suelo estaba cubierto en su mayor parte por una fina película de agua.

Finalmente Iak se detuvo frente a una gran ceiba, rodeó el poderoso tronco de tres metros de diámetro para volver al punto de partida, y plantándose frente al profesor afirmó resignado:

—No más huellas.

—¿Cómo que no hay más huellas? —inquirió, receloso, mirando a su alrededor—. ¿Estás seguro? ¿Has mirado bien?

—Yo mirar bien. No más huellas —repitió Iak negando con la cabeza.

—¡Pero eso es imposible! —insistió el profesor, y se agachó sobre el barro como si hubiera perdido una lentilla—. Se deben haber borrado, pero si buscamos bien, podemos...

—Profesor —le interrumpí en su perorata.

—¿Qué? —contestó levantando la cabeza.

—Está perdiendo el tiempo. Si Iak dice que no hay más huellas, es que no las hay.

—¡Me importa un bledo! No pienso dejar de seguir el rastro de alguien que podría ser mi hija, sólo porque...

—No me ha entendido, profe. Yo no digo que hayamos perdido el rastro, sólo que no hay más huellas y que pierde el tiempo buscándolas.

—¿Qué quieres decir? No entiendo lo que...

Como toda respuesta, levanté la barbilla fijando la vista en el imponente árbol que se alzaba frente a nosotros, perdiéndose entre el techo de ramas, hojas y lianas que revestía el cielo de la selva.

—¿Crees que...? —receló el profesor apuntando con el índice hacia arriba.

—¿Se le ocurre otra explicación?

—Hombre, pues no sé —vaciló alzando la mirada hasta las primeras ramas de la ceiba, que brotaban a casi veinte metros sobre nosotros—. Me parece complicado que alguien pueda, o quiera subir ahí. No veo cómo.

—Yo podría —dijo Cassie mirando hacia lo alto, haciendo visera con la mano.

Todos nos volvimos al unísono hacia la menuda mexicana con idéntico gesto.

—No pongáis esa cara de pendejos —nos recriminó de inmediato—. En la casa de mis padres en Acapulco, teníamos cantidad de árboles, y me encantaba subirme a ellos. Se me daba muy bien.

—No lo dudo —alegué—. Pero seguro que no eran ceibas de cuarenta metros de altura, y… bueno, ya no tienes doce años.

—¿Me estás llamando vieja?

—No, Cassie, por favor. Es sólo que… en fin, no he dicho nada.

—Chale, entonces no hay más que hablar.

—Pero ¿cómo piensas hacerlo? —preguntó intrigado el profesor, pasando la mano sobre la superficie del árbol—. La corteza es muy lisa, y no veo dónde podrías sujetarte.

Entonces la mexicana exhibió una de sus sonrisas maliciosas, y estirando el brazo asió una de las lianas que pendían de las primeras ramas del árbol, muchos metros más arriba.

—¿Y quién le ha dicho que pienso subir por el tronco?

Viendo trepar ágilmente a la decidida arqueóloga liana arriba, ayudándose de pies y manos sin aparentar mayor esfuerzo, no pude dejar de sentir una punzada de orgullo y, por qué no admitirlo, algo parecido a la nostalgia por haber tenido a aquella asombrosa mujer entre mis brazos.

—¿Cómo vas? —gritó el profesor haciendo bocina con las manos.

Cassandra miró hacia abajo, con el rostro algo enrojecido.

—¡Es lo más divertido que hago en mucho tiempo!

—Ten cuidado de todos modos —dije a mi vez, consciente de que una caída desde la altura a la que se encontraba sería mortal.

—¡No seas pesado! Esto es más seguro que…

Y repentinamente, la liana cedió con un sordo crujido y la figura de Cassandra se precipitó hacia el suelo con un chillido de pánico.

Sin tiempo a reaccionar, el profesor ahogó un grito con la mano mientras yo me abalanzaba instintivamente hacia adelante, con los brazos extendidos en un gesto absurdo.

Durante una fracción de segundo el mundo pareció detenerse.

Y de hecho, se detuvo.

Inexplicablemente, Cassandra, con la cabeza boca abajo y los brazos colgando, se hallaba suspendida en el aire a una decena de metros sobre el suelo.

Y para colmo del desconcierto, la mexicana, mirándome del revés, esbozó una enorme sonrisa y empezó a reírse.

Aún tardé un momento más en comprender aquel milagro de la levitación.

La muy jodida había enredado las piernas alrededor de la liana como una trapecista de circo, y se había soltado de manos a propósito con el único fin de darnos un susto de muerte.

—¡Serás cabrona! —le increpé, aún con los brazos extendidos idiotamente.

—¡A mí no me vuelvas a hacer eso! —le advirtió el profesor, lívido como un fantasma.

Al menkragnoti, sin embargo, pareció hacerle gracia el truco, y dejó escapar una risita poco habitual en él.

—Pucha, no tenéis ningún sentido del humor —se quejó Cassie haciendo una exhibición de abdominales y flexibilidad para incorporarse sobre sí misma y, agarrándose de nuevo a la liana, recuperar la verticalidad para seguir trepando.

Cinco eternos minutos después, la mexicana se encaramaba a la primera de las ramas de la ceiba, y sentándose a horcajadas sobre la misma miró alrededor y luego se puso en pie, demostrando que el vértigo no era un problema para ella. Seguidamente, encaminándose a la base de la rama —casi horizontal y gruesa como una viga—, alcanzó el tronco principal, donde se unía ensanchándose más de un metro.

—¡Alguien ha estado aquí arriba! —exclamó súbitamente—. Hay un envoltorio de barrita energética, y yo diría...

—¿Qué? —preguntó el profesor, impaciente.

—Diría que ha pasado la noche subido en esta rama, hay una especie de nido hecho con hojas y ramas... —lo pensó un poco y añadió—: como los que hacen los gorilas.

—Aquí no hay gorilas, Cassie —le recordé.

—Ya lo sé, bobo. He dicho *como.* Esto es obra de una persona que ha subido aquí a dormir.

—Pues no tiene mucho sentido... —caviló el profesor—. Sobre todo, teniendo en cuenta la cantidad de edificios que hay donde guarecerse de la lluvia.

—Eso ya no lo sé —contestó desde las alturas—. Yo sólo digo lo que veo, y estoy segura de que alguien ha estado aquí no hace demasiados días, porque además, las hojas cortadas aún están algo verdes.

—Buena observación.

—¡Gracias!

A mí, sin embargo, había algo que me intrigaba aún más.

—Cassie —grité—. ¿Crees que podrías moverte a otro árbol desde donde estás?

La voz de la arqueóloga llegó esta vez teñida de burla.

—¿Te crees que soy Tarzán? Una cosa es subir hasta aquí, y otra muy distinta ir dando saltos como un mono.

—No te digo que lo hagas, sólo si crees que podrías hacerlo.

Echando un vistazo a su alrededor tardó un rato en contestar, pero al final movió la cabeza afirmativamente.

—Sí —confirmó, aunque no demasiado convencida—. Supongo que podría, las ramas están muy juntas. Pero ¿por qué lo preguntas?

—Bueno, no hay huellas alrededor de este árbol —aclaré—, así que quizá haya podido bajar por otro.

—Es verdad —admitió el profesor, pensativo—. Pero eso significa que puede haber ido en cualquier dirección, y resultará imposible seguirle la pista.

—No necesariamente —afirmé, y mirando hacia arriba de nuevo, me dirigí a la mexicana—. Cassie ¿ves algo más desde donde estás?

—Árboles.

—Vale —suspiré—. ¿Algo más?

—Quizá desde un poco más arriba… —dijo, y antes de que pudiera objetar nada, ya estaba encaramándose a la siguiente rama y de ahí a la siguiente, hasta perderse en la fronda de aquel cielo verde oscuro.

Pasaron unos cuantos minutos en los que dejamos de oírla, y el profesor optó por llamarla a voz en grito.

—¡Cassandra! —exclamó a pleno pulmón—. ¿Estás bien?

Silencio.

—¡Cassie! —insistió, aún más fuerte.

Nada.

—¿Y si le ha pasado algo? —preguntó, intranquilo.

—No se preocupe. De haberse caído del árbol la habríamos visto ¿no cree? —bromeé sin gracia.

Entonces, desde muy arriba y como un rumor de ultratumba, nos llegó lejana la voz de la arqueóloga.

—¡Hola! ¿Me podéis oír?

—¡Más o menos! —grité—. ¿Has subido muy alto?

—¡Estoy en la pinche copa del árbol! ¡Creo que veo mi casa desde aquí!

—¿Ves algo… aparte de árboles? —inquirió el profesor.

—¡Ya lo creo!

—¿El qué?

—¡No lo sé!

—¿Qué quieres decir con que no lo sabes? —vociferé.

—¡Pues eso! ¡Que no lo sé!

—¿Y no nos lo puedes describir? —preguntó el profesor alzando la voz todo lo que podía.

—Podría. —Hizo una breve pausa, y gritándonos desde las alturas, agregó—: Pero será mejor que lo veáis por vosotros mismos…

41

Siguiendo esta vez a Cassandra, que tras bajar del árbol avanzaba con paso firme abriéndose paso entre la maleza, alcanzamos al cabo de media hora lo que la arqueóloga había visto desde el árbol.

Mudos de sorpresa, nos detuvimos al llegar al linde de un enorme claro, tratando de entender lo que teníamos frente a nosotros.

Sobre una elevación del terreno, en mitad de un espacio inexplicablemente diáfano en aquella insaciable selva que todo lo engullía, una gran construcción rectangular, parcialmente oculta bajo una capa de tierra y vegetación acumulada durante siglos, se alzaba hasta más allá de los quince metros de altura. Un colosal y sobrio edificio, hasta donde podíamos ver carente de adornos, con los restos de cuatro derruidos torreones asomando en cada una de sus cuatro esquinas. En su momento, imaginé, debió parecerse a una monumental mesa de piedra puesta del revés.

Toda el área alrededor de la baja colina donde estaba situado aquel edificio, no sólo se hallaba despejada de árboles y matojos, sino que en ella no crecía la más pequeña brizna de hierba. Una franja de unos veinticinco metros de tierra sembrada de olvidados tocones. Absoluta y definitivamente yerma, como si alguien hubiera diseminado toneladas de sal con toda la intención de esterilizarla para siempre, cual una Cartago amazónica.

Pero en realidad, no era eso lo que había captado nuestra atención y provocado que los corazones nos dieran un vuelco.

Justo frente a la entrada principal del edificio —libre de la cobertura de tierra, pero obstruida por toneladas de bloques y columnas de piedra—, contemplábamos desconcertados, algo terriblemente esperanzador y preocupante al mismo tiempo. Algo que no habíamos esperado encontrar en absoluto.

Cabañas.

O para ser precisos, lo que algún día fueron cabañas.

Ahora eran los restos carbonizados de lo que debieron ser cinco barracones de madera, y de los que sólo quedaban en pie sus cimientos, sujetando inútilmente unos pocos retazos de paredes ennegrecidas.

Eran en definitiva, los escombros calcinados de un devastador incendio.

La evidencia de que no éramos los primeros hombres blancos en pisar la Ciudad Negra.

—¿Alguien tiene la menor idea de qué significa todo esto? —pregunté con un involuntario temblor en la voz.

La callada que recibí por respuesta fue lo bastante elocuente, y me di cuenta de que ambos observaban los despojos consumidos de aquellas cabañas mientras aguantaban la respiración.

—No entiendo nada —murmuró al fin Cassie, con un hilo de voz.

Pero fue el profesor Castillo, el primero en atar cabos y decir algo con sentido.

—Valeria —concluyó en un murmullo apenas audible, dando unos pasos dubitativos hacia adelante—. ¡Valeria! —exclamó esta vez acelerando el paso.

Cassie y yo le seguimos rápidamente, presos de un mal presentimiento.

El profesor ya estaba allí cuando nosotros llegamos, plantado en medio de los despojos de madera ennegrecida, mirando a su alrededor con una expresión a medio camino entre el alivio y la contrariedad.

—Esto no lo ha hecho la expedición de mi hija —afirmó sin dudarlo, al cabo de pocos segundos.

Seguí el rumbo de su mirada, escrutando a mí alrededor, y enseguida me di cuenta de que estaba en lo cierto. Los escombros de aquellas construcciones de madera no eran ni mucho menos recientes. Aunque respetadas por la voraz vegetación, que parecía no atreverse a entrar en aquel claro, saltaba a la vista que llevaban ahí mucho tiempo.

Mucho más que unas pocas semanas.

Cassie tomó un pequeño trozo de madera del suelo, y prácticamente se le deshizo en la mano.

—Todo esto está podrido —indicó incorporándose y abarcando los alrededores con la mirada—. Debe tener años de antigüedad. Quizá décadas.

—Pero ¿quién ha podido…? —se preguntó el profesor, sumido en sus pensamientos—. No, no tiene sentido. Y esta tierra… —dijo tomando un puñado con la mano y acercándosela a la nariz.

—Parece que hubieran esparcido algún tipo de exfoliante vegetal —sugerí—. Como el agente naranja que usaron los americanos en Vietnam. Pero me pregunto por qué.

—Supongo que la respuesta —dijo Cassie, apartando unas maderas con la punta del pie—, la tendrán los que construyeron estas casas de madera.

—Quienes quiera que fuesen.

—Lo que es seguro, es que no fueron indígenas —señaló el profesor pasando la mano por encima de una de las vigas carbonizadas—. Estos listones de madera han sido cortados y pulidos con herramientas modernas, y además han usado clavos para unirlos. —Se volvió hacia nosotros, como si aquel fuera el dato clave en la resolución de todos los misterios, y añadió, pensativo—: Los indígenas no usan clavos.

—¡Quizá fue obra de Percy Fawcett! —exclamó Cassie, súbitamente emocionada, y volviéndose hacia Iak, que había decidido quedarse al borde del claro, le gritó—: ¡Tu abuelo y su padre construyeron esto, Iak!

«Por supuesto —pensé de inmediato—. ¿Quién sino los Fawcett, podría haber estado en este lugar?» Pero segundos más tarde, mientras curioseaba entre las cenizas de otra de las cabañas, comprendí que la mexicana estaba equivocada.

Parcialmente ocultas entre los escombros y aunque retorcidas por el fuego, la estructura de varias literas era perfectamente reconocible entre los tablones desgajados y los pedazos de tela carcomida de viejos jergones.

Sabíamos muy poco de la expedición de Fawcett; pero si de algo podíamos estar seguros, es de que en sus ocho mulas cargadas con lo más imprescindible para una larga expedición por tierras desconocidas, no acarreaban literas de hierro.

El profesor Castillo apartaba trozos de hierro y madera, sacando a la luz una taza de hojalata y una herrumbrosa palangana de latón, mientras buscaba cualquier indicio sobre los hombres que allí vivieron.

—¿Quiénes serían? —preguntó a nadie en concreto—. Está claro que alguien más estuvo aquí hace años, pero... ¿quiénes?

—Puede que arqueólogos —apuntó Cassie, poco convencida—. Aunque el descubrimiento de un lugar así, habría sido anunciado a bombo y platillo.

—Podrían haber sido *garimpeiros* —sugerí—. Buscadores de oro.

—¿Buscadores de oro? ¿Aquí? —inquirió el profesor con escepticismo.

—Pues claro —coincidió Cassie chasqueando los dedos—. Quizá supieron de la leyenda de la Ciudad Negra, igual que nos sucedió a nosotros. Y luego decidieron venir para comprobar si existía, suponiendo que estaría colmada de tesoros.

—La leyenda de El Dorado... —sugerí al hilo de aquella idea, estirando una sonrisa.

—Pero eso es una solemne tontería —arguyó el profesor con aspavientos—. Todo el mundo sabe, que el origen del mito de El Dorado es el nombre que los españoles le pusieron al cacique de los Chibchas, cuando lo vieron embadurnarse en polvo de oro y sumergirse luego en la laguna de Guatavita, a pocos kilómetros de lo que hoy es Bogotá. El Dorado era un hombre —afirmó, rotundo—, no un lugar. Todo lo que vino después, es pura literatura de ficción y películas de Hollywood.

Muy sorprendido por aquella información, me giré hacia la arqueóloga con una pregunta en los labios.

—¿Todo el mundo sabe?

Ella respondió con un asentimiento de cabeza, y no hizo falta que yo le confesara que era la primera noticia que tenía al respecto.

—Aunque también se me ocurre una tercera posibilidad: —alegó la mexicana— cazatesoros. Si unos buscadores de tesoros hubieran sabido de la Ciudad Negra —argumentó abarcando con un gesto las ruinas calcinadas—, no dudarían en venir en busca de oro, joyas o reliquias arqueológicas; y por supuesto no darían cuenta de su hallazgo a la comunidad científica.

—Tiene sentido —asentí—. Llegar hasta aquí con todos estos medios, me parece algo demasiado complejo para unos humildes *garimpeiros.* Así que, si descartamos que fueran arqueólogos, sólo pudieron ser cazatesoros.

Eduardo Castillo pareció sopesar aquella posibilidad, que terminó por aceptar con un ademán desinteresado.

—En realidad, tampoco importa demasiado —dijo al cabo—. Lo que debemos hacer es explorar los alrededores —añadió señalando el imponente edificio de piedra negra—, y buscar indicios de la expedición de Valeria. Averiguar si también ellos han estado aquí.

No nos hizo falta acercarnos más a la entrada principal, para constatar que ciertamente, ésta se encontraba bloqueada por secciones de columnas caídas, y grandes trozos del saledizo, que tiempo atrás debió techarla.

De modo que, decididos a echar un vistazo en el interior, nos dirigimos hacia la esquina derecha del edificio, con la intención de rodearlo en busca de una entrada alternativa.

—Lo que no imagino —comenté mientras caminaba junto a Cassie, con la vista puesta en el estéril suelo que pisábamos—, es por qué nadie se molestaría en hacer algo así en la tierra, dañándola de este modo tan drástico. Quienes quiera que lo hicieran, no les bastó con despejarla de maleza y talar los árboles, sino que quisieron asegurarse de que nada volvería a crecer aquí.

—Quizá vino Atila —sugirió Cassie—, y decidió darse un paseo a caballo.

—Ya, quizá. —Sonreí—. Aunque hay otra cosa que aún me intriga más —confesé echando un momento la vista atrás—. ¿Por qué demonios prenderían fuego a sus cabañas? Está claro después de ver las literas y los trastos, que era ahí donde vivían.

La mexicana se tomó un momento antes de contestar.

—Puede que no quisieran darle facilidades a otros buscadores de oro que pudieran venir detrás, dejándoles las camas hechas —opinó sin demasiado interés.

—No creo —rebatí—. Se habrían arriesgado tontamente a que alguien viera el humo en la distancia y se acercara a curiosear, ¿no te parece?

—Pues entonces sería un incendio accidental.

—¿En las cinco? Y de ser así, además, también las habrían reconstruido —alegué de inmediato negando con la cabeza.

Al fin la arqueóloga se volvió hacia mí, alzando una ceja interrogativa.

—¿Y qué más da, Ulises? De lo único que me alegro —agregó con una sonrisa de alivio—, es que por lo visto sobrevivieron y no nos hemos encontrado con un montón de esqueletos a la parrilla.

Y apenas había terminado de decir esto cuando doblamos la esquina del edificio y aquella sonrisa de alivio quedó congelada en el rostro de Cassandra.

42

Frente a nosotros y formando tres ordenadas hileras, diecisiete toscas cruces de madera burdamente talladas y atadas con alambres, se clavaban en el barro.

El profesor Castillo se encontraba de pie a varios metros, guardando las distancias, como temiendo aproximarse y quizá encontrar escrito en una de ellas el nombre de Valeria.

—¿Creéis que...? —musitó, pálido como el papel e incapaz de dar un paso más.

Aunque también intranquilo por esa posibilidad, me acerqué en dos zancadas a la cruz más cercana y enseguida confirmé que la realidad era otra.

—La madera es antigua. Está mohosa y carcomida —comprobé rascándola con la uña—. Me parece que al final... —añadí mirando a Cassie— sí que hubo víctimas en el incendio.

—También podrían ser de la expedición de Percy Fawcett —aventuró la mexicana agachándose a mi lado, al parecer poco dispuesta a aceptar el destino final de aquellos desconocidos.

Negué con la cabeza.

—Recuerda que eran sólo tres personas, Cassie. Y además... —añadí poniendo el dedo sobre el travesaño horizontal de la pequeña cruz— fíjate en esto.

Ella entrecerró los ojos, escudriñando la superficie del tablón.

—No veo nada. Parece que alguien talló algo en la madera, pero resulta ilegible.

Saqué el cuchillo de buceo, y repasé cuidadosamente una parte de la inscripción para que se hiciera visible.

—¡Híjole! —exclamó la mexicana poniéndose en pie de un salto, al tiempo que señalaba la cruz—. ¡Aquí dice 1918-1940!

—¿1940? —preguntó incrédulo el profesor, aproximándose—. ¿Estás segura?

—Un momento —dijo, y tras acercarse a las demás cruces, pasó la mano por la superficie de varias de ellas sin ningún resultado hasta que, finalmente, alzó la voz entusiasmada—: ¡Aquí hay otra! Hay unas letras ilegibles, imagino que un nombre, y debajo una fecha que acaba en cuatro y cero.

—Bueno, diría que eso lo confirma —apunté—. No sé qué, pero lo confirma.

—Entonces... —pensó en voz alta el profesor—. Si las lápidas son de mil novecientos cuarenta, eso significa que estuvieron aquí sólo quince años después de los Fawcett.

—Quizá eran una partida de rescate —sugerí.

—¿Con quince años más de retraso? De ser así, se lo tomaron con mucha calma.

—Sea como sea —razoné contemplando el inquietante camposanto—, ya fueran cazatesoros o una expedición de rescate, parece que las cosas no les salieron como tenían planeado.

Y allí estábamos los tres.

Plantados frente a un enigmático cementerio, en medio de una misteriosa ciudad desconocida, y sin la menor idea de lo que significaba todo aquello.

El profesor, superado su miedo inicial, caminaba entre las cruces agachándose ocasionalmente, frunciendo el entrecejo cada vez más.

—Parece que en su momento hubo inscripciones en cada una de ellas —observó—, pero están tan deterioradas que es imposible leerlas.

—Con este clima —señalé—, la madera muerta se descompone enseguida.

—Aunque hay algo... —añadió como si no me hubiera oído, apoyando la mano izquierda en una cruz y la derecha en otra— que me resulta bastante extraño.

—¿En las tumbas? —preguntó Cassie.

El profesor Castillo levantó la vista, haciendo un gesto de escepticismo.

—Es que eso es precisamente lo que me parece raro. Que esto sean realmente tumbas.

—¿Y por qué le parece raro? ¿Porque no hay flores?

—No, querida. Porque están demasiado cerca unas de otras. ¿No lo veis? —dijo estirando los brazos y mostrando que había menos de un metro entre una y otra—. Es como si... como si sólo hubieran plantado las cruces, pero no hubiera nada debajo.

—¿Acaso está sugiriendo que son sólo ornamentales? —pregunté, escéptico—. La verdad, se me ocurren mejores maneras de decorar el jardín.

Mi amigo negó con la cabeza.

—No, no es eso. Aunque las inscripciones sean ilegibles, no cabe duda de que están ahí, y estoy seguro de que cada una de esas cruces representa a alguien que murió en este lugar.

—¿Entonces...?

—Entonces, nada. Sólo digo que, aunque las cruces son verdaderas y representan a personas que fallecieron, no creo que haya nadie enterrado bajo ellas. Y no me preguntéis qué quiero decir con eso, porque no tengo ni idea.

—Está bueno —dijo Cassie con naturalidad, como si todo fuera una especie de broma—. Un misterio más para apuntar a la lista. —Se volvió hacia ambos y preguntó—: ¿Alguien lleva la cuenta?

Al cabo de media hora, habíamos dado la vuelta completa alrededor del solitario y extraño edificio, y regresamos al punto de partida, frente a la fachada principal.

Iak, ajeno a toda curiosidad, se había sentado en un tocón en el borde exterior del claro, fumando tranquilamente un cigarro que al parecer se había liado él mismo, y dejando muy a las claras que no tenía intención de dar un paso más.

—Bueno —suspiró el profesor con decepción, alzando las manos—, pues parece que al final no podremos entrar. Confiaba en que hallaríamos una puerta trasera.

—Un momento —objeté apuntando al caos de columnas derribadas que teníamos ante nosotros—. Aún podríamos intentarlo por ahí.

El profesor me miró con escepticismo.

—Pero si no se puede pasar —señaló hacia la entrada—. Ese montón de piedras parece estar a punto de desplomarse y, sinceramente, no me gustaría que lo hicieran encima de mí.

—No se preocupe —repuse apretando las cinchas de la mochila—, seré yo el que vaya.

Y sin darles tiempo a protestar ni pensármelo demasiado, me encaramé a una gran losa rectangular, desde donde creí ver un estrecho pasadizo por el que colarme entre los restos de columnas y dinteles amontonados unos sobre otros.

Tuve que agacharme para introducirme bajo una gran lápida que podía pesar cientos de toneladas, y que se aguantaba precariamente sobre los restos de un agrietado tabique, a su vez sujeto por unos débiles contrafuertes de cascotes que estaba seguro, con tan sólo rozarlos se podían venir abajo, y con ellos todo lo que sostenían.

Tratando de apartar ese pensamiento de mi cabeza, empecé a gatear por aquella oquedad cada vez más estrecha y oscura, abriéndome paso a manotazos entre telarañas y rezando por no tropezarme con una serpiente.

Mientras me arrastraba sobre el estómago en un punto especialmente angosto, sentí claramente cómo un insecto alargado y de muchas patas reptaba por mi cuello y se aventuraba luego por el cuero cabelludo, sin que yo pudiera mover siquiera el brazo para quitármelo de encima.

Llegó un punto en que pareció que el camino se cerraba frente a mí, y me vería obligado a dar la vuelta, pero la escasa claridad que se colaba entre los resquicios dejó a la vista un nuevo pasadizo por el que colarme, unos noventa grados a mi derecha. Resoplando me deslicé por aquel nuevo recoveco, que progresivamente se hacía más amplio, permitiéndome primero en ir en cuclillas y unos metros más adelante, ponerme en pie de nuevo.

La pega fue que en ese momento también descubrí que hasta allí no llegaba la luz del día, y me encontré sumido en la más rotunda oscuridad.

Maldecía para mis adentros por no haber pensado en ello antes de entrar, cuando caí en la cuenta de que en uno de los bolsillos llevaba el encendedor y, echando mano de él, lo coloqué frente a mí y lo encendí con un chispazo.

—¡Jesús, María y José! —exclamó inmediatamente una voz que no era la mía.

Me volví sorprendido y allí estaba Cassandra, así como el profesor Castillo, apareciendo tras ella por el estrecho pasillo de escombros.

—Pero... —balbucí, asombrado de verlos allí—. Yo pensé que no... —y de inmediato me callé, al darme cuenta de que ninguno de los dos me miraba mientras les hablaba. Ambos tenían los ojos puestos en algo que se encontraba frente a ellos, a mi espalda.

Bajo la tenue llama del encendedor, se descubría un portal orlado de extraños símbolos que parecían haber resistido el paso de los siglos, y más allá se adivinaba lo que semejaba ser una gran sala sostenida por una legión de columnas perdiéndose en las tinieblas.

—Hagamos unas antorchas —propuse mirando hacia las sombras, sabiendo que ninguno de ellos me iba a decir que no.

43

Quince minutos más tarde —tras desandar los inseguros pasadizos, recoger la madera y resina necesaria para fabricarlas, y volver—, antorchas encendidas en mano cruzábamos el umbral de aquel lugar ciertamente tenebroso, algo frío, y más silencioso si cabe que la jungla que aguardaba en el exterior.

Descendido un corto tramo por una resbaladiza escalera de piedra, desembocamos en una gran sala subterránea de la que apenas llegábamos a atisbar sus límites. El techo se sostenía sobre decenas de anchas columnas totalmente labradas con símbolos cuneiformes, desde su base hasta los dinteles, y sobre ellas el profesor Castillo paseaba la yema de los dedos con una extraña mezcla de placer y frustración.

—Mi reino por una cámara de fotos —musitaba—. Mi reino por una cámara de fotos...

Inesperadamente, trastabillé en la oscuridad con algo que había tirado en el suelo —la luz de mi antorcha no alumbraba mucho más que el mechero—, y dejé escapar una maldición al chocar contra el duro suelo, perdiendo la antorcha, que fue a parar varios metros más allá.

—¿Qué pasó, güey? —preguntó la voz de la mexicana—. ¿Estás bien?

—Sí, gracias. Es sólo que he tropezado con no sé qué... y me he caído.

—Menuda sorpresa.

—Ya ves, soy incapaz de ver en la oscuridad —contesté, algo cansado de sus eternas alusiones a mi supuesta torpeza—. Nadie es perfecto —y frotándome la dolorida muñeca derecha, que se había llevado la peor parte del golpe, me puse de nuevo en pie dándole una vengativa patada a lo que fuera que me había hecho caer.

Para mi sorpresa, el sonido que hizo aquel cuerpo al golpear contra la piedra fue inequívocamente metálico.

Intrigado, me agaché tanteando el suelo y recogí el objeto. Debía pesar unos cuatro o cinco kilos, tenía el frío tacto del acero, y una forma tan inconfundible que dudé por un momento de que el golpe no me lo hubiera dado en la cabeza.

—Me parece que deberíais venir a ver esto —llamé a mis amigos, que se habían ido alejando mientras yo seguía en el suelo.

—¿El qué? —preguntó el profesor.

—Es una sorpresa.

Lentamente, los halos de luz de las dos antorchas se fueron aproximando, y al llegar lo bastante cerca como para verme bien, ni una palabra salió de sus bocas, tan sólo una expresión de asombro exhalada simultáneamente.

Seguramente la misma reacción que yo habría tenido, de haber visto a alguno de ellos sosteniendo entre las manos una vieja metralleta oxidada.

—¿Eso es... lo que parece que es? —preguntó Cassie, perpleja.

—Debe llevar aquí bastante tiempo —contesté mostrándosela—, pero no me cabe duda de que se trata de una metralleta militar.

—¿Un arma de los años cuarenta? —insinuó el profesor recordando la fecha inscrita en una de las cruces.

—Pues no soy un experto en el tema, pero ahora que lo dice yo diría que es más que probable. El diseño parece bastante anticuado, y está cubierta de óxido.

—¿Y qué chingada harían unos militares en este lugar? —inquirió Cassandra con desconcierto—. No lo entiendo.

—Quizá el ejército brasileño mandó aquí un destacamento —opinó el profesor.

—¿Y no advirtieron a nadie de la existencia de este lugar? —replicó Cassie—. Un hallazgo así no pasaría desapercibido en un informe, por muy ineptos que fueran los militares brasileños.

—Señorita Brooks —alegó a la defensiva—. Yo sólo estoy tratando de establecer una posibilidad que explicaría lo que hemos visto ahí fuera.

Y mientras Cassie y el profesor proseguían con su debate bizantino, una idea se abrió camino en mi cabeza.

—Pues yo lo que creo... —sugerí tras pensarlo un momento— es que si hemos dado con esta metralleta, posiblemente haya también herramientas o equipo que perteneciese a los dueños del arma, y quién sabe si algo de eso nos podría ser útil.

—Cierto —asintió el profesor—, en eso no te falta razón.

—Ándele, pues —coincidió también Cassie, e internándose de nuevo en la oscuridad, añadió premonitoriamente—: A lo mejor nos encontramos con más sorpresas.

44

Caminábamos rastreando el suelo en busca de cualquier objeto fuera de lugar, o que nos pudiera resultar aprovechable, ignorando las imponentes columnas abarrotadas de aquel lenguaje incomprensible. Aunque resultaba inevitable que, de vez en cuando, alguno de mis dos acompañantes se quedara embobado frente a un grabado en particular, maldiciendo no tener siquiera un lápiz y papel con el que poder calcarlo.

Andábamos a menos de dos metros uno de otro, escudriñando cada rincón como en una batida de caza, cuando a mi derecha Cassandra se detuvo en seco apartándose repentinamente de nosotros.

—Creo que aquí hay algo... —anunció mientras se alejaba.

El profesor y yo la seguimos para comprobar que, efectivamente, tenía razón: había algo.

Lo difícil, era saber de qué se trataba exactamente.

En apariencia, era una montaña de cajas de madera podrida, la mayoría de ellas rotas y desperdigadas por el suelo, formando lo que parecía un improvisado parapeto, inundado de cientos de herrumbrosos casquillos de bala esparcidos por todo el suelo.

—¿Qué demonios habrá pasado aquí? —curioseó el profesor recogiendo uno de los casquillos de cobre.

—Parecen los restos de una balacera —apuntó Cassandra.

—¿Os habéis fijado —pregunté yo— en la disposición de las cajas y esos sacos de arena?

—Una barricada —concluyó el profesor.

—Eso mismo.

—Aquí debió de ocurrir una batalla terrible —dijo Cassie pasando cuidadosamente por encima de los restos del parapeto—. Eso explicaría las cruces de afuera.

—Puede ser… —asentí—. Pero hay algo bastante raro —agregué acercando la antorcha al suelo—. Hay cientos de casquillos dentro de la barricada, pero ni uno sólo fuera de ella.

Tanto el profesor como mi antigua pareja hicieron el gesto de mirar dentro y fuera, cerciorándose de mi afirmación.

—Pues es verdad —comentó el historiador—. Qué curioso, ¿no?

Cassie se rascaba la nuca con la mano libre, pensativa.

—Se diría —declaró— que los únicos que tenían armas de fuego eran los que estaban parapetados. La pregunta es: ¿contra qué se defendían, si no era contra otros hombres armados? En este lugar no hay ni tribus hostiles ni animales salvajes. ¿Se habrían acabado peleando entre ellos?

—No creo —opiné—. En ese caso habría casquillos a ambos lados, y además, aunque hoy no los haya, tampoco sabemos si había indígenas con malas pulgas hace cincuenta años. Si bien es verdad, tampoco veo flechas o lanzas por ningún lado.

—O cuerpos… —advirtió el profesor dejando la frase flotando en el aire.

—¿Cuerpos? —repitió Cassie—. ¿Quiere decir… cadáveres?

Eduardo Castillo se encogió de hombros.

—Bueno, con tantos tiros pegados, lo lógico es que hubiera muertos, ¿no?

—Le recuerdo que a sólo cien metros de aquí hay un cementerio —dije señalando hacia afuera.

—Y yo te recuerdo que seguramente sólo son cruces, sin tumbas debajo de ellas.

—Entonces, ¿qué sugiere? —intervino la mexicana—. Porque viendo cómo está todo de destrozado, para los de dentro no parece que acabaran muy bien las cosas. ¿Qué sería de ellos?

—Tal vez huyeron —aventuró el profesor.

—O tal vez —murmuré adentrándome en los restos de la barricada, impulsado por una vaga intuición—, se quedaron.

Y examinando la pared del fondo con la antorcha, estudiando su fría superficie con atención, descubrí al cabo de un momento y ante la incredulidad de mis acompañantes, lo que parecía una delgada abertura en la piedra.

Saqué el cuchillo de buceo, introduje la hoja por la hendidura, y siguiendo su contorno dejé al descubierto algo del tamaño y forma aproximado de una puerta.

Una puerta bloqueada por una gran losa de piedra toscamente encajada en la misma.

—A la de tres —dije haciendo palanca en un resquicio con el cañón de la metralleta—, empujamos al mismo tiempo. ¿De acuerdo?

—Deja de parlotear y vamos a ello —replicó Cassandra, al igual que el profesor con el hombro apoyado en la roca.

Habíamos dejado las antorchas en el suelo a nuestra espalda, contando con que necesitaríamos todas nuestras fuerzas para empujar una piedra que debía pesar, al menos, una tonelada.

En realidad, no teníamos la seguridad de que pudiéramos llegar a moverla o que el esfuerzo valiera la pena, pero si algo teníamos los tres en común era la curiosidad, y si para satisfacerla había que mover mil kilos de roca, pues se movían.

—¿Listos entonces? Uno, dos y... ¡tres!

Tiré de la culata de la metralleta con todas mis fuerzas, tensando los músculos al máximo y notando como el cañón empezaba a doblarse bajo el esfuerzo. Cassie y el profesor resoplaban a mi espalda, empujando denodadamente.

—¡Vamos! —les arengué—. ¡Con fuerza!

—Cierra... el pico... —gruñó entre dientes la arqueóloga.

Cuando ya estaba a punto de darme por vencido, visto que la pesada lápida no se había movido ni un milímetro, se oyó un chasquido al otro lado de la misma seguido de un sonido como de maderas rotas. De forma inesperada, aquella puerta de piedra cedió bruscamente desplomándose hacia adelante, arrastrándonos a los tres con ella hasta chocar pesadamente contra el suelo, derrumbándonos uno encima de otro entre una nube de polvo y astillas.

La espesa polvareda que habíamos levantado al caer, hacía que la luz de las antorchas nos llegara muy difusa, así que al abrir los ojos apenas noté la diferencia y a duras penas distinguía un palmo más allá de mis narices.

—¿Estáis bien? —pregunté tosiendo.

—Creo... —informó el profesor— creo que estoy entero.

—¿Cassie? —pregunté, inquieto al no oír su respuesta.

Sentí un bufido debajo de mí, y un codo que se me clavaba en la boca del estómago.

—¿Quieres quitar tu mano de mi culo?

—Oh, perdona. No sabía que estabas ahí debajo.

—Sí, claro... —protestó la mexicana apartándome de un empujón.

—¿Alguien puede ver algo? —preguntó mientras tanto el profesor, intentando vanamente apartar el polvo con la mano.

Traté de incorporarme sin pisar a nadie, preguntándome qué había sucedido exactamente.

—¿Qué diablos ha pasado? —me leyó Cassie el pensamiento en voz alta.

—Me parece —conjeturé llevándome la sucia manga de la camisa a la nariz para poder respirar—, por el crujido que se ha oído antes de que cediera la losa, que quizá no era tan pesada como imaginábamos y que en realidad, lo que estaba era apuntalada desde el otro lado.

—Y cuando los puntales han cedido... —coligió la mexicana.

—Creo que ya distingo algo —dijo por su parte el profesor Castillo, entrecerrando los ojos detrás de sus gruesas gafas—. Veo como un círculo en la pared, al fondo de la sala.

Forzando la vista, ciertamente se adivinaba un círculo más claro en el que parecía haber un dibujo en su centro.

Poco a poco la nube de polvo se fue disipando, permitiéndome ver cada vez con más claridad. Aunque ello no suponía que comprendiera lo que estaba viendo.

Los tres nos encontrábamos ya en pie bajo el dintel de la puerta que acabábamos de derribar, cuando la polvareda se asentó ligeramente y, a la luz de las antorchas que habíamos dejado a nuestra espalda entre las danzantes sombras de nuestras propias siluetas, pude distinguir, al fin con claridad, lo que había ante nosotros.

El problema era, que lo que veían mis ojos resultaba tan absurdo que mi cerebro se negaba a admitirlo.

Allí, suspendida de la pared opuesta de la estancia, una bandera colgaba del techo hasta casi tocar el suelo.

Una bandera roja, con un inconfundible símbolo de color negro, en el centro de un círculo blanco.

Una bandera nazi.

45

—Ahora sí que no entiendo nada... —farfullé, atónito.

—Pues ya somos dos —dijo a mi lado Cassandra.

El profesor Castillo se había quedado en el quicio de la puerta, en completo silencio, puede que tratando de imaginar una razón para la presencia de «esa» bandera en «ese» lugar.

La sala a la que habíamos accedido tan atropelladamente, era una amplia estancia de unos doscientos metros cuadrados ocupada por estanterías, cajas de madera apiladas, bidones, y unas grandes bombonas en una de las esquinas. En el lado opuesto a la entrada vegetaba una tosca mesa sobre la que, bajo una capa de polvo antiguo, dormitaban algunos documentos amarilleados, y lo que a primera vista parecían ser unos libros apilados en el borde de la misma.

Tras recuperar las antorchas, la mexicana fue la primera en adentrarse entre el polvo en suspensión que aún flotaba en el aire, y escudriñando alrededor al tiempo que avanzaba con paso prudente, su mirada fue a parar a la pared del fondo, justo debajo de la perturbadora bandera.

Entonces, de improviso dio un paso atrás llevándose la mano a la boca.

—¿Qué pasa? —pregunté, alarmado, mientras me acercaba a ella rápidamente—. ¡Joder! —exclamé al llegar a su lado y mirar hacia abajo.

Para cuando el profesor Castillo se unió a nosotros, la arqueóloga ya estaba agachada examinando de cerca su «descubrimiento». El cadáver momificado de un militar embutido aún en su uniforme negro, con una horrible expresión de angustia en una cara desprovista de ojos, y la fotografía de una mujer entre sus dedos apergaminados.

—Era un oficial de las SS —afirmó el profesor sin sombra de duda.

Cassie y yo nos volvimos hacia él en una muda interrogación.

—El uniforme negro y el símbolo que lleva en la solapa es de la policía secreta de Hitler —aclaró señalando el cadáver—. Sin duda era un oficial de las *Schutz Staffel*. Un coronel para ser más exactos, si nos atenemos a los galones del uniforme.

La sensación de irrealidad era tan agobiante, que por un momento me convencí de estar dormido en la cama de mi ático de Barcelona, sufriendo una extravagante pesadilla.

—Fijaos en esto —dijo entonces la mexicana, y exhibiendo muy pocos escrúpulos introdujo la primera falange de su índice a través de un agujero en la nuca del nazi momificado—. El tipo se disparó él mismo en la boca.

—Todavía tiene sujeta la pistola —corroboró el profesor, señalando una vieja Luger aún aferrada por aquella mano sin vida.

—¿Y por qué haría una cosa así? —pregunté extrañado, acercándome a una de las estanterías para confirmar que, aparte de cajas de municiones y herramientas, se hallaban colmadas de latas de conserva y bolsas de harina o arroz aún precintadas—. La comida no parece ser que fuera un problema —observé, cogiendo y sopesando lo que parecía una lata de judías caducada decenios atrás.

—Debió sentirse terriblemente desesperado —musitó el historiador meneando la cabeza con lástima.

—O terriblemente asustado... —sugerí devolviendo la lata a la repisa—. El pobre diablo se encerró aquí dentro, tapió la única salida y luego se pegó un tiro. No tiene mucha lógica que se diga.

—Aunque aún más incongruente —dijo Cassandra poniéndose en pie y mirando en derredor—, es que no haya ningún cadáver más aquí. ¿No os parece?

—Puede que fuera el último superviviente.

—¿Superviviente... de qué?

—De lo que sea que sucedió ahí fuera —contesté volviéndome hacia el negro hueco de la puerta que acabábamos de atravesar.

Entonces, por primera vez desde que llegamos a aquella ciudad olvidada, tuve el presentimiento de que algo no andaba bien.

No supe definirlo, ni quise compartir con ellos aquella sensación opresiva en la boca del estómago. Pero ese instinto ancestral que nos lleva acompañando desde que vivíamos en los árboles, me estaba alertando a gritos de que saliera de allí inmediatamente.

Miré a Cassie y al profesor de soslayo, pero ellos andaban ocupados registrando la sala y parecían relativamente tranquilos. Excitados por aquel inesperado hallazgo, pero tranquilos.

Les di la espalda, para que no vieran rastro alguno de preocupación en mi rostro, y traté de desconectar esa alarma en mi cabeza, convenciéndome a mí mismo de que sólo me estaba dejando arrastrar por el lado más oscuro de mi imaginación.

Tras registrar a fondo cada esquina de la habitación, el profesor Castillo había comenzado a deambular por la estancia con las manos a la espalda, pensativo.

—Nos estamos olvidando de la pregunta que de verdad importa —dijo hablando consigo mismo—. ¿Qué diantres hacían los nazis aquí en mil novecientos cuarenta? Brasil estaba en el bando de los Aliados durante la Segunda Guerra Mundial, así que debieron haber llegado en secreto. Pero ¿cómo? Y aún más importante ¿para qué?

—¿Espías? —aventuré.

La carcajada de Cassie no me pilló de sorpresa.

—Bueno, chica lista. ¿Se te ocurre otra razón?

—Obviamente, serían arqueólogos.

—Claro —repuse—. La típica excavación arqueológica de las SS. Aunque si no recuerdo mal, estos tipos eran más aficionados a enterrar gente que a desenterrarla.

—En realidad —apuntó el profesor para mi sorpresa—, la señorita Brooks no anda tan desencaminada.

La aludida me dirigió una mirada de satisfacción e inmediatamente después me sacó la lengua.

—Se sabe que los nazis —prosiguió el historiador llevándose las manos a la espalda—, organizaron expediciones arqueológicas al Tíbet, al norte de África, a Sudamérica e incluso a la Antártida, en busca de reliquias arqueológicas.

—Eso me suena a película de Indiana Jones.

—Es que era así en realidad —ratificó muy serio—. El chiflado de Hitler era un fanático del ocultismo y las civilizaciones mitológicas, y estaba obsesionado en demostrar el origen ancestral de la raza aria, de la que según él, los alemanes eran descendientes. Así que antes, e incluso durante la Segunda Guerra Mundial, no cesó de enviar expediciones a cualquier parte del planeta en busca de pruebas que justificasen ante el mundo el necesario dominio de los arios sobre los que él llamaba razas inferiores.

—¿Cree entonces —preguntó Cassandra sentándose tranquilamente en una de las sillas—, que ésa es la razón que trajo aquí a los nazis? ¿Buscar pruebas para ratificar sus teorías de superioridad racial?

—Yo no lo descartaría. Era algo muy importante para ellos.

—Pero... ¿cómo encontraron este sitio?

—Vaya usted a saber. —Se encogió de hombros—. Como en nuestro caso, a lo mejor llegó a sus oídos la historia de los hombres antiguos y se la tomaron en serio. O siguieron la pista de Fawcett en su búsqueda de Z. Seguramente, nunca lleguemos a saberlo con certeza.

—O quizá sí —susurré, y los dos se giraron hacia mí, dándose cuenta de que me había detenido frente a la mesa y hojeaba los documentos esparcidos sobre la misma.

Ante mí, unas hojas mustias aunque libres del implacable moho, se esparcían desordenadas sobre la mesa. En el centro de la misma un quinqué se apoyaba sobre un desgastado ejemplar del *Mein Kampf* de Adolf Hitler, mientras en la esquina superior izquierda, cuatro libros con ajadas cubiertas de piel marrón se apilaban uno sobre otro impecablemente ordenados. En las tapas de cada uno de ellos aparecía repujado un emblema que no había visto nunca antes. Una espada vertical dentro de una elipse, rodeada con un lazo, y alrededor el lema *Deutsches Ahnenerbe.*

—¿Deutsches Ahnenerbe? —preguntó Cassandra—. ¿Sería el nombre del muerto?

—Diría que no —replicó el profesor frotándose la nuca—. Ese nombre me suena de algo… Creo que Ahnenerbe era una facción mística de las SS, o algo parecido.

—Quizá eran los que llevaban el tema de la arqueología para Hitler —estimó la mexicana—. Tendría sentido.

—Es probable. Aunque tendría que consultar algunos archivos para…

El profesor siguió hablando, pero yo ya no le prestaba atención. Aunque no entendía una palabra, al abrir uno de los cuadernos y descubrir una abigarrada escritura a mano, salpicada de elaborados dibujos, símbolos desconocidos y anotaciones marginales, supe de inmediato que estaba frente a un libro de notas o un diario. Probablemente, el del oficial nazi que yacía momificado a mi espalda con un orificio de bala en la cabeza.

46

—Menuda letra tenía el condenado —refunfuñaba el profesor pasando con sumo cuidado las páginas de uno de los cuadernos—. Aunque entendiéramos el alemán no habría manera de leer estos garabatos.

—Quizá fuera el médico de la expedición —bromeó Cassandra, que sostenía otro ejemplar entre sus manos.

—En fin —dije, y cerré de golpe el que yo mismo había estado ojeando—. Visto que no estamos sacando nada en claro y las antorchas no tardarán mucho en apagarse, sugiero que salgamos de este lugar.

—¡Pero aún hay mucho que ver aquí! —replicó el profesor señalando las montañas de material que se amontonaban a nuestro alrededor—. En cualquiera de esas cajas puede haber más información, o incluso material que nos sea útil.

—Puede. Pero cuando se consuman las antorchas seguro que ya no va a encontrar nada, y en todo caso, siempre podemos regresar más adelante para seguir registrando.

—Yo estoy de acuerdo —coincidió la mexicana—. Aunque sugiero que nos llevemos los cuadernos para estudiarlos con calma, a ver si podemos sacar algo en limpio de ellos.

—Entonces no hay más que hablar —dije metiendo los cuatro libros en la pequeña mochila roja—. Salgamos de aquí de una vez, que ya tengo ganas de estar de nuevo bajo la luz del día.

Y cuando ya me encaminaba hacia la salida, repentinamente me acordé de algo y regresé sobre mis pasos; tomé el *Mein Kampf* que se encontraba sobre la mesa y me lo coloqué bajo el brazo.

Cassandra y el profesor se quedaron mirándome con genuino estupor.

—¿Se puede saber —inquirió la mexicana, escandalizada— para qué narices quieres ese condenado libro?

Miré el libro de Hitler al que Cassandra se refería, antes de contestarle con un guiño.

—Es que ya estoy cansado de usar hojas de platanero como papel higiénico.

De nuevo en el exterior del edificio —que había resultado guardar otro secreto en su interior igualmente inexplicable que aquel con el que nos habíamos topado frente a su fachada—, nos encontramos con un impacientado Iak que salió a recibirnos con exagerado alivio, como si hubiéramos regresado de una excursión por el averno.

—Ustedes preocuparme —nos regañó severamente—. Tardar mucho en regresar, y yo creer que no volver a ver.

—Es que había una cola que no te imaginas —argüí apuntando hacia atrás con el pulgar.

—¿Cola?

—No le hagas caso —dijo Cassie mirándome con reprobación—. Todo ha ido muy bien Iak, lamentamos haberte preocupado.

—En fin —dije sacudiéndome el polvo de la ropa—. Después del feliz reencuentro será mejor que sigamos con lo que estábamos haciendo, ¿no os parece?

—¿Estudiar el cuaderno del oficial nazi? —insinuó el profesor.

—Caramba, profe. ¿Otra vez se ha olvidado usted de su hija?

—Oh, no, por supuesto —murmuró ruborizándose—. Es que están pasando tantas cosas, que...

—No le haga caso —alegó Cassie chasqueando la lengua—. ¿Es que todavía no lo conoce?

—Sí, claro —asintió, aún azorado—. Esto... ¿hacia dónde creéis que deberíamos dirigirnos ahora?

—Deberíamos regresar al último lugar donde encontramos una huella. Quizá Iak vuelva a dar con el rastro en los alrededores.

—Eso sería una pérdida de tiempo —alegué tras un fingido carraspeo—. Tendremos más probabilidades si seguimos por la calzada, buscamos un lugar elevado, y hacemos una buena hoguera de señales de humo, o cualquier otra cosa que llame la atención. Si la expedición de Valeria está en los alrededores, por fuerza tendrán que vernos.

—No es mala idea —admitió el profesor con un leve gesto de aprobación.

Iak no dijo nada, y Cassandra se encogió de hombros con cara de que a pesar de ser una propuesta mía, no era del todo absurda.

En menos de media hora y guiados por el menkragnoti, habíamos regresado a la calzada empedrada, que se adentraba en la selva siguiendo una línea completamente recta, flanqueada por construcciones en ruinas inidentificables.

Cassandra caminaba unos metros por detrás de nosotros, charlando animadamente con Iak sobre lo que el redescubrimiento de aquel lugar iba a suponer para la supervivencia de su pueblo; mientras, el profesor andaba meditabundo unos pasos por delante de mí, y sin tener nada mejor que hacer me acerqué para averiguar en qué pensaba.

—¿Qué le pasa, profe? —dije dándole una afectuosa palmada en la espalda—. ¿No se acuerda si ha dejado la luz de casa encendida?

—¿Eh? No, no... —respondió, distraído—. Estaba dándole vueltas a algo que me tiene intrigado.

—¿De qué se trata?

—Es sobre el lugar en el que acabamos de estar. Ese extraño templo semisubterráneo.

—A mí me pareció más bien un viejo sótano.

—Lo que sea —desdeñó la salvedad con un ademán—. No comprendo por qué habiendo tantos lugares para instalar su campamento, los nazis lo hicieron en uno que tenía su único acceso prácticamente bloqueado por escombros.

—A lo mejor, había otra entrada que no vimos.

El profesor negó con la cabeza.

—Ya viste que rodeamos el edificio buscando a conciencia, y no encontramos el más leve indicio.

—O puede que lo escogieron justamente por eso.

—No te entiendo.

—Quiero decir que, por alguna razón, puede que buscaran un lugar con una sola entrada y salida. Tal vez incluso —argüí mirándolo de soslayo—, fueron ellos mismos los que provocaron el derrumbe de la entrada.

—¿Y por qué iban a hacer eso?

—Yo diría que por la misma razón que les llevó a levantar la barricada. Para protegerse.

—Pero... ¿protegerse de qué?

Por supuesto no tenía respuesta para eso, así que contesté con un mudo encogimiento de hombros.

El profesor vio mi gesto y asintió conforme. Luego se pasó la mano por la frente y se quedó mirando las gotas de sudor que la perlaban.

—Descansemos un momento —resopló.

—Vamos, hombre —le arengué—. No se pare ahora. Pensé que estaba en mejor forma.

Ignorándome, se sentó sobre un árbol caído y sacó el pañuelo del bolsillo para secarse.

—Necesito recuperar el aliento, Ulises. Esta humedad es insoportable para mí.

—Si necesitáis intimidad, os podemos dejar solos —sugirió Cassandra al pasar junto a nosotros.

—¿Celosa? —repliqué.

La mexicana me dedicó una mirada de indiferencia y terminó por sentarse varios metros más allá, seguida por Iak como si fuera su sombra.

Entonces el profesor se volvió hacia mí, con el ceño interrogativo.

—¿Qué diantres sucedió entre vosotros, para que hayáis acabado como el perro y el gato?

—Ya sabe... —contesté mirándome las uñas, tan mordidas como siempre—. Cosas que pasan.

—Pues no. No lo sé. Parecíais la pareja más enamorada del mundo, y luego, de buenas a primeras os separasteis. ¿Ocurrió algo grave entre vosotros?

—No exactamente.

—¿Entonces?

Esa pregunta era la que yo me había hecho a mí mismo durante meses... y aún no estaba muy seguro de cuál era la respuesta.

—Supongo... —murmuré contestándome más a mí que a él— que llegué a la conclusión de que no estoy hecho para la vida en pareja, y hay algo dentro de mí que me empuja a estar solo. Así que, antes de prolongar una relación que intuía tarde o temprano iba a acabar por romperse, creí que cuanto antes le diera fin menos dolorosa resultaría para ambos —y levantando la vista hacia las copas de los árboles, concluí—: Aunque puede que me equivocara.

El profesor me miró fijamente, diría que evaluando qué clase de idiota tenía delante.

—Pero... tú ya has tenido relaciones anteriores —apuntó con extrañeza—. Incluso recuerdo una muchacha con la que duraste bastante tiempo.

—Eran otros tiempos, profe. Entonces todo lo afrontaba como algo provisional, y en cierto modo cada mujer era como una pequeña aventura de la que sólo me preocupaba disfrutar. Pero ya sabe, con la edad cambia la perspectiva, y Cassie... —chasqueé la lengua con tristeza.

—Cassandra es diferente —afirmó el profesor adivinando lo que iba a decir.

—Comprendí que lo nuestro iba a ser algo más —continué sin desmentirlo—, y antes de que yo mismo provocara una larga agonía de silencios y reproches, sugerí que lo dejáramos un tiempo, con la tonta esperanza de salvar aunque fuera la amistad.

—Pues diría que no te ha salido muy bien la jugada.

—Nada bien. Ha sido un completo desastre, y encima, cada vez que la veo, yo...

—¿La echas de menos?

—Mucho más de lo que hubiera imaginado.

Los dos nos quedamos en silencio, oteando la espesura. Entre hombres, estos temas siempre resultan incómodos de tratar.

Finalmente, fue mi amigo el que rompió el silencio con la pregunta inevitable.

—¿Y se lo has dicho a ella?

—Claro que no. Después de forzar la separación no puedo decirle eso, sería ruin por mi parte.

—Sería la verdad.

—Pero no puedo. No debo.

—Puedes, y debes.

—¿Sabe, profe? —Suspiré profundamente poniéndome en pie—. No me apetece mucho seguir hablando del asunto.

—Pero soy vuestro amigo, y no soporto veros así.

Tratando de evitar un inacabable debate sobre mi vida sentimental, alargué la mano hacia la mochila.

—Pues mientras no salgamos de esta puñetera selva —zanjé con una mueca alicaída—, más vale que se vaya acostumbrando.

Y poniéndome en pie de nuevo, seguí caminando, pasando junto a Cassie y Iak sin dirigirles ni una mirada.

Siempre había sido muy celoso de mi intimidad, hasta con los amigos más allegados —que nunca han sido muchos, todo hay que decirlo—. Pero la separación de Cassie fue tan turbadora y tuve que dar tantas explicaciones —sobre todo a mi madre, que no se podía creer que, cuando al fin parecía que iba a sentar cabeza, me acabara separando a las primeras de cambio—, que decidí echar cerrojo al asunto y no volver a hablar de ello. Cada vez que lo hacía, sentía como las cicatrices volvían a abrirse resucitando un dolor que no creía muerto, pero sí enterrado a razonable profundidad.

Sabía que cualquier psicoanalista me diría que tenía que resolver esa etapa de mi vida y mis conflictos sentimentales —o mentales, a secas— antes de poder seguir adelante, y que el hecho de negarme a comentarlo con nadie, y aún menos con Cassandra, era la prueba irrefutable de que tenía un problema. Algo que debía solucionar.

Pero qué diantres sabrán ellos.

Y caminaba ensimismado, tratando de justificar ante mí mismo por qué había hecho lo que había hecho, cuando, repentinamente, el corazón me dio un vuelco y quedé clavado en el sitio, petrificado.

Había «algo» al final del camino.

Algo terriblemente familiar, pero al mismo tiempo imposible de aceptar que fuera lo que parecía ser.

47

Asomándose entre las ramas de los árboles una escultura imposible se alzaba negra, erguida e imponente sobre un afloramiento rocoso de unos pocos metros de altura.

Un monolito perfecto, de unos nueve metros de altura, se alzaba hacia el cielo desafiando a todo sentido común.

En intimidado silencio contemplábamos la inconcebible escultura, estremecidos, incrédulos de que aquello que teníamos delante tuviera algo que ver con la historia o la arqueología, y no con un absurdo desvarío de nuestra imaginación.

Además, la relevancia de aquella misteriosa escultura, era subrayada por la red de caminos que iba a morir allí como los radios de una rueda en un eje. Como si aquel y no otro, fuera el verdadero centro de la Ciudad Negra, y esta a su vez no fuera más que un simple adorno, un accesorio decorativo efímero e innecesario.

A decir verdad, jamás me había sentido tan sobrecogido ante una escultura ni edificio que hubiera visto antes. Ni ante las pirámides de Egipto, ni en Machu Picchu, ni en el Coliseo Romano había experimentado ni de lejos el magnetismo y la atracción indescriptible que emanaba de aquella simple y a la vez extraordinaria estructura. Había algo en ella además, que me empujaba a agachar la cabeza en señal de respeto a alguna fuerza arcaica y desconocida, mientras un escalofrío me recorría la piel poniéndome la carne de gallina aún bajo el sofocante calor de la selva.

Aquella mole rectangular y perfecta, tan alta como una casa de tres plantas y, unos cuatro metros de lado por uno de ancho, parecía haber sido tallada en una especie de mármol negro. Pero ello lo desmentía rápidamente su superficie mate, que no sólo no producía el menor reflejo, sino que parecía absorber para sí cada fotón de luz que lo alcanzaba. Pensé en una especie de puerta abierta a la nada; un siniestro agujero negro que podía tragarse todo aquello que tocara, y en el que se podía caer en su interior como en un insondable pozo.

Por ello, cuando vi a Cassandra adelantarse y, escalando el afloramiento rocoso, acercarse al monolito con el brazo extendido con la intención de tocarlo, mi primera reacción fue gritarle.

—¡Quieta! ¡No lo hagas!

La mexicana se volvió hacia mí, sobresaltada.

—¿Qué? —preguntó mirando con alarma a su alrededor—. ¿Qué pasó?

—No lo sé, pero creo que no deberías tocar *eso*.

Alzó las cejas con incredulidad y desvió un instante la vista hacia el profesor, como buscando en él la respuesta a mi actitud.

—¿Estás pedo? —dijo al fin frunciendo el ceño, e ignorándome por completo ascendió el torneado pedestal hasta situarse junto al gran bloque negro.

—Ten cui… —empecé a decir, pero antes de acabar la frase ella ya había apoyado la palma de su mano sobre él.

Durante unos interminables segundos la arqueóloga guardó silencio, como si estuviera tomándole el pulso al sólido monolito. Hasta que giró la cabeza hacia nosotros para declarar con extrañeza:

—Está caliente.

A los pocos instantes el profesor y yo, plantados frente al monolito nos situamos junto a Cassie —a Iak no hubo manera de convencerle de que no había peligro alguno e hiciera lo propio—. Repasábamos con la mirada sus líneas perfectas, sus ángulos exactos, su apariencia sin mácula; como si los elementos naturales que habían derruido la ciudad que una vez allí hubo, no hubieran osado ponerle la mano encima.

El profesor Castillo, como había hecho un momento antes Cassandra, acariciaba aquella cosa con una reverencia que no le había visto jamás.

—Increíble —murmuraba—. Tiene un tacto… inesperado.

—No es granito —afirmó Cassie—, ni mármol. Es como... no sé, grafito; pero infinitamente más duro.

Vencido por la curiosidad les imité al fin, tratando de identificar el material que rozaba con la punta de los dedos.

—Es suave y liso —confirmé—, pero a la vez muy duro. A mí me recuerda a la fibra de carbono.

—Pero no es así, es pura roca —puntualizó el profesor.

—Y caliente —nos recordó la mexicana—. ¿Cómo puede estar caliente?

—Eso puede ser debido al color negro —sugerí—, y a que no refleja el calor del sol, sino que lo absorbe durante el día y lo acumula como una pila.

—¿Una pila?

—Bueno, no exactamente. Más bien como un... en fin, como un acumulador de calor.

La acapulqueña alzó una ceja, socarrona.

—Ya.

—¿Os habéis fijado —nos interrumpió el profesor—, en que no tiene ni una sola marca? Ni escritura, ni grabados... nada.

—Nunca había visto nada así —confesó Cassie—. En todos mis años como arqueóloga, no he oído hablar jamás de un solo monumento ni remotamente parecido.

—¿No hay algo similar en Stonehenge? —pregunté—. Allí también hay monolitos, ¿no?

—¿Bromeas? Aquello son megalitos, Ulises, no monolitos. Toscos alineamientos de piedra desbastada, hechos por un pueblo que vivía en cabañas de adobe. Sería como comparar un cenicero de arcilla con el *David* de Miguel Ángel.

—¿Y qué me dices de Tiahuanaco, en Bolivia? —apuntó entonces el profesor Castillo mientras comenzaba a rodear el monolito—. Allí sí que hay grandes rocas talladas comparables a ésta.

—Comparables en tamaño y diseño quizá —admitió la arqueóloga mexicana alzando la vista—, pero aquellas forman parte de un conjunto. Tienen un propósito claro como muros de templos que ya no están, o estructuras más complejas de componente astronómico o religioso. En ningún caso hay un bloque de este tamaño y perfección, aislado y sin otra función aparente que simplemente *estar.* Y además —prosiguió, aunque Eduardo ya se hallaba al otro lado—, esta clase de piedra es muy extraña. Parece inmune a la erosión de...

—¡Venid aquí! —irrumpió entonces la voz del profesor gritando desde el otro lado del monumento—. ¡Rápido! ¡Venid a ver esto!

De inmediato Cassie y yo corrimos hacia él, rodeando el monolito para descubrir, justo al otro lado del mismo, un pozo perfectamente redondo que se abría en el lecho de roca, hundiéndose en la oscuridad, como el acceso de una alcantarilla que alguien hubiera olvidado tapar.

—Es como un pozo —opinó el profesor agachado junto al borde con las manos en las rodillas.

—Y algún animal debe haberse caído dentro —advertí acuclillado—. Apesta a carne putrefacta.

—A ver... —dijo Cassie inclinándose sobre el negro agujero.

Entonces, tomándonos por sorpresa, la arqueóloga carraspeó como un camionero y asomándose soltó un respetable escupitajo en el interior del agujero.

Tres segundos después, levantó la cabeza exhibiendo una sonrisa de niña traviesa.

—Si alguna vez fue un pozo —afirmó—, ahora está completamente seco.

—Pues habrá que seguir bebiendo de las lianas —se resignó el profesor, como el náufrago que encuentra en la playa una caja de botellas vacías de cerveza.

—¿Sabéis qué? —dije cambiando de tema mientras miraba alrededor—. Esta zona de roca está elevada, seca y despejada en bastantes metros a la redonda. Podría ser un buen sitio para encender esa hoguera de señales, ¿no os parece?

Mientras recogía maderas y ramas por los alrededores, descubrí a Iak apoyado en el tronco de un árbol, indiferente a nuestra tarea y sin hacer el menor gesto de venir a ayudarnos. Con la mirada puesta en el monolito, como si esperara que fuera a moverse en cualquier momento.

—Caramba, Iak —bufé al pasar por su lado—. Podrías echarnos una mano.

El menkragnoti se limitó a bajar la vista y quedarse callado, como si no me hubiera oído.

—Al menos, ayúdame a cargarla —insistí exhibiendo el haz de leña que llevaba en brazos.

Esta respuesta, meneó la cabeza de izquierda a derecha.

—Este ser lugar sagrado de hombres antiguos —dijo mirando con recelo al monolito.

El profesor Castillo, que se encontraba a mi espalda, se quitó las gafas y se pasó la palma de la mano por la cara con gesto fatigado.

—Mira, Iak —le dijo—. Nosotros no podemos obligarte, pero te aseguro que los hombres antiguos a los que te refieres, hace mucho que ya no están aquí, y no hay nadie a quien le importe que entremos en sus templos, o estudiemos todo aquello que dejaron atrás. En realidad, estamos honrando su memoria al estudiar quiénes eran y qué les sucedió.

—Además —agregó Cassandra aproximándose al indígena—, cualquier cosa que averigüemos sobre esta ciudad y quienes la habitaron, puede ser de gran ayuda para salvar a tu pueblo. Recuerda que de la importancia de este lugar, puede depender que consigamos detener la inundación que amenaza a tu gente.

El menkragnoti de ojos azules pareció meditar aquellas últimas palabras, y aunque al final asintió levemente, por su expresión resultaba patente que andaba muy lejos de estar convencido.

48

En cuanto reunimos toda la madera medianamente seca que encontramos —que en realidad no fue mucha—, encendimos la hoguera siguiendo con el plan de llamar la atención de cualquiera que anduviese por los alrededores, esperando que ese alguien fuese Valeria u otro miembro de su expedición que pudiese darle aviso.

Seguidamente nos dividimos, con la idea de recolectar toda la fruta que pudiéramos y aumentar así nuestras provisiones —la caza ya había dejado de ser una alternativa—, y por último decidimos rastrear los alrededores, en busca de cualquier indicio de la presencia de Valeria en la ciudad.

En el transcurso de estas exploraciones, descubrimos a poca distancia una nueva pirámide, similar a la del día anterior —aunque esta sin una cámara de piedra coronándola—, y decidimos que sería un buen lugar para pasar la noche, muy por encima de la cada vez más encharcada selva y con una buena vista de los alrededores.

Aunque la razón última era que ninguno de nosotros tenía ganas de pasar la noche cerca del intimidante monolito.

Como si un sentido que se hallara más allá de nuestra percepción, un instinto atávico ya olvidado, nos susurrara al oído que nos alejáramos. Que de aquel monolito en apariencia inerte, emanaba algo extraño y definitivamente peligroso.

Algo de lo que debíamos mantenernos alejados, todo lo que nos fuera posible.

Con la llegada de la tarde, dejamos atrás la hoguera encendida y escalamos esta nueva pirámide, que revestida con un tupido sudario de vegetación, a los ojos de un profano habría pasado por una formación rocosa singularmente vertical y simétrica.

Al llegar a la plataforma que coronaba su cima, y en la que un puñado de árboles había logrado fijar sus raíces, colgamos las hamacas como buenamente pudimos a la luz del atardecer y nos sentamos a ver la puesta de sol mientras dábamos buena cuenta de una montaña de mangos, guayabas y bananas silvestres.

Para cuando terminamos de cenar, el crepúsculo ya había caído sobre la selva y, como en las noches anteriores, un ominoso silencio nos rodeó abrumadoramente.

Un silencio mucho más inquietante que la cacofonía nocturna de cualquier otra jungla en la que hubiera estado antes.

Un silencio demasiado parecido al de los cementerios.

Con el fin de procurarnos calor y ánimo, encendimos una pequeña fogata de campamento bajo la luz de las estrellas, sentándonos alrededor de la misma sin decir nada, cada uno sumido en sus propios pensamientos.

—Menuda cara va a poner su hija —apuntó entonces Cassie rompiendo la quietud del momento—, cuando descubra que su padre ha venido a buscarla.

—Dios te oiga, querida —asintió el profesor—. Dios te oiga...

Desde las sombras sin embargo, nos llegó la lúgubre voz de Iak, que había preferido mantenerse algo apartado de la luz de la llama.

—Su dios no venir aquí... —murmuró, sombrío.

—¿Qué?

—Este ser territorio morcego.

—Y dale con los morcegos —renegué, hastiado—. ¿Hasta cuándo vas a seguir con esa cantinela? Ya llevamos dos días en la ciudad y no hemos visto ni rastro de ellos. ¿No te das cuenta de que estamos solos? Si alguna vez existió esa tribu, está claro que ya no están aquí.

—Morcegos no ser tribu... —adujo acercándose al fuego, hasta que su rostro iluminado pareció flotar en el aire—. Tú no entender nada. Morcegos ya no ser hombres, y si tú no ver a ellos, eso sólo significar que ellos sí ver a ti.

—Oh, magnífico argumento. Así que no verlos es señal de su existencia... ¿Sabes? Te podrías ganar bien la vida como predicador.

—No seas borde —me recriminó Cassandra—. Burlarse de las creencias ajenas es una falta de respeto.

—No me estoy burlando, es sólo que ya me he cansado del cuento del hombre del saco.

—Pues yo no —replicó volviéndose hacia Iak—. ¿Dices que los morcegos ya no son hombres? —le preguntó—. ¿Qué son entonces?

El menkragnoti se tomó su tiempo para contestar, y cuando parecía que finalmente no iba a hacerlo dio un paso más hacia nosotros y se sentó junto a la hoguera.

—Nadie saber —dijo casi en susurros—. Haber leyendas muy antiguas que nadie creer, y explicar chamanes a sus hijos, y a los hijos de sus hijos.

—¿Qué leyendas son ésas? —preguntó el profesor, interesado por todo lo que sonara a polvoriento.

—Chamanes decir que hombres antiguos usar morcegos para protegerse de otras tribus, pero que un día ellos marcharse y dejar solos a los morcegos... y ellos aún esperar a que vuelvan.

—¿Dices que los morcegos fueron abandonados por los hombres antiguos? —preguntó el profesor—. Qué interesante... ¿Podría ser que fueran tribus aliadas, y que esos morcegos fueran una especie de guerreros a sueldo, contratados por los hombres antiguos? ¿Una colaboración —añadió—, en que esos hombres antiguos proporcionaban conocimientos y cultura a una tribu belicosa, a cambio de que estos les brindaban seguridad?

El indígena se encogió de hombros.

—Yo no saber.

—Humm... —El profesor se rascó la descuidada barba, pensativo—. Ese tipo de cooperación sí que resulta inusitado.

—Bueno —alegué desechando el razonamiento con un gesto—, no olvide que se trata sólo de una leyenda.

—Eres un incrédulo —me acusó la mexicana, como si aquello fuera un insulto.

—Querrás decir escéptico. Y parece mentira que los científicos seáis vosotros, os estáis dejando llevar por la fantasía.

Cassandra meneó la cabeza, con un atisbo de sonrisa irónica en los labios.

—¿Y me dices eso, mientras hablamos alrededor de una hoguera en la cima de una pirámide, a unos pocos cientos de metros de un monolito igualito al de la película *2001*... en mitad de las ruinas de una ciudad perdida del Amazonas?

Esta vez, el profesor me miró a mí mientras estiraba los labios antes de decir *touché*.

—A lo que me refiero —argüí tratando de reponerme de la estocada—, es que os estáis dejando llevar por una historia que seguramente ha sido inventada para mantener alejados a los forasteros de este lugar.

—¿Es eso cierto? —Se volvió la mexicana hacia el menkragnoti—. ¿Puede ser todo una simple leyenda, creada para mantener alejado al hombre blanco de vuestras tierras?

—Morcegos ser reales —aclaró Iak—. Ellos aquí antes que hombre *branco* llegar, y ser demonios de la noche y amos de Ciudad Negra. Animales saber —razonó abarcando la selva con un gesto—, y por eso no haber caza en este lugar.

—Bueno. Aun en ese caso, y contando con que sigan existiendo esos morcegos, cosa que dudo mucho, siempre cabrá la posibilidad de tratar con ellos. Incluso con los nativos más hostiles, como decía Percy Fawcett en su diario, se puede llegar a un acuerdo.

Iak meneó la cabeza de nuevo, desolado.

—Tu tampoco entender nada... —se lamentó profundamente—. Si morcegos venir, tu no poder hablar con ellos.

—Órale, güey —alegó Cassie—. Siempre hay una manera de negociar. Con quien sea.

Entonces y como a cámara lenta, Iak se aproximó a Cassandra, y antes de comprender lo que estaba haciendo y sin darme tiempo para reaccionar, desenfundando el machete lo apoyó en el pecho de la mexicana.

—Si ellos encontrar, ellos matar, cortar en pedazos y comer tu carne. Y si tu tener mucha suerte —advirtió, sombrío—, ellos hacer una cosa... y después la otra.

La arqueóloga, una mujer joven pero que ya se había enfrentado a situaciones de vida o muerte con inusitada valentía, se quedó muda mientras digería las palabras del menkragnoti y aquel volvía a enfundarse el machete.

—Vamos, Iak... —murmuré con un nudo en la garganta—. Deja ya los cuentos de miedo, que estás asustando a...

—¡Silencio! —me interrumpió entonces el profesor poniéndose en pie de un salto—. ¿No habéis oído eso?

Cassie y yo nos miramos con el corazón en la boca.

—He oído un ruido allí abajo —dijo señalando el techo de la selva bajo nosotros—. Estoy seguro de haber oído algo moviéndose.

—Joder, profe —le reprendí en voz baja poniéndome en pie a su lado—. No es momento para bromas.

—No es ninguna broma —replicó muy serio—. Te juro que ha sonado como algo moviéndose entre los árboles.

—¿Un mono, quizá? —aventuró Cassandra.

—¿Has visto algún mono en los últimos tres días?

La rubia mexicana ni siquiera contestó.

Entonces, el profesor se asomó al borde de la terraza, hizo bocina con las manos y gritó hacia las tinieblas.

—¡Valeria!

Silencio.

—¡Quién hay ahí! ¡Valeria! —insistió alzando aún más la voz.

Ninguna respuesta.

Por tercera vez el profesor Castillo se llevó las manos a la cara y repitió el nombre de su hija.

Pero no fue Valeria quien contestó.

Esta vez, todos pudimos oír claramente como la maleza se agitaba en algún lugar cercano al monolito.

Y justo entonces, mientras achicaba los ojos esforzándome por perforar la oscuridad, una rápida sombra cruzó por delante de las ascuas de la hoguera que habíamos dejado encendida.

Fue sólo un brevísimo instante, un parpadeo apenas perceptible en la anaranjada luz de las brasas. Pero no me cupo ninguna duda de que «algo» se había movido allí abajo.

Algo grande.

Agucé el oído, expectante, esperando que algún sonido revelara la naturaleza de aquello que había vislumbrado durante menos de un segundo.

Pero lo único que pude escuchar fue el sonido de mi corazón desbocado, bombeando sangre a cañonazos.

Lo siguiente que escuché, fue la voz de Iak a mi espalda impregnada de pavor.

—Ahora ellos saben —musitó con un hilo de voz—. Saben que nosotros estar aquí.

49

Esa noche apenas logré pegar ojo.

Sugerí hacer turnos de guardia, y cada dos horas uno de nosotros se mantenía despierto, atento a cualquier ruido y a que la fogata no se apagara.

No sabía lo que había visto, si es que había visto algo en realidad.

Traté de convencerme de que sólo había sido un inoportuno juego de luces y sombras, malinterpretados a causa de las historias de miedo que Iak se empeñaba en repetir. Todo lo más, un mono o un tapir despistado, atraído por el calor de la hoguera, y que casualmente había pasado por delante de la misma.

Pero aunque no me tomaba nada en serio las leyendas menkragnotis, no dejaba de pensar que la mayoría de las fábulas, por absurdas que parezcan, suelen tener una parte de verdad sobre la que se sustentan.

Y después de todo, en aquella selva tampoco había tapires ni monos.

Así que, más inquieto de lo que estaba dispuesto a admitir, deambulé buena parte de la noche por la cima de la pirámide, con un ojo puesto en la falda que ascendía por la misma, y otro en el punto donde la silueta negra y definida del monolito, que como una inmensa lápida negra, por alguna razón inexplicable me parecía más siniestro cada vez que le dedicaba un nuevo vistazo.

Estaba en mi turno de vigilancia cuando finalmente el sol asomó sobre las crestas de los árboles. Con un suspiro de alivio me senté sobre la fría piedra con las piernas cruzadas, y lanzando al fuego las últimas ramas que nos quedaban traté de recuperar el calor que había perdido a lo largo de la noche.

Paseé la mirada por mis compañeros de viaje tirados en sus hamacas, que parecían dormitar plácidamente: el indígena de antepasado impuro que luchaba por salvar a su pueblo, con el arco agarrado firmemente, y la cabeza sobre su hato como almohada; el historiador jubilado embarcado en una aventura insensata, buscando a una hija que no parecía querer saber mucho de él, con la que había hablado una única vez y de la que tan sólo poseía una única foto; y desmadejada como siempre, durmiendo a pierna suelta tal como tiempo atrás lo había hecho sobre mi cama, la que supe debía haber sido el amor de mi vida. Por desgracia, ahora ella era alguien con quien parecía tener demasiadas cosas en común como para estar separados, pero aún más como para lograr estar juntos.

—Maldita sea —rezongué frotándome los ojos—. Con lo bien que me había ido de soltero.

En ese momento, planeando elegantemente con sus enormes alas rojas y azules extendidas, una pareja de guacamayos —los primeros animales de sangre caliente que veía desde que nos adentramos en la ciudad— cruzó rauda sobre nuestras cabezas, montando al pasar un escándalo de mil demonios con sus chillidos y cotorreos, como si les hubieran encomendado la tarea de despertar a la jungla entera.

Y extrañamente feliz por estar en aquel lugar, en aquel momento, olvidándome del sobresalto de la noche anterior, henchí los pulmones con el refrescante aire de la madrugada, mientras, sobre el desigual dosel vegetal, despuntaban las enigmáticas siluetas otras pirámides, como negros arrecifes en un agitado océano de aguas verdes.

Poco después comencé a escuchar los primeros gruñidos de protesta y algún que otro bostezo, y aún sentado cara al sol con los ojos cerrados, sentí cómo mis amigos se desperezaban y comenzaban a incorporarse, tan ajenos como yo en aquel momento de paz casi bucólica, a lo que el destino nos tenía preparado para ese día que se nos antojaría inacabable.

—Buenos días —saludó el profesor sentándose a mi lado—. Caramba... menuda vista.

—Sí, no está mal.

—Desde aquí se ve toda la ciudad... —e incorporándose, añadió—: y yo diría que estamos bastante cerca del centro de la misma.

—Supongo —contesté con indiferencia, de momento más interesado en calentarme que en situarme geográficamente.

El profesor se alejó unos cuantos pasos, lo oí caminar nerviosamente de un lado a otro y recé para que me dejara disfrutar tranquilamente del amanecer.

Pero claro, eso era pedir demasiado.

Un minuto más tarde me zarandeaba por el hombro instándome a que me pusiera en pie.

—Levanta, Ulises —dijo—. Tienes que ver esto.

—Si me trae un café con leche —contesté sin volverme—, le sigo adonde usted quiera.

—No seas zoquete, levántate y sígueme.

—Desde luego, como mesías sería usted un auténtico coñazo... —gruñí poniéndome en pie de mala gana—. En fin, ¿qué es eso tan importante que quiere enseñarme?

—Mira —exclamó apuntando hacia adelante con el dedo.

Parpadeé un par de veces y agucé la vista, pero tan sólo vislumbraba una extensión de jungla exactamente igual a la que estaba contemplando segundos antes.

—Alucinante... la selva del Amazonas. Jamás lo habría imaginado.

—Por Dios —bufó—. Fíjate en el borde de la terraza.

Eso hice, y lo único que vi fue cómo se doblaba en una esquina de la misma.

—¿Ves la esquina? —preguntó.

—Sí, claro.

—Estupendo, ahora mira esto.

Y girando sobre sí mismo con el brazo extendido, comenzó a enumerar cada esquina en voz alta como si aquello fuera una clase de Barrio Sésamo, mientras yo seguía con la mirada la punta de su dedo, preguntándome si al viejo amigo de mi padre se le había adelantado la demencia senil.

—Tres... —decía cada vez más entusiasmado, sin dejar de girar—. Cuatro... —y al regresar a nuestro punto de partida, se detuvo y exclamó—: ¡Y cinco!

Me quedé mirando al profesor, sin entender aún lo que me quería demostrar.

—¿Quiere que le haga una rima con el cinco, o está esperando a que adivine algo?

—¡Diantre, Ulises! ¿Es que no te das cuenta? —inquirió, exaltado—. Cinco esquinas equivalen a cinco lados ¡La pirámide tiene cinco lados! ¡Es una pirámide pentagonal! ¡No sé cómo no nos dimos cuenta ayer cuando llegamos!

—Ah, ya veo —dije llevándome la mano a la barbilla—. Y eso significa que...

—¡Y yo que sé! —exclamó, alborozado—. ¡Pero se trata de algo inaudito! Además, si te fijas en el horizonte —añadió señalando a lo lejos—, verás que los restos de la muralla que rodea la ciudad, también tiene cinco lados. ¿No parece extraordinario?

—Bueno, profe, pues a esa gente les gustarían los pentágonos —dije despreocupadamente—. Después de todo lo que hemos visto aquí, me parece una nimiedad sin mayor importancia.

—¿Qué es lo que te parece una nimiedad sin mayor importancia? —oí entonces preguntar a Cassandra justo detrás.

El profesor Castillo pasó a revelarle su descubrimiento, que pareció entusiasmar aún más a la arqueóloga, y comenzó a recontar las dichosas esquinas una y otra vez, como si no se fiara de sus propios ojos.

—Pero ¿cómo no nos dimos cuenta anoche? —se preguntaba—. Esto es algo único. Mejor dicho, ¡es increíble!

Me disponía a indagar, preguntándole sobre lo extraordinario del asunto, cuando creí percibir un zumbido familiar proveniente del norte y dirigí la vista en aquella dirección, haciendo un gesto con la mano a mis excitados amigos para que guardasen silencio.

—¿Qué pasa?

—Chissst... —les hice callar.

El rumor se hacía cada vez más claro, hasta que el profesor y Cassie también lo oyeron. El zumbido se convirtió en un murmullo, y a los pocos segundos un punto negro se destacó en el cielo, haciéndose cada vez mayor hasta convertirse en la silueta de un avión. Un avión a baja altura, que se dirigía directamente hacia donde estábamos nosotros.

Corrimos a avivar los restos de la fogata, arrojando a la misma las hojas y ramas verdes para hacer humo.

El piloto nos vio e hizo girar su aparato justo al pasar sobre nosotros, que no parábamos de gritar y hacer señales con los brazos como náufragos desesperados.

Se trataba de un DC-3, un gran bimotor de hélice construido por los americanos a finales de la Segunda Guerra Mundial para el transporte de material y tropas, y que ya bien entrados en el siglo xxi se suponía que sólo habitaba en museos o desguaces. Pero eso era lo de menos, lo importante era que de algún modo nos habían descubierto y en ese preciso instante, el piloto estaría radiando nuestra posición para que algún equipo de rescate viniera a ayudarnos.

Aquel avión sin logotipos y pintado de aluminio metalizado comenzó a trazar círculos sobre nuestras cabezas, y mientras el profesor y Cassie daban saltos de alegría y se abrazaban, yo no pude dejar de fijarme en que cada vez los círculos que realizaba eran a mayor altitud. Por alguna razón, el piloto estaba ascendiendo en una perfecta espiral alejándose sobre nosotros, y cuando me disponía a compartir mi extrañeza con los demás, la duda de aquel comportamiento quedó repentinamente resuelta.

La portezuela lateral del bimotor se abrió y de él se dejaron caer varios bultos oscuros, siete en total, que inmediatamente abrieron unas grandes velas rectangulares de diferentes colores revelándose como lo que eran en realidad.

Paracaidistas.

Un asombrado silencio sustituyó a la algarabía de un momento antes, pues eran tantas las preguntas que suscitaba aquel giro inesperado de los acontecimientos, que ninguno supo qué decir.

—¡Vienen a rescatarnos! —exclamó finalmente el profesor, lleno de entusiasmo.

Y mientras observaba confuso a aquellos siete paracaídas cayendo del cielo, el sentido común —al que debí prestar más atención en ese instante—, me susurraba al oído que la casualidad no solía llegar hasta esos extremos.

50

Los paracaidistas, seguramente buscando un buen lugar donde tomar tierra a salvo de las traicioneras ramas de los árboles, descendieron sobre el único claro posible: al pie del monolito. Sobre el afloramiento rocoso fueron aterrizando uno a uno, recogiendo rápidamente sus paracaídas y envolviéndolos en unas bolsas de plástico negro que amontonaron al pie de un exuberante nogal de Brasil.

Todo aquello lo observábamos desde nuestra privilegiada atalaya, aún sin salir de nuestro asombro, al tiempo que nos hacíamos cada uno de nosotros la misma pregunta: ¿Cómo diantres nos habían encontrado?

Sin embargo, la emoción del momento ahogó cualquier duda y terminamos haciendo señales, y saltando con los brazos en alto. Cualquier cosa para llamar la atención de nuestros rescatadores, que al vernos nos devolvieron el saludo y con gestos nos instaron a que bajáramos y nos reuniésemos con ellos.

—¡Es un pinche milagro! —exclamó Cassie mientras comenzaba a descender por los empinados escalones, con cuidado de no resbalar.

—Y que lo digas —le contestó el profesor efusivamente, siguiendo sus pasos—. ¡Es como si alguien les hubiera dicho exactamente dónde encontrarnos!

Antes de iniciar el descenso me volví un momento y descubrí que el menkragnoti, de pie al final de la escalera, parecía no decidirse y miraba con recelo a los recién llegados.

—¿Qué pasa, Iak? —le pregunté—. ¿No bajas?

El indígena bajó la mirada con rostro serio.

—¿Quiénes ser ellos?

—No lo sé —admití—. Pero de algún modo nos han encontrado, y parece que vienen a rescatarnos.

—Yo no necesitar que rescaten.

—Seguro que no, Iak. Pero necesitaremos ayuda para encontrar a la hija del profesor, y luego regresar a casa.

—Yo también querer volver —replicó sentándose en el borde y dejando el arco a un lado—. Pero tu casa, no ser mi casa.

Me quedé por unos segundos mirando al menkragnoti, buscando una buena respuesta que darle, pero intuía que no lo iba a convencer dijera lo que dijese, así que pensé que tampoco tenía mayor importancia que esperara ahí arriba y se uniera a nosotros más tarde, cuando comprobara que no había de qué preocuparse. En el fondo podía comprender su suspicacia hacia unos desconocidos que, literalmente, habían caído del cielo; así que sin darle más vueltas encaré el empinado descenso de aquella pirámide cubierta de tierra y vegetación aún húmeda por el rocío de la mañana.

—Es increíble que hayan dado con nosotros de esta manera —comenté de nuevo al llegar a la altura de mis amigos, tras ponerles al corriente sobre la decisión de Iak de quedarse al margen.

—Eso mismo estábamos diciendo —dijo el profesor mientras vigilaba donde colocaba los pies—. No se me ocurre cómo han podido localizarnos. Ha sido una verdadera suerte.

—Tiene que haber sido algo más que suerte —agregó Cassandra unos metros más abajo—. De algún modo, alguien ha debido darles nuestras coordenadas.

El profesor se detuvo repentinamente.

—¿Crees que mi hija, ha podido...?

—Sería una buena explicación —alegó la mexicana volviéndose para sonreírle—. Quizá a fin de cuentas recuperó su teléfono satelital e hizo una llamada de socorro dando su ubicación, que en ese caso debería ser aproximadamente la misma que la nuestra.

—Entonces... eso significaría que ella está aquí, muy cerca —dijo deteniéndose y escudriñando los alrededores, como si Valeria fuera a estar escondida detrás de un árbol esperando para darle la sorpresa.

—O puede que se trate de una afortunada coincidencia.

—O quizá —apunté—, existe una tercera posibilidad que no hemos tenido en cuenta.

Los dos se giraron al unísono, sorprendidos.

—¿Y qué tercera posibilidad es esa? —preguntó Cassie enarcando las cejas.

—No tengo ni idea —confesé, y dirigí la mirada hacia los siete hombres uniformados que ya se encaminaban al pie de la pirámide—. Pero me da en la nariz que enseguida vamos a averiguarlo.

Tras diez minutos de descenso tocamos tierra firme de nuevo, e inmediatamente, el hombre que debía de ser el líder del grupo de rescate se adelantó a los demás con la mano extendida y una sonrisa en los labios. Un hecho que se contradecía con su aspecto general y el de sus compañeros. Los siete llevaban uniformes de camuflaje, una voluminosa mochila a la espalda, pistola y machete al cinto y, lo que más me sorprendió, subfusiles de asalto como los que usan los comandos en las películas, colgando despreocupadamente en bandolera. Y eso era exactamente lo que parecían: un pequeño comando de combate, más que un equipo de rescate.

El jefe del grupo, tan alto como yo aunque con algunas canas más en su pelo cortado a cepillo, mandíbula cuadrada y un indisimulable porte militar, me estrechó la mano con demasiada fuerza y se presentó formalmente con un ensayo de sonrisa.

—*Bom dia. Eu sou teniente Ricardo Souza, e este de aqui* —dijo apuntando a su espalda— *es meu equipe de salvamento de la Unidade Central du Rescate* —añadió volviéndose hacia los hombres que aguardaban a su espalda—. *Sargento Gerais* —dijo señalando al más cercano, un militar enjuto y de mirada hosca—, *cabo Nazario* —respondió con una inclinación de cabeza un hombre bajo y fornido, que bajo la gorra de camuflaje no dejaba de mirar a su alrededor con suspicacia—, *e o resto da equipa são companheiros Daniel, Fabio, Thiago e Luizao.*

Los aludidos correspondían con un escueto asentimiento al ser nombrados. Desde el nervudo y pelirrojo Daniel, a la montaña de músculos de piel morena que respondía al nombre de Luizao; pasando por Fabio con su pelo en cresta y tupida barba, y el tatuadísimo Thiago, que además lucía *piercings* en nariz y boca.

Todos ellos sin embargo, incluido el teniente Souza e independientemente de su aspecto, eran hombres atléticos y curtidos, con gesto de ser poco dados a la risa fácil.

Me estaba fijando en el anagrama con las siglas UCR bordadas de amarillo en el hombro derecho del uniforme de Souza, cuando éste me preguntó, invitándome a la vez a presentarme:

—*¿E voçe e...?*

—Ulises Vidal —contesté con una amplia sonrisa, tratando de ignorar su apariencia castrense—, y ellos son Cassandra Brooks y Eduardo Castillo.

El oficial sacó una libretita, pasó unas pocas páginas, y pareció consultar que nuestros nombres coincidían con algo que tenía previamente anotado.

Al levantar la vista, Souza se dio cuenta de que me había quedado mirando sus armas con desconfianza.

—La selva es peligrosa —dijo sonriendo y cambiando al castellano mientras le daba unas palmaditas a su fusil—, y esta región es conocida por sus tribus hostiles.

—Un Heckler & Koch MP5 —recité de memoria—. ¿No es algo exagerado? Parece que vayan a la guerra.

—Veo que sabe de armas —replicó en cambio, evitando contestarme—. ¿Es usted militar?

—¿Militar? —Esbocé una sonrisa—. No, en absoluto —y mirando de reojo a Cassie con algo de culpabilidad, añadí—: Sólo es el resultado de demasiadas horas jugando en la Playstation.

—Veo que habla usted un español impecable —intervino entonces el profesor cambiando de tema, ligeramente sorprendido.

—Gracias —asintió Souza—. He pasado muchos años trabajando en El Salvador, Nicaragua y Colombia. Por cierto... —añadió entrecerrando los ojos— durante el descenso me ha parecido ver que eran ustedes cuatro.

—Oh, sí. Se trata de un indígena menkragnoti que nos ha guiado hasta aquí, pero por alguna razón no ha querido bajar. Ya sabrá usted que los...

—¿Pueden pedirle que venga, por favor? —le interrumpió Souza.

Los tres volvimos entonces la mirada hacia la cima de la pirámide, pero para nuestra sorpresa Iak ya no estaba a la vista.

Lo llamamos a voces pidiéndole que se asomara, pero o no nos oía o había decidido ignorarnos.

—No se preocupe demasiado por él —terció Cassandra volviéndose hacia el teniente—. Sabe apañárselas muy bien solo, y nos dejó muy claro que no necesita que le rescaten. Si no quiere venir de momento, será mejor que se olviden de él.

Souza le dirigió una mirada evaluadora.

—No puedo hacer eso. Mis órdenes son recuperar a todo el mundo.

—Pero...

Levantó la mano haciendo callar a la mexicana, y con el mismo gesto dejó levantados dos dedos y señaló la pirámide.

De inmediato, dos de los hombres que le acompañaban dejaron las mochilas en el suelo y a la carrera, comenzaron a ascender por la escalera de la pirámide rápidamente y sin aparente esfuerzo.

—Disculpe, teniente —dije—. ¿Puedo hacerle una pregunta?

—Claro —contestó juntando las manos tras la espalda.

—Estamos muy sorprendidos y felices de que nos hayan encontrado, pero... ¿Cómo han podido hacerlo? —y recordando la posibilidad que había sugerido Cassie mientras bajábamos las escaleras, añadí—: ¿Han recibido alguna llamada indicándoles nuestra posición?

—¿Una llamada? —preguntó Souza inclinándose hacia adelante con interés—. ¿Tienen ustedes un teléfono vía satélite?

—Teníamos... Pero lo perdimos en el río días atrás, por eso suponíamos que alguna otra persona les había llamado.

—¿Alguna otra persona? ¿Es que alguien más sabe que están ustedes aquí?

—Bueno... —apuntó el profesor con voz desolada—. Suponemos que la expedición de mi hija también está cerca, y creímos...

—¿La expedición... de su hija? —preguntó ahora sí verdaderamente sorprendido—. No teníamos conocimiento de que hubiera alguien más aparte de ustedes tres.

—Sí, claro. Nosotros somos... éramos la, esto... expedición de rescate.

El teniente paseó la mirada por los tres con incredulidad. Yo era un barbudo demacrado con la ropa hecha jirones, y con tanto barro encima que costaba saber dónde terminaba ésta y comenzaba mi piel... y el aspecto de Cassie y el profesor no era mejor que el mío. A sus ojos, debíamos parecer un trío de vagabundos al borde de la inanición.

—¿Así que... de rescate? —preguntó volviéndose por un instante hacia sus hombres con un amago de burla en la comisura de los labios, a lo que estos respondieron con un coro de disimuladas risitas.

—Entonces —inquirí bruscamente cruzándome de brazos en un vano intento por recuperar algo de dignidad—, si nadie les ha llamado indicándoles donde estábamos, ¿cómo diablos nos han encontrado?

—A mí sólo me han comunicado sus posibles coordenadas, y hemos venido cumpliendo el protocolo establecido —contestó formalmente—. No es de mi incumbencia saber el modo en que se comunica la alarma, ni se me hace partícipe de ello. Igual que mi equipo —sentenció—, nos limitamos a cumplir órdenes.

—¿Y qué órdenes son esas?

El teniente echó la cabeza hacia atrás, y cuando iba a contestarme surgió una voz metálica en el walkie-talkie que llevaba al cinto.

—*Ninguém aqui em cima* —dijo la voz con un asomo de desconcierto—. *O índio está desaparecido.*

51

—Vamos a ver... —dijo Souza juntando la yema de los dedos, sentado sobre el tercer peldaño de la escalera de piedra—. Hagamos un recuento. Están ustedes tres, el indio desaparecido... ¿sólo uno?

—Sí —confirmó el profesor—, sólo uno. De hecho, el resto de su tribu ni siquiera sabe que estamos aquí.

—¿Ah, no?

—Es una historia muy larga... —contestó despachando el tema con la mano—. Pero ellos imaginan que vamos río abajo, camino de la civilización.

—Entiendo... —apuntó dirigiendo una mirada fugaz a sus hombres, que formaban un semicírculo a nuestro alrededor—. Y además... está su hija ¿no es así?

—Bueno, ella es parte de una expedición antropológica que, en efecto, sospechamos también se encuentra en este lugar.

—¿Y han llegado a verla?

El profesor meneó la cabeza, apesadumbrado.

—No hemos tenido tanta suerte.

—En ese caso, ¿por qué creen que anda por aquí cerca?

—Por esto —intervino Cassie mostrando lo que quedaba del chubasquero amarillo—. Lo encontramos en una cueva cercana y suponemos que pertenece a algún miembro de esa expedición, y además, hemos descubierto huellas en los alrededores.

Souza observó el desgarrado impermeable, y apretando los labios bajó la cabeza reflexivamente. Parecía estar contando mentalmente hasta diez.

—Bien... —musitó—. No era lo que esperábamos, y aunque va a resultar algo más complicado no nos queda otro remedio que adaptarnos a las nuevas variables de la operación.

—¿Y qué quiere decir con eso? —pregunté, vacilante—. ¿Nos va a ayudar a buscar a la hija del profesor Castillo?

El teniente alzó la vista, ensanchando una sonrisa que parecía no practicar muy a menudo.

—Por supuesto —dijo poniéndose en pie—. A partir de este momento, esa es nuestra mayor prioridad.

El sol ya ganaba altura sobre el horizonte, y siguiendo dócilmente al teniente Souza, caminábamos por entre la rala jungla a la búsqueda de un buen lugar donde instalar un campamento. El nivel de la inundación había subido durante la noche, y las zonas más bajas estaban ya bajo un par de centímetros de agua. Aun así, decidí no comentar este hecho con mis amigos. Por un lado, porque seguramente ya se habrían dado cuenta de ello por sí mismos, y por otro, porque de no ser así no ganaba nada preocupándolos por algo sobre lo que no teníamos ningún control.

En cabeza de la fila iba Souza seguido de uno de sus hombres, luego nosotros, y a la cola otros dos vigilando nuestra espalda. A los tres restantes los había enviado en diferentes direcciones en busca del rastro de la otra expedición.

En un par de ocasiones traté de pegar la hebra con el cabo Nazario, pero era sordo o no entendía una palabra de castellano o inglés, o tenía órdenes estrictas de no hablar con nosotros, pues no logré arrancarle ni un monosílabo.

—Ulises... —me pareció que alguien susurraba a mi espalda.

Me di la vuelta, e inmediatamente Cassandra, que andaba detrás de mí, hizo un enérgico gesto con la mano para que siguiera mirando hacia adelante.

—No te voltees —volvió a susurrar.

Sin hacerlo, abrí ligeramente las manos, preguntando sin palabras qué es lo que pasaba.

—Me parece que aquí sucede algo raro —cuchicheó de forma casi inaudible—. ¿No te parece que estos chavos van como... demasiado tranquilos?

Iba a girarme de nuevo para averiguar a qué se refería, pero me reprimí, limitándome a encoger los hombros en silencio.

—Han debido ver toda la ciudad desde el aire —aclaró la mexicana—, han aterrizado frente al monolito, y ahora estamos caminando entre las ruinas de una ciudad desconocida... y estos pendejos van paseando tan tranquilos, como si para ellos fuera lo más normal del mundo.

Como una descarga eléctrica, las palabras de Cassie activaron las escasas neuronas que en ocasiones me acompañaban, preguntándome cómo es que no me había dado cuenta antes de ese detalle.

De repente, resultaba obvio que aquel peculiar equipo de rescate no parecía en absoluto sorprendido por todo lo que los rodeaba. Apenas dedicaban algún breve vistazo a edificios que a nosotros nos quitaban el hipo y, sobre todo, no habían hecho el menor comentario —ni siquiera el teniente Souza—, acerca de la naturaleza o el origen de aquel imponente emplazamiento arqueológico.

Siguiendo ese razonamiento, sólo se me ocurrían dos alternativas.

Una era, que fueran tan profesionales —u obtusos— que no permitían que nada les distrajese de su cometido, ni siquiera un entorno tan extraordinario como el que se exhibía ante nosotros.

La otra... bueno, la otra resultaba tan impensable que ni siquiera llegué a planteármela.

Andaba dándole vueltas al tema, cuando el teniente dio orden de detenernos en un terreno elevado —y por lo tanto aún seco—, rodeado de árboles. No fue sin embargo hasta llegar a su altura, que descubrí alzándose frente a nosotros una mole de granito, en cuya base se abría una oquedad que, adentrándose en el interior de la roca, se perdía en la oscuridad.

—Este lugar es perfecto —dijo Souza, llevándose las manos a la cadera y volviéndose hacia nosotros—. Montaremos el campamento base en esta explanada, y desde aquí peinaremos la zona en busca de la otra expedición.

Acto seguido impartió unas órdenes cuasi telepáticas a sus hombres, e inmediatamente pusieron manos a la obra delimitando y limpiando concienzudamente el terreno, hecho lo cual, sacaron unos pequeños paquetes de sus mochilas y, como en una coreografía, los lanzaron al suelo al mismo tiempo.

Como mariposas saliendo de su capullo los paquetes se desplegaron e hincharon, y en cuestión de segundos cuatro tiendas de campaña inflables de color naranja fluorescente ocupaban el centro del claro, como si hubieran brotado de la misma tierra. Pensé que con un poco de humo, aquel hubiera sido un truco de magia acojonante.

En cuestión de diez minutos, ante nuestros atónitos ojos ya habían montado el campamento alrededor de un círculo de piedras, en cuyo interior se iban amontonando con rapidez leños para preparar un fuego.

Entonces Souza se agachó frente a una de las voluminosas mochilas que traían, la abrió, y como un prestidigitador sacó de ella un abultado sobre de aluminio. Se detuvo un momento a leer la inscripción del exterior, y girándose hacia nosotros al tiempo que lo sacudía como un sonajero, preguntó con una sonrisa mordaz:

—¿A alguno de ustedes le apetece unos macarrones a la napolitana?

52

Comimos a dos carrillos hasta no poder más.

Hasta ese momento no me había dado cuenta del hambre que tenía, y aquellos sencillos macarrones con salsa de tomate deshidratada me supieron a langosta bañada en caviar. A mi lado, mis dos amigos se recostaban sobre un tronco, ahítos y felices, bromeando entre ellos sobre la correosa carne seca de Iak, o la serpiente asada que me vi obligado a cargar durante kilómetros.

Hacía mucho que no los veía reír tan plácidamente, señal de lo mucho que habíamos pasado los últimos días. El profesor Castillo, sentado como un Buda menesteroso con gafas de carey, mantenía una actitud tranquila y relajada, confiado en que todo se iba a solucionar ahora que el equipo de rescate estaba allí. También Cassie había recuperado aquel brillo de entusiasmo en sus ojos, y su buen humor restallaba en la jungla con esporádicas carcajadas que espantaban el opresivo silencio de aquella selva como un rayo de sol a las tinieblas.

Incluso Souza parecía haber dejado de lado su innata marcialidad, y sentándose junto a nosotros nos había preguntado por nuestras andanzas, y cómo nos habíamos encontrado en aquella tesitura, admirándose ante algunos acontecimientos de la misma y riéndose de otros, al describirle ciertas situaciones poco airosas por las que habíamos pasado.

En ese momento, que por la altura del sol calculaba que debía de ser mediodía, nos habíamos quedado solos con el teniente y uno de sus hombres, mientras los otros ya se habían dispersado por toda la ciudad a la búsqueda de rastros que nos pudieran llevar a localizar al equipo de Valeria.

—Por cierto —dije dirigiéndome a Souza—, hay un par de cosas que nos tienen algo sorprendidos respecto a ustedes.

El teniente se irguió, forzándose a mantener el rictus de la sonrisa.

—Pregunte —dijo—, trataré de solventar sus dudas.

—Verá. La primera, es que no dejo de pensar en cómo tienen pensado sacarnos a todos de aquí. Dejarse caer en paracaídas es relativamente fácil, pero regresar... eso no imagino cómo piensan hacerlo.

Souza sonrió con beatitud y desechó la duda con un mohín.

—Ustedes no tienen que preocuparse de esos detalles —contestó mirándonos a los tres—. No es la primera vez que realizamos una operación similar, y les aseguro que todo está controlado.

—Pero...

—Relájese —me interrumpió—, será una especie de sorpresa.

—Está bien —concedí dándole un voto de confianza—. Aunque aún tengo una duda más.

—Adelante.

—Pues me preguntaba... —Miré un momento hacia Cassandra—. Nos preguntábamos, cómo es que ustedes no parecen sorprenderse por todo lo que nos rodea ¿Se da cuenta de que estamos en un yacimiento arqueológico inexplorado, y que somos los primeros que podremos revelar su existencia al resto del mundo?

El teniente Souza alzó los ojos inocentemente.

—¿Ah, sí? —contestó mirando a su alrededor, como si por primera vez se diera cuenta de dónde se encontraba—. Pues la verdad, no tenía ni idea. Ninguno de nosotros tenemos formación alguna sobre arqueología o temas parecidos. Sinceramente, pensaba que las ruinas incas eran algo bastante común en Sudamérica.

—Esto no es inca —puntualizó el profesor—. Se trata de una civilización desconocida hasta ahora cuyo valor histórico es incalculable. Machu Picchu o Tenochtitlán, son puebluchos sin importancia comparados con este lugar.

—¿No me diga? —repuso poniéndose en pie y sacudiéndose el pantalón, decididamente poco interesado—. Parece muy interesante, pero si no les importa, preferiría seguir hablando de este asunto más tarde.

Ahora he de ocuparme de coordinar a mi equipo. Ustedes descansen, que nosotros nos ocupamos de todo. —Señaló al enorme mulato que se mantenía de guardia a cierta distancia y agregó—: Les dejo con Luizao para que se sientan seguros, yo volveré antes del anochecer.

Y dándose media vuelta tomó su arma, se colocó la radio al cinto, y se internó en la selva sin dar más explicaciones.

—Bueno… —dije incorporándome cuando Souza ya se había perdido de vista—. ¿Y ahora qué hacemos?

Cassie bostezó exageradamente, se tumbó sobre su chubasquero amarillo limón y empleó nuestra pequeña mochila a modo de almohada recostando la cabeza sobre la misma.

—A mí no me iría mal una siesta. Es la primera oportunidad que tenemos de descansar relajadamente desde hace una semana, y por mi parte pienso aprovecharla.

—¿Y no sientes interés por seguir explorando?

—Las ruinas seguirán aquí dentro de una hora —replicó, y cerró los ojos dando la conversación por terminada.

—¿Y usted, profe? —le espeté volviéndome hacia él—. ¿También quiere tumbarse a la bartola?

—Hombre, Ulises… —se excusó con gesto cansado—. Uno ya tiene una edad, y estos días han resultado agotadores. Creo que lo más sensato es dejar de momento la búsqueda de mi hija en manos de los profesionales y, mientras tanto, tratar de recuperar fuerzas.

—En fin —contesté con fingida resignación, volviendo a sentarme en el suelo—. Si la arqueóloga no tiene interés en investigar la misteriosa Ciudad Negra, y al sufrido padre no le interesa ir a buscar a su hija perdida en la selva, no voy a ser yo quien…

—¿Por qué no te callas un ratito? —me cortó Cassie abriendo un ojo.

—Yo sólo…

—Tú sólo quieres chingar.

—Mujer, el cariño también es importante.

—Anda y que te den —replicó enseñándome el dedo de saludar, y se dio la vuelta sobre su destrozado chubasquero.

—¿Qué... qué quieres hacer? —preguntó sin embargo el profesor, arrastrando las palabras.

Me quedé mirándolo, sorprendido.

La verdad es que la mexicana tenía razón: sólo quería tocarles un poco las narices. En realidad yo estaba tan cansado como ellos, y no esperaba que ninguno dijera que sí.

—Pues... no sé —balbucí improvisando—. Quizá podríamos dar una vuelta por los alrededores, ya sabe, investigando y esas cosas.

El profesor chasqueó la lengua y con un suspiro se puso en pie fatigosamente y empezó a estirarse.

—Está bien —bufó—. Pongámonos en marcha, ¿adónde quieres ir?

Imitándolo, me levanté y, echando un vistazo alrededor, mis ojos fueron a parar a la negra oquedad que se abría paso en la roca.

—¿Qué le parece ahí? —sugerí—. Parece interesante, ¿no?

—Te recuerdo que no tenemos linternas —arguyó mirando hacia la oscuridad, que comenzaba a pocos metros de la entrada.

—Pero él sí —repliqué señalando al tal Luizao, que parecía no quitarnos ojo desde que se había ido su jefe.

Como quien no quiere la cosa, me acerqué al tipo en cuestión; un musculoso mulato de casi dos metros, que en ese momento sacaba un cigarrillo Camel de su cajetilla y se lo llevaba a la boca.

Aprovechando la circunstancia, saqué mi encendedor del bolsillo y le ofrecí lumbre, como si aquel fuera una atractiva damisela y estuviéramos junto a la barra de un bar.

El fulano miró el encendedor y con una de sus manazas lo apartó casi con desprecio.

«Vale —pensé—, no empezamos bien.»

—¿Te llamas Luizao, verdad? —pregunté con la mejor de mis sonrisas—. Verás... el profesor y yo pensábamos curiosear un poco en la caverna de ahí detrás —añadí, apuntando a la oscuridad del umbral—, y quería saber si podrías prestarnos un rato tu linterna —y puse el dedo sobre la susodicha, que le sobresalía de uno de los bolsillos del uniforme, y seguidamente me señalé a mí mismo.

Demasiado tarde —justo al ver la expresión de su cara— me di cuenta de que la diferencia idiomática y mis gestos habían provocado un grotesco malentendido. El tipo creyó que le estaba haciendo una insinuación amorosa.

El mulato me miró de arriba abajo con incredulidad, murmuró un incomprensible insulto entre dientes, y con un gesto inequívoco me invitó a que me fuera por donde había venido si no quería perder algunos dientes. Sin embargo me quedé plantado delante como un idiota, pensando en cómo aclarar el absurdo, cuando el tipo sacó su propio Zippo del bolsillo y encendió el cigarrillo, tirándome el humo a la cara a modo de último aviso.

Inmediatamente me di la vuelta y tomé al profesor del brazo y, como invitándolo a un paseo, regresé con él junto a los restos de la hoguera.

—¿No ha habido suerte? —inquirió ladeando una sonrisa—. A lo mejor es que no eres su tipo.

—Muy gracioso… —contesté—. Pero creo que tenemos un problema.

—¿Un problema? —preguntó pacientemente, como si le hubiera revelado que teníamos los ojos en la cara—. ¿Qué problema?

Al llegar junto Cassie, le urgí a tomar asiento de espaldas al irascible Luizao.

—Me parece que esta gente no son quienes dicen ser —afirmé en voz baja.

El profesor Castillo se volvió hacia mí lentamente, clavándome la mirada para cerciorarse de que no estaba bromeando.

—Explícame eso…

—Sospecho que el teniente Souza y los suyos no son un equipo de salvamento... —dije mientras las piezas se iban uniendo rápidamente en mi cabeza— y que no han venido a rescatarnos.

Mi viejo amigo entrecerró los ojos con escepticismo.

—Pero ¿de qué estás hablando? —preguntó volviéndose hacia el mulato vestido de camuflaje y arma en ristre—. ¿Cómo no van a venir a rescatarnos? ¿A qué iban a venir si no?

53

Ahora éramos los tres quienes, de espaldas a Luizao, nos sentábamos alrededor de las brasas de la hoguera en un tenso silencio.

—Me parece que estás un poco paranoico... —sugirió Cassie tras ponerla a ella y a Eduardo al corriente de mis sospechas.

—A mí también me da que estás exagerando —coincidió el profesor—. Porque ese tipo use un encendedor con el logo de la constructora, no significa inevitablemente que esta gente no sean quienes dicen ser. Yo mismo, en la cocina de mi casa tengo un mechero con publicidad de La Caixa, y eso no significa que yo sea banquero.

—Primero: —rebatí armándome de paciencia— no se trata de un mechero de plástico cutre, sino de un Zippo, un encendedor de acero que no se regala a cualquiera. Y segundo: que lleve grabadas las siglas AZS, de la empresa que quiere inundar estas tierras con su presa, me parece mucho más que una mera coincidencia. Pensadlo —insistí mirándolos a ambos—, aquí hay gato encerrado.

—No mames, güey —replicó la mexicana con un gesto de hastío—. Se me ocurren mil razones que expliquen lo del pinche encendedor, sin tener que recurrir a conspiraciones imaginarias ¿No será que estás resentido —sugirió con un guiño—, porque el mulato te ha dado calabazas?

—No fastidies, Cassie. Estoy hablando en serio.

—Pues no lo parece. Lo que afirmas me parece una pendejada.

—Aún no he afirmado nada. Sólo os digo lo que he visto, y si utilizáis la cabeza os daréis cuenta de que algo no cuadra. Personalmente no me trago esa historia de que han recibido la orden de venir a rescatarnos, y que no sepan de dónde o de quién ha procedido el aviso. Además, ¿quién habría podido ser? Nadie sabía que estaríamos aquí... diantre. ¡Ni siquiera nosotros lo sabíamos!

—En eso tienes razón —admitió el profesor, pensativo—. A los menkragnoti tampoco les dijimos que veníamos a este lugar.

Cassandra señaló en dirección a la gran pirámide.

—Quizá un avión vio la hoguera que hicimos y dio el aviso —conjeturó, reacia a dar su brazo a torcer.

—Lo habríamos oído —rebatí de inmediato.

—No si hubiera volado muy alto.

—¿Crees que los pilotos de aerolíneas comerciales, van dando avisos de salvamento cada vez que ven una fogata en la selva? —la atajé con más sarcasmo del que pretendía.

La mexicana me dedicó una mirada furibunda.

—Andáte al carajo —fue su fulgurante respuesta.

El profesor Castillo, sin embargo, abrió los brazos resignadamente.

—Está bien, Ulises. ¿Cuál es tu teoría?

—No tengo ninguna.

—Ya nos conocemos bastante, y sé cuando algo te ronda por la cabeza. Vamos, suéltalo.

En efecto, mi viejo amigo tenía razón, pero la única conclusión a la que había llegado era tan descabellada que a mí mismo me costaba aceptarla.

—¿Qué pasaría... —sugerí, titubeante, esperando que en cualquier momento me tacharan de chiflado y decidieran atarme a un árbol— si estos tipos estuvieran realmente contratados por la constructora? La misma constructora que, he de recordaros, tan generosamente nos proporcionó un hidroavión para llegar frente al poblado de los menkragnotis y que, por si lo habíais olvidado, nos dejó tirados en medio de un banco de arena del río a merced de los caimanes.

—No irás a pensar que...

—Espere, profe. Aún no he terminado. —Hice una breve pausa para aclararme las ideas—. Si nosotros convencimos a Iak de que encontrar la ciudad de los hombres antiguos era la única posibilidad de salvar a su tribu, ¿por qué los directivos de la constructora no habrían de llegar a la misma conclusión... pero al revés?

—¿Al revés?

—Si no hay Ciudad Negra, no hay impedimento para que se inunde esta selva.

—Pero la ciudad existe —alegó señalando a su alrededor—. Eso es innegable.

—Si un árbol se desploma en el bosque y no hay nadie para oírlo... ¿Hace ruido al caer?

El profesor se quedó mirándome fijamente por unos segundos.

—¿Me estás tratando de decir... que el propósito del teniente Souza y su equipo no es rescatarnos —tragó saliva antes de proseguir—, sino evitar que la existencia de este lugar salga a la luz?

Ya se había contestado a sí mismo, de modo que me limité a guardar silencio.

—Pero... —insistió, reticente a aceptar aquella posibilidad— si eso es así ¿por qué estamos vivos aún? Si su intención fuera silenciarnos, podrían habernos pegado un tiro nada más vernos y asunto solucionado.

—No sabría decirle. No tengo todas las respuestas.

—Puede que yo sí... —sugirió la mexicana, pensativa—. ¿Y si han pensado usarnos como cebo?

—¿Como cebo? —preguntó el profesor de nuevo desconcertado—. ¿Cebo, para qué?

—No para *qué*, sino para *quién*.

—¡Claro! —exclamé propinándome una sonora palmada en la frente—. ¿Recordáis su expresión de sorpresa cuando le mencionamos que la expedición de Valeria podría estar en los alrededores?

—Y no nos olvidemos de Iak —señaló Cassandra—. Salieron tras él en cuanto les dijimos dónde estaba, aunque le dejamos claro que no tenía ningún interés en ser «rescatado».

—Me temo que sólo nos mantienen con vida porque les podemos llegar a ser útiles para atrapar a los demás, y como no creen que podamos sospechar de sus verdaderas intenciones, no necesitan siquiera tenernos vigilados... —No pude evitar el esbozo de una sonrisa amarga—. Al fin y al cabo, ¿quién iba a huir de alguien que viene a rescatarte?

—Y cuando al final nos tengan a todos... —concluyó lóbregamente la arqueóloga.

—Un momento —intervino el profesor levantando las manos—. ¿Os estáis escuchando a vosotros mismos? —Nos miró a uno y otro reprobadoramente—. Habéis entrado en una espiral conspiranoide, dando por hecho que nos quieren matar a todos, tan sólo porque el fulano de ahí atrás tiene un puñetero encendedor con el logo de una constructora. —Meneó la cabeza con incredulidad—. Pero ¿es que habéis perdido la cabeza?

Mirándolo fríamente no podía quitarle razón a mi amigo, pero de algún modo estaba seguro que andaba errado y, puestos a equivocarnos, lo mejor era usar el dicho que siempre aplicaba al submarinismo de «más valen cien *porsiacaso*, que un *yopenseque*».

—Le comprendo, profe —aduje tratando de parecer convincente en aquella decisión inevitable—. Y puede que usted tenga razón... pero yo no quiero correr ese riesgo. Hemos de irnos.

Y en ese preciso instante, helándome las palabras en la boca, la voz de Souza replicó a nuestra espalda al mismo tiempo que una mano se apoyaba en mi hombro, apretando con excesiva fuerza.

—¿Iros? —exclamó casi con jovialidad—. ¡Pero si acabamos de conocernos!

54

—Me mata tener razón —renegué sentado en la oscuridad sobre el frío y húmedo suelo de tierra, atado de pies y manos con gruesas bridas de plástico negro.

Justo a mi lado, el profesor y Cassandra se encontraban igual que yo.

Igualmente atados, igualmente cabreados e igualmente a oscuras.

Tan sólo un levísimo rastro de luz de la tarde llegaba desde la distante entrada, pero tan escaso que apenas permitía vernos ni la punta de la nariz.

Irónicamente, nos habían llevado al interior de la cueva que había querido explorar pocos momentos antes, imaginé que para no tenernos a la vista de esa guisa, y evitar de paso que hiciéramos tonterías como gritar o salir corriendo. En un abrir y cerrar de ojos, habíamos pasado de la cómoda condición de señuelos, a la de simples y maltratados rehenes.

—Bien podías haberte quedado calladito —me recriminó la mexicana por tercera vez consecutiva.

—¿Y yo cómo iba a saber que el tipo estaba detrás, escuchándonos? —protesté.

—Supongo —terció el profesor echándome un capote—, que el mulato debió darle el aviso por radio a Souza de que se olía algo raro, y dio la casualidad de que nos pilló infraganti. Aunque de cualquier modo no tiene sentido discutir por eso. Desgraciadamente —añadió, resignado—, habríamos terminado así tarde o temprano.

—En realidad —agregué—, es mejor que haya pasado. Al menos ahora sabemos a qué atenernos.

—Oh, sí —gruñó Cassie—. No sé cómo darte las gracias.

—¿Creéis que en este momento nos vigilan? —susurró el profesor cambiando de tema.

—A oscuras no tendría mucho sentido —deduje—, pero puede dar por seguro que hay alguien controlando la entrada. ¿Por qué lo pregunta? ¿Está pensando en ir a dar un paseo?

—Podríamos intentarlo.

—¿Dando saltos como canguros, con los pies y las manos atadas? —preguntó la arqueóloga con acidez—. Una gran idea, profesor. Sería imposible que nos descubrieran.

—Yo no he dicho nada de salir fuera —replicó el aludido.

La mexicana guardó silencio por un instante.

—No estará sugiriendo…

—Adentrarnos en la cueva —confirmó—. No veo otro camino.

—¿A oscuras y maniatados? —Me reí sin ganas—. ¿Lo dice en serio?

—Podríamos utilizar tu encendedor para iluminarnos.

—Es lo primero que me quitaron —repuse amargamente—, además del cuchillo de buceo. Estos tipos saben lo que se hacen.

—Pues algo se nos tiene que ocurrir —insistió con un hilo de voz—. No podemos quedarnos aquí tranquilamente, mientras buscan a Valeria con la idea de... —Dejó la frase en el aire, incapaz de terminarla.

—¿Tranquilamente? —le espetó Cassandra—. Le recuerdo que nuestras perspectivas de futuro son peores que las de su hija.

—Sí, claro... Lo siento —musitó, abatido

—No tiene de qué disculparse profesor —repuso en cambio la mexicana, comprensiva ante la preocupación del profesor—. Me hago a la idea de cómo se siente.

—No os preocupéis ninguno de los dos —afirmé, optimista, tratando de animarles—. Aún no sabemos exactamente lo que quieren hacer con nosotros, pero en algún momento surgirá una ocasión para escapar. Sólo nos queda esperar y estar atentos para aprovechar la oportunidad cuando ésta se presente.

—¿Insinúas… —inquirió la arqueóloga con un deje de esperanza— que tienes un plan?

Aún consciente de que no se veía absolutamente nada, me giré hacia ella con una mueca en los labios.

—¿Rezar cuenta?

El paso de las horas trajo la noche al exterior y la oscuridad más absoluta al interior de la cueva, donde ya ni los despojos de la luz del día alcanzaban a asomarse.

Habíamos dejado de hablar hacía rato, pues ninguno tenía ánimos para hacerlo, así que cuando el sonido de unos pasos nos llegaron desde la entrada de la cueva, enseguida supe que alguien venía. Quizá con la intención de desembarazarse de nosotros de una vez por todas.

Un fulgor de luz blanquecina inundó la cueva, reflejándose en la humedad de las paredes, y segundos más tarde, doblando una esquina se plantó ante nosotros el teniente Souza acompañado del sargento Gerais, portando cada uno de ellos una linterna de gran potencia.

—¿Cómo se encuentran? —preguntó, sarcástico. ¿Están cómodos?

—La habitación es bastante tranquila —repuse intentando parecer lo más tranquilo posible—. Aunque el servicio es francamente mejorable.

Souza dejó escapar una risa sibilina y nos deslumbró a los tres con su linterna.

—Me alegro de que estén de tan buen humor —dijo—, porque voy a necesitar de su ayuda.

—Váyase al carajo —sugirió Cassie.

—Todavía no les he dicho para qué les necesito —arguyó éste sin inmutarse—. A lo mejor, podríamos llegar a un acuerdo.

—¿Un acuerdo? —preguntó el profesor.

—Eso es, un acuerdo —repitió—. Ustedes me ayudan a mí, y yo les ayudo a ustedes.

—¿Puede ser más concreto?

—Verán... —carraspeó—. Las personas que nos han contratado, como ya han deducido, no desean que se divulgue el conocimiento de este lugar. Así que me gustaría que me ayudaran a localizar a su amigo el indio y a los miembros de la otra expedición, que según parece, por algunos rastros hallados por mis hombres, se encuentra en algún lugar de los alrededores.

—¿Quiere decir que aún no los han encontrado? —preguntó el profesor con entusiasmo mal disimulado.

—No se haga ilusiones, amigo. Es sólo cuestión de tiempo que demos con ellos. Pero cuanto antes lo hagamos, antes podremos terminar con esto.

No podía creer lo que estaba oyendo. Aquello ya era el colmo del cinismo.

—Vamos a ver… —recapitulé conteniendo la ira—. ¿Quiere que le ayudemos a capturar a los demás… para que así, puedan eliminarnos a todos más fácilmente?

—¿Eliminarlos? —repuso Souza con gesto de sorpresa—. ¿Quién ha dicho nada de eliminarlos? Nuestra intención es hacerles firmar unos documentos de confidencialidad y luego llevarlos de regreso a la civilización. No somos unos asesinos.

—Son mercenarios —replicó Cassie—. Yo no veo gran diferencia.

El teniente esbozó una sonrisa cansada.

—Yo prefiero la definición «Seguridad Privada», señorita Brooks. Y esa diferencia —añadió con gravedad—, es la que les mantiene a ustedes con vida.

Aquella amenaza tan poco velada dio paso a un largo silencio.

—¿Y si no firmamos? —se atrevió a preguntar finalmente Eduardo, tragando saliva.

Souza acercó su cara a la del profesor, y con tono intimidante le susurró al oído lo suficientemente fuerte como para que los demás lo escucháramos.

—Ese es un caso que, por el bien de todos ustedes, espero no llegue a darse.

Tras esa amenazante aclaración, el teniente Souza nos invitó a discutirlo durante unos minutos, dejándonos de nuevo a solas.

—Está mintiendo —afirmé sin sombra de duda—. En cuanto nos tenga a todos, nos matará. No lo dudéis.

—¿Y por qué iba a hacer eso? —replicó el profesor, cuyo deseo de encontrar a Valeria lo antes posible prevalecía sobre todo lo demás—. Nos ha dado su palabra de que…

—Miente —le interrumpí.

—Eso no lo sabes.

—Tampoco sabemos si dice la verdad, y lo del documento de confidencialidad me suena a cuento chino. —Respiré hondo y le pregunté—: ¿Conoce el principio de la navaja de Ockham?

—¿Qué? —repuso, sorprendido—. Sí, claro que lo conozco. Pero ¿qué tiene que ver eso con...?

—El principio de la navaja de Ockham —expliqué igualmente— dice que en igualdad de condiciones, la explicación más sencilla suele ser la correcta, ¿no?

—Así es. ¿Y?

—Piénselo, profesor. La explicación más sencilla es que Souza nos esté mintiendo. No tiene sentido que se compliquen la vida haciéndonos firmar unos supuestos contratos de confidencialidad, y luego tratando de sacarnos de esta selva confiando en que más adelante ninguno nos vayamos de la lengua. Me temo que, lo más fácil para ellos —concluí, desabrido—, es pegarnos un tiro a cada uno, meternos en un agujero y quitarse de encima el problema para siempre. Y eso es exactamente lo que creo que van a hacer.

55

—¿Y bien? —preguntó Souza nada más volver, acompañado esta vez por Luizao—. ¿Qué han decidido?

—Colaboraremos —contesté con aire resignado—. Pero tiene que darnos su palabra de que nos sacará a todos vivos de esta selva, incluida la hija del profesor.

—Por supuesto. Entonces, ¿firmarán los contratos de confidencialidad?

—Los firmaremos.

—Estupendo. ¿Algo más?

—Pues ahora que lo dice... no vendría mal que nos desatara.

—Oh, claro. Y ¿seguro que no necesitan otra cosa? ¿Unos refrescos? ¿Un masaje de pies, quizá...?

—¿Perdón?

Desde detrás de los focos de las linternas, brotó una carcajada cruel.

—Vamos a ver... —dijo Souza repentinamente serio—. ¿Es que me toman por idiota?

—No entiendo...

—Les he estado oyendo hablar desde que los dejé solos —aclaró como si fuera una obviedad—. Dejé aquí mismo una radio con el canal abierto, y he escuchado de principio a fin su infantil plan de huida. —Se tomó un momento para suspirar—. ¿Así que querían parecer sumisos colaboradores hasta que vieran la oportunidad de escapar? Patético, la verdad. Aunque he de admitir que lo de la navaja de *nosequién* me ha parecido muy interesante —y con sorna, añadió—: Es cierto eso que dicen de que no te acostarás sin saber una cosa más.

—Puto cabrón... —masculló Cassie.

—Se equivoca, señorita —repuso fríamente—. Soy un profesional que sólo trata de hacer bien su trabajo. —Con un tono más bajo, añadió—: Si fuera un cabrón, la arrastraría de los pelos al exterior y dejaría que mis hombres se divirtieran con usted toda la noche.

—Tócame y te juro que te arranco los huevos —replicó la mexicana con voz gélida.

El mercenario rió quedamente.

—Vaya, veo que tiene carácter la señorita. Quizá habría que enseñarle buenos modales.

—Que te jodan.

—Mejor no me de ideas.

—Por lo que veo, es usted un valiente —intervine tratando de desviar su atención hacia mí—. Amenazando a una mujer con las manos atadas... ¿Qué más sabe hacer? ¿Pegar a niños?

—Vaya, vaya... así que el caballero quiere defender el honor de la princesita —musitó entre dientes—. Qué bonito. Lástima que en el mundo real el lobo se come a Caperucita, y a Blancanieves la violan los siete enanitos... En fin —resopló con fingido hastío—, les dejo aquí con Luizao, que se encargará de hacerles compañía para que pasen una buena noche.

—¡Un momento! —exclamó el profesor cuando Souza se dio la vuelta y comenzó a alejarse—. Al menos, díganos de una vez qué piensa hacer con nosotros.

La voz de Souza se tiñó de burla cruel.

—Eso de la navaja me ha gustado —contestó con una risa apagada—. Vaya si me ha gustado.

La linterna de Luizao —que ahora nos vigilaba en silencio a cinco o seis metros de distancia—, se mantenía apagada, pero cada vez que alguno de nosotros hacía el menor movimiento o provocaba algún pequeño ruido, ésta se encendía de inmediato y nos enfocaba a los tres alterativamente. Aun así, en ninguna ocasión el encargado de custodiarnos llegó a abrir la boca; tan sólo nos alumbraba lo justo para asegurarse de que no hacíamos nada raro y apagaba nuevamente la luz, dejándonos otra vez entre tinieblas.

—¿Y ahora —susurró el profesor— qué creéis que nos pasará?

—Si no nos han matado ya —opinó Cassandra—, es porque aún pensarán usarnos de algún modo.

—¿Quieres decir... como rehenes?

—Sí, eso quiero decir. Somos su as en la manga, por si logran contactar con el grupo de su hija, pero no capturarlos. Imagino —agregó tras meditarlo un instante—, que podrían amenazarlos con matarnos a los tres si no se entregan, o algo por el estilo.

—Eso sería horrible —advirtió el profesor tragando saliva—. Si mi hija cae en manos de estos bastardos por mi culpa, yo... no me lo perdonaría jamás.

—Me temo que si eso sucediera —rezongué—, no le dejarían mucho tiempo para lamentarse.

Como suele sucederme, me arrepentí al punto de no haber pensado mis palabras antes de decirlas, e iba a disculparme cuando el profesor afirmó con inesperado ímpetu:

—No podemos permitirlo. Hemos de salir de aquí inmediatamente.

—En eso estamos los tres de acuerdo —apuntó Cassie—. El problema es cómo.

—¿Se te ocurre alguna idea, Ulises? —cuchicheó el profesor—. A ti estas cosas se te suelen dar bien.

—De maravilla... —contesté, desanimado—. No hay más que vernos.

—Si lo dices por lo de la radio, era imposible que supieras que la había dejado ahí para espiarnos. A ninguno se nos ocurrió esa posibilidad.

—Y yo no descartaría que lo haya vuelto a hacer —opinó Cassandra—, así que no sería mala idea hablar bajito entre nosotros.

—Cierto —apunté—. El fulano este que nos vigila creo que no habla ni papa de español, aunque de todos modos hemos de procurar que tampoco se entere de nada.

—Podríamos hablar en inglés —sugirió el profesor.

—No sé... a lo mejor sabe más inglés que español y la fastidiamos.

—Pues yo no sé más idiomas... —confesó la mexicana.

—¿Latín? —aventuró el profesor.

—¿Está de broma? —repliqué—. Se trata de que *ellos* no nos entiendan.

—Pues ya me diréis...

—Se me ocurre algo —dijo Cassandra—. ¿Sabéis lo que es la jerigonza?

—Ni idea. ¿Algún baile de tu tierra?

—Que burro eres. La jerigonza es un juego que hacía cuando era pequeña con mis amigas —aclaró—. Un juego en el que, para que los padres no supieran de lo que estábamos hablando cambiábamos todas las vocales por una sola, y si no estás muy atento, es imposible seguir la conversación.

—No entiendo nada

—Verás, te pondré un ejemplo: *Mi llimi Cissindri Briiks, y sii irquiiligi sibmirini.*

—Joder. Parece chino.

—Simplemente he cambiado todas las vocales por la «i», y aunque requiere cierta práctica para hablar deprisa, si lo hacemos en voz baja no habrá quien nos entienda.

—Incluido yo —lamentó el profesor.

—No es tan difícil. A ver, inténtelo.

El profesor carraspeó un par de veces y comenzó a hablar muy lentamente.

—Me lleme Edeerde Cestelle... e see prefeser reterede... de Hesteree Medeevel

—¡Órale! —exclamó la mexicana—. Ahora tú, Ulises. Prueba con la u.

—Ustu mu puruzu... unu tunturuu cumu unu cusu...

—¿Acaso se te ocurre algo mejor?

—Nu.

—Pues entonces lo haremos así. Ahora toca pensar en un buen plan.

56

Lo cierto es que al cabo de un rato le cogimos el tranquillo al asunto, y finalmente resultó casi hasta divertido. Aún más cuando imaginábamos a Souza, escuchándonos al otro lado de la cueva a través de su radio, preguntándose en qué maldito idioma estábamos hablando y por qué todo nos hacía tanta gracia.

Allí estábamos los tres, atados de pies y manos en lo profundo de una tenebrosa cueva, sabedores de que nuestras horas estaban contadas... y riéndonos cada vez que uno abría la boca. Luizao ya no se molestaba ni en alumbrarnos, convencido de que habíamos perdido la chaveta.

La pega es que no se nos había ocurrido ni una sola idea sensata que llevar a cabo, con lo cual sólo nos quedaban de las otras: las insensatas.

El único plan —por llamarlo de algún modo— que habíamos urdido, consistía básicamente en lanzarnos los tres al mismo tiempo sobre nuestro vigilante, tratando de inmovilizarlo con nuestro peso; con la esperanza de que en el tumulto nos pudiéramos hacer con su arma y, si los hados nos favorecían, incluso cabía la posibilidad de que lo dejáramos sin sentido al tirarlo al suelo.

La lista de cosas que podían salir mal era tan larga que no valía la pena ni enumerarlas, de modo que, conscientes de lo desesperado de nuestra situación, decidimos intentarlo en cualquier caso. Y que fuera lo que tuviera que ser.

—*¿Ostóos proporodos?* —preguntó la mexicana en voz baja.

—*Proporodo* —susurró el profesor.

—*O lo do tros* —dije yo—, *vomos o por ól. Ono...*

Lentamente y procurando no hacer el más mínimo ruido, doblé las piernas y apoyándome en la pared, me puse en pie.

—*Dos...*

De pronto me vino a la cabeza la imagen del mulato al que pretendíamos derribar. Una montaña de músculo entrenada para matar y que no dudaría en hacerlo llegado el caso. En ese instante estuve seguro de que cometíamos un gravísimo error, pero aun así dije en un murmullo:

—*... Tros.*

Y di un primer salto hacia adelante con los pies atados y las manos a la espalda, tan a ciegas como si fuera con los ojos cerrados, en la dirección que suponía se encontraba el mercenario.

Notaba la respiración entrecortada del profesor a mi espalda y daba por hecho que pegado a él iba Cassie, así que no lo dudé y di un nuevo salto procurando no perder el equilibrio.

Fue entonces cuando una intensa luz blanca se encendió a pocos centímetros de mi cara, y lo siguiente que sentí fue un dolorosísimo golpe en la sien derecha que me tiró al suelo como un saco de patatas, arrastrando en la caída a los dos amigos que se encontraban detrás de mí.

—*¿Qué querem facer voçés?* —inquirió entre incrédula y divertida la cavernosa voz del brasileño—. *¿Voçés queré atacarme?*

La cabeza me daba vueltas y casi no sabía ni donde estaba, pero no me hacía falta excesiva clarividencia para darme cuenta de lo que acababa de suceder. Simplemente, nos había descubierto incluso antes de lograr acercarnos.

Sobreponiéndome al dolor del golpe abrí los ojos, lo suficiente para ver como Luizao nos apuntaba con su fusil semiautomático mientras nos alumbraba. Casi podía oír los engranajes de su cabeza, tratando de decidir qué hacer con nosotros.

La respuesta llegó con un leve chasquido, seguido de un correr de piezas metálicas. Acababa de quitar el seguro y montar el arma.

—*Eu so moito cansado de voçés* —afirmó con una extraña indiferencia—. *Adeus...*

En ese instante, supe con certeza que nos iba a disparar.

Quise decir algo, lo que fuera. Sin embargo ni un solo sonido salió de mi garganta, pues en realidad no tenía nada que decir. La inapelable sentencia estaba dictada.

Pero entonces, cuando ya imaginaba al mulato presionando lentamente el gatillo de su arma, un intenso olor a podredumbre asaltó mis fosas nasales, y me pregunté si acaso ese era el hedor de la muerte.

Acto seguido, un grito ahogado seguido de un gorgoteo irreconocible, me llegó desde el lugar que ocupaba Luizao, y de forma incomprensible la linterna que me deslumbraba dejó de enfocarme, y pareció levitar en el aire elevándose hacia el techo, como si flotara.

Estaba tan desconcertado, que ya ni siquiera me planteé qué sucedía cuando la linterna se estrelló ruidosamente contra el suelo. Durante la fracción de segundo en que el haz de luz había girado sin control mientras caía, alumbró una escena que, a día de hoy, aún me sigue helando la sangre en las venas.

El enorme corpachón de Luizao había levitado hasta el techo de la cueva, mientras su cabeza desaparecía en el interior de un agujero que no había visto hasta entonces y por el que surgían dos negras extremidades, terminadas en unas descomunales manos de dedos largos y afilados.

Unas manos que habían atrapado a Luizao por la cabeza, y lo sostenían suspendido en el aire mientras éste forcejeaba, pataleando en el aire con desesperación.

Pero esa imagen, como ya he dicho, duró sólo un instante.

La linterna, ahora en el suelo, iluminaba un pequeño círculo inerte en la pared.

Desde la oscuridad llegaron unos repulsivos estertores de agonía culminados con un desagradable crujido, como el de una rama que se desgarra hasta romperse.

Luego una lluvia espesa y caliente me roció el rostro.

Lo último fue el golpe sordo de un cuerpo chocando contra el suelo.

57

—Por todos los santos... —balbució la voz del profesor, que fue el primero en atreverse a decir algo—. ¿Qué ha pasado?

No tuve fuerzas para contestarle.

No sabía lo que habían llegado a ver ellos en medio de la confusión, pero en mi caso, la imagen que no cejaba en repetirse una y otra vez en mi cabeza aún me mantenía paralizado de terror.

Aquellos brazos sujetando a Luizao a más de un metro de altura, mientras éste se contorsionaba espasmódicamente...

—Parece que se ha desplomado —aventuró la mexicana desde la oscuridad, tan aturdida como Eduardo—. Pero no hemos llegado a tocarlo. ¿Tú has visto algo, Ulises?

—No sé lo que he visto —confesé, aturdido—. Es como si... como si... Dios, te juro que no lo sé.

Entonces mi mirada, que aún seguía clavada en la negrura del techo, bajó lentamente hasta tropezarse con la linterna, que todavía encendida iluminaba inútilmente la pared.

Lentamente me arrastré reptando sobre un costado, y tras cubrir los dos metros que me separaban de ella la tomé entre ambas manos e inmediatamente apunté hacia arriba, donde un agujero de un metro de ancho, se abría en el techo como una tenebrosa garganta.

Pero allí ya no había nada.

—Enfoca hacia abajo —sugirió entonces Cassandra con voz temblorosa.

Eso hice, dejando que el haz de luz recorriera la pared de la cueva hasta llegar al suelo, donde tropezó con las grandes botas del mulato que miraban al cielo.

Seguí el recorrido por sus piernas, su cintura, el torso —junto al que reposaban los brazos en una extraña pose, como si pareciera dispuesto a salir corriendo en cualquier momento—, los hombros y, finalmente...

Un grito ahogado brotó de la garganta de la arqueóloga, y el profesor cedió a las arcadas, vomitando ruidosamente. Yo tuve que apretar los labios con fuerza, y respirar profundamente para no hacer lo mismo.

La cabeza no estaba.

—Dios mío... —farfullaba Cassie apuntando con la linterna el ancho cuello brutalmente seccionado, rodeado de un charco de sangre—. ¿Quién ha podido hacer eso...? ¿Cómo es posible?

—Quién... o qué —apuntaba el profesor mientras con el cuchillo que había tomado del cinto del infortunado mercenario, me cortaba las ligaduras, como ya había hecho previamente con Cassandra y consigo mismo—. Tú has visto alguna cosa —afirmó levantando la vista—. ¿No, Ulises?

—Ya os he dicho que no lo sé... —musité—. Ha sido sólo un instante, en el que he descubierto al fulano con la cabeza metida en ese agujero de arriba... pataleando en el aire.

—¿Nada más?

—Nada más. —No tenía sentido asustarles con algo que ni siquiera estaba seguro que hubiera sido real—. Todo fue muy rápido.

—Pero...

—¿Por qué no dejamos de preocuparnos por lo que ha pasado —le interrumpí bruscamente—, y nos ocupamos de lo que vamos a hacer? Deberíamos tomar todo lo que pueda sernos útil del cadáver y largarnos echando leches, antes de que venga su relevo... o lo que sea que le ha hecho eso.

—Y ¿adónde vamos a ir? —preguntó Cassie, inquieta—. Te recuerdo que ahí fuera sigue habiendo media docena de matones, y no les va a hacer ninguna gracia encontrar a su compañero decapitado.

—Quizá —propuso el profesor tímidamente—, si les explicamos lo sucedido y que no tenemos nada que ver, a lo mejor…

La arqueóloga de ojos verdes rió ásperamente, enfocándome con la linterna.

—Oh, ya veo… —advirtió el profesor.

Sin saber a qué se refería con ese comentario, me contemplé intrigado a mí mismo.

Sólo entonces entendí lo que quería decir la desabrida risa de Cassie. Estaba empapado de pies a cabeza con la sangre de Luizao.

Definitivamente, no era esa la mejor manera de presentarme ante sus camaradas alegando inocencia.

—En fin… —dije entonces volviéndome hacia el interior de la cueva—. Eso sólo nos deja un camino posible.

—Eso parece —convino Cassandra pasándole la Glock de 9mm de Luizao al profesor, tras asegurarse de que el seguro estaba puesto.

Seguidamente y sin demasiados reparos, registró el cadáver y entre otras cosas le quitó el subfusil que aún llevaba en bandolera para colgárselo ella misma, junto a un par de cargadores que se guardó en los bolsillos laterales del pantalón. Por último, me pasó la linterna y el cuchillo, como quien hace entrega de las llaves de la ciudad.

—Un momento… ¿Vosotros os quedáis las armas de fuego y a mí me das la linterna? —protesté con incredulidad—. ¿Cómo se supone que voy a defenderme en caso de necesidad? ¿Deslumbrando?

—Tienes el cuchillo... —denotó señalándolo con la cabeza— además de tu afilado ingenio.

—Esta me la tenías guardada.

La mexicana no contestó, pero en la penumbra pude ver como se arrugaban las comisuras de su boca.

Fue entonces, en ese breve instante de silencio, que pudimos oír unas pisadas procedentes de la entrada.

Sin pensarlo dos veces, los tres empezamos a correr inmediatamente hacia el interior de la cueva.

Con la linterna en la mano me puse en cabeza, barriendo el suelo con el haz de luz y apremiándolos a que no se quedaran atrás. En mi mente aún flotaba la espantosa imagen que había presenciado momentos antes, y tenía la horrible sensación de que no los dirigía hacia la libertad, sino hacia unas amenazadoras tinieblas que, en su seno, quizá albergaban algo mucho más peligroso que un puñado de mercenarios.

58

El disco de luz de la linterna oscilaba a izquierda y derecha al ritmo de mi carrera, preocupado únicamente por dónde ponía los pies y obviando todo lo demás. Solamente miraba el suelo tratando de no tropezar, esforzándome por apartar de mi mente imágenes de negras extremidades surgiendo de las sombras.

—Espera un poco, Ulises —resolló muy atrás el profesor.

—Lo siento mucho —repuse también con la respiración entrecortada, aunque sin por ello aflojar el ritmo—, pero no podemos detenernos ahora. Si nos atrapan esos tipos, créame que lo vamos a pasar muy mal.

—Pues entonces seguid vosotros —alegó con tono lastimero—, porque a mí me van a estallar los pulmones.

—Venga ya, no se haga el mártir.

—Chale, paremos un minuto —arguyó Cassie—. Peor será si tenemos que acabar llevando al abuelo en brazos.

—Iros al cuerno —resopló el profesor—. Me gustaría saber si cuando lleguéis a mi edad, vais a poder…

La recriminación se cortó a media frase, seguida por un golpe y un quejido.

Alarmado, me detuve de forma tan repentina que Cassie tropezó conmigo.

—¿Profesor? —pregunté en un atemorizado susurro, dándome la vuelta e iluminando a nuestra espalda.

Con paso sigiloso desanduve unos metros, inspeccionando con el foco el suelo de la cueva —que no pude evitar fijarme, era demasiado simétrica para ser natural—, pero no había rastro del historiador por ningún lado.

—Profesor —le llamó también Cassandra—. ¿Dónde está?

Reviviendo el horrible incidente de minutos antes, iluminé el techo con inquietud, temiendo descubrir ahí el cuerpo de mi amigo balanceándose entre estertores. Pero tampoco. No había ninguna amenazante oquedad sobre nuestras cabezas.

—Pero ¿dónde narices se ha metido este hombre? —inquirí en voz baja, ya más intrigado que preocupado.

—Quizá se ha equivocado de camino —aventuró Cassie—, y ha ido por donde no era.

Siguiendo la sugerencia caminé unos metros más hacia atrás escrutando las sombras, con el haz de luz recorriendo cada palmo de la cueva.

Corroborando la posibilidad planteada por la arqueóloga, en la pared izquierda pareció abrirse otro pasillo que, al pasar corriendo por allí momentos antes, había pasado desapercibido para ambos.

Con cuidado nos asomamos a la entrada del mismo, comprobando que era casi igual que el tramo que habíamos seguido hasta ese momento.

Entonces Cassie se adelantó ligeramente, y sin atreverse a alzar la voz, preguntó en susurros:

—Profesor… ¿está ahí?

Silencio.

Entonces me llegó el eco, no demasiado lejano, de un coro de voces hablando entre ellas con excitación. En portugués.

Los mercenarios habían descubierto el cuerpo de Luizao.

En menos de un minuto los tendríamos encima.

—¡Joder, profe! —prorrumpí, apremiado por las circunstancias—. ¡Si me oye, conteste!

Y cuando estaba a punto de llamarle de nuevo, Cassandra me tomó del brazo con fuerza haciéndome callar.

—¿Lo oyes? —preguntó—. Me ha parecido que contestaba.

Agucé el oído tratando de ignorar las otras voces, cada vez más cercanas.

—Aquí... —respondió un eco que me pareció lejanísimo—. Abajo...

Rápidamente nos dirigimos en dirección a la voz, pero a los pocos pasos Cassie me puso la mano en el estómago deteniéndome bruscamente.

—Ahí —dijo agarrándome la mano con la que sujetaba la linterna y apuntando al suelo un par de metros por delante—. Un agujero.

Efectivamente, una especie de pozo de un metro de ancho se abría a un lado de la cueva pegado a la pared. Sin dudarlo nos abalanzamos sobre su borde, imaginando ya lo que había sucedido.

Apunté con la linterna hacia abajo y, como me temía, ahí estaba el profesor. Casi tres metros más abajo, de pie con agua hasta la cintura y sus azules ojos refulgiendo de alegría.

—Gracias a Dios —dijo con un suspiro—. Pensé que no me ibais a encontrar.

—¿Se encuentra bien? —preguntó Cassie.

—Ha sido una buena caída —aclaró—, pero el agua ha parado el golpe y creo que no me he roto nada. Podéis subirme cuando queráis.

La mexicana y yo intercambiamos una breve mirada, y supe que ambos pensábamos lo mismo.

—¿Qué opinas? —me preguntó mirando hacia abajo.

Mi cabeza bullía de ideas irrealizables, como hacer una cuerda con nuestras ropas y atar con ella al profesor. Pero el creciente murmullo de voces a nuestra espalda me hizo volver a la realidad.

—Profe —dije—. ¿Me escucha?

—Claro —contestó—. ¿Qué pasa?

—Pasa que los malos se nos echan encima, y no lo podemos sacar de ahí antes de que lleguen y nos descubran a Cassie y a mí.

Durante un segundo de incredulidad, mi viejo amigo pareció digerir aquellas palabras.

—¿Qué quieres decirme?

—No se preocupe, ahí no le encontrarán si se está calladito. Le prometo que volveremos a buscarlo en cuanto podamos.

Aquellas palabras sonaron vacías hasta para mí, pero aun así contestó:

—Sí, claro. Está bien… aquí os espero.

—Un momento, Ulises —objetó la mexicana posándome la mano en el hombro—. Me parece muy arriesgado, no será fácil volver a dar con este sitio. Y además —añadió bajando el volumen para que sólo yo pudiera oírla—, están esos cabrones armados y… lo que sea que le arrancó la cabeza al mulato. No creo que sea buena idea dejar al profesor aquí solo.

—Lo sé, lo sé… pero no hay manera de sacarlo a tiempo. En cuestión de segundos Souza y sus hombres estarán aquí, y entonces será peor para todos.

—Pero tiene que haber una manera —insistió casi rogando—. No podemos dejarle.

Tenía razón, desde luego, pero cuanto más lo pensaba menos opciones veía.

Los pasos apresurados de los mercenarios retumbaban en las paredes de la cueva, podía distinguir las voces de al menos cuatro de ellos, e incluso el reflejo de sus linternas resultaba cada vez más evidente.

—¡Hágase a un lado! —le avisé con urgencia asomándome al agujero.

Luego tomé a la menuda mexicana por las axilas, alzándola en vilo para su completo desconcierto.

—Lo siento —dije plantándole un fugaz beso en los labios.

—¿Que lo sientes? —repitió confusa—. ¿Qué es lo que…?

Y antes de que terminara la frase, la solté en el mismo agujero donde había caído el profesor.

Sin mirar hacia abajo y con las voces de nuestros perseguidores justo a la vuelta de la esquina, apagué la linterna y, pegando los brazos al cuerpo, me dejé caer también hacia la oscuridad.

59

Apretados contra la pared, vimos los haces de las linternas moverse nerviosamente por encima de nuestras cabezas y pasar de largo, sin reparar en el pozo en el que nos encontrábamos.

Al cabo de unos segundos, oímos cómo los pasos y las voces se alejaban, permitiéndonos un suspiro coral de alivio. Milagrosamente, aquella acción desesperada parecía haber salido bien. Entonces encendí de nuevo la linterna cubriéndola con la mano, iluminando a mis amigos.

—¿Estáis los dos bien?

La respuesta me llegó en forma de bofetón.

—Con un «Sí, gracias», habría sido suficiente —protesté, dolido, frotándome la mejilla.

—¡Jamás vuelvas a hacerme algo así! —explotó la arqueóloga apuntándome con el dedo—. ¿Cómo se te ocurre tirarme a un pozo? ¡Podía haberme matado, pendejo!

—No había tiempo para debatirlo —argüí—. Y además eran sólo tres metros, y ya has visto que no te ha pasado nada. Profesor —dije volviéndome hacia él, reclamando algo de ayuda—, écheme una mano.

—Al cuello te la voy a echar —repuso éste meneando la cabeza con incredulidad—. Se supone que teníais que sacarme de aquí, no meteros vosotros.

—Tuve que tomar una decisión rápida —alegué—, y en ese momento me pareció la única salida.

—¿Salida? —replicó Cassie tremendamente enfadada—. ¿Meterse en un hoyo es una salida? ¡Serás...!

—No puedo sino estar de acuerdo con la señorita Brooks —opinó el profesor—. Lo que has hecho es una solemne tontería.

—Bueno, ya vale —dije levantando las manos—. No tiene sentido seguir discutiendo sobre quién tiró al pozo a quién y por qué. Ahora, en lo que hemos de centrarnos es en cómo salir de aquí.

—¿No me digas? —refunfuñó Cassandra.

Apunté con la linterna hacia arriba, pero el panorama no parecía muy prometedor.

—Las paredes son de piedra lisa y húmeda —comprobé, decepcionado, pasando la mano por su superficie—. No podremos trepar por ellas.

—¿Y si hiciéramos una torre humana? —propuso el profesor calculando la altura a la que se encontraba la boca del pozo—. Al menos uno de nosotros conseguiría salir.

—Quizá. Pero ¿qué sería de los otros dos? Estaríamos igual que hace dos minutos, sólo que peor.

—¿Y toda esta agua? —preguntó Cassie ya más calmada, hundiendo las manos en el agua oscura que le llegaba hasta la cintura—. ¿De dónde vendrá?

—Supongo que de la inundación —opinó el profesor.

—Ya lo imagino, pero... ¿tanta?

—Piensa que estamos varios metros por debajo del nivel del suelo.

—Un momento —les interrumpí metiendo una mano dentro del agua—. ¿No notáis algo de corriente?

—Humm... sí, es verdad —convino el profesor imitándome el gesto.

Con la linterna alumbré las paredes del pozo, pero éste sólo presentaba sus ya vistas paredes de barro, únicamente interrumpidas por una sección en la que unos bloques de piedra que parecían haber caído desde arriba, se amontonaban desordenadamente.

—El agua se escapa por ahí —anunció la mexicana, agachada y con el agua hasta la barbilla.

Entonces se incorporó, se quitó el arma que aún llevaba en bandolera y me la alargó para que la sujetara.

—Agarra esto —dijo—, y dame la linterna.

Sin discutir, imaginando lo que pretendía, hice lo que me pidió.

Comprobó un instante que la linterna fuera un modelo estanco y tras tomar una bocanada de aire se zambulló en el escaso metro de agua oscura.

Desde arriba era fácil ver lo que hacía, que no era otra cosa que comprobar si había un resquicio por el que pudiéramos colarnos. Si el agua podía escapar de allí, quizá nosotros también podíamos hacerlo.

El agua se enturbió cuando la arqueóloga removió un par de piedras y dejamos de ver el difuso haz de luz, pero segundos más tarde emergió con el pelo rubio pegado a la cara, el agua resbalándole por la barbilla y la boca entreabierta.

—El conducto está bloqueado a causa de un derrumbe —dijo recuperando el aliento—, pero creo que podemos apartar las piedras y ver qué hay detrás.

—Estupendo —comentó el profesor—, pero apartar las piedras de un derrumbe, ¿no provocará otro?

Cassandra contestó con toda naturalidad:

—Sí, claro que es posible.

—Y aún en el caso de que logremos hacerlo sin que se nos caiga el pozo encima... —insistió con inquietud— no hay garantías de que haya un lugar por donde salir, ¿me equivoco?

Esta vez fui yo quien lo miró con indulgencia.

—Profe, si quiere garantías cómprese una lavadora.

El hombre nos miró a ambos, y apretando los labios se dio por vencido.

—Está bien —dijo al fin—. No tenemos nada que perder.

Cassie y yo nos sumergimos por turnos para apartar las piedras que nos bloqueaban el camino, mientras el profesor Castillo mantenía la linterna encendida sobre nosotros, tratando de alumbrarnos lo mejor posible en aquella agua cada vez más turbia.

—¿Cómo va? —me preguntó cuando saqué la cabeza para respirar y le tocó a Cassandra zambullirse.

Me tomé unos segundos para recuperar el aliento antes de contestar.

—Creo que bien… —dije con la respiración entrecortada—. Estamos sacando un montón de pedruscos y el techo aún no se nos ha caído encima. Yo diría que eso es bueno.

—Pero ¿crees realmente que podremos salir por ahí?

—De momento no se me ocurre otra posibilidad, así que, ¿por qué no intentarlo? A lo mejor hay suerte.

—Ojalá que sí —masculló, compungido—. Todo esto es culpa mía. Si no me hubiera caído aquí dentro, nada de esto habría sucedido.

—No fastidie, profe —refunfuñé—. Cuando vuelva a Barcelona, si quiere pida consulta con un psicólogo y suéltele el rollo. Ahora lo único que importa es salir de este agujero lo antes posible.

—Sí, claro. Pero es que yo…

En ese momento, interrumpiendo la frase, emergió la mexicana con cara de malas pulgas.

—Profesor… —resopló, malhumorada—. ¿Sería tan amable de apuntar la pinche linterna hacia donde debe? ¡Ahí abajo no se ve un carajo!

Lo último que oí antes de tomar el relevo a Cassandra fue una disculpa del profesor, e inmediatamente volví a enfrentarme casi a tientas con el muro de piedras que no hacíamos más que apartar a los lados, sin resultados aparentes.

Agarré con ambas manos una especialmente pesada, tiré de ella apoyando los pies a los lados, y no sé si fue por quitar precisamente ésa o por la presión que ejercí con las piernas, pero el resultado es que varios cientos de kilos de roca se desmoronaron como un castillo de naipes.

Sabiendo que si el derrumbe me atrapaba no podría escapar, me impulsé hacia atrás con fuerza, a la vez que alguien me agarraba del brazo y tiraba de mí sacándome del agua de golpe.

—¿Qué ha pasado? —preguntó con alarma Cassie, sujetándome con fuerza.

—No sé… —balbucí boqueando, aún con el susto en el cuerpo—. Ha cedido al tratar de sacar un pedrusco bastante grande —y retomando el pulso, añadí—: Habrá que esperar un momento a que se posen los sedimentos y echar un vistazo. Espero que no se haya venido todo abajo. Por cierto... —sonreí torpemente— gracias por ayudarme.

—Ya me debes dos —dijo levantando los dedos índice y corazón.

—¿Dos?

—¿Acaso ya te has olvidado de la serpiente que decapité en la selva?

—Oh, sí. Aquello... —dije como si me costara recordar el incidente—. En realidad tenía la situación bajo control.

—¿De veras? —inquirió, mordaz—. Pues tus ojos de pánico no decían lo mismo.

—Eran ojos de concentración. Estaba esperando el momento oportuno para lanzarme sobre ella.

—Ya, por supuesto. Procuraré recordarlo la próxima vez.

—Amigos míos —intervino el profesor—. Vuestra discusión es tremendamente edificante, pero creo que el agua ya está más transparente.

Miré hacia abajo y así era, de modo que sin pensarlo me zambullí de nuevo para averiguar la magnitud del destrozo. Comencé a palpar la pared, donde nuevas piedras parecían haber substituido a las antiguas que ahora se esparcían por el suelo. Luego estiré el brazo todo lo que pude para ver dónde estaba ahora el muro de rocas, pero por más que lo intentaba no conseguía dar con él.

Decidí que lo mejor sería probar con la linterna, por lo que emergí rápidamente e ignorando las preguntas que me hicieron, se la quité de las manos al profesor y tomando una bocanada de aire volví a sumergirme.

Frente a mí, difusa por el lodo en suspensión, una sección más oscura se abría en la mitad de lo que había sido la pared de rocas. Me aproximé con cuidado para no provocar otro derrumbe, y comprobé que aquella sombra no era sino una abertura de unos cincuenta centímetros de diámetro.

Con sumo cuidado me introduje por aquel agujero y, justo al otro lado, emergí en un claustrofóbico y oscuro pasadizo, inundado hasta media altura, de algo más de dos metros de ancho y alrededor de un metro y medio de alto.

Primero iluminé con la linterna las paredes y el techo de aquel corredor subterráneo, revestido con losas de piedra cubiertas por una gruesa capa de liquen verde oscuro, y seguidamente el fondo del pasillo, que se perdía en la distancia tragándose el haz de luz blanca reflejada sobre el agua.

Aquel pasaje subterráneo, quizá sin salida, era un espacio tétrico y amenazante. Un lugar opresivo y silencioso como una tumba profunda y macabra.

Un lugar donde, de ningún modo, habría deseado adentrarme.

El único lugar, sin embargo, al que podíamos ir.

60

—Este sitio me da escalofríos —dijo Cassie con un tono apenas audible, paseando la mirada por las espesas sombras que nos rodeaban.

—Lo que pasa es que llevamos un buen rato en el agua y te has enfriado —opiné poniéndome a su lado, amagando con pasarle la mano por la espalda, aunque arrepintiéndome en el último momento—. En cuanto salgamos del agua se te pasará.

—No, Ulises, no es el frío. Es este lugar, que me resulta…

—Inquietante —apuntó el profesor.

La silueta de la mexicana asintió con un suspiro.

—Muy inquietante —repitió en susurros.

—Es cierto que da muy mala espina —admití—, pero creo que no podríamos haber tenido más suerte al encontrarlo.

—Seguro —convino ella—. Pero de todos modos, tengo un mal presentimiento.

—Eso es porque parece el escenario de una película de miedo —aseguró el profesor con indiferencia académica—. Tu subconsciente evoca lugares oscuros y tenebrosos, como aquellos en los que transcurren nuestras pesadillas.

—Muchas gracias, profesor —rezongó Cassandra—. Ahora ya me siento más tranquila.

—Mujer, era sólo una forma de hablar.

—Eso explíqueselo al cuate sin cabeza que hemos dejado ahí atrás.

—¿Por qué no dejáis la cháchara —dije yo, que infructuosamente intentaba alejar de mis pensamientos aquella horrible imagen—, y empezamos a buscar la forma de salir de aquí?

—Ándele, pues —repuso la mexicana haciéndose con la linterna, y encorvada, pues el techo tampoco le daba para incorporarse a ella, se puso en cabeza abriendo la marcha.

—Un momento —dije mostrándole el arma que me había entregado momentos antes—. ¿Ya no quieres llevar el subfusil?

La arqueóloga se volvió con una mueca de cansancio.

—Pesa demasiado.

El agua —que inconcebiblemente fría, me estaba congelando hasta los tuétanos— discurría lentamente entre mis piernas empujándome ligeramente hacia adelante, como apremiándome a salir de allí, y aunque la luz de la linterna se reflejaba en su superficie y en los miles de gotitas de humedad de las paredes, la atmósfera del estrecho pasillo era insoportablemente opresiva.

Los tres caminábamos agachados y en silencio, abrumados por la atmósfera perturbada de aquel lugar, angustiados por la sensación de que aquel lugar era parte de una alucinación de la que no íbamos a poder escapar.

—¿Qué será este lugar? —pregunté en un murmullo, sólo para romper el asfixiante silencio.

El profesor, que caminaba delante de mí y detrás de Cassie, se giró a medias en la penumbra.

—Eso mismo me estaba preguntando yo —dijo empleando un tono similar—. Y, o mucho me equivoco, o esto debe de ser una antigua canalización de aguas residuales.

—¿Quiere decir…?

—Una cloaca.

—Qué bonito.

—En realidad —arguyó pasando la mano por la pared—, los desagües son una construcción sumamente compleja, que requiere un nivel tecnológico y social aún más avanzado que el necesario para construir pirámides o templos.

—Las alcantarillas —parodié con voz solemne—. La cumbre de la civilización humana.

—Humm... la cosa se complica —advirtió entonces la mexicana deteniéndose en seco.

—¿Más?

—El túnel se divide justo delante. ¿Qué hacemos?

—¿Hay algún detalle que te haga inclinarte por uno u otro pasadizo? —preguntó el profesor.

—Pues no. Lo cierto es que no. Los dos son idénticos.

—En ese caso...

—Por el de la izquierda —afirmé sin dudarlo.

—¿Por qué estás tan seguro? —inquirió el profesor alzando las cejas con extrañeza.

—Bueno —dije—, cuando seguimos a Souza y compañía por la selva, dejábamos el sol de la mañana a nuestra izquierda, por lo tanto íbamos hacia el sur.

—O sea...

—O sea, que en mi opinión deberíamos ir hacia el norte y alejarnos de ellos todo lo posible.

—Muy bien, listillo —replicó Cassie—. ¿Y quién te dice a ti que el túnel de la izquierda va hacia el norte?

—Fácil, ¿recordáis la brújula de Jack Fawcett?

—No me digas que...

Sin decir nada, introduje la mano bajo la camisa y saqué el oxidado colgante cromado que llevaba colgado del cuello. Estiré la mano hacia delante, abrí el puño con la palma hacia arriba y les mostré la vieja brújula, cuya flecha apuntaba inequívocamente hacia la izquierda.

—Al registrarme debieron pensar que era un simple medallón —sonreí—, y ni se molestaron en abrirlo.

Siguiendo la flecha imantada proseguimos por el túnel izquierdo de aquella inundada alcantarilla, aunque el mismo dilema volvió a presentarse unas decenas de metros más adelante, cuando el conducto volvía a abrirse esta vez en tres ramales aparentemente idénticos.

Decidimos aplicar la misma lógica de antes y volvimos a inclinarnos por el pasillo izquierdo, pero no avanzamos una docena de pasos que de nuevo nos encontramos en idéntica disyuntiva; y luego otra vez, y otra, y otra más. Hasta que Cassie se detuvo en la siguiente intersección.

—La cagamos, compadres.

—¿Qué sucede? —preguntó el profesor.

—Sucede que somos unos mensos —suspiró, cansada.

—¿Por qué? —inquirí acercándome—. ¿Qué ha pasado?

—Mira esta flecha —dijo iluminando la pared de su derecha—. La hice yo hace ya un buen rato. Hemos estado andando en círculos.

—Joder… ¿Cómo es posible?

—¿Y tú lo preguntas? —repuso deslumbrándome—. Tú y tu gran idea de seguir la pinche brújula.

—Pero… —balbucí comprobando que la terca aguja volvía a apuntar hacia la izquierda—. No es posible, la brújula no puede equivocarse.

—A menos —apuntó el profesor—, que una gran masa ferrosa la esté afectando, y ya no señale el norte.

—¿Una masa ferrosa?

—Sí. Un yacimiento de roca de hierro, o alguna otra cosa que desprenda un fuerte magnetismo.

Cassie y yo intercambiamos una mirada de comprensión. Ambos habíamos pensado lo mismo.

—Debe ser el monolito —afirmó la arqueóloga plenamente convencida—. Quizá esté hecho con algún tipo de mineral magnético.

El profesor se tomó un segundo antes de sugerir:

—Puede que incluso sea de magnetita pura.

Exhausto por las continuas dificultades que no dejaban de acumularse, me dejé caer hacia atrás apoyando la espalda contra la fría y húmeda pared.

—Pues estamos listos —mascullé en voz baja—. Si la brújula no nos sirve, no se me ocurre otro modo de guiarnos a través de este puñetero laberinto. Podríamos pasar días enteros dando vueltas por aquí dentro hasta encontrar la salida.

La arqueóloga carraspeó forzadamente para llamar nuestra atención.

—En realidad —dijo, contrariada—, no creo que tengamos tanto tiempo. —Pasó la mano un par de veces frente al foco de la linterna y añadió—: Creo que la pila se está agotando.

—Genial —resoplé meneando la cabeza—. ¿Qué más nos podría pasar?

Y como una respuesta a mi inoportuna pregunta, desde las tenebrosas profundidades de aquella galería, más allá del punto donde el marchito resplandor de la linterna se diluía en las tinieblas, todos escuchamos algo que nos hizo callar de inmediato.

Una especie de ronco jadeo, como de perro fatigado, seguido de un hondo gruñido. Pero no de perro.

De algo más grande.

Mucho más grande.

Entonces y sin previo aviso, un horripilante rugido retumbó en la oscuridad de aquellos angostos túneles de piedra. Erizando cada vello de mi cuerpo. Helándome la sangre en las venas.

61

—¡Vamos, Cassie! ¡Más deprisa!

—¡Voy todo lo rápido que puedo!

Cassandra me había entregado el Zippo con el logo de AZS de Luizao, y cada pocos pasos me daba la vuelta y lo encendía para asegurarme de que no había nada a mi espalda, apuntando al mismo tiempo con el subfusil.

Estaba aterrorizado.

Allí abajo no estábamos solos, y no hacía falta demasiada imaginación para deducir quién —o qué— más, estaba con nosotros en aquellos claustrofóbicos túneles.

Corría encorvado, dándome continuos golpes en la cabeza con el bajo techo de piedra, siguiendo sin pensarlo el rayo de luz de la linterna de Cassie, que marchaba en cabeza.

—Estamos perdidos —admitió la mexicana entre jadeos, deteniéndose al llegar al enésimo cruce.

Ahora ella también llevaba la pistola de Luizao, sobre la que apoyaba la moribunda linterna, apuntando nerviosamente en todas direcciones.

—Eso ya no importa, Cassie.

—¡Pero no sabemos adónde vamos! ¡Estamos corriendo a ciegas!

Nos atenazaba la angustia de sabernos perdidos en aquel laberinto, y el miedo atávico desatado por aquel rugido de ultratumba, ya era la gota que colmaba el vaso.

Con todo ello, sabía por anteriores experiencias que nuestro mayor enemigo no eran los mercenarios que nos buscaban, o siquiera los desconocidos peligros que nos acechaban en la oscuridad, sino nosotros mismos.

Para ser más precisos, nuestras propias mentes desbocadas.

El pánico es siempre el verdadero peligro, y si nos dejábamos llevar por él, acabaríamos cometiendo un error fatal.

Había que levantar la moral y calmar los nervios a como diera lugar. Claro que, eso era más fácil pensarlo que llevarlo a cabo.

—¿Sabéis qué creo? —dije entonces improvisando.

Ninguno de los dos me respondió, pero sabía que estaban escuchando.

—¿Por qué no nos quedamos aquí mismo, y esperamos a que se haga de día? —sugerí tras pensarlo un instante.

—¿Lo dices en serio? —preguntó el profesor con incredulidad.

—¿Hace falta que te recuerde que estamos bajo tierra? —repuso a su vez Cassie.

—Hablo totalmente en serio, profesor. Y por eso mismo es una buena idea, Cassie. Si existe una salida a este laberinto no vamos a encontrarla a oscuras, y a la linterna ya no le queda mucho de vida, así que, ¿por qué no nos detenemos, esperamos a que amanezca y entonces buscamos rastros de luz provenientes de la superficie?

—¿Y ese animal, o lo que sea, que está con nosotros aquí abajo?

—No sabemos lo que es, profe. Pero en cualquier caso —dije palmeando el subfusil—, tenemos artillería suficiente para mantener a raya a cualquier animal que se acerque.

De nuevo no dijeron palabra, accediendo a la propuesta en resignado silencio. Necesitaban un clavo ardiendo al que agarrarse, y yo acababa de proporcionárselo.

—Podría funcionar… —admitió finalmente el profesor.

—Lo que está claro —consintió Cassandra de mala gana—, es que ir corriendo a oscuras no nos está sirviendo de mucho.

—Entonces no hay más que hablar —concluí—. En menos de tres horas amanecerá, así que propongo que descansemos mientras tanto. Apaguemos la linterna para ahorrar batería, tranquilicémonos y dejemos de pensar en mercenarios, animales que nos persiguen o cualquier cosa por el estilo.

Sin tener que sugerirlo dos veces, la arqueóloga apagó la luz, y en un abrir y cerrar de ojos nos vimos envueltos en una rotunda e inapelable oscuridad.

No una oscuridad confortable de sombras y siluetas insinuadas. Ni siquiera una oscuridad de ruidos y murmullos, como la de la selva. Eran unas tinieblas categóricas, abrumadoras, en las que sólo el ligerísimo roce de nuestros cuerpos contra el agua despejaba la incógnita de si nos habíamos vuelto sordos y ciegos al mismo tiempo.

—Creo que nunca... —susurró Cassandra con inquietud—. Nunca había estado en un sitio, tan oscuro como este.

—Pues yo diría —le dije rememorando una apurada situación por la que habíamos pasado no mucho tiempo atrás—, que en aquel cenote mexicano en el que nos metimos, no había más luz que aquí.

—Quizá —admitió tras pensarlo un instante—. Pero en aquella ocasión no tuvimos que apagar la linterna.

Eso era cierto. El año anterior nos habíamos visto envueltos en la búsqueda del mítico tesoro de los templarios, que entre otras vicisitudes, nos había llevado a jugarnos la vida en unas cuevas submarinas desconocidas del sur de México.

En aquella ocasión sin embargo, como bien recordaba Cassie, disponíamos de un par de linternas, y además, aun con el gran peligro que corríamos, teníamos al menos una remota idea de lo que estábamos haciendo y hacia dónde íbamos.

Pero ahora era diferente.

Ahora estábamos inmóviles. Esperando. Sin otra cosa que hacer que dejar a los sentidos, alterados por la imaginación, extraviarse como tentáculos por aquellos túneles inundados, en busca de cualquier indicio con que alimentar nuestros temores.

Sin embargo, todo lo que alcanzaban a percibir era una lóbrega oscuridad sin resquicios y un silencio espeso, sucio, tibio. Como un espeluznante aliento en la nuca que sientes sobre la piel y del que no puedes desprenderte.

Hay muchos tipos de silencio.

Los hay reconfortantes, trascendentales, solitarios o tristes.

Aquel era maligno.

No sabría decir por qué. Son esas reacciones atávicas más allá de la razón, grabadas a fuego en nuestra memoria genética y que se despiertan sólo en situaciones extremas, cuando el centro animal de nuestro cerebro nos dice que es momento de esconderse, luchar o huir.

Y en ese momento, el mío estaba gritándome a pleno pulmón que empezara a correr y no me detuviera hasta llegar a casa.

Por eso quizá di un respingo cuando el profesor, con un indisimulable temblor en la voz, preguntó:

—¿Qué será lo que ha... rugido? ¿Creéis que es lo mismo que decapitó al mercenario?

Ninguno contestó a la pregunta. En parte porque no sabíamos la respuesta, pero sobre todo porque no queríamos saberla.

Cassie lo disimulaba mejor, pero el miedo se filtraba en cada una de sus palabras.

—Ulises es el único que ha visto algo.

—Ya os dije que no lo sé —reiteré—. No sé lo que he visto... y desde luego, no tengo ni idea de lo que ha matado a Luizao. Me pareció ver una especie de... brazos alargados que lo sujetaban en el aire —añadí al cabo de un momento, rememorando una imagen que preferiría haber olvidado ya—. Pero nada más, y seguramente no tenga nada que ver con ese rugido que hemos oído. Puede que se trate de un mono aullador —argumenté sin excesivo convencimiento—, que se haya caído en este agujero igual que nosotros.

—¿Un mono? —inquirió Cassandra—. ¿Me tomas el pelo?

—Sí, ¿por qué no?

—A mí no me pareció el aullido de un mono.

—Solo estoy especulando. Quizá en lugar de un mono, haya sido un jaguar.

—¿Sabéis qué? —intervino el profesor Castillo antes de que la arqueóloga y yo acabáramos discutiendo por enésima vez—. Este sería un buen momento para hablar de todo lo que está pasando.

—¿Lo que está pasando? —repliqué dando rienda suelta a la mala uva que llevaba acumulada—. Lo que está pasando, es que esos cabrones de la AZS quieren inundar la región para su maldita presa y no pueden permitir que nadie revele la existencia de este lugar. Por eso nos quieren quitar de en medio, y por eso estamos aquí metidos, perdidos en una puta alcantarilla prehistórica, huyendo de unos tipos armados que intentan liquidarnos. Eso es lo que está pasando.

—Entonces... —insistió imprimiendo calma a su voz como un padre que quiere tranquilizar a un niño exaltado—. ¿Estás convencido de que ya sabían de la Ciudad Negra?

—¿Lo duda? Debieron de dar con ella en algún reconocimiento previo del terreno, quizá incluso años antes de iniciar la construcción.

—Por eso les ha costado tan poco dar con nosotros, y no se asombraban al caminar entre las ruinas... —dedujo Cassie, meditabunda—. Y como el hidroavión que nos trajo era también de la constructora y sabía adónde veníamos... sólo tuvieron que sumar dos y dos.

—A toro pasado —lamentó amargamente el profesor—, parece todo tan obvio.

—Mire el lado positivo —propuse—. Ahora tenemos una motivación más para salir vivos de aquí. Denunciar a la constructora.

—Estoy de acuerdo. Después de encontrar a Valeria, claro está.

—De eso no se preocupe, profe. Puede estar seguro de que no nos iremos de aquí sin su hija.

Aquella afirmación era un descarado brindis al sol. Yo lo sabía, Cassie lo sabía, y por supuesto el profesor Castillo lo sabía. Pero era una expectativa reconfortante por muy vacua que resultara.

En realidad, pensaba que sería un milagro hallar a esas alturas a la hija del profesor, si es que aún se encontraba viva, cosa que también dudaba. Pero si existía un momento que justificase una mentira piadosa, sin duda alguna era ese.

—Gracias a los dos —dijo entonces con sentido agradecimiento—. Sin vosotros, jamás habría llegado hasta aquí.

—No tiene nada que agradecernos, profesor —contestó Cassie—. Además, si no le hubiéramos acompañado, tampoco habríamos descubierto este increíble yacimiento arqueológico.

Sin poder reprimirme, me prestaba a explicarle a Cassandra el muy escaso entusiasmo que despertaban en mí aquellos montones de piedras abandonadas, cuando una ráfaga de olor pútrido invadió mis fosas nasales y me quedé con la palabra en la boca.

Aquel olor ya lo había respirado antes.

Era el olor de la muerte.

Aguantando la respiración y con el corazón desbocado, me llevé despacio la mano al bolsillo de la camisa, saqué el encendedor, y levantando la tapa con un clic que sonó como un portazo, apoyé el pulgar sobre la pequeña rueda de acero esforzándome por controlar el pánico.

Muy lentamente estiré el brazo hacia la oscuridad, al tiempo que oía aproximarse el siniestro rumor de una respiración pedregosa.

62

El fuego de la minúscula llama iluminó el estrecho pasillo en una ínfima explosión de luz. Una luz que no alcanzó a adentrarse más allá de unos pocos metros en la pastosa oscuridad, revelándome una horrenda visión digna de la más turbadora pesadilla.

Poco más allá de mi brazo extendido, una amenazadora silueta negra, desproporcionada, antropomorfa, enorme, se recortó contra las tinieblas del pasadizo. Una figura alta, desgarbada, enjuta, con unos interminables y nudosos brazos amenazadoramente extendidos hacia mí, rematados en esos largos dedos con garras como cuchillos que había visto como arrancaban de cuajo la cabeza de un hombre.

Pero eso no fue lo más aterrador.

Lo peor fue ser súbitamente consciente de que faltaba menos de un segundo para que aquella alucinación se abalanzara sobre mí.

Un segundo de vida que la mezquina llama azul del mechero consiguió prorrogar al sorprender a aquel monstruoso ser en el instante antes de atacar desde las sombras.

Afortunadamente, aquel ridículo pero inesperado fogonazo, pareció detenerlo en seco.

Y no sólo eso.

Deslumbrado, el ser se llevó el brazo izquierdo a su rostro de facciones pequeñas y malignas, protegiendo de la luz sus grandes ojos negros.

Luego dio un paso atrás profiriendo un furioso berrido, sorprendido e irritado por el breve fogonazo.

Todo esto sucedió en el término de un segundo.

Dos a lo sumo.

En el tercero ya estaba gritando a pleno pulmón, empuñando con la otra mano el arma que llevaba en bandolera, introduciendo el dedo en el gatillo y presionándolo con fuerza, sin preocuparme de algo tan superfluo como apuntar.

Sin embargo, un decepcionante chasquido fue lo único que recibí a cambio.

El seguro aún estaba puesto.

Sin bajar la vista tanteé el subfusil en busca del maldito pestillo, pero me resultaba imposible encontrarlo con tan poca luz y en aquel estado de nerviosismo.

Justo en ese instante la linterna de Cassie alumbró en mi dirección, lo que me permitió dar al fin con el dichoso seguro.

Pero al levantar la vista, aquella abominación se había disuelto totalmente en la oscuridad, como si nunca hubiera estado ahí.

De cualquier modo, aquel breve instante cara a cara había sido suficiente para reconocer aquellos ojos enormes, la mandíbula prominente, los dientes afilados o el cráneo alargado hasta el absurdo.

Acababa de estar frente al mismo engendro que el día anterior había visto esculpido en piedra.

Sólo que éste era real.

Muy real.

Y venía a por mí.

Durante un eterno minuto los tres nos quedamos completamente quietos, en absoluto silencio. Como el niño que súbitamente despierta de una pesadilla y aguarda con la mirada puesta en la puerta de la habitación, esperando que en cualquier momento el perfil del monstruo que acaba de aterrorizarle, se recorte contra la misma.

—¿Se ha ido? —preguntó Cassie en susurros.

Me tomé un instante antes de contestar, sólo para que no me temblara la voz al hacerlo.

—Eso parece.

—¿Qué crees que era? —musitó el profesor.

—No tengo ni idea —resoplé tratando de recuperar el pulso—. Sólo sé que estaba a punto de atacarme.

—Pero ¿era un hombre o un animal?

—Dígamelo usted. Yo sólo soy un humilde submarinista.

—Me ha parecido que murmurabas... —apuntó Cassie barriendo ambos extremos del pasadizo con la linterna— que se parecía bastante al grabado que encontramos el primer día en la cima de la pirámide.

—No, Cassie. He dicho que *era* uno de esos bichos, no que se pareciera.

—Pero eso es... —dudó el profesor, pero al final lo dijo—: imposible. Esos relieves en piedra son representaciones alegóricas, puras metáforas.

—Le aseguro que lo que acabo de ver no tenía nada de metafórico. Y además, que yo sepa, las metáforas no huelen a carne podrida.

—Es verdad —dijo Cassie—, yo también pude olerlo. Era algo asqueroso.

—Pero... —insistía el profesor, que en el desconcierto no había llegado a ver nada— las imágenes que hemos encontrado tienen cientos, o quizá miles de años. ¿Cómo va a ser que una civilización haya muerto, pero sus imágenes de demonios hayan cobrado vida?

—¡Y yo que sé! A lo mejor esos bichos eran la misma civilización.

El profesor y Cassie menearon la cabeza al mismo tiempo.

—Los creadores de una ciudad como ésta —argumentó la mexicana señalando hacia arriba—, no pueden ir por ahí cortando cabezas ni arrastrándose por alcantarillas.

—¿Acaso no has leído *The Road*? —repliqué.

—¿Qué quieres decir?

—Pues que al menos en la literatura y el cine, después de que una civilización se colapse sus «civilizados» ciudadanos acaban convertidos en salvajes o zombis.

La arqueóloga chasqueó la lengua.

—Eso sólo pasa en las películas, Ulises —zanjó con desdén—. Ha habido multitud de ejemplos de grandes civilizaciones que se han derrumbado, y aunque hayan podido retroceder incluso siglos, en ningún caso se han convertido en bestias.

—Siempre hay una primera vez.

—He de confesar —admitió sin embargo el profesor con aire pensativo— que tu teoría, aunque extravagante, no me parece del todo descabellada. Aunque se te escapa el hecho —añadió— de que lo que vimos tallado en aquel muro, no era un ser humano.

—A mí la definición de demonio ya me vale —sugerí mientras examinaba el subfusil, que de tan poco me había servido.

—En realidad esas cosas —señaló Cassandra sin darle mayor importancia—, sean lo que sean, creo que ya tienen un nombre.

—¿Ah, sí?

—¿Es que no te das cuenta, Ulises? —Torció una sonrisa amarga—. Acabamos de ver un morcego.

La revelación de Cassie, tan obvia a fin de cuentas, no me ayudaba a ver esos seres con mejores ojos.

Más bien, tras las barbaridades que nos habían contado de ellos, todo lo contrario.

Pero en realidad eso no importaba.

La única verdad era que aún teníamos que salir de aquella cloaca, y que las ratas que medraban en ella medían más de dos metros y parecían alienígenas del espacio.

—¿Sigue pareciéndote buena idea que nos quedemos aquí?

La pregunta de Cassie me tomó de sorpresa.

—No tengo ni idea —confesé sin ganas de pensar en nada—. ¿Se te ocurre alguna otra posibilidad?

—Ahora saben dónde estamos —contestó sin contestar.

—Volverían a encontrarnos aunque nos fuéramos.

—Puede que sí... pero al menos en México, un *puede* siempre es mejor que un *seguro*.

No pude evitar dar por bueno el aforismo, de modo que asentí.

—Está bien. Aunque la argumentación dé pena, me has convencido ¿Y usted qué opina, profe?

El hombre se encontraba recostado en la pared, con el agotamiento pintado en el rostro, hombro con hombro con Cassandra.

Entonces abrió la boca para contestar, pero justo en ese instante frunció el ceño y arrugó la nariz teatralmente.

—¿No oléis eso? —preguntó, alarmado, mirando a ambos lados.

—¡Mierda! —exclamé—. ¡Están aquí otra vez!

Sin pensarlo dos veces —tenía el seguro del arma quitado—, disparé una ráfaga de balas hacia la oscuridad, saturando el aire de humo y pólvora.

—¡Vamos, Cassie! —grité sin volverme—. ¡Empieza a correr y no os paréis por nada!

Prendí de nuevo el Zippo, pero esta vez no pude ver nada. El fuerte hedor, sin embargo, indicaba que estaba muy cerca.

Oí el chapoteo de Cassandra y el profesor adentrándose en los túneles, y enseguida salí tras ellos corriendo de espaldas y encendiendo cada poco la llama del mechero, rogando al cielo no volver a encontrarme de frente con uno de esos engendros.

La mexicana no paraba de empujar a gritos a un fatigado Eduardo, y al mismo tiempo yo les apremiaba a ambos para que no bajaran el ritmo. La pestilencia a carne putrefacta, lejos de disminuir cada vez la notaba más fuerte.

Sentí o creí sentir, un bufido proveniente de la oscuridad a pocos metros de mí, y de nuevo volví a apretar el gatillo apuntando hacia la nada, hasta que el ensordecedor tableteo del arma dejó de retumbar entre las paredes de piedra.

Había vaciado el cargador.

Entonces recordé que la munición que le habíamos quitado al cadáver de Luizao, aún seguía en los bolsillos del pantalón de Cassie.

Apreté el paso para acercarme a la mexicana.

—¡Cassie! —le grité—¡Necesito los cargadores!

—¡La chingada! —exclamó bastante más lejos de lo que esperaba—. ¡Es verdad! ¡Se los paso al profesor y que él te los dé a ti!

—¡Daos prisa! ¡Creo que los tengo encima!

Como respuesta, la luz de la linterna de Cassie apuntó hacia mí al tiempo que vociferaba:

—¡Todos abajo!

Y apenas me estaba agachando, cuando las balas de 9 mm de su pistola silbaron sobre mi cabeza, y un desgarrador aullido de dolor surgió de las tinieblas del pasadizo.

—¡Le he dado! —gritó Cassandra, triunfante—. ¡Creo que he matado a ese pinche cabrón!

Pero no había terminado la frase cuando un coro de inhumanos chillidos nos llegó desde todas las direcciones de aquella laberíntica cloaca, y supimos que ése no era el único demonio en aquel infierno.

—¡Están por todas partes…! —barbulló el profesor, aterrorizado—. ¡Dios mío! ¡Están por todas partes!

Y en ese preciso instante, sentí como unas fuertes manos me agarraban del pelo, hundiéndome las uñas en el cuero cabelludo.

63

Instintivamente me revolví, y cerrando los ojos asesté con todas mis fuerzas un desesperado puñetazo hacia arriba, horrorizado por seguir la misma suerte que el mulato.

Pero inexplicablemente, el impacto del puño fue contestado con un exabrupto.

—¡La concha tu madre! —exclamó alguien con inconfundible acento argentino.

Entonces una mano abierta apareció ante mi cara, y la misma voz me instó a que la sujetara con fuerza.

Por un instante dudé, convencido de que se trataba de uno de los hombres de Souza. Pero tardé muy poco en decidir que en cualquier caso era mejor habérnoslas con ellos que con los monstruos de allí abajo, de modo que tomé la mano que me ofrecían, y que rápidamente se convirtieron en varias más. Entonces comprendí que a través de una abertura en el techo estaba emergiendo de aquel claustrofóbico pasadizo, y respirando de nuevo el aire cálido y húmedo de la selva.

Rápidamente, Cassie y el profesor siguieron mis pasos ayudados por tres desconocidos; dos mujeres y un hombre portando antorchas, que miraban constantemente a su alrededor visiblemente nerviosos.

—Gracias… —dijo el profesor con el aliento entrecortado mientras aún lo estaban subiendo—. Un millón de gracias.

De inmediato, una linterna se encendió alumbrando su cara, y una incrédula voz de mujer preguntó acercándose a él:

—¿Profesor Castillo?

Durante unos segundos de desconcierto, ninguno de nosotros dijo nada. Hasta el murmullo de los morcegos parecía haberse acallado en aquel breve instante de reconocimiento.

—¿Valeria...? —preguntó el profesor con emoción contenida—. ¿Eres... eres tú?

Ambos se acercaron tímidamente el uno al otro, escrutando las familiares facciones con detenimiento.

—No es posible. ¿Cómo has...? —balbució ella—. ¿De dónde...?

Pero antes de que terminara de formular la pregunta, ya tenía alrededor los brazos de su padre, estrechándola con fuerza.

—Gracias a Dios —musitó entre lágrimas mi viejo amigo—. No te imaginas. No te imaginas lo que... —y sin ánimo para concluir la frase, se deshizo en un llanto de alivio y alegría mientras abrazaba a su hija.

A pesar del emotivo encuentro que se desarrollaba bajo la errática luz de las antorchas, no pude obviar el hecho de que los gruñidos de los morcegos habían vuelto. Cada vez se oían más cerca.

—No quiero ser aguafiestas —dije asomándome al negro pozo del que acababa de salir—, pero creo que sería buena idea dejar las presentaciones para luego, y largarnos de aquí echando leches.

—En eso coincido —dijo Cassie—. Creo que no les ha hecho gracia que me cargara a uno de ellos.

—¿Habéis matado a uno? —inquirió con escepticismo la voz de la otra mujer, ésta con acento brasileño.

En respuesta, la mexicana se limitó a enfocar con su linterna la negra Glock aún humeante que llevaba en la mano.

—Diría que le he hecho un par de agujeros —explicó, orgullosa.

En ese instante, un colérico aullido estalló justo bajo nuestros pies, cortando en seco la conversación.

—¡Vámonos! —gritó Valeria librándose sin miramientos del abrazo paterno—. ¡Van a salir!

Y dando por hecho que el resto la seguiríamos, la hija del profesor se adentró en la espesura sin echar la vista atrás.

Corríamos a ciegas, chapoteando ruidosamente a cada paso mientras seguíamos la estela de Valeria, que nos señalaba el camino a seguir sin advertir el follaje que surgía de la nada para azotarnos una y otra vez.

No tenía ni la menor idea de hacia dónde nos dirigíamos, pero definitivamente aquel no era momento para pararse a preguntar. Desde mi última posición de la fila, precedido por la menuda figura de Cassandra recortada en la luz su linterna, simplemente me dejé llevar confiando en que Valeria sí supiese adónde iba.

No fue hasta el cabo de diez minutos, que el ritmo de los que encabezaban la marcha comenzó a serenarse, y poco a poco fuimos reagrupándonos los seis, marchando a un paso más precavido y silencioso que antes.

Ninguno abrió la boca durante una huida que llegó a su fin cuando, saliendo de entre la maleza, nos topamos de frente con un túmulo de piedra de unos tres metros de altura y otros tantos de ancho. Un túmulo que se prolongaba en una pared recta, que la hija del profesor siguió sin detenerse.

Lo que en principio había confundido con otro montón de escombros, enseguida se reveló como una suerte de muralla ancha y baja.

Pero esta segunda impresión también resultó errónea cuando descubrí una segunda «muralla» paralela a la primera, y que las dos terminaban a ambos costados de un ostentoso pórtico pentagonal, al que se accedía por unas escaleras de piedra con la misma forma.

Entonces, la hija del profesor se detuvo frente a la fachada de aquel insólito edificio flanqueada por sus dos acompañantes y, tras girarse en redondo, anunció con una sonrisa complacida:

—Bienvenidos a casa. —Levantó su antorcha por encima de la cabeza y nos invitó a mirar hacia arriba señalando con el índice.

Durante los primeros segundos, tanto el profesor, como Cassie y yo mismo, guardamos un perplejo silencio, fruto de no tener ni la más remota idea de lo que se esperaba que viéramos.

A unos diez metros de altura sobre nosotros, débilmente iluminado por la luz de las antorchas, una especie de voladizo de forma casi rectangular sobresalía de la fachada principal —levemente curvada e inclinada hacia atrás—, como una extraña cornisa demasiado alargada y a demasiada altura como para resultar de utilidad alguna.

Todo el conjunto, iluminado desde abajo por las teas ardientes, resultaba ciertamente dramático, pero después de todo lo que había visto en aquella ciudad no me pareció que fuera especialmente destacable.

Pero de improviso, como esos malabaristas que en ocasiones uno se tropieza de noche en ciertas playas turísticas, Valeria lanzó su antorcha hacia el cielo con todas sus fuerzas, hasta superar la altura de aquel voladizo sobre nuestras cabezas.

Y entonces comprendí.

Durante una décima de segundo, fugazmente iluminada por una antorcha que daba vueltas sobre sí misma, vimos las erosionadas facciones de una formidable cabeza animal. Una cabeza de mirada vacía y fauces abiertas perpetuadas en un silencioso rugido, que fulguró en la negra noche como una aparición de otro mundo.

Lo que había tomado por un voladizo, no era sino la descomunal mandíbula inferior.

Ninguno fue capaz de decir nada.

Ni un solo sonido salió de nuestras bocas abiertas de par en par.

Luego la antorcha encendida cayó desde las alturas y se apagó con un siseo al estrellarse contra el suelo embarrado, pero yo aún seguía con la vista puesta en el mismo lugar. Hipnotizado por la imagen de aquella colosal escultura, aún brillando ante mis ojos; como cuando tras mirar al sol durante un breve instante, cerramos los párpados pero éste aún sigue ahí, flameando en la retina durante largo rato.

—¿Qué... —preguntó el profesor bajando la mirada hasta su hija, terriblemente impresionado— qué es... *eso*?

—Creemos que se trata de un templo.

—¿Un templo? —repitió Cassie, igualmente aturdida—. ¿Con la cabeza de un animal?

—En realidad, no es sólo la cabeza —explicó el argentino—. Esto que ven aquí, a cada lado —lo que yo había confundido con muros—, son las patas delanteras extendidas. El templo en su conjunto, reproduce el cuerpo completo de un animal recostado.

—Pero… ¿qué animal? —perseveró Cassandra, con la cabeza llena de preguntas—. ¿Y cómo saben que es un templo?

El hombre iba a contestar de nuevo, pero Valeria se le adelantó con hosquedad.

—Ya os lo he mostrado para que lo vierais —atajó dándose la vuelta y subiendo por las escaleras, como una aristócrata entrando en su palacio—. Pero ahora deberíamos dejar las preguntas tontas y seguir con esta conversación dentro del edificio. No es buena idea quedarse mucho rato aquí fuera.

La temperamental mexicana tenía ya la réplica en la punta de la lengua cuando escuchamos ruido de vegetación agitándose a nuestra espalda.

La sugerencia no era tan mala al fin y al cabo.

Apremiados por la inminente llegada de los morcegos, subimos los escalones de dos en dos, franqueando el imponente pórtico pentagonal —también coronado con una estrella de cinco puntas— sin detenernos a oler las flores.

En cuanto nos encontramos en su interior Valeria se volvió hacia nosotros con expresión adusta. Casi se diría que molesta por nuestra presencia.

—Aquí estamos a salvo —afirmó cruzándose de brazos—. Los morcegos no se atreven a entrar en este recinto.

—¿Seguro? —inquirió Cassie, algo más que escéptica.

Valeria Renner, ojerosa, más delgada y con un aspecto ciertamente más desastrado de como aparecía en la foto con su padre —pero incluso así, innegablemente atractiva—, le dirigió una mirada evaluadora con sus fríos ojos azules.

—Llevamos aquí casi dos semanas, y los hemos olido y oído merodear por los alrededores —aclaró—. No estamos seguros sobre la razón de su reticencia a entrar en este lugar, aunque hemos especulado que quizá sea debido a su forma de animal —dijo señalando hacia arriba, aludiendo a la fiera testuz de la entrada—. Pero creedme —añadió, convencida—, podéis estar tranquilos. De haber querido entrar ya lo habrían hecho. —Dicho esto, se volvió hacia su padre, lo miró de arriba abajo y le preguntó sin preámbulos—: Y ahora, profesor Castillo... ¿Me va a explicar qué narices ha venido a hacer aquí?

El relato —forzosamente largo— de los acontecimientos que nos habían llevado hasta aquel lugar, lo hizo el profesor sentado frente a la hoguera encendida en el centro de una gran estancia, con el aspecto ciertamente de un templo.

Mientras él hablaba, me acerqué con curiosidad hacia el fondo de la inmensa sala donde en un extremo de la misma y frente a un altar de piedra similar al de las iglesias cristianas, se erigía sobre un elevado pedestal, un exquisito trono tallado en una sola y deslumbrante pieza de cuarzo blanco.

Aquel lugar suscitaba infinidad de interrogantes, pero la verdad es que me encontraba demasiado cansado como para preguntar nada, de modo que opté por regresar junto a los demás, reparando de camino en las gruesas columnas de los laterales, los muros cincelados con intrincados símbolos y los relieves de lo que supuse eran seres mitológicos labrados con indudable maestría.

Antes de que los demás se sentaran junto al fuego, nos habíamos presentado formalmente, y así supe que el argentino al que le di el puñetazo se llamaba Claudio Schwartz, un joven y atractivo arqueólogo porteño, rubio, de ojos azules y con aspecto de galán de telenovela, especializado en culturas amazónicas precolombinas. La mujer, llamada Angélica Barbosa, era brasileña, de Sao Paulo, y no aparentaba los cincuenta y seis años que afirmaba tener a causa de sus vivaces ojos negros y el cuerpo atlético que se adivinaba bajo las ropas. Había sido contratada por Valeria como médico de la expedición, entre otras cosas por su amplia experiencia en herpetología, infecciones y parásitos tropicales.

Escuchaba el final del relato del profesor, aún de pie y con la mirada perdida por los rincones, cuando finalmente Valeria preguntó:

—Entonces —el retintín de ironía no lo pudo disimular—, ¿dices que habéis venido a rescatarme?

—Sé que viéndonos así, con este aspecto, no lo parece —alegó el profesor aparentemente avergonzado—. Pero esa era nuestra intención.

—Desde luego, y perdonad que os lo diga —dijo mirándonos de uno en uno—, como equipo de salvamento dejáis bastante que desear.

—Es que no nos ha dado tiempo a pasar por la lavandería —alegó Cassandra con irritación.

—La intención es lo que cuenta, ¿no? —sugirió a su vez el profesor.

—Pues siento decirlo, pero no —contestó secamente la antropóloga—. En lugar de ser una solución, ahora sois un problema añadido.

—¿Un problema? —replicó Cassie frunciendo el ceño, ahora sí realmente molesta—. ¿Será posible? Nos hemos jugado la vida sólo para llegar hasta aquí y tratar de salvar tu pinche culo, así que al menos podrías mostrar un poco de gratitud.

—Puede que esa fuera vuestra intención —replicó Valeria gélidamente—, pero al final hemos sido nosotros quienes os hemos salvado «el pinche culo» a vosotros. Así que, desde mi punto de vista, eres tú quien tendría que darnos las gracias.

—¿Acaso pretendes... —la mexicana, encendida, hizo el amago de ponerse en pie— que nosotros...?

—Tengamos la fiesta en paz —la interrumpió el profesor haciendo el gesto de calma con las manos—. Ahora estamos todos en el mismo barco, y lo único que debe preocuparnos es salir de este lugar lo antes posible, antes de terminar en manos de esos... —pareció dudar antes de nombrarlos— morcegos, o que den con nosotros los mercenarios.

—¿Mercenarios? —preguntó Angélica, con más extrañeza que alarma—. ¿Qué mercenarios?

—Los que han enviado para silenciarnos —expliqué acercándome a ellos y entrando en el círculo iluminado de la hoguera—. A nosotros y a vosotros también, lamento decirlo. Se lanzaron esta mañana en paracaídas desde un avión, mientras hacíamos señales de humo precisamente para tratar de que nos vierais.

—Un momento... ¿De qué estás hablando? —preguntó Valeria, atónita—. ¿Queréis decir que ahora también hay mercenarios que quieren matarnos? ¿Estás de broma? ¿Por qué?

En lugar de contestarle directamente, me giré hacia el profesor, invitándole a explicarse ante su hija.

—Es largo de explicar... —anunció, y se tomó un momento mientras escogía las palabras—. Resumiéndolo mal y mucho, parece que AZS, la empresa constructora de la presa levantada río abajo, quiere evitar a toda costa que alguien desvele la existencia de esta ciudad al resto del mundo, y están dispuestos a eliminar a cualquier testigo. Lo que, me temo, nos incluye a todos los aquí presentes.

—Pero ¿cómo saben que Angélica, Claudio y yo estamos aquí? —quiso saber la antropóloga—. Nuestra expedición era prácticamente clandestina. Ni siquiera el gobierno brasileño o la FUNAI sabían que veíamos.

—Ya, pero... nosotros se lo dijimos.

—¿Qué vosotros se lo dijisteis? —estalló, exasperada—. ¿Por qué demonios hicisteis eso?

—No es culpa nuestra —se excusó el profesor esforzándose por aplacar a su hija—. Se presentaron como un equipo de rescate, pero al final resultaron ser todo lo contrario.

—No me lo puedo creer...

—Ya... bueno —se encogió de hombros—. Por cierto... —añadió tratando de cambiar el curso de la conversación—. ¿Acaso no escuchasteis al avión acercarse?

—Creo que sí —dijo Angélica volviéndose hacia Claudio—. De hecho, él dijo oír un motor esta mañana, pero cuando salimos al exterior ya no logramos ver nada.

—En ese caso, y si no habéis oído llegar el avión... ¿cómo habéis dado con nosotros?

Valeria echó la cabeza hacia adelante y arqueó las cejas.

—La pregunta sería más bien, ¿cómo no íbamos a encontraros? —respondió, aún con la cólera enrojeciéndole las mejillas—. En el completo silencio de esta selva, vuestros disparos han debido de oírse en kilómetros a la redonda. Y como Elano, nuestro guía y el primer miembro de nuestra expedición que desapareció, iba armado... creímos que se trataba de él, y decidimos arriesgarnos a salir de noche con la esperanza de encontrarlo.

—Lamento la decepción —rezongó Cassie.

Mis preocupaciones, sin embargo, poco tenían que ver con el retintín de la arqueóloga, y empecé a rascarme mi ya larga barba con inquietud.

—En ese caso —reflexioné—, si vosotros nos habéis localizado tan fácilmente...

—Esos mercenarios que decís que nos buscan, también lo harán, y tratarán de seguiros el rastro hasta este lugar —dedujo Valeria comprendiendo rápidamente la situación.

—De modo que ahora —apuntó Claudio—, no sólo hemos de ocultarnos durante la noche de los morcegos, sino también por el día de esos mercenarios que decís, ¡Macanudo! —concluyó con una mueca.

Tomé asiento junto a Cassie, estirándome hacia atrás y apoyando los codos sobre el frío suelo de piedra.

—Bueno, miremos el lado bueno; eso aclara aún más las cosas —añadí tranquilamente—. Ahora que os hemos encontrado, sólo nos queda una cosa por hacer. Salir de esta ciudad inmediatamente.

Valeria me miró con gesto contrariado.

—Me temo que eso no va a ser tan fácil como crees —advirtió, sombría.

Algo en su voz indicaba que sabía algo que nosotros no.

—¿Y eso por qué? —preguntó Cassandra, en un tono que aún delataba hostilidad—. ¿Qué nos lo impide?

Esta vez, la respuesta vino de boca de Angélica.

—Los morcegos —afirmó con voz afligida—. Ellos no permitirán que ninguno de nosotros salga vivo de aquí.

64

—Perdona —dije aproximándome y haciendo como que me destaponaba el oído—. ¿Me puedes repetir eso que has dicho?

Fue sin embargo Valeria la que, tras respirar profundamente, tomó de nuevo la palabra.

—Cuando llegamos a esta ciudad hace ocho días —murmuró evocando unos acontecimientos que en absoluto parecía querer rememorar—, éramos ocho miembros en el equipo. Montamos el campamento en el lado oeste de la ciudad, y ya la primera noche desapareció Elano; precisamente quien nos había estado haciendo de guía. Supusimos que había salido de madrugada por alguna razón y sufrido un accidente, así que al cabo de unas horas empezamos a buscarlo por los alrededores del campamento, aunque no dimos con él, y cuando se hizo demasiado tarde decidimos proseguir la búsqueda a la mañana siguiente. Pero esa misma noche, Flavio, un biólogo costarricense, también desapareció de su tienda, igualmente sin dejar ningún rastro. Ambos parecían haberse esfumado.

—¿Eso no os hizo sospechar que algo raro estaba pasando?

—Por supuesto que sí, ¿crees que somos tontos? Pero te habrás dado cuenta de que en esta jungla no parece haber animales peligrosos, así que supusimos que podrían haber caído en algún pozo al salir de noche a hacer sus necesidades o algo por el estilo. Una conjetura que tomó cuerpo cuando descubrimos varios agujeros como ese del que os hemos rescatado esta noche, que daban a parar a lo que parece ser una antigua red de alcantarillado.

—Sí —la interrumpió el profesor—, nosotros llegamos a la misma conclusión.

—El caso —prosiguió Valeria oscureciendo la voz—, es que finalmente decidimos internarnos en uno de esos túneles, en busca de nuestros compañeros desaparecidos.

—Joder… —se me escapó imaginando lo que venía a continuación.

Valeria apretó los músculos de la mandíbula, conteniendo las emociones.

—Esa noche —musitó con un nudo en la garganta—, descubrimos que no estábamos solos. —La hija del profesor respiró profundamente, haciendo una larga pausa antes de proseguir—. Helmut, un gran antropólogo austríaco que había sido mi tutor en la universidad, fue atrapado por esos demonios —añadió al fin, con la mirada perdida—. Él gritaba de miedo y me agarraba de la mano, mientras tiraban de sus piernas para llevárselo. —Mirando al techo, tragó saliva antes de añadir, estirándose la camisa—: Aún tengo sangre suya en mi ropa.

El profesor se arrimó a su hija, pasándole la mano por la espalda para reconfortarla.

—Lo siento mucho.

—Tuvimos que abandonar el campamento a toda prisa, dejando todas nuestras cosas allí —prosiguió con la voz alterada, pero como si hablara consigo misma—. Aunque por fortuna, en la huida tuvimos la suerte de tropezarnos con este lugar al que los morcegos parecen tener miedo de entrar... y aquí estamos desde entonces. Por desgracia —añadió con un suspiro—, cuando al día siguiente regresamos al campamento, esos monstruos lo habían destrozado todo, llevándose cualquier cosa que pudiera habernos sido útil. Sólo pudimos traernos estas pocas linternas —señaló unos frontales que había en el suelo junto a ella—, pero que procuramos no usar porque no tenemos pilas de repuesto.

—Pero no entiendo… —apunté dejando transcurrir unos prudentes segundos para asegurarme de que había acabado el relato— por qué decís que los morcegos no nos dejarán salir de aquí.

Valeria me miró con sus intensos ojos azules, más destacados si cabe, al estar enmarcados en el negro azabache de su pelo revuelto cortado a la altura de los hombros.

—La mañana siguiente —dijo forzándose a sí misma a recuperar el ánimo—, dos de los nuestros trataron de escapar a plena luz del día, con la esperanza de llegar a un poblado y conseguir ayuda para el resto.

—¿Y qué sucedió?

—Un día más tarde encontramos sus cabezas clavadas en estacas, justo al pie de estas mismas escaleras —dijo señalando la puerta de entrada.

—Dios mío… —musitó Cassandra llevándose la mano al pecho.

—Y por cierto —añadió Valeria volviéndose hacia ella con una ceja enarcada—. Uno de ellos tenía un chubasquero amarillo. Exactamente igual a ese que llevas anudado a la cintura.

La hoguera crepitaba débilmente, iluminando apenas seis rostros sucios, desalentados y demacrados, formando sombras que titilaban a nuestra espalda como negros fantasmas sobre la pared.

—Pero eso no tiene ningún sentido —afirmó el profesor, un buen rato después de que Valeria hubiera acabado de hablar, y todos nos hundiéramos en un sobrecogido silencio.

—¿Es que hay algo en todo esto que lo tenga? —inquirí, desabrido.

Sin prestarme atención meneó la cabeza, sumido en sus pensamientos.

—Esos morcegos… —murmuró— no comprendo, la verdad, cómo una tribu por muy aislada que se encuentre, ha podido degenerar hasta ese punto de salvajismo y violencia desproporcionada. Parecen haber perdido todo rastro de humanidad.

Valeria frunció el entrecejo. Parecía sinceramente sorprendida de las palabras de su padre.

—¿Humanidad? —preguntó—. ¿Y quién ha dicho que sean humanos?

Ahora fue el profesor Castillo quien parpadeó sorprendido, con una media sonrisa en la cara, que se diluyó rápidamente al comprender que su hija hablaba en serio.

—¿Cómo no van a ser humanos? —inquirió, desconcertado—. ¿Qué estás sugiriendo?

—No sugiero nada, Eduardo. Sólo digo que, como antropóloga, jamás he tenido noticias de una raza que, ni remotamente, se haya distanciado tanto del Homo Sapiens.

—¿Acaso... estás hablando de una nueva especie? —la interrumpió Cassandra con algo más que escepticismo.

—No sé si son una nueva especie, o una antigua especie... Pero de lo que no tengo duda, es que son *otra* especie.

—¡Y un carajo otra especie! —objetó Cassie con vehemencia—. Son humanos. Apestosos, deformes, y unos hijos de la gran chingada. Pero humanos sin duda.

Valeria pareció contar mentalmente hasta diez antes de contestar.

—Disculpe, señorita...

—Brooks —le recordó, aunque se habían presentado sólo minutos antes—. Cassandra Brooks.

—Usted es arqueóloga, pero yo soy una reputada antropóloga —le recordó con ínfulas—. Este es mi campo, y usted puede saber mucho de pedruscos y ruinas, pero su opinión en realidad no tiene demasiado valor en este caso. De los aquí presentes —añadió sin vanidad, sólo afirmando un hecho indiscutible—, yo soy la única con conocimientos suficientes sobre el ser humano y su comportamiento, como para llegar a conclusiones razonables.

Cassie enrojeció de ira, pero haciendo un inaudito ejercicio de autocontrol guardó sus opiniones e improperios para más tarde.

Las posiciones entre las dos se dirían irreconciliables, y parecía que cada vez que una abría la boca la otra estaba más que dispuesta a saltarle al cuello sin motivo alguno.

Un claro ejemplo de odio a primera vista.

—Hay otra cosa que no entiendo —preguntó entonces el profesor—. ¿Qué significa «morcego»?

—Murciélago —aclaró su hija de inmediato—. Creí que ya lo habríais deducido. Por sus hábitos exclusivamente nocturnos, su intolerancia a la luz y el color negro de su piel, son conocidos en toda la cuenca del

Amazonas como hombres murciélago, es decir: *homes morcegos*. Aunque hasta llegar aquí, creíamos que no se trataba más que de un mito; como los hombres lobo o los muertos vivientes.

—¿Habéis visto alguno de cerca? —preguntó entonces Claudia, paseando la vista entre los tres—. Nosotros los hemos olido, y oído moverse en las sombras, por los alrededores del templo casi todas las noches, pero nunca hemos tenido oportunidad de observarlos claramente.

El profesor me señaló con el dedo, y la brasileña se quedó esperando a que yo hablara.

—Sí... bueno —dije—. Estaba muy oscuro ahí abajo, pero tuve a uno a menos de un metro.

—*Deus meus*... —se alarmó la brasileña abriendo los ojos como platos—. ¿Y cómo era?

—Feo —contesté sin pensarlo—. Terriblemente feo.

—¿Te pareció un hombre? —preguntó Valeria.

—Pues... sí y no —barrunté haciendo memoria—. Tenía brazos, piernas, nariz, boca y todo lo que se supone ha de tener un humano... pero al mismo tiempo, todo era diferente. Sus extremidades eran demasiado largas, y su rostro... bueno, no sabría decirte, porque lo vi sólo un instante, pero me pareció que tenía el cráneo demasiado alargado, como una pelota de rugby. Además, los ojos eran muy grandes y muy negros, parecidos a los de un gato por la noche, y la mandíbula estaba como... no sé, salida hacia fuera, casi como un hocico, con una boca de encías negras y llena de dientes largos y afilados. La verdad —concluí volviéndome hacia el profesor y luego hacia mi ex pareja, quienes me escuchaban con gran interés—, es que no tengo ni la más remota idea de lo que pueden ser esos bichos. Pero de una cosa estoy totalmente seguro —meneé levemente la cabeza—: no se parecen a ninguna raza de ser humano que yo conozca.

Pasó casi un minuto de preocupado y meditabundo silencio, hasta que alguien volvió a abrir la boca. En esta ocasión, fue el profesor Castillo el que preguntó, más para sí mismo que a los demás.

—¿Qué relación tendrán los morcegos.... —murmuró, abstraído—, con las ruinas de esta ciudad?

—A mí me parece que ninguna —sugerí como si fuera algo obvio—. Tiempo atrás quizá se tropezaron con las ruinas de la Ciudad Negra, con sus oscuras cloacas y agujeros donde esconderse, y se instalaron como ratas en un granero abandonado. No podrían haber encontrado un lugar mejor.

—Ya, a eso mismo me refiero. No tiene sentido.

—¿Cómo que no? Tiene todo el sentido del mundo. Este sitio es el paraíso de los morcegos.

El profesor negó con la cabeza enfáticamente.

—Precisamente por eso no tiene sentido ¿Es que no lo ves? Estos seres están tan adaptados a este lugar en concreto, que no podrían sobrevivir en ningún otro. Sus hábitos nocturnos son consecuencia de su morfología, y ésta es el producto de un hábitat específico. *Este* hábitat —enfatizó dando unos golpecitos en el suelo.

—El profesor tiene razón, Ulises —intervino Cassandra—. Sin todos esos túneles donde esconderse, no podrían sobrevivir a la luz del día. Por fuerza, han de llevar aquí muchísimo tiempo.

—¿Cuánto es muchísimo? —quise saber.

Cassie se encogió de hombros, confesando de antemano que no tenía la respuesta.

—Debió ser justo después de que esta ciudad fuera abandonada —y buscando la complicidad del profesor Castillo con la mirada, añadió—: Quizá hará cuatro o cinco mil años, como mucho. Es difícil saberlo.

La respuesta a aquella suposición no tardó en llegar en boca de Valeria. En forma, cómo no, de carcajada burlona.

—¿Cuatro o cinco mil años? —rió exageradamente—. No diga tonterías, señorita Brooks. Una especie necesita de decenas o centenares de miles de años para evolucionar. El Homo Sapiens Sapiens, apareció hace más de noventa mil años, y en todo ese tiempo no hemos cambiado apenas. Esta nueva especie —añadió, repentinamente seria—, es infinitamente más antigua que la ciudad.

—Pero eso se contradice con lo que ha dicho tu padre, ¿no? —tercié tratando de echarle un capote a la mexicana.

En seguida me di cuenta de que había cometido al menos dos errores.

El primero había sido contradecirla, algo que al parecer no era en absoluto de su agrado. Aunque el segundo y más grave, que supuso que me fulminara con la mirada, fue que le mencionara el parentesco padre e hija que tenía con el profesor.

—Eduardo es... o era, para ser exactos, profesor de Historia Medieval. Yo, sin embargo —incidió en el pronombre señalándose con el pulgar—, soy antropóloga física y social especializada en culturas indígenas —y clavándome sus pupilas azules, preguntó—: ¿Quién crees que está en lo cierto? Esta ciudad —prosiguió sin esperar respuesta alguna—, puede tener cuatro, cinco, o diez mil años, pero no os quepa duda alguna de que es muy posterior a la aparición de los morcegos.

—Nuestra hipótesis es que puede que habitaran alguna región cercana que poseyera una red de cuevas naturales —conjeturó Claudio apoyando indirectamente la teoría de su jefa—, y cuando este lugar fue abandonado, encontraron un lugar mejor donde establecerse y se trasladaron.

—O puede ser... —sugerí sin pensar, algo que se me acababa de ocurrir— que lo hicieran antes.

—¿A qué te referís?

—¿Y si los morcegos no llegaron *después* de que la ciudad fuera abandonada, sino que fueron la razón de que la abandonaran?

La voz de Cassandra sonó apagada y lejana, como si la pregunta se resistiera a salir de ella.

—¿Quieres decir...?

—Quiero decir —contesté mirándola fijamente—, que quizá los morcegos vinieron a este lugar mientras aún estaba habitado, y luego mataron a todos sus habitantes.

Aquella posibilidad parecía no haber sido considerada por el equipo de Valeria, pues ni ellos ni el profesor o Cassie, encontraron argumentos para rebatirla de forma inmediata.

De hecho, ninguno dijo nada durante casi un minuto, sopesando aquella posibilidad de genocidio, hasta que fue precisamente la hija del profesor —quién si no—, la que empezó a menear la cabeza.

—No —afirmó, categórica—. Eso no es posible. Habría quedado constancia de ello.

—¿Constancia? —replicó Cassandra, dispuesta a no perder oportunidad—. ¿Dónde? —Abrió los brazos, abarcando el interior del templo sumido en penumbras—. ¿Cómo sabes que no fue así? ¿Acaso sabes leer la escritura cuneiforme? —Sonrió con malicia al decir esto.

—Ella no —intervino inesperadamente Claudio—. Pero yo, sí.

—¿Tú? —Cassie no se lo podía creer.

—Realicé mi tesis sobre la escritura proto-elamita, propia del sudeste de Oriente Medio entre el 3200 y el 2900 antes de Cristo. No es estrictamente como la que hay aquí —aclaró alzando la vista y mirando en derredor un momento—, pero se parece bastante.

—¿Y has... —la arqueóloga estaba casi sin habla— has podido traducir algo?

El argentino sonrió mostrando su dentadura perfecta, y afirmó despreocupadamente:

—Ni una sola palabra.

—Entonces —intervino el profesor—, ¿cómo sabéis que la teoría de Ulises no es cierta?

Claudio se volvió un momento hacia Valeria, antes de afirmar:

—Supongo —dijo alargando la palabra—, que la doctora Renner está pensando en los bajorrelieves.

—¿Los bajorrelieves? —inquirió Cassandra inclinándose hacia adelante—. ¿Qué bajorrelieves?

—Los de este templo.

—¿Y dónde están? —le interpeló mirando a ambos lados, buscando en la oscuridad.

La hija del profesor volvió a sonreír una vez más —lo cierto es que cuando lo hacía, se le suavizaban enormemente los rasgos—, y apuntó con los ojos a los pies de Cassandra.

—Debajo de tu trasero —afirmó, divertida, enseñando su blanca hilera de dientes—. Justo bajo tu bonito trasero, tienes tantos como quieras.

65

Encabezando la marcha, Valeria descendía por una estrecha escalera de piedra en espiral seguida por Cassie —cada una con una linterna—, y a la cola el profesor y yo, portando unas modestas teas ardientes cual desheredados relevistas olímpicos.

—¿Estás segura de que no es peligroso bajar aquí? —preguntó el profesor a su hija con inquietud, no sé en qué medida por el paternalismo protector o porque aún no se había quitado el miedo del cuerpo.

—No se preocupe, profesor —contestó Valeria—. Tal como le he dicho antes, por alguna razón aquí no entran los morcegos.

—Está bien, pero... ¿te importaría no llamarme «profesor»? A fin de cuentas, esto... ejem. Soy tu padre.

La respuesta no llegó hasta el cabo de unos segundos.

—De acuerdo, ¿cómo quiere que le llame? —y añadió con un deje de ironía—: ¿Papito?

—Con que me llamaras Eduardo me daría por satisfecho. Ah, y te rogaría que me tuteases.

—Muy bien, Eduardo. ¿Algo más?

Desde atrás, vi como el profesor Castillo hacía el gesto de ir a decir algo más. Pero en el último instante detuvo la mano en el aire y se limitó a guardar silencio.

Instantes después llegamos al sótano del templo, justo bajo el lugar donde habíamos estado sentados minutos antes, tal como había adelantado Valeria.

El subterráneo resultó tan lóbrego y opresivo como habría cabido imaginar.

Una serie de gruesas columnas soportaban un techo bajo y pesado, que al igual que el suelo y los muros, estaban construidas con el omnipresente granito negro, con la que parecía haber sido levantada la ciudad entera.

Siguiendo a Valeria nos movimos hacia nuestra izquierda, hasta alcanzar la pared más cercana, y con una actitud reverencial Cassandra se aproximó al muro mientras el profesor y yo la seguíamos sin palabras.

—Es un relato —anunció Valeria a nuestra espalda, complacida en su papel de maestra de ceremonias—. Lo que tenéis aquí, es el relato del origen e historia de aquellos a quienes los menkragnotis llaman «los hombres antiguos».

A la luz de las antorchas, las paredes de la cámara se descubrían talladas del suelo al techo, labradas con figuras e ilustraciones cinceladas con notable maestría, y aunque ninguno de los presentes estaba capacitado para comprender los símbolos que las acompañaban, era algo así como leer un cómic en un idioma desconocido. No se entendía todo, pero con algo de imaginación podía seguirse la trama razonablemente.

Lo malo era que el extenso y enfático bajorrelieve que ocupaba tres de las cuatro paredes de aquel oscuro sótano de unos veinte metros de largo por diez de ancho, de tan minucioso y explícito que resultaba, terminó por sumirnos a los tres en tal estado de confusión e incredulidad, que finalmente concluimos, sólo había una explicación posible a los hechos que relataba.

El autor había perdido el juicio.

A grandes rasgos, la historia que narraba comenzaba cuando los dioses los escogieron a ellos —un pueblo de pescadores y comerciantes— y no a otros, para iluminarlos con la sabiduría que habría de convertirlos en el pueblo elegido. Tiempo después, guiados por aquellos dioses, se establecieron en lo que iba a ser su «Tierra Prometida» —una pequeña isla representada entre dos grandes masas de tierra—, donde se encontrarían a salvo de las todavía incivilizadas y agresivas tribus que poblaban las cercanas costas continentales. Sin embargo, con el tiempo y gracias a una superior tecnología y organización social, Los Antiguos —decidimos llamarlos así en adelante para abreviar— se hicieron con las fértiles franjas de litoral al norte y al sur de su isla, desplazando a los nativos que allí vivían, tierra adentro hacia el interior.

Y era a partir de ese punto, donde el relato se tornaba verdaderamente extraño.

En algún momento de su historia, mucho tiempo después de llegar a su isla y cuando ya habían conseguido erigir lo que parecía ser un fabuloso imperio marítimo, los mismos dioses que los encumbraron decidieron castigarlos, así que enviaron contra ellos una inundación de dimensiones apocalípticas que a punto estuvo de provocar su completa extinción como pueblo.

Según los explícitos grabados del mural, primero los embistió una ola gigantesca que arrasó los templos, pirámides y palacios erigidos en la isla-capital, así como sus cultivos y poblaciones menores de la costa, y seguidamente el agua cubrió de forma total y definitiva cualquier vestigio de lo que, a juzgar por las detalladas ilustraciones, hasta ese momento había sido una avanzada civilización con templos, palacios y pirámides similares a los que hasta el momento habíamos visto en la Ciudad Negra.

Al parecer, en un principio los supervivientes buscaron refugio entre los pueblos que tiempo atrás habían expulsado de sus tierras; pero aquellos, furiosos tras haber sido sometidos durante generaciones, decidieron que debían terminar lo que los dioses habían empezado, y hostigaron sin piedad a Los Antiguos, sumamente debilitados por la catástrofe, hasta obligarlos a huir en barcos mar adentro en busca de un nuevo lugar donde establecerse.

Lo que no sabían aquellos supervivientes, es que el brusco ascenso de las aguas había traído consigo un cambio en la temperatura, los vientos y las corrientes que tan bien conocía aquel pueblo esencialmente marinero. En consecuencia, las naves en las que embarcaron se vieron arrastradas en dirección al sol poniente, perdiéndose en el mar durante largo tiempo. Sin embargo, y cuando ya habían perdido toda esperanza de salvación, el destino se apiadó de ellos mostrándoles al fin tierra firme en el horizonte.

El problema fue que aquellas costas ya estaban habitadas por otras tribus. Unos pueblos primitivos que les ofrecieron agua y comida, pero que no les permitieron quedarse. Los jefes de estas tribus, sin embargo, les sugirieron que remontaran el río-mar de aguas turbias, pues tierra adentro existían grandes praderas poco pobladas donde podrían establecerse libremente sin ser molestados.

Los líderes de Los Antiguos, de cualquier modo, no deseaban mezclarse con aquellos hombres claramente inferiores culturalmente pero mucho mayores en número, y comprensiblemente temerosos de instalarse de nuevo junto al iracundo océano, aceptaron el consejo y surcaron el río-mar internándose en lo que entonces era una infinita sabana. De ese modo, remontaron las aguas con sus barcos hasta que, tras una larga travesía dieron con un lago cuyas fértiles orillas estaban deshabitadas y colmadas de caza, y allí establecieron un primer asentamiento, que con el tiempo terminaría por convertirse en la Ciudad Negra.

Valeria, tras mostrarnos los bajorrelieves y ayudarnos a percibir los detalles —no en vano confesó haber pasado muchas horas allí dentro con Claudio, estudiando cada centímetro cuadrado del enorme mural—, regresó al piso de arriba, dejándonos a solas con nuestras antorchas y nuestras dudas.

Mientras yo me recreaba en los relieves que relataban la fundación de la Ciudad Negra a orillas de un lago que ya no existía, Cassandra se había aproximado de nuevo a la sección del muro donde aparecían las imágenes de la monstruosa ola arremetiendo contra aquella isla, trufada de templos y pirámides de extraña factura.

—Esto parece un tsunami, ¿no? —murmuró repasando con el índice la silueta de la formidable ola.

En dos zancadas me puse a su lado, iluminando con mi antorcha la misma imagen que ella.

—Tiene toda la pinta.

—Lo extraño —añadió en voz baja, no sé si contestándome o hablando consigo misma—, es que en las siguientes escenas aparece la isla sepultada bajo las aguas de forma permanente. Que yo sepa, un tsunami no hace eso.

—Bueno, al fin y al cabo esto no es una fotografía —le recordé dándole golpecitos con la uña—. Tan sólo una representación que seguramente alguien hizo de oídas, probablemente siglos más tarde.

—Sí, tienes razón en eso. Pero en ese caso, ¿qué crees que pasó? ¿Que se hundió la isla por alguna otra razón? Porque de no haber sido así, simplemente habrían reconstruido su ciudad en lugar de venirse hasta aquí en barco, ¿no te parece?

La respuesta llegó en boca del profesor.

—Para esto se me ocurre una explicación lógica… —dijo poniéndose justo a mi lado— y es que la isla no se hundió.

—¿Entonces? —pregunté volviendo el rostro hacia él.

—¿Y si no fuera —dijo con voz ligeramente ronca e insegura— la isla la que bajó, sino el mar el que subió?

Cassie y yo nos quedamos callados masticando aquella posibilidad.

—Pero estaríamos hablando de una subida de las aguas de decenas de metros —alegó la arqueóloga tras meditarlo un poco—. Que yo sepa, no hay constancia de una elevación del mar de ese calibre en toda la historia.

—En realidad... —repuso el profesor dejando una larga pausa entre sus palabras— sí que hay una.

La mexicana tardó un buen rato en comprender la referencia del profesor. Cuando lo hizo, puso los ojos como platos.

—¿No estará refiriéndose al Diluvio Universal? —preguntó alzando las cejas con incredulidad.

—¿Y por qué no? —replicó ajustándose las gafas—. Hay versiones del diluvio en casi todas las culturas del mundo, más de cuatrocientas para ser exactos. Desde los mayas y los incas, hasta los hindúes, los asirios y, por supuesto, los judíos. Todos ellos describen una inundación de alcance global que arrasó toda la Tierra, y de la cual sólo se salvaron unos pocos elegidos. Admito no ser creyente —añadió al ver nuestras expresiones de escepticismo—, pero lo que estoy viendo aquí, hace que me pregunte si no hay una realidad detrás del mito.

—Entiendo… —mentí con curiosidad por saber dónde quería ir a parar—. Pero si nos planteáramos en serio la posibilidad del Diluvio Universal ¿De qué fechas estaríamos hablando? ¿Hace dos mil? ¿Cinco mil? ¿Diez mil años?

—Basándonos en esta escritura semejante a la cuneiforme y en el estilo arquitectónico, yo diría… —explicó muy serio, frotándose la barbilla— que no tengo ni idea —sonrió encogiéndose de hombros—. Es imposible saberlo con tan pocos datos, Ulises.

—A mí se me acaba de ocurrir una posibilidad —sugerí tímidamente, consciente de que era el único sin estudios universitarios en varios metros a la redonda.

—Tú dirás —dijo Cassie posándome la mano en el hombro en un arranque de sorprendente familiaridad.

—Estaba pensando en que hay una antigua y conocida leyenda en la que se menciona una gran ciudad que, tal como esta, mucho tiempo atrás fue castigada por los dioses, hundiéndose bajo las aguas.

Los dos me miraron con divertido asombro.

La mexicana fue la primera en abrir la boca.

—¿No te estarás refiriendo a la Atlántida?

—¿Qué queréis que os diga? A mí me encaja.

—Ni hablar —replicó el profesor con contundencia—. El mito de la Atlántida es una majadería, de la que muchos engañabobos llevan años sacando provecho. Un cuento chino.

—¡Oh, vaya! —repliqué, molesto, cruzándome de brazos—. ¿Está dispuesto a aceptar la posibilidad del Diluvio Universal, pero no la existencia de la Atlántida? ¿Por qué? ¿Porque no es idea suya?

—No, Ulises. Porque de una inundación universal, como ya he dicho antes, existen más de cuatrocientos relatos similares a lo largo de todo el mundo, y en cambio, la famosa Atlántida sólo es mencionada de pasada en los diálogos de Timeo y Critias de Platón. En ellos, dos de sus discípulos hablan entre sí de lo que un tipo llamado Solón, que era amigo del abuelo de Critias, dijo haber oído en boca de unos sacerdotes egipcios. Vamos, una historia muy, pero que muy cogida con pinzas. Y aparte de ese fragmento de texto —añadió para rematar mi ya moribunda teoría—, en ningún lugar existen relatos o referencias ni que sean indirectas, y menos aún pruebas que den credibilidad a dicho mito. Todo lo que puedas leer sobre la Atlántida no es más que inventos para vender novelas, una sarta de fantasías y especulaciones sin base alguna —y señalando a Cassie, adujo—: Si no me crees, pregúntale a ella.

La mexicana, ajena a la interpelación de mi amigo, parecía perdida en sus propias reflexiones.

—Aunque para mí —arguyó, abstraída—, hay algo en todo esto que no acaba de tener sentido.

—¿En serio? ¿A qué te refieres? —pregunté con sorna.

—No sabría decirte... —dijo sin darse cuenta, o simplemente ignorando mi tono— un poco a todo. Lo que tenemos aquí —añadió apoyando la mano sobre el bajorrelieve que mostraba la colosal ola abalanzarse sobre la isla—, sea o no cierta la teoría del profesor, puede ser el nudo que ate los cabos sueltos de la historia, los muchos misterios que aún quedan por resolver. Explicaría muchas cosas que hasta ahora no tenían explicación alguna, como la universalidad de la descripción del diluvio. Las imposibles coincidencias entre la cultura mesopotámica y la precolombina. El relato de Quetzalcóatl, el hombre barbudo que vino del este según la tradición maya...

—El misterio de la Atlántida... —porfié.

—Chale, güey —concedió con una sonrisa ladeada—. Hasta el origen del mito de la Atlántida, podría explicarse en estos muros ¿Os dais cuenta? Todo está aquí —reiteró con creciente apasionamiento—. Como si la Historia del hombre fuera un rompecabezas que tenemos casi resuelto, pero al que le falta únicamente una última pieza. La pieza central del puzle. La que haría que todo el conjunto cobrara sentido y despejara las incógnitas. —Apoyó la mano en la piedra y sentenció con gravedad—: Y creo que esta *es* la pieza. Y, sin embargo...

Por un instante, sólo se escuchó el crepitar de las antorchas y el murmullo de nuestra respiración, a la espera de que continuara.

—Y ¿sin embargo? —pregunté al cabo.

Cassandra meneó la cabeza, como si así pudiera aclarar las ideas.

—Y, sin embargo... hay algo que falla.

—¿El qué? —inquirió el profesor.

—¿Tampoco usted lo ve? —le preguntó a su vez la arqueóloga—. ¿Dónde están Los Antiguos? Si fueron tan determinantes en la historia, ¿por qué jamás se ha sabido nada de ellos, ni hay constancia de este lugar en ninguna parte, aunque sea como un cuento para niños? Hasta las civilizaciones más discretas dejaron un rastro que se puede seguir a través de los tiempos, pero de ésta nunca hemos sabido nada. Nada —repitió bajando la voz hasta convertirla en un susurro—. Como si se los hubiera tragado la tierra.

Y por un fugaz momento, me vino a la cabeza el recuerdo de las cloacas de aquella ciudad, y me pregunté si no fue eso exactamente lo que les sucedió a sus habitantes. Que se los tragó la tierra.

66

Poco rato después, cuando empezaron a consumirse nuestras antorchas, regresamos por la misma escalera adonde se encontraban Valeria, Claudio y Angélica, quienes charlaban animadamente junto a la hoguera.

Al vernos llegar, el argentino levantó la vista.

—¿Os ha gustado la exposición? —preguntó, risueño, mirando a Cassandra.

—Increíble... —contestó ésta, abstraída— Aún no sé qué pensar.

—Sí, la verdad es que plantea más preguntas que respuestas. Tenemos laburo para años, si queremos descifrar ese mural y comprobar qué hay de verdad en lo que cuenta.

—Dijiste antes que también eras arqueólogo, ¿verdad?

—Así es... —contestó guiñándole el ojo—. Vos y yo tenemos mucho de qué platicar.

Aquel guiño a la mexicana, por alguna razón, me sentó como una patada en los genitales. Pero el que ella se lo devolviera con una sonrisa coqueta, lo sufrí como si me los arrancara y luego bailara sobre ellos.

—Pues si no nos preocupamos antes sobre cómo salir de aquí —apunté dirigiéndome a ambos—, no va a haber mucho sobre qué «platicar».

—Cierto —confirmó el profesor—. Si no informamos al mundo sobre nuestro descubrimiento, en muy poco tiempo toda la ciudad quedará bajo el agua de la presa y ya no quedará nada que descifrar.

—Yo no me refería a eso, profe. En cuanto amanezca, los hombres de Souza saldrán a buscarnos, y contando con que posiblemente sabrán encontrar el rastro que hemos dejado esta noche, no les costará llegar hasta aquí. Este lugar ya no es tan seguro.

—¿Acaso sugieres que nos vayamos? —preguntó Angélica, recelosa—. Este santuario es el único lugar donde estamos a salvo de los morcegos. Marcharnos de aquí sería un suicidio.

—Pero si nos quedamos —adujo el profesor—, tal como dice Ulises, los esbirros de la constructora nos encontrarán y seguramente nos ejecutarán a todos. De cualquier forma, las perspectivas no son muy halagüeñas. Si no se nos ocurre algún medio de escapar —añadió con una mueca amarga, tomando asiento frente a la hoguera—, la cuestión se reducirá a decidir si queremos terminar a manos de unos o de otros.

—A menos… —pensé en voz alta.

—¿A menos? —repitió Cassie, frunciendo el ceño.

Tardé un buen rato en responder, pues se trataba sólo de una idea fugaz que había dejado un rastro difícil de seguir, y aún más difícil de explicar.

—Estaba pensando…

—Miedo me das —masculló el profesor por lo bajo, llevándose la mano a la frente.

—… en que ahí fuera hay dos amenazas, que juntas suponen un riesgo insalvable para nosotros —respiré profundamente y seguí hablando con extrema lentitud—. Pero si consiguiéramos que se anularan la una a la otra…

—¿Estás hablando de enfrentarlos entre ellos? —preguntó Valeria entrecerrando los ojos con escéptico interés.

—Algo así.

—Pero ¿cómo?

—Aún no lo sé —admití encogiéndome de hombros—. Aunque si logramos que un problema termine con el otro, tendríamos un cincuenta por ciento menos de problemas.

—Te recuerdo —apuntó Cassandra—, que ya hemos sido testigos de un encuentro entre ambas partes, y los humanos no hemos salido muy bien parados que digamos.

—Es verdad —admití—. Pero lo de Luizao ten por seguro que no se volverá a repetir. Esos tipos no parecen aficionados, y ya sea porque crean que hemos sido nosotros los que decapitamos al pobre mulato, o porque ya hayan descubierto que no estamos solos aquí, sin duda tomarán muchas más precauciones de ahora en adelante y, llegado el caso, estoy seguro de que venderán caro su pellejo.

—Eso si es que aún lo siguen llevando encima —sentenció Valeria, con humor negro.

Llevábamos tantas horas sentados alrededor de la hoguera, que calculé no debía quedar demasiado para el amanecer. Supongo que con la idea inconsciente de que aquel podía ser nuestro último día en la Tierra, a nadie le dio por ponerse a dormir, y consagramos la noche a urdir planes de huida imposibles o hablar de cualquier otra cosa. Desde lo más profundo, a lo más intrascendente.

Por alguna razón, habíamos formado dos pequeños grupos. Uno formado por Cassie, Angélica y Claudio; y otro en el que estábamos Valeria, su padre y un servidor.

—¿Qué habrá sido de Iak? —me preguntó en un momento dado el profesor, con un tono de sincera preocupación—. ¿Crees que aún seguirá con vida?

—No lo sé, profe. Seguro que tiene más recursos que nosotros para mantenerse a salvo de los morcegos y de los tipos de la constructora, pero aun así... no sé —me atusé la barba de dos semanas, calculando las posibilidades de un hombre solo en aquella selva infernal—. Quizá —dije al cabo—. Nunca se sabe...

El profesor Castillo asintió, quedándose con ese «nunca se sabe», pero tan consciente como yo de que sería un milagro que así fuera. Entonces se volvió hacia su hija, como tratando de apartar el destino del menkragnoti de su cabeza.

—Al final —le dijo retomando un tema que ya habíamos olvidado—, no nos has dicho qué animal crees que da forma a este templo.

—Oh, sí, claro —dijo levantando la mirada del fuego—. Es un puma, por supuesto. Por eso hay tantos pentágonos en toda la ciudad.

El profesor se tomó unos momentos para descifrar la respuesta, antes de confesar:

—No... no te entiendo, Valeria. ¿Qué tienen que ver los pentágonos, con este templo en forma de animal?

Su hija compuso un mohín de teatral extrañeza.

—Vaya, pensé que como ella es arqueóloga —aludió a Cassie, pero sin dignarse a mirarla—, os lo habría explicado ya.

—¿Explicar el qué?

—La relación entre ambos símbolos. —Tomó una rama con la punta carbonizada y dibujó en el suelo de piedra un polígono de cinco lados—. Los pentágonos son en realidad una esquematización de la constelación de Orión. —Miró a su padre y vio que éste asentía, comprendiendo—. En el zodíaco indígena, esta constelación se la llama *Chuquichinchay,* y no representa a un cazador mitológico como en occidente, sino a un animal. ¿Adivina cuál?

—No me lo digas. Un puma —intervine, como un olvidado alumno de la última fila.

—Exacto, un puma. El «Felino Dorado» para ser precisos, que es el animal totémico por excelencia de las culturas andinas. Incluso ciudades como Cuzco, en Perú —precisó—, se levantaron sobre un trazado urbano con forma de puma.

—¿Cuzco tiene forma de puma? —preguntó el profesor, sinceramente sorprendido.

—La tenía cuando la construyeron y su nombre aún era *Qosqo.*

El profesor se frotó los ojos por debajo de las gafas, meditabundo.

—A ver si me aclaro... —dijo haciendo una larga pausa antes de continuar—. ¿Estás sugiriendo que la adoración al puma en las culturas precolombinas, tuvo su origen en esta ciudad?

La antropóloga meneó la cabeza efusivamente.

—No, no. —recalcó—. Es muy anterior. Probablemente la trajeron consigo sus fundadores desde el otro lado del océano en su migración hasta este lugar; al igual que se trajeron la escritura cuneiforme que está por toda la ciudad, o las pirámides escalonadas idénticas a los zigurats mesopotámicos. En realidad —añadió sin inmutarse—, en el viejo mundo también se adoraba y se sigue adorando al «Felino Dorado», y aún lo seguimos haciendo.

—Perdona que te contradiga, Valeria —apunté levantando el dedo—. Pero no hay pumas en ningún otro lugar aparte de América.

—¿Ah, no? ¿Y qué me dices de los felinos que aparecen en tantas banderas y escudos, en las puertas de los parlamentos o en los textos religiosos, por poner algunos ejemplos?

—Pero esos no son pumas —refuté de inmediato—. Son leones.

—Felinos dorados —puntualizó ella, señalándome con la rama que aún tenía entre los dedos—. ¿Qué es un puma, o un león, sino un gran felino de pelaje dorado?

—¡Diantres, es verdad! —exclamó el profesor, emocionado ante aquella inesperada coincidencia—. ¡Un puma no es más que un león sin melena!

—Y aún os diré más —añadió, satisfecha—. ¿No os recuerda a nada, la forma de este templo?

—Pues...

De nuevo me adelanté en la respuesta al profesor, como un colegial deseoso del reconocimiento de su maestra.

—¡La Esfinge de Gizeh! —prorrumpí poniendo atropelladamente en palabras la imagen que tenía en mi cabeza—. Sabía que me recordaba a algo. Solo que aquella tiene la cabeza de un faraón en lugar de un animal, ¿no?

Valeria rió quedamente.

—Así es, pero en realidad la cabeza de la esfinge era originalmente la de un león, antes de que el faraón Kefrén decidiera cambiarla alrededor del dos mil quinientos antes de Cristo —aclaró dedicándome un guiño—. Pero estás en lo cierto. Ambos edificios son casi idénticos, lo que sugiere un origen común. Aunque no sabría decir cuál es la original, y cuál la copia.

—Supongo que esta debe ser la copia, ¿no? —deduje—. Si aquella tiene más de cuatro mil años...

Esta vez fue el profesor quien meneó la cabeza.

—Lo cierto es que las últimas teorías sugieren que puede ser mucho más antigua —afirmó—. Las recientes investigaciones del geólogo de la universidad de Boston, Robert Schoch, han determinado que los patrones de erosión de la pirámide han sido producidos por el agua, y no la arena.

—¿Por el agua? —pregunté, extrañado—. Pero si en Egipto no llueve.

—Cierto, no llueve —asintió antes de añadir con una sonrisa misteriosa—: Pero antes sí que lo hacía.

—¿Antes?

—Cuando el Sahara no era un desierto —aclaró—, sino una fértil sabana.

—Pero de eso hace miles de años, ¿no?

—Diez o doce mil, como mínimo.

—Un momento. Un momento... —le interrumpió Valeria con una sonrisa sarcástica en el rostro—. ¿Acaso estás sugiriendo que la esfinge de Gizeh se construyó hace diez milenios? ¿Es que has perdido la cabeza? Por entonces aún no había sociedades organizadas, ni poblados lo bastante grandes como para levantar un edificio como la esfinge, y desde luego, no se habrían dedicado a construir un templo de piedra de sesenta metros. Me sorprende que siquiera te lo puedas plantear —sentenció con mohín decepcionado—. Es la cosa más absurda que he oído en años.

Eduardo respiró profundamente y se ajustó las gafas de carey sobre la nariz antes de responder.

—Es sólo una teoría, Valeria —repuso, conciliador, aplacándola—. Una teoría que hace menos de una semana ni habría tenido en cuenta. Pero tras ver las maravillas que he visto en este increíble lugar... —añadió abarcando la ciudad con el gesto—. En fin, digamos que estoy abierto a contemplar cualquier posibilidad, por estrafalaria que parezca.

E inesperadamente, cuando Valeria ya estaba estirando los labios en el anticipo de una réplica mordaz, la voz de Cassandra sonó justo a mi espalda.

—A mí no me parece tan estrafalaria —afirmó aproximándose al grupo—. Es más —añadió poniéndose en cuclillas frente a la hoguera—, creo que es lo más probable.

—¿En serio? —preguntó el profesor, sorprendido de su propio éxito.

Cassie dirigió una sonrisa beatífica al profesor antes de contestar.

—Totalmente en serio. —Le guiñó un ojo—. Creo que sin proponérselo, acaba de resolver el mayor enigma de la Ciudad Negra.

67

Atraídos por el cariz que había tomado la conversación, César y Angélica se habían unido a nuestro corro; de modo que allí estábamos los seis reunidos, quizá en la última noche de nuestras vidas, debatiendo sobre arqueología.

—¿El mayor enigma de la Ciudad Negra? —preguntó el profesor con el escepticismo pintado en la cara, apoyando el pulgar en su pecho—. ¿Y yo lo he resuelto?

—Al escucharlo —se explicó la mexicana—, he recordado otra teoría que leí hace años, cuando aún estaba en la universidad. Una teoría que, combinada con la que ha apuntado antes —dijo mientras entrelazaba los dedos frente a ella—, podría ser la respuesta que estamos buscando.

—¿La respuesta, a qué exactamente? —preguntó César, intrigado.

—A la datación, por supuesto.

—¿Te refieres a esta ciudad?

—Me refiero a *todo* —afirmó con aplomo—. Tenemos por un lado a una civilización a la que llamamos Los Antiguos, que en algún momento de la historia, pero no sabemos exactamente cuándo, llegó en barco hasta aquí atravesando el Océano Atlántico a causa de una gran inundación. Presumiblemente, desde algún lugar de África o Europa —expuso esto, extendiendo la palma de una mano—. Y por otra parte, una esfinge muy similar a la de Egipto que tampoco podemos fechar, aunque si es contemporánea de aquélla, podría tener más de diez mil años según la teoría que ha mencionado el profesor. —Extendió la otra mano, imitando una balanza con ambas.

—Eso no es una respuesta —arguyó Valeria arqueando una ceja—. Es un resumen.

—La respuesta viene ahora —replicó volviéndose hacia ella con fingida indulgencia.

—Puedes ir al grano, por favor —le recriminó el profesor con impaciencia—. Nos tienes en ascuas. ¿Qué es eso que has recordado?

—¡La glaciación! —contestó, emocionada—. ¡No sé cómo no se me ocurrió antes!

—¿La glaciación? —pregunté—. ¿De qué hablas? ¿Qué glaciación?

Cassandra abrió los brazos, como si la respuesta fuera evidente.

—La última glaciación, por supuesto. La que finalizó hace unos doce mil años, justo en la época que esa teoría que ha mencionado el profesor, data a la esfinge de Gizeh. La glaciación que mantuvo a más de una tercera parte de la Tierra bajo una capa de hielo y nieve, de entre uno y tres kilómetros de espesor, y durante la cual, los desiertos de hoy día eran fértiles praderas y sabanas.

—Me vas a perdonar —adujo el profesor Castillo—, pero no veo la relación entre una cosa y otra.

—Yo tampoco la veía —admitió—, hasta que he recordado el artículo de un geólogo norteamericano, en el que se afirmaba que, en el ocaso de la última era glacial, cuando el hielo se derretía cada vez más deprisa y la superficie del mar estaba a unos ciento veinte metros por debajo del nivel actual...

—¿Perdón? —le interrumpí creyendo haber oído mal—. ¿Acabas de decir que el nivel del mar hace doce mil años estaba cien metros más bajo que hoy en día?

—Entre ciento veinte y ciento cuarenta metros, si no recuerdo mal.

—No tenía ni idea —confesé, pasmado.

—Menudo submarinista estás hecho... —bromeó el profesor—. ¿No sabías que lo que tú ves cuando buceas, fue tierra firme hasta no hace tanto tiempo?

—La verdad, eso es algo que no suelen explicar en las escuelas de buceo.

—Vamos… ¿Y nunca te habías preguntado, adónde iba a parar todo el hielo que se derretía después de un periodo glacial?

—A decir verdad, el único hielo que me ha interesado hasta hoy es el que le pongo al ron añejo.

Cassandra meneó la cabeza con aire decepcionado.

—En fin… ¿Me permites seguir con la explicación?

—Por supuesto —contesté parodiando una reverencia—. Continúa, por favor.

—Pues como iba diciendo —prosiguió tras aclararse la garganta—, a finales de la glaciación se creó un vasto mar, producto del deshielo en el centro del glaciar que ocupaba totalmente lo que hoy es América del Norte. Un inmenso mar interior, que contenía ocho veces más agua que el Mar Mediterráneo.

No pude evitar que se me escapara un involuntario silbido de admiración, interrumpiéndola de nuevo.

—¿Me dejarás acabar de una vez? —protestó airadamente.

En lugar de contestar paseé los dedos índice y pulgar por mis labios, cerrando la imaginaria cremallera.

—Ese inmenso mar interior —continuó mirándome de reojo—, bautizado por los geólogos como Mar Laurentiano, siguió expandiéndose con las aguas del deshielo, hasta que llegó el momento en que sólo un delgado muro de hielo lo separaba del océano, como un gigantesco embalse natural. Aquel dique de hielo —dijo poniendo las manos abiertas una junto a la otra para simularlo—, inevitablemente, un día se rompió bajo la enorme presión —separó las manos bruscamente—, dejando escapar millones de kilómetros cúbicos de agua en pocos segundos. Esto produjo una ola de quinientos metros de altura, un tsunami como el mundo no ha visto jamás, que arrasó el planeta en una catastrófica inundación a nivel global, provocando que el nivel de los mares en todo el mundo se elevara más de cien metros en cuestión de horas.

Atónito, me quedé sin palabras, imaginando una ola de medio kilómetro de alto arrasando las costas de todo el planeta.

—¿Es eso cierto? —preguntó al cabo Angélica en un murmullo.

—No es más que una teoría —contestó sin embargo Valeria—. Yo también he oído hablar de ella —y dirigiéndose a Cassie, añadió—: Pero lo que no sé aún, es qué conclusión pretendes sacar de todo esto.

—¿Es que no está suficientemente claro? —contestó mirándonos uno por uno—. ¿No hemos visto unos grabados donde se habla de un gran tsunami y la posterior desaparición de una isla entera bajo las aguas? Eso nos daría una fecha, y basándonos en ese acontecimiento podríamos datar todo lo demás.

Todos los presentes guardaron un reflexivo silencio, y yo aún no sabía qué decir, así que fue Eduardo quien tomó la palabra.

—Podría ser... —admitió pasándose la mano por la barba—. Supongo que tiene sentido. ¿Y cuándo dices que pudo ocurrir ese megatsunami?

—A finales de la glaciación, hace unos doce mil años. Y estoy segura de que es el origen del mito del diluvio universal, y la causa de que pueda encontrarse con ligeras variaciones en casi todas las culturas del planeta. ¡Por la sencilla razón de que ocurrió en todo el planeta! La verdad —añadió, satisfecha—, es que se trata de una buena explicación para que Los Antiguos cruzaran el Atlántico hasta este lugar, y por qué su isla acabó bajo las aguas.

—En ese caso —barruntó el profesor—, y si damos por hecho que los constructores de la esfinge de Gizeh, también construyeron esta, ello confirmaría que ambas fueron erigidas, como muy tarde, a finales de la era glacial, mucho antes de la aparición del antiguo Egipto, o cualquier otra civilización conocida hasta ahora.

—Y con ellos, quizá —agregó Claudio—, se trajeron las bases de lo que más adelante sería la escritura cuneiforme que sólo habíamos visto en Oriente Medio, así como la arquitectura de pirámides y zigurats.

Valeria, sin embargo, meneó la cabeza exageradamente, como si acabara de escuchar que los elefantes son de color rosa y además vuelan de maravilla.

—Estáis equivocados —afirmó con rotundidad, diría que encantada de aguarnos la fiesta—. Por lo que yo sé, no hay constancia de que se utilizara la escritura cuneiforme en Mesopotamia hasta hace sólo cinco mil años, lo cual descartaría esa hipótesis. Así que no podrían habérsela traído con ellos si aún no se había inventado, ¿no os parece?

—Ya había pensado en eso —alegó Cassie, dispuesta a vender caro el pellejo de su hipótesis—, y para eso se me ocurre una sencilla explicación. Hemos dado por supuesto que las inscripciones de aquí están inspiradas en la escritura cuneiforme sumeria, pero... ¿y si fuera al revés?

—¿Quieres decir...?

—Que la escritura que aquí hemos encontrado por todas partes —dijo señalando alrededor—, sea la verdadera escritura cuneiforme. Que en definitiva, ésta sea la original y no aquélla. ¿Por qué no plantearnos la posibilidad de que la corriente cultural fluyera en sentido inverso al que se cree, o quizá en ambas direcciones a la vez?

—¿Acaso estás sugiriendo —inquirió la antropóloga con evidente recelo—, que todo lo que sabemos de la historia de la humanidad está errado, y que el auténtico origen de la civilización tuvo lugar... aquí? —y pronunció esta última palabra con el mismo tono que habría utilizado para referirse a una montaña de excrementos.

Cassandra se pasó las manos por la cara con infinito cansancio.

—No lo sé —dijo con sinceridad—. Puede que fuera un viaje de ida y vuelta. Primero vinieron de allí, y luego regresaron. ¡Quién sabe! —alegó encogiéndose de hombros—. Quizá Los Antiguos no desaparecieron, sino que simplemente se marcharon. ¡O una parte se dirigió al oeste y fundó las grandes culturas precolombinas, mientras otra parte hizo el camino de vuelta a África y construyó la esfinge y las pirámides! —La mexicana se tomó un momento para recuperar el aliento y la calma—. Lo que está claro —prosiguió entonces— es que hubo algún tipo de relación entre ambas partes del mundo, y que ese intercambio cultural hasta ahora desconocido, explicaría casi todo lo que nos hemos encontrado en este lugar. De hecho —sentenció, convencida—, daría un nuevo enfoque a la historia de la humanidad, arrojando luz sobre muchos de sus misterios.

Esta vez, ni siquiera Valeria se atrevió a contradecir abiertamente a Cassandra. A mi profano entender, aquella hipótesis sonaba terriblemente sólida.

De un plumazo resolvía el problema de la universalidad de la leyenda del diluvio, el misterio de la esfinge de Gizeh, la inexplicable similitud entre las pirámides mesopotámicas y las construidas por los mayas, y por supuesto, el origen de Los Antiguos y la existencia misma de la ciudad en la que estábamos atrapados.

—Creo que has dado en el clavo, Cassie —resoplé felicitando a la arqueóloga con una sonrisa—. Si como dices, este lugar resulta ser tan importante, no me extraña que los alemanes enviaran una expedición a este lugar.

Tres cabezas se giraron al unísono en mi dirección.

—¿Alemanes? —preguntó Angélica—. ¿Qué alemanes?

Tenía la impresión de que ya había comentado nuestro descubrimiento con ellos, pero quedaba claro que no era así.

—Pues… más o menos al otro lado de la ciudad, encontramos un templo con los restos de un campamento nazi de los años cuarenta.

—¿Nazi? —inquirió ahora la antropóloga mirando a su padre como para corroborar mi afirmación—. ¿Cómo sabéis que era nazi?

—Bueno, la enorme bandera roja y blanca con una cruz gamada en el centro, nos dio una pista.

—¿Y cómo se va a ese lugar? —intervino Claudio—. ¿Sabríais volver?

Cassie, el profe y yo intercambiamos una mirada y asentimos.

—Seguramente —contestó el profesor—. Pero ¿por qué ese interés?

—¿Cómo que por qué ese interés? —replicó Valeria con aspavientos—. ¿Me dices que hubo una expedición anterior a este lugar hace setenta años, y me preguntas por qué me interesa? ¿Es que no lo ves? Podrían haber encontrado todo aquello que no hemos encontrado nosotros, podrían haber descifrado los símbolos cuneiformes, podrían…

—Para, para… —dije alzando las manos—. Ya estuvimos allí, y no creo que haya nada de eso que dices. Había comida en lata caducada, bombonas, cajas de madera vacías y un bonito oficial nazi momificado. Lo único que podría haberte sido útil serían los libros de notas y diarios de aquel oficial (que por cierto, ahora puedo entender porqué decidió encerrarse y luego pegarse un tiro), pero me temo que están en una pequeña mochila roja que me quitaron los mercenarios.

—¡Entonces tenemos que recuperarla!

No pude evitar sonreír ante la candidez de la afirmación.

—De acuerdo. ¿Quieres ir tú misma o les pedimos que nos la traigan?

—Lo digo en serio. En esos cuadernos puede estar la clave de este enigma, y no recuperarlos sería una irresponsabilidad.

—¡Y tratar de hacerlo, un suicido! —repliqué de inmediato, molesto por su insistencia—. No importa lo que contengan esos cuadernos —manifesté, rotundo—, nadie va a morir por ellos.

Y una vez más, aunque aún no lo sabía, había vuelto a equivocarme.

68

Con la llegada del amanecer concluimos que, dado que no debíamos quedarnos en aquel santuario ante la posibilidad de que los mercenarios encontraran el rastro que habríamos dejado la noche anterior, el antiguo campamento nazi sería un lugar tan bueno como cualquier otro para esconderse durante el día. Con la ventaja imprevista de que el nivel del agua había subido aún más y casi nos llegaba por los tobillos, y aunque se hacía más arduo moverse por la selva, le complicaría mucho a los mercenarios la tarea de seguir nuestras huellas.

Lo que íbamos a hacer, cuando de nuevo llegara la noche, no queríamos ni pensarlo.

Cansados y ojerosos por la larga noche sin sueño, aunque animados al recibir en el rostro los esquivos rayos de sol de la mañana que atravesaban la claraboya de la selva, nos dirigimos con todo el sigilo de que éramos capaces hacia donde suponíamos se encontraba la calzada principal, y una vez allí, la seguimos en dirección este, rezando por no tropezarnos con los hombres de Souza.

Al cabo de una hora empezamos a identificar lugares por los que ya habíamos pasado, y tras confundirnos sólo en un par de ocasiones de camino, finalmente salimos a la explanada que rodeaba el edificio, en cuyo interior los nazis habían instalado aquella pequeña base que había terminado siendo su última trinchera y a la postre, su cementerio.

Con la nueva perspectiva de los acontecimientos, quedaba claro que el camposanto de cruces sin tumbas del perímetro exterior, estaba dedicado a los hombres «desaparecidos» a manos de los morcegos; que la batalla de la que sólo quedaban como mudos testigos los cientos de casquillos de bala esparcidos por el suelo, había sido la postrera de los soldados supervivientes —difícil de imaginar el horror por el que habrían pasado—; y el oficial muerto junto a su mesa, era fácil adivinar que había preferido pegarse un tiro, a seguir la terrible suerte del resto de sus hombres.

—Impresionante… —musitó Valeria al encontrarse frente a las ruinas.

—¿Por qué despejarían toda la vegetación de los alrededores? —preguntó Claudio fijándose en la ancha franja de tierra baldía.

—Las apuestas están abiertas —contestó Cassie, que había hecho buenas migas con el argentino—. Pero quizá necesitaban espacio para instalarse.

—Yo diría que lo hicieron para defenderse —opiné tratando de ponerme en el pellejo de aquellos soldados—. Un perímetro defensivo para poder ver quién se aproximaba.

—Puede que incluso —añadió el profesor siguiendo el límite del claro con la vista—, instalaran reflectores, o aunque fuera antorchas, para disuadir a los morcegos.

Valeria, ajena a nuestra conversación, nos interrumpió dando un paso al frente con impaciencia.

—Bueno, ya basta de cháchara —dijo frotándose las manos con fruición—. ¿A qué estamos esperando?

Esta vez llevaba en la mano una linterna, por lo que me fue más fácil avanzar entre los escombros hasta el estrecho pasadizo por el que, arrastrándome a la cabeza y seguido por el resto, desemboqué en la gran sala acolumnada del templo.

—Ahora que sabemos lo que les pasó a los hombres que había aquí —comentó el profesor barriendo con su propia luz el opresivo interior de techo bajo y anchas columnas—, me parece oler la muerte.

—Me parece que somos nosotros, profe —repuse tratando de relajar la tensión—. A todos nos hace falta una buena ducha.

Siguiendo el mismo camino que habíamos recorrido hacía menos de cuarenta y ocho horas, atravesamos el edificio hasta llegar a las barricadas sembradas de casquillos y, un momento más tarde, les mostré la puerta de la estancia invitándoles a entrar cual solícito conserje.

—Pues sí —dijo Angélica nada más entrar, enfocando con su linterna la enorme bandera que colgaba de la pared—. Está claro que eran nazis.

—La gran pregunta es —formuló el profesor— cómo hallaron este lugar, y qué consiguieron averiguar que nosotros no hayamos podido.

—Yo aún añadiría algo más —dijo su hija desde el otro lado de la sala—. ¿Qué encontraron y qué se llevaron?

Me volví hacia ella y apagué la linterna para ahorrar pilas.

—¿Qué te hace creer que encontraron algo y se lo llevaron?

—Ven y mira esto.

Seguí el rastro de su voz y luego el foco de su linterna, que apuntaba al interior de una caja de madera de la que había levantado la tapa. Entonces introdujo la mano hasta el codo y la levantó sacando un puñado de virutas de madera.

—Lo usaban para guardar las muestras —afirmó sin dudar.

La primera vez que estuvimos allí no había curioseado hasta ese extremo, y lo que decía tenía sentido, pero existía otra posibilidad.

—¿Cómo lo sabes? —pregunté—. También podrían haber usado las cajas para traer protegido su propio material hasta aquí.

Valeria me contestó con calma.

—Podrían, pero no. Estas son cajas para muestras, sin duda alguna.

—Pero... —alegué, aún en mis trece.

Antes de que yo dijera nada más, levantó el índice reclamando silencio, llevándolo en el mismo movimiento al costado de la caja donde, en la abigarrada letra germánica de principios de siglo, había una breve leyenda escrita en negro seguida del número 57.

—Mis abuelos eran austríacos —dijo ella, esbozando una sonrisa de aclaración—, y si no me equivoco, aquí dice: «*Box nr.57 Archäologischen proben*». O lo que es lo mismo «Muestras arqueológicas. Caja número 57».

A la luz de las linternas pudimos explorar el lugar con mayor detenimiento que la vez anterior. Encontramos multitud de material de observación astronómica, topográfica y otros objetos cuya función no supimos determinar. Incluso hallé una antigua cámara fotográfica de fuelle sobre su carcomido trípode y, lo más sorprendente, en el exterior de la habitación a sólo unos pocos metros de distancia, hallamos otra sala en la que habían almacenado los objetos más grandes y pesados.

Allí encontramos un viejo generador de gasolina totalmente oxidado junto a varios barriles de combustible vacíos, y alineados junto a la pared, una gran cantidad de oxidados cilindros herméticos, que según tradujo Valeria contenían hidrógeno a presión.

—Venían muy bien equipados... —comentó Claudio, mirando alrededor y dando una patada a uno de los bidones de gasolina, que sonó a hueco.

—No lo suficiente —denoté pensando en la batalla perdida de antemano que se había librado al otro lado de la puerta.

—Debía de ser una expedición eminentemente científica —arguyó Cassie en su defensa—. No creo que estuvieran preparados para lo que se encontraron.

—Bueno —dije pensando en el oficial momificado de las SS, aún tirado en el suelo detrás de la mesa—. El tipo de la otra habitación no tiene mucha pinta de científico.

—No te equivoques, Ulises —apuntó el profesor—. Los nazis no eran sólo soldados. El partido de Hitler no dejaba de ser una organización política, y en él había desde militares a tenderos, pasando por científicos y arqueólogos. Así que, perfectamente, ese oficial que se suicidó pudo ser uno de los pocos militares de la expedición.

—Quizá tenga razón —dijo la voz de Angélica, que hurgaba en otra estantería—. Pero mirad esto —y levantó la mano con un puñado de alargadas balas de fusil, que dejó caer en una caja repleta de ellas—. A mí me parece que son muchas balas para una expedición arqueológica, ¿no?

Todos nos acercamos con curiosidad, y fue Claudio el primero que comentó con decepción:

—Lástima que no tengamos las armas adecuadas para poder usarlas.

—A lo mejor no nos hacen falta —apunté rápidamente.

Cassie sonrió socarrona.

—¿Ah, no? ¿Y cómo piensas dispararlas? —preguntó—. ¿Tomando mucha carrerilla?

—Sólo digo que deberíamos llevárnoslas —repuse como toda explicación, devolviéndole la sonrisa—. Podrían llegar a sernos útiles.

—Como quieras, Ulises. —Se encogió de hombros el profesor—. Pero a los que las emplearon ahí fuera —señaló hacia atrás con el pulgar—, no parece que les sirvieran de mucho.

69

De nuevo en el exterior, decidimos sentarnos un rato a descansar junto a la entrada y disfrutar de la diáfana luz solar que bañaba aquel espacio excepcionalmente libre de árboles. Paradójicamente, aunque estábamos en medio de una calurosa selva tropical, disfrutar de los rayos directos del sol era todo un lujo.

Tras un minucioso registro del edificio que ahora teníamos a nuestras espaldas, habíamos descubierto que no había más estancias aparte de las usadas por los alemanes, y que, como era de esperar, todos los herrumbrosos fusiles y ametralladoras que habíamos hallado tirados por el suelo estaban inservibles. Al final sólo logramos recuperar un par de oxidados cuchillos militares con la esvástica en el mango; una pequeña pero pesada caja de balas; una botella de vidrio con casi un litro de gasolina, exprimida de los posos de los bidones; y una nueva serie de preguntas sin respuesta, que en ese momento se planteaban una tras de otra.

Me había encaramado sobre una columna caída a la derecha del pórtico y allí llevaba ya un buen rato, tumbado, tratando de relajarme pero sin poder evitar oír las conversaciones de los demás unos metros más allá.

—Pero entonces —me llegaba la voz de Valeria—, si la que hemos visto era la caja de muestras cincuenta y siete… ¿Dónde estarán las otras cincuenta y seis?

—En el interior del edificio, seguro que no están —contestó su padre.

—Quizá las guardaron en otro lugar.

—Eso no tiene mucho sentido —opinó Cassie—. Abajo hay sitio de sobra, y si ésta era su base de operaciones, es donde estarían mejor protegidas.

—Cierto —coincidió el profesor—. Lo cual sólo nos deja dos posibilidades a mi modo de ver: que algún otro se las haya llevado o que los mismos nazis consiguieran sacarlas de aquí de algún modo.

—Yo descartaría la primera —opinó Claudio haciendo garabatos en el barro con un palito—. Si alguien se hubiera llevado las cajas, también se habría llevado los diarios que encontraron ustedes.

—Muy cierto —convino Cassie—. Y eso sólo nos deja la otra opción, que los mismos nazis las sacaran de aquí de alguna manera.

—Eso resulta obvio, querida —repuso Valeria con el ya habitual rescoldo de animosidad—. La pregunta es *cómo*, y *adónde.*

—En avión es imposible —se adelantó el profesor, antes de que Cassie replicara a su hija de mala manera—. En los años cuarenta los aviones de carga no tenían la autonomía para llegar hasta aquí, y los helicópteros ni siquiera se habían inventado.

—Pues el Xingú sabemos que no es navegable —apuntó Angélica.

—Así que sólo nos queda la vía terrestre —concluyó Valeria—. Tuvieron que venir caminando.

Cassandra exageró una carcajada.

—¿Hablas en serio? —preguntó—. Lo dices como si se tratara de cruzar el parque dando un paseo. Eso por no mencionar el hecho de que Alemania y Brasil estaban en bandos opuestos durante la guerra.

El sol me calentaba agradablemente la piel de la cara, secando además mis ropas de la permanente humedad que reinaba en aquella selva; de modo que ni siquiera me levanté cuando me decidí a tomar la palabra, cómodamente estirado con las manos detrás de la cabeza.

—Me parece que sé cómo llegaron aquí los nazis —dije alzando la voz para que me oyeran desde donde estaban—, y cómo se llevaron las cajas de muestras de este lugar.

Durante un momento, los cinco se quedaron esperando a que terminara la frase.

—¿Y nos lo vas a decir gratis, o esperas que te paguemos por ello? —espetó el profesor al ver que no soltaba prenda.

—Se las llevaron por aire —contesté sin despegar la vista del cielo, con los ojos entrecerrados.

—Imposible. Ya he explicado que los aviones de principios de siglo...

—No creo que usaran aviones —le interrumpí.

Sin necesidad de verle la cara, estaba seguro de que en ese instante el profesor estaba frunciendo el ceño y cruzándose de brazos.

—¿Estás sugiriendo platillos volantes o aves mitológicas? —insinuó Cassie.

—No exactamente —repuse incorporándome lo justo para ver sus caras de escepticismo—. Se trata de algo más sencillo, conocido, y cuya pista se encontraba en la habitación donde guardaban el material.

Unos breves instantes de vacilación fueron rotos por un inesperado exabrupto de Valeria.

—¡Coño, claro! —exclamó—. ¡El hidrógeno!

—Premio para la señorita de ojos azules —la felicité desde arriba con un guiño.

—Pero ¿de qué estáis hablando? —preguntó Claudio mirándonos a uno y otro, aparentemente perdido.

—Las cajas se las llevaron por aire, pero no en aviones ni en platillos volantes —explicó a todos Valeria, aunque esto último mirando a Cassie—. Usaron dirigibles de hidrógeno, que eran casi un símbolo en la Alemania nazi. Tenían la autonomía suficiente para llegar a cualquier parte del mundo y además, con la ventaja de poder detenerse a voluntad y poder transportar mucha carga. Pero ¿cómo no se me había ocurrido antes? —Miró hacia donde estaba y añadió con una graciosa reverencia—: Señor Vidal, se ha ganado usted mi más sincera admiración.

Devolviéndole el gesto con una inclinación de cabeza, no pude evitar enfrascarme en las armoniosas facciones de la hija del profesor, que a su vez me observaba con un interés que, me pareció, tenía muy poco de académico.

—Tenemos que recuperar los cuadernos —repitió Valeria por tercera vez, retomando un tema que ya creía zanjado—. ¡Eso lo sabéis tan bien como yo!

Junto a su padre y Claudio, los tres habían formado un frente común que trataba de convencernos a Cassie, a Angélica y a mí —la mexicana y la brasileña indecisas, y yo negándome en redondo—, de la imperiosa necesidad de rescatar los cuadernos.

—Es una estupidez —insistí de nuevo, sin andarme por las ramas—. Esos tipos nos están buscando, y no precisamente para saludarnos.

—Por eso mismo —arguyó el profesor, imagino que tratando de demostrar arrojo ante su hija—. El último lugar donde esperarán encontrarnos, es precisamente en su campamento.

—Profe, esa lógica sólo funciona en las películas baratas —repliqué con toda la paciencia que pude reunir—. Tenga por seguro que al menos dos o tres de ellos estarán de guardia mientras los demás nos rastrean.

—Nosotros somos seis —alegó Claudio tímidamente.

Lo miré por un momento, comparándolo mentalmente con los gorilas armados hasta los dientes a los que pretendía enfrentarse.

Ni me molesté en contestar.

—Sea como sea, hay que hacerse con ellos —repitió Valeria, inquebrantable—. Son la única pista que nos puede llevar hasta las piezas arqueológicas que revelen la verdadera naturaleza de esta civilización.

—Pensé que eso ya lo sabíamos —apunté recordando todo lo que habíamos descubierto.

El argentino negó con la cabeza.

—Sólo hemos desentrañado una pequeña parte —aclaró negando con la cabeza—. Retazos de un complejo jeroglífico que únicamente podríamos comenzar a resolver si recuperáramos los objetos que suponemos se llevaron de aquí los alemanes. Y para eso, necesitamos los cuadernos.

—Como si necesitas un coro de bailarinas. La respuesta sigue siendo no.

—Somos mayoría —indicó señalando a ambos lados, con un pulgar a Valeria y con otro al profesor.

—Esto no es una democracia.

—¿Ah, no? —objetó Valeria poniendo los brazos en jarras—. ¿Acaso insinúas que tu opinión tiene más valor que la nuestra?

—Más sensatez, desde luego. No soy yo el que propone ir a robarle a un grupo de mercenarios armados hasta los dientes.

—Quizá el riesgo valga la pena —alegó sorpresivamente Cassandra, dando un paso adelante para pasarse al bando de los suicidas—. Sé lo peligroso que puede llegar a ser, pero todo por lo que hemos pasado no tendría sentido si nos vamos con las manos vacías.

—Menos sentido tendrá si te vas sin manos… —renegué, taciturno.

La mexicana no contestó, pero conociéndola sabía que una vez tomada la decisión no iba a dar marcha atrás.

Entonces Valeria dirigió una larga mirada a Angélica, quien cabizbaja y metiéndose las manos en los bolsillos, se pasó también al enemigo, dedicándome un breve vistazo de disculpa.

Cinco contra uno. Estaba claro que el poder de convicción no era una de mis virtudes.

—Sois como los violinistas del Titanic —renegué quedamente—. Lo que deberíamos hacer es largarnos de aquí echando leches, y si queréis volver, hacedlo más adelante con la caballería y estudiad este sitio con tranquilidad.

—Ya te explicamos anoche que eso es imposible —arguyó Valeria—. Los morcegos no nos dejarán escapar.

—Y aunque lo lográramos —apuntó el profesor—, para entonces sería demasiado tarde. Todo esto estaría bajo el agua de la presa, y ya no quedaría nada que estudiar.

—Pero si lo consiguiéramos —insistí una vez más—, podríamos explicar lo que hemos descubierto en este lugar, y conseguir que detengan la inundación de la presa. Incluso que la vuelvan a vaciar, si es preciso.

—¿Sin pruebas? —preguntó Valeria con una sonrisa cansada—. No nos harían el menor caso y nos tacharían de farsantes. Necesitamos esos cuadernos. Es la única manera de rastrear las piezas que se llevaron, y que podríamos esgrimir como evidencia de que este lugar existe —y para que no quedara duda de su determinación, sentenció—: Así que no me iré de aquí sin ellos, bajo ningún concepto.

Nadie dijo nada, pero sabía que, por una razón u otra, todos estaban de acuerdo con la antropóloga. Claudio y Cassie por su condición de arqueólogos, Angélica quizá por lealtad u obligación contractual, y el profesor Castillo... bueno, estaba claro que no se iba a separar de su hija aunque ésta decidiera saltar dentro de un volcán.

Así que allí estaba yo, totalmente convencido de que aquello iba a ser como entrar en la piscina de los tiburones con un disfraz de foca, pero sin ser capaz de persuadirlos de su error, ni por desgracia, dejarlos a su suerte.

—De todos modos —dijo entonces Valeria, conciliadora—, no podemos salir de aquí mientras tengamos a los mercenarios buscándonos durante el día, y a los morcegos merodeando durante la noche. Aunque escapáramos de la ciudad, no llegaríamos muy lejos —arguyó haciendo una referencia implícita a los compañeros de su expedición que habían tratado de huir, y aparecido despedazados al cabo de un par de días—, así que no va a suponer una gran diferencia, que nos arriesguemos un poco más y tratemos de recuperar esos cuadernos. Tú mismo dijiste anoche —añadió acercándose mucho y tomándome suavemente del brazo mientras me extorsionaba con sus pupilas azules—, que deberíamos hacer que se enfrentaran unos contra otros. Yo sólo sugiero que al hacerlo, aprovechemos para recuperar los cuadernos.

Aquella insistencia en unos simples libros de notas que a la postre podían no tener ningún valor, me resultaba absurda y obsesiva, pero no hallaba manera de hacérselo ver.

Con no poco esfuerzo desvié la vista de Valeria, y miré primero a Cassie y luego al profesor.

—No voy a convenceros de que os olvidéis de ello, ¿no?

Los dos negaron con la cabeza al mismo tiempo.

—Está bien... —Solté un largo bufido, echando la cabeza hacia atrás—. Puede que haya una manera —murmuré bajando la mirada y paseándola por mis cinco desarrapados compañeros de fatiga.

Los ojos de Valeria se abrieron de par en par.

—¿En serio? —preguntó, excitada—. ¿Tienes un plan?

—Más o menos… —respondí arrepintiéndome de mis palabras conforme salían de mi boca.

Seguía pensando que aquello era un terrible error del que forzosamente nos acabaríamos arrepintiendo. Pero no me podía desentender de su suerte, y puestos a lanzarnos a la tormenta, prefería ser yo el que llevara el timón.

De modo que, aunque todas las alarmas del mundo sonaban en mi cabeza en señal de advertencia, ignorándolas comencé a explicarles el temerario plan que había comenzado a urdir en mi cabeza.

Horas más tarde, lamenté no haber prestado más atención a esas señales.

De haberlo hecho, todos habríamos seguido con vida.

70

—¡Tú estás mal de la cabeza!

Esa y no otra, fue la primera reacción que escuché en boca del profesor Castillo al terminar de exponerles mi idea.

—Como una cabra —coincidió Cassie con desaliento—. Estás como una pinche cabra.

Los otros tres, que no tenían suficiente confianza como para ser tan contundentes, me observaban sin embargo, con la mirada que se le dedica a los que van por el mundo con un embudo en la cabeza, la mano entre los botones de la camisa, y dando órdenes a sus coraceros para que ataquen por el flanco izquierdo a la infantería de Wellington.

—¿En serio piensas que eso puede funcionar? —preguntó Valeria al cabo, con un mal disimulado tonillo de sorna.

—Si se os ocurre algo mejor —repliqué apoyándome en los restos de una vieja columna con los brazos cruzados—, soy todo oídos.

—Pero —intervino la brasileña torciendo el gesto cuando comprobó que hablaba en serio—, lo que propones es muy peligroso, y un poco... ¿Cómo es la palabra?

—Absurdo —le apuntó Claudio meneando la cabeza—. Una boludez como no he escuchado otra.

—Vaya —comenté, divertido—, veo que os ha encantado la idea.

—Pero ¿tú te has escuchado? —arguyó el profesor—. Hasta para ser cosa tuya suena insensato. ¿Realmente crees lo que dices?

—La sensatez está sobrevalorada —objeté con una sonrisa—. Y si tenemos algo de suerte, podemos resolver todos nuestros problemas de una sola tacada.

—¿... algo de suerte? —remedó Cassie alzando las cejas.

—Sois vosotros los que queréis los cuadernos de ese nazi, ¿no? Yo sólo propongo una manera de hacerlo y, de paso, tratar de salir de aquí de una pieza.

—No, Ulises. Lo que tú propones es jugar a la ruleta rusa.

Desde luego nunca he presumido de paciente, pero tantos reparos ya me estaban sacando de mis casillas.

—Vamos a ver... —dije tras pasarme la mano por la cara con agotamiento—. Entiendo perfectamente el riesgo que correremos. Será extremadamente peligroso, y la posibilidad de que algo salga mal es tan alta que no merece la pena ni mencionarla. De hecho, lo más probable es que así sea y acabemos todos muertos, pero según yo lo veo, sólo tenemos dos opciones. —Hice una pausa antes de proseguir—. O nos sentamos a esperar a que más temprano que tarde, nos encuentren los esbirros de la constructora o los morcegos, y nos maten como a corderitos... o cogemos el toro por los cuernos y nos la jugamos. En el peor de los casos y si todo sale mal, en fin... —me encogí de hombros— tan sólo abreviaremos los trámites.

El silencio que siguió a mi breve discurso delataba que, a fin de cuentas, ellos también pensaban más o menos lo mismo.

—Pero yo... —titubeó el profesor una última reticencia, resistiéndose a ser convencido.

Para mi sorpresa, fue su propia hija la que le puso una mano sobre el hombro haciéndole callar.

—¿Y exactamente —preguntó, intrigada—, qué es lo que quieres que hagamos?

Tardamos casi una hora en ponernos de acuerdo sobre quién hacía cada cosa y el orden de las mismas, lo cual era tremendamente importante para el éxito del complejo plan que tenía en mente.

No fueron pocas las veces que alguno de ellos negó rotundamente con incredulidad y aspavientos para, a la postre, terminar dándome la razón como a los locos. Pero al final pulimos entre todos aquel guión extravagante y, como tan sólo teníamos unas pocas horas para llevarlo a cabo antes de que llegara la noche, nos pusimos en marcha tras poner los relojes a cero, dirigiéndonos cada uno a cumplir nuestra propia parte del plan.

En mi caso concreto, algo bastante parecido a inmolarse.

71

Agazapado entre la maleza, me arrastraba por el espeso fango seguido por el profesor y Cassie, procurando no hacer ningún ruido inoportuno mientras nos aproximábamos al campamento de los mercenarios.

Cuando estábamos a unos cincuenta metros, en un terreno aún sin anegar, alcé cuidadosamente la cabeza y conté a cuatro de ellos, incluido Souza, sentados en círculo y dando buena cuenta de unas bolsas de comida liofilizada, aparentemente tranquilos y ajenos a nuestra presencia.

—Hay dos a los que no veo —susurré volviéndome hacia atrás—. Deben de estar haciendo guardia en algún sitio.

—O se los han merendado los morcegos... —sugirió Cassie.

—Sea como sea, tened mucho cuidado. Ya sabéis lo que tenéis que hacer.

—El que has de tener cuidado eres tú, Ulises —advirtió el profesor Castillo—. Me sigue pareciendo una locura lo que quieres hacer.

—Ya... —contesté con un nudo en la garganta— pero de perdidos al río, ¿no? —y forcé una sonrisa de «todo va bien». Aunque por la expresión de mis amigos me parece que me salió la de «soy idiota y no tengo ni idea de lo que estoy haciendo».

Entonces noté un calor familiar sobre mi mano, y vi que la de Cassie estaba posada sobre ella y me la apretaba con fuerza.

No llegó a decirme nada, ni falta que hacía.

Yo tampoco lo hice.

Sólo nos miramos fijamente, sin necesidad de palabras para expresarnos.

Luego, sin volver la vista atrás, me escabullí entre unos arbustos dejando a mis espaldas a dos de las personas que más quería en el mundo, y a las que posiblemente jamás volvería a ver.

Reptando como una serpiente —y rezando para no encontrarme de frente una de verdad—, aproveché un punto ciego al abrigo de las tiendas de campaña, para acercarme al campamento sin ser visto.

Aunque aún faltaba un buen rato para que entrara la tarde y las sombras se alargaran, la oscuridad de la selva y mi camuflaje de barro y mugre de varios días —ya había perdido la cuenta de cuantos—, permitían que me sintiese a salvo de ser descubierto. Si acaso —pensé en ese momento—, era más probable que me olieran antes que verme.

Las voces de los mercenarios sonaban despreocupadas, y me sentí seguro de que no podrían ni imaginar que yo estuviera a menos de diez metros de ellos amparado tras una de las tiendas. Con sumo cuidado, a cuatro patas y procurando no pisar ninguna ramita seca que delatara mi presencia con un inoportuno crujido, me deslicé tras la siguiente tienda, y luego tras otra, cada vez más cerca de la boca de la cueva.

Pero justo entonces, y cuando me incorporaba dispuesto a adentrarme en la oscuridad de la misma, un levísimo ruido me hizo mirar hacia atrás, y lo siguiente que vi fue una culata de acero que se acercaba velozmente hacia mi rostro.

—Vaya, vaya... —dijo Souza plantado frente a mí con los brazos en jarras, mientras yo permanecía de rodillas con las manos atadas a la espalda—. Mira a quién tenemos aquí. —Se acuclilló y me levantó la barbilla para obligarme a que lo mirara a la cara—. ¿Nos echabas de menos?

El lado izquierdo de la cara me dolía horrores, y cuando abrí la boca pensé que el culatazo me habría roto el pómulo.

—Quería ver... —mascullé, dolorido— si teníais un teléfono para prestarme. Tengo que llamar a mi madre y decirle que no iré a cenar.

El jefe del comando sonrió cínicamente al tiempo que desenfundaba un enorme cuchillo que colocó justo en mi garganta.

—Debería matarte ahora mismo por lo que le hicisteis a Luizao —dijo con voz glacial, apretando el cuchillo contra mi tráquea.

—No fuimos nosotros —susurré sintiendo cómo el frío filo del acero atravesaba mi piel—. Fueron los morcegos.

Souza entornó los ojos sin aflojar la presión.

—¿Los morcegos? ¿Pretendes salir de ésta con ese cuento para niños?

—Se equivoca. Son reales y están aquí, aunque sólo aparecen por las noches.

—Uhhh... Como los fantasmas, qué miedo —se burló haciendo aspavientos con las manos en alto—. Entonces, supongo que la desaparición de otro de mis hombres la noche pasada, también será cosa de esos morcegos. —La cara de Souza decía a gritos que no se creía una palabra de lo que le estaba contando—. Y que por supuesto, vosotros no tenéis nada que ver.

Alcé la vista tratando de convencerlo con la mirada.

—No sé qué le ha pasado a su hombre... pero le aseguro que nosotros no hemos sido.

La respuesta vino en forma de bota militar de la talla cuarenta y cuatro, clavándose en mi estómago violentamente.

—No te mato ahora mismo —prorrumpió con rabia contenida—, porque quiero que me digas dónde están los otros.

—¿Qué otros?

Otra brutal patada, esta vez algo más abajo del estómago.

Caí de bruces por el insoportable dolor, hundiendo la cabeza en el fango sin poder apenas respirar. Una mano me agarró del pelo y me puso frente a los ojos de Souza, que brillaban de excitación por la tortura.

La punta del cuchillo se paseó de nuevo por mi cara, yendo a detenerse bajo mi ojo derecho, al que siempre he tenido tanto aprecio.

—Te lo volveré a preguntar... ¿Dónde están los otros?

—Si se lo digo —alegué jadeando—, los matará.

—Es posible —contestó con una sonrisa macabra.

Respiré hondo y dije:

—Le propongo un trato.

La carcajada de Souza debió de oírse varios kilómetros a la redonda.

—¿Es que eres tonto? No puedes hacer ningún trato. O me lo dices ahora mismo o te saco los ojos, te corto la lengua, y te ato a un árbol para que te devoren lentamente las hormigas.

Aquello no sonaba demasiado bien, y desde luego no era lo que tenía planeado.

—Puede... —repuse componiendo mi mejor cara de póker— pero entonces tendrá que buscar por su cuenta a mis amigos, y esta selva es muy grande. Antes de que los encuentren, si los encuentran —añadí dirigiendo una mirada al resto del grupo—, todos ustedes estarán muertos a manos de los morcegos que, lo crean o no, son reales, y los matarán uno a uno por cada noche que pasen aquí. Como les ha pasado a sus dos compañeros. ¿O acaso piensan que nosotros le arrancamos la cabeza a un tipo como Luizao, con las manos atadas a la espalda?

El argumento pareció hacer mella en mis captores, que intercambiaron breves miradas entre ellos.

Sin duda ya habían pensado en ese detalle.

Souza, también dubitativo, se incorporó y me miró de nuevo, evaluándome.

—¿Qué propones? —preguntó tras un largo rato.

—Muy sencillo. Yo les llevo hasta mis amigos, pero usted me da su palabra de que respetará nuestras vidas y nos llevará de vuelta a la civilización. A cambio, firmaremos una cláusula de confidencialidad y jamás hablaremos de lo que aquí ha sucedido o de lo que hemos visto.

—¿Ahora ya sí confían en mi palabra? —ironizó.

—¿Acaso tenemos otro remedio? —repliqué, desabrido—. Ustedes son nuestra única posibilidad de salir de este lugar.

El mercenario se mantuvo meditabundo durante casi un minuto, para terminar paseando la mirada entre sus hombres y recibir su silenciosa aprobación.

Por la espalda, unos fuertes brazos me alzaron sin esfuerzo poniéndome de pie.

—Está bien —concedió Souza—. Llévanos ante tus amigos y os sacaremos de aquí.

—Entonces, ¿me da su palabra de que no les hará ningún daño?

—Tienes mi palabra de soldado.

Durante un instante mantuvimos la mirada clavada uno en el otro, y finalmente me encaminé en dirección adonde sabía que encontraría al profesor y a Cassie.

72

A pesar de mi insistencia en que no era necesario, Souza decidió que lo mejor era tomar a mis amigos por sorpresa y sin darles tiempo a decir esta boca es mía. Así que, siguiendo sus instrucciones, los hombres se desplegaron en abanico; mientras yo no sólo llevaba de nuevo las manos atadas a la espalda, sino que, además, me habían amordazado para no correr el riesgo de que me diera por advertirles en el último momento.

Caminábamos lentamente. Yo procurando no tropezar y caer de narices, y ellos con subfusiles a la altura de la cara escrutando a izquierda y derecha, casi invisibles en sus trajes de camuflaje, mimetizados con la espesa maleza.

Unos pasos más allá, Souza levantó la mano con el puño cerrado y sus hombres se detuvieron inmediatamente, inmóviles como estatuas. A muy poca distancia el profesor y Cassie, sentados y dándonos la espalda, parecían discutir tranquilamente sobre algo relacionado con los murales y el posible origen de la ciudad.

A una señal de su jefe, tres de los mercenarios se adentraron rápidamente en el claro, y entre gritos y empellones, los obligaron a ponerse de rodillas con las manos sobre la nuca, sin dejar de apuntarles en ningún momento con sus armas.

De inmediato Souza me tomó del brazo y, tras quitarme la mordaza, me lanzó en mitad del claro haciéndome caer sobre el barro. El profesor y Cassie me miraron con sorpresa e incomprensión.

Recreándose, Souza se dirigió a mí.

—Muchas gracias señor Vidal, por indicarme dónde encontrar a sus amigos. ¿Ve como no ha sido tan difícil?

Cassie alzó la cabeza y me miró incrédula.

—¿Le has dicho dónde estábamos?

—He hecho un trato con ellos —me defendí—. Han prometido respetarnos la vida y sacarnos de aquí.

—Serás pendejo… —se lamentó señalándome, acusadora—. ¡Has firmado nuestra sentencia de muerte!

El profesor no decía nada, sólo meneaba la cabeza calladamente, lo cual me hería más que los insultos de Cassandra.

—Si hubierais estado en mi lugar —alegué tibiamente—, habríais hecho lo mismo.

—Eso es lo que te gustaría creer, pedazo de imbécil. Pero no es así.

A todo esto el teniente Souza parecía encantado con la escena, divirtiéndose de lo lindo mientras Cassie me increpaba y yo aguantaba el chaparrón.

—Acabemos con esto de una vez —dijo cuando pareció satisfecho con el espectáculo, y ordenó a sus hombres que nos apuntaran a los tres—. Supongo que no encontraron a nadie de la otra expedición, ¿me equivoco?

—No hay nadie más aquí —contesté, contrito, pero durante una décima de segundo dirigí la mirada hacia la espesura.

Souza percibió mi fugaz movimiento de ojos, y tras estudiarme con desconfianza por un instante, en silencio levantó dos dedos de su mano derecha, y después de llevárselos frente a los ojos apuntó con los mismos en la dirección en que yo había mirado.

De inmediato dos de sus hombres avanzaron con cautela siguiendo un estrecho sendero, y uno de ellos se agachó enseguida, palpó el suelo y levantó tres dedos, para seguidamente hacer con dos de ellos el gesto de caminar.

Había descubierto las huellas de tres personas más.

—¿Así que pretendíais engañarme? —dijo Souza, con una sonrisa cruel.

Ninguno de los tres contestó a aquella pregunta retórica.

Entonces me tomó de nuevo del brazo, dejó a dos hombres a cargo de Cassie y el profesor, y me llevó a empellones tras las huellas, claramente visibles en el barro.

A poco de atravesar unas matas de arbustos, aparecimos en un nuevo claro donde esperaban los otros dos mercenarios, al borde de un oscuro socavón en la tierra. Un ancho agujero que daba a la red de túneles; de hecho, exactamente el mismo por el que habíamos escapado de los morcegos gracias a Valeria y su equipo. En su interior, se perdía el inequívoco rastro de huellas de tres pares de botas.

Souza osciló la cabeza, preso de una súbita inspiración.

—De modo que se movían por los pasadizos... —consideró rascándose la barbilla—. Por eso no conseguíamos dar con su rastro. ¿Adónde llevan estos túneles? —preguntó girándose hacia mí.

—No... no lo sé.

—Mira, hijo —dijo llevándose la mano derecha a la culata de su pistola—. Podemos hacer esto por las buenas o por las malas. Si no me lo dices, me cargaré ahora mismo a tus dos amigos sin pestañear, pero si me ayudas... quizá me plantee seriamente respetar nuestro acuerdo.

—¿Y cómo sé que cumplirá su parte?

—Porque soy yo el que tiene la pistola. ¿Te parece un buen argumento?

Pues sí que era un buen argumento. De los irrevocables. Estaba claro que si no hacía lo que me exigía, ponía en riesgo inmediato la vida de mis dos amigos.

Mordiéndome los labios, asentí calladamente.

—Muy bien —dijo Souza—. Ahora te lo preguntaré otra vez... ¿Adónde llevan estos túneles?

—A una especie de santuario, donde estábamos a salvo de los morcegos... y de ustedes.

—¿Está muy lejos? —dijo agachándose, estudiando la estrechez del túnel.

—A menos de un kilómetro de aquí. Si quiere, le puedo hacer un plano.

El teniente Souza se incorporó, dedicándome un remedo de sonrisa.

—Realmente —masculló con aire decepcionado, volviéndose hacia sus hombres—, este tipo cree que soy idiota.

—En absoluto, yo...

—No me va a hacer falta ningún plano —me interrumpió señalando el agujero—, porque tú nos vas a guiar por ahí abajo. Si tu intención era que nos perdiéramos, o tendernos una estúpida trampa, más vale que te lo vayas quitando de la cabeza. Irás caminando delante, y a la mínima sospecha de que algo raro sucede, te pegaré un tiro en la nuca, ¿lo entiendes? Ah, y una cosa más —añadió con una sonrisa sádica, apoyando su índice en mi pecho—, daré ordenes a los dos hombres que se quedan vigilando al abuelo y a la chica, de que si no regresamos en dos horas, destripen al viejo y se diviertan un rato con la rubia... antes de destriparla también —y dándose la vuelta se rió a carcajadas, como el psicópata que posiblemente era.

«Los planes son esas cosas que nunca salen como se espera», había escuchado alguna vez, y en ello pensaba mientras dirigía la vista al terrorífico túnel al que había jurado no volver ni a asomarme, e imaginaba el horrible destino que podía aguardarles a todos aquellos que habían confiado en mí.

Ahora sus vidas estaban en mis manos, y la mía, en las de un asesino.

Para ser sincero, la cosa no pintaba muy bien.

73

Con la nada desdeñable motivación de un arma de 9 mm apuntándome a la nuca, me dejé resbalar por el borde del agujero, cayendo de pie en el anegado lecho de aquella primitiva alcantarilla, donde el nivel del agua era mucho más alto que la última vez que había estado ahí.

Un segundo más tarde, aterrizó tras de mí uno de los mercenarios, y luego otro, y por último Souza pistola en mano.

—Está bien, muchacho —dijo—. Tienes poco tiempo, así que aprovéchalo y procura no perderte. ¿En qué dirección vamos?

—Antes desáteme las manos y deme una linterna.

—Ni hablar —fue la rotunda respuesta.

—¿Y cómo leches cree que me voy a orientar en esta oscuridad?

—Nosotros te alumbraremos el camino, no te preocupes.

—No funciona así. Para no perdernos en este laberinto, hicimos pequeñas marcas en las paredes que no podré encontrar si no llevo mi propia luz. ¿Acaso tiene miedo de que les ataque a linternazos?

Souza resopló, contrariado, pero al final accedió de mala gana y le pidió a uno de sus hombres que me entregara su linterna.

—Está bien —dijo Souza clavándome el cañón de su pistola en la espalda—, ya tienes tu lucecita, aunque ni hablar de desatarte las manos. Y ahora empieza a andar.

En un ejercicio de contorsionismo, conseguí pasar las manos atadas bajo las piernas para llevarlas por delante y sujetar así la linterna frente a mí. Luego, lentamente, comencé a avanzar en cabeza, con el agua a la altura del pecho y tarareando en voz baja una canción mientras caminaba.

—Cállate —me ordenó el jefe de los mercenarios—. ¿Es que pretendes avisarles de nuestra presencia?

—Ni más ni menos —afirmé—. Ellos tienen las armas que llevaba Luizao cuando lo mataron los morcegos, y si no les advierto de mi presencia y están seguros de que soy yo, nos pueden recibir a tiros y, sinceramente, no tengo ganas de que agujereen mi camisa favorita.

—Como vuelvas a mencionar la tontería esa de los morcegos —dijo Souza sin rastro de humor—, te vas a ganar un tiro en el pie.

Sin embargo, tras él pude oír a los otros dos mercenarios cuchicheando inquietos. Estaba claro que la leyenda de aquellos seres no les era ajena, y la desaparición de un compañero y la brutal muerte de otro, sin duda les había puesto algo más que nerviosos.

—¡Hola! —grité repentinamente, notando con intima satisfacción cómo Souza daba un respingo—. ¡Soy yo, Ulises! ¡Estoy entrando, no disparéis!

En realidad no tenía ni puñetera idea de dónde estaba, y hacía ver que seguía unas marcas en las paredes que no existían. Así que no me quedaba más que encomendarme al cielo, rogando para que sucediera lo que esperaba y a la vez, más temía.

Y en respuesta a mis plegarias, sucedió.

No habíamos avanzado ni cien metros, cuando un sordo gruñido emergió de las tinieblas frente a nosotros, seguido de inmediato por un indescriptible olor a sudor rancio y carne podrida proveniente de algún punto cercano.

—*O que foi?* —preguntó ansioso uno de los mercenarios.

—*Silence!* —le reprendió Souza, tajante.

El teniente acercó su boca a mi oído.

—Sé a lo que estáis jugando —dijo evitando traslucir ninguna tensión—, pero conmigo no va a funcionar, así que dile a tus amigos que salgan inmediatamente y se dejen de tonterías, si no quieres que te dispare aquí mismo.

Y para dar más peso a sus palabras, presionó de nuevo el cañón de su arma contra mi espalda.

—Le juro que no es ningún truco —le aseguré, preocupado por la pistola que me apuntaba, pero aún más por lo que no veía pero sabía que aguardaba delante—. Ya le he dicho que en este lugar había morcegos... y ahora mismo acaba de comprobarlo.

—Lo único que he comprobado, es que se os da bien hacer imitaciones. Y ahora, si no quieres terminar aquí mismo el paseo, no te detengas y sigue caminando.

—¿Es que no lo entiende? —repuse con firmeza, enfrentándome cara a cara con Souza, cuya pistola apuntaba ahora a mi cabeza—. Si seguimos por este corredor, estamos todos muertos.

El dedo de Souza se cerró sobre el gatillo, y mientras esperaba a que mi vida entera desfilara ante mis ojos, lo que en cambio vi —o más bien intuí—, fue un fugaz movimiento a la espalda del segundo de los mercenarios.

Durante un instante, desvié involuntariamente la mirada de los oscuros ojos de Souza... para ver como dos ojos enrojecidos aparecían de la nada, enmarcados en una alargada sombra.

Desde la negra sombra se extendieron dos largas extremidades. Antes de comprender lo que estaba viendo, éstas envolvieron al sargento Gerias en un mortal abrazo, arrastrándolo hacia la oscuridad con súbita violencia.

El pobre desgraciado ni siquiera tuvo oportunidad de saber lo que le había sucedido.

Mi expresión debió reflejar el horror de la escena, pues los otros dos mercenarios se volvieron en la misma dirección con exagerada lentitud, como si temieran ver cumplidos sus temores.

Ni tan sólo oí gritar al pobre desgraciado, mientras aquello se lo llevaba aún con la mirada de incredulidad en el rostro, dejando en su lugar un simple rastro de agua alborotada.

Como si nunca hubiera estado ahí.

Durante poco más de un segundo, un silencio irreal nos sumió a los tres en una suerte de incrédulo trance... pero aquello duró poco.

Finalmente, Souza pareció comprender lo que acababa de sucederle a su segundo.

—¡Sargento! —gritó, alarmado—. ¡Sargento, responda!

Entonces dejó de apuntar a mi cabeza, para hacerlo en dirección al lugar de donde no le llegó respuesta alguna.

Al comprender que su hombre ya no iba a contestarle, Souza comenzó a disparar a la oscuridad, secundado inmediatamente por Fabio, quien vació el cargador de su subfusil en una ráfaga atronadora que retumbó en los angostos túneles, inundándolo del humo blanco de la pólvora.

Y esa era precisamente la oportunidad que estaba esperando.

«Ahora o nunca», me dije.

Tras apagar la linterna y dar la espalda a los dos hombres que seguían disparando a la nada, comencé a correr a ciegas con una mano por delante, tratando de alejarme todo lo posible de los mercenarios, antes de que descubrieran que había decidido despedirme a la francesa.

Encorvado para no golpearme con el techo, rozando con la mano la pared para mantener la orientación y corriendo penosamente sobre aquel metro largo de agua oscura que inundaba el corredor, conseguí alejarme lo suficiente como para estar seguro de que ni siquiera con los haces de las linternas podrían descubrirme. No fue hasta entonces que me detuve durante un instante para echar la vista atrás y, jadeante, seguí viendo aún, a unos cincuenta metros del angosto y recto pasillo, las explosiones de luz de los disparos acompañadas por el seco retumbar del fusil semiautomático y los salvajes gritos de los dos hombres.

Gritos que no sabría decir si eran de furia ciega o de puro terror.

Tratando de no sentirme culpable por el inmediato futuro que les deparaba y a la vez satisfecho por la tierra que había conseguido poner de por medio, reanudé la marcha a un paso más sosegado, mientras sentía cada vez más lejana la reverberación de las detonaciones. Sin embargo aún no me atreví a encender la linterna por temor a ser descubierto, de modo que continué palpando la pared a ciegas, avanzando como un borracho de vuelta a casa. Entonces, inesperadamente, el apoyo desapareció y perdí el equilibrio, cayendo aparatosamente sobre el agua estancada.

La pared en que me apoyaba había desaparecido.

Incorporándome con dificultad, pues aún llevaba las manos atadas, comprobé un par de cosas: una buena y otra mala. La buena era que había dado con un pasillo lateral que me alejaba de la línea de visión directa de los mercenarios y, por lo tanto, me permitía volver a encender la linterna para orientarme. La mala era que a consecuencia de mi torpe caída ya no tenía linterna que encender.

Ahora estaba en algún lugar bajo el agua, y tras tantear el fondo aguantando la respiración, supe que no podía perder más tiempo en buscarla. Tendría que apañármelas sin ella.

Por fortuna ya había previsto esa situación, por lo que llevaba escondido el Zippo del difunto Luizao bajo el calcetín, así que, con mucho cuidado de no perderlo también, y esforzándome por ignorar un desgarrador alarido —que no supe identificar si era o no humano— a mi espalda, saqué lentamente el encendedor.

Me senté en el fondo lodoso y saqué las rodillas justo sobre el nivel del agua; sujeté el mechero entre las mismas, lo encendí y acerqué mis manos temblorosas atadas a la pequeña llama. Tuve que repetir la operación tres veces, ya que el dolor de las quemaduras en las muñecas se hacía insoportable, mucho antes de que las bridas de plástico se comenzaran a derretir.

Pero el truco funcionó, y finalmente conseguí librarme de aquellas esposas de plástico.

Ahora el problema era salir de allí, y para ello se hacía necesario saber dónde me encontraba.

Algo sobre lo que no tenía ni la más remota idea.

Alumbrándome con la vacilante luz del encendedor, avancé cautamente a través de ese nuevo pasadizo. Ya no me llegaban los sonidos de lucha, pero no estaba seguro de si era porque me había apartado lo suficiente o porque uno de los dos bandos había acabado con el otro.

Aunque esa había sido desde el principio mi intención y el propósito de meter a los mercenarios en terreno morcego, en ese preciso momento, alumbrado por la ridícula llama del pequeño encendedor, desarmado y rodeado en mi imaginación de horribles monstruos que acechaban más allá del alcance de mi mano, la idea ya no me parecía tan brillante. Al proponerla unas horas antes, envalentonado bajo la cálida luz del sol del mediodía ante unos ojos expectantes, me habían tachado de loco y descerebrado.

Ahora me daba cuenta de que posiblemente tenían razón.

Pero ¿en qué demonios estaría yo pensando?

Aunque como se suele decir en estos casos: a lo hecho, pecho. Ya estaba metido en el ajo y sólo me quedaba una opción: seguir adelante. Continuar avanzando a través de la oscuridad, y rezar para que mi ángel de la guarda no se hubiera tomado el día libre.

—En peores plazas hemos toreado, chaval —me dije en voz baja para infundirme ánimos.

Pero en el fondo, sabía perfectamente que no era así.

Además, sabía que atravesaba territorio enemigo, y que mantener el encendedor encendido era como llevar un cartel luminoso sobre la cabeza anunciando comida gratis. Pero el instinto —también podríamos llamarlo, miedo espantoso— me impedía apagarlo. De cualquier modo, recordé, los morcegos parecían tener una desarrollada visión nocturna, así que me acabarían viendo —u oliendo— de una manera u otra. Mi única oportunidad pasaba por salir de aquella cloaca infecta lo antes posible; de lo contrario, mi esperanza de vida pasaría a medirse en minutos.

Caminaba muy despacio y arrastrando los pies para hacer el menor ruido posible con el agua, así que cuando escuché el eco de un chapoteo en la distancia, supe de inmediato que alguien seguía mis pasos.

Apagué el encendedor y me pegué a la pared, aguantando incluso la respiración para poder escuchar mejor.

Mi propio corazón sin embargo, parecía querer traicionarme, y los desbocados latidos que me retumbaban en el oído, sonaban como salvas de artillería. Aun así, logré distinguir una respiración que en principio tomé, casi alegrándome, por la de Souza o uno de sus compinches.

El áspero y cavernoso resuello se acercaba lenta pero inexorablemente. Permanecí completamente inmóvil, esforzándome por distinguir la naturaleza de aquellos pulmones, calculando que, si se trataba de uno de los mercenarios podría aprovecharme del factor sorpresa, y con suerte, desarmarlo saltando sobre él desde las sombras.

Pero mi plan se vino abajo antes de que acabara de trazarlo.

Una vaharada de fetidez inundó mis fosas nasales cuando al fin me arriesgué a tomar aire, y supe que aquello que se acercaba hacia mí sigilosamente no era un hombre en absoluto.

74

Una oleada de pánico irracional, de esas que erizan los pelos de la nuca como a un gato, me recorrió de la coronilla a la punta de los dedos de los pies. Estaba seguro de que el morcego —si es que era sólo uno—, ya me había localizado y se aproximaba sigiloso, esperando atacarme surgiendo de la impenetrable oscuridad.

Yo seguía petrificado sin saber qué hacer, y convencido de que después de batirse a pecho descubierto contra los mercenarios, la mísera llama de mi mechero no iba a intimidarlo demasiado por mucho que le molestase la luz. Si acaso, con suerte podría desconcertarlo un breve instante, pero sólo eso, lo que no era mucho teniendo en cuenta las circunstancias.

Finalmente resolví que no me quedaba otra que seguir moviéndome, aunque de momento lo haría con el encendedor encendido y disimulando, como si no hubiera percibido aquella presencia. Di por hecho que si echaba a correr alocadamente —cosa por otro lado harto difícil, con el agua por encima de la cintura—, el morcego, posiblemente más rápido que yo y sin duda más habituado al medio, acabaría por darme alcance. De modo que, tratando de parecer estúpidamente despreocupado, pero sin dejar de aguzar el oído, seguí caminando con el mechero por delante, y la llama aún más temblorosa que un minuto antes.

Unos metros más allá, un tenue reflejo me avisaba de que estaba llegando al final del pasillo, y una pared pintada de liquen y musgo me cerraba el camino.

Mi corazón se aceleró de golpe cuando sospeché que aquella parsimoniosa persecución a la que estaba siendo sometido, no tenía más objeto que empujarme deliberadamente hasta el fondo de un callejón sin salida.

Discurría a toda prisa una improbable solución, mientras cada paso me acercaba más al final del camino —el del túnel y el mío—, pero no se me ocurría nada. No había escapatoria posible.

Cada vez resultaba más abrumadora la invisible nube de pestilencia, pero no tenía otra opción que seguir hacia adelante, y una vez contra la pared de piedra, batirme como pudiera y tratar de vender caro el pellejo frente a aquel ser. O al menos, que no le saliera del todo gratis.

Ya respiraba hondo, llenándome los pulmones y tensando los músculos, cuando un par de metros antes del muro descubrí que, en realidad, no era otra cosa que una bifurcación en forma de «T», y que a izquierda y derecha se abrían sendos pasillos, igual de oscuros y claustrofóbicos, pero que en ese instante me parecieron la recepción del Ritz con portero y alfombra roja.

Casi lancé una exclamación de alegría al comprobar que el pasadizo no se acababa ahí.

Sin pensarlo mucho, tomé el ramal de la derecha, pero nada más poner un pie en el mismo, un apagado bufido me llegó desde su interior.

Camino equivocado.

Girando lentamente ciento ochenta grados, como quien no hubiera oído nada, decidí que el otro desvío era más aconsejable.

Sin atreverme a echar un vistazo atrás, por miedo a ver lo que no quería, me asomé al pasadizo de la izquierda y adelanté el mechero encendido.

Al no recibir sonido alguno como respuesta, y comprendiendo que por unos momentos no estaría a la vista del morcego que me perseguía, en cuanto doblé la esquina del tenebroso pasadizo, eché a correr con todas mis fuerzas.

No tardó mucho el morcego en darse cuenta de la jugada, pero al menos había ganado unos cuantos segundos. Para cuando escuché tras de mí su chapoteo apresurado, ya me había internado bastante en este nuevo pasillo que por un momento me pareció, a la insignificante luz de la llama, extrañamente familiar.

La sensación se confirmó cuando al llegar a un nuevo cruce de caminos, descubrí en una esquina una pequeña flecha burdamente grabada sobre el musgo que apuntaba en dirección contraria a la que llevaba. Aquella marca era una de las que había hecho Cassie el día anterior cuando nos internamos en los túneles, y supe que si las seguía de forma inversa, me llevarían a la ansiada salvación. Una salvación que, sin embargo, dependía casi exclusivamente de la habilidad de los morcegos para darme caza.

Era como un ratón en un laberinto, perseguido por un gato gigante. En una casa de apuestas, ni el más desquiciado ludópata hubiera dado un céntimo por mí.

«Hasta el rabo, todo es toro», me dije sin embargo para de nuevo insuflarme ánimos, y continué en mi desesperada carrera, ahora buscando marcas en forma de flecha en cada desvío al que llegaba. Me esforzaba en ignorar el profundo resuello cada vez más cercano, así como el inoportuno exceso de imaginación, que me llevaba a presentir una alargada garra negra, permanentemente extendida a escasos centímetros de mi cuello.

Supongo que por tener la mente ocupada en cosas así, tardé en advertir que ya no había marcas en la pared, y que el túnel que seguía se inclinaba progresivamente hacia arriba, de modo que el agua, que un momento antes me llegaba por la cintura, ahora apenas me alcanzaba las rodillas. Supe entonces que estaba completamente perdido y que no había pasado por allí antes, y que cuanto más ascendiera, más cerca estaría de la superficie y de la anhelada luz del sol. Con este último pensamiento aceleré el paso, esperanzado de despertar de aquella pesadilla.

Cuando poco después calculé que por la distancia que había recorrido cuesta arriba debería estar cerca del nivel del suelo de la selva, empecé a inquietarme. Pero el terrorífico jadeo seguía resonando a mi espalda, así que no podía detenerme ni dar media vuelta.

No había otra salida que seguir hacia adelante, adonde fuera que me llevase aquel tétrico pasadizo.

«Quizá simplemente —pensé angustiado—, el morcego me estaba conduciendo justo a donde él quería, como a una res al matadero.»

Entonces, el reflejo del encendedor me reveló unos metros más adelante los restos de un derrumbe, y al llegar al mismo, me subí a la pequeña montaña de escombros en mitad del túnel y levanté el mechero, confiando en que me mostrara una vía de escape a través del techo. Por desgracia, el desprendimiento había sido sólo superficial y el agujero sobre mi cabeza no tenía más de un metro de profundidad.

Estaba claro que por allí no podía escapar.

Claro que...

75

Acurrucado en un estrecho hueco a casi dos metros del suelo, con las rodillas y los codos encajados en los recovecos de la piedra, me esforzaba por aguantar suspendido en el aire sin que ningún sonido escapara de mi boca.

Tras apagar el encendedor, la oscuridad se había tornado absoluta, y sólo la ronca respiración del morcego y su creciente olor nauseabundo, me permitían adivinar que éste cada vez se encontraba más cerca.

El plan era sencillo.

Esperaba que el ser que me perseguía, pasara por debajo de mí sin que me viera, y una vez me adelantara y se alejara pasillo arriba, me dejaría caer y desandaría mis pasos hasta volver al laberinto, donde sabía con certeza que existía al menos una salida hasta la superficie.

No tuve que esperar mucho para que una pestilencia casi palpable impregnara cada bocanada de aire, y al mismo tiempo escuchara el ronquido de una respiración farragosa y áspera justo debajo de mí. No era capaz de ver absolutamente nada en aquella negrura, pero no me cupo duda de que la cabeza del morcego estaba a sólo unos pocos centímetros de la mía. Si le daba por levantar la mirada, me descubriría encogido en aquel agujero y completamente vulnerable. A partir de ahí, no hacía falta ser adivino para imaginar lo que me sucedería.

Entonces temí que iba a vivir esa premonición en primera persona cuando el casi imperceptible sonido de sus pasos sobre la piedra se detuvo bruscamente, y percibí con claridad como olfateaba el aire, quizá distinguiendo la cercanía de mi olor aún por encima del suyo propio.

Acongojado, apretaba los labios aguantando la respiración, tratando de que no me castañetearan los dientes. Convenciéndome a mí mismo de que no era posible que me viera, y que enseguida la criatura continuaría su camino alejándose de mí.

Finalmente, y tras unos eternos segundos de angustia, mis plegarias fueron escuchadas. Los pasos se reanudaron, y el eco de su resuello comenzó a distanciarse hasta hacerse inaudible... sólo que no en la dirección que yo esperaba.

Maldiciendo por dentro, advertí cómo el morcego daba la vuelta en redondo y se marchaba por donde había venido.

Mi plan acababa de irse al traste.

Cuando dejé de percibir la ronca respiración del morcego, descendí cuidadosamente de mi precario escondite hasta poner de nuevo pie a tierra, descansando los músculos agarrotados por la acrobática postura que me había visto obligado a mantener.

La quietud era ahora total, y por un instante temí que mi perseguidor me la estuviera jugando, escondido unos metros más allá, emboscado en las sombras. Pero no había manera de saberlo y, como desde luego no podía arriesgarme a encender de nuevo el mechero para comprobarlo, me esforcé por aparcar ese temor en algún rincón de mi mente. Así que a tientas, rozando la pared con la punta de los dedos, reemprendí la marcha hacia arriba.

Dado que el morcego había retrocedido, no me quedaba más remedio que continuar ascendiendo y confiar en que alguna salida se mostrara más adelante.

Caminaba con una mano extendida, cuidándome de no hacer el menor ruido ante el temor de que hubiera más morcegos al acecho, y forzaba el oído tratando de que llegara a donde mis ojos no podían, pero todo era inútil. Un silencio sepulcral reinaba en aquel interminable pasadizo, y la falta de referencias tanto visuales como auditivas, me provocaba tal desasosiego que, en un par de ocasiones, carraspeé ligeramente sólo para asegurarme de que no me había vuelto sordo.

Experimentaba además, la imperiosa necesidad de prender el encendedor y llevar algo de luz a aquella rotunda oscuridad, y a duras penas conseguía que mi sentido común se impusiera al instinto, obligándome a dejar el encendedor donde estaba, a buen recaudo en el bolsillo trasero del pantalón.

Afortunadamente, unos minutos más tarde el dilema de encender el Zippo o no, careció de sentido, ya que tras una curva el corredor que estaba siguiendo se abrió a una gran caverna y, en el centro de la misma, un grueso rayo de luz como de un reflector, entraba por un agujero en el techo a casi una veintena de metros de altura.

Aquel grueso aunque difuminado rayo de sol, iluminaba lo suficiente el lugar como para revelar lo que parecía ser una vasta gruta esférica de unos cuarenta metros de diámetro, y cuyas paredes verticales, simétricas y cubiertas con escritura cuneiforme, delataban su origen humano.

Observando el interior de aquella gran cámara, descubrí también que, con un escabroso sentido de la decoración, además de la escritura también habían esculpido las paredes con espeluznantes cráneos humanos a tamaño natural, con unas sombrías cuencas vacías que parecían observarme, vigilantes. Algo parecido a lo que ya había visto en otra ocasión a menor escala, en yacimientos aztecas y mayas de México y Guatemala, y con los que probablemente debían tener algún tipo de relación.

La sensación que emanaba aquel lugar era de una ominosa y terrorífica grandeza, pero aun así, lo que finalmente captó mi atención en aquel indescriptible espacio de ensueño y pesadilla, era algo que se alzaba justo en el centro de la colosal sala, justo bajo el rayo de luz.

Elevándose hasta casi tocar el techo, una desconcertante pirámide de lo que parecían ser ramas y piedras amarillentas, se amontonaba sin aparente sentido como una loma de desperdicios, de casi una decena de metros de altura.

Empujado por la curiosidad y mirando a derecha e izquierda continuamente, me aproximé hacia aquel montículo y a la luz que lo iluminaba desde el techo como una promesa de libertad.

Pero en ese instante, una nueva vaharada de putrefacción embistió mi olfato y me quedé petrificado. Clavado en el sitio. Con miedo incluso de pestañear.

Aguzando el oído, traté de descubrir los ya familiares sonidos que emitían los morcegos al moverse o al respirar.

Pero nada. Silencio absoluto.

O estaban durmiendo, o aquel repugnante olor tenía otro origen.

De cualquier modo, intuía que corría un gran riesgo si pretendía quedarme al descubierto fuera del amparo de la oscuridad. Si había algún morcego oculto vigilando el lugar, sin duda me descubriría de inmediato, encantado de que le sirvieran la comida a domicilio.

Aun así no podía marcharme por las buenas, dejando atrás aquella esperanzadora posibilidad de huida que me atraía como el foco a una polilla. De modo que, haciendo acopio de valor, decidí atravesar la enorme estancia directamente hacia la luz, decidido a salir de allí lo antes posible.

De hecho, el plan era sencillo: moverme lo más sigilosamente posible en línea recta, y a la menor señal de que me habían descubierto, poner pies en polvorosa mientras recitaba las escasas oraciones que me sabía.

¿Qué podía salir mal?

Empecé a caminar de puntillas con el extraño montículo como referencia, confiando en no hacer ningún ruido involuntariamente, o en que no hubiera una invisible sima en mitad de mi camino, porque quizá no la vería hasta que estuviera cayendo dentro de ella.

Avanzaba tanteando el suelo con el pie como un ciego sin bastón, el corazón bombeando sangre desbocado y la boca seca como el esparto.

Ese era el efecto del terror. Un viejo compañero de aventuras, y al que me estaba encontrando con demasiada frecuencia para mi gusto.

El hedor a carne podrida se hacía más intolerable a cada paso que daba, como si la fuente fuera la misma montaña de escombros.

Cauteloso, ralenticé aún más el paso moviéndome a cámara lenta.

Levantaba un pie, lo bajaba apoyando primero el talón y luego la planta, desplazaba el peso del cuerpo con las piernas flexionadas, y luego levantaba el otro pie. Lo movía hacia adelante, lo bajaba despacio... y de improviso, ahogando una maldición resbalé en una sustancia viscosa, y con un duro golpe caí de espaldas, soltando un involuntario quejido al chocar contra el suelo de piedra.

Durante un eterno minuto me quedé completamente quieto, tirado en el suelo, sin siquiera respirar y con la certeza de que ya había sido descubierto.

El porrazo había sido lo bastante escandaloso como para llamar la atención de cualquier morcego que estuviera en las cercanías y no fuera sordo. Pero por increíble que pareciera, no hubo ninguna reacción inmediata; algo que podía significar que, después de todo, allí no había nadie más.

Asumiendo esa improbabilidad como una certeza, me incorporé para comprobar lo que me había hecho patinar y, palpando el suelo, extrañado, me impregné las palmas de las manos de aquel líquido espeso que me había hecho patinar, lo acerqué a mi nariz para tratar de identificarlo... y a duras penas pude reprimir las arcadas cuando comprendí que aquello no era otra cosa que el fluido de la carne putrefacta.

El asco me empujó a retroceder instintivamente, trastabillando hasta estar a punto de caer de nuevo.

Aquella sustancia purulenta no podía venir más que de un ser vivo descomponiéndose.

Haciendo de tripas corazón, y convencido de que ningún morcego estaba al acecho, me arriesgué de nuevo a sacar el Zippo y, cubriéndolo con una mano para disminuir el resplandor de la llama, di un par de pasos al frente.

El apocalíptico escenario que apareció ante mí, ahora sí, me provocó una convulsión en el estómago que me hizo vomitar entre incontrolables espasmos de asco.

Lo que en principio había tomado por una montaña de basura, se reveló como un apocalíptico vertedero de huesos, cráneos y carne podrida.

Entre ellos, asomaba el torso sin cabeza ni extremidades de un hombre devorado por una legión de pequeños gusanos blancos.

Allá donde mirara no había más que esqueletos, infinidad de ellos. Acumulados quizá desde siglos atrás.

Esforzándome por ignorar el olor y la insoportable repulsión que me producía, me acerqué hasta el torso desmembrado, que aún llevaba puesta una camiseta —con la irónica leyenda *Amazônia é vida*— teñida de sangre seca, y un chaleco de bolsillos como los utilizados por fotógrafos y cazadores. Imaginé que, quizá, se trataba de uno de los miembros desaparecidos del grupo de Valeria, y apretando los labios para no vomitar de nuevo, me aproximé para registrarle los bolsillos por si llevaba algo encima que me pudiera ser de utilidad.

Me sentí miserable por robarle a un cadáver, fuese de quien fuese, pero no me quedaba otra y a él ya no iba a importarle.

Encontré un paquete de tabaco, unas aspirinas —Dios tiene un humor decididamente retorcido—, un bolígrafo y, por fortuna, algo que podía resultarme realmente útil: una bengala. Aún muy trastornado, pero con mi pequeño tesoro en los bolsillos, dejé atrás los restos del pobre desgraciado y me encaramé tropezando con cráneos y tibias hacia la cima del macabro cementerio, hacia la que esperaba fuera la salida de aquel lugar.

Con una mezcla de náusea y horror, procuraba no romper ningún hueso al pisarlo, ni aplastar ninguna cabeza. Entonces, un sonido metálico hizo que me fijara en algo que se encontraba enterrado bajo mis pies. Me agaché apartando algunos huesos amarillentos y decididamente humanos, introduje la mano hasta el codo frunciendo la nariz, y de un tirón saqué algo que me dejó de piedra.

Se trataba nada menos que de una espada. Una inconfundible espada de acero oxidado, como la utilizada por los conquistadores quinientos años atrás.

Estudiándola detenidamente mientras la sostenía en la mano derecha, comprendí que aquellos seres llevaban siglos matando para protegerse de los seres humanos. No para comérselos o beberse su sangre, como decían las leyendas, sino como un instinto territorial o de protección. Eran brutales y despiadados, de eso no cabía duda, pero empezaba a sospechar que sus motivos eran puramente de supervivencia. Quizá de alguna manera intuían, que si el mundo exterior llegaba a conocer su existencia o la de la ciudad, sus días estarían contados.

Una posibilidad que, por lo demás, explicaría por qué nunca se había sabido nada de aquel lugar, dado que nadie había regresado para contarlo... y también por qué no iban a permitir que ninguno de nosotros escapara de allí con vida.

Dejé la espada a un lado, atraído por lo que enseguida identifiqué como un atuendo de soldado envolviendo un esqueleto también sin cabeza. Un uniforme alemán, como pude comprobar cuando me agaché junto al mismo. En la pechera llevaba todavía prendida un águila de plata, que asía una esvástica entre las garras. La insignia se desprendió de la tela nada más tocarla, y para verla con claridad la levanté a la altura de los ojos.

—Increíble... —musité, sobrecogido, sujetándola entre los dedos—. Esto es un jodido museo.

Consciente de la singularidad de aquel lugar, imaginé por un momento las caras de incredulidad con las que me mirarían el profesor y Cassie al contarle mi hallazgo, si conseguía salir de allí. Un pensamiento que me hizo volver a la realidad, y comprender que cada segundo que pasaba en aquella caverna, era un segundo más que corría el riesgo de ser descubierto.

Sin perder más tiempo, proseguí escalando aquella pavorosa colina de cadáveres hasta alcanzar su punto más alto; una cúspide coronada por una redondeada plataforma de piedra, cubierta por lo que parecía ser una gruesa costra de sangre seca.

Desde ahí no había más de dos o tres metros hasta la boca del pozo que se abría sobre mi cabeza, y por el que esperaba escapar. Sin embargo, el inconveniente era que la luz que llegaba desde el mismo me daba de lleno, iluminándome como a un cantante rock en medio del escenario.

Por desgracia, transcurrieron sólo unos pocos segundos entre ese esperanzador descubrimiento y que un hosco gruñido retumbara amenazador entre los muros de la caverna.

76

Tres pares de ojos enrojecidos, me observaban a los pies de la montaña de huesos con la ira flameando en las pupilas.

Eso y los grandes colmillos blancos que asomaban de sus bocas entreabiertas, era casi lo único que podía ver de ellos en los límites de la penumbra, pues sus cuerpos de ébano se fundían en las sombras y semejaban seres incorpóreos que, como el gato de Cheshire, no fueran otra cosa que ojos y dientes flotando en la oscuridad.

Los tres morcegos parecían a la vez furiosos y expectantes, gruñendo amenazadoramente, pero sin dar un paso más. Un comportamiento inusual tras lo visto hasta el momento, en que lo habitual parecía ser atacar sin miramientos a las primeras de cambio. Pero en esta oportunidad aparentaban una especie de indecisión, balanceándose rítmicamente mientras enseñaban sus afiladas dentaduras. Y me preguntaba por qué no se habían abalanzado sobre mí nada más verme, cuando percibí que la mirada de uno de ellos se fijaba en el montículo sobre el que me había encaramado, y luego volvía a mirarme con furia redoblada.

Por supuesto.

Era eso.

Aquel montón de huesos debía tener algún significado para ellos, y el hecho que yo estuviera sobre él, al tiempo les desconcertaba e irritaba. Quizá, mientras no bajara del mismo no me atacarían, pero era un precario *statu quo* que terminaría en el momento en que salieran de su estupor. Algo que intuía, por el creciente tono de sus bufidos, no tardaría mucho en suceder.

Debía hallar una solución a aquel frágil equilibrio, antes de que la encontraran ellos; pero estaba seguro de que si trataba de alcanzar los irregulares bordes del agujero dando un salto, y fallaba el intento, me atacarían de inmediato.

Necesitaba un milagro, pero me olía que ni Dios ni ninguno de sus santos tenía por costumbre asomarse a aquellos sótanos del inframundo.

Entonces me di cuenta de que llevaba casi un minuto aguantado la respiración y, cuando exhalé el aire de los pulmones, aquello pareció ser la señal que los morcegos esperaban, pues inmediatamente dieron un cauteloso paso adelante, y luego otro, y otro más. En respuesta yo di un paso atrás… y eso fue todo. El reducido espacio de mi atalaya me impedía ir más allá.

Los morcegos, sin embargo, siguieron avanzando cada vez más confiados, alcanzando la base del montículo.

Mi tiempo se acababa, y el milagro no llegaba.

Miré alrededor, como esperando que entre las tinieblas se iluminase una salida de emergencia.

Y fue entonces cuando noté que algo se me clavaba en la espalda, algo que sobresalía del bolsillo trasero del pantalón.

Aún tardé un instante en recordar de qué se trataba. Era la bengala.

Sin pensarlo y en un rápido movimiento, la saqué y golpeé su base provocando un estallido de luz roja que me cegó momentáneamente, pero que a los morcegos, que ya empezaban a subir, les hizo retroceder de un salto.

Barrí a mis pies con la bengala tratando de que se alejaran aún más, y al levantar la vista, pintadas de rojo, descubrí unas pocas lianas que colgaban del techo a no mucha distancia, que aferradas al mismo se extendían hasta la misma entrada del pozo de luz por el que ascendían.

Agarré la bengala entre los dientes, e ignorando que me quemaba los labios y casi no podía respirar, elegí la liana que parecía más robusta y me lancé sobre ella de un salto, tratando de aprovechar la escasa ventaja que había conseguido.

Por desgracia, aunque la liana aguantó no lo hicieron las pequeñas raíces que la unían al techo. Al suspender mi peso sobre ellas, se desprendieron de la piedra y parte de la enredadera por la que pretendía salir, cayó lo suficiente como para quedar al alcance de los morcegos.

De todos modos, tardarían muy poco en darse cuenta que desde el lugar desde el que yo mismo había saltado, alcanzarían la liana sin problemas, así que se imponía comenzar a trepar por la misma, y rápido.

Afortunadamente, el grosor y la forma del bejuco al que me agarraba como un mono ofrecía asideros de sobra para encaramarme, lo que ayudó para que rápidamente alcanzara la boca del pozo vertical. A la luz de la bengala pude observar que, aunque en aquel tragaluz de poco más de un metro de diámetro no había apoyos tan claros de los que valerme, las irregularidades de la pared de piedra y algunas raíces que sobresalían, podrían bastar para hacer una ascensión en chimenea, apoyando brazos y piernas a ambos lados del pozo para hacer fuerza y así subir.

Pero entonces me dio por mirar hacia abajo... para descubrir que los morcegos se habían repuesto del desconcierto inicial y, demostrando ser unos excelentes escaladores, ya trepaban por la liana y se hallaban a menos de tres metros, subiendo mucho más deprisa de lo que yo lo había hecho antes que ellos.

Me iban a alcanzar antes de que consiguiera salir del pozo.

Esforzándome por ignorarlos, comencé a remontar la pared vertical forzando los músculos, sin siquiera fijarme dónde apoyaba manos y pies. Una locura que podía llevarme a dar un mal paso y acabar con mis huesos en el fondo.

Pero no había otro remedio si pretendía sobrevivir.

Al final de aquel túnel vertical podía ver la luz del día, como una puerta al Paraíso. En su más profundo significado, aquella luz representaba la vida, mientras que las tinieblas desde las que me llegaban los feroces y cada vez más cercanos gruñidos, encarnaban la muerte. Una muerte horrenda, que estaba cada vez más convencido no iba a poder esquivar.

Afirmándome contra la pared con una mano y los pies, con la mano libre tomé la bengala de mi boca, y apunté con ella hacia abajo.

No debí hacerlo.

Justo debajo y a menos de un metro de la suela de mis botas, dos rojos espectros demoníacos rugieron con ira al verse deslumbrados. Dos rostros de furia animal, más propios de un depredador sanguinario que de un homínido.

Durante un instante me quedé paralizado de puro terror, y a punto estuve de perder el agarre y caer.

Comprendí entonces que si seguía escalando los volvería a tener encima al cabo de pocos segundos, de modo que encajé la bengala en un pequeño agujero de la pared, rezando para que aquello me diera un instante de ventaja.

Destrozándome uñas y rodillas en el alocado ascenso, hacía un esfuerzo por no mirar hacia abajo, mientras mantenía la vista puesta en el círculo de luz sobre mi cabeza al que, con un indecible esfuerzo, me acercaba palmo a palmo.

Resoplaba a cada movimiento en una lucha desesperada contra el miedo y los agarrotados músculos, que me ardían de dolor, pero a los que aún exigía que resistieran un metro más.

Entonces, por el rabillo del ojo percibí que el resplandor rojizo empezaba a atenuarse, lo que significaba que la corta vida de la bengala estaba llegando a su fin. En cuanto esto sucedió, segundos más tarde, un nuevo coro de furiosos bufidos retumbó en las paredes de piedra, y supe que la implacable persecución se había reanudado.

Había sacado una ligera ventaja gracias a la bengala, pero no estaba seguro de que fuera a resultar suficiente. De hecho, al echar de nuevo la vista atrás, descubrí el brillo de tres pares de ojos mucho más próximos de lo que me había imaginado.

La salida del pozo estaba cerca, pero ellos lo estaban aún más.

El resuello de sus respiraciones y el hedor que emanaban se hacían más fuertes a cada segundo, pero no había nada que hacer aparte de seguir escalando. Podía oír incluso el enervante chirrido de sus uñas al rasgar la piedra, así como sus jadeos resoplando cada vez más próximos, acercándose inexorablemente.

La salida ya estaba a menos de cuatro metros, y empezaba a pensar que quizá sí, que a lo mejor terminaba saliendo mi número y librándome contra todo pronóstico de una muerte segura... cuando una poderosa garra se cerró sobre mi tobillo.

El tirón hacia abajo fue brutal, y a pesar de que me anticipé asiéndome con fuerza a una hendidura de la pared, sentí como se me escurrían las manos y, perdiendo pie, caí al vacío.

77

Ahogué un grito en la garganta, pues antes de que me diera tiempo a abrir la boca tropecé en el aire, y haciendo molinete con los brazos, terminé por sujetarme a algo que al principio no supe identificar.

Inexplicablemente, de algún modo había acabado agarrándome a la espalda del morcego que había tirado de mí. La escasa luz no me permitía determinar con claridad la situación, pero tampoco hacía falta. Sentía perfectamente que mi brazo derecho pasaba por encima de su hombro, cruzándoselo por delante del pecho, y que con el izquierdo me agarraba a su antebrazo.

Era como un chimpancé aferrado al lomo de su madre.

Si no hubiera sido porque la intención de aquel ser era arrancarme la cabeza, la escena habría resultado incluso entrañable.

La piel desprovista de pelo del morcego era grasienta y resbaladiza, y la pestilencia que emanaba, ahora que mi nariz estaba a escasos centímetros de su cuello, era de todo punto indescriptible. Una mezcla de sudor, suciedad, orines y carne pútrida, tan penetrante que a punto estuvo de hacerme perder el conocimiento.

El morcego, tan sorprendido como yo, reaccionó tratando de desembarazarse de mí; pero como necesitaba ambas manos para soportar su peso y el mío, poca cosa podía hacer aparte de sacudirse espasmódicamente y proferir amenazadores rugidos.

Otra cosa era, claro, los dos morcegos que no debían de estar mucho más abajo, y que en cualquier momento acudirían a auxiliar a su congénere.

Había conseguido un empate técnico, aunque no iba a lograr mantenerlo por mucho tiempo. Tenía que pensar en algo.

Pero antes de que se me ocurriera algo, el morcego decidió actuar por su cuenta y, arriesgándose a caer, soltó su brazo izquierdo de la pared y lo llevó hacia atrás, tratando de agarrarme la cabeza. Al percibir su rápido movimiento, me dio tiempo a agacharme lo suficiente para que sólo me rozara la sien con sus afiladas uñas, y casi sin darme cuenta acabé aferrándome a su cuello, impidiéndole respirar.

Tratando de zafarse violentamente, me clavó las garras en el antebrazo con el que hacía presa, a lo que respondí con un grito de dolor y, soltando el brazo izquierdo, lo anudé también alrededor de su cuello... en el preciso instante que desde abajo la garra de otro morcego me apresaba una pierna.

Durante un breve lapso, el morcego al que estaba estrangulando se encontró sosteniendo con una sola mano su peso, el mío y parte del de su semejante, que tiraba de mí desde el tobillo.

Inevitablemente, pasó lo que tenía que pasar.

Incapaz de soportarlo, el morcego al que me aferraba se soltó conmigo aún sujeto a su espalda, precipitándonos ambos sobre los que estaban más abajo.

Instintivamente me solté del morcego, y tratando de agarrarme a la pared braceé desesperado, buscando un asidero sin llegar a encontrarlo. Pero quizá para compensar el infortunio de los últimos días, la suerte me sonrió esta vez, y una de las bridas con la que me habían esposado los hombres de Souza y que aún llevaba alrededor de la muñeca derecha como una pulsera, se enganchó en una raíz que sobresalía de la pared y me quedé colgado de la delgada tira de plástico sobre el abismo.

La siguiente noticia que tuve de mis perseguidores, fue oír como sus cuerpos se estrellaban estrepitosamente contra la montaña de huesos. Al parecer unos habían ido arrastrando a los otros, hasta terminar con todos despeñándose por el pozo.

Tras recobrar el resuello, volví a asegurarme a las paredes del pozo lo mejor que pude, y en cuanto me vi con las fuerzas suficientes reemprendí la escalada, ansioso por salir de aquel agujero lo antes posible.

Con exagerada precaución para no resbalar en el último momento, alcancé el final del pozo y me enfrenté al anhelado sol del atardecer, que por fin me calentaba el rostro, desde lo que me había parecido una eternidad de tinieblas.

En un último esfuerzo salí al exterior casi a gatas, y en cuanto mis ojos se acostumbraron de nuevo a la deslumbrante luz del día y recobré el aliento, me puse de rodillas oteando en derredor para averiguar dónde me hallaba.

Cuál no fue mi sorpresa, al constatar que estaba algo por encima del nivel del suelo, en un lugar que me resultaba tremendamente familiar. Entonces me di la vuelta muy lentamente, y enseguida comprendí en qué lugar me encontraba al descubrirme de nuevo frente al inescrutable monolito de piedra negra, alzándose imponente una decena de metros sobre mi cabeza.

Incrédulo aún, por hallarme de nuevo ahí, y haber subido por lo que habíamos creído un pozo sin fondo, avancé unos pasos hacia la sima con la idea de asomarme. Pero cuando estaba a punto de hacerlo, un escalofriante bramido mezcla de dolor e ira emergió desde el fondo de aquella tenebrosa garganta de piedra.

No me costó mucho decidir, que ese era un buen momento para salir de allí rápidamente.

Y además, tenía una cita urgente a la que presentarme.

78

Descendí los escalones de la pirámide-zigurat todo lo rápido que me permitían las piernas, y sin detenerme un instante me dirigí de inmediato al lugar donde había dejado a Cassie y al profesor, custodiados por los últimos dos mercenarios que quedaban con vida.

Como mi intención no era tomarlos por sorpresa, sino todo lo contrario, en cuanto llegué a las cercanías me llevé las manos a los bolsillos y, tratando de aparentar normalidad, comencé a silbar despreocupadamente mientras me acercaba al claro donde se encontraban mis amigos, como si fuera dando un plácido paseo por el campo.

Un poco más adelante alcancé el lugar donde ambos seguían sentados en el suelo, y mientras uno de los sicarios les apuntaba con su arma, el otro salió a mi encuentro llevándose la sorpresa de su vida al verme aparecer a mí, tan fresco, en lugar de a su jefe y sus dos compañeros.

—¡Hola! —le dije sonriente, saludándolo con ambas manos para que de paso comprobara que estaba desarmado.

—¿Por qué has tardado tanto? —quiso saber el profesor, con las manos en la nuca.

—He estado un poco liado. Luego le cuento.

El mercenario tardó un momento en reaccionar, pero aún aturdido levantó su semiautomática para, en dos zancadas, plantarse frente a mí apuntándome al pecho.

—*O que ha aconteceu?* —preguntó claramente turbado—. *Onde estão os outros?*

—Muertos —contesté sin perder la sonrisa.

Dando un paso más, el mercenario clavó el cañón de su arma en mi estómago.

—*Isso é uma mentira* —repuso, incrédulo—. *Diga-me onde estão eles, ou eu vou matá-lo.*

—Ya te lo he dicho —insistí—. Están muertos, y si no bajas el arma tú también lo estarás dentro de un momento.

—*Tem certeza?* —inquirió con un amago de carcajada—. *Eu não acredito* —y apretando aún más la boca de su MP5, añadió—: *Temos as armas, e você não.*

—Eso es cierto —asentí tratando de parecer absolutamente confiado—. Pero lo que no sabes, es que hay más gente oculta en la selva que sí está armada y os están apuntando, y a una señal mía os matarán si no dejáis las armas inmediatamente. Si no, ¿por qué crees que yo estoy aquí, y no Souza?

—*Você está mentindo* —contestó situando ahora el negro agujero del cañón frente a mis ojos.

Entonces, con un movimiento lento para no ponerlo aún más nervioso, alcé la mano derecha, y en respuesta un único disparo se efectuó desde la espesura yendo a parar a un metro escaso de los pies del mercenario.

Éste se volvió rápidamente hacia el lugar de la detonación, pero no pudo distinguir nada entre la densa vegetación, mientras él y su compañero se hallaban claramente a la vista, en mitad del claro.

—¿Me crees ahora? —dije cruzándome de brazos—. Tirad las armas y no os haremos ningún daño, nosotros no somos asesinos. De lo contrario, moriréis aquí y ahora.

El que hasta segundos antes me había amenazado con el subfusil, se volvió hacia su compañero con una muda interrogación, y aquél le devolvió un inequívoco gesto resignado. Las cartas han salido malas —parecía decir—, así que mejor retirarse de la partida mientras aún podemos.

Podía ver la rendición en los ojos de aquellos curtidos matones, pero de repente, cuando el que se encontraba junto a mí ya estaba a punto de entregarme el arma, desvió la mirada hacia algo que se movía a mi espalda, y su expresión pasó en un instante de la derrota a una sonrisa cruel. Levantó de nuevo el arma y me encañonó con ella.

Confuso, me di la vuelta para comprobar qué había causado tal cambio de actitud, y mentiría si no admitiera que me quedé sin habla cuando, cojeando, apareció ante mí lo que en un principio tomé por un fantasma.

Ensangrentado de pies a cabeza, cojeando, con una fea herida en el hombro izquierdo y cuatro anchas cicatrices paralelas cruzándole el torso en diagonal en un descomunal zarpazo, el teniente Souza avanzaba hacia mí con su pistola en alto, apuntándome a la cabeza.

—Dígale a sus amigos de ahí fuera que se dejen ver —dijo entre dientes, con una máscara de odio deformándole el rostro—, si no quieren que le reviente la cabeza… y luego vayamos a por ellos.

—No lo harán —repliqué—. Están armados y…

Inesperadamente, con un rápido movimiento desvió su arma hacia Cassie y disparó, haciendo que con un grito de dolor la arqueóloga hincase las rodillas en el barro, herida en el hombro.

—¿Quiere ponerme a prueba?

—¡Hijo de puta! —grité abalanzándome sobre él.

Pero aún en el lamentable estado en que se encontraba, no le costó mucho esquivarme y volver a apuntarme a la cabeza con su arma.

—¡No lo volveré a decir! —gritó—. ¡Salgan inmediatamente!

Entonces, un ligero alboroto tras unos matorrales cercanos delató la presencia de los supervivientes de la expedición de Valeria, y de entre la vegetación salieron Angélica y Claudio con las manos en alto.

—¿Esos son todos? —preguntó Souza con decepción.

—Somos los únicos supervivientes —contestó Claudio.

—Pero… ¿Y la hija del profesor? ¿Cómo se llamaba esa zorra a la que vinieron a buscar?

—Me llamo Valeria Renner... —dijo entonces una voz a la espalda del teniente— y la zorra lo será tu puta madre.

Y a partir de ese instante, las cosas sucedieron tan deprisa que apenas pude asimilar lo ocurrido hasta que todo hubo pasado.

Lo primero fue sin duda el gesto de estupor de Souza al volverse y descubrir como una muchacha de pelo negro y ojos desorbitados, le bateaba la cabeza con un tronco. El teniente quedó inerme en el suelo como una marioneta a la que le cortan los hilos, posiblemente con el cráneo aplastado.

En respuesta, los otros dos mercenarios comenzaron a disparar de inmediato a discreción, pero entonces y aprovechando que le habían dado la espalda, y a pesar de estar herida, Cassie hundió las manos en el fango hasta las muñecas, y como si se tratara de una extraña raíz, sacó del barro el subfusil que previamente había enterrado a sus pies antes de que comenzara toda la farsa. Sin darles oportunidad de reacción a los mercenarios, la mexicana acribilló al más cercano a bocajarro e hirió al otro en una pierna, aunque este último tuvo tiempo de refugiarse detrás de un tronco que Cassandra ametralló hasta vaciar el cargador.

Pero aquel tipo, aunque se encontraba solo y estaba herido, era un combatiente profesional.

En el momento en que se dio cuenta de que la arqueóloga estaba sin balas, salió de su escondite y apoyando la espalda en el mismo árbol para evitar ser alcanzado por detrás, se plantó frente a Cassie, apuntó su MP5... y nunca sabremos si llegó a sentir, cómo la bala de 9mm de la pistola que le había arrebatado a la mano muerta de Souza, le atravesaba el pecho, salpicando con su sangre el rostro de la mexicana.

Herido y tambaleante, el mercenario se miró a sí mismo sin entender y luego se volvió hacia mí, preguntándome con la mirada cómo se me ocurría hacerle aquello.

Entonces hizo el amago de levantar de nuevo el subfusil, pero antes de que completara el gesto le disparé dos veces más y cayó de espaldas, ya muerto antes de tocar el suelo.

Sin abrir la boca, con el eco de los últimos disparos aún retumbándonos en los oídos, los seis permanecimos tal como estábamos, quietos como estatuas, inseguros de que la locura hubiera terminado definitivamente bajo la mortecina luz del inminente crepúsculo.

El profesor aún permanecía sentado en el suelo con cara de alucinado; Cassie, sangrando por el hombro, con el cargador vacío en una mano y el subfusil en la otra, y yo tumbado en el suelo con la vista puesta en la mirilla de la humeante pistola, apuntando al cadáver del esbirro como si temiese que pudiera volver a levantarse.

—Nos ha ido de un pelo... —resopló el profesor con alivio—. De veras pensé que no íbamos a salir de ésta.

—Ya puede jurarlo —coincidí aproximándome a Cassandra y agachándome junto a ella con preocupación—. ¿Cómo estás?

La mexicana se llevó la mano derecha al hombro izquierdo, taponando el fino reguero de sangre que brotaba del mismo.

—Duele mucho —dijo con gesto contraído—, pero sólo es un rasguño. Seguro que estos cabrones —añadió mirando con desprecio los cuerpos caídos de los mercenarios—, tienen un buen botiquín en alguna parte.

—Ahora mismo te lo busco... y por cierto —añadí mientras me ponía en pie—. «¿Pedazo de imbécil?» No hacía falta que fueras tan efusiva a la hora de insultarme.

—Tenía que parecer que estaba muy enfadada —alegó con gesto de inocencia—, y además, fue lo primero que se me pasó por la cabeza.

—Ya... eso es lo que me pareció.

—Bueno —dijo el profesor Castillo poniéndose también en pie trabajosamente —, lo que importa es que estamos todos bien.

—Casi todos —puntualizó Angélica mirando a los ensangrentados mercenarios desmadejados sobre el barro.

Claudio se acercó a uno de ellos y le encajó una resentida patada en las costillas.

—Estos putos tienen lo que se merecen.

—Seguramente —asentí—. Aunque lo que no me explico —dije mirando el cuerpo inerte de Souza—, es de dónde ha salido este capullo. Estaba seguro de que los morcegos se los habrían cargado a todos.

—Pues ya ves que no —contestó el profesor—. Por cierto, ¿adónde ha ido Valeria?

Habían pasado tantas cosas en tan poco tiempo, que no supe decir qué había sido de ella después de batear a Souza.

—No sé —alegué volviéndome hacia la espesura a mi espalda—. Estaba justo detrás de mí cuando empezó el tiroteo.

—¡Valeria! —la llamó su padre—. ¿Dónde estás?

Silencio.

El profesor y yo cruzamos una mirada de desconcierto, que rápidamente mudó a preocupación.

—¡Valeria!

—¡Valeria!

—¡Valeria!

Cada uno gritaba en una dirección haciendo bocina con las manos, pero el resultado seguía siendo el mismo. Un hondo e inquebrantable silencio que me pareció una perversa burla por parte de aquella despiadada selva.

La preocupación dio entonces paso a la alarma, y Eduardo se llevaba de nuevo las manos a la cara para repetir el nombre de su hija cuando, desde más allá del tupido follaje que delimitaba el pequeño claro, escuchamos un grito de mujer.

Inmediatamente el profesor Castillo se lanzó en pos de aquella voz sin reparar en otra cosa que no fuera darle alcance, y yo hice lo propio con la pistola en la mano, siguiendo la espalda de mi amigo, quien se abría paso entre la maraña de arbustos y enredaderas con una energía alimentada por el pánico y el horror.

Al cabo de pocos segundos, desembocamos justo al lado del campamento de los mercenarios, yendo a detenernos en el centro del mismo, desde donde miramos ansiosamente en derredor.

Pero allí no había nadie.

—¡Valeria! ¡Valeria! —vociferó el profesor, preso de la desesperación.

Y de nuevo, un grito.

Pero esta vez sonó lejano y hueco, como si llegara desde un viejo megáfono en la distancia.

Ambos nos volvimos en su dirección, y comprendimos.

La voz venía desde el interior de la gruta donde nos habían retenido los mercenarios. Una tenebrosa gruta que, se me antojó una suerte de malévolas fauces ansiosas por devorarnos. Como una entrada a las entrañas del infierno.

Y por lo que habíamos averiguado hasta el momento, eso es exactamente lo que era.

Sin detenerse a pensarlo, el profesor saltó en dirección a la boca de la cueva aullando el nombre de Valeria, y de nuevo salí corriendo tras él, aunque esta vez para darle alcance y detenerle cuando estaba a punto de adentrarse sólo y desarmado en la absoluta oscuridad de aquella caverna.

—¡Déjame! —me gritó fuera de sí, empujándome a un lado—. ¡Tengo que ir a por ella!

Me vi forzado a lanzarle al suelo con una llave, y a sentarme sobre él a horcajadas para inmovilizarlo.

—¡No, profesor! ¡Si va tras ella le atraparán a usted también!

—¡Quítate de encima! —insistía histéricamente tratando de desasirse—. ¡No puedo dejar que se la lleven!

—¡Ya se la han llevado! —le grité tomándole por las solapas y acercando mi rostro al suyo—. ¡Ya se la han llevado!

—¡Pero tengo que ir! —exclamó señalando la entrada de la cueva—. ¡Tengo que ir!

—¡Maldita sea, profesor! ¡Necesito que se calme y me escuche!

—Ella está ahí... —protestó con voz lastimera, tratando de convencerme de que yo era lo único que se interponía entre él y su hija—. Ahí mismo...

Meneé la cabeza y relajé la presión sobre mi amigo, bajando también el tono de voz.

—Lo siento, profesor... Lo siento mucho, de verdad. Pero no puedo dejar que vaya detrás de su hija. Quizá es lo que ellos esperan que hagamos —dije volviendo la cabeza un momento hacia el lóbrego umbral—, y por eso se la han llevado.

En ese momento nos dieron alcance Cassandra, Angélica y Claudio, y de inmediato comprendieron lo que había sucedido.

El profesor Castillo respiró profundamente, cerró los ojos bañados en lágrimas, y cuando volvió a abrirlos un brillo de excitación chispeaba en sus pupilas azules.

—Entonces, ella está viva —sentenció sin albergar ningún tipo de duda.

—Yo no he dicho eso.

—¡Pero es lógico! —barruntó mientras yo me hacía a un lado y él se ponía en pie—. Ellos no se llevan a la gente, sino que los matan de inmediato. Así que si se han llevado a Valeria, como has dicho... debe ser para tendernos una trampa.

Resoplé, pasándome la mano por la frente con infinito cansancio.

—Puede ser... —concedí—. Pero aunque así fuera, tampoco podemos hacer nada.

—Oh, sí que podemos —replicó de inmediato.

Fue la voz de Cassie a mi espalda, la que formuló la pregunta que no quería hacer, porque ya imaginaba la respuesta.

—¿Ah, sí? —inquirió la arqueóloga—. ¿Y qué podemos hacer?

El semblante del profesor se iluminó con una sonrisa trastornada.

—Caer en la trampa.

El profesor Castillo registraba las mochilas de los mercenarios, recogiendo bengalas, linternas, municiones y en general cualquier cosa que pudiera serle útil.

—Es una locura, profesor —le repetía Cassandra por enésima vez, persiguiéndolo por todo el campamento—. Un pinche suicidio. ¿Es que ya no recuerda lo que pasó ayer mismo? Ese lugar es un laberinto del que no podrá salir. ¿En qué va a beneficiar su muerte a Valeria? Ya no... ya no puede hacer nada por ella... ¿es que no lo comprende?

Esta vez, no obstante, el profesor dejó lo que estaba haciendo y tomó a la arqueóloga de las manos.

—¿Cómo está tu hombro? —le preguntó inesperadamente, señalando con la mirada el experto vendaje que le había realizado Angélica tras desinfectarle la herida.

—¿Qué? —contestó, confusa—. ¿El hombro? Está bien, gracias ¡Pero ese no es el tema ahora!

—Escúchame, querida —dijo bajando el volumen de su voz, con una extraña calma nacida de la resignación ante su destino—. He venido hasta este remoto rincón de la selva del Amazonas a buscar a mi hija, y no me iré sin ella. Entiendo que te parezca una insensatez que me adentre en esas cavernas, y seguramente tienes razón, pero si existe la más mínima posibilidad de que Valeria siga con vida, he de hacer lo que sea para rescatarla.

—Pero le van a matar...

El viejo profesor se aproximó a la mexicana de ojos verdes y le besó ambas mejillas. Un gesto de despedida.

—Eso no importa —dijo, y esbozó una serena sonrisa.

Con las lágrimas resbalando por su piel, dejando a su paso largos churretes sobre la máscara de polvo y barro, Cassandra se volvió hacia mí, rogando con la mirada que intercediera por ella y le hiciera recuperar la cordura al profesor.

Sin embargo, lo que vio fue cómo me levantaba del tronco en que llevaba un rato sentado, y sin mediar palabra me ponía una radio al cinto y guardaba en el bolsillo un puñado de bengalas.

—¡Me lleva la chingada! —protestó, escandalizada, al verme imitar al profesor—. ¿Qué putas estás haciendo, Ulises?

Al oírla, el historiador se volvió hacia mí con una desaprobación a punto de salir de sus labios.

—Ni una palabra —repliqué antes de que nadie más abriera la boca, levantando el índice y mirándolos a ambos alternativamente—. Si él va, yo también voy —le dije a la mexicana—. Le debo la vida por lo que ocurrió el año pasado en Yaxchilán, y yo no estaría aquí si no fuera por él. Así que, si no podemos convencerle de que no vaya, lo acompañaré.

El profesor negó con la cabeza efusivamente.

—Pero tú, no...

—Cierre el pico, profe —le interrumpí bruscamente—. Sabe que si hay una mínima posibilidad de salvar a su hija, pasa por que no vaya usted solo. De modo que si sigue empeñado en cometer esta estupidez, lo mejor para usted y para Valeria, es que yo lo acompañe.

Tras sus gafas de montura de carey, el jubilado profesor de Historia Medieval vaciló por un momento, tentado de contradecirme una vez más.

Finalmente, asintió en silencio y murmuró un inaudible agradecimiento.

La que sí habló fue Cassandra, que renegando con un exabrupto, chasqueó la lengua con desagrado y también se puso a registrar mochilas.

Al ver lo que hacía, me enervé, ceñudo.

—Tú no tienes que venir, Cassie.

La arqueóloga submarina levantó la mirada, desafiante.

—¿Va usted a decirme lo que puedo o no puedo hacer, patroncito? —barbulló, enojada—. ¿Acaso no recuerdas que yo también estaba en esa pirámide contigo? ¿O que el profesor también salvó mi vida aquella tarde?

El aludido trató de meter baza de nuevo.

—Ninguno de los dos está en deuda con...

—¡Cállese! —le increpó ahora la mexicana volviéndose hacia él repentinamente—. Si vosotros vais, yo también, así que dejaos de pendejadas y démonos prisa, queda muy poco para que se haga de noche.

Un carraspeo sonó entonces unos metros más allá. Era Claudio, que de pie junto a Angélica pedía un momento de atención.

—Nosotros también vamos —anunció mirando de reojo a la doctora brasileña—. Cuantos más seamos, más probabilidades de éxito tendrán.

—¿Por qué no regresáis al templo? —inquirió el profesor—. Allí estaríais seguros.

—Sí —afirmo Angélica—. Pero ¿durante cuánto tiempo? Si ustedes fracasan, nos quedaríamos solos. Sin comida ni posibilidad de escapar, y al final también moriríamos.

—Pero...

—Hay más probabilidades de sobrevivir si somos cinco, que si son sólo tres —alegó Claudio—. Así que no hay más que hablar —y señalando a su espalda con el pulgar anunció—. Mientras ustedes recogen lo de aquí, la doctora y yo recuperaremos las armas de los muertos de allí atrás.

Y dicho esto, ambos se dieron la vuelta y regresaron al claro de donde habíamos venido unos minutos antes.

—¿Puedo hacerle una pregunta, profesor? —dijo Cassie cuando se hubieron marchado.

—Claro, hija. Dime.

—¿Cómo piensa encontrar a Valeria ahí dentro? —quiso saber, haciendo un gesto hacia la entrada del túnel—. Supongo que recuerda que la última vez nos perdimos, y que ni siquiera la brújula funcionaba en los túneles.

Eduardo Castillo pareció rumiar la respuesta durante un momento, como si una espina de pescado se le hubiera clavado al paladar.

—No lo sé —confesó al cabo, encogiéndose de hombros—. Habrá que recorrer los túneles hasta dar con ella. Si la están usando como cebo, no creo que se la hayan llevado demasiado lejos.

—Pero nos estarán esperando... Nos meteremos a ciegas en la boca del lobo.

—Lo sé —admitió, apesadumbrado—. Pero no queda otro remedio que seguirles los pasos y accionar la trampa. Es el único modo de averiguar dónde la tienen.

—O puede que no —pensé en voz alta.

Ambos se volvieron hacia mí con extrañeza.

—¿Qué quieres decir? —inquirió Cassandra

—Creo saber —conjeturé rememorando lo que había visto hacía menos de una hora—, dónde la pueden haber llevado.

—¿Qué? ¿Cómo? ¿Por qué? —Las preguntas se atropellaban en la boca del profesor—. ¿De qué estás hablando?

—Aún no os he explicado lo que me he encontrado ahí abajo —apunté, pensativo—. Hay un lugar bastante extraño en el que por alguna razón parecen llevar a sus... —dudé un momento antes de usar la palabra, pero al final no encontré un sinónimo aceptable— a sus víctimas.

—¿Dónde? —me espetó el profesor con ansiedad—. ¿Qué lugar es ese?

—Va a ser un poco largo de explicar, y tenemos un trecho hasta llegar allí —repuse, sacando de una de las mochilas una cuerda de escalada de cincuenta metros—. De modo que, mejor os lo cuento por el camino.

79

Al cabo de veinte minutos de marcha por la jungla, bajo los últimos rayos de luz de la tarde, alcanzamos el afloramiento rocoso donde se alzaba imponente el monolito.

Una vez allí, los cinco nos asomamos al oscuro pozo por el que acababa de salir no hacía ni una hora. Un agujero tan negro como el monumento que lo custodiaba, y en cuyo interior habíamos decidido introducirnos voluntariamente, aún a sabiendas de lo que nos esperaba abajo.

Una decisión que, viendo sus caras, supe que ya no les parecía tan buena idea como cuando lo deliberamos pocos minutos antes.

—Última oportunidad para pensarlo mejor —dije en voz alta al grupo, en cuyos ojos se podía leer una duda que no estaba ahí un rato antes.

Pero anticipándose a cualquier indecisión, el profesor dejó caer a sus pies la cuerda que cargaba al hombro para preguntar:

—¿Dónde atamos esto?

Mientras yo le hacía nudos a la cuerda cada medio metro, para que fuera más fácil bajar por ella, Cassie se encargó de recordarles al profesor Castillo, a Angélica y a Claudio, el funcionamiento de las armas que llevaban encima; cómo quitar y poner el seguro, cómo cambiar de cargador y cómo montarlas para empezar a disparar —a mí me habían enseñado en el ejército durante el servicio militar. A ella su padre, cuando cumplió los catorce.

Por desgracia, para hacer prácticas de puntería ya no había tiempo.

Para cuando terminó, yo ya había asegurado la soga al monolito dándole un par de vueltas al mismo, anudándola con un as de guía. Antes de lanzarla al vacío, no obstante, encendimos varias bengalas de larga duración y las arrojamos por el pozo, con la esperanza de que eso mantuviera alejados a los morcegos mientras descendíamos.

—Como soy el único que ya ha estado ahí —sugerí, resignado, señalando el oscuro hueco con una inclinación de cabeza—, creo que debería ser el primero en bajar.

En realidad no esperaba que alguien me contradijera, pero constatar que nadie se ofreció a ir en mi lugar, aunque fuera para quedar bien, no me dio demasiados ánimos. Simplemente asintieron en silencio, corroborando mi buen juicio.

No sé cómo lo hacía, pero, hiciera lo que hiciera, siempre terminaba metido en la mierda hasta las cejas. «Si salgo vivo de esta —pensé— tengo que ir al psicólogo sin falta.»

El caso es que el descenso por la cuerda, a pesar de que lo llevé a cabo con suma precaución, me pareció —lógicamente—, mucho más corto y fácil que la apurada ascensión de horas antes. Sujetándome al cabo con fuerza aprovechando los nudos, y apoyando los pies en las paredes, me llevó sólo un par de minutos en alcanzar el nivel del techo de la sala.

Desde ahí, me costó poco alcanzar la cúspide del macabro montículo, donde me entretuve un momento para asegurarme de que no había moros en la costa, y habituarme de nuevo a la brutal pestilencia del lugar, antes de dar la señal a mis compañeros de que podían empezar a bajar.

El lugar parecía desierto, pero dudaba mucho que así fuera en realidad, y estaba seguro de que sus moradores se encontraban ocultos y al acecho, esperando su momento.

Desde aquella perspectiva, completamente iluminado por la luz de las antorchas que habíamos arrojado desde arriba, por fin podía apreciar el tamaño real de aquella inmensa cámara tallada en la roca, y en cuyas paredes podía distinguir infinidad de símbolos cuneiformes, así como la macabra cenefa de calaveras de piedra rodeando todo el perímetro.

Por si aquello fuera poco, bajo el resplandor de las bengalas se adivinaban media docena de galerías pentagonales orladas de grabados y símbolos, que se abrían a ambos lados de la caverna y no había llegado a ver en la anterior ocasión.

—A estos no va a haber quien los saque de aquí... —me dije intuyendo que mis acompañantes se quedarían alucinados con aquel lugar.

Y no había terminado la frase, cuando sentí que alguien bajaba por la cuerda y acto seguido, escuchaba a mi espalda la voz del profesor.

—Por todos los santos del cielo... —murmuró, sobrecogido.

Entre exclamaciones de admiración e irreprimibles arcadas, el resto del grupo descendió por la cuerda sin problemas hasta la sólida plataforma que coronaba la altiplanicie de esqueletos, que se amontonaban como un siniestro basurero de seres humanos.

A la postre incluso Angélica, recelosa en un principio, se animó a bajar, aunque sospecho que más por temor a quedarse sola que por verdadero interés científico.

—Es la cosa más espeluznante y demencial que he visto en toda mi vida —sentenció Cassie boquiabierta, linterna en mano y dando vueltas sobre sí misma—. Es repugnante, horrible, perturbador...

—Inhumano... —puntualizó Angélica en un susurro.

Para entonces Claudio, el profesor y yo mismo, ya estábamos descendiendo por la montaña de huesos, y al llegar junto al cuerpo decapitado e hinchado con la camiseta de la Amazonia, el argentino confirmó que se trataba de su guía.

Es decir, lo que quedaba de su guía.

En ese momento y dándonos un susto de muerte, Angélica trastabilló con unas costillas que se engancharon en su pernera y cayó rodando varios metros, provocando una pestilente avalancha y un escándalo de mil demonios.

—Si no sabían que estábamos aquí... —mascullé apuntando con la linterna al pasadizo que se abría frente a nosotros, esperando que en cualquier momento apareciera una amenazadora silueta negra— ahora ya lo saben.

Me acerqué a la doctora para asegurarme de que se encontraba bien, y a la vez que la ayudaba a incorporarse mientras se deshacía en disculpas, alguien profirió un juramento de sorpresa en voz alta.

—¡Joder! —renegué en susurros, dándome la vuelta irritado—. Queréis dejar de hacer ruido de una pu...

Y ahí quedó la frase.

No fui capaz, ni yo ni nadie, de pronunciar una sola palabra al contemplar lo que el accidental derrumbe había dejado al descubierto.

Lo que había tomado por una simple plataforma de piedra en lo alto de la pirámide de osamentas, se había revelado como la coronilla de una cabeza de piedra. La cabeza de una colosal estatua, de la que ahora asomaba un severo rostro teñido con la sangre seca de centenares, y quién sabe, sino de miles de hombres y mujeres.

Aquel pétreo rostro tenía más de un metro de altura, y por lo que podía adivinarse estaba parcialmente cubierto por lo que parecía ser un casco de guerra antiguo, redondo y casi plano en su parte superior. Bajo éste, unos ojos fijos contemplaban algún lugar más allá de aquella gruta, separados por una nariz recta, sobre una boca cruel dentro de una ancha mandíbula, y unas duras facciones enmarcadas por lo que, a todas luces, era una larga y tupida barba que se perdía bajo el hábito de huesos y que le llegaba hasta más allá del cuello.

Lo siguiente fue oír al profesor Castillo balbucear palabras inconexas, y a Cassandra perjurar con meridiana claridad.

—Hijo de la gran chingada...

80

Olvidándonos de dónde estábamos y por qué, todos nos habíamos quedado petrificados ante la visión de aquella gran cabeza de piedra, descollando imponente sobre la macabra montaña de huesos humanos.

—Parece una estatua griega... —apuntó el profesor, apenas capaz de vocalizar de la impresión.

Claudio meneó la cabeza.

—Es más antiguo —observó, también emocionado—. Me recuerda mucho la efigie de bronce de Naram Sinm, un rey acadio del dos mil trescientos antes de Cristo.

—Ni lo uno ni lo otro —rebatió Cassie plantada junto a ellos frente al busto, con una bengala encendida en la mano que la teñía de un rojo intenso—. No es mesopotámico, ni griego, ni romano —e imprimiendo un tono de admiración a su voz, razonó—: Es muy anterior a todos ellos. Esto *es*... Antiguo.

Aunque consciente de lo seductor que podía resultarles aquel descubrimiento, advertí que las bengalas que habíamos colocado en el perímetro, lenta pero inexorablemente, comenzaban a perder brillo.

—Detesto interrumpiros —dije volviéndome hacia ellos—, pero las bengalas van a durar como mucho quince minutos más. Tenemos que marcharnos.

—¡Pero mirá! —protestó Claudio señalando la estatua—. ¡Esto de acá es increíble!

—¿Ves todos esos muertos que hay bajo tus pies? —repliqué apuntando con la linterna donde pisaba—. Pues seguramente, esa que has dicho, fue la última frase de muchos de ellos.

El argentino refunfuñó disgustado y meneó la cabeza, pero no dijo nada.

—Es cierto —afirmó el profesor saliendo del estupor general—. Tenemos que ir a por Valeria —y descendió la pila de huesos a grandes zancadas hasta el suelo, donde Angélica y yo ya le esperábamos—. ¿Crees entonces que la han podido traer hasta aquí? —preguntó al llegar a mi altura, enfocando a su alrededor con la linterna.

—Es muy posible —mentí tratando de mantenerle esperanzado, aunque yo mismo no lo estuviera en absoluto—. Ya ha visto que este parece ser un lugar especial para los morcegos. Como un espacio de culto o reunión.

—A mí me parece más bien un matadero —apuntó inoportunamente la doctora brasileña, que se tapaba la nariz con la mano tratando inútilmente de evitar el hedor a carne podrida.

Afortunadamente, el profesor Castillo no la oyó, o no quiso oírla, pues sacó del cinturón la pistola que le había dado, y mirando los lúgubres pasadizos que se abrían a izquierda y derecha, dijo:

—Sugiero que nos dividamos en dos grupos para cubrir más terreno. Nosotros dos nos asomaremos por los de la derecha; la doctora, Cassandra y Claudio pueden echar un vistazo en los de la izquierda. ¿Te parece bien?

—No, profe —objeté con rotundidad—. Ni hablar. No tenemos ni idea de lo que hay más allá de esos túneles, y nuestra única oportunidad de salir todos de aquí pasa por que continuemos juntos todo el tiempo, y quizá de ese modo los morcegos se lo piensen dos veces a la hora de acercarse. Si nos separamos —afirmé plenamente convencido—, seremos presa fácil. Así que, pase lo que pase —añadí dirigiéndome también a Cassie y Claudio, mientras se aproximaban—, permanezcamos siempre juntos y alerta. No simplemente a la vista unos de otros, sino haciendo piña, como una jodida falange romana.

Hice una pausa, paseando la vista por todos ellos para asegurarme de que nadie tenía dudas.

—Y una última cosa —agregué tocándome el ala de la nariz—. Recordad que aquí abajo, con toda esta peste, no podremos oler a los morcegos cuando se acerquen, así que no os fieis del olfato. ¿De acuerdo? Ahora quitad los seguros de las armas, pero mantened el dedo fuera del gatillo, no vayamos a tropezar y matarnos entre nosotros.

Dicho esto, me tomé un instante para mirar uno a uno a los miembros de aquel descorazonador comando de rescate, compuesto por cinco náufragos macilentos y asustados, y en el que sólo Cassie y yo teníamos experiencia con armas de fuego.

A pesar de las precauciones y el discurso, sabía que aquella era casi una misión suicida; sería un milagro que volviéramos a ver la luz del día. Sólo esperaba que los demás también fueran conscientes de ello.

—Muy bien —dijo en cambio el profesor, ajeno a mis funestos presentimientos—. ¿Por dónde vamos? ¿Izquierda, derecha o centro? —preguntó mirando al frente.

—El túnel del centro fue por el que yo pasé esta tarde y no vi nada especial, así que yo lo dejaría para el último. Y respecto a los otros... no sé, ¿qué le dice su intuición de padre?

Eduardo Castillo miró a un lado y otro, tratando de escrutar más allá del los pórticos pentagonales sumidos. Viéndolo tan concentrado, me di cuenta que se había tomado en serio lo de la «intuición paterna», y parecía esforzarse por captar algo, más allá de los sentidos.

—Vamos, profesor —le apremió Cassie, inquieta por estar allí plantada, en mitad de la caverna iluminada por las bengalas—. Decídase.

El profesor sin embargo, se volvió hacia mí con una pregunta que no esperaba.

—¿Crees que los morcegos saben ya que estamos aquí?

—Puede apostar por ello —le contesté pensando en el jaleo armado con los huesos, y todas las luces encendidas que llevábamos con nosotros—. Por eso tenemos que irnos ya.

—Entiendo... —contestó, meditabundo.

E inesperadamente, ni corto ni perezoso mi viejo amigo hizo lo último que hubiese imaginado que haría en aquellas circunstancias.

De hecho, aunque vi cómo se disponía a hacerlo, me pareció un acto tan inverosímil que me quedé mirándolo como un pasmarote, incapaz de reaccionar.

Quien sí lo hizo fue Cassie, que al ver su gesto trató de detenerlo exclamando un ahogado «¡NO!» que llegó demasiado tarde.

El profesor emérito de Historia Medieval por la Universidad Autónoma de Barcelona, ya se había llevado las manos a cada lado de la boca y, simple y llanamente, había gritado a pleno pulmón el nombre de su hija.

El nombre de la antropóloga en boca de su padre, rebotaba en el silencio sepulcral de la caverna y su eco se perdía en los túneles, sofocándose en la distancia.

—Nos llevó la chingada —renegó Cassie llevándose las manos a la cabeza.

—¿Por qué ha hecho eso? —le increpó Claudio, incrédulo—. ¡Ahora todos los morcegos vendrán aquí!

El profesor se encogió de hombros.

—Tenía que intentarlo —se excusó sin más—. Y además, si de cualquier modo saben que estamos aquí…

—Joder, profe, es verdad —protesté—. Pero tampoco era necesario que les avisara a gritos de que la cena está servida.

—¿Se te ocurre una manera mejor de buscarla? —replicó—. Si está consciente, puede que nos oiga y conteste.

Y de nuevo hizo altavoz con las manos, y la llamó a voz en grito.

—¡Valeria!

Por mucho que creyera que las voces del profesor no iban a suponer una gran diferencia en nuestras posibilidades, resultaba muy perturbador permanecer allí quieto mientras gritaba. Era como bañarse en un mar infestado de tiburones, mientras alguien lanzaba al agua filetes de solomillo. Una mala idea, se mirase como se mirase.

—¡Valeria!

—Profe, basta ya —dije poniéndole la mano en la espalda—. No contesta.

—¡Valeria!

—Pero ¿no ve que no le oye? —le espetó Angélica visiblemente nerviosa—. Deje de hacer eso.

—¡Valeria!

—Chale, profesor... —dijo Cassie mirando en derredor, inquieta—. No siga gritando, por favor.

—¡¡Valeria!! —la llamó aún más fuerte, ignorando a ambas.

—¡Eduardo! —le grité al fin, tomándole de los hombros—. ¡Cállese!

El profesor me miró tras los sucios cristales de sus gafas con ojos desolados.

—Si no le ha contestado ya —añadí suavizando la voz—, es porque no puede hacerlo.

Y como si hubiera estado esperando el momento justo en que yo pronunciara esa frase, ante la estupefacción de todos los presentes, una lejana voz de mujer nos llamó como si lo hiciera desde lo más hondo de un insondable pozo.

—Aquí... —decía, quejumbrosa—. Estoy aquí...

—Viene de un pasadizo de... —señaló Cassie apuntando con su linterna hacia la izquierda.

Pero antes de que terminara la frase, el profesor ya se internaba a la carrera por ese mismo corredor, ignorando todos mis consejos de permanecer unidos y cualquier rastro de sentido común que le quedara en su canosa cabeza.

—¡Espere! —le grité tratando de sujetarlo.

Pero de nuevo reaccioné tarde.

No me quedó más remedio que seguirle sin perder un momento, franqueando a la carrera aquel pórtico pentagonal de casi dos metros de altura, mientras procuraba no perder de vista el tembloroso foco de su linterna.

Sólo confiaba en que los demás siguieran mis pasos y no se quedaran atrás.

Aunque también ya era tarde para preocuparme por eso.

81

Afortunadamente, tenía veinticinco años menos que el profesor Castillo, así que pude darle alcance pocos metros más allá.

Le sujeté por el brazo sin miramientos, como a un niño que ha estado a punto de cruzar la calle con el semáforo en rojo.

—Pero ¿qué coño hace? —le espeté, irritado, esforzándome por no alzar la voz—. ¡Va a hacer que nos maten a todos!

—¡Es Valeria! —fue lo único que contestó, señalando al frente, como si creyera que no me había dado cuenta—. ¡Está viva!

—Ya lo sé, maldita sea —rezongué entre dientes—. Pero utilice la cabeza, por el amor de Dios.

En ese momento llegaba el resto del grupo, y de nuevo volvíamos a estar todos.

—Usted mismo lo dijo —agregué sin soltarle todavía—. Están usando a su hija como cebo para atraparnos a nosotros. ¿No ve que está haciendo exactamente lo que ellos esperan? Esos morcegos están ahí, en algún lado, acechándonos —añadí haciendo un gesto hacia las tinieblas casi sólidas que nos envolvían—. Por eso no los hemos visto ni oído hasta ahora.

—Pero...

—¡Sin peros! —Le apunté con el dedo—. Si vuelve a separarse del grupo, no sólo le matarán a usted, sino también a los demás. Nuestra única oportunidad de salir de esta con vida, depende de que sigamos unidos —insistí dirigiéndome ahora a los demás—. Que nadie vuelva a separarse, da igual lo que suceda, ¿está claro?

Los cuatro asintieron sin discutir, y nos pusimos en marcha de nuevo. Conmigo y el profesor abriendo la marcha, Angélica en medio alumbrando el techo, y Claudio y Cassie caminando de espaldas, asegurándose de que no nos sorprendían por detrás.

Avanzamos en absoluto silencio, caminando casi de puntillas y sin cruzar una sola palabra; pero no por precaución o sigilo, sino por puro miedo. Igual que cuando de pequeños soñamos con monstruos que habitan en el armario, y ocultándonos bajo las sábanas procuramos no hacer ruido ni para respirar.

De ese modo, paso a paso y atentos a cualquier atisbo de movimiento que no fuera el nuestro, nos adentramos más de cien metros por el corredor —que se inclinaba ligeramente hacia abajo—, hasta que, inesperadamente, el círculo de luz de mi frontal sobre la pared desapareció y me detuve de golpe.

Tras un breve instante de desconcierto, comprendí que no se había estropeado mi linterna, sino que era la pared del túnel la que ya no estaba.

Su lugar lo ocupaba ahora un espacio vacío y oscuro.

—Que cojones… —farfullé, aturdido, adelantándome dos pasos.

Frente a mí, una nueva caverna, más amplia aún que la anterior, se abría al final del pasillo. Una cámara aparentemente vacía, que calculé que debía tener el tamaño aproximado de un pabellón de baloncesto.

—Dios mío —exclamó Claudio al pasar por mi lado, irrumpiendo en la sala mientras movía la linterna en todas direcciones—. Es… enorme.

—Fijaos en las paredes del fondo, a media altura —observó Angélica siguiendo los pasos del arqueólogo y enfocando hacia el otro extremo—. ¿Qué es lo que tienen? Son como… pequeñas cuevas.

Cassandra se acercó a mí de improviso, tomándome de la mano con fuerza.

—Son madrigueras —mascculló sin poder evitar que le temblara la voz al ver las escalas talladas en la piedra que llevaban hasta ellas—. Cientos y cientos de madrigueras...

Los cinco nos quedamos paralizados de terror al comprender que la mexicana tenía razón, y lo que eso significaba.

Estábamos en el peor lugar posible en que podíamos haber estado.

Aquella era la guarida de los morcegos.

Pero antes de que nadie pudiera hacer el menor movimiento o añadir una palabra más, la voz de Valeria volvió a llamarnos de nuevo. Esta vez mucho más cercana y diáfana.

—¡Aquí! —exclamó—. ¡En el agujero!

Todos los haces de luz, se dirigieron entonces al lugar de donde provenía el reclamo de auxilio, iluminando en el centro del suelo de aquella gruta, lo que parecía un pozo excavado en la piedra.

Inevitablemente, el profesor fue el primero en atravesar la veintena de metros que nos separaban del mismo, y para cuando llegamos, él ya estaba tumbado en el suelo, con medio cuerpo en el vacío y alumbrando hacia abajo con su linterna.

Allí, de pie en medio de un agujero perfectamente circular de unos cuatro metros de diámetro y otros tantos de profundidad, se encontraba la hija del profesor. Sucia, con la ropa rasgada y con los ojos desorbitados, pero sana y salva.

—Gracias a Dios —musitaba sollozando, alzando los brazos y llevándoselos a la nuca en un gesto de incredulidad—. Gracias a Dios.

Anudando camisas, fabricamos una improvisada cordada lo bastante larga y fuerte como para que llegara hasta Valeria, a la que sacamos tirando de ella con no poco esfuerzo mientras Angélica montaba guardia para evitar sorpresas.

—Gracias... —masculló la antropóloga cayendo de rodillas en cuanto se vio fuera del agujero—. Gracias a todos... —repitió con los ojos bañados en lágrimas—. Creí que... que ellos...

El profesor se arrodilló frente a ella y la abrazó como sólo se puede abrazar a alguien que crees perdido para siempre. Ambos lloraron durante más de un minuto, consolándose el uno al otro.

—¿Te han hecho algo? —le preguntó su padre al cabo, aún emocionado, separándose un poco para verla bien—. ¿Estás herida?

Ella asintió, secándose las lágrimas con la manga.

—Me sorprendieron por la espalda —trató de explicarse—. Quise acercarme al campamento de los mercenarios a buscar los diarios, y yo... no sé qué pasó exactamente. Cuando me quise dar cuenta, ya me llevaban por los túneles... y me trajeron aquí. Luego desaparecieron, dejándome aquí sola, a oscuras. Creí que —un sollozo nervioso hizo que le temblara el labio inferior— creí que me estaban *reservando,* para más tarde.

—Tranquila, hija mía —dijo su padre, no mucho más tranquilo que ella en realidad—. Ya estás a salvo. Vamos a sacarte de aquí.

—Pero ¿cómo me habéis encontrado? —quiso saber mientras se incorporaba insegura, apoyándose en el hombro de su padre—. Era... era imposible que pudierais haberme seguido.

El profesor se volvió hacia mí con una mirada de agradecimiento.

—Pregúntaselo a él —dijo.

Yo meneé la cabeza, renunciando a cualquier tipo de mérito.

—Es una larga historia —afirmé—. Pero ya habrá tiempo de contarla más tarde.

—Un momento —intervino Claudio acercándose a Valeria y mirando a su espalda—. ¿Esta es...?

La antropóloga asintió al argentino, y al ver la pregunta en nuestros ojos, se dio la vuelta mostrándonos la mochila roja donde yo había guardado los cuadernos del oficial nazi.

—Por eso me fui al campamento —aclaró con un esbozo de sonrisa culpable, quitándosela de la espalda y entregándosela a su padre—. Tenía que hacerme con estos diarios.

Cassandra chasqueó la lengua reprobadoramente.

—Así que por los pinches cuadernos nos vemos en estas... —rezongó lo bastante alto como para ser escuchada por Valeria.

—Eso ya da igual —intervine antes de que se enzarzaran en una inoportuna discusión—. Ahora tenemos que concentrarnos en salir de aquí, sin perder un segundo más.

—Totalmente de acuerdo —coincidió Angélica, que ya se daba la vuelta de camino a la salida—. Este lugar me produce escalo...

Y calló de repente.

Su linterna hizo un pequeño «clinc» al caer de sus manos.

Extrañado, giré la cabeza hacia la doctora, que adelantándose hacia la boca del túnel se había alejado unos pocos metros del grupo.

Cuando la luz de mi frontal iluminó su espalda, me sobresalté al comprobar que no estaba sola.

Frente a ella, una silueta negra y esbelta de más de dos metros de altura, de la que sólo era capaz de distinguir con claridad una hilera de dientes afilados y un par de ojos amarillentos, se erguía estática y amenazante, con su cabeza alargada, su ancho torso y sus interminables brazos terminados en garras.

Era como una sombra sobre un fondo de sombras. Una siniestra estatua de ébano que nadie había visto llegar hasta ahí, y de la que sólo ahora comenzaba a llegarnos su horrible hedor.

Aquellos ojos cerúleos estaban fijos en Angélica, como decidiendo qué hacer a continuación mientras la brasileña parecía hipnotizada, paralizada por el miedo.

No me atreví a hacer nada, temiendo la imprevisible reacción de aquel ser de pesadilla.

Nadie movió un músculo.

Entonces, el ser levantó la vista y paseó la mirada por todos, entrecerrando los ojos al enfrentarse a las luces de nuestras linternas. Evaluándonos.

Soltó un gruñido largo y profundo.

Abrió la boca para que pudiéramos ver bien sus colmillos, bufando como un gato enfadado.

Luego volvió a fijar su atención en Angélica, de la que le separaba menos de un metro.

Ella permanecía completamente quieta.

El morcego la miró de arriba abajo, resopló una vez más e hizo el amago de darse la vuelta.

Pero sólo fue eso, un amago.

Y entonces todo se precipitó.

Repentinamente, con una velocidad tal que ni tan sólo pude ver con claridad el movimiento, el morcego se abalanzó sobre ella.

La sujetó con los brazos para mantenerla de pie, y con la vista puesta en nosotros como si quisiera asegurarse de que veíamos lo que estaba a punto de hacer, abrió las mandíbulas y le mordió salvajemente en el cuello.

La infortunada mujer sólo tuvo oportunidad de emitir un ahogado gemido. Un coro de gritos estalló a mi espalda.

Yo levanté el subfusil dispuesto a abrir fuego, pero el morcego había levantado en vilo a la doctora y, mientras mantenía sus dientes clavados en su garganta, la usaba como escudo.

Durante un par de segundos me debatí indeciso entre disparar o no, y eso fue todo lo que necesitó aquel ser para, con un solo gesto de cabeza, echarla hacia atrás desgarrando la tráquea de Angélica, por la que comenzó a brotar chorros de sangre como en una horrible fuente.

—¡No...! —aulló alguien.

Y esa fue la señal que me hizo salir del trance, y apretar con furia el gatillo del subfusil.

82

Vacié el cargador a bocajarro, barriendo el espacio frente a mí, al tiempo que Cassie y Claudio hacían lo propio con sus armas, desatando entre todos un ensordecedor infierno de humo y plomo.

Primero traté de apuntar al morcego sin herir a Angélica, pero con la primera ráfaga, la pólvora veló los haces de luz de las linternas y ya no podía distinguir una silueta de otra.

Además, comprendí que la doctora ya estaba muerta.

Cuando el percutor del MP5 dejó de funcionar, inmediatamente eché mano al bolsillo en busca del siguiente cargador, dispuesto a seguir disparando hasta acabar con aquel engendro.

Pero el profesor Castillo me sujetó el brazo mientras me llevaba de nuevo el subfusil a la cara.

—¡No está, Ulises! —gritó por encima del estruendo—. ¡Ya no está!

Tardé un segundo en comprender a qué se refería mi viejo amigo, cuando traté de entrever a través de la humareda el negro perfil del morcego.

Allí no había nada.

—¡Alto el fuego! —grité a los dos arqueólogos, que situados a mi derecha aún seguían disparando—. ¡Alto el fuego!

Estos también tardaron un instante en darse cuenta de que le estaban disparando al vacío.

Sin dejar de apuntar, ambos mantenían la vista fija en el punto que había ocupado el morcego mientras el telón de humo se disipaba.

Pasaron cinco segundos.

Diez.

La luz blanca de nuestras linternas atravesó el espacio que nos separaba de la salida, devolviéndonos el irregular contorno de las paredes de piedra.

El morcego se había esfumado.

Estaba seguro de haberle herido, pero de algún modo había logrado escapar, porque de nuevo estábamos solos.

Y lo que era aún peor, se había llevado el cuerpo de Angélica.

—Oh, no... —escuché mascullar a Cassandra—. Oh, no...

—No es... posible... —farfulló Claudio con voz ahogada, incrédulo de lo que le decían sus propios ojos—. Angélica...

En mi caso no tenía palabras, los pensamientos se agolpaban en mi cerebro, pero ninguna palabra acertaba a salir de mi boca.

De Angélica sólo quedaba un gran charco de sangre, y un macabro reguero que se perdía en la oscuridad del pasadizo.

No, no había nada que decir en realidad.

Fue Valeria quien en esta ocasión pronunció las palabras justas.

—¡Vámonos de aquí! —instó con urgencia—. ¡Vámonos de aquí ahora mismo!

Visto que la luz de las linternas no iba a ser suficiente para amedrentar a aquellos seres, encendimos cada uno una bengala, iluminando así hasta el último rincón de la caverna.

Entonces, en respuesta a aquella explosión de luz roja, comenzaron a escucharse gruñidos y enojados resoplidos surgiendo de todas aquellas cuevas diseminadas por el perímetro.

Incluso algunos cráneos negros y deformes se asomaron por aquellas guaridas de piedra. Aunque quizá ya estaban ahí desde el principio, y no era hasta ahora que los veíamos.

Era imposible calcular la cantidad de morcegos que podrían habitar aquellos nichos, pero de algo estaba completamente seguro. Eran muchos. Y estaban enfadados.

—En marcha —susurré a Cassie, como temiendo que los morcegos me fueran a entender—. Tú ve delante con Claudio. Yo me quedaré atrás y cubriré la retaguardia.

—Ten cuidado —contestó con preocupación en la mirada.

—Descuida. —Le guiñé el ojo, fingiendo confianza en lo que hacía.

El profesor se agarraba a su hija por los hombros, pues aunque parecía capaz de caminar perfectamente, se le notaba cierta debilidad en las piernas. Como si una vez encontrada su hija, las fuerzas le hubieran abandonado súbitamente.

—Vamos, profe —le apremié en voz baja—. No se detenga, pero camine despacio.

—¿Despacio? —preguntó, extrañado—. ¿Por qué?

—Si echamos a correr se nos vendrán encima, como hacen todos los animales. Mantengámonos juntos y tranquilos —añadí mirando a Cassie de soslayo—. Si intuyen que tenemos miedo, nos destrozarán.

Al pasar por mi lado, a la zaga de Cassandra y Claudio, Valeria me miró de reojo y negó imperceptiblemente con la cabeza.

Sin palabras, venía a decir lo mismo que yo pensaba. Que daba igual lo que hiciéramos o dejáramos de hacer, pues las cartas de nuestro destino ya habían sido echadas.

De ese modo, a paso lento nos adentramos en el pasadizo por el que habíamos llegado ahí. La mexicana y el argentino barriendo el frente con sus linternas y yo haciendo lo propio a la espalda del grupo, con una bengala en alto en la mano izquierda y el subfusil en la derecha.

Solo éramos una gran mancha de luz roja atravesando aquel inacabable pasadizo subterráneo como cavernícolas. Una frágil burbuja de claridad recorriendo la oscuridad más absoluta. Una diminuta llama iluminando el infierno.

«Tenían razón los menkragnotis después de todo», pensé torciendo el gesto, no podíamos alegar que no nos lo habían advertido. Aquel lugar era el jodido Infierno.

Desde la caverna que dejábamos a nuestra espalda, los sonidos guturales no hacían más que crecer a cada momento en intensidad y virulencia.

Los bufidos se habían convertido en gruñidos, y los resoplidos en rugidos que cada vez se advertían más cercanos.

Como si nos estuvieran azuzando.

—¿Queda mucho? —pregunté impaciente, sin atreverme a volver la vista hacia adelante.

—Ya llegamos —contestó Cassie—. Detrás de este mismo recod... Oh, mierda.

—¿Qué pasa?

Un largo silencio.

Una respiración acelerada.

—Están aquí... —siseó con voz entrecortada, como quien descubre a una víbora durmiendo en su cama.

—¿Quiénes?

—Todos, Ulises —respondió con un hilo de voz—. Están todos aquí.

Lo que minutos antes, había sido una gran caverna ocupada tan sólo por la colosal estatua y su mortaja de restos humanos, era ahora un hervidero de morcegos de largas garras y afilados colmillos.

Jadeando.

Resoplando.

Gruñendo.

Irradiando violencia contenida.

Expectantes como una horda de hienas a punto de abalanzarse sobre una presa indefensa que saben que no tiene escapatoria.

Era una masa informe de cuerpos grasientos y negros, bañados por la luz de las bengalas. Un ejército de sombras, en el que sólo destacaban sus furiosos ojos tintados de color sangre.

Pensé de nuevo en las leyendas indígenas que los describían como demonios, y en lo acertada que resultaba también esa descripción.

Aquellos seres del averno nos estudiaban con el mismo interés que un lobo observa a un cordero.

Lo único que nos separaba de estar muertos, era la luz de las linternas y las bengalas que los mantenían a distancia. Unas bengalas que, por cierto, empezaban a extinguirse lenta pero inevitablemente.

—Por todos los santos del cielo... —musitó el profesor—. Hay centenares... miles quizá.

—¿Cómo puede haber tantos? —preguntó Claudio en susurros—. Jamás pensé que... —y dejó la frase ahí para tragar saliva con dificultad—. ¿Qué hacemos?

—Avanzar —contesté sin titubeos.

—¿Cómo? —inquirió Valeria, como si hubiera propuesto que saliéramos volando—. Son muchísimos. No podremos llegar hasta la cuerda.

—Tenemos que hacerlo —dijo Cassie en el mismo tono—. Es el único camino.

—Quizá podríamos usar el mismo pasadizo por el que Ulises... —sugirió Claudio.

—Ni lo sueñes —le interrumpí alzando muy levemente la voz, pero lo suficiente como para que los morcegos más cercanos se movieran con nerviosismo—. Acabarían cazándonos uno a uno como a conejos.

—¿Entonces...?

—Como dice Cassie... sólo hay un camino.

—Pero ¿cómo vamos a abrirnos paso? —quiso saber el profesor.

—Eso también es fácil de contestar —dije volviéndome hacia él—. De la única manera posible —y lanzando la bengala hacia la turba, que se apartó al instante de la brillante luz, alcé el subfusil mientras sacaba otra bengala del bolsillo y la levantaba encendida por encima de la cabeza.

De inmediato, y comprendiendo que aquella era nuestra única esperanza, el resto del grupo me imitó, lanzando sus propias bengalas por delante y encendiendo las que les quedaban.

De ese modo, apretándonos como una falange macedonia blandiendo llameantes bengalas, espalda contra espalda, comenzamos a avanzar hacia la estatua de piedra sobre cuya cabeza pendía la cuerda.

Lentamente nos abríamos paso entre la amenazadora turba que, manteniéndose a no más de tres o cuatro metros de distancia, enseñaban los dientes y lanzaba fugaces zarpazos, que por suerte sólo rasgaban el aire.

Ni siquiera a tan corta distancia era capaz de adivinar las formas precisas de aquellos seres de cráneo estirado hasta el absurdo, gesto animal y cuerpo de proporciones erróneas que hacía dudar que pudiéramos tener algún tipo de parentesco.

Muy, muy despacio, nos movíamos paso a paso a través de aquella multitud de incisivos y ojos desorbitados, que se apartaban a nuestro paso para luego volver a cerrarse de inmediato. Envolviéndonos en un círculo que cada vez se tornaba más estrecho.

—Se están acercando —advirtió Cassandra con tensión contenida.

—Lo veo —repuse disimulando mi propia preocupación—. Tú sigue avanzando.

—No sé si vamos a llegar…

—Ya estamos cerca. Sólo preocúpate de mantenerlos a distancia.

Cuando dije eso ya estábamos subiendo la montaña de esqueletos en dirección a la cabeza de piedra, agitando las bengalas de un lado a otro, como domadores encerrados en la jaula de los tigres.

Mientras tanto, los morcegos nos acechaban con creciente cólera, como si al sacrilegio de entrar en sus dominios, hubiésemos sumado el de profanar su lugar más sagrado.

Los gruñidos habían pasado a convertirse en verdaderos rugidos, así como los zarpazos cada vez eran más cercanos y peligrosos. Incluso vi a uno de ellos, tapándose los ojos con un brazo y abalanzándose hacia adelante con el otro, descargando sus peligrosas garras a menos de un palmo de mi muslo derecho.

—¡Cuidado! —prorrumpió el profesor—. ¡Le están perdiendo el miedo a las bengalas!

—¡Hay que dispararles! —clamó a su vez Claudio, al borde del pánico.

—¡Esperad! —alcé la voz por encima del creciente fragor—. ¡En cuanto lo hagamos se lanzarán sobre nosotros y ya no habrá escapatoria! ¡Disparad sólo como último recurso!

Torpemente, ascendimos de espaldas por entre el montón de huesos envueltos en un agónico halo de luz roja.

Semejábamos una suerte de espartanos dispuestos a vender caro el pellejo, aunque esta vez no habría notario que levantara acta de nuestras hazañas ni película que las exagerara debidamente.

—¡Empezad a subir por la cuerda! —exclamé a pleno pulmón—. ¡Profesor! ¡Usted irá primero!

—¡No! —replicó—. ¡Mi hija irá primero!

—¡Déjese de idioteces y empiece a subir! —Encendí mi última bengala al debilitarse la primera, pero cada vez producía menos efecto, y supe que en breves instantes tendríamos que hacer uso de las armas—. ¡Vamos, el tiempo se nos acaba! ¡Los demás escalad también por la cuerda! ¡Deprisa!

Esta vez nadie me rebatió, pero cuando me giré un instante para ver como Valeria ayudaba a su padre a encaramarse sobre la cabeza de piedra, un morcego apareció inesperadamente desde la parte de atrás de la estatua y, aprovechando un breve instante de desconcierto de la antropóloga, arremetió contra ella clavándole las garras a la altura de los intestinos y desgarrándola salvajemente.

—¡¡Valeria!! —gritó Eduardo, horrorizado, e ignorando al morcego se arrodilló junto a ella, que se llevaba la mano al vientre con el rostro contraído por el dolor.

El demonio, con el cuerpo flexionado y la sangre de la antropóloga goteando por sus garras, volvió su maligno rostro hacia el profesor y se dispuso a atacarlo, aprovechando que le daba la espalda y sólo tenía ojos para su hija.

Entonces saltó hacia adelante.

Inmediatamente, alcé el subfusil dispuesto a abrir fuego, pero sabía que no lo haría a tiempo para detenerlo.

El morcego estaba ya en el aire, cuando una detonación retumbó en las paredes de la caverna y aquel ser se contrajo en un espasmo, y hecho un ovillo cayó rodando hacia sus congéneres.

Mudo de sorpresa me di la vuelta para ver como volutas de humo blanco salían del cañón del arma de Cassandra.

Había salvado al profesor.

Pero a cambio, también había dado a los morcegos la señal que parecían estar esperando.

La batalla iba a comenzar.

Durante un instante, un brevísimo lapso de tiempo, pero que sin embargo pareció eterno, un irreal silencio se adueñó del lugar, con el eco de los disparos aún retumbando ahogadamente en las paredes de la caverna.

Los morcegos cesaron en su apabullante cacofonía.

Tampoco nadie en el bando de los humanos se movió, ni dijo nada en absoluto, temerosos de romper el hechizo.

Pero sólo era la calma que precede a la tormenta.

A pesar de nuestras armas del siglo xxi, todos nosotros estaríamos muertos en cuestión de segundos.

—Ahorrad balas… —fue lo único que atiné a decir, y dejé caer la última bengala a mis pies, aferrando el MP5 con ambas manos.

Un rugido de furia y odio desmedido estalló repentinamente en la legión de demonios, y como una gran ola oscura sedienta de sangre, se abalanzaron sobre nosotros.

83

—¡Rápido! ¡Subid! ¡Subid! —recuerdo que fue lo último que dije, antes de apretar el gatillo.

Tenía el indicador de disparo del subfusil situado en modo semiautomático, y en menos de diez segundos pude comprobar —una vez más—, lo rápido que se vacía un cargador. Y lo peor era que ni siquiera estaba seguro de que le hubiera acertado a ningún morcego.

Había disparado a bulto, pensando más en amedrentarlos que en matarlos concienzudamente, pero estaba claro que no captaron la idea. Si no hubiera sido por Cassie, que seguía disparando a mi lado con precisión militar, no habría tenido tiempo ni de sacar la pistola de Souza, que llevaba metida en el pantalón.

Apunté, esta vez sí, a los morcegos más cercanos, que escalaban la montaña de huesos a cuatro patas y con una agilidad pasmosa. Le acerté a los dos primeros, dedicándoles dos balas de nueve milímetros a cada uno, que los lanzaron de espaldas, y cuando apuntaba al tercero, calculando mentalmente que a dos balas por cabeza no me iba a llegar más que para siete u ocho de ellos, de los varios centenares que se nos venían encima, sucedió el milagro.

De improviso, la marea de colmillos y garras se detuvo al unísono, cesando en su ensordecedor griterío.

Por el rabillo del ojo creí ver un destello de luz amarilla, justo sobre la cabeza de la estatua.

Miré hacia arriba, sin terminar de comprender.

Allí había alguien más. Un hombre. Un hombre que en su mano derecha sujetaba una pequeña antorcha encendida.

A la luz de la llama discerní sus rasgos.

Era Iak.

Cuando estaba a punto de advertirle que saliera de allí de inmediato para evitar una muerte segura, el menkragnoti hizo algo inesperado.

Alzó aquella antorcha por encima de la cabeza, y con todas sus fuerzas la lanzó sobre la multitud de morcegos que se agolpaban a nuestros pies.

Una explosión de fuego me deslumbró durante un instante, y para cuando recobré la vista un gran charco ardiente se interponía entre nosotros y los morcegos, que retrocedieron instintivamente entre aullidos de rabia y frustración.

Aquello no era una antorcha.

Entonces recordé la botella con gasolina que habíamos recuperado del almacén alemán.

Iak había fabricado un cóctel molotov.

En ese momento salí de mi estupor, y sacudiéndomelo mentalmente me volví hacia los demás para gritarles:

—¡Vamos! ¡Arriba! —les apremié señalando la cuerda—. ¡Es nuestra oportunidad!

Al comprender que debíamos aprovechar aquel momento de desconcierto de los morcegos, treparon por el busto de uno en uno, y seguidamente por el pozo vertical, ayudándose de la cuerda y los nudos que le había practicado previamente.

Primero lo hicieron el profesor, Claudio y Iak, para una vez arriba subir a pulso a Valeria, a quien entre Cassie y yo habíamos atado a la cuerda. Aunque con una fea herida en el abdomen, la hija del profesor aún respiraba y parecía consciente.

En cuanto la alzaron entre todos, volvieron a dejar caer la cuerda, y Cassie y yo comenzamos a subir por la misma, echando un último vistazo hacia abajo para ver como el tamaño de las llamas del charco de gasolina decrecían rápidamente.

Tras alcanzar la salida del pozo, inmediatamente después de Cassandra, me asomé al borde del mismo y recuperé la cuerda de escalada. No dudaba que en cuanto el fuego se extinguiese los morcegos saldrían de su cueva para darnos caza, puesto que además ya era de noche. Pero no quería ponérselo más fácil de lo necesario.

Cuando terminé, vi que los demás estaban inclinados sobre el cuerpo de Valeria, taponando la herida con sus ropas.

Yo me acerqué a Iak, dándole un sentido abrazo de agradecimiento.

—Amigo —le dije palmeándole la espalda—, nos has salvado la vida a todos. ¿Cómo nos has encontrado?

El indígena se encogió de hombros, sin darle mayor importancia a su hazaña.

—Yo seguir todos cada día, sin que ustedes ver a mí —aclaró—. Iak reconocer a jefe de soldados como uno de los que venir a mi aldea a decir que marcharnos. Cuando ver a todos juntos entrar en pozo, saber que necesitar mi ayuda.

—Pues no has podido ser más oportuno —le felicité de nuevo—. Vaya que si lo has sido.

Dicho esto me acerqué hasta los demás, interesándome por el estado de Valeria.

—Tenemos que hacer algo —musitó el profesor Castillo con voz trémula, inclinado sobre su hija, que tendida en el suelo seguía sangrando abundantemente a pesar de los esfuerzos para detener la hemorragia.

—Se está desangrando —secreteó Cassie poniéndose en pie y hablándome al oído—. Esa herida tiene muy mal aspecto.

—Ya lo veo —asentí, preocupado, reparando en el creciente montón de ropa teñida de rojo que se iba acumulando a su lado—. Pero tenemos que regresar al templo de inmediato —añadí mirando de reojo el agujero en la roca—, antes de que esos bichos salgan de la madriguera.

Mientras el angustiado padre se ocupaba de su hija, el resto improvisamos una camilla con cuatro delgados troncos y unas tiras de hoja de palma para anudarla.

Luego, sobre ella depositamos cuidadosamente a Valeria, usando nuestras maltrechas camisas como base, y tras recargar las armas y cargadores que nos quedaban, nos pusimos en marcha en dirección al templo.

El único lugar donde creímos que estaríamos seguros cuando los morcegos vinieran a por nosotros.

Aunque pronto descubriríamos lo equivocados que estábamos.

Cassandra se puso en cabeza de la marcha, con sendos subfusiles en cada mano, mientras el profesor y yo cargábamos con la camilla, y Claudio y Iak nos cubrían la retaguardia. Uno armado con una MP5 y el otro con su arco y sus flechas, listo para dispararlas al menor indicio de movimiento a nuestras espaldas.

Por mi parte, cargaba al cinto la Glock de Souza, mientras que el profesor se había negado en redondo a portar arma alguna, alegando que con su mala puntería tenía más peligro que los propios morcegos.

El mismo camino que en otra ocasión me había parecido un paseo, se había convertido con la llegada de la noche, en un campo de obstáculos invisibles con los que tropezaba constantemente, mientras avanzábamos con gran esfuerzo por la inundada jungla, hundiendo los pies por encima de los tobillos en el agua oscura y el esponjoso fango que parecía pugnar por retenernos.

Aun así, corríamos todo lo que nos era posible, apremiados por los gemidos de dolor de Valeria, y por la certeza de que si los morcegos nos atrapaban ya no habría más juegos del gato y el ratón. Esta vez nos matarían a todos.

Entonces, y desde lo más profundo de las entrañas de la selva, un aterrador bullicio de aullidos y rabiosos rugidos rasgó el aire de la noche, y supe que aquellos hijos de las tinieblas no estaban saliendo simplemente de caza.

Lo que de humano había en ellos les pedía sangre.

Nuestra sangre.

Les pedía venganza.

84

Resultaba extremadamente penoso avanzar con la camilla bajo la errática luz de las linternas, chapoteando ruidosamente al caminar y tratando de no trastabillar con las raíces ocultas bajo el palmo de agua que ya cubría el suelo de la selva.

Escuchaba al profesor resoplar delante de mí, consumido por el esfuerzo de correr y cargar con la camilla, temiendo que en cualquier momento se derrumbara.

—Vamos, profe —le jaleé—. Que no se diga.

—Estoy bien —bufó—. Estoy bien.

—No os paréis —dijo Cassie volviéndose hacia nosotros—, ya queda poco.

Todos sabíamos que mentía, pero nadie dijo nada.

Durante un minuto largo, los coléricos aullidos de los morcegos se dejaron de escuchar, pero paradójicamente aquel silencio resultó aún más amenazante.

Sabía que venían a por nosotros, y aquel súbito sigilo sólo podía significar que se estaban acercando y se preparaban para atacar.

Y de pronto, el presagio se hizo cierto, y la vegetación a nuestra espalda pareció cobrar vida.

Lo que al principio fue sólo un murmullo en la maleza, paulatinamente se convirtió en crujir de ramas y follaje. Parecía que esta vez no les importaba revelar su presencia, seguros de que no teníamos escapatoria aunque supiéramos que estaban allí.

El ruido y los gruñidos nos llegaron primero desde atrás, pero rápidamente comenzaron a escucharse también a ambos lados del invisible sendero que tratábamos de seguir en la oscuridad.

—¡Nos están rodeando! —exclamó entonces Cassie.

Como había advertido la mexicana, los morcegos intentaban cortarnos el paso, para evitar que llegáramos a nuestro refugio.

—¡Dispara a los flancos! —le grité entre jadeos—. ¡Que no nos adelanten!

De inmediato abrió fuego a izquierda y derecha con ambos subfusiles, acribillando la impenetrable espesura sin saber si llegaba a acertarles, pero esperando intimidarlos lo suficiente como para tener el camino libre hasta el templo.

La arqueóloga disparaba, recargaba y volvía a disparar entre exclamaciones de furia.

No podía ver lo que sucedía a mi espalda —aunque no costaba mucho imaginarlo—, pero frente a mí tenía a la menuda mexicana vaciando uno tras otro los cargadores en medio de una nube de humo y ruido atronador, con el inconfundible brillo en los ojos de «La mirada de los mil metros». Esa que se adquiere cuando sabes que esa distancia es probablemente la última que recorrerás en tu vida.

Las detonaciones y el tableteo de las armas en mitad de la oscuridad más absoluta conferían al instante un aire apocalíptico, en el que sin demasiado esfuerzo era fácil imaginarnos como las últimas personas de la Tierra, luchando por nuestras vidas contra todos los demonios del infierno.

Pero entonces, inesperadamente, la voz de Claudio se escuchó por encima de los disparos.

—¡Se están alejando! —gritó a mi espalda, exultante—. ¡Los estamos dejando atrás!

No podía creer aquello, así que volví un momento la cabeza para confirmarlo.

En efecto, allí estaba el argentino plantado en mitad del camino, alzando triunfal su fusil.

Y en ese preciso instante, mientras lo miraba, una sombra aún más oscura que la negra noche se dejó caer desde un árbol, para aterrizar brutalmente contra su cuerpo, haciéndole caer de bruces en el agua fangosa, aplastado por el impacto.

Comprendiendo súbitamente lo que acababa de suceder, el arqueólogo argentino alzó la cabeza del barro, nos miró y abrió la boca en un gemido de súplica.

Un gemido que se tornó en espantoso alarido de dolor cuando la negra sombra le desgarró la espalda de un violento zarpazo.

Al oírlo Cassie se dio la vuelta, y al distinguir a Claudio bajo las garras del morcego, dió grito de horror.

Mientras sujetara la camilla de Valeria, no podía ayudar al arqueólogo. Me sentí impotente, como un macabro espectador que no puede hacer nada, pero tampoco es capaz de apartar la vista.

Entonces, dos siluetas más surgieron a cada lado del camino lanzándose sobre el desdichado, y comprendí que ya era hombre muerto.

Fue Iak el único que tuvo los arrestos para hacer lo que debía, y apuntando con sobrecogedora sangre fría, disparó una flecha contra aquellos ojos que aún nos miraban desorbitados por el miedo, con la boca abierta en un grito ausente, mientras sentía cómo los morcegos comenzaban a despedazarle.

—¡Vosotros correr! —gritó el menkragnoti volviéndose—. ¡No parar!

Durante un inacabable segundo, los demás seguimos sin reaccionar, pero al fin fue el profesor el primero en salir del aturdimiento.

—¡Vamos! —gritó.

Y arengándonos con blasfemias que nunca hubiera imaginado saliendo de su boca, nos conminó a seguir adelante, a continuar con la huida para salvar nuestras vidas.

Por fortuna para nosotros los morcegos se quedaron atrás, descuartizando salvajemente el cadáver del desdichado Claudio, y aquello nos dio la oportunidad de alcanzar finalmente las escalinatas del templo-refugio, que ascendimos a toda prisa.

No nos detuvimos hasta alcanzar el centro de la gran sala, donde caímos rendidos sintiéndonos a salvo.

Resoplando por el enorme esfuerzo nos quedamos boca arriba, tendidos en el suelo de piedra, incapaces de decir una palabra y tratando de borrar de nuestros pensamientos la aterradora escena que acabábamos de presenciar.

Sentía los pulmones completamente exprimidos, y el aire húmedo y caliente de todo el Amazonas me parecía insuficiente para volver a llenarlos. Así, el único sonido que se pudo escuchar en la inmensidad de la sala durante casi un minuto, fue el de las toses y resuellos entrecortados de los supervivientes.

Hasta que un quejido lastimero me hizo levantar la cabeza y recordar a Valeria, que yacía aún sobre la parca camilla, con su padre tomándole la mano.

—¿Sabes si tenían algún tipo de botiquín? —pregunté a Cassie mientras me incorporaba trabajosamente.

La mexicana me miró desde la oscuridad, y con el frontal rebuscó entre las escasas pertenencias de la ya casi extinta expedición antropológica de la Universidad de Viena. Finalmente encontró una pequeña riñonera roja con una cruz blanca, la abrió, y abatida me mostró el contenido: un termómetro, un tubo de gel de yodo, unas aspirinas, unas tijeras, un rollo de esparadrapo, y un pequeño paquete de vendas.

—¿Eso es todo? —pregunté, decepcionado.

—Creo que el botiquín de Angélica se lo llevaron los morcegos la noche que los atacaron —aclaró—. Este es sólo el kit de emergencia de Claudio.

—No hay calmantes ni antibióticos ni sutura para cerrar la herida.

—Sólo aspirinas, que no podemos darle si no queremos que se desangre aún más, y este poco de yodo —dijo sacando una especie de tubo de pasta de dientes de color amarillo—. Debimos llevarnos el botiquín de los mercenarios. Seguro que tenían uno en el campamento.

Cassie tenía razón, seguro que allí había uno. Pero ahora era imposible recuperarlo.

Chasqueé la lengua con enfado, irritado conmigo mismo por no haber pensado en ello en su momento.

Aun así, con lo poco que teníamos nos acercamos a Valeria, y con agua de una cantimplora limpiamos la herida antes de aplicarle el testimonial yodo.

El profesor ahogó una exclamación de espanto, llevándose la mano a la boca cuando retiramos los improvisados vendajes.

Su hija tenía tres largos y profundos cortes en el abdomen, justo por encima del ombligo. Tres cortes que parecían hechos con escalpelo, y de los que manaba una sangre densa y oscura, casi negra.

Cassie me miró por un breve instante y en silencio meneó la cabeza imperceptiblemente. Ambos sabíamos lo que aquello significaba.

Aun así se aplicó a desinfectar los bordes con el yodo, y luego los cubrió con las pocas gasas que teníamos.

—Tranquila, amor mío —le repetía su padre tomándole la mano—. Tranquila, te vas a poner bien.

Valeria volvió a gemir de dolor.

El profesor le pasó la mano por la mejilla con infinita ternura y la besó en la frente.

—Shhh... —le susurraba al oído—. Te vas a poner bien, cariño.

Entonces se volvió hacia mí con los ojos enrojecidos inundados en lágrimas.

—Por favor... —imploró—. Hay que hacer algo.

Sin nada que poder contestarle, simplemente le abracé y dejé que se desahogara sobre mi hombro.

—Lo siento, amigo mío —murmuré a su oído—. Lo siento.

Éste se echó hacia atrás, dirigiéndose a Cassandra.

—¿No hay ni siquiera calmantes en ese botiquín? —le preguntó señalando la riñonera roja.

La mexicana volvió a mover la cabeza a los lados, desolada.

—No podemos hacer nada más.

Entonces el profesor se volvió hacia Iak, que permanecía expectante a poca distancia.

—¿Y tú? —le rogó, más que preguntarle—. ¿No tienes algo para ayudarla?

El menkragnoti pareció meditar un momento antes de contestar.

—Ella morir —aseveró en tono fúnebre—. Pero yo poder darle misma medicina que dar a ti cuando tener gusano sotuto en espalda.

—¿Te queda ayahuasca? —le preguntó poniéndose en pie de un salto, desdeñando la primera parte del diagnóstico.

—No ayahuasca —puntualizó introduciendo la mano en su morral—. Pero si yo dar mucha, ella dormir y no sentir dolor.

—¡Pues dásela! —le gritó—. ¿A qué estás esperando?

—Ella perder mucha sangre —replicó sin perder la calma—. Si yo dar para dormir… ella quizá no despertar.

Aquella posibilidad sembró de dudas el semblante del profesor, que nos consultó con la mirada a Cassie y a mí, en una desesperada búsqueda de ayuda.

Los dos asentimos.

El padre, de pie junto al indígena, volvió a mirar a su hija en el momento en que esta volvía a emitir un quejido de agonía.

—Dásela —afirmó entonces, clavando sus pupilas azules en las pupilas azules del menkragnoti—. Dale lo que sea, por Dios, pero que deje de sufrir.

Pocos minutos más tarde, un fuego ardía en el suelo de piedra, donde Iak hervía las cortezas que contenían el anestésico para Valeria.

—Mañana por la mañana —le dije a Cassandra—, habrá que ir al campamento de Souza a recoger todas las medicinas que encontremos. Hemos de mantenerla con vida.

Antes de contestar, la mexicana miró hacia su izquierda, donde a varios metros yacía Valeria acompañada de su padre, que no le soltaba la mano.

—No va a sobrevivir —contestó en voz baja—. Yo lo sé, tú lo sabes. Hasta Iak lo sabe.

—De eso no estamos seguros. Mañana podremos coserle la herida y darle antibióticos.

Cassie resopló, cansada, como lamentándose de tener esa conversación conmigo.

—Esa sangre oscura viene de los intestinos, lo que significa hemorragia interna, y eso no se puede coser. Morirá desangrada o de septicemia.

—Mientras hay vida, hay...

—¡No me vengas con refranes culeros! —exclamó con voz contenida—. Ni siquiera nosotros podremos sobrevivir mucho tiempo más aquí —señaló la entrada del templo, para añadir—: ¿Cuánto tiempo crees que podremos aguantar? ¿Una semana? ¿Un mes? Casi envidio a Valeria. Ella al menos tendrá un final rápido comparado con el nuestro.

—Iak ha sobrevivido —alegué señalando al menkragnoti como prueba viviente—. ¿Por cierto? —le pregunté directamente al indígena—. ¿Cómo sobreviviste a la noche con los morcegos rondando por ahí?

El descendiente de Fawcett se encogió de hombros.

—Ellos no buscarme —alegó—. Estar ocupados cazando a vosotros.

—En fin, sea como sea —aduje centrando de nuevo mi atención en el cuerpo yaciente de Valeria—, propongo que tratemos de mantenerla con vida y sedada, y busquemos la manera de sacarla de aquí lo antes posible y llevarla a un hospital.

Cassie me clavó con dureza sus ojos esmeraldas.

—Pero ¿de qué estás hablando? —me espetó crispando los músculos de la mandíbula—. ¿Llevarla a un hospital? ¿Te has dado un golpe en la cabeza? Tendremos mucha suerte si logramos sobrevivir aquí encerrados algunos días más. En mi opinión —añadió con voz apenada, volviéndose hacia Valeria—, lo mejor que le podría pasar es no despertarse de la medicina de Iak.

—¿Quieres... que muera?

—Ya lo está —concluyó la arqueóloga en un susurro, bajando la mirada—. Sólo quiero evitarle sufrimiento.

—Y por eso quiero sedarla —dije mientras Iak se levantaba para llevarle el líquido caliente a Valeria—, pero no matarla. Intentemos mantenerla con vida aunque esté drogada hasta las cejas, y luego ya veremos.

Cassie negó con la cabeza una vez más, pero terminó haciendo un gesto equivalente a un: «Haced lo que queráis. Al final, el resultado va a ser siempre el mismo».

En realidad, entendía perfectamente el argumento de Cassandra. Al fin y al cabo, era lo mismo que había decidido hacer Iak cuando vio a Claudio caer presa de los morcegos, o quizá, hasta lo que yo habría propuesto de haber estado en su lugar.

Pero había algo importante que ella ni siquiera sospechaba.

Algo que podría hacerla cambiar de parecer.

Había esperanza.

85

Algo más tarde, mientras Cassie y el profesor le cambiaban las vendas a Valeria, comencé a buscar a Iak con la mirada, pues hacía ya un buen rato que no lo veía.

Escudriñé entre las sombras del gran salón, y finalmente lo descubrí acuclillado junto a la entrada, asomado al gran pórtico que se abría como una enorme y cuadrada boca negra, a la noche y sus demonios.

Me acerqué a él con sigilo —aunque estaba seguro de que me oía perfectamente—, y agachándome a su lado le indiqué en tono tranquilizador:

—No te preocupes. Por alguna razón en este lugar no entran. Aquí estamos seguros.

El menkragnoti se volvió hacia mí y me miró largamente con sus discordantes ojos azules.

—¿Y tú cómo saber eso? —inquirió con desconfianza

—Pues porque ya he pasado aquí una noche y Valeria aún muchas más, y me aseguró que los morcegos no han intentado entrar en este templo en ninguna ocasión.

Iak se volvió de nuevo hacia la oscuridad, inquieto, observando algo con fijeza.

Yo le imité, pero a pesar de agudizar la vista no conseguí ver más que la espesa noche, aunque no me cabía duda de que los morcegos estaban allí fuera, acechando, esperando su oportunidad para cazarnos.

—¿Y tú creer realmente —preguntó entonces el menkragnoti, sin dejar de mirar a las tinieblas con palpable desasosiego—, que esta noche ser como las demás?

Aquella posibilidad velada que sugería Iak también la había considerado yo mismo, aunque había preferido apartarla de mis pensamientos.

Pero ahora, mientras me dirigía de vuelta donde se encontraban el profesor y Cassie, arrodillados junto a Valeria como en un prematuro velatorio, entendí que no podíamos ignorar la realidad de la situación.

—Creo que, por si acaso, también deberíamos hacer una buena hoguera frente a la entrada —dije señalando el lugar donde aún estaba Iak.

Cassie levantó la vista, mirándome con extrañeza.

—¿Por qué? —preguntó—. Ya sabes que aquí no entran.

—No —contesté, tajante—. Lo que sé es que de momento no han entrado... lo cual no significa que no lo puedan hacer.

—¿Y qué te hace pensar que precisamente hoy van a romper su comportamiento habitual?

—Pues justamente eso —repuse—. Que el día de hoy no ha tenido nada de habitual.

Los dos me miraron sin replicar.

—Vamos a por leña para esa hoguera —dijo tras un momento la mexicana, poniéndose en pie.

Media hora después, ya ardía una gran pira de ramas y troncos en las escalinatas que ascendían a la gran puerta del templo. Algo que, aunque primitivo, resultaba mucho más tranquilizador que confiar simplemente en el comportamiento condicionado de unos seres de los que no sabíamos absolutamente nada sobre su forma de razonar.

Bajo los efectos de la droga que le había dado Iak, y sin poder hacer nada más por ella, Valeria dormía profundamente en su litera junto a nosotros. Si no fuera por la sangre que manchaba sus ropas, así como la gran cantidad de telas ensangrentadas que se amontonaban a su alrededor, parecería que simplemente disfrutaba de un reconfortante sueño junto a la fogata.

Dormir. Un lujo que los demás no éramos capaces de permitirnos a pesar del profundo agotamiento; no ya por el peligro latente que sabíamos se encontraba al otro lado de los muros, sino, sobre todo, por las terribles imágenes de las que habíamos sido testigos a lo largo del día y no conseguíamos borrar de la retina.

Derrumbados física y emocionalmente, el profesor, Cassie y yo guardábamos un pesado silencio sentados alrededor de la pequeña fogata. Aunque mi viejo amigo parecía perdido en sus propios pensamientos, como si su cuerpo se encontrara con nosotros, pero su mente se hallara en otro lugar más oscuro y desolado.

En un intento de distraerme con hechos más banales que la muerte ajena y la perspectiva de la propia, busqué con la mirada la dichosa mochila roja, en la que guardaba los cuadernos del nazi, y haciéndome con ellos me dispuse a echarles un vistazo.

Empecé por el cuaderno marcado con el número uno bajo el extraño símbolo de la *Deutsches Ahnenerbe*; y en la misma contraportada aparecía el que, posiblemente, era el nombre del oficial de las SS que habíamos hallado muerto.

En una abigarrada letra escrita a mano, se leía: *Oberst. Franz Stauffel*, seguido de una incomprensible parrafada, en la que se adivinaban las palabras *Führer* y *Schutzstaffel*.

Las siguientes páginas, al contrario de lo que me esperaba, no eran un diario sobre las actividades de aquella expedición, sino más bien una especie de registro de contabilidad. Un preciso listado acompañado de números y fechas, supuse que detallando los hallazgos que habían encontrado y dónde.

El listado me resultaba indescifrable, así que con decreciente interés fui pasando página tras página hasta llegar a la mitad del cuaderno aproximadamente, donde las hojas amarilleadas por el tiempo estaban aún en blanco.

«Hasta aquí llegaste, amigo Franz —pensé con una mueca—. Debiste comprar un cuaderno más pequeño.»

Decepcionado con el contenido, dejé el cuaderno a un lado y por un momento dudé si examinar el siguiente. Pero levanté la mirada, y tras ver las sombrías y silenciosas expresiones que me rodeaban, decidí enfrascarme en la lectura del siguiente cuaderno aunque no hubiera en él absolutamente nada que me interesara.

Abrí el libro por una página al azar, e inmediatamente me di cuenta de que mi suposición estaba totalmente errada. Aquel otro, era un cuaderno de dibujo.

Regresé a la primera página y comencé a repasar las detalladas ilustraciones que el autor había hecho del interior y el exterior de muchos lugares de la ciudad, la mayoría de los cuales no había visto.

Llegué entonces a la página donde con gran maestría había recreado el misterioso monolito negro, esbozado a un lado de un soldado alemán, para que el lector fuera consciente de las grandes dimensiones de aquél monumento. Además, añadía un dibujo esquematizado de la constelación de Orión y su forma pentagonal —tan recurrente en aquella ciudad—, así como ésta formaba parte de la constelación «El Gran Felino Dorado» de la cosmogonía precolombina.

En ese instante, tuve la absurda intención de mostrarle a Valeria aquel extraordinario dibujo, tan relacionado con lo que ella me había explicado el día anterior.

Eso me hizo dirigirle una fugaz mirada, y al verla allí, tumbada en aquella triste camilla, empapada en su propia sangre, me invadió un abrumador desánimo que casi me hace llorar.

¿Iba a ser ese el inevitable destino de todos?

Tragando saliva, me esforcé por desviar la vista de la antropóloga, que afortunadamente permanecía sedada, y me enfrasqué de nuevo en el cuaderno que tenía ante mí.

Con el libro abierto sobre las rodillas pasé la página, y lo primero que me vino a la mente al ver el siguiente dibujo, fue que ya había visto aquello antes.

Se trataba de unos bajorrelieves fielmente reproducidos sobre el papel, y que en un principio tomé por los mismos que se encontraban bajo mis pies en ese momento, en el sótano del templo. Pero al mirarlos con mayor detenimiento, constaté que no era así.

Eran otros. Otros símbolos. Otra historia muy diferente la que se narraba en ellos.

Empecé a estudiarlos con atención, tratando de seguir la trama como había hecho con los que relataban la historia de Los Antiguos, leyéndolos como quien sigue la trama en un cómic escrito en una lengua desconocida.

Por supuesto que de nuevo se perdían algunos pormenores, pero aquella historia había sido cincelada en piedra —y luego copiada por un hábil dibujante—, para que cualquier hombre de cualquier época o cultura, fuera capaz de comprenderla sin la ayuda de un texto escrito.

De ese modo, procurando no perderme detalle, fui pasando página tras página con los ojos cada vez más desorbitados. Volviendo atrás en no pocas ocasiones para asegurarme de no haber entendido algo completamente al revés. Repasando una y otra vez cada trazo con la vista, como un calígrafo, temiendo saltarme algún fragmento de la narración que cambiase el sentido de lo que yo estaba interpretando.

Veinte páginas más tarde llegué al final de la reproducción de aquel relieve desconocido, y dada la inconcebible historia que en él se relataba, por un momento llegué a pensar que todo lo que había en aquellas páginas no era más que una invención.

Pero tras pensarlo un momento con la mirada perdida en las llamas de la hoguera, comprendí que por muy increíble que resultara, lo que acababa de ver no era más que la minuciosa reproducción de un grabado auténtico, que debía encontrarse en el interior de algún edificio desconocido para nosotros.

Me pregunté si aquel mural no estaría en alguna oscura cámara en las entrañas de la ciudad, en el diabólico reino subterráneo de los morcegos.

Tendría todo el sentido, porque aquél era precisamente el tema sobre el que versaba aquel relato: los morcegos.

O, para ser precisos, el verdadero origen de los hombres morcegos.

86

En lugar de explicarles lo que había encontrado en aquel cuaderno forrado de piel marrón de hacía setenta años, les incité a que lo descubrieran por ellos mismos —en realidad, al profesor casi tuve que sacudirle para que saliera de su catatonia—. De modo que allí estábamos los cuatro, Iak incluido, con el libro abierto en su penúltima página cuando Cassie la pasó con infinito cuidado y llegamos al final del relato.

Tres minutos más tarde, la mexicana cerraba el cuaderno de golpe, como si temiera que dejándolo abierto algo maligno pudiera escapar de su interior.

El primer comentario, además, también partió de ella, aunque no fuera una opinión rigurosamente académica.

—Malditos cabrones hijos de la chingada... —murmuró entre dientes—. ¿Cómo pudieron hacer algo así?

Ninguno de los presentes discutió aquella apreciación de Cassandra.

Esencialmente porque todos pensábamos igual.

La razón era, obviamente, lo que nos había sido desvelado en los dibujos de aquellas páginas.

Según la precisa narración de los cientos de grabados —que no dejaban lugar a demasiadas dudas—, parecía ser que Los Antiguos se veían a sí mismos como los elegidos por los dioses para gobernar el mundo, y sólo a ellos les fueron revelados los conocimientos necesarios para crear una escritura y un alfabeto, así como la manera de levantar grandes templos, multiplicar las cosechas, y mejorar el ganado mediante la selección y el cruce de distintas variedades de animales de cría. Todo lo cual, naturalmente, contribuyó a elevar tanto el nivel de vida como el ego de aquella civilización, muy por encima de sus vecinas y contemporáneas. Un hecho que condujo inevitablemente a una necesidad de expansión e intento de dominio sobre las mismas y, en última instancia, al enfrentamiento militar.

Los líderes de Los Antiguos, previendo aquella guerra con los pueblos fronterizos, y apoyándose en sus rudimentarios conocimientos de genética y transmisión hereditaria aprendidos con los animales de granja, habían ordenado a sus sabios iniciar un experimento impensable.

Valiéndose de su experiencia con caballos, perros o bueyes, a los que cruzaban con ejemplares escogidos para obtener las características deseadas —ya fueran caballos más veloces, perros más fieros o bueyes más grandes—, se plantearon hacer lo mismo con seres humanos. O mejor dicho, con lo que ellos consideraban seres infrahumanos.

Al parecer, capturaban indígenas de una región al sur de su reino —el profesor aventuró que podría tratarse de África y que los indígenas fueran de raza negra—, los seleccionaban, y hacían procrear entre ellos a los que cumplían determinados requisitos de tamaño, valor y fuerza. Luego, cuando los hijos de estos nacían, usando técnicas primitivas —pero innegablemente efectivas— los modificaban desde muy pequeños alargándoles los miembros, manteniéndolos eternamente a oscuras para mejorar su visión nocturna y, lo que resultaba más increíble, modelando sus cráneos y mandíbulas con moldes y armazones que los deformaban horriblemente.

Luego, cuando estos hombres alcanzaban la edad de procrear, los apareaban entre sí incrementando aún más aquellas características que sus «creadores» buscaban obtener.

Y de ese modo, durante decenas o, seguramente, centenares de generaciones, potenciaron los rasgos de los ejemplares que más se acercaban a su siniestro objetivo; logrando de ese modo algunos ejemplares extremadamente fuertes para ejercer como mano de obra, u otros especialmente atractivos para usar como esclavos sexuales.

Pero, sobre todo, lograron el fin primordial de este perverso experimento, que no era otro que conseguir con esas técnicas de alteración física y un brutal condicionamiento psicológico, una nueva raza de temibles y despiadados guerreros.

Sin embargo, el destino —o los dioses, según los autores de los grabados— decidió jugar la carta apocalíptica y castigar la arrogancia de Los Antiguos arrasando su incipiente imperio de terror, e incitándoles a atravesar el Atlántico con sus pocas naves supervivientes.

Ahí se debería haber terminado la historia de Los Antiguos y sus experimentos genéticos, haciendo acto de contrición y arrepintiéndose de su desalmada soberbia, pero no.

Lejos de ello, ignorando las exhibiciones de ira divina, trajeron consigo al Nuevo Mundo algunas parejas de aquellos desdichados seres, y cuando levantaron la Ciudad Negra donde ahora nos encontrábamos, destinaron el subsuelo de la ciudad como hábitat para sus mortíferas creaciones.

El laberinto subterráneo por el que nos habíamos movido, y que el profesor había identificado erróneamente como alcantarillas, eran en realidad las calles de una ciudad alejada de la luz del día, destinada a aquellos seres y sus descendientes.

La copia de los grabados, que tan fielmente estaba reproducida en el cuaderno del oficial nazi, finalizaba con una estremecedora imagen donde aquellos seres desproporcionados, de grandes garras y cráneos alargados, adoraban a una estatua colosal que representaba a sus amos y creadores. Un recordatorio permanente de quienes les habían dado forma, y a quienes debían obediencia ciega.

Sin duda la misma estatua que habíamos hallado cubierta de restos humanos hasta la coronilla.

No había alusión alguna en aquel relato al destino final de Los Antiguos, pero al menos desvelaba las preguntas que nos habíamos hecho sobre la naturaleza y el origen de aquellos demonios sedientos de sangre.

Los morcegos no habían llegado de ningún otro lugar. Ellos habían sido los primeros pobladores de aquella ciudad que, bajo las órdenes de sus amos, levantaron piedra a piedra con sus propias manos, miles de años atrás.

Una ciudad ahora en ruinas, pero de la que en justicia eran sus legítimos dueños.

Pues ellos eran los últimos habitantes de la Ciudad Negra.

Su único hogar.

Apenas logramos salir del aturdimiento que supuso aquella revelación, Cassandra, el profesor y yo empezamos a discutir sobre lo que significaba, mientras Iak —que seguía desconfiando de la aparente quietud de los morcegos— prefería volver a montar guardia junto a la entrada.

—Pero este «experimento» —comentaba Cassie, con expresión de asco—, debió de durar siglos. Los hombres no pueden modificarse como si fueran caniches, y además... hay algo en todo esto que no me encaja.

—¿A qué te refieres? —preguntó el profesor.

—Me refiero a que entiendo perfectamente lo que quieren explicar con estos dibujos —replicó la mexicana—. Pero me cuesta mucho creer que, simplemente cruzando a unos hombres con otros, se pueden crear estas... aberraciones.

—A mí también me suena raro, la verdad —admití—. No imaginé que eso pudiera hacerse con seres humanos.

—Bueno —dijo Eduardo mesándose la barba—, al fin y al cabo, Gregor Mendel y Charles Darwin dejaron muy claras las leyes naturales hace casi doscientos años, ¿no?

Cassandra replicó con inesperada brusquedad.

—¿Darwin? La teoría de la evolución no tiene nada que ver en esto.

El profesor tardó un segundo de más en contestar, quizá sorprendido con el tono de la arqueóloga.

—Te equivocas, querida —la corrigió—. Durante su famoso viaje en el *Beagle*, que dio lugar a la teoría de la evolución, descubrió que en cada isla del archipiélago de las Galápagos las mismas especies animales se habían adaptado de forma distinta a sus diferentes hábitats, hasta el punto que desarrollaron diversas conductas y características físicas. Por ejemplo —dijo tomando aire—: Darwin identificó catorce pinzones que, aunque provenían de un antepasado común, habían evolucionado de forma muy diferente en relación a los recursos disponibles. Así, algunos habían cambiado de aspecto y tamaño espectacularmente —prosiguió como si estuviera dando clase—, en función de si comían cactus, semillas o frutas, y la forma de sus picos y hábitos alimenticios se había adaptado a las fuentes de alimento disponible, llegando a extremos tan sorprendentes como el *Geospiza Difficilis Septentrionales*, comúnmente llamado Pinzón vampiro.

—¿Pinzón vampiro? —repetí convencido de que se trataba de una broma—. ¿Quieres decir que...?

—Se alimentan de sangre —confirmó el historiador—. Sangre de otros pájaros, por lo general.

—No tenía ni idea... —confesé, asombrado.

Cassie meneó la cabeza, escéptica.

—Eso no prueba nada —alegó—. Los seres humanos no somos pájaros de diez centímetros.

—Pero somos animales, ¿no? —rebatió el profesor alzando las cejas—. Por lo tanto, si se dispone de los conocimientos y el tiempo suficiente para aplicar modificaciones hereditarias, el principio es exactamente el mismo.

—¿Cómo va a ser lo mismo? —inquirí—. Los pájaros son una cosa, pero los humanos...

—Un gen es un gen —objetó abriendo los brazos—. Ya sea humano, de pájaro o de cucaracha; la posibilidad de modificarlos es idéntica en todos los casos. Espero que no me vengas ahora con la divinidad del hombre y cuentos parecidos.

—De acuerdo, pero aun así —apunté creyendo haber hallado una brecha en su razonamiento—, los experimentos de Los Antiguos terminaron hace siglos. Puedo aceptar que las modificaciones físicas perduren en el tiempo si los morcegos sólo se aparean entre ellos, pero ¿qué me dice del comportamiento? Si hace quinientas generaciones que sus amos no están aquí para inducirles a actuar con violencia asesina, ¿por qué lo siguen haciendo?

—Es cierto —asintió Cassie—. Los humanos, por muy modificados que estén físicamente, no tienen esa tendencia natural hacia la violencia extrema. De hecho, no sé de ningún animal en el mundo tan agresivo como los morcegos. Ni los tiburones, ni los tigres salvajes, ni siquiera las serpientes más mortales son, ni remotamente, tan brutales como ellos.

El profesor se encogió de hombros con gesto fatigado.

—No tengo todas las respuestas, señorita Brooks. Pero todos los ejemplos que me has dado, son de seres que han tenido una evolución natural durante centenares de miles de años. Lo que hay ahí fuera, en cambio —dijo desviando apenas un segundo la mirada hacia la entrada—, esos... monstruos, no tienen nada de naturales. Son seres transformados durante miles de años, y que algún día fueron humanos pero que ya no lo son en absoluto, y no podemos sospechar cómo esos cambios afectaron a sus cerebros convirtiéndolos en otra cosa. En algo al margen de las leyes naturales de la evolución.

—Convirtiéndolos en máquinas de matar —puntualicé al hilo del razonamiento.

Esta vez la arqueóloga no le llevó la contraria, pues a la luz de las explicaciones de mi viejo amigo, aquella locura parecía cobrar un retorcido sentido.

—Pero lo que no dice aquí —advertí señalando el diario—. Es por qué estos seres apestan a perro muerto.

—Sí que decirlo —intervino Iak, que se había aproximado sin que nos diéramos cuenta, tomando entre sus manos el cuaderno y señalando una página concreta—. Aquí estar respuesta.

Me fijé con interés en lo que quería mostrarnos el menkragnoti, imitado al punto por el profesor y Cassie, y enseguida empecé a distinguir las ya familiares siluetas de los morcegos, a las que un hombre con túnica parecía indicar qué hacer con los enemigos muertos.

Al principio no entendía muy bien lo que estaba viendo. O quizá, simplemente, mi cerebro se negaba a aceptarlo.

—No puede ser... —masculló Cassandra con repugnancia.

Entonces comprendí que no era mi retorcida mente la que me estaba jugando una mala pasada.

Allí, perfectamente dibujado, se veía como se les enseñaba a desmembrar a los enemigos caídos, a alimentarse de ellos, y finalmente a untarse la piel con la sangre y las vísceras de las víctimas.

Aquello explicaba no sólo el hedor nauseabundo que emanaban, sino incluso la negrura de su piel, que en parte era debida a la sangre seca y la suciedad, acumuladas en capas a lo largo de toda una vida.

«No es de extrañar —pensé—, que infundieran terror a cualquiera que osase oponerse a Los Antiguos, y fueran tenidos por seres demoníacos.»

—¿Por qué será que los pueblos que se creen elegidos por Dios —murmuré entonces, desabrido—, acaban invariablemente convertidos en unos auténticos hijos de puta?

—Un momento, Ulises —atajó el profesor—. Tampoco vayas ahora a juzgar a esa gente con los parámetros de hoy en día de la civilización occidental. Actualmente aún hay sistemas de castas en la India, esclavitud en África, o discriminación contra la mujer en muchos países, donde se las considera poco más que máquinas de cocinar y hacer niños. Así que has de enfrentarte a esto sin prejuicios, pues de lo contrario los sentimientos nublarán tu juicio.

—Al cuerno con el juicio, profe. Lo que hicieron Los Antiguos, es una aberración.

—Tienes que verlo en perspectiva —insistió, paciente—. Aunque nos cueste, hemos de dejar nuestra moral de lado para comprender la Historia, o de lo contrario no haremos más que emitir juicios de valor y llegar a suposiciones erróneas. Esto *es* Historia —recalcó, apoyando la mano sobre las tapas del cuaderno—. Ni ética, ni filosofía. Historia.

Casandra, sin embargo, negó con la cabeza.

—Usted puede opinar lo que le parezca, profesor —intervino la mexicana, iluminada por la tenue luz de la fogata que arrancaba reflejos anaranjados de sus pupilas—. Pero como Ulises, creo que esos Antiguos eran unos auténticos hijos de la chingada, y me alegro de que se extinguieran. Sinceramente, espero que pagasen por todos sus crímenes.

Aquel comentario de Cassie accionó un interruptor en alguna parte de mi cerebro, y una idea se abrió paso hasta formar una frase.

—Joder... —musité—. Ya lo creo que pagaron...

La arqueóloga me dirigió una mirada de extrañeza.

—¿Qué quieres decir?

—Quiero decir que ya sé cuál fue el destino final de Los Antiguos.

Me tomé un momento de pausa antes de proseguir, un instante de silencio sólo roto por el crepitar de la madera en el fuego.

—¿No lo veis? Está claro que se trataba de una civilización muy avanzada y que además contaba con unos soldados invencibles, así que no pudo tener rival alguno en estas tierras. La causa de su extinción —concluí—, no creo que llegara desde el exterior.

—Un momento —interrumpió el profesor Castillo alzando las manos—. Yo no he hablado en ningún momento de extinción. Quizá solamente abandonaron las ciudades, como ocurrió con los mayas.

—Pero los descendientes de los mayas están ahí —rebatí de inmediato—, vivitos y coleando. Son decenas de millones y se extienden por toda Centroamérica. En cambio, ¿dónde están los descendientes de Los Antiguos? Hasta donde yo sé, no había hombres blancos y barbudos en América cuando llegó Colón.

—¿Adónde quieres llegar? —quiso saber Cassie.

—Quiero llegar a que si la causa de su aniquilación no les llegó desde afuera... es porque quizá les llegó desde dentro.

El profesor frunció el ceño exageradamente.

—¿Sugieres algún tipo de guerra civil entre los mismos Antiguos?

—No exactamente. Estaba pensando en algo aún más... interior.

—Pero ¿qué...? —La pregunta de Cassandra no llegó a tomar cuerpo. Antes de terminarla, vi brillar en sus ojos la chispa de la comprensión—. ¿Estás sugiriendo que los morcegos...?

—Ellos lo hicieron —aseveré, envestido de una seguridad absoluta—. Por alguna razón, en algún momento, lo hicieron. —Observé los rostros de mis amigos, los gestos de aceptación de aquella terrible verdad, que ahora me parecía diáfana e incuestionable—. Mataron y quizá devoraron hasta el último de Los Antiguos —proseguí, como si aquellos acontecimientos hubieran transcurrido ante mis ojos—. Aniquilaron la raza que los había sometido y torturado hasta no dejar vivo ni a uno solo de ellos. Se vengaron de aquellos hombres que los habían creado para usarlos como animales —concluí—, y miles de años más tarde aún siguen haciéndolo.

—Un genocidio —masculló Cassandra—. La extinción de una raza a manos de los monstruos que ellos mismos habían creado. Diría que es justicia divina.

—Más bien, la moraleja de Frankenstein —sugerí con una sonrisa torcida.

—Ahora todo cobra sentido… —apuntó el profesor pensando en otra cosa—. Esa horrenda montaña de huesos humanos, amontonada sobre la gran estatua de la caverna... No es una ofrenda, es una burla.

—Un gesto de desprecio —coligió la arqueóloga—. De odio inmemorial hacia el ser humano, transmitido de generación en generación por los siglos de los siglos…

—Por eso son como son, y hacen lo que hacen —resumí bajando la voz—. Por eso desean matarnos, y lo cierto —agregué resoplando—, es que no se les puede reprochar.

Inmediatamente me arrepentí de mis palabras, temiendo que el profesor me hubiera oído, pero afortunadamente no había sido así.

Ajeno a lo que yo decía, él estaba contemplando a Valeria, abstraído, mirándola como sólo un padre puede mirar a una hija al borde de la muerte, e intuí que, en su fuero interno, también estaba maldiciendo a Los Antiguos. Aquellos hombres cuya soberbia e inmoralidad, habían engendrado una abominación que miles de años después de su muerte todavía seguía cobrándose venganza.

Por mi parte, viendo que Cassie también parecía absorta y lejana, tomé de nuevo en mis manos el cuaderno.

A la luz del fuego, ojeando de nuevo aquellos dibujos, pensé en los desdichados a quienes Los Antiguos habían transformado primero en esclavos, y finalmente en demonios deformes y sanguinarios.

A pesar del terror que me infundían, no pude evitar pensar en ellos como los descendientes de unos infortunados hombres y mujeres, que mucho tiempo atrás, contra su voluntad habían sido convertidos en morcegos.

87

Iak abandonó poco después su labor de vigilancia para reunirse de nuevo con nosotros, sentándose con las piernas cruzadas mientras mantenía la vista clavada en el fuego, del que ocasionalmente saltaban pequeñas esquirlas incandescentes.

A decir verdad, eso era exactamente lo mismo que hacíamos los demás: mirar al fuego. Cada uno sumido en sus propios pensamientos, para no tener que pensar en lo que nos deparaba el inmediato futuro.

Y posiblemente fue esa tensa quietud la que me permitió oír un levísimo movimiento sobre nuestras cabezas.

—¿Qué ha sido eso? —inquirió Cassie con un sobresalto.

Alcé la vista alumbrando con una linterna, pero no pude ver nada más que el alto techo que nos cubría a varios metros de altura.

—No sé —mentí lo mejor que pude—. Quizá algún animal.

La mexicana me devolvió una mirada silenciosa, preguntándome sin palabras si es que la tomaba por tonta.

—Son ellos… —dijo en cambio el profesor, aproximándose a su hija con actitud protectora mientras miraba hacia arriba.

—No hay por qué preocuparse —mentí de nuevo tratando de tranquilizarlos—. Ya nos dijeron que aquí no se atrevían a entrar, y además —añadí señalando hacia la entrada—, el fuego que hemos encendido en las escalinatas hará que ni se acerquen.

—¿Y si hay más formas de acceder? —preguntó súbitamente preocupado.

—Claudio me dijo anoche… —empezó a explicar Cassie, tragando saliva tras pronunciar el nombre del argentino al caer en la cuenta de que estaba hablando de alguien a quien había visto morir—. Me dijo anoche... —repitió cerrando los ojos con fuerza— que registraron a fondo el lugar y no hallaron ningún otro acceso.

Un reguero de lágrimas descendió por sus mejillas, y se removieron en mi interior todas las emociones que ella me provocaba, y que habían pasado a segundo plano aquellos días de caos y locura.

Pero en ese instante, viéndola frente a mí con la aparatosa venda del hombro empapada en sangre, la ropa sucia y desgarrada, y su rostro surcado de churretes de barro y polvo, pensé que era la mujer más hermosa del mundo.

De improviso me sentí invadido por una oleada de cariño hacia ella. Sin mediar palabra me puse en pie y, rodeando la hoguera, me senté en el suelo a su lado.

Ella abrió los ojos. Esos ojos grandes y verdes como una erupción de esmeraldas, y me miró.

—Hola, guapa —le dije componiendo una caricatura de gesto casual—. ¿Vienes mucho por aquí?

Una sonrisa aleteó en sus labios temblorosos.

—Vamos a morir —afirmó en cambio—. ¿No es cierto?

—Quedan menos de tres horas para que amanezca —respondí sin hacerlo, tomando sus manos entre las mías—. Y te doy mi palabra de que esta es la última noche que pasamos en esta ciudad.

—Ya, claro. Porque mañana ya estaremos difuntos.

—No —aduje—. Porque ya nos habremos marchado.

La mexicana chasqueó la lengua con desagrado.

—No hagas eso, Ulises. No soy una niña a la que debas consolar con mentiras.

—¿Confías en mí?

—Pues claro que no.

—Cassie... por favor.

—¿Y qué quieres que te diga? —preguntó con una mezcla de sarcasmo y desesperación—. ¿Que confío en que los ángeles del cielo, con sus espadas de fuego nos vendrán a rescatar a lomos de unicornios?

—No. Sólo que confías en mí.

—¿Y qué ganamos con eso?

—Tú sólo dilo.

—Órale, güey. Confío en ti. ¿Contento?

—Dilo bien.

La arqueóloga esgrimió una mueca de fastidio, pasándose la mano por la frente con impaciencia.

—Está bien… —resopló, hastiada—. Confío en ti, Ulises Vidal.

—Gracias. Ahora necesito que te cortes en la palma de la mano para sellar un pacto de sangre.

La acapulqueña abrió los ojos como platos, llevándose la mano al pecho.

—Pero ¿qué dices? —exclamó, horrorizada.

—Tranquila… —Sonreí de oreja a oreja—. También podemos hacerlo con saliva.

Cassandra aún necesitó un momento para darse cuenta de que no iba en serio.

—Tú y tus pinches bromas… —renegó esbozando la sombra de una sonrisa.

—Antes te reías con ellas.

—¿Antes?

—Cuando éramos pareja.

—¿Eso fuimos? —inquirió alzando una ceja.

—Hasta que yo la cagué, sí.

Cassie no pudo disimular la sorpresa que le produjo aquella afirmación por mi parte.

—Yo siempre tuve la impresión de que éramos sólo dos personas que tenían sexo y vivían juntas —confesó, y me dio la impresión de que aquello era algo que hacía mucho tiempo que me quería decir—. Siempre que nos preguntaban si éramos pareja, tú te reías y contestabas «de momento».

—¿Eso hacía?

—Invariablemente.

—Pues menudo idiota. ¿Cómo es que me aguantaste tanto tiempo?

Esta vez, la mexicana hizo una larga pausa antes de contestar. Su pelo rubio y ondulado, siempre tan reluciente, lucía ahora apelmazado como las trenzas de un rastafari. Pero aun así, era guapa a rabiar, y sólo tenía ganas de tomar su rostro entre mis manos y besarla con todas mis fuerzas.

—Supongo... porque estaba locamente enamorada de ti —dijo al cabo.

—Yo aún lo estoy —admití al instante—. Y quiero pedirte perdón por todas las cosas que hice mal.

Cassandra encajó aquella declaración muda de asombro.

Boquiabierta, parecía buscar en su amplio vocabulario alguna combinación de palabras que expresara una respuesta coherente.

Pero antes de que lo lograra, de nuevo escuchamos alboroto sobre nuestras cabezas.

Esta vez, mucho más fuerte que la anterior.

Parecían pasos apresurados y como si, además, arrastrasen un objeto por encima del techo.

De nuevo elevamos la mirada, inquietos por la intensidad y agitación de lo que fuera que estuvieran haciendo.

—¿Ahora ya puedo empezar a preocuparme? —preguntó el profesor en voz alta, mientras apuntaba con su linterna en todas direcciones.

Los ruidos parecían desplazarse progresivamente a través del techo, siguiendo una dirección concreta.

Unos ruidos como de arrastrar bultos, que se acallaron bruscamente.

Fue entonces cuando nos dimos cuenta de que, fuera lo que fuera que estuvieran haciendo, se habían detenido justo sobre la entrada.

Al unísono los cuatro bajamos la vista hacia el iluminado umbral, donde ardía con fuerza la hoguera que habíamos encendido en las escalinatas, y esperamos con la respiración contenida a que algo terrible ocurriera en cualquier momento.

88

Pasaron los segundos sin que nada sucediera, y la ansiedad comenzó a diluirse lentamente mientras me esforzaba por tranquilizarme, convenciéndome de que no había de qué preocuparse.

Allí dentro, protegidos por la hoguera de la entrada, estábamos totalmente...

Una súbita conmoción interrumpió mis pensamientos.

Justo donde estaba mirando, exactamente sobre el fuego de la entrada, un bulto informe cayó al vacío deteniéndose violentamente al tensarse la liana que lo unía al techo.

Alguien gritó a mi espalda, y yo mismo di un respingo que me levantó medio metro del suelo.

—Dios mío... —dijo el profesor, con un hilo de voz.

—No, por favor. Eso no... —suplicó Cassie.

Yo apenas pude reprimir las arcadas, al comprender que aquel fardo que colgaba inerte, lamido por las llamas, no era otra cosa que Claudio.

Lo que quedaba de Claudio.

Aquellas bestias le habían arrancado las extremidades de cuajo, dejándole tan sólo la cabeza de donde colgaba balanceándose ligeramente a un lado y otro como un ahorcado.

Incluso en un acto de inexplicable crueldad, le habían abierto el pecho desde el cuello hasta la ingle de un solo corte, y la masa sanguinolenta de sus intestinos se desparramaba sobre las escaleras del templo.

Cuando estuvieron seguros de que lo habíamos visto, soltaron la liana que lo sujetaba dejándolo caer sobre las llamas. Algo que fue incluso peor, pues de inmediato nos alcanzó el horrible olor de su carne quemándose. Un espantoso hedor que jamás podré olvidar.

No habían tenido suficiente con matarlo, querían que supiéramos lo que nos esperaba. A su demencial manera, nos estaban mandando un mensaje.

Nos estaban mostrando nuestro futuro.

—Hijos de puta... —mascullé con la voz ronca de rabia, apretando tanto los dientes que estuve a punto de rompérmelos.

—Chamán decir —nos recordó Iak, con la vista puesta en la entrada—. Ellos ser demonios, y nosotros venir a su infierno.

—Iak —dijo entonces Cassie, apenas reponiéndose—. ¿Cómo has sobrevivido en esta selva durante un par de días, a salvo de los morcegos?

—Ellos no buscarme —dio como suficiente respuesta, llevándose la mano al pecho.

—Entiendo... pero ¿cómo lo conseguiste?

El indio se encogió de hombros.

—No ser fácil. Aunque morcegos ser demonios, no ser tan listos como Iak.

—¿Y crees entonces que podrías salir de esta ciudad sin que te atraparan?

—Yo poder —respondió, convencido.

—¿Y llevándonos a nosotros contigo?

Esta vez el indígena se tomó más tiempo para contestar y nos miró uno por uno. Vi como sus ojos apuntaban primero a la arqueóloga, luego al canoso profesor, a la moribunda en su camilla, y finalmente se detenían en mí; ojeroso y demacrado como no lo había estado en mi vida.

Antes de que abriera la boca, ya sabía lo que iba a decir.

—No —contestó escuetamente—. Si yo llevar, morir todos. Ustedes y yo.

Durante un momento nadie dijo nada. Sabíamos que tenía razón.

—Pues yo no sé vosotros —intervino al fin Cassie—, pero prefiero jugármela ahí fuera que quedarme aquí encerrada. Tenemos armas

—dijo aludiendo a los MP5 que habíamos dejado apoyados sobre la pared—, y eso nos da una oportunidad.

—A mí se me ocurre otra posibilidad —comentó el profesor rascándose la barba—. Podríamos resistir aquí, mientras Iak va a buscar ayuda y alguien viene a rescatarnos.

—Humm... esa tampoco es mala idea —aprobó Cassandra.

—En teoría, no —dije yo meneando la cabeza—. Pero en la práctica, ¿a quién iba a avisar Iak? ¿Cuánto tardaría en contactar con alguien, con los medios para venir a salvarnos? Nos llegaría el agua por las orejas antes de que eso pasara. Y peor aún —puntualicé tras una pausa—. ¿Quién le iba a creer, aparte claro está... de las mismas personas que enviaron a los mercenarios a matarnos?

—Bueno, Ulises —protestó el profesor—. El plan no es perfecto, pero podría salir bien. No creo que tengamos otra posibilidad.

Sin contestarle aún, desvié la vista hacia el interior del gran salón, asegurándome de que teníamos todo lo que necesitábamos.

—Yo creo que sí —dije al fin.

—¿Que sí, qué?

—Que sí tenemos otra posibilidad para salir de aquí.

—¿Hablas en serio? —se sorprendió Cassie—. Pensaba que lo habías dicho sólo para subirme el ánimo.

—Pues no —asentí, y vi cómo la duda asomaba a sus rostros—. Tengo un plan.

—¿Otro? ¿Tan brillante como el último?

En lugar de contestar me limité a chasquear la lengua.

Pero justo entonces, cuando me disponía a ponerles al cabo de mis intenciones, una nueva serie de pasos y golpes volvieron a oírse sobre nuestras cabezas.

—¿Y ahora? —preguntó el profesor con desasosiego, levantando la mirada—. ¿Qué diantre estarán tramando esos malditos?

—Nada bueno, eso seguro —apunté.

—Sugiero que... por si acaso —dijo Cassie en voz baja—, esta vez tengamos las armas a mano.

Volví la vista hacia el gran pórtico, a la noche donde se ocultaban aquellas criaturas cuyo único fin parecía ser matarnos de la peor forma posible, y supe que tenía razón.

De nuevo los ruidos se dirigieron hacia la entrada y, también como la vez anterior, volvieron a detenerse durante unos instantes, imagino que organizándose antes de llevar a cabo su nueva acción. Fuera la que fuese.

Imaginé por un momento que iban a lanzar esta vez el cadáver de Angélica, al igual que hicieron con Claudio, como un macabro entretenimiento que iba a durar toda la noche.

Pero no.

Fue peor.

Mucho peor.

De hecho, fue tan malo que ni siquiera se nos había pasado por la cabeza que pudiera ocurrir.

Como un sucio telón cayendo sobre el escenario, contemplamos impotentes cómo una gran cantidad de tierra y fango lanzados desde el techo del templo, se derramaba encima de la hoguera que protegía el umbral.

En cuestión de segundos la gran pira de fuego se apagó en un siseo, como una vela bajo la lluvia.

Sobrecogido, contemplé cómo la hoguera en que habíamos confiado para que nos protegiera, no era ahora más que una pila de troncos humeantes.

Un escalofrío helado me recorrió la espalda, al intuir lo que significaba aquella inesperada maniobra.

Los morcegos iban a entrar.

89

—¡Todos abajo! —les gritaba—. ¡Deprisa! ¡Coged las armas!

—¡Ulises! —exclamó a su vez Cassie en la confusión—. ¡Llévate tú a Valeria en brazos! ¡La camilla no pasará por la escalera!

—¡Profe, coja usted la caja de las balas! —ordené vociferando, mientras me colocaba un subfusil en bandolera y me metía la Glock en los pantalones.

—¿Para qué?

—¡Usted hágame caso!

Rápidamente y con todo el cuidado que podía tener dadas las circunstancias, tomé a Valeria en brazos —que por suerte para ella seguía totalmente drogada— y me dirigí a la escalera en espiral que descendía hasta el sótano.

Quizá no era lo más sensato ocultarse bajo tierra en una situación así, pero no teníamos otra opción.

Sólo había una estrecha entrada a aquella bóveda subterránea, y sería mucho más fácil de proteger que el enorme templo lleno de recovecos y amplias estancias que, al bajar la escalera, iba dejando atrás.

Aquel oscuro reducto iba a ser nuestra Numancia, nuestro El Álamo, y defenderlo de las acometidas de los morcegos decidiría si íbamos a contemplar un nuevo amanecer.

Procurando no tropezar en la penumbra, tan sólo iluminado por la linterna frontal que llevaba en la cabeza, alcancé el salón seguido por el profesor cargando la pesada caja y la mochila; Cassie acarreando armas y municiones como si fuera a iniciar ella sola una guerra; y cerrando el grupo Iak, que con un montón de leña bajo un brazo y una antorcha en la mano, descendía los últimos tramos de escalera sin perder la compostura.

Al entrar en el sótano, el menkragnoti anunció con gravedad refiriéndose a los morcegos.

—Ya estar aquí.

Lo primero que hicimos para organizar la defensa fue colocar unas pocas ramas junto a la entrada y encenderlas rápidamente; confiando en que el humo, que subiría por el hueco de la escalera como por el tiro de una chimenea, les resultaría lo bastante molesto como para pensárselo dos veces antes de descender.

Si aquello fallaba, lo único que teníamos era el arco de Iak y las armas de fuego, aunque sabiendo el escaso servicio que les habían hecho a los mercenarios y a los nazis con anterioridad, no confiaba demasiado en que supusieran una verdadera diferencia, llegado el extremo de tener que usarlas. Por eso, en cuanto la hoguera estuvo encendida y me aposté frente a la puerta con el subfusil a punto, pedí a los demás que aprovecharan el instante de tregua para sacar las viejas balas de plomo alemanas de sus casquillos y extraer la pólvora de su interior.

—¿Para qué? —preguntó inmediatamente el profesor—. ¿Qué piensas hacer con ella?

—¿Te acuerdas de ese libro que me llevé del despacho del nazi muerto?

—¿El de Hitler?

—Está en la mochila roja, junto a los cuadernos. Y se me ha ocurrido algo mejor que usarlo como papel higiénico.

Cassie nos miraba alternativamente a uno y otro, intrigada.

—No tengo la menor idea de lo que estáis hablando —confesó.

—Yo creo que sí —apuntó el profesor mirando las balas y luego a mí—. ¿Vas a pedirnos que envolvamos la pólvora con las hojas del *Mein Kampf*?

—Exacto —repuse volviéndome un instante para guiñarle el ojo.

—Pero… —insistió Cassandra sin comprender.

—Petardos —le explicó el profesor antes de que formulara la pregunta—. Vamos a hacer unos cuantos petardos.

Prendimos otra pequeña fogata al fondo de la sala con restos de antorchas, junto a la que dejamos a Valeria.

A pesar de lo escuálido de su llama, esta nos infundía cierto ánimo al no encontrarnos únicamente bajo el amparo de las frías linternas.

—No comprendo —rezongó el profesor mientras descapullaba casquillos—, qué razón ha empujado a los morcegos a adentrarse precisamente esta noche en el templo. No lo han hecho durante las semanas anteriores, aunque sabían perfectamente que había gente aquí.

—Diría que los hemos cabreado —opinó Cassandra con cansado sarcasmo—. No les ha debido de hacer gracia que profanemos su *sancta sanctorum*, les disparásemos y finalmente Iak les lanzara un cóctel molotov. Creo que de pronto hemos pasado de ser comida rápida, a una grave amenaza.

—Pues no me parece que el cambio nos haya beneficiado —advirtió el profesor con una mueca.

—De lo que yo no estoy tan seguro —sugerí, sin apartar la vista del umbral de piedra—, es de que sea eso, o sólo eso, lo que los haya alterado tanto.

—¿A qué te refieres?

—Bueno, viendo el comportamiento de nuestros amigos de ahí fuera, tengo el presentimiento de que el calificativo de «murciélagos» no les viene sólo por su color de piel o sus hábitos nocturnos. ¿A que no, Iak?

Durante un instante, el menkragnoti pareció dudar si contestar o no.

—Leyendas decir que a morcegos gustar beber sangre de hombres.

—¿De qué estás hablando? —inquirió Cassie, incrédula—. ¿De que son vampiros?

El indígena de ojos azules negó con la cabeza.

—Vampiros beber sangre mientras duermes, y tú no darte cuenta —le recordó—. Pero si morcego hacerlo... seguro que tú sí darte cuenta.

—Eso ya lo imagino, Iak —rezongó—. Pero gracias por la imagen.

—Y además —prosiguió el menkragnoti—, leyenda decir que morcegos ser capaces de oler sangre. Como pirañas en río.

—¿Quieres decir que huelen la sangre y se siente atraídos por ella? —preguntó el profesor dándole vueltas a aquella macabra idea—. Pero, aunque así sea, ¿qué sangre es la que están…?

Eduardo Castillo se calló a mitad de la pregunta, al darse cuenta de que la respuesta estaba dormida sobre una camilla, justo a su lado.

Y en ese preciso momento, como si aquellos demonios también hubieran estado pendientes de la conversación, se escucharon unos malévolos gruñidos procedentes del interior del templo.

Solo un segundo después, en un estallido de rabia, odio y febril sed de sangre, los morcegos se precipitaron escalera abajo.

90

Unas toses que tenían mucho de humanas se aproximaban rápidamente, resonando cada vez más cercanas en las paredes de piedra del sótano. Pero, en el último momento, el humo pareció causar el efecto esperado porque se detuvieron bruscamente; contrariados ante aquel inesperado obstáculo que no les permitía respirar, y contra el que nada podían hacer. Finalmente retrocedieron con pasos dubitativos, dejando atrás unos bufidos que más bien parecían reproches.

Así que de momento, no llegó a asomar ninguna horrible cara de morcego por la entrada, aunque estaba absolutamente seguro, mientras los escuchaba replegarse escaleras arriba —aún con la rodilla en tierra, y el rectángulo de la entrada en el punto de mira del subfusil—, de que aquel había sido sólo un primer asalto de tanteo.

Las horas de noche que nos quedaban por delante, iban a hacerse muy largas.

Por ello acordamos hacer turnos para vigilar la puerta, para que el cansancio no hiciera mella en la concentración del que estuviera de guardia. Incluso el profesor, reacio a apartarse de su hija, cumplió con su relevo de media hora, mientras el resto se encargaba de la pesada tarea de separar balas de casquillos y extraer la pólvora, para luego envolverla a presión en varias capas de hojas amarillentas escritas en alemán.

Al principio, los primeros petardos parecían la obra de epilépticos en pleno ataque, pero la práctica llevó a la perfección, y finalmente conseguimos elaborar unos cartuchos bastante decentes, a los que agregamos papel impregnado de pólvora a modo de mecha.

—¿Y crees que esto los detendrá? —me preguntó el profesor, sentado en el suelo junto a mí mientras enrollaba y prensaba.

—Por lo visto son bastante sensibles a la luz, así que unos fogonazos a tiempo nos pueden ser de ayuda cuando las cosas se pongan feas.

—Querrás decir «si las cosas se ponen feas». El humo parece que los mantiene alejados.

A punto de contestar, me mordí la lengua pensando que de nada servía compartir mis temores.

—Sí, claro —repuse tratando de parecer animado—. Seguramente ya se han cansado por hoy y nos dejan tranquilos.

Cassandra, que en ese instante vigilaba la puerta, miró hacia atrás al oírme, cruzando una brevísima mirada.

En sus ojos se leía claramente la frase «Mientes de pena».

Había pasado más de una hora, cuando volvimos a escuchar ruidos sobre nosotros.

Sonaba como si de nuevo arrastraran algo muy pesado, esta vez por el suelo del templo, y trataba de imaginar de qué podía tratarse cuando se oyó un golpe sordo seguido de un rumor inconfundible.

—La madre que... —fue lo único que alcancé a decir antes de que una pequeña catarata de agua sucia descendiera por el hueco de la escalera e irrumpiera a través de la entrada, apagando la hoguera.

Lo habían vuelto a hacer. Eran más listos de lo que parecía.

—¡A las armas! —grité entonces—. ¡Llegarán en cualquier momento!

Y dicho y hecho, apenas se había extinguido el fuego apareció la primera cara de morcego en el umbral, exhibiendo sus largos incisivos en una furiosa mueca.

Inmediatamente abrimos fuego con todo lo que teníamos, desatando un infierno de plomo que acribilló al morcego antes de que éste pusiera un pie en el interior de la cámara.

Pero antes de que llegara a tocar el suelo, otro apareció despreciando la suerte de su congénere, arremetiendo contra nosotros mientras era recibido de igual modo.

Para entonces, otro rostro cetrino ya mostraba sus terribles colmillos ocupando su lugar.

—¡Los petardos! —exclamé volviéndome hacia Cassie, calculando que a aquel ritmo se nos acabarían antes las balas que a ellos la mala leche.

La arqueóloga entendió lo que le pedía sin necesidad de más explicaciones. Tomó uno de los cartuchos más grandes, encendió la mecha, y lo lanzó contra la entrada mientras yo seguía disparando.

Al no estar hecho con la misma presión que los petardos normales, en lugar de una explosión lo que obtuvimos fue un fuerte fogonazo, como el flash de magnesio de una cámara de fotos del viejo oeste. Sin embargo, el efecto fue aún mejor del esperado, pues a los morcegos pareció no hacerles ninguna gracia el asunto, y los que se agolpaban en la puerta retrocedieron entre el humo y el áspero olor a pólvora.

—¡Funciona! —prorrumpió el profesor—. ¡Les asusta más que los disparos!

—El efecto de las balas quizá no lo comprendan del todo —dije—. Pero parece que los destellos de luz sí les afectan.

—Lo que está claro —apuntó Cassie alumbrando los tres cadáveres que yacían acribillados junto al umbral—, es que les hemos dado duro. Ahora sí que no creo que vuelvan.

—Ellos volver —aseguró Iak detrás de nosotros.

Acuclillado al fondo de la sala junto a Valeria, el menkragnoti se apoyaba cansadamente en su arco, iluminado por la mínima hoguera que manteníamos encendida.

—¿Y eso cómo lo sabes? —inquirió Cassie.

—Ellos odiar hombres-nos —recordó lacónicamente—. Ellos no querernos aquí, luchar por su tierra. Ellos morir si ser necesario.

Por desgracia la lógica del indígena era irrebatible, y a ninguno se nos ocurrieron argumentos para contradecirlo. Aún sin ser nuestra intención, nosotros les habíamos provocado.

Pero ¿qué otra cosa podíamos hacer?

Se trataba de nuestros pellejos al fin y al cabo, y con razón o sin ella, queríamos conservarlos todo lo que fuera posible. Ya habría tiempo para consideraciones éticas cuando saliéramos de allí.

Si es que lo lográbamos, claro está.

Y cavilaba sobre las posibilidades reales que teníamos de salir vivos de aquel sótano, cuando por el rabillo del ojo percibí un levísimo movimiento, e instintivamente me volví hacia la entrada que, ya sin la hoguera encendida, aparecía ahora sumida en tinieblas.

No fue hasta que la luz del frontal penetró el espeso manto de humo y oscuridad, que distinguí la inconfundible silueta de un morcego acechando en perfecto silencio, más allá del umbral.

Como a cámara lenta, aguantando la respiración con la intención de sorprenderlo, levanté el arma y apunté a través de la mirilla a la sombra que sigilosamente se aproximaba hacia nosotros.

Cuando los demás se percataron de mi movimiento, siguieron el haz de mi foco y al igual que yo, quedaron hipnotizados por aquella furtiva aparición.

Acariciaba el gatillo, aguardando a que el grotesco rostro al que pertenecía aquella sombra apareciera nítidamente para no errar el tiro, cuando ocurrió algo tan imprevisible que, a día de hoy, aún no estoy seguro de no haberlo imaginado.

91

Con las manos en alto, como queriendo convencernos a esas alturas de lo pacífico de sus intenciones, el morcego surgió de entre la humareda dando unos cautelosos pasos hasta situarse a la vista de todos, totalmente expuesto.

Su estilizado cuerpo desnudo, grasiento y engañosamente enjuto, reflejaba la luz de las linternas, permitiéndonos ver una fuerte musculatura bajo su piel azabache. Aquel ser tan alto y delgado, podría haber pasado por un saltador de altura en unas olimpiadas, si no fuera por un par de aterradores detalles.

Por un lado, sus largos y poderosos brazos rematados en unas uñas largas, fuertes y afiladas como garras —diría incluso que pulidas para producir el mayor daño posible—parecían perfectamente capaces de arrancar un miembro de un solo manotazo, mientras que el otro aspecto que lo convertía en algo diferente a lo que conocemos como *Homo Sapiens*, era por supuesto, su cabeza. Su deformada y horrible cabeza. Aquel cráneo alargado hasta el absurdo, en cuyo rostro se abría y cerraba una boca sembrada de largos colmillos amarillentos, bajo una nariz chata, flanqueada por unos enormes ojos negros que parecían querer asesinarnos con la mirada.

Nadie movió un solo músculo, hipnotizados por aquel instante de tensa calma que ninguno sabíamos cómo iba a acabar.

Encontrarnos de frente con aquel espécimen llegado de otros tiempos, era como estar ante un ente con el que nada tuviéramos en común; aunque en el fondo todos perteneciéramos a la misma rama de la evolución. En el caso del morcego, de una evolución artificial llevada a cabo mucho tiempo atrás, por una civilización ya desaparecida.

En realidad —pensé fugazmente—, aquel monstruo de pesadilla era el único eslabón vivo entre los misteriosos Antiguos y nosotros.

Decía que mirábamos al morcego hipnotizados, pero al mismo tiempo, también nosotros éramos observados por él. Aunque no con irracional rabia animal, sino con un destello de orgulloso desafío, como el perro que satisfecho de asustar a un intruso se queda bajo el porche con el pelo erizado y el gesto altivo.

Sabía que a la mínima oportunidad que le diera, aquel ser saltaría sobre mí y me rebanaría la garganta sin remordimientos. Pero también entendí que para eso había sido concebido, de igual modo que no se puede culpar a un toro bravo de perseguir un paño rojo.

Así que no disparé.

Nuestras miradas se cruzaron escrutadoras durante unos segundos eternos, tratando en ambos casos de identificar a la extraña especie que teníamos enfrente, y quizá, determinar hasta qué punto era posible, o necesaria, la piedad requerida para perdonar la vida al oponente. Si sus valores o inteligencia eran suficientes como para que valiera la pena el riesgo.

Por mi parte entendí que nosotros debíamos parecerles tan espeluznantes como ellos a nosotros, sino más, y que tan sólo defendían el único hogar que conocían y al que habían sido confinados desde el día en que fueron concebidos. Creí ver —o quizá sólo quería creer— en aquellos ojos descomunales habituados a la oscuridad, un rastro de humanidad que permitiera algún tipo de comunicación, o al menos una breve tregua entre nosotros.

Fue entonces cuando, inesperadamente, el morcego abrió sus fauces y de ellas surgieron unas desconcertantes onomatopeyas, terriblemente parecidas a las de un niño que aprende sus primeras palabras, o a las de un mudo tratando de hacerse entender.

Por supuesto aquella sucesión de vocales y consonantes inconexas era completamente incomprensible para nosotros, pero no cabía duda de que aquel ser estaba tratando de decirnos algo, quien sabe si en los vestigios de un idioma olvidado hacía cincuenta siglos.

Pero aquel fugaz momento de curiosidad mutua llegó a su fin cuando, quizá al comprender antes que yo que aquel puente era imposible de tender, el morcego entrecerró los párpados con frustración y, soltando un resoplido que denotaba tanto desprecio como una advertencia, nos dio la espalda tomando del brazo a dos de sus compañeros caídos, y se los llevó fuera de nuestra vista.

Durante más de un minuto continuamos quietos como estatuas, en absoluto silencio, esperando que volviera a asomarse. Pero eso nunca llegó a suceder. Sólo vimos como el tercero de los morcegos abatidos era arrastrado por los pies desde la oscuridad, dejando tras de sí un rastro de sangre.

—¿Qué... qué ha pasado? —preguntó al cabo de un rato el profesor.

—Hemos estado a punto de conectar —susurró una Cassandra extasiada.

—Sí —repuse—. A punto de conectar sus dientes con nuestros cuellos.

—Ha sido increíble —seguía balbuceando Cassie, profundamente impresionada—. ¿Habéis visto sus ojos? Denotaban una innegable inteligencia. Con las herramientas y la paciencia suficiente, podríamos tratar de comunicarnos.

—Pero ¿de qué estás hablando? —la interrumpí—. ¿Es que no has comprendido nada? Como dice Iak, nos hemos colado en su casa sin permiso, matado a varios de ellos, y sólo quieren que los dejemos en paz. Saben que si nos dejan con vida otros vendrán detrás de nosotros, así que por eso nos matan, por pura supervivencia.

—Y porque nos odian —puntualizó el profesor Castillo—. Nos odian a muerte.

—Pero son seres humanos al fin y al cabo —insistía la mexicana—. Una raza única que Dios sabe lo que podría enseñarnos. Podemos... no. Debemos buscar el medio de comunicarnos con ellos.

—No, Cassandra —rebatió el profesor—. Entiendo su razonamiento, pero en este caso Ulises tiene razón. El único medio que debemos buscar, es el de salir de aquí lo antes posible.

—Pero este último no ha mostrado ninguna agresividad —protestó, como si fuéramos incapaces de ver lo más evidente—, sin duda hemos presenciado un primer intento de acercamiento.

Entonces Iak, para sorpresa de todos, se plantó ante la arqueóloga y la escrutó con severidad.

—Tú sólo ver, lo que querer ver… Morcego nacer para matar hombres y aprender a arrancar corazón —llevó su mano en forma de garra sobre el pecho de ella—, para luego comer —añadió el gesto de llevárselo a la boca—. Si tú creer que poder hablar con ellos, tú equivocada, y tú morir. Morcegos volver... —sentenció volviéndose ahora hacia el resto— y matar a ti. Matar a todos.

Y como punto inapelable final, desde lo alto de la escalera volvió a llegarnos un escalofriante rugido de odio surgido de una garganta lejanamente humana. Un rugido que disipó cualquier duda sobre las palabras de Iak.

Los morcegos vendrían a por nosotros, y si no conseguíamos huir de aquella ciudad en ruinas, moriríamos como todos los demás lo habían hecho desde hacía miles de años.

92

Aquella última vigilia se hizo eterna.

Turnándonos por parejas, para evitar que ninguno pudiera quedarse dormido, y sin cesar de vigilar la entrada, los minutos transcurrieron como horas y las horas como días enteros. Aun así, de puro cansancio logré dormitar un poco sobre el frío suelo de granito, que me acabó pareciendo el más mullido de los colchones.

Por alguna razón desconocida, los morcegos no atacaron más esa noche y nos permitieron descansar mínimamente. Quizá ya se habían divertido lo suficiente.

Cuando el despertador de mi reloj indicó las seis de la mañana, entre juramentos miré incrédulo la esfera iluminada, convencido de que había caído rendido sólo unos segundos antes.

Por desgracia no era el caso, y aunque la oscuridad reinaba aún en el interior del sótano, un levísimo resplandor procedente de la escalera, revelaba que en el exterior ya había salido el sol.

—Vamos, nenes —exclamé con voz pastosa, esforzándome por incorporarme—. Ya es hora de levantarse.

—Déjame en paz… —protestó Cassie sin abrir los ojos.

—Venga —insistí haciendo un gran esfuerzo por parecer en plena forma, aunque me dolían hasta las pestañas—. Tenemos mucho trabajo que hacer.

—¿De qué hablas? ¿Qué trabajo? —preguntó el profesor desperezándose pesadamente.

—Ahora lo veréis.

—¿Por qué siempre te andas con tantos misterios? —preguntó Cassandra.

Miré de reojo a la mexicana, que se frotaba los ojos mientras bostezaba.

—Imagino —dije cruzándome de brazos—, que estaréis interesados en saber el medio que se me ha ocurrido para salir de aquí.

—Miedo me da preguntar… —suspiró el profesor pasándose la mano por la frente.

—A mí también —coincidió Cassie—. Pero me pica la curiosidad. ¿En qué has pensado?

—Muy fácil —contesté con una sonrisa que pretendía parecer confiada—. ¿Alguno ha visto la película *Fuga de noche*?

Tras ascender por la escalera con sumo cuidado, prevenidos ante cualquier sorpresa que nos pudieran haber dejado los morcegos, alcanzamos la gran sala donde, hasta el día anterior, nos habíamos sentido tan seguros.

Lo primero que hice al llegar arriba, tras depositar de nuevo a Valeria en su camilla, fue asomarme a la entrada, para descubrir que los despojos de Claudio habían desaparecido, y que de la gran hoguera de las escalinatas ya sólo quedaban unos pocos troncos humeantes.

«Mejor así», pensé torciendo el gesto. Luego dirigí mi atención hacia el interior, y pude comprobar satisfecho que, aunque lo que allí habíamos abandonado la noche anterior aparecía ahora revuelto y desperdigado por todo el espacio de la gran sala, los morcegos no se habían ensañado con nuestras escasas pertenencias y prácticamente todo seguía intacto.

La luz de la mañana ya asomaba por la entrada del templo, y ello nos hizo sentir no sólo mucho más tranquilos, sino hasta animados al comprender que habíamos superado la noche con vida, lo cual no era poca cosa.

—Bueno… —murmuró Cassie pasando su mirada de Valeria a mí—. Ya estamos aquí arriba. ¿Nos vas a explicar ahora en qué consiste esa peliculera idea tuya?

—Claro —dije—. Por alguna razón, ayer me vino a la cabeza esa película, basada en hechos reales. En ella —expliqué—, dos familias de la por entonces Alemania Oriental, consiguieron cruzar el telón de acero en un globo aerostático de fabricación casera, y se me ha ocurrido que... en fin, podríamos intentar hacer lo mismo usando el hidrógeno que encontramos en el almacén de los nazis.

La cara que se les quedó a mis amigos fue como para vender entradas. Pero sin darles tiempo a reaccionar, me arrodillé en el suelo y con la punta de un cuchillo dibujé sobre la piedra un esquema de lo que quería llevar a cabo con su ayuda, ante unas expresiones cada vez más atónitas.

Las poco elegantes alusiones a mi dudosa salud mental, las continuas burlas sobre la escasa cantidad de neuronas que amueblaban mi cerebro, o la infantil ingenuidad de creer que lo que funciona en las películas de Disney funciona también en la realidad, fueron los comentarios más favorables que les oí decir a lo largo de mi simplificada exposición.

Pero al finalizarla, a pesar de todo, el historiador y la arqueóloga ya alegaron opiniones más o menos argumentadas sobre la —he de reconocerlo— disparatada posibilidad que les acababa de proponer.

—No funcionará —fue la tajante conclusión de Cassandra.

—Sí que funcionará —contradije.

—¿Por qué?

—Pues... porque tiene que funcionar —repuse con el mejor motivo que se me ocurrió.

—Pero... ¿te estás escuchando a ti mismo? —preguntó el profesor, meneando la cabeza— Lo cuentas como si fuera algo fácil de hacer, pero no lo es en absoluto. ¿Acaso has calculado cuanto hidrógeno hará falta para elevarnos a los cuatro? ¿La relación peso/empuje? ¿El volumen necesario que ha de tener ese globo para que vuele?

Me encogí de hombros antes de responder.

—Ni idea. Yo soy de letras.

—Pues entonces, sin realizar los cálculos previos ¿cómo pretendes que...?

Levanté la mano para interrumpirle, antes de que terminara la pregunta.

—Todo eso ya lo sé, profe —resoplé, pasándome la mano por la cara con cansancio—. Suena absurdo, y probablemente lo sea. Pero créame, no tenemos alternativa. Habrá que construirlo, y luego rezar para que funcione.

—Ulises… —masculló el profesor, lejos de estar de acuerdo—. ¿Te das cuenta de que parece el plan de un niño de diez años?

—Sé que suena estrambótico —alegué, entendiendo sus objeciones—, pero es la única posibilidad que se me ocurre para que salgamos de aquí todos con vida. Estoy abierto a cualquier otra idea, pero si nadie tiene una mejor, propongo que lo hagamos. Tenemos los medios, además del ingenio y la necesidad. ¿Qué más queréis?

—¿Un taxi?

—Vamos… —insistí—. Tenemos que empezar ya mismo. No hay tiempo que perder.

—Pero esto que dices, aunque pudiera hacerse, es algo muy difícil de llevar a cabo —señaló el profesor con desconfianza—. ¿En cuántos días crees que podríamos lograrlo?

Volví la mirada hacia Valeria, que yacía en silencio mortalmente pálida, como una inanimada figura de cera. La hija del profesor había perdido mucha sangre durante la noche, y el color había huido definitivamente de sus labios y mejillas.

—Nada de días —contesté con firmeza—. Tenemos que construirlo y salir de aquí hoy mismo, antes de que vuelva a caer la noche, si no, ella morirá. Y seguramente nosotros también.

93

—¿Por dónde empezamos? —preguntó Cassie cuando logré convencerla de que mi plan no era una completa estupidez—. Personalmente, no tengo ni idea sobre cómo hacerlo.

Señalé la entrada con la cabeza.

—En el campamento mercenario junto a las provisiones, vi las bolsas de los siete paracaídas que usaron. Si a ello le sumamos los otros siete de emergencia, que aún deben estar dentro de las mochilas de salto, nos dan un total de catorce paracaídas. A unos veinticinco metros cuadrados de tela por cada uno, son aproximadamente... —Las mates nunca han sido lo mío, así que mientras fruncía el ceño por el esfuerzo, el profesor se adelantó a responder:

—Trescientos cincuenta metros cuadrados.

—Sí, gracias profe... De modo que sólo tenemos que unirlos todos de la forma que os he dicho.

—Pero ¿cómo? —inquirió Cassie—. Yo me he olvidado la máquina de coser en casa.

—Eso no lo he pensado aún —contesté guiñándole un ojo—. Aunque tendréis que ir a por ellos al campamento, regresar y coserlos de alguna manera. Pero teniendo en cuenta que esa va a ser vuestra tarea —dije mirándolos a ella y al profesor—, y que juntos sumáis varios títulos universitarios, estoy seguro de que algo se os ocurrirá.

—¿Es esta tu patética revancha por no haber pasado del bachillerato?

—Puede. —Compuse una sonrisa ladeada.

—Y mientras tanto... —quiso saber el profesor cambiando de tema—. ¿Tú qué vas a hacer?

—Yo iré con Iak —dije acercándome a él—, a recolectar algo que nos hará falta para sellar las junturas entre las telas.

Para cuando partieron a la carrera, en busca de los paracaídas y el botiquín que presumíamos debían tener los mercenarios en su campamento, Iak ya le había dado una nueva dosis de narcóticos a Valeria, y en cuanto comprobamos que producían el efecto deseado y la hija del profesor volvía a sumergirse en un profundo sueño, el menkragnoti y yo nos dirigimos rápidamente a cumplir nuestra parte del osado proyecto.

Si normalmente el tiempo es oro, ese día lo era con incrustaciones de diamantes y filigranas de platino.

—¿Cuánta leche de árbol tú querer? —preguntó el menkragnoti trotando a paso ligero hacia un bosquecillo donde decía haber visto una buena concentración de árboles del caucho.

—No lo sé —confesé resoplando—. Toda la que podamos conseguir antes del mediodía.

El mestizo me miró con una expresión extraña, como si estuviera tratando con un chiflado al que no quedara más remedio que seguirle la corriente.

—Tú venir conmigo al primer árbol —indicó—, ver como yo hacer, y luego cada uno ir solo para hacer más árboles, ¿de acuerdo?

—Me parece perfecto —asentí.

Unos cientos de metros más allá llegamos a la zona descubierta por Iak, donde unas docenas de árboles del caucho, que me recordaban por su corteza a los hayedos, se alzaban abigarrados a la sombra de las poderosas ceibas.

Tal como dijo, el indígena de ojos azules me enseñó cómo sangrar la savia de estos árboles realizando una incisión en diagonal sobre su tronco, y usando lianas pequeñas y cáscaras de cocos caídos, recolectar la resina sin dañar el árbol —aunque he de confesar que en ese momento, la salud de aquellos árboles no era una de mis prioridades—. Así que una vez lo tuve claro, nos pusimos manos a la obra y, antes de separarnos, acordamos que nos encontraríamos en el templo cuando el sol llegara a su punto más alto, llevando con nosotros toda la savia que hubiéramos podido recolectar.

La tarea resultó ser mucho más ardua de lo que hubiera esperado, y entre el calor, los mosquitos y la ansiedad por buscar cada vez más árboles de los que extraer su valioso jugo, terminé exhausto, empapado en sudor y tiznado de la gomosa sustancia de los pies a la cabeza. Además, aunque al cabo de una hora logré cogerle el tranquillo al asunto, los primeros árboles parecían negarse a entregarme su sangre así por las buenas, con lo que acabé acuchillando a un par de ellos como un psicópata.

Cuatro horas más tarde, sin embargo, regresaba al templo con tres secciones de bambú convertidas en recipientes, repletas de la savia que confiaba serviría para ayudar a que saliéramos de allí antes de la puesta de sol.

—Mirad lo que traigo —exclamé orgulloso de mi trabajo mientras subía las escalinatas, cargando con mis improvisados cuencos—. ¡Un montón de caucho líquido!

—Oh, estupendo —dijo el profesor con indiferencia, apenas levantando la vista—. Déjalos en aquella esquina, junto a los que ha traído Iak.

Cuando me volví en la dirección que me indicaba, descubrí más de una docena de troncos de bambú como los míos apilados contra la pared, todos ellos colmados hasta los bordes de resina de caucho.

En el rato que había estado fuera, entre Cassie y el profesor habían conseguido lo impensable, llevando a cabo lo que les había propuesto tan sólo cinco horas antes. No sólo habían ido y regresado del campamento, encontrando el codiciado botiquín, y con lo que en él había limpiaron y vendaron las heridas de Valeria. Además, habían tenido tiempo para unir los catorce paracaídas entre sí, con un amasijo de cordajes, nudos y recosidos que serían el desvarío de una costurera, pero que al parecer, cumplían perfectamente su cometido.

—Fantástico —les dije al aproximarme y ver su obra casi terminada—. Sois unos maestros de la alta costura.

—El hambre agudiza el ingenio —contestó el profesor—, y yo ahora mismo tengo muchísima.

—Pero a ver si Iak no tarda demasiado en traer algo de fruta para almorzar —apuntó Cassie frotándose el estómago—. Porque estoy a punto de desmayarme.

—Mientras tanto —dije mirando la gran tela extendida—, podemos empezar a aplicarle la capa de caucho líquido a las costuras, para así sellarlas mínimamente. Como me ha explicado nuestro amigo menkragnoti —expliqué—, primero hemos de hacer una pequeña hoguera en la que calentar los recipientes de bambú. Luego hay que aplicar la resina con algo parecido a una espátula mientras está caliente y pegajosa, antes de que se enfríe, que será cuando se convierta en la goma flexible y adhesiva que necesitamos.

—¿Y con eso crees… que funcionará? —inquirió el profesor, mirando con escepticismo el informe montón de tela multicolor que habían sido los paracaídas.

—La verdad es que no tengo la menor idea. —Sonreí encogiéndome de hombros—. Pero me pareció una buena manera de pasar el día.

Asumiendo que mi respuesta era un chiste —cuando en realidad no lo era tanto—, calentamos el látex en la hoguera, y usando trozos de corteza comenzamos a aplicarlo por todo el conjunto cuidándonos mucho de no olvidarnos ningún espacio sin sellar, pues ello daría al traste con el plan de huida, el invento y en última instancia con nuestras vidas.

Actuábamos deprisa porque la resina de caucho tardaba segundos en enfriarse y adquirir una consistencia que hacía imposible aplicarla, así que por fuerza tardamos muy poco en completar el trabajo.

Prácticamente habíamos terminado cuando unos pasos sonaron a nuestra espalda y me volví para recriminarle a Iak todo el tiempo que se había tomado para recolectar algo de fruta.

Sin embargo, no era el menkragnoti quien se encontraba bajo el quicio de la puerta principal, observándonos con curiosidad.

—Vaya, vaya… —dijo extrayendo un enorme machete de su funda—. Qué placer volver a encontrarlos de nuevo… y esta vez a todos juntos —añadió mirando a Valeria, con el que ahora era su único ojo sano—. Parece que después de todo, sí que voy a terminar el trabajo.

94

Mientras Souza centraba su atención en la antropóloga herida, di un disimulado paso hacia las armas que, inoportunamente, habíamos dejado apoyadas en la pared junto a la entrada. Justo al lado de donde se encontraba el mercenario.

Pero a pesar de deslizarme hacia lo que suponía su ángulo ciego, el ex militar se percató de mi sutil movimiento, y de un breve vistazo descubrió adónde me dirigía y mis intenciones.

—Al que se mueva —dijo con voz gélida, apuntándome con el machete—, le rebano el pescuezo.

A pesar de su lamentable estado, no me cabía duda de que sería muy capaz de cumplir su amenaza. Tratar de hacernos con alguno de los subfusiles, aunque lo intentáramos todos al mismo tiempo, no hubiera supuesto otra cosa que adelantar la sumaria ejecución que presumíamos era la intención de Souza. Presunción que no hizo sino confirmarse cuando se aproximó a las armas de fuego y tomó uno de los MP5 mientras devolvía el machete a su funda.

—Si lo hace... —dijo entonces Cassie—. Si nos mata, usted mismo morirá también.

—¿Ah, sí? —inquirió el brasileño con divertida curiosidad mientras quitaba el seguro e introducía una bala en la recámara—. ¿Y eso por qué?

—¿Es que no se ha dado cuenta? —prosiguió la mexicana, señalando hacia el exterior—. Este lugar está plagado de morcegos, y tarde o temprano lo encontrarán y lo matarán.

—Ya... —dijo a punto de echarse a reír—. Y ustedes me van a proteger de esos monstruos.

—Mejor que eso —intervino el profesor, y dio un paso al frente—. Tenemos un plan para salir de aquí, y usted podría acompañarnos.

—¿Un plan?

—Eso es. —Se volvió hacia el informe montón de tela de paracaídas que cubría el suelo—. Nos iremos de aquí volando —añadió haciendo el gesto de elevarse con la mano—, y si quiere salir de aquí necesitará nuestra ayuda. Si no, tal como le ha dicho Cassandra, los morcegos le matarán... seguramente esta misma noche.

Souza nos miró uno por uno y bajó ligeramente el arma, pareció meditar la propuesta del profesor.

Pero aquella tenue esperanza de llegar a un entendimiento, desapareció al tiempo que se dibujaba un rictus cruel en los labios del mercenario.

—Por desgracia —dijo como si se sintiera apesadumbrado, algo que no era cierto ni de lejos—, tengo dos malas noticias para ustedes. La primera —enumeró con evidente regocijo, dando unos golpecitos a la radio que llevaba en la cintura—, es que dispongo de los medios para que vengan a recogerme en cuestión de horas, y la segunda —añadió levantando de nuevo el cañón del subfusil— es que ustedes no van a vivir lo suficiente para ver como me marcho.

—Pero ¿no lo entiende...? —argumentó el profesor—. Lo que hay en esta ciudad excede a cualquier otro hallazgo de la historia, algo que cambiará el mundo. Si nos mata nadie sabrá de ello, pero si nos deja marchar, usted podría constar también como su codescubridor, y convertirse en un hombre rico y famoso.

—Yo no quiero ser famoso, y el señor Queiroz ya me paga muy generosamente trabajando para él.

—¿Queiroz? —inquirí—. ¿Es ese Queiroz quien nos quiere muertos?

—Eso no es de su incumbencia.

—Pero...

—Ya basta de cháchara —me interrumpió—. No tengo nada personal contra ustedes. Son sólo un asunto que he de solventar, y yo soy un profesional que...

De pronto se calló en seco, abriendo los ojos desmesuradamente con un gesto de incomprensión.

Los demás nos quedamos igualmente mudos de sorpresa, al ver como el extremo de una flecha había aparecido en el centro del pecho de Souza y una mancha oscura se extendía rápidamente por su sucia camisa.

El mercenario bajó la mirada para ver aquella estilizada punta sobresaliendo de su caja torácica, sin entender cómo demonios le había salido aquello del cuerpo. Se llevó la mano hacia atrás, para comprobar incrédulo cómo la estilizada flecha le había entrado por la espalda, atravesándolo limpiamente.

Nos interrogó con la mirada, y lentamente comenzó a girarse con el arma levantada, comprendiendo que el inesperado ataque le había llegado por detrás. Pero no le dio tiempo a completar ni la mitad del gesto; una segunda flecha surcó el aire con un silbido y esta vez le traspasó el cráneo, penetrando por una sien y saliendo por la opuesta.

Souza cayó derrumbado sobre el suelo de piedra del templo en un charco de sangre, y tras él apareció la silueta de Iak subiendo las escaleras con el arco en la mano.

Se aproximó al hombre que acababa de matar, y le escupió con desprecio a la cara.

—Tú muerto —le dijo, como si hiciera falta ponerle al corriente—. Y ya no levantarte más.

Apenas recuperados de la sorpresa, felicitamos al menkragnoti por su oportuna aparición y, sin remordimiento alguno por la muerte de aquel sicario, entre el indígena y yo sacamos el cadáver al exterior, dejándolo como alimento para los buitres y las hormigas.

Al regresar, recogimos el cesto de palma que había dejado junto a las escalinatas en el que traía la fruta para almorzar, y empezamos a devorarla ávidamente. Parecíamos unos cavernícolas engullendo mangos, guayabas y plátanos, olvidando rápidamente cualquier cosa que no fuera saciar un hambre canina que todos padecíamos.

Al terminar, ahítos, nos tumbamos boca arriba con las fuerzas repuestas y el estómago burlado por unas horas más. Pero aunque lo único que me apetecía en ese momento, agotado, acalorado y con el buche lleno, era echarme una siesta hasta el año siguiente, no me quedó más remedio —tras una dura pugna contra cada músculo de mi cuerpo—, que ponerme en pie y pedirle a mis amigos que me imitaran.

El sol ya iniciaba su camino de descenso hacia el horizonte, y cuando se escondiera tras la línea de los árboles, si no habíamos logrado escapar de la Ciudad Negra aquellas podían ser nuestras últimas horas en el mundo de los vivos.

Y para qué mentir, ése no era un mal incentivo.

95

Como unos exiliados que se hubieran librado por los pelos de un bombardeo, el profesor y Cassie caminaban chapoteando por la anegada selva, cargando fatigosamente el pesado armatoste —aunque fuera básicamente tela, trescientos cincuenta metros cuadrados de tela pesan lo suyo— que habíamos construido. Mientras, Iak y yo —con dos mochilas a la espalda cargadas con arneses y cuerdas—, portábamos a Valeria en su precaria camilla, a la que le habíamos añadido una rama vertical de la que colgaba una bolsa de plástico llena de agua. En dicha bolsa habíamos disuelto un sobre de suero deshidratado del botiquín de los mercenarios junto a una dosis de morfina, y de ahí también habíamos aprovechado un largo tubito de goma y una hipodérmica con la que le hacíamos llegar el líquido a sus venas.

Desgraciadamente, aquella era una solución muy precaria, y su piel cada vez lucía más pálida a razón de los litros de sangre perdida.

—Espero que no quede demasiado… —resopló entonces el profesor Castillo, medio desparecido bajo el enorme bulto que llevaban sobre la cabeza.

Eché una rápida mirada atrás y pensé que visto así, parecía un desgarbado gusano multicolor de catorce metros y dos pares de patas paseándose por la selva. El sueño de un biólogo y la pesadilla de un hortelano.

—Ya estar cerca —respondió Iak secamente.

—Esta es la tercera vez que lo dices —protestó Cassie—. Voy a empezar a poner en duda tu sinceridad.

—¿Seguro que no nos hemos perdido? —inquirió el profesor—. Recuerdo el camino más corto.

—Es que era más corto —puntualicé—. Este es otro sendero, algo más largo, pero lo bastante ancho como para que podamos pasar con todo lo que llevamos.

—¿Y no lo podías haber dicho antes? —protestó.

—¿Para qué? Igual que vosotros yo sigo a nuestro amigo, y si él dice que por aquí, pues por aquí vamos.

—Sólo espero que no se pierda.

—Tranquilo que eso no va a pasar, y además... —imitando al indígena, añadí—: ya estar cerca.

Cumpliendo su palabra, Iak nos llevó hasta la elevada explanada que rodeaba el edificio donde habían buscado cobijo los nazis, y que ahora, rodeado de agua por todas partes, se había convertido en una suerte de isla en medio del pantanal.

Una vez allí lo dejamos todo en el suelo, y tras dejarles recuperar el resuello durante un par de minutos los azucé de nuevo; esta vez para entrar en el edificio, con el fin de recuperar de su interior algo que nos resultaba imprescindible.

Con el paso vacilante de los que están al límite de sus fuerzas, Cassie, Iak y yo nos pusimos manos a la obra, dejando sin embargo a Eduardo al cargo de su hija. El profesor estaba tan exhausto, que de cualquier modo tampoco nos habría sido de gran ayuda.

Sin perder tiempo, y usando troncos a modo de palanca, con nuestras últimas reservas de energía ensanchamos el irregular hueco que daba acceso al interior, moviendo secciones de columnas caídas, y enormes segmentos del zócalo que en su tiempo cubrió la entrada al lugar.

Finalmente, con el sudor corriendo a ríos por nuestros famélicos rostros, lo conseguimos, y dando vacilantes pasos de puro agotamiento nos adentramos en la enigmática construcción cuyo interior ya conocíamos, hasta llegar a lo que había sido el antiguo almacén usado por los nazis.

—Son casi las cuatro —informé al llegar al almacén e iluminar con la linterna la hilera de bombonas de hidrógeno arracimadas contra la pared del fondo—. Tenemos menos de tres horas.

—Nos va a ir muy justo —murmuró Cassandra, sabiendo lo que aún nos quedaba por delante—. Muy, pero que muy justo…

Sacar todas aquellas bombonas de hierro colado de casi dos metros de altura, aunque fuera rodando, requería un esfuerzo tan descomunal en comparación con nuestras nimias fuerzas, que tuvimos que empujar la mayoría entre los tres hasta la misma entrada, lo que hizo la labor aún más penosa de lo que habíamos esperado.

Cuando las tuvimos todas junto a la puerta —diecisiete, para ser exactos—, atamos sus herrumbrosos cuellos con cuerdas, y tirando denodadamente —ahora sí, con la colaboración del profesor—, las fuimos sacando una a una, hasta depositarlas en medio del claro frente al edificio.

Aquel último esfuerzo consumió todas nuestras fuerzas, y al terminar, más que tumbarnos nos desmayamos sobre la hierba.

Los brazos me dolían, la espalda me dolía, las piernas me dolían, hasta las cejas me dolían del continuado forcejeo con aquella suerte de botellas de buceo para gigantes. Sumado esto a las dos noches sin dormir, y a los continuos enfrentamientos con hombres y morcegos —todos igual de empeñados en sellarnos el pasaporte—, a pesar de mi buena forma física me encontraba para el arrastre. En un mercado de esclavos, no habrían dado por mí ni una zanahoria.

No fue hasta que levanté la vista y vi cómo el sol comenzaba a ocultarse sobre la copa de los árboles más altos, que pude reunir el ánimo suficiente para levantarme y, señalando la menguante altura del astro rey sobre el horizonte, impeler a los demás a hacer lo mismo.

Aunque para ser sincero, lo que realmente los empujó a hacerme caso no fueron mis palabras, ni mucho menos mi capacidad de convicción.

Fue un lejano aullido, que surgió desde algún lugar de la cada vez más sombría selva y que a todos nos heló la sangre en las venas.

96

—¿Está bien amarrado aquel extremo? —pregunté haciendo bocina con las manos.

Cassie alzó la mano e hizo un círculo con el índice y el pulgar, a modo de los submarinistas, para indicar que todo estaba correcto.

Revisé mentalmente nuestros últimos pasos, preocupado ante la posibilidad —gran probabilidad sería más exacto— de cagarla en el último momento. Así que, aunque la tarde lentamente se transformaba en la temida noche que ya se nos echaba encima, no me atreví a dar el último paso hasta estar absolutamente seguro de no haber pasado nada por alto.

Todos los amarres estaban asegurados con lianas y cuerdas a grandes moles de piedra o árboles cercanos. Los arneses firmemente atados a sus correspondientes correas, y un entramado cordaje en forma de red tejido con la cuerda sobrante de los paracaídas, cubría toda la parte superior de la tela, lo que confiaba fuera suficiente para otorgarle la necesaria rigidez al conjunto.

«Está bien —me dije tras la enésima revisión— *alea iacta est.*»

—¡Profe! ¡Iak! —grité haciendo círculos en el aire con el brazo extendido—. ¡Abrid las válvulas!

De inmediato, ambos empezaron a hacer girar las llaves de cada bombona, que previamente habíamos vuelto a poner en pie con no poco esfuerzo.

Rápidamente, el gas a presión comenzó a salir de las botellas ocasionando espasmódicas convulsiones en la tela cosida de los paracaídas, como si dentro de aquel recosido capullo hubiera una gigantesca mariposa peleando por salir a puñetazo limpio.

En cuanto el hidrógeno de las primeras dos botellas se terminó, abrieron dos más de forma gradual para evitar que un bombeo excesivo de gas produjera una fisura en la tela. Luego lo hicieron con otras dos, y luego con las siguientes, y así, lo que unos momentos antes era sólo un montón de tela tirado en el suelo comenzó a tomar forma. De manera algo tosca y desequilibrada al principio, pero luego más suave y majestuosa, la enorme tela comenzó a elevarse en el aire revelando su verdadera forma final, semejante a un hinchado cigarro puro.

Aunque en realidad a mí seguía pareciéndome un gusano multicolor que, por alguna misteriosa razón y contra todo sentido común, era capaz de volar.

—¡Funciona! —exclamó el profesor, más incrédulo que feliz.

Cassie a su vez y sin mediar palabra, me rodeó el cuello con los brazos dándome un sonoro beso en la mejilla.

—No me lo puedo creer… —murmuró levantando la mirada, mientras veía como el estrambótico dirigible, hinchado con hidrógeno alemán de hacía casi ochenta años, ascendía hacia el cielo hasta tensar las amarras y se quedaba suspendido a tres metros del suelo.

Una vez el dirigible —era una forma de hablar, porque aquello no tenía timón ni nada que se le pareciera para dirigirlo—, estuvo al máximo de su capacidad sin necesidad de hacer uso de todas las botellas —y no, no me libré de las miradas asesinas de mis amigos al descubrir que nos podríamos haber ahorrado buena parte del esfuerzo de cargar las diecisiete—, y ya flotaba indolente sobre nuestras cabezas, le inyectamos a Valeria una dosis de morfina en el antebrazo, y aseguramos al globo su camilla, a la que también iba atada.

Seguidamente ayudé al profesor a acomodarse en su arnés —quien lívido, apretaba puños y párpados ante la inevitable perspectiva de volar en aquel engendro—, luego a Cassie, y cuando le tocaba el turno a Iak éste me miró con divertida extrañeza.

—¿Tú creer que Iak subir ahí? —dijo esto último señalando el aerostato, como si le estuviera gastando una broma.

—¡Claro! —le contesté—. ¡Para eso lo hemos construido!

El menkragnoti negó con la cabeza.

—No. Esa... cosa, ser sólo para ustedes. Yo irme por la selva, caminando.

—Pero ¿qué pasa con los morcegos? Te perseguirán aunque salgas de la ciudad.

—No ser problema. Yo escapar de ellos en la selva, yo ser más listo.

—Seguro que sí, pero sería mucho más seguro si te vinieras con nosotros, volando. En el aire estaremos totalmente a salvo.

Iak volvió a mirar hacia arriba, contemplando de cabo a rabo aquel gigantesco remiendo que hacía crujir los cabos que lo unían al suelo, impaciente por salir disparado hacia la luna.

—No —dijo entonces, casi riéndose—. Yo creer que no.

—No te dejes engañar por su aspecto —insistí por última vez, aunque sabía que no iba a persuadirlo—. Dicen que volar es más seguro que hacerlo en automóvil.

El menkragnoti me miró fijamente.

—Yo ser indígena, no idiota. —Señaló el globo y añadió—: Preferir luchar contra morcegos, que subir a eso.

—Está bien... —me rendí, y le di un abrazo al entender que no iba a poder convencerlo—. Cuando lleguemos a la civilización, te prometo que contaremos lo que aquí hemos visto. Detendremos la inundación de la presa y salvaremos a tu pueblo. Todo habrá sido gracias a ti... —añadí, tomándole por los hombros— y el día en que volvamos a vernos, estoy seguro de que ya serás un gran jefe de tu pueblo.

A pesar de la oscuridad cada vez más densa, me pareció ver unas improbables lágrimas humedeciendo las pupilas del indígena, que me dio un nuevo abrazo.

—*Muito obrigado* —dijo dando un paso atrás, despidiéndose con la mano del profesor y Cassie, que habían observado toda la escena colgados de sus arneses.

Luego, sin más protocolo, se dio la vuelta y se internó en la espesura con su arco, sus flechas y su pequeña bolsa como todo bagaje para enfrentarse a la amenazadora noche que se cernía sobre la jungla.

—*Muito obrigado* —contesté a mi vez cuando ya no pudo oírme, y durante unos segundos rogué para que llegara sano y salvo junto a los suyos.

Fue al darme la vuelta, que vi como mis dos amigos me miraban expectantes, esperando una explicación.

—No he podido convencerle —fue todo lo que pude alegar, abriendo los brazos.

Rehuyendo sus miradas acusadoras me dirigí a mi arnés, que colgaba en un extremo del dirigible —sólo Dios sabía si aquello era la proa o la popa del mismo—, y tras asegurarme al mismo saqué mi cuchillo —recuperado del campamento—, y lo alcé en el aire con la mano derecha mientras con la izquierda sujetaba una de las lianas que nos unía al suelo.

—¿Preparados? —pregunté.

—¡Preparada!

—¡De ningún modo!

—¡A la de tres, soltamos amarras! —dije cuando me aseguré de que ambos hacían lo mismo que yo.

El sol acababa de ocultarse bajo el horizonte. Ya no podíamos esperar un segundo más.

Inspiré profundamente, y tras despedirme mentalmente de pirámides, templos y cuerpos descuartizados, conté:

—¡Una! ¡Dos! ¡Y… tres!

Al unísono los tres soltamos nuestros respectivos cabos, y el globo henchido de hidrógeno, libre al fin de sus ataduras, dio un brusco salto hacia arriba elevándose varios metros... para un momento más tarde, volver a bajar lentamente hasta que tocamos de nuevo con los pies en el suelo.

No habíamos ido muy lejos.

97

El profesor se revolvió inquieto en su arnés.

—¿Qué narices ha pasado?

—Yo... no sé —contesté tan perplejo como él—. No tengo ni idea. ¿Seguro que todos los cabos están sueltos?

—Seguro —respondió mirando en derredor.

—¡Joder! —maldije en voz alta—. Pero ¿qué coño pasa?

—¿Servirá de algo si bajo y empujo? —preguntó Cassie con sorna.

—Quizá —repliqué, molesto—. ¿Por qué no pruebas?

—¡Dejaos de tonterías por una vez! —exclamó el profesor—. Lo que tenemos que hacer es aligerar peso. Arrojad las armas, el agua, la comida, cualquier cosa que pese.

—Tiene razón —admití—. Hay que deshacerse de todo.

A regañadientes, profiriendo una sarta de improperios muy poco elegantes, la mexicana dejó caer al arma y cortó la soga que sostenía la mochila de las provisiones.

Todos hicimos lo mismo, librándonos sin miramientos de cualquier cosa que pesara más de cien gramos.

Inmediatamente el dirigible dio otro pequeño salto hacia el cielo, y pareció que se elevaba por fin... pero sólo eso: lo pareció.

Enseguida volvió a vencernos la terca gravedad.

Así que allí estábamos los tres. Colgados impotentes como jamones, de un estrambótico globo de colores, y con Valeria en medio, atada a su camilla, y a quien inesperadamente descubrí con la cabeza ladeada y mirándome con desconcierto.

—¿Dónde estamos? —mascculló con la voz nublada por la morfina.

—¿Cómo estás, cariño? —le preguntó su padre.

—Me duele... —y se inclinó con visible esfuerzo para ver su herida, cubierta con una montaña de gasas empapadas en sangre.

—No te preocupes —le dijo, y esbozó un intento de sonrisa—. Vamos a salir de aquí en un santiamén y luego te llevaremos a un hospital. Te vas a poner bien, amor mío.

La antropóloga miró hacia arriba y luego a cada uno de nosotros, colgados de nuestros arneses, tocando el suelo con la punta de los pies.

—Por favor, decidme que estamos muertos... y esta es la manera de subir al cielo. —Sonrió débilmente, y al hacerlo escupió sangre sobre su pecho.

—Tratamos de escapar en un globo —le explicó su padre—, pero estamos sufriendo ciertas... dificultades con el despegue. —El profesor dijo esto último taladrándome con la mirada.

—¿En un globo? —preguntó Valeria, con la voz muy débil y los ojos entrecerrados—. ¿Qué me he perdido?

—Ya te explicaremos. Ahora sólo relájate y descansa, nosotros nos ocupamos de todo.

Valeria fue a hablar de nuevo, pero se vio asaltada por una serie de estertores que la hicieron toser sangre nuevamente.

—¿Y entonces... —quiso saber cuando se recuperó, mirando hacia el suelo— si estamos en un globo... porqué no volamos?

—Esa es una buena pregunta —remarcó la mexicana.

—Puede —argumenté a tientas—, que haya calculado mal, o que falte más hidrógeno en el globo.

—... o que haya demasiado peso —razonó Valeria con un hilo de voz.

—Quizá. Pero lo hemos reducido al máximo deshaciéndonos de lo que podíamos, y ya es un poco tarde para ponernos a dieta. Lo único que se me ocurre —dije echando mano al cierre de mi arnés—, es bajar y ver si metiendo más hidrógeno...

Y en ese preciso momento, una retahíla de aullidos volvió a romper la calma del crepúsculo.

Pero ahora ya no sonaban lejanos, ni mucho menos.

Calculé que a menos de mil metros.

Sabían dónde estábamos, y se dirigían directamente hacia nosotros.

—¡Ya vienen! —gritó el profesor, aterrado.

El follaje de la selva comenzó entonces a hervir bajo el implacable avance de los morcegos, revelando que aún estaban más cerca de lo que imaginaba.

En menos de un minuto los tendríamos encima.

Entonces descubrí que Valeria se desligaba de la camilla, incorporándose ligeramente.

—Pero ¿qué estás haciendo? —le espeté, sin creer lo que veía—. ¡Vuelve a atarte enseguida! ¡Así puedes caerte!

Sin embargo lo que ésta hizo fue mirar a su padre y, esbozando una sonrisa extrañamente serena, llevarse la mano derecha al corazón.

—Siento que no hayamos tenido más tiempo para conocernos....

—¿Qué? Sí, claro. Pero no te preocupes, cariño. En cuanto regresemos a casa, recuperaremos el tiempo perdido. Ahora vuelve a atarte.

—Yo... lo siento mucho. Espero que me perdones por todo esto.

—¿Perdonar? ¿Qué tengo que perdonar?

Entonces su hija cerró los ojos e inspiró profundamente.

—Te quiero... papá.

Y antes de que ninguno se diera cuenta de lo que estaba pasando, rodó sobre sí misma y cayó en el barro junto a mis pies.

Cassandra ahogó una exclamación horrorizada llevándose la mano a la boca.

El profesor gritó el nombre de su hija con todas sus fuerzas, forcejeando con su arnés para soltarse también y saltar a tierra.

—¡No! —le grité, al ver lo que pretendía—. ¡Quédese donde está, profesor! ¡Yo la subiré!

Si él también se hubiera soltado, no habría tenido tiempo de asegurarlos de nuevo a ambos. La única posibilidad de rescatarla era haciéndolo yo solo.

Con un gesto rápido me deshice de mis anclajes, y tras caer a tierra me agaché al lado de la antropóloga. Para mi sorpresa, ella levantó la cabeza y me hizo el gesto con la mano de que me detuviera.

Entonces comprendí que no se había caído, se había tirado.

Al mismo tiempo, vi por el rabillo del ojo cómo los pies del profesor dejaban de tocar el suelo y, aunque muy lentamente, el globo comenzaba a ascender mientras el murmullo de la vegetación se convertía en estruendo, y los bufidos de los morcegos resonaban como una estampida.

Valeria se volvió en dirección a los ruidos, sabiendo lo que se acercaba.

—¡Sube enseguida! —gritó Cassie con desesperación—. ¡El globo se está elevando!

—Vamos a volver al globo —le dije a Valeria, ignorando tanto los gritos de los que estaban en el dirigible, como de los morcegos que se aproximaban—. Te ataré una cuerda a la cintura, y te subiré antes de que lleguen.

—No hay tiempo… —suspiró viendo como el aerostato se alejaba del suelo—. Ahora el globo sí que vuela… Tienes que irte.

—Olvídalo, no voy a dejarte aquí.

—Quiero quedarme.

—Pero ¿no lo entiendes? —dije extendiendo la mano hacia la selva—. ¡Te matarán!

Valeria bosquejó un gesto de resignación.

—Te equivocas —y llevándose la mano a las vendas empapadas en sangre, musitó con una mueca de dolor—: Yo ya estoy muerta.

—De ningún modo —negué, tajante, tratando de tomarla en brazos—. Te voy a subir al globo ahora mismo.

Ella sin embargo se revolvió con las pocas fuerzas que conservaba, impidiéndome hacerlo.

—No… —masculló entre dientes—. Vete...

El fragor de la oleada de morcegos era ya apabullante.

Estaban cerca, muy cerca, y se aproximaban rápidamente.

El profesor gritó a mi espalda con urgencia.

—¡Valeria! —llamó a su hija—. ¡Valeria!

—¡Maldita sea! —La tomé por los hombros, sacudiéndola—. ¡Tu padre te está esperando!

—Dile… que le quiero.

—No me hagas esto —le supliqué—. No se lo hagas a él.

Ella negó con la cabeza, arrancando una sonrisa de su rostro contraído por el dolor.

De nuevo la voz del profesor. Apremiando. Al borde de la histeria.

Los rugidos ya estaban a sólo doscientos metros. Quizá menos.

—Lo hago por él... —musitó, y alzó una mano para tocarme el rostro—. Por vosotros...

—Yo no voy a marcharme —le aseguré cruzándome de brazos, para convencerla de que su destino estaba ligado al mío—. Así que moriremos los dos.

—Sólo te pido... que hagas algo por mí —dijo en cambio, mientras cerraba los ojos y echaba la cabeza hacia atrás.

El fragor del avance morcego llegó hasta los límites de la jungla, y supe que en cualquier momento entrarían en el claro en el que nos encontrábamos.

Cassandra gritó mi nombre.

—¡Ulises! —El pánico se traslucía en su voz—. ¡Ya están aquí!

Quedaban escasos segundos para que aquellos demonios cayeran sobre nosotros.

Ya no había nada que pudiera hacer.

Meneé la cabeza.

Abatido.

Resignado.

—Lo que quieras —le contesté a la hija del profesor, entendiendo al fin que aquella era la última voluntad de un moribundo.

Entonces ella me miró fijamente por un instante, para luego desviar la vista a la culata de la pistola que me asomaba por el pantalón.

En cuanto entendí lo que quería que hiciera comencé a articular un no rotundo, pero ningún sonido llegó a salir de mi boca.

—Por favor... —susurró Valeria, tomándome la mano al ver la duda en mis ojos.

Me quedé bloqueado. Incapaz de hacer lo que me imploraba aquella mujer que se estaba sacrificando por todos, pero también de abandonarla y subir al globo que ya estaba a casi tres metros del suelo y ascendía rápidamente.

Cuando las primeras sombras surgieron de la maleza, a sólo unas decenas de metros, aquella mujer a la que había visto por primera vez en una fotografía junto a su padre, un millón de años atrás, llevó mi mano hacia el arma con una súplica en la mirada.

—Hazlo… —insistió apretándome la mano, consciente de la inminente acometida de los morcegos—. Ahora.

Dirigí una breve mirada a mi espalda.

El globo, libre de ataduras y del peso de dos personas, se elevaba a cada vez mayor velocidad. Aun así, pude distinguir perfectamente los dos rostros desencajados que nos miraban, alejándose en el crepúsculo.

El profesor Castillo exhibía una mueca de espanto, llamando una y otra vez a su hija. Extendidos los brazos hacia ella en un gesto de desesperación.

Cassandra vociferaba, señalando hacia la espesura.

—Si no lo haces, moriremos los dos —sentenció Valeria, y desenfundando ella misma el arma con sus exiguas fuerzas, se apoyó el cañón en la frente y llevó mi mano a la culata.

Quizá no quedaba otra salida, pero de ningún modo iba hacerlo.

Así, no. No a ella.

—Si no lo haces tú… —siseó sin soltar la pistola, leyéndome el pensamiento— lo harán ellos.

—No puedo... lo siento.

—¡Cuidado! —oí gritar a Cassandra.

Reaccioné a la advertencia levantando la mirada, para encontrarme frente a un grupo de negros espectros que corrían directamente hacia nosotros, con los ojos desorbitados, y sus babeantes mandíbulas abiertas en un rugido de cólera y sed de sangre.

Apunté con la Glock y disparé al más cercano.

Le acerté en el hombro, haciéndolo trastabillar, pero ni así logré que se detuviera.

Repetí los disparos apuntando a otros tres, logrando que ralentizaran su paso. Pero tampoco aquellos dejaron de avanzar entre espeluznantes aullidos.

—¡Ulises! —me llamó de nuevo la voz de la mexicana, inesperadamente lejana.

El dirigible se acercaba a la copa de los árboles, y el arnés al que debía ir sujeto estaba ya totalmente fuera de mi alcance.

Entonces, aprovechando aquel breve momento de distracción, Valeria agarró el cañón de la pistola y se lo metió en la boca, aferrándolo con los dientes.

Luego apoyó su dedo sobre el mío, y sin que fuera capaz de evitarlo apretó el gatillo.

98

Un grito de horror desgarró el cielo de la selva.

—¡Nooooo...!

La bala había atravesado la cabeza de Valeria, que ahora yacía inerte en mis brazos.

—¡Valeria! —vociferaba inútilmente el profesor, ronco de impotencia—. ¡Valeria! ¡Valeria!

Pero ella ya no podía oírle.

Por un instante, empapado con la sangre de la antropóloga, miré la pistola en mi mano y pensé en hacer lo mismo.

Era la salida fácil.

La única quizá.

Pero alguien gritó mi nombre, intuyendo quizá lo que pasaba por mi cabeza.

—¡Ulises! —me llamó en una súplica, a demasiada altura por encima de mi cabeza—. ¡Por favor!

Cassandra.

Su voz fue como un salvavidas cuando comenzaba hundirme.

Ella le daba sentido a seguir viviendo. Por ella valía la pena luchar. Hasta morir, si era preciso.

Alcé la vista.

Una nueva oleada de morcegos emergía de la selva.

Una marabunta de sádicos demonios emergiendo de todas direcciones, aullando con un odio alimentado durante siglos.

Dejando caer el cuerpo sin vida de Valeria, agarré la pistola con ambas manos y comencé a disparar a discreción.

No podía hacer más que eso. Pelear hasta el último momento, antes de caer en las garras de aquellos semihombres que ya me tenían rodeado.

En cuanto se acabaran las balas del cargador, mi vida habría terminado.

—¡A las bombonas! —bramó entones Cassandra desde las alturas—. ¡Dispara a las bombonas!

Dirigí la mirada hacia las grandes botellas de hidrógeno comprimido que nos habían sobrado, aún apiladas en el suelo, y comprendí.

Sin dudarlo un instante apunté a las bombonas, y apretando los dientes disparé contra ellas las últimas tres balas que me quedaban.

Las dos primeras hicieron saltar dos frustrantes salpicaduras de tierra a los lados.

Me temblaba el pulso, y en ese estado no le acertaría a un elefante dormido.

Cerré los ojos, respiré hondo, y aguantando la respiración abrí el ojo derecho para disparar la última bala que me quedaba.

Y entonces ocurrió.

Una gigantesca bola de fuego de más de veinte metros de altura estalló en la noche, iluminando el claro como si de pronto hubiera amanecido, mientras la onda expansiva me lanzaba de espaldas a varios metros de distancia y la ola de calor me abrasaba el rostro y los brazos.

Pero aun así, la peor parte se la llevaron los morcegos que se encontraban en las cercanías y que, o murieron inmediatamente con la explosión, o encendidos como antorchas, corrían alocadamente entre espantosos gritos de dolor.

El resto de morcegos, impresionados por la potencia de la explosión y alarmados al ver a sus congéneres envueltos en llamas, dieron un momentáneo paso atrás, presos del miedo.

Un miedo que tardó sólo unos pocos segundos en verse substituido por una redoblada cólera, que me tenía a mí como objetivo.

Miré desesperado alrededor buscando algo con lo que defenderme, lamentando por un momento no tener una bala extra en la recámara de la Glock, que ya inútil, dejé caer al suelo.

A una decena de metros vi uno de los subfusiles que habíamos soltado para perder peso, pero en realidad, treinta balas de más tampoco hubiera supuesto ninguna diferencia.

Pensé en salir corriendo, pero también comprendí que me darían alcance de inmediato.

No había escapatoria.

Exhausto, bajé los brazos rindiéndome ante lo inevitable.

Entonces la voz de Cassie me llegó de nuevo, desde muy arriba, y en irritado tono de reproche.

—¡Carajo, Ulises! ¡Sube al puto árbol de una vez!

Miré hacia arriba, perplejo, y allí estaba el dirigible.

Inexplicablemente estático.

Tardé un momento en advertir lo qué había sucedido.

De algún modo, Cassie había logrado enredar uno de los cabos sueltos a la última rama de una gran ceiba, y allí se habían quedado, amarrados a más de treinta metros sobre el suelo.

—No me lo puedo creer… —musité, atónito.

Al final, resultó que sí iba a tener una última oportunidad.

Pasando a la carrera junto a dos morcegos que se retorcían en el barro entre espantosas quemaduras, me agarré a una de las gruesas enredaderas que rodeaban el liso tronco de aquella ceiba y, exprimiendo los últimos rastros de energía de mis músculos, comencé a escalar casi a ciegas sin ver apenas dónde apoyaba pies y manos.

Lo único que anhelaba era subir ese árbol, aferrarme a la cuerda, alcanzar el dirigible y huir de aquel infierno.

—¡Apúrate! —gritó Cassandra—. ¡Están subiendo detrás de ti!

Miré hacia abajo y constaté que los morcegos ya se habían repuesto de la explosión y emprendían de nuevo la caza empujados por una desbordada furia asesina.

Alcancé el nivel de las primeras ramas, y por un momento me sentí optimista.

Pero entonces un asqueroso olor a putrefacción atacó mi nariz, y sin necesidad de volverme, supe que aquellos implacables seres me pisaban los talones.

Redoblando el esfuerzo me agarré a la siguiente rama, alzándome a pulso y poniéndome en pie para alcanzar la siguiente.

Me movía a oscuras rasgándome la ropa y arañándome la piel, consciente del riesgo de resbalar y caer rompiéndome la crisma. Pero aquello era una carrera contra la muerte, y no había segundo puesto.

Entonces pude ver más allá de la copa del árbol, las siluetas de mis amigos colgando del dirigible, y me pregunté por un instante, por qué diantres no abrían fuego sobre los morcegos que me seguían.

Tardé un segundo en recordar, esbozando una mueca mental, que yo mismo les había animado a tirar las armas para aligerar lastre.

Pero no tenía sentido lamentarse de ello.

La salvación estaba ya muy cerca.

Lo malo era que los morcegos lo estaban aún más.

Espoleado por la inmediatez de sus bufidos, ascendí por la que rogué fuera la última rama de aquel interminable árbol. Una larga y delgada rama casi vertical, que temí no aguantara mi peso y terminara por quebrarse.

Aun así, proseguí con mi desesperado ascenso y no fue hasta alcanzar el final de la misma, que descubrí cómo un nudo corredizo se aferraba a un frágil puñado de hojas que, tensas por la tracción del dirigible, parecían a punto de deshacerse.

Cassie volvió a gritar advirtiéndome que los tenía detrás, a menos de un metro.

Imaginando una garra que me enganchaba del tobillo en el último momento, estiré el brazo para asir la cuerda, y tras deshacer el nudo, me sujeté con ambas manos.

Me aferré a la cuerda con todas mis fuerzas, y de inmediato el dirigible comenzó a elevarse mientras yo luchaba por no soltarme.

Me había salvado por los pelos, y resoplando de alivio miré a Cassie, quien desde algo arriba me devolvió la sonrisa… una sonrisa que inmediatamente se le heló en los labios.

Seguí su mirada, que terminaba algo más allá mi espalda, para descubrir lo que había hecho cambiar la expresión de su rostro.

Un morcego había escalado hasta lo más alto del árbol y se hallaba justo a mi altura, a sólo un par de metros de distancia. Y se aprestaba a saltar sobre mí.

Pude ver como flexionaba piernas y brazos para darse impulso, y no me cupo duda que esa distancia no era nada insalvable para sus poderosos músculos, mientras yo no podía hacer otra cosa que seguir agarrado a la cuerda que me unía al globo y que, a causa de mi peso adicional, se elevaba mucho más lentamente que antes.

El morcego clavó en mí sus descomunales ojos negros, y exhalando un berrido de cólera saltó al vacío con los brazos abiertos, dispuestos a atraparme.

Pero los antiguos dioses de la Ciudad Negra, parecían haber decidido que yo viviera un día más, pues justo en ese instante una repentina ráfaga de viento desplazó el globo algo menos de un metro. Muy poco, realmente, pero suficiente como para que el morcego, que ya se encontraba a mitad de su salto, no tuviera oportunidad de rectificar en el aire y de pronto se viera braceando desesperadamente en el vacío, a escasos centímetros de su objetivo.

Por desgracia, mientras el morcego describía un arco en el aire y se precipitaba hacia el distante suelo, en una de sus brazadas, alcanzó a rozarme la pantorrilla derecha con sus garras.

Como si en lugar de un zarpazo hubiera recibido el corte de cuatro escalpelos, otros tantos cortes hendieron mi pierna haciendo brotar la sangre de la carne desgarrada.

Ignorando el lacerante dolor, mordiendo el grito entre los dientes, logré subir por la cuerda, alzándome a pulso hasta llegar a mi arnés. Jadeando por el terrible esfuerzo, me introduje en el mismo y aseguré los cierres. Luego arranqué un trozo de la mugrienta pernera, y lo anudé alrededor del muslo para evitar desangrarme.

Fue sólo entonces, que miré hacia abajo.

Allí, centenares de demonios negros se agitaban en un delirante frenesí como en una escena de El Bosco; gruñendo, aullando, rugiendo iracundos, con sus ojos puestos en el remendado engendro volador del que éramos pasajeros. Seguramente, tan asombrados como yo de que aquella improbable fuga digna del Barón de Münchhausen, hubiera tenido éxito.

99

Rápidamente nos elevamos en el aire por encima de los árboles más altos, definitivamente a salvo de los morcegos.

El sol derramó un último destello de luz ensangrentada sobre la selva, como si quisiera recordarnos toda la que se había vertido en los cuatro días escasos que habíamos pasado en la Ciudad Negra, y en ese preciso instante fui consciente de que, contra todo pronóstico, había sobrevivido.

Aquel debería haber sido un momento de alegría desbordada, pero no hubo un solo gesto de victoria o exclamación de júbilo alguna.

Muy al contrario, los tres estábamos sumidos en un hondo y triste silencio.

Cassie pendía de su arnés en la parte delantera del globo —observé, que con la pequeña mochila roja en su regazo—, el profesor lo hacía en la sección media, y yo en último lugar, detrás de todos. De modo que, por fortuna, lo que tenía frente a mí era la espalda encogida del profesor Castillo y así no tenía que mirarlo a la cara. No hubiera podido.

Inmóvil, con las manos cubriéndose el rostro, mi viejo amigo parecía sumergido en un dolor que no era capaz siquiera de imaginar.

Sobrevolando aquella selva siniestra, silenciosa como un cementerio, no podía evitar escuchar su llanto profundo e inconsolable. El espanto de ver morir a una hija de una forma tan horrenda, no podía ser comparado a ninguna otra cosa en el mundo.

No había nada que se pudiera decir para confortarlo.

Mucho menos, nada que saliera de mis labios.

Aun así, yo había estado ahí.

El arma con que Valeria se había quitado la vida estaba en mi mano cuando apretó el gatillo.

Era mi amigo, qué diablos.

—Eduardo… —le llamé en voz baja—. Yo… quisiera…

A pesar de la creciente oscuridad, pude ver cómo la mexicana se volvía hacia mí y sin decir palabra, se llevaba el índice a la boca y negaba con la cabeza.

Seguramente tenía razón.

Así que callé, y me quedé observando cómo nos alejábamos lentamente de las siluetas de las pirámides que descollaban en la jungla como lúgubres islotes de piedra, y todo rastro visible de la Ciudad Negra se disolvía entre las sombras.

Con la definitiva llegada de la oscuridad, las estrellas invadieron el cielo como un ejército de indisciplinadas luciérnagas, y la tierra firme desapareció de forma absoluta, como si voláramos sobre el espacio vacío, y nada hubiera bajo nuestros pies.

En el transcurrir de la noche, el desolado llanto del profesor dio paso horas más tarde a un apagado gimoteo salpicado de atormentados quejidos, y finalmente a algún que otro suspiro, que dejaron de oírse cuando le venció el sueño y quedó dormido en su arnés.

Por alguna razón, pese a no haber dormido prácticamente nada las últimas dos noches, en mi caso el sueño se negó a abrazarme hasta muy entrada la noche. Sólo logré relajarme cuando empecé a escuchar los familiares sonidos de los animales de la jungla, que obraron en mí como una tranquilizadora canción de cuna.

Esa era la señal definitiva de que habíamos dejado atrás el territorio de los morcegos.

Por descontado, el artesanal aeróstato había demostrado tener fugas de hidrógeno, y cada vez que me despertaba en plena noche, tenía la impresión de que la difusa línea del horizonte estaba más alta que la última vez.

A eso de la media noche, calculé que la altura de vuelo se había visto reducida sensiblemente, pero aun así, el viento seguía empujándonos a veinte o treinta kilómetros por hora en dirección noroeste, y nos manteníamos a unos buenos doscientos o doscientos cincuenta metros de altura sobre las copas de los árboles, iluminados por la reconfortante luz de una inmensa luna que, ahora sí, iluminaba la infinita Amazonía con su luz fría y acerada.

Fue horas más tarde, con la llegada del nuevo día, que Cassie advirtió unas luces amarillentas parpadeando en tierra a cosa de un kilómetro justo en nuestra trayectoria, y enseguida comprendimos dos cosas: que se trataba de fuegos encendidos por seres humanos... y que íbamos a pasárnoslas de largo.

No tenía medio alguno de obligar a descender a nuestro cochambroso zepelín, y era muy consciente de que esa podía ser nuestra primera y última oportunidad de ser rescatados.

Resultaba exasperante advertir cómo nos acercábamos cada vez más a aquellas fogatas —que ya podíamos adivinar que procedían de un pequeño pueblo de madera y chapa a la orilla de un ancho y pacífico río—, y saber que no había manera de detener nuestro incontrolable viaje, que podía llevarnos aún a cientos de kilómetros de allí.

—¡La gran chucha! —exclamó Cassie, exasperada—. ¡Lo vamos a pasar de largo!

—Este condenado trasto aún puede tardar horas en perder todo el gas —lamenté mirando descorazonado la panza del globo—. Vete a saber dónde acabamos.

—¡Mira que no imaginar un sistema de aterrizaje! —me recriminó la mexicana—. ¡Hay que ser menso!

—Disculpe usted. La próxima vez también instalaré mini bar y asientos reclinables.

—No mames, tenías que haberlo pensado antes.

Para sorpresa de ambos, fue el profesor Castillo quién alzó la voz por encima de los dos.

—¡Ya basta! —prorrumpió saliendo bruscamente de su largo mutismo—. Lo último que necesitamos es ponernos a discutir ahora —y añadió mirándonos a uno y otro—: ¿A ninguno se le ocurre cómo bajar de aquí?

Un elocuente silencio fue la única respuesta que obtuvo.

—Yo sé lo que hay que hacer… —contestó al cabo Cassandra—. Lo que no sé, es el cómo.

—¿Qué quieres decir?

—Está muy claro. Hemos de conseguir que salga el hidrógeno más deprisa. El inconveniente es que no tenemos manera de que eso suceda.

Colgado en mi estribo miré hacia arriba, y supe que sólo había un medio de lograrlo.

—Pues en ese caso... —dije apretando los dientes— habrá que fabricarla.

Aún con mi bajo tono de voz, ambos me oyeron y volvieron sus cabezas hacia atrás. Entonces desenvainé el cuchillo, y sosteniéndolo en alto les interrogué con la mirada.

Ninguno dijo nada, adivinando mis intenciones; lo cual ya era suficiente para mí. Sin soltarme del arnés me elevé a pulso por la misma cuerda que me unía al globo y, enroscando la pierna izquierda en ella, logré desembarazar la mano derecha para empuñar el cuchillo que llevaba aferrado entre los dientes. Lancé un último vistazo a mis compañeros de vuelo, que me observaban con expectación, y ante sus resignados semblantes alcé el brazo por encima de mi cabeza y practiqué un largo corte en la lona de paracaídas por el que inmediatamente comenzó a salir el hidrógeno a borbotones.

Hecho esto, me descolgué hasta quedar de nuevo suspendido del arnés, y satisfecho, comprobé como nuestra altitud se reducía.

Tal y como esperaba al principio, pero luego algo más deprisa de lo que me hubiera gustado… y en cuestión de unos segundos, muchísimo más deprisa de lo que me hubiera gustado.

Por decirlo claramente: no descendíamos. Nos precipitábamos.

—Señores pasajeros... —murmuré al intuir la que se avecinaba—. Les rogamos que se abrochen los cinturones, replieguen las bandejas y pongan sus asientos en posición vertical.

El dirigible estabilizó su descenso en unos pronunciados cuarenta y cinco grados de inclinación, y el techo de la selva no hacía más que acercarse a nosotros, cada vez a mayor velocidad.

A lo lejos frente a nosotros, y supongo que alertados por nuestras voces, un par de lugareños se asomaron a sus chabolas y, dirigiendo la vista al cielo de la madrugada, observaban pasmados como una aeronave indefinible se precipitaba directamente hacia su poblado como un castigo del cielo.

Posiblemente, concluyeron que éramos una cuadrilla de marcianos cutres en un platillo volante *Low Cost* a punto de tomar tierra.

Qué digo tomar, a punto de hartarse de tierra.

Cada vez más rápido, caíamos como en una montaña rusa en la que sabíamos no había un giro final que nos salvara de estamparnos contra el suelo.

Lo único que me mantenía esperanzado de no acabar hechos puré, era la posibilidad de que antes de llegar a la explanada del poblado, adonde nos dirigíamos en línea recta a toda velocidad, el globo quedara enganchado en la copa de alguno de los grandes árboles que lo rodeaban, y nos quedáramos allí colgados. Magullados y con algunos huesos rotos seguramente, pero vivos al fin y al cabo.

Pero cuando ya estábamos a unas decenas de metros de aquellos árboles, comprendí que eso tampoco iba a suceder.

Por cuestión de centímetros íbamos a pasar rozando los árboles más altos con la punta de los pies, pero no nos quedaríamos enganchados.

Nos íbamos a estrellar sin remedio.

—¡Recoged las piernas y tratad de rodar cuando aterricemos! —les grité, pero sencillamente, ninguno me hizo caso.

Embargados en un funesto presagio, los tres parecíamos hipnotizados ante la visión cada vez más cercana de la tierra rojiza, sabiendo que mi consejo era tan útil como sugerirles que batieran los brazos para ganar altura.

Ya tenía puesta la vista en la pequeña casa de madera, con la que íbamos a impactar a más de cincuenta kilómetros por hora, cuando, alzando la vista por encima de su techo de palma, descubrí algo que había pasado por alto.

El río.

Si caíamos en el agua, aún podíamos salvarnos.

Lo malo era que si seguíamos con la misma trayectoria, nos iban a faltar una veintena de metros para llegar a él.

No había nada que hacer.

—Nos llevó la chingada... —anunció Cassandra.

O quizá sí.

Miré el cuchillo que aún llevaba en la mano, y sin pensarlo dos veces apoyé su afilado borde en la cuerda que me sujetaba al dirigible.

En ese momento sólo pensé en que podía salvar a Cassie y al profesor, cuyas vidas me parecían en ese momento mucho más valiosas que la mía.

Cuando ya sobrevolábamos los últimos árboles que rodeaban el pueblo, y sin tiempo para decir adiós ni anunciar mi gesto, corté el cabo de un tajo dejándome caer al vacío, con la esperanza de que aquello les sirviera para ganar los metros que les faltaba para alcanzar el río.

Luego comencé a golpearme brutal y metódicamente con todas y cada una de las ramas de un inacabable árbol, de camino hacia el suelo...

... y eso es lo último que recuerdo de aquella mañana.

Hasta esa misma tarde no me desperté, en el fondo de una piragua conducida por un par de indígenas, con todos y cada uno de los huesos del cuerpo doliéndome como si me hubiera atropellado una apisonadora.

100

De los días siguientes sólo conservo algunos recuerdos esporádicos, pues la mayor parte del tiempo me hallaba sedado o inconsciente.

Recuerdo haber sido llevado primero en piragua, y luego en camilla a través de un espeso bosque. Despertar un par de veces sobre la cubierta de un barco, y escuchar el grave ronroneo de los motores en contraste con voces de niños. Las sonrisas conmiserativas de las enfermeras cuando me movían para cambiarme las sábanas o preguntarme cómo me encontraba esa mañana. E invariablemente, en cada una de aquellas imágenes, aparecían invariablemente los rostros de Cassandra y el profesor Castillo, observándome con mal disimulada preocupación.

Recuerdo verme al espejo y no reconocerme en aquel *ecce homo* que me miraba desde el otro lado, con el rostro amoratado y lleno de cortes, vendas y gasas cubriendo un cuerpo sembrado de cardenales y el brazo izquierdo en cabestrillo.

Había tenido suerte, le escuché decir al médico, que me aseguró que era un milagro haber sobrevivido a una caída de treinta metros con sólo un brazo dislocado, una conmoción cerebral, un par de roturas de ligamentos, y seis costillas fracturadas.

«Una suerte loca», pensé en ese momento, mientras el traumatólogo me recitaba en *portuñol* todos los cuidados que debía procurarme durante los próximos meses, hasta que las costillas se hubieran soldado.

Poco más tarde, esa misma mañana, bajaba en el ascensor del Hospital Estatal de Santarém hasta la planta baja, donde aguardaban mis dos amigos.

Apoyado en una muleta caminé hasta la sala de espera, donde al verme aparecer se pusieron en pie de un salto y corrieron a abrazarme, como si no me hubieran visto en años.

—Cuidado con las costi… —empecé a decir tratando de que no me las volvieran a romper.

Pero ignorándome olímpicamente, me estrujaron hasta que, dándose por satisfechos, dieron un paso atrás para estudiarme de arriba abajo.

—Tienes buen aspecto —mintió con descaro Cassie, quien llevaba un ligero vestido floreado que dejaba a la vista el vendaje sobre la herida de bala de su hombro.

Ella sí que tenía buen aspecto. De hecho había recuperado no sólo un aspecto saludable, sino que debía haber estado tomando el sol en aquellos últimos días, pues su piel lucía un delicioso color dorado que contrastaba con su pelo rubio y aquellas dos esmeraldas que tenía por pupilas.

—¿Puedes caminar? —preguntó entonces el profesor, que también parecía una persona nueva y no sólo por buen aspecto, sino sobre todo por el destello de vigor que brillaba en sus ojos, llenos de energía y determinación.

No sabía cómo se había obrado el milagro, pero estaba seguro de que Cassandra habría tenido mucho que ver en ello. Tanto, como en la indumentaria tropical y desenfadada que ahora lucía, diametralmente opuesta a su habitual vestimenta de jubilado recalcitrante. Hasta las gafas que había perdido en el río al estrellarse el globo, las había sustituido por otras de montura colorida y moderna.

Porque, contra todo pronóstico, mi desesperada maniobra había funcionado.

El dirigible, al perder peso cuando me dejé caer, moderó el ángulo de descenso, llevándoles a estrellarse en mitad del curso de aquel río al otro lado del pueblo.

El golpe había sido violento, de cualquier modo. Pero la diferencia de chocar contra el agua en lugar de hacerlo contra una casa de adobe, era poder vivir para contarlo.

Y allí estaban los dos, sonrientes a pesar de todo.

En los días previos en que habían venido a visitarme al hospital, sólo hubo una ocasión en que quise disculparme con el profesor por no poder evitar lo sucedido a Valeria.

Para mi sorpresa, él me interrumpió a media frase asegurándome que había visto lo sucedido, que me estaba agradecido por lo que había intentado hacer, y que por favor no tocara de nuevo ese tema.

Cassie, también presente, asintió imperceptiblemente, dándome a entender que todo estaba bien y que, de momento, dejara las cosas como estaban.

Seguía sin poder imaginar el profundo dolor que la horrible muerte de su hija había causado en mi amigo, pero comprendí que ese era un proceso largo y complejo, en el que mis palabras de disculpa o consuelo no hacían sino hurgar en su sufrimiento.

De modo que no volví a tocar aquel tema, decidido a no hacerlo hasta que él mismo decidiera sacarlo a colación.

—Mira esto —dijo entonces Cassie, alargándome una hoja impresa y sacándome de mis pensamientos.

—¿Qué es? —pregunté con los ojos puestos en lo que parecía ser una fotografía aérea, de una amplia área selvática.

—Fíjate bien —intervino el profesor señalando un punto sobre la imagen.

Necesité un momento para identificar una serpenteante franja azul en la parte izquierda como un río y luego, siguiendo el dedo de Cassie, distinguir una serie de líneas rectas que en un principio costaba distinguirlas, pero que una vez hecho, resultaba imposible no verlas.

Unas líneas que formaban una irregular estrella de cinco puntas sobre el lienzo de la jungla, dando forma en su interior a un inconfundible pentágono. Exactamente igual al que habíamos visto en tantos lugares de la Ciudad Negra.

Alcé la vista de la hoja de papel, con el asombro pintado en la cara.

—¿Esto es...?

—Ni más, ni menos —contestó el profesor, satisfecho.

—La hemos sacado del Google Earth —aclaró Cassandra—. Simplemente introduje las coordenadas que teníamos y... ¡Tachán! Ahí estaba, inconfundible e imposible no verla en cuanto se sabe qué es lo que se busca.

—No se ven los edificios ni las pirámides —indiqué.

—Recuerda que estaban cubiertos de vegetación, Ulises. Desde una perspectiva cenital es imposible verlos. Pero en cambio —añadió, satisfecha—, lo que puede ser el gran camino empedrado que recorrimos, sí que es perfectamente distinguible, incluso desde el espacio.

—¿No está trucada?

—No mames, güey —replicó, ceñuda—. Pues claro que no. Está tal cual, tomada por un satélite artificial en julio del 2003, y a disposición de todo aquel que quiera verla.

—Pero entonces... ¿Cómo es que nadie se ha dado cuenta de su existencia?

—Por lo que Cassandra ha dicho hace un instante —aclaró el profesor—. Porque nadie la busca. Seguramente, los únicos que han reparado en ella hasta el momento, han sido precisamente los de AZS, mientras planificaban las obras.

—Entiendo —dije tratando de asimilar aquel inesperado descubrimiento—. Y ya que hablamos de AZS... ¿Habéis podido hacer todo lo que queríais?

Eduardo Castillo asintió, mortalmente serio.

—Hemos contactado con todos los que hemos podido —explicó, cabizbajo—. Relatándoles lo que había sucedido en la selva: los asesinatos, la existencia de la Ciudad Negra, y lo que allí había... así como la precaria situación de los menkragnotis frente a la inminente inundación. Pero ni el gobierno brasileño, ni la FUNAI, ni la policía estatal, ni la madre que los parió a todos juntos nos han hecho el más mínimo caso. En cuanto mencionaba a la constructora AZS, todos torcían el gesto y se encogían de hombros, como si culparan a la divina providencia de las maldades del mundo.

—Siento decir que ya lo imaginaba.

—Y también nosotros —afirmó—. Pero aun así, había que intentarlo.

—Claro, claro... y, lo otro. —Me volví hacia Cassie—. ¿Habéis podido hacer lo que os pedí?

—Lo hemos hecho —confirmó ella, también muy seria—. Cuidando hasta el último detalle.

—Estupendo —sonreí, satisfecho—. En ese caso, necesito que me saquéis un billete de avión para esta misma tarde.

—¿Qué? —inquirió Cassie, alarmada—. ¡No! Primero has de recuperarte. No puedes ir así.

—Sí que puedo —repliqué—. Y ya hemos perdido demasiado tiempo.

—¡Pero aún no te han dado el alta! —insistió señalando la aséptica sala de espera donde aún nos encontrábamos.

—No podemos esperar más, Cassie. Cada minuto cuenta.

—Pero...

—Se lo debemos a Iak.

La mexicana ya no hizo más intentos de convencerme, pero el profesor aún quiso preguntar una vez más.

—¿Estás decidido a hacerlo, entonces?

—Absolutamente.

Eduardo pareció rumiar aquella respuesta, que sin duda ya se había esperado, y optó por encogerse de hombros con resignación.

—En ese caso —dijo señalando al exterior—, será mejor que vayamos a nuestro hotel y almuerces algo antes de irte.

—Una gran idea, profe, la comida del hospital es mortífera —salivaba ante la perspectiva de un filete de ternera acompañado de patatas fritas—. Pero antes me gustaría que parásemos en una tienda de ropa, para comprarme un buen traje y un maletín.

101

Dos días más tarde, bien afeitado y vistiendo un traje gris marengo, corbata negra al cuello y maletín de piel en mano, me presenté cojeando en la recepción del rascacielos propiedad de AZS. Un gigante de acero y cristal, cuyas oficinas ocupaban la totalidad del elevado edificio en el centro financiero de Sao Paulo.

—*Bom dia* —dijo uno de los recepcionistas, situado tras un mostrador de diseño—. *¿Como posso ajudá-lo?*

—Buenos días —contesté con estudiado aplomo—. Deseo ver al señor Queiroz.

El empleado alzó una ceja con escepticismo.

—¿Desea ver al señor Luciano Queiroz? —repitió en perfecto castellano, no muy seguro de haber entendido bien—. ¿Al Sr. Presidente?

—Eso mismo.

El estirado conserje me miró de arriba abajo, estudiando con ojo entrenado mi ropa y corte de pelo, pero deteniéndose suspicaz en las cicatrices que me arañaban el rostro.

—¿Tiene cita previa?

—No. Pero estoy seguro de que el señor Queiroz estará muy interesado en reunirse conmigo.

—Sin cita previa no es posible que… —empezó a alegar.

Alcé la mano para interrumpirle y le señalé el teléfono.

—Si no quiere perder su empleo, le sugiero que le llame y le diga al señor Queiroz que soy Ulises Vidal, y que tengo pruebas irrefutables que le obligarán a detener la inundación de la presa del Xingú.

Añada además, que si no quiere que dichas pruebas se hagan públicas hoy mismo, me dedique unos minutos de su tiempo... si no es mucha molestia.

—Seguramente esté reunido —alegó el conserje, sin decidirse a tomar el teléfono.

—Pues que se desreuna —insistí inclinándome sobre el mostrador y acercando mucho mi cara a la suya.

Dos minutos más tarde, tras pasar bajo el arco de un escáner y dejar que los empleados de seguridad registraran el maletín, subía en el enorme ascensor metalizado hasta el último piso del rascacielos vigilado por un fulano enorme con un pinganillo en la oreja, con un traje a punto de explotar bajo sus pectorales, y cara de no tener un solo amigo en el mundo.

Sabía que me estaba metiendo yo solito en la boca del lobo, y en el silencio del ascensor sentía el corazón palpitándome desbocado sin que pudiera hacer nada para calmarlo. Sin embargo, la emoción que en ese instante me acuciaba amenazando con desbordarme, no era el nerviosismo ni el miedo, sino la ira. Una ira que trataba de controlar, pero que notaba crecer en mi interior al ritmo que subíamos una planta tras otra, y los números ascendían rápidamente en la pantalla del ascensor.

Finalmente nos detuvimos al llegar al cincuenta y dos, y la puerta se deslizó silenciosa dando paso a una lujosa sala de espera enmoquetada en gris perla, con sofás de cuero negro y grandes cuadros abstractos ocupando las también grises paredes.

El gorila me empujó suavemente para que me moviera hacia adelante, y me llevó frente a un escritorio tras el que me esperaba una espectacular secretaria de pelo azabache y ojos rasgados, con el pelo recogido en una coleta y aspecto definitivamente serio y eficiente.

—¿El señor Vidal?

—Yo mismo.

—Pase adelante, por favor —dijo indicándome una puerta de madera maciza—. El señor Queiroz le está esperando.

—Gracias —contesté, y comprobando cómo mi carabina se plantaba junto a la puerta dedicándome una última mirada de advertencia, tomé el pomo, lo giré, y tras respirar profundamente entré en el despacho del hombre que dos semanas atrás había enviado a unos asesinos a matarnos a todos.

Ya había buscado en internet información sobre Luciano Queiroz Vargas. Un multimillonario de cincuenta y siete años que heredó la constructora de su padre cuando ésta no era más que una sombra de lo que era ahora, y que insinuaba tras un traje impecablemente cortado, una boca cruel, pelo canoso y mirada inquisidora, un carácter ambicioso y carente de escrúpulos. Pero lo que me sorprendió cuando el presidente de AZS se incorporó tras su escritorio de caoba, fue que sacaba más de un palmo a mi metro ochenta, con lo que el empresario debía superar ampliamente los dos metros de altura, y conocedor de lo imponente de su presencia, supuse sería práctica habitual en él ponerse en pie para intimidar con su aspecto a todo aquel que cruzara la puerta del despacho.

—Siéntese —ordenó señalando el sillón al otro lado de la mesa con una voz rasposa y profunda acorde a su tamaño.

No hubo ni intercambio de saludos ni cortesía de ninguna clase, pues ambos sabíamos quién era el otro y lo que pretendía. Y también estaba el detalle de que hubiera preferido cortarme la mano que ofrecérsela a aquel cabrón desalmado.

—¿Qué tiene, y que es lo que quiere a cambio? —me espetó secamente y sin preámbulos—. Porque ha venido a ofrecerme algo, ¿no es así? Si no, no tendría razón para estar aquí sentado.

Dejé pasar unos segundos antes de contestar manteniéndole la mirada, y al cabo abrí el maletín, de donde saqué una carpeta con un documento de varias páginas que coloqué sobre la mesa.

—Lo que quiero —dije acercándole el documento—, es que firme este contrato. En él se compromete a detener la inundación de la presa del Xingú de inmediato, comprar las tierras que iban a acabar bajo el agua para cedérselas gratuitamente y sin condiciones a la tribu de los menkragnoti, y por último —añadí señalando ese párrafo en concreto—, a indemnizar generosamente a los supervivientes así como a las familias de todos los fallecidos, de cuyas muertes es usted directa o indirectamente responsable. El contrato ha sido redactado y perfectamente especificado por un bufete de abogados de la ciudad —concluí retrepándome en el mullido sillón—, así que sólo necesito su firma para que se haga efectivo.

Por un instante Luciano Queiroz se quedó completamente quieto y en silencio, con la expresión de un hombre que no da crédito a lo que acaba de escuchar o espera que su interlocutor confiese que le está tomando el pelo. Pero en cuanto se dio cuenta de que eso no iba a pasar estalló en carcajadas, sufriendo un ataque de tos mientras daba golpes en la mesa, como si le hubieran contado el mejor chiste de su vida. Se puso tan colorado que temí fuera a darle un infarto allí mismo.

—Qué bueno es usted... —dijo en cuanto pudo articular palabra, enjugándose las lágrimas de la risa—. ¿Y no quiere nada más? ¿Un Ferrari? ¿Un cohete espacial?

—Sólo que firme el contrato. Con eso será suficiente.

Meneó la cabeza con incredulidad.

—Me está haciendo perder el tiempo con sus tonterías —sentenció recuperando la compostura—. Ni en el más loco de sus sueños firmaría yo ese documento.

—Yo creo que sí —afirmé tranquilamente—. De hecho, estoy convencido que saldré por esa puerta con los documentos firmados bajo el brazo. Si no, las pruebas que tengo contra usted y su empresa llegarán a las redacciones de todos los periódicos esta misma tarde.

Queiroz desvió un instante la vista sobre los papeles que había dejado en su escritorio, y volviendo a centrarse en mí insinuó una sonrisa de suficiencia, acomodándose en su sillón.

—¿Y qué le hace pensar que un periódico va a publicar una noticia que me pueda perjudicar de algún modo? Gasto millones de dólares al año en publicidad en los medios de comunicación, y los que no forman parte directamente de mi conglomerado empresarial, le aseguro que si tienen que elegir, preferirán conservar a un buen cliente como yo que publicar cualquier cosa que usted les ofrezca.

—No me refiero sólo a la prensa brasileña. Estoy hablando de periódicos y televisiones de varios países del mundo, y ni siquiera usted podrá influir en todos ellos.

El presidente de AZS meneó de nuevo la cabeza sin dejar de sonreír.

—No entiende usted nada, señor Vidal. Las noticias duran segundos en la mente de la opinión pública, hasta que son sustituidas por la última relación sexual de un famosillo de segunda o el partido de fútbol del domingo. ¿Que unos indígenas que casi nadie ha visto tienen que desplazarse unos kilómetros para evitar la inundación? —preguntó abriendo las manos—. ¿Que unas viejas ruinas quedarán a varios metros bajo el agua? A nadie le importa eso en realidad. Vamos, despierte, no tiene nada que me pueda afectar en lo más mínimo. Ni a mí, ni a mis negocios.

Tratando de parecer imperturbable a sus afirmaciones mantuve la cara de póker, abrí de nuevo el maletín y saqué un sencillo sobre marrón que dejé sobre los documentos.

—¿Y ahora que me quiere enseñar? —inquirió Luciano Queiroz, casi divertido.

—Aquí dentro está la prueba —dije apoyando un dedo sobre el sobre—, que hará que usted firme el documento que le he traído.

—¿Aún sigue con eso? —dijo echándose hacia atrás en el sillón, como si hubiera llegado al límite de su paciencia—. Es usted muy duro de mollera. Ya le he dicho que no hay nada en el mundo que me pueda obligar a firmar, así que le ruego salga de mi despacho y no me haga perder más el tiempo, si no quiere que llame a seguridad.

Imitándolo también me retrepé en mi sillón, aunque en mi caso estudiándome las uñas con indiferencia.

—Por mí puede hacer lo que quiera. Es usted quien se arriesga a perderlo todo.

Queiroz miró sólo por un instante el vulgar sobre marrón, pero pude entrever un rastro de inquietud en sus ojos que antes no estaba ahí.

—Si se trata de una foto comprometida en la que aparezco con alguna señorita —dijo cruzando las manos sobre el pecho—, le aseguro que no va a llegar a ningún lado por ahí. Mi esposa sabe de mis aventuras y las consiente, y a la opinión pública hasta le haría gracia. Esto es Brasil, no lo olvide.

—No es nada de eso. —Sonreí tranquilamente—. Por mí como si se viste de conejita todas las noches.

El magnate de la construcción volvió a mirar el sobre ya sin disimular su interés, y me escrutó con fijeza.

—Ya le he dicho que no me importa lo que haya ahí dentro —insistió—. Pero para ser sincero, empiezo a sentir cierto interés por saber lo que usted cree que tiene.

—Ábralo y lo averiguará —repuse encogiéndome de hombros.

Luciano Queiroz vaciló por un momento, pero finalmente estiró la mano casi con desprecio; agarró el sobre y lo abrió, sacando una fotografía de su interior.

Durante un momento aquel hombre, sin duda uno de los más poderosos de Brasil, contempló desconcertado la foto con el ceño fruncido hasta que levantó la vista y mirándome con enfado le dio la vuelta para mostrármela.

—¿Me puede explicar qué clase de payasada es esta?

102

No pude evitar una cierta satisfacción, cuando el presidente de AZS me enseñó la instantánea con la perplejidad pintada en el rostro.

En ella aparecía yo mismo, saludando sonriente a la cámara con una lata de cerveza en la mano.

—¿No le gusta? —pregunté, ahora siendo yo el que sonreía—. Creí que en ésta salía bastante bien. Si quiere tengo otra de perfil —añadí haciendo el ademán de llevarme la mano al bolsillo.

Luciano Queiroz puso en pie su enorme humanidad y señaló la puerta.

—Fuera de mi despacho inmediatamente —exigió, furibundo—. Tiene dos segundos antes de que llame a seguridad.

—Créame, usted no va a hacer eso.

—¿Ah no? —preguntó, desafiante, llevando su índice derecho sobre el botón rojo de su interfono.

—Si no quiere morir, no se lo aconsejo.

—¿Ahora me está amenazando? —bramó, furioso, inclinándose sobre la mesa.

—¿Amenazarlo? En absoluto. Eso no es necesario... porque en realidad usted ya está muerto.

Inesperadamente y en lugar de sentirse aludido, el brasileño soltó una estentórea carcajada dejándose caer de nuevo en su asiento.

—¡Ahora lo entiendo! —exclamó dándose una palmada en la frente—. ¡Usted está totalmente loco! Por Dios, llevo cinco minutos discutiendo con un enfermo mental —rió con ganas.

Yo también reí a la vez que él lo hacía, pero en cuanto calló, eché un vistazo a mi reloj de pulsera y chasqueé la lengua simulando preocupación.

—Me alegro de que se lo tome así. Sobre todo teniendo en cuenta que le quedan menos de cinco minutos de vida.

La expresión de Queiroz mudó en un segundo a la extrañeza, y de nuevo a la irritación.

—Pero ¿con quién cree que está hablando? Sé perfectamente que para llegar a mi despacho ha pasado por un escáner y le han registrado, así que es imposible que lleve ningún arma oculta. Y si intenta agredirme de algún otro modo, antes de que lo haga tendré a mi guardaespaldas atravesando la puerta y disparándole por la espalda. A sí que, por pura curiosidad, ¿cómo piensa usted matarme?

Cruzándome de brazos, esgrimí mi mejor sonrisa falsa.

—No me está usted escuchando… No he dicho que le vaya a matar. He dicho que ya le he matado.

—Pero ¿de qué está hablando?

—Acabo de envenenarle, señor Queiroz. Y a menos que le proporcione el antídoto que guardo en el bolsillo —dije palmeándome la chaqueta—, dentro de cinco… perdón, cuatro minutos, usted estará muerto sobre la moqueta víctima de un ataque al corazón.

—¿Me toma usted por imbécil? —estalló, furioso, tras procesar en su mente lo que le acababa de asegurar—. Ni he bebido nada, ni me ha clavado una aguja envenenada ni nada por el estilo.

—No todos los venenos actúan así. Algunos basta con que entren en contacto con la piel.

—¡Pero si ni siquiera le he dado la mano!

Entonces dirigí la mirada a la inocente foto que permanecía sobre la mesa, y una luz de compresión destacó en los ojos del magnate.

—No es posible… —musitó tratando de convencerse él mismo, mientras se frotaba unos con otros los dedos con los que había cogido la fotografía, y descubría un fino polvo blanco parecido al talco en las yemas de su mano derecha.

—Es interesantísimo el conocimiento que tienen algunas tribus del Amazonas sobre fármacos y venenos —aclaré al ver su desconcierto—. Incluso son capaces de conseguir uno que, al contacto con la piel, produce un infarto en cuestión de minutos. Increíble, ¿no?

—No... No es posible —balbució mirando aún su mano derecha—. Todo esto no es más que un engaño.

—Bueno, dentro de un momento saldremos de dudas, ¿no cree? Sin esto —dije extrayendo una pequeñísima probeta de cristal, con unos mililitros de un líquido oscuro del bolsillo interior de la americana—, no llegaría ni a la puerta. De hecho, ya debería estar empezando a sentir los primeros efectos. ¿No nota un leve entumecimiento en los dedos de los pies y de las manos?

Por la cara que puso al escucharme abriendo los ojos desmesuradamente, supe que así era.

—Pues eso es sólo el principio —añadí—. Poco a poco, esa sensación se irá extendiendo por todo el cuerpo hasta que le llegué al corazón y se lo pare, y yo estaré aquí sentado, contemplando plácidamente como muere tirado en el suelo y echando espumarajos por la boca.

—Ha firmado su sentencia de muerte —dijo poniéndose en pie amenazadoramente—. Mi gente de seguridad entrará por esa puerta, le quitará el antídoto y luego le matará.

—Lo primero y lo último es posible —repuse, confiado—, pero lo de en medio lo dudo. Si llevo el antídoto en una frágil probeta de vidrio no es casualidad. Antes de que uno de sus gorilas me ponga la mano encima lo habré roto, y usted se quedará sin antídoto.

—No importa, mis médicos...

—¿Sus médicos? —le interrumpí burlonamente—. Antes de que sepan siquiera lo que ha pasado, usted ya estará muerto.

El empresario me miró por debajo de sus pobladas cejas, con una ira comparable a la de los morcegos. Sin duda, de haber creído que tenía la menor posibilidad de sobrevivir sin el antídoto ya habría ordenado matarme.

—Pero... ¿por qué hace esto? —preguntó, crispando la mandíbula con rabia contenida.

—¿Me pregunta por qué? —repliqué aproximándome a la mesa, apenas conteniendo mi ira—. Por culpa de su avaricia han muerto personas inocentes, personas a las que apreciaba y que de ningún modo merecían morir. ¿Y aún tiene los huevos de preguntarme por qué? Permítame que le diga que es usted un cabrón sin escrúpulos, y que no merece ni la oportunidad que le estoy dando de salvar su miserable vida a cambio tan sólo de perder algo de dinero.

—¿Algo de dinero? Si el embalse del Xingú no se lleva a cabo, perderemos cientos de millones. Es el mayor proyecto de AZS y en el que hemos invertido la mayor parte de nuestros recursos. ¡No puedo firmar lo que me pide!

—Tres minutos...

—¡Esto es absurdo! —clamó, exasperado—. ¡Son sólo negocios, no es nada personal!

—Pues en mi caso sí que es personal, señor Queiroz... muy personal.

—Pero será mi ruina y la de mi empresa. ¿No entiende que no puedo hacer lo que me pide?

Volví a acomodarme en el sillón, plenamente convencido de que estaba haciendo lo correcto.

—Me parece que es usted quien no lo entiende. Tiene una balanza con dos platillos. En uno está el dinero, y en el otro su vida. ¿Qué elige?

—¿Y lo que quiere es detener la inundación? ¡No sea idiota! Puedo darle veinte... No, cincuenta millones de dólares en menos de una hora con sólo una llamada. Será usted un hombre rico el resto de su vida.

—Humm... tentadora oferta —dije frotándome la mandíbula haciendo ver como que me lo pensaba—. Pero creo que no. Lo único que quiero es que firme los documentos.

—¿Y si no lo hago? —alegó, retador—No podrá salir del edificio si yo aprieto este botón y entran mis hombres. Será acusado de asesinato, si es que no le matan inmediatamente.

—Eso es posible —admití—. Pero a estas alturas ya no tengo nada que perder, y me reconfortará saber que usted estará pudriéndose en el infierno. Aunque en realidad... —medité sacando de nuevo la probeta y estudiándola a contraluz— tal vez no sea tan mala idea. Puede que a mí y a mis amigos, nos compense verle muerto. Quizá sería lo más justo al fin y al cabo, después de todo el daño que ha causado.

Luciano Queiroz, muy a su pesar, alargó la mano para coger los documentos y comenzó a ojearlos.

—Más vale que lea deprisa —sugerí—, porque ya le quedan menos de dos minutos.

—Pero ¿cómo voy a firmar esto sin leerlo antes? —repuso, indignado.

—Imagínese que es un indígena analfabeto, malvendiendo sus tierras a cambio de una televisión en color —repliqué, encantado con la angustia del millonario—. Pero tranquilo, le doy mi palabra de que el contrato sólo trata sobre lo que hemos hablado. Con unas cuantas cláusulas añadidas para evitar que tenga la tentación de echarse atrás más adelante, claro está.

El magnate se apoyó en la mesa como si estuviera a punto de desfallecer y, tomando su pluma, comenzó a dejar su rúbrica remisamente, como si se tratara de su sentencia de muerte.

—No olvide firmar todas las hojas —le recordé—. Le advierto que las revisaré una por una.

Sin levantar la vista, siguió firmando hasta que terminó y con infinito desprecio me las lanzó a la cara.

—Ya tiene lo que quiere, ahora deme el antídoto.

—Por supuesto —dije sosteniendo la frágil probeta entre el índice y el pulgar—. Pero ahora que somos amigos, necesito que antes me haga un pequeñísimo favor.

103

Diez minutos después salía por la puerta principal del edificio.

Caminando tranquilamente como un ejecutivo más, paraba el primer taxi libre levantando la mano, me subía en él, y le pedía al conductor que me llevase al Aeropuerto Internacional de Guarulhos.

Había dejado a Luciano Queiroz derrumbado sobre su escritorio, profundamente dormido y con la seguridad de que no se despertaría al menos hasta ocho o diez horas más tarde. Siguiendo mis indicaciones —como condición antes de darle la probeta—, el mismo había dado orden a su secretaria de que no se le molestara bajo ningún concepto ni le pasaran llamadas, con lo cual, nadie sabría hasta media tarde lo que había sucedido, y para entonces, ya me encontraría surcando el Atlántico a bordo de mi vuelo con destino a Barcelona.

Lo más divertido sin duda —al menos para mí—, era pensar en la cara que se le quedaría al magnate de la construcción cuando se hiciera el inevitable chequeo médico, y le confirmaran que nadie lo había envenenado, sino que había sufrido la típica reacción a un extracto de la flor parapara del Amazonas, que producía intensos hormigueos y adormecimiento de las extremidades pero nada más. Aunque también descubrirían en el mismo examen, que aquello que se suponía era el antídoto del supuesto veneno, no era más que una dosis de sedante para caballos mezclado con Coca-Cola, que era lo que le había dejado dormido durante casi un día entero.

Palabra, que hubiera pagado por ver la expresión del presidente de AZS al descubrir lo que le había sucedido en realidad.

Sonreía aún para mí mismo mientras el vehículo circulaba a buen ritmo por la *Rodovía Presidencia Dutra,* cuando apareció a lo lejos la silueta de la torre de control y poco más tarde, se detenía frente a la terminal de salidas del aeropuerto.

Bajé del taxi dejando una buena propina e inspiré profundamente el cálido aire de aquel mediodía brasileño, sabiendo que si no quería buscarme problemas, me vería obligado a pasar una buena temporada sin poner el pie de nuevo en ese increíble país.

—No se puede tener todo —me consolé a mí mismo mirando al luminoso cielo.

Como no llevaba equipaje facturé en un momento y, cargando tan sólo con el maletín donde llevaba los documentos firmados y sellados por Luciano Queiroz, atravesé los arcos detectores de metales y me encaminé a la zona de restaurantes con la idea de comer algo antes de embarcar.

Tomé asiento en el primer restaurante que me salió al encuentro, y tras un breve paso por el autoservicio empecé a dar buena cuenta de un par de sándwiches de pavo y un té helado de melocotón.

Pero fue entonces, que de forma inesperada y provocando que me atragantara con un trozo de pan, unas manos me sujetaron firmemente por los hombros.

—Ahora sí que no se escapa, señor Vidal —gruñó una voz a mi espalda.

Me volví bruscamente, tosiendo al borde del ahogamiento, para descubrir al profesor y a Cassandra, con una divertida sonrisa en sus rostros curtidos por el sol.

—Maldita sea... —protesté tragando con dificultad, mientras rodeaban la mesa y se sentaban frente a mí—. ¿Es que quiere matarme de un susto?

—No seas quejica —alegó—. Te recuerdo que por tu culpa, nos estrellamos con aquel espantoso dirigible.

—¿Y no cuenta en mi descargo, el hecho de que me tirara al vacío desde treinta metros de altura para tratar de salvaros?

—Bah, minucias —desechó el tema con una sonrisa—. Pero, cuéntanos. ¿Cómo ha ido todo?

Paseé la mirada entre mis dos amigos, que me observaban con expectación.

—No ha ido mal —expliqué, impertérrito, limpiándome la boca con la servilleta de papel.

—¿Qué quiere decir eso de que no ha ido mal? —quiso saber Cassie, intrigada.

—Bueno... si lo que queríamos eran los documentos firmados —dije plantando el maletín negro encima de la mesa—, aquí están todos. Rubricados por Luciano Queiroz, con sello y membrete de AZS. Yo diría, —añadí ahora sí sonriendo abiertamente— que todo ha salido exactamente como lo planeamos. La selva del Xingú ya no será inundada, y de propina hemos conseguido parte de una sustanciosa indemnización a cuenta de la constructora.

—¡Sabía que lo conseguirías! —exclamó la mexicana llamando la atención del resto de comensales.

Y para mi sorpresa se acercó y me abrazó con entusiasmo, dejando luego su rostro a menos de un palmo del mío, sonriéndome feliz con sus hermosos ojos verdes.

104

Catorce horas más tarde, en un taxi que circulaba bajo un cielo encapotado por la Gran Vía, camino de casa del profesor, contemplaba mi ciudad natal a través del velo gris de la indiferencia.

Por alguna razón, aquel retorno a la seguridad del hogar que días atrás me habría parecido un sueño inalcanzable, lo aceptaba ahora con resignada apatía. Un anticipo del tedio y la rutina diaria que asociaba no sólo a Barcelona, sino a toda una forma de vida sedentaria y civilizada que, por muchas razones, no encajaba conmigo.

Es más, la detestaba.

El profesor había tomado asiento en la parte trasera del taxi junto a Cassandra, y ambos guardaban también, como yo, el silencio de aquellos que regresan a casa y se dan cuenta de que no hay nadie ni nada esperándoles. Al menos, nada que valga realmente la pena.

Me giré desde mi asiento junto al conductor hacia Cassie, interrogándola con la mirada antes de hacerlo con palabras.

—¿Quieres quedarte en mi casa?

—No estoy segura de que sea una buena idea —contestó demasiado deprisa, como si ya estuviera esperando aquella pregunta

—Tranquila —insistí—. Yo dormiré en el sofá.

La mexicana me miró largamente y volvió a negar con la cabeza.

—Creo que lo mejor es no complicar las cosas.

—Como quieras —repuse con una sonrisa de circunstancias, volviéndome de nuevo hacia adelante.

Sabía, que seguramente tenía razón.

Convivir de nuevo bajo el mismo techo aunque sólo fuera durante unas pocas horas, no iba a cambiar las cosas entre nosotros, si acaso enmarañarlas aún más. Pero para qué mentirme, añoraba tenerla de nuevo cerca de mí compartiendo cafés, risas e incluso aquellas acaloradas discusiones que trajeron estos lodos.

Tras un silencioso trayecto alargado por los semáforos y la incipiente lluvia que comenzaba a caer desganada sobre las aceras, llegamos frente a la casa del profesor. Allí, mientras el taxi esperaba, descendimos para despedirnos en la calle.

El profesor y Cassie se fundieron en un cariñoso abrazo, y de inmediato ella regresó al interior del taxi para protegerse de la lluvia.

—Bueno —dije, dándole la mano al profesor—. Nosotros nos vemos mañana para comer, ¿no?

—Eso es —contestó—. Te espero a eso de la una, no llegues tarde.

—Estupendo —asentí—. Aquí estaré.

Despidiéndome hasta el día siguiente, seguí a la mexicana y me senté a su lado en el taxi.

—¿Crees que estará bien? —me preguntó, mirando por la ventanilla cómo el profesor abría la puerta de su edificio.

Antes de contestar, me quedé observando la figura algo encorvada por la edad de mi viejo amigo, perdiéndose en las sombras de su cavernosa portería.

—Espero que sí. Pero no lo sé, la verdad —confesé—. Ni siquiera creo que él lo sepa. Aunque ha sido buena idea dejarle a él los diarios. Eso mantendrá su cabeza ocupada durante una temporada.

—¿Tanto como para olvidar la muerte de su hija?

—Espero que tanto, como para que aprenda a vivir con ello.

Los dos nos quedamos mirando cómo se cerraba el gran portón de hierro a su espalda, como si quisiéramos asegurarnos de que llegaba sano y salvo a su casa.

—¿Adónde vamos ahora? —preguntó entonces el taxista con un deje de impaciencia, mirándome por el retrovisor.

Yo me volví hacia la arqueóloga, esperando también su respuesta.

Esta, en silencio, seguía mirando por su ventanilla, ahora con la mirada perdida en las gotas de lluvia que resbalaban por el cristal.

—¿Cassie? —le pregunté, suponiendo que no había oído al taxista.

—Está bien —dijo volviéndose hacia mí—. Vayamos a tu casa.

Sin comprender la razón de aquel súbito cambio de parecer, no se me ocurrió otra cosa que preguntarle:

—¿Seguro?

Afortunadamente, antes de que tuviera tiempo de responderme, tuve la lucidez de indicarle rápidamente al conductor la dirección de mi piso en la calle París y partimos de inmediato. Esperaba que la mexicana no volviera a cambiar de opinión antes de llegar a casa.

Al cabo de un momento, sin embargo, añadió en voz muy baja:

—No hagas que me arrepienta.

Ya en mi pequeño ático —al que entró Cassie después de tanto tiempo, pero como si se hubiera marchado el día anterior—, encontré algo de ropa de ella que aún guardaba en el armario, e inmediatamente se metió en la ducha sin mediar palabra.

A pesar de la contenida emoción que me suponía tenerla allí de nuevo, yo tampoco me animé a hablar demasiado temiendo que cualquier gesto pudiera ser malinterpretado y rompiera la insegura tregua. No obstante, cuando salió de la ducha envuelta en una toalla y con el pelo húmedo cayendo sobre sus hombros desnudos —vi que ya se había quitado la venda que cubría la herida de bala, y un trazo violáceo surcaba su piel morena—, no pude evitar quedarme mirándola embobado como un idiota, como si fuera la primera vez que la veía.

—¿Qué onda? —preguntó ella enarcando una ceja al verme así.

—No, nada —balbucí—. Es solo, que te ves preciosa.

—Ulises… —murmuró en tono de advertencia.

—Descuida. No voy a abalanzarme encima de ti. Es que el verte de nuevo aquí… así, me ha traído viejos recuerdos.

—Pero son sólo eso —puntualizó—. Recuerdos.

—Ya… ya lo sé.

Cassandra me dirigió una mirada larga y escrutadora, como tratando de averiguar qué era lo que estaba pensando. Cosa imposible por otro lado, porque ni yo mismo lo sabía.

—¿Hay algo para cenar? —preguntó entonces, rompiendo el incómodo silencio.

—¿Cenar?

—Sí, ya sabes. Es como almorzar, pero de noche.

—Creo —dije señalando la puerta de la cocina—, que hay un par de pizzas en el congelador.

—Estupendo. Pues andáte a duchar que yo las meto en el horno. Y más te vale salir antes de que estén listas —añadió con una mueca lobuna—, porque con el hambre que tengo me las podría comer crudas.

Media hora más tarde cenábamos uno frente al otro en la cocina, rememorando algunas de las situaciones que habíamos vivido en la selva, así como el giro de los acontecimientos en los últimos días.

—Muy bien. Logramos arrancarle ese acuerdo a Querioz para detener el embalse, y además los menkragnotis recuperarán sus tierras —dijo Cassie, limpiándose los labios con la servilleta— ¿Y ahora, qué? —preguntó echándose hacia atrás en la silla.

—¿Qué, de qué? —pregunté extrañado

—Pues que eso, solo es una parte del problema.

—¿Solo una parte? —apunté sarcástico—. En fin. Déjame que termine la cena y me pongo a arreglar el hambre en el mundo y el calentamiento global.

—No seas pendejo —bufó, lanzándome la pelota de papel de la servilleta-. Me refiero a todos los cabos que han quedado sueltos, a todos los enigmas sin respuesta que hemos dejado atrás.

—No sabía que eso era un problema —afirmé perplejo.

—Para mí lo es. Y seguramente, para el profesor también.

—¿Para el profesor? No te entiendo.

—Púchica, Ulises. Ha perdido a su hija en aquella pinche selva —estiró el brazo señalando hacia la ventana, como si el Amazonas pudiera verse desde ahí—. Quiere respuestas. Saber por qué murió. Hacer que su muerte tenga algún sentido.

—¿Él te ha dicho eso?

—Estuvimos hablando mucho sobre ello, mientras tú estabas en el hospital.

Dejé sobre el plato la porción de pizza que sostenía en la mano, preocupado por el cariz que tomaba la conversación.

—¿Y qué es lo que queréis hacer, exactamente? —quise saber.

—Ya te lo he dicho. Seguir investigando sobre la Ciudad Negra y Los Antiguos. Halar del hilo, ver hasta dónde nos lleva.

—Pero... ¿No estaréis pensando en regresar allí? —inquirí preocupado— Dime que ni os lo habéis planteado.

La mexicana se removió en la silla, aparentemente incómoda.

—En principio, no es eso lo que habíamos pensado.

—¿En principio? ¿Solo en principio?

—Tranquilo, Ulises. Ese solo sería el último recurso, y te aseguro que yo tengo tan pocos deseos como tú de volver a aquel lugar. Pero recuerda que soy arqueóloga... —se encogió de hombros, como si hablara de una enfermedad incurable— y esa ciudad representa el mayor enigma arqueológico del último siglo. Cueste lo que cueste quiero llegar al fondo de ese asunto; desvelar la auténtica procedencia de Los Antiguos, la inexplicable presencia de aquel monolito, la fundación de la Ciudad Negra y por qué fue abandonada...

—Pensé que eso ya lo sabíamos —confesé extrañado.

Cassie meneó la cabeza enfáticamente.

—En absoluto, Ulises. Apenas hemos arañado la superficie y todo lo que tenemos son especulaciones. Ni una sola prueba, ni si quiera una foto. Casi todo lo que podría permitirnos desentrañar la verdad y darla a conocer al mundo, sigue estando allí, en aquella selva.

—Bueno. Pues en ese caso, démosle las coordenadas a los de la *National Geographic*, y que ellos organicen una expedición para certificar que estamos en lo cierto, y que la Ciudad Negra existe.

Cassandra negó nuevamente con la cabeza.

—No —dijo con gravedad—. No vamos a hacer eso.

—¿Ah, no? ¿Por qué?

La mexicana suspiró mentalmente antes de responder.

—Pues porque ese descubrimiento es *nuestro*, caramba —enfatizó, señalándose con el pulgar—. Ha costado la vida a demasiada gente, incluida Valeria, como para que les cedamos toda la gloria a unos pinches gringos, y nosotros quedemos relegados al papel de unos simples excursionistas que se tropezaron con la Ciudad Negra por casualidad. No —insistió—. Me niego a regalarle a cualquiera este descubrimiento, y te aseguro que el profesor Castillo piensa exactamente igual que yo. Se lo debemos a la memoria de Angélica, de Claudio ...de Valeria. O lo hacemos nosotros —sentenció—, o no lo hará nadie.

La gravedad con que afirmó aquello, dejó muy claro que en ese punto no cabía discusión alguna. Dijera lo que le dijera, no iba a poder convencerla de lo contrario.

—Está bien —claudiqué, masajeándome el puente de la nariz con cansancio—. Entonces, si no vas a regresar a aquel infierno, pero tampoco vas a permitir que otros vayan ¿Cómo piensas hacerlo?

Cassandra esbozó una sonrisa ladina. Estaba claro que esperaba esa pregunta.

—Aún tenemos los diarios nazis.

Casi me había olvidado de ellos, y de que el profesor se los había llevado a su casa para traducirlos.

—Eso es cierto —admití —, pero recuerdo haberte oído decir que por sí solos no tienen ningún valor. Que cualquiera podría alegar que son unas falsificaciones.

—No estaba pensando en usarlos como prueba —sonrió esquinada—, sino como una primera pista en nuestra investigación. Tenemos un buen pellizco de lo que le sacamos a Queiroz —añadió con un guiño— ¿No te parece que podríamos dedicarlo a seguir la pista de esos cuadernos, y ver hasta dónde nos llevan?

¿Había oído mal, o Cassie estaba usando la segunda persona el plural para hablar del futuro?

—¿Quieres decir... tu y yo?

—Y el profesor, naturalmente.

—Ya, claro. Pero... ¿qué hay de tu trabajo en la excavación de Cádiz? ¿No tienes que regresar?

—Que le den a la pinche excavación —replicó con un ademán—. Además, durante unos meses se la van a pasar identificando, clasificando y enumerando las piezas que sacamos del limo. Definitivamente, no me necesitan para eso.

—¿Y tú crees, que en esos diarios habrá más de lo que ya vimos?

Cassie me dedicó una mirada de extrañeza antes de responder.

—¿Lo dices en serio? Sólo fuimos capaces de ojear los dibujos que hicieron de los relieves. No tenemos ni idea de lo que explican en sus cientos de páginas escritas en alemán. Ellos estuvieron allí mucho más tiempo que nosotros, y puede que hicieran descubrimientos inimaginables antes de que... en fin —chasqueó la lengua con desagrado—, los morcegos los mataran a todos. Ni siquiera —añadió—, tenemos idea de lo que pudieron llevarse en las cajas de muestras arqueológicas, ni a dónde se las llevaron. Quizá están en el sótano de algún museo alemán, olvidadas y cubiertas de polvo, y gracias a esos cuadernos podríamos recuperarlas.

Las pupilas de la mexicana centellearon al evocar la imagen de decenas de cajas sin abrir, repletas de extraordinarios tesoros.

A mí sin embargo, me vino a la cabeza una idea que me había rondado desde que estuvimos por segunda vez en el campamento nazi.

—¿Y se te ha ocurrido pensar —apunté al hilo de mis pensamientos—, que quizá los alemanes que fueron a la Ciudad Negra, no lo hicieron para realizar una exploración arqueológica?

Cassandra frunció el ceño, confusa.

—¿Y qué diablos iban a hacer ahí, si no? No hay otra razón para ir a ese sitio que la arqueología. Allí no hay otra cosa que ver.

—Sí que la hay, Cassie. Algo que quizá fuera mucho más valioso para los nazis.

—¿El qué? No vimos oro ni joyas por ningún lado. Cualquier objeto de valor, debieron llevárselo con sus dirigibles.

—En realidad no estoy hablando de *qué,* Cassie. Estoy hablando de *quiénes.*

—¿Quiénes? No te comprendo. En aquellas ruinas no había nadie más que...—y súbitamente lo comprendió.

Y aquella posibilidad cayó sobre ella como una losa, haciéndola palidecer de inmediato.

—¿Crees que... —balbució al cabo de unos segundos, esforzándose por digerir aquella posibilidad y sus consecuencias— que los nazis fueron a la Ciudad Negra... por los morcegos?

—Es sólo una hipótesis —afirmé con prudencia—. Aunque la verdad, a mí me parece que tiene sentido.

—Pero... ¿para qué? ¿Con qué fin?

Asentí, torciendo el gesto.

—¿Con qué fin? —repetí, reprimiendo un sarcasmo— ¿Se te ocurre un soldado más terrorífico, que un morcego entrenado para usar armas del siglo XX? Imagínate lo que habrían supuesto en el campo de batalla. Puede que incluso —apunté, pensativo—, los morcegos fueran ese arma definitiva de la que siempre presumía Hitler en sus discursos. Quién sabe si su plan era capturarlos, y hacer que se reprodujeran para formar un ejército tal como hicieron Los Antiguos miles de años antes.

—Pero... eso es algo que habrían tardado siglos en lograr —alegó Cassandra, incapaz de concebir tal idea.

—Cierto —me encogí de hombros—. Pero recuerda que Hitler auguraba un Reich de mil años. Esa gente hacía planes a muy largo plazo.

—Sea como sea —alegó sacudiendo la cabeza, como para alejar esa idea—, lo importante es que no lo consiguieron.

No pude evitar, alzar las cejas y esbozar una sonrisa escéptica.

—¿Y tú cómo lo sabes?

—¿Qué quieres decir? Si los nazis hubieran usado morcegos como soldados, es algo que se sabría.

—¿Como la existencia de la Ciudad Negra, o de Los Antiguos? —sonreí a medias.

La arqueóloga iba a replicar de nuevo, cuando comprendió que aquel era un debate bizantino sin pruebas a las que remitirse; una inquietante posibilidad cogida por los pelos. Pero una posibilidad al fin y al cabo.

—En fin... —resopló—. Cuando el profesor traduzca esos diarios, quizá salgamos de dudas.

—Quizá —dije con aparente indiferencia.

Sabía perfectamente que lo que acababa de sugerir era una aparente locura. Pero por desgracia, las palabras «nazi» y «locura» solían encajar perfectamente en la misma frase, y la combinación entre nazis y morcegos resultaba particularmente aterradora. Afortunadamente el tiempo de aquellos maníacos ya había tocado a su fin, y al parecer todo aquello que pudieron obtener de su malograda expedición al Amazonas, murió con la desaparición de su régimen de terror sin que pudieran sacarle provecho.

O al menos, no había noticias de ello.

Todavía.

—¿Qué pasó, güey? —me interrumpió Cassandra con expresión divertida—. ¿Adónde fuiste?

—Perdona. Estaba pensando en lo que decías sobre seguir investigando por nuestra cuenta. La verdad —dije, rascándome la poblada barba aún sin afeitar—, resulta muy tentador. Aunque ya sabes que la arqueología no me interesa demasiado, me gustaría averiguar más sobre los morcegos. Saber si realmente los nazis trataron de llevárselos a Alemania, o si finalmente lo consiguieron.

—Entonces... ¿Te apuntas?

—Yo no he dicho eso —alegué.

—A mí me parece que sí —sonrió traviesa.

Y ante aquella sonrisa, yo no tenía defensa alguna de la que valerme.

—Tienes razón —admití al momento, contagiándome su buen humor—. Por supuesto que me apunto ¿Cómo no iba a hacerlo?

La mexicana se inclinó hacia adelante con expresión satisfecha y suspiró brevemente, guardando unos segundos de reflexivo silencio.

—¿Sabes? —dijo al fin, cambiando súbitamente de tema—. No creí que volviera nunca a esta casa. A sentarme en esta mesa y comer contigo.

—Yo tampoco —confesé, algo extrañado por el inesperado rumbo que tomaba la conversación—. La verdad es que ya había perdido la esperanza de volver a estar así... tú y yo, juntos.

Cassandra me miró sin decir nada.

—Lo cierto —añadí poniendo toda la carne en el asador— es que te he echado de menos, Cassie. Te he extrañado todos y cada uno de los días que han pasado desde que te marchaste, y al fin me he dado cuenta de que te quiero... como no he querido a nadie en toda mi vida.

La arqueóloga continuó guardando silencio por unos instantes que se me hicieron eternos, y temí que me contestara que ella no; que había sido muy dichosa desde el momento en que nos separamos, y que preferiría volver con los morcegos antes que hacerlo conmigo.

Pero entonces se apoyó en el borde de la pequeña mesa de la cocina, para así, inclinándose sobre la misma, acercar su rostro al mío.

—Eres idiota —sentenció en un susurro.

Y dejándome sin habla, me regaló un fugaz beso en los labios.

Aturdido por la sorpresa no supe cómo reaccionar. Tardé dos segundos en comprender lo que había pasado, y que sólo había una cosa que podía y quería hacer.

Me abalancé estrepitosamente sobre la mesa tirando botellas y vasos en un estropicio de cubertería, y tomando su rostro entre mis manos la besé con toda mi alma, tan profunda y apasionadamente como hacía meses que soñaba hacerlo.

Entonces entreabrí los ojos, y al tiempo que un inesperado rayo de sol se abría paso entre el manto de nubes, irrumpiendo por los ventanales de la cocina e iluminando el mundo con su cálida luz otoñal, vi como Cassie sonreía mientras mis labios estaban aún unidos a los suyos.

Y yo también sonreí, feliz como no recordaba haberlo sido en mucho tiempo.

«Quizá después de todo —pensé en ese instante, con el corazón henchido de júbilo—, aquella nueva aventura no había hecho más que comenzar».

LA ÚLTIMA REVELACIÓN

¿Te has quedado con ganas de más? ¿Quieres saber qué fue de Ulises, Cassie y el profesor Castillo a su regreso de Brasil? ¿Descubrir quiénes eran Los Antiguos y de dónde venían?

Pues únete a ellos en LA ÚLTIMA REVELACIÓN, la novela más espectacular de toda la saga. Una increíble aventura que revelará misterios milenarios y te llevará a lugares que ni siquiera has podido imaginar.

Ponte cómodo y adéntrate con ellos en lo desconocido. Te están esperando.

NOTA DEL AUTOR

Estimado lector. Espero que haya disfrutado de la novela y, si así ha sido, me gustaría pedirle un mínimo favor antes de despedirnos.

Simplemente se trata de ir a la página donde compró este libro y dejar una reseña o valoración del mismo, aunque sea muy breve.

A usted le llevará menos de un minuto y a mí me hará un inmenso favor, pues de esas reseñas depende de que se venda este libro y así yo pueda seguir escribiendo.

Un fuerte abrazo, gracias por acompañarme en este viaje y nos vemos en la próxima aventura!

FERNANDO GAMBOA
@gamboaescritor

Ciudad Negra desde el espacio

Imagen real de la selva amazónica en la que aparece una sección del río Xingú, así como una estructura de origen humano de 4,5 km de diámetro, con forma de estrella de cinco puntas y un pentágono en su interior, que corresponde a la ubicación de la Ciudad Negra indicada por el Coronel Fawcett.

Fotografía tomada el 18 de mayo de 2004 desde un satélite de la NASA, y disponible en Google Earth.

www.ingramcontent.com/pod-product-compliance
Ingram Content Group UK Ltd.
Pitfield, Milton Keynes, MK11 3LW, UK
UKHW031505181224
452569UK00005B/500

9 788409 422371